COLLECTION « BEST-SELLERS »

MATTHEW PEARL

LA CERCLE
DE DANTE

Roman

Traduit de l'américain par Viviane Mikhalkov

ROBERT LAFFONT

Titre original : THE DANTE CLUB
© Matthew Pearl, 2003
Traduction française : Éditions Robert Laffont, S.A., Paris, 2004

ISBN 2-221-09471-9
(édition originale : ISBN : 0-8129-7104-3/Random House, Inc., New York)

*À mes professeurs
Lino et Ian.*

AVERTISSEMENT AU LECTEUR

Préface de C. Lewis Watkins
Baker-Valerio professor de civilisation
et littérature italiennes et de rhétorique

Pittsfield Daily Reporter, « Cahiers de la région », 15 septembre 1989.

RECHERCHES SUR DES INSECTES DANGEREUX

Un petit garçon de Lexington, Kenneth Stanton (dix ans), qui s'était perdu dans les montagnes Catamount, a été retrouvé mardi après-midi par les secouristes au fond d'un vallon reculé. Conduit au centre médical de Berkshire, il a été traité pour des cloques et un mauvais état général dû à la présence de larves inconnues dans ses blessures.

Selon le Dr K. L. Landsman, entomologiste au musée du Harve-Bay Institute de Boston, les mouches recueillies sur le site appartiennent à une espèce inconnue au Massachusetts, la *Cochliomyia hominivorax*, que l'on croyait éteinte depuis près de cinquante ans.

Originaire du Nouveau Monde, ce ver annelé fut identifié pour la première fois en 1859 sur une île de l'Amérique du Sud par un médecin français. Vers la fin du XIXe siècle, cette dangereuse espèce s'était multipliée de façon épidémique au point de causer dans tout l'hémisphère occidental la mort non plus seulement de centaines de milliers de têtes de bétail, mais aussi d'êtres humains. Dans les années 1950, le programme d'éradication massive mis en place à l'instigation des États-Unis était venu à bout, en introduisant dans leur population des mâles stérilisés par traitement aux rayons gamma.

La peur suscitée par le cas Stanton aura probablement contribué à ce qu'il est convenu d'appeler une « renaissance de l'espèce en laboratoire » à des fins de recherche. Selon M. Landsman, si l'éradication fut une initiative sage au regard de la santé publique, les nouvelles techniques d'observation sous contrôle dont nous disposons actuellement nous livreront certainement bien des secrets. Interrogé sur ce qu'il pensait de cette découverte heureuse pour la taxonomie, le jeune Stanton a répondu : « Mon prof de science trouve que je suis super ! »

Étant donné le titre du présent ouvrage, le lecteur est en droit de se demander en quoi l'article ci-dessus se rapporte à Dante. Il verra que le lien est frappant. Mes connaissances sur la façon dont *La Divine Comédie* de Dante fut accueillie en Amérique faisant autorité, j'ai été contacté l'été dernier par Random House afin de mettre par écrit mes remarques préliminaires sur ce texte en échange des misérables honoraires habituels.

Le roman de M. Pearl a pour cadre l'époque où Dante fit son entrée dans notre culture par le biais de la première traduction américaine que le poète H. W. Longfellow fit en 1867 de sa *Divine Comédie*, poème révolutionnaire sur l'Au-delà. Il existe aujourd'hui de cette œuvre plus de traductions en anglais qu'en aucune autre langue, et c'est aux États-Unis que les tirages en sont le plus élevés. La Société Dante d'Amérique, sise à Cambridge, Massachusetts, s'enorgueillit à juste titre d'être le seul organisme au monde à s'être consacré sans interruption depuis sa fondation à l'étude et à la promotion de l'œuvre de Dante. Comme T. S. Eliot l'a fait observer, Dante et Shakespeare se partagent le monde moderne. La partie échue au poète italien s'accroît chaque année. Il convient de signaler qu'avant la publication de la traduction de Longfellow, Dante était un inconnu chez nous. L'italien n'était ni parlé ni enseigné à petite ou grande échelle ; un très petit nombre d'Américains se rendaient à l'étranger, et les Italiens vivant aux États-Unis, dispersés sur tout le territoire, n'étaient pas plus d'une poignée.

Déployant toute l'envergure de ma perspicacité critique, il m'est apparu qu'au-delà de ces faits essentiels *Le Cercle de Dante* faisait davantage progresser la *fable* que l'histoire et ce, en raison des événements extraordinaires qu'il relatait. Cherchant confirmation de cette opinion dans la base de données LexisNexis, je suis tombé sur l'étonnant extrait de presse reproduit ci-dessus. J'ai aussitôt contacté le Dr Landsman au Harve-Bay Institute. Grâce à cela, j'ai pu me former une image plus complète d'un événement vieux de presque quatorze ans.

Laissant les siens à leur partie de pêche dans les Berkshires, Kenneth Stanton partit en promenade. Sur un sentier envahi par les herbes, il tomba sur une étrange série d'animaux morts — un raton laveur au nombril gorgé de sang, un renard et enfin un ours noir. Il les contemplait dans un état proche de l'hypnose, dit-il à ses parents, quand il glissa et atterrit durement sur des roches déchiquetées. Et c'est là, tandis qu'il gisait sans connaissance, la cheville brisée, qu'il subit cette attaque de mouches dont il succomberait cinq jours plus tard à l'hôpital, suite à des convulsions soudaines, alors qu'il était sur la voie de la guérison. L'autopsie révéla la présence dans son corps de douze larves de *Cochliomyia hominivorax*, l'espèce la plus mortelle du monde, éradiquée depuis cinquante ans. Du moins le croyait-on.

Mais cette mouche a fait sa réapparition, dotée de la capacité nouvelle de vivre sous de nombreux climats. Depuis, elle s'est répandue dans le Moyen-Orient par le biais de marchandises exportées et, à l'heure où j'écris ces lignes, elle décime le bétail du nord de l'Iran, faisant des ravages dans l'économie de la région. Selon une théorie publiée l'année dernière dans les *Abrégés de l'entomologie*, ce serait la variété présente dans le nord-est des États-Unis aux alentours de 1865 qui aurait effectué cette mutation.

Comment cette mouche a-t-elle pu apparaître dans nos contrées ? Nous n'avons pas de réponse à cette question, sinon celle qu'apporte *Le Cercle de Dante*. J'y souscris, le cœur brisé. À ma demande, entre huit et quatorze de mes collègues du monde universitaire ont étudié ligne après ligne et avec un intérêt plus ou moins grand le manuscrit de M. Pearl. Après plus de cinq semaines, leur travail d'analyse et de classification des préceptes philologiques et historiographiques regroupés dans cette œuvre n'a fait apparaître que des erreurs mineures, uniquement imputables à l'ego de l'auteur. Chaque jour qui passe nous apporte une preuve plus évidente du désespoir et de l'enthousiasme que connurent Longfellow et ses protecteurs en l'année du six centième anniversaire de Dante.

Mon texte n'étant plus la préface prévue au départ mais un avertissement, j'ai refusé toute rétribution pour sa rédaction. La mort de Kenneth Stanton rouvre la porte à *L'Enfer* de Dante et aux mystères qui sommeillent encore. En ce qui concerne ces derniers, je ne souhaite qu'une chose, lecteur : t'avertir. Si tu vas de l'avant, garde à l'esprit que parfois les mots sont faits de sang.

Professeur C. Lewis Watkins
Cambridge, Massachusetts*

---

* Le lecteur aura compris qu'il s'agit ici d'un canular, exercice de style courant dans la littérature anglo-saxonne du XIXe siècle. (*N.d.l.T.*)

Chant I

1.

Assis sur le canapé de crin noir, coincé comme il l'était entre les deux femmes de chambre, le chef de la police de Boston prit une profonde inspiration dans l'espoir de restaurer un peu de son autorité déchue. En effet, bien que le salon proposât un vaste choix de chaises et de divans, les deux femmes se blottissaient tout contre lui et il devait se concentrer pour ne pas renverser son thé tant le siège vibrait sous l'effet de leur émotion. À gauche, les pleurs de l'Irlandaise qui avait découvert le corps lui hérissaient les poils de l'oreille sans qu'il parvînt à saisir un mot des prières étranges (parce que catholiques) qu'elle marmonnait entre deux sanglots ; à droite, le mutisme désespéré de la plus jeune, nièce de la précédente, lui déchirait quasiment le tympan.

De par ses fonctions, John Kurtz avait déjà été confronté à des meurtres, pas assez souvent toutefois pour que cela devînt une habitude – en gros une ou deux fois l'an. Il arrivait d'ailleurs que Boston traversât des périodes de douze mois sans un seul homicide digne d'être mentionné. Et comme les rares personnes à se faire trucider étaient de basse extraction, il n'entrait pas dans ses attributions de consoler les éplorés. Cela eût-il été le cas, son impatience l'eût empêché d'exceller dans cette tâche. Celle-ci convenait mieux à son adjoint, le commissaire Edward Savage, qui se piquait de poésie.

L'*acte* – seul terme que le chef de la police acceptât d'accoler à une situation à ce point horrifiante – était bien plus qu'un simple meurtre. C'était l'assassinat d'un notable, d'un brahmane[1] de Boston, d'un membre de l'aristocratie, instruit à Harvard et éduqué dans le giron de l'Église unitarienne, antichambre de la plus

---

1. Surnom donné à la bonne société bostonienne, de souche ancienne, par référence à la caste indienne des brahmanes.

haute caste en Nouvelle-Angleterre. C'était même bien plus que cela, car la victime se trouvait être le plus haut magistrat de toutes les cours de justice du Massachusetts. L'*acte*, donc, n'avait pas mis un terme à la vie d'un homme d'une façon que l'on pourrait qualifier de miséricordieuse, comme il advient parfois. Non, il avait définitivement éradiqué de la face du monde l'un des grands personnages de la cité.

La dame, dont le petit groupe attendait l'arrivée dans le salon d'apparat de Wide Oaks, était montée à bord du premier train en partance pour Boston dès réception du télégramme. Les voitures de première classe s'étaient traînées pesamment sur tout le trajet depuis Providence, démontrant une oisiveté proprement irresponsable. Maintenant qu'elle était rendue, le voyage lui semblait relever d'un temps inconnu, comme tous les événements qui l'avaient précédé. Elle avait parié avec elle-même, et avec le Seigneur, que si son directeur de conscience ne l'attendait pas à son arrivée, ce serait parce que le message qui lui avait été remis ne lui était pas destiné. Ce vœu n'avait guère de sens, mais il fallait bien qu'elle s'inventât quelque chose à quoi se raccrocher pour ne pas s'écrouler raide morte. Partagée entre la terreur et la désolation, Ednah Healey regardait le monde sans le voir. La seule chose dont elle eut conscience en faisant son entrée dans le salon fut l'absence du pasteur. Un sentiment de victoire irraisonné s'empara d'elle. Toisant le chef de la police, elle nota que sa lèvre supérieure montrait quelques traces de teinture moutarde sous la moustache.

Aussi robuste fût-il, Kurtz se rendit compte qu'il tremblait. Pendant le trajet jusqu'à Wide Oaks, il s'était répété le discours qu'il comptait tenir à la veuve : « Madame, croyez que nous sommes au grand regret de vous avoir fait revenir pour un tel motif. En apprenant que Son Excellence, le juge suprême Healey... » Non, un préambule était de mise.

« Nous avons considéré qu'il serait malvenu de vous informer de ces circonstances tragiques ailleurs que sous votre toit, dit-il. Nous avons pensé que ce lieu serait susceptible de vous offrir un peu de réconfort. »

Cette formule serait comprise comme la marque d'une attention délicate, s'était-il dit.

« Mais vous ne pouviez compter trouver le juge ici, monsieur le chef de la police ! le coupa-t-elle avant même de le prier de s'asseoir. Je suis désolée que vous ayez perdu votre temps, il s'agit certainement d'une erreur. Le juge suprême était... est parti pour Beverly afin d'y travailler quelques jours dans le silence pendant que nos deux fils et moi-même séjournions à Providence. Nous ne l'attendons pas avant demain. »

Kurtz ne prit pas sous son bonnet de la contredire.

« Votre femme de chambre, dit-il en désignant la plus grande des deux servantes, a trouvé son corps, madame. Dehors, près de la rivière. »

À la mention de sa découverte, un accès de culpabilité ébranla Nell Ranney. Les yeux baissés sur son tablier, elle remarqua la petite auréole de sang qui tachait sa poche.

« Nous avons tout lieu de croire que l'événement s'est produit voilà déjà plusieurs jours », poursuivit Kurtz. Inquiet de s'être montré par trop catégorique, il ajouta : « Je crains que votre époux ne soit jamais parti pour la campagne. »

Ednah Healey laissa libre cours à ses pleurs – lentement d'abord, comme une femme s'apitoie sur la perte d'un animal de compagnie : de façon réfléchie et retenue, sans colère. Et la plume de son chapeau, d'un brun vert olive, acquiesça avec une réserve empreinte de dignité.

Enveloppant sa maîtresse d'un regard empli de compassion, Nell dit alors sur un ton de grande humanité :

« Vous devrez revenir plus tard dans la journée, monsieur le chef de la police. S'il vous plaît. »

John Kurtz lui fut reconnaissant pour cette phrase qui l'autorisait à s'échapper. Du pas solennel que requérait la situation, il se dirigea vers sa voiture dont son nouveau cocher, un jeune et bel agent, baissait déjà le marchepied. Rien ne voulait qu'il se hâtât. À cette heure, des esprits en émoi devaient faire le siège de l'hôtel de police – Lincoln, le maire de la ville, les conseillers municipaux – et ces messieurs avaient déjà tendance à lui reprocher sa mollesse à l'égard des « enfers du jeu » et autres maisons de tolérance. Kurtz s'était éloigné de quelques pas à peine lorsqu'un cri terrifiant fendit l'air, expulsé par la douzaine de cheminées que comptait la demeure. Il se retourna. Avec un détachement idiot, il vit un chapeau à plume voler par la porte, puis un éclair blanc se diriger droit sur sa tête, jailli des mains d'Ednah Healey, en cheveux, dressée sur le perron.

Cligner les yeux, se rappellerait-il plus tard, avait été son unique réaction pour éviter le projectile. Oui, cligner les yeux, c'est tout. Et il s'était incliné devant son impuissance. Le meurtre d'Artemus Prescott Healey l'avait anéanti.

Oh, ce n'était pas la mort en soi car, en l'an 1865, la camarde visitait Boston aussi communément que de nos jours. Les affections infantiles, les consomptions, les fièvres inconnues et impitoyables sévissaient, de même que les incendies inextinguibles, les émeutes et les désordres. Il y avait aussi ces morts en couches – si nombreuses, celles-ci, que les futures mères eussent mieux fait de ne jamais venir au monde elles-mêmes. Enfin, il y avait eu la guerre, achevée depuis six mois à peine, qui avait réduit des milliers de jeunes Bostoniens à des noms imprimés sur des faire-part bordés de noir. Non, ce n'était pas la mort en soi. C'était le raffinement déployé en vue de détruire un seul homme, le soin méticuleux apporté par ces mains inconnues pour perpétrer un crime aberrant.

Violemment tiré par son manteau, Kurtz s'écroula dans l'herbe tendre de la pelouse inondée de soleil, tandis que le vase allait se briser en mille éclats ivoire et bleu sur le tronc d'un des chênes pansus qui avaient donné leur nom au domaine. Finalement, se dit-il, peut-être eussé-je été mieux inspiré de me faire représenter par le commissaire adjoint Savage.

Les chevaux renâclèrent et reculèrent tout au bout de l'allée. L'agent Nicholas Rey lâcha la manche de son supérieur et l'aida à se remettre sur pied.

« Il a fait tout ce qu'il pouvait, criait Ednah Healey. Et nous aussi, tous autant que nous sommes ! Nous n'avons pas mérité cela, monsieur le chef de la police, quoi que l'on vous dira. Nous n'avons rien mérité de tout cela ! Désormais, me voilà seule ! »

Les mains serrées contre sa poitrine, elle dit alors une chose qui ébahit le chef de la police :

« Je sais qui c'est, monsieur Kurtz ! Oui, je sais qui a fait ça ! Je le sais ! »

Nell Ranney entoura sa maîtresse de ses bras solides et s'employa par ses caresses à calmer ses hurlements, la tenant lovée contre son cœur de la même façon qu'elle avait consolé ses enfants, des années auparavant. Mais Ednah Healey se débattait tant et si bien que le jeune et bel agent se vit forcé d'intervenir.

Réfugiée dans l'ample blouse noire de sa bonne, en un lieu où rien n'existait plus sinon une abondante poitrine, la rage de la nouvelle veuve finit par expirer.

La vieille demeure n'avait jamais été plongée dans un tel silence.

Abandonnant son époux à l'étude du litige de propriété qui opposait deux des plus grands établissements bancaires de Boston, Ednah Healey était partie pour Providence rendre visite à ses parents, les industrieux Sullivan, comme elle le faisait souvent. Après un affectueux au revoir aux siens, marmonné selon son habitude, le juge avait eu la générosité de donner congé aux serviteurs, sitôt sa famille hors de vue. À la différence de Mme Healey qui ne pouvait se passer de ses gens, il aimait à profiter des petites plages d'autonomie qui s'offraient à lui. Un doigt de sherry à l'occasion n'était pas pour lui déplaire, et les domestiques n'eussent pas manqué de rapporter l'incartade à leur maîtresse. Non qu'ils ne l'aimassent point, mais ils la craignaient, elle, jusqu'à la moelle de leurs os. Il avait donc décidé de ne partir pour Beverly que le lendemain. Il y passerait la fin de semaine dans l'étude et la paix. N'ayant pas d'audience avant mercredi, il aurait tout loisir de revenir en ville par le chemin de fer.

Nell Ranney n'était pas femme de chambre sous son toit depuis plus de vingt ans sans savoir qu'un intérieur bien tenu était une chose essentielle pour un homme de son importance, même si le juge ne le lui avait jamais signifié par une remontrance ou par un geste impatient.

Voilà pourquoi elle était revenue le lundi. Ce jour-là, elle avait découvert une première éclaboussure près du garde-manger – une tache rouge desséchée – puis une autre, au pied de l'escalier : une traînée, cette fois. Un animal blessé avait dû s'introduire dans la maison et en ressortir, se dit-elle.

Elle aperçut ensuite une mouche sur le rideau du salon et la chassa par la fenêtre à grand renfort de bruyants clappements de langue et de moulinets avec son plumeau. Mais tandis qu'elle polissait la longue table d'acajou, voilà que l'insecte réapparut. Les filles de cuisine nouvellement engagées avaient dû négliger de nettoyer les miettes, se dit-elle. Ah, elles ne se souciaient guère de propreté, ces filles de couleur, seulement de l'apparence ! Mais aussi, que pouvait-on attendre de la *contrebande* ? Ce terme venait toujours à l'esprit de Nell Ranney quand elle pensait à ces femmes récemment libérées de l'esclavage.

La mouche bourdonnait avec des crépitements de locomotive. Nell l'extermina à l'aide d'une *North-American Review* roulée dans le sens de la hauteur. Aplati, l'animal faisait à peu près deux fois la taille de ses congénères, en tout cas des mouches que l'on trouve habituellement à l'intérieur des maisons, et il portait trois raies noires d'égale largeur en travers de son abdomen bleu-vert. *Quelle drôle de bobine !* pensa Nell Ranney. À coup sûr, sa tête aurait fait l'admiration du juge Healey avant qu'il ne la jetât dans la corbeille à papier. Les yeux proéminents, d'un orange vibrant, mesuraient presque la moitié du torse. La bizarre teinte corail, rouge peut-être, ou entre les deux, tirait aussi sur le jaune et le noir. Une couleur cuivrée, se dit-elle, qui vibrait comme le feu.

Nell revint le lendemain matin pour nettoyer à l'étage. Elle s'apprêtait à entrer dans la maison quand une de ces mouches passa comme une flèche au ras de son nez. Outragée, elle empoigna un de ces journaux épais que lisait le juge et se permit de la poursuivre dans l'escalier d'honneur, elle qui utilisait toujours celui des domestiques, même lorsqu'elle était seule dans la maison. Mais la situation exigeait bien une entorse aux préséances. S'étant déchaussée, elle posa un pied léger sur l'épais tapis qui recouvrait les marches et courut à la suite de l'intruse jusque dans la chambre à coucher de ses maîtres.

La mouche avait des yeux de braise bizarrement saillants. Cambrée tel un cheval prêt à se lancer au galop, elle avait quelque chose de véritablement humain dans l'expression en cet instant – le dernier où elle eût connu un peu de paix, se souviendrait Neil Ranney dans les années à venir.

Elle se jeta en avant et abattit la revue sur la fenêtre et la mouche. Ce faisant, son pied heurta un drôle d'objet par terre. En équilibre sur une jambe, elle resta un moment à le fixer avant de se décider à le saisir du bout des doigts. Ce ne fut que pour le lâcher aussitôt, ayant reconnu dans cet arc de cercle des dents destinées à une mâchoire supérieure. Elle se figea sur place, comme si son immobilité pouvait censurer l'impolitesse dont elle s'était rendue coupable.

Ce dentier, fabriqué avec un soin d'artiste, le juge Healey l'avait commandé à un spécialiste de New York dans le souci d'offrir de lui-même une vision plus imposante quand il siégeait au tribunal. Il en était si fier qu'il expliquait sa provenance à qui voulait l'entendre, sans se rendre compte que la vanité ayant inspiré pareil expédient eût dû lui interdire tout débat sur le sujet. Un peu trop étincelantes, ces dents donnaient à qui les regardait l'impression de contempler un soleil estival serti entre deux lèvres. Du coin de l'œil, Nell nota une épaisse flaque de sang coagulé sur le tapis et, à côté, une pile de vêtements soigneusement pliés. Des vêtements qui lui étaient aussi familiers que son tablier blanc, sa jupe à fronces et son chemisier noirs pour y avoir exécuté maints travaux d'aiguille aux poches et aux manches. Car le juge ne s'adressait à M. Randridge, l'exceptionnel tailleur de School Street, qu'en cas d'extrême nécessité.

Redescendant l'escalier, la femme de chambre nota des éclaboussures de sang enfouies dans les poils du tapis, au pied des balustres. Par la fenêtre ovale du salon, elle aperçut au loin, bien au-delà du jardin paysager, là où le terrain déclinait pour devenir pâture, bois, champ aride et enfin berge de rivière, un curieux nuage qui ressemblait à un essaim de mouches. Elle s'en fut inspecter les lieux.

Des mouches étaient bel et bien rassemblées au-dessus d'un monticule, et une odeur pestilentielle émanait de ce tas. S'arrêtant en chemin pour redresser une brouette, Nell sentit les larmes lui monter aux yeux. Ces miasmes lui rappelèrent le veau que les Healey avaient permis au garçon d'écurie d'élever dans la propriété. Mais cela, c'était il y a beau temps. Des années s'étaient écoulées depuis que le veau et le garçon d'écurie avaient abandonné Wide Oaks à son éternité immuable.

Les mouches étaient de cette nouvelle variété à œil de feu découverte dans la maison. Il y avait aussi des frelons jaunes mais surtout, plus nombreuse encore que la gent ailée, une masse de petits granulés blancs pétillants de vie, des asticots au dos pointu qui se tortillaient les uns contre les autres. Non, qui faisaient bien plus que cela, qui sautaient et plongeaient au cœur de la foule, se forant un passage en direction d'un festin. Mais lequel ? Sur quoi reposait donc cette affreuse et grouillante montagne blanche ?

L'une des extrémités du tas se relevait en une sorte de buisson fait de cheveux châtain et ivoire. Au-dessus, un chiffon blanc en loques, attaché à un bâton, flottait dans la brise indécise.

Impossible à Nell Ranney de nier l'existence de ce qu'elle avait sous les yeux. Pourtant, dans sa terreur, elle priait le ciel pour que la chose ensevelie fût bien le veau du garçon d'écurie. Incapable de détourner son regard, elle fixait la chair nue, le dos large et légèrement creusé vers le bas, les fesses énormes et laiteuses qui émergeaient du grouillement blafard, les jambes trop courtes, disproportionnées, largement écartées. Un bloc compact de mouches, de centaines de mouches, se déplaçait en cercles au-dessus du corps, telle une garde protectrice. À l'autre bout du tas, l'arrière de la tête disparaissait sous des larves blanches. Des milliers de larves blanches et non plus des centaines.

D'un coup de pied, Nell écarta un nid de guêpes. Ayant entassé le corps nu dans la brouette, elle remonta le pré et le jardin, tantôt poussant, tantôt tirant, puis traversa le vestibule. Arrivée au cabinet de travail du juge, elle déversa son chargement sur une montagne de dossiers et prit la tête de son maître sur ses genoux. Par poignées, des vers gouttèrent du nez, des oreilles et de la bouche ouverte. Elle s'appliqua à arracher les larves luminescentes qui recouvraient le crâne. Les bestioles roulées en boule étaient chaudes et moites. Elle s'en prit ensuite aux mouches à œil de feu qui l'avaient suivie à l'intérieur, les chassant du plat de la main ou les jetant l'une après l'autre à travers la pièce, non sans les avoir amputées de leurs ailes dans un accès de vengeance inutile.

Ce dont elle fut ensuite le témoin lui arracha un hurlement assez puissant pour être entendu à l'autre bout de la Nouvelle-Angleterre. Deux gars accourus de l'étable voisine la découvrirent rampant hors du bureau, en larmes, incapable de se contrôler.

« Qu'y a-t-il, Nellie, que se passe-t-il ? Par Jésus, vous n'êtes pas blessée au moins ? »

C'était en apprenant de sa bonne que le juge avait gémi avant de mourir dans ses bras, que la veuve s'était élancée hors de la maison pour jeter le vase à la tête du chef de la police. L'idée que son mari fût resté en vie pendant quatre jours, même en n'étant qu'à demi conscient, était plus qu'Ednah Healey ne pouvait en supporter.

Sa prétendue connaissance de l'identité du meurtrier devait se révéler assez imprécise.

« C'est Boston qui l'a tué ! dirait-elle à Kurtz plus tard dans la journée, lorsqu'elle aurait enfin surmonté ses tremblements. Cette horrible ville tout entière l'a dévoré vif. »

Elle insista pour être conduite auprès du corps.

Les assistants du coroner s'étaient échinés trois heures durant pour retirer les larves de tous les endroits du cadavre où elles s'étaient nichées. Ils n'y étaient parvenus qu'en tranchant les minuscules cornets qui leur tenaient lieu de gueule. Le corps présentait d'affreuses plaques de chair rongée sur toutes les parties laissées à l'air libre. Quant à l'horrible renflement à l'arrière du crâne, pourtant nettoyé, il donnait l'impression de palpiter encore. Les narines du juge n'en formaient plus qu'une, et ses aisselles avaient disparu. Sans dentier, le visage pendait comme un accordéon mort. Mais plus humiliante encore que la présence des vers, plus pitoyable que le délabrement des chairs, était la nudité de ce corps. Un cadavre, dit-on parfois, ressemble à un radis fourchu à la tête étrangement ciselée. Le juge Healey possédait un de ces corps que personne, hormis l'épouse, n'est censé voir dévêtu.

Confronté à ce spectacle dans l'air glacé et vicié de la salle d'autopsie, Ednah Healey comprit dans l'instant le sens du mot *veuve* et la jalousie impie qu'engendre cet état. D'un vif mouvement du bras, elle s'empara d'un sécateur posé sur l'étagère et le brandit à toute volée. À la vue de cette lame plus affûtée qu'un rasoir, Kurtz fit un bond en arrière, se rappelant le vase. Un juron s'échappa des lèvres du médecin légiste qu'il avait percuté.

Agenouillée dans cette salle exiguë, ses jupes volumineuses remplissant tout l'espace, Ednah, d'un coup sec mais tendre, trancha une mèche de cheveux sur la tête de son époux. Serrant une lame aiguisée dans sa main gantée de dentelle, pressant contre son cœur une relique dérobée, la délicate créature s'abandonne au chagrin devant le corps pourpre et glacé.

« Ma parole, je n'ai jamais vu quelqu'un d'aussi rongé par les vers ! énonça Kurtz d'une voix mal assurée quand ses hommes eurent escorté Mme Healey hors de la maison des morts.

– Par des larves », le reprit Barnicoat avec un large sourire en ramassant par terre un de ces haricots blancs.

C'était un homme à la tête petite et informe, que perforaient cruellement des yeux de langoustine. Ses narines bourrées de coton avaient le double de leur volume habituel. Sur sa large paume, l'asticot se mit à se tortiller jusqu'à ce qu'il le lançât dans l'incinérateur où il se raidit enfin, carbonisé, et partit en fumée.

« En général, les cadavres ne sont pas laissés à pourrir au beau milieu d'un champ. On rencontre plus souvent ce genre de foule ailée sur les carcasses de moutons ou de chèvres que sur un juge suprême. »

Le fait est qu'une telle prolifération de larves à l'intérieur d'un corps après seulement quatre jours à l'air libre étonnait Barnicoat, mais il n'était pas assez savant pour oser faire état de cette anomalie. Les coroners étaient nommés par les autorités en place. Aucune connaissance particulière en matière de médecine ou de science n'était nécessaire pour occuper ce poste, uniquement l'aptitude à supporter le voisinage des cadavres.

« La femme de chambre qui a rapporté le corps dans la maison a essayé de retirer les insectes de la blessure…, expliqua Kurtz. Elle croit avoir… Je n'ose le dire… je ne sais comment… »

D'un petit toussotement, Barnicoat lui signifia de poursuivre.

« Voilà, elle a entendu le juge Healey gémir avant de mourir. Elle l'affirme, monsieur Barnicoat.

— Allons donc ! s'exclama le coroner avec un rire enjoué. Les larves de mouches bleues ne peuvent vivre que sur de la chair morte, monsieur le chef de la police. »

Et d'expliquer que les femelles pondaient leurs œufs sur du bétail blessé ou de la viande avariée et que les larves ne se nourrissaient que des chairs déjà putréfiées, ce qui ne causait pas grand mal au blessé incapable de s'en défaire pour une raison ou pour une autre.

« La plaie à la tête semble avoir doublé de circonférence, poursuivit-il, pour ne pas dire triplé. Cela signifie que tous les tissus étaient morts. Autrement dit : le juge suprême était bel et bien achevé au moment où les insectes s'en sont régalés.

— La mort aurait donc été causée par ce coup à la tête ?

— Oh, très vraisemblablement, monsieur le chef de la police. Un coup assez fort pour lui faire cracher ses dents. Il a été retrouvé dans le jardin, dites-vous ? »

Kurtz hocha la tête. Barnicoat émit alors l'hypothèse que le meurtre n'était pas prémédité. Une agression visant à tuer eût été perpétrée au moyen d'instruments mieux à même de garantir le succès de l'entreprise, tel un pistolet ou une hache.

« Ou avec un poignard, ajouta-t-il. À mon avis, une effraction est plus probable. La canaille estourbit le juge suprême dans son bureau et le traîne dehors pour ne pas l'avoir dans les pattes pendant qu'il fait main basse sur les objets de valeur. Il ne pense pas une seconde qu'il ait pu seulement le blesser », conclut-il sur un ton où perçait presque de la compassion envers le pauvre bougre qui s'était fourvoyé.

Plantant ses yeux dans ceux du coroner, Kurtz rétorqua, le regard sombre :

« Sauf que rien n'a été dérobé, monsieur. Et ce n'est pas tout : le juge suprême a été déshabillé et ses vêtements soigneusement pliés. Certains étaient même rangés dans les tiroirs ! »

Il avait parlé d'une voix entrecoupée, comme si on lui avait marché sur le pied. Il en fut le premier surpris.

« Un voleur aurait-il laissé le portefeuille, la chaîne en or et la montre soigneusement déposés à côté des vêtements ? »

L'un des yeux de langoustine de Barnicoat s'ouvrit tout grand.

« Vous voulez dire qu'il a été dévêtu et que rien n'a été emporté ?

— Oui. Un acte de folie pure »

L'étrangeté de ces faits frappa Kurtz à nouveau tandis qu'il en faisait l'exposé.

« Mais c'est invraisemblable ! » s'écria Barnicoat, et il promena les yeux tout autour de la pièce comme s'il lui fallait un auditoire plus nombreux pour exprimer toute son incrédulité.

« Vos assistants et vous-même devez observer un silence absolu sur cette affaire. Ordre du maire. Vous avez compris, n'est-ce pas, monsieur Barnicoat ? Pas un mot ne doit sortir de ces murs !

— Oh, très certainement, monsieur le chef de la police. »

Le coroner laissa échapper un rire bref, irresponsable, comme un enfant eût pu le faire.

« Le gros Healey n'a pas dû être facile à transbahuter. Cela vous donne au moins une certitude : la *veuvesse* affligée ne s'est pas chargée de la besogne. »

Revenu à Wide Oaks, Kurtz battait le rappel du peu de logique qui restait encore à Ednah Healey et s'efforçait de puiser dans son propre répertoire les mots susceptibles de faire entendre à la veuve qu'il avait besoin de temps pour étudier l'affaire ; qu'il valait mieux attendre un peu avant d'ébruiter la nouvelle du décès de son mari. Mais celle-ci laissait la domestique arranger les couvertures autour d'elle sans proférer un son.

« Comprenez-moi. Qu'arriverons-nous à découvrir s'il se crée du tapage, si la presse descend en flammes nos méthodes comme elle prend plaisir à le faire ? »

Les yeux de la veuve, d'ordinaire si prompts à juger, demeuraient immobiles, noyés de tristesse. Devant son abattement, les bonnes elles-mêmes ne savaient plus ce qu'elles pleuraient le plus : la disparition de leur maître ou l'état de leur maîtresse.

Le chef de la police se rabougrit. Il était à deux doigts d'admettre sa déroute quand il vit Mme Healey fermer les yeux très fort à l'entrée de Nell Ranney portant le thé. Il ajouta :

« Le coroner dit que la déclaration de votre femme de chambre est inexacte. Le juge suprême ne pouvait pas être en vie quand elle l'a découvert, c'est impossible scientifiquement. C'est une hallucination. Le juge n'était déjà plus. M. Barnicoat l'affirme en s'appuyant sur la quantité de larves. Voilà. »

Ednah Healey leva vers Kurtz un regard perplexe.

« C'est la vérité, madame Healey, réitéra-t-il avec un regain d'assurance. Voyez-vous, de par leur nature, les larves de mouches ne se nourrissent que de chair décomposée.

— Alors il n'aurait pas souffert ? » émit Mme Healey d'une voix brisée.

Kurtz secoua la tête avec force.

En présence du chef de la police, Ednah interdit à Nell Ranney de répéter cette horrible partie de son histoire.

« Mais, madame Healey, protesta l'Irlandaise en agitant la tête, je sais bien ce que j'ai... »

Elle n'osa pas finir sa phrase.

« Nell Ranney ! Vous ferez ce que je dis ! »

Par reconnaissance envers Kurtz, Mme Healey accepta de cacher à son entourage les circonstances dans lesquelles était mort son mari.

« En échange, dit-elle en tirant faiblement le chef de la police par la manche, vous devez me jurer de retrouver le meurtrier. »

Kurtz hocha la tête.

« Madame Healey, nous avons déjà entrepris tout ce que nos moyens et la situation...

— Non ! »

La main blême restait accrochée au manteau, immobile, prête à demeurer là tant que l'homme n'aurait pas entendu la fin de son discours.

« Non, monsieur le chef de la police ! Il ne s'agit pas d'entreprendre, il s'agit de mener à bien. D'aboutir. Jurez-le-moi. »

Elle ne lui laissait guère le choix.

« Je jure que nous y arriverons, madame Healey. »

Il n'avait pas l'intention d'en dire plus, mais le doute qui martelait sa poitrine s'exprima malgré tout :

« D'une façon ou d'une autre. »

Dans son bureau, tassé sur l'étroite banquette placée sous la fenêtre, J. T. Fields, l'éditeur des poètes, étudiait les chants sélectionnés par Longfellow pour la séance de ce soir. Un commis lui annonça une visite. Une mince silhouette emprisonnée dans un manteau de drap raide s'encadra dans la porte. Il reconnut en elle Augustus Manning. Le nouveau venu se glissa dans la pièce du pas incertain de l'homme qui ignore totalement comment il en est venu à se trouver là où il est – en l'occurrence, au second étage de la demeure de Tremont Street qui abritait depuis peu les bureaux de Ticknor et Fields.

« Ce nouvel endroit est simplement grandiose, monsieur Fields. Cependant, l'image qui me vient à l'esprit lorsque je pense à vous a pour décor l'Old Corner au temps où vous n'étiez encore que second associé. Je vous revois, délivrant vos discours à la réunion des auteurs, blotti derrière le rideau vert. »

Cela faisait beau temps que Fields avait été promu associé principal. Depuis, il était même devenu l'éditeur le plus prospère d'Amérique. En souriant, il alla prendre place derrière son bureau et, d'un vif mouvement du pied, appuya sur la troisième des quatre sonnettes placées en ligne sous son fauteuil. Dans une salle éloignée, une clochette marquée d'un petit c fit sursauter un commis. Cette clochette-là signifiait que le patron devait être interrompu vingt-cinq minutes plus tard, la b dans dix minutes, la a dans cinq minutes seulement. Le Dr Augustus Manning se voyait octroyer aujourd'hui un c des plus généreux. Il est vrai que Ticknor et Fields était l'éditeur exclusif des textes officiels de Harvard, de tous les mémoires, brochures ou récits ayant trait à cet établissement, et que le visiteur était l'homme qui tenait les cordons de la bourse de l'université.

Ayant retiré son chapeau, Manning passa la main sur le ravin dénudé qui séparait ses deux torrents de cheveux mousseux.

« En ma qualité de trésorier de la Corporation de Harvard, dit-il, je me dois de vous faire part d'un problème potentiel récemment porté à notre attention, monsieur Fields. Vous comprenez qu'une maison d'édition engagée par notre université ne peut prétendre à une réputation autre qu'immaculée.

— J'ose affirmer qu'aucune maison n'est en mesure de rivaliser avec la nôtre sur ce point, docteur Manning. »

Celui-ci réunit en pointe ses doigts déformés et laissa échapper un long soupir grésillant ou peut-être une toux, Fields n'aurait su le dire.

« Monsieur Fields, nous avons entendu parler d'une œuvre littéraire que vous auriez le projet de publier dans la traduction de M. Longfellow. Nous chérissons bien sûr les années pendant lesquelles le professeur Longfellow a contribué à l'épanouissement de notre institution. Ses poèmes sont de tout premier plan, cela va sans dire. Pourtant, certaines choses nous sont revenues aux oreilles à propos de cette œuvre… du sujet qu'elle traite… Nous nous inquiétons que ce genre de fadaises… »

Fields posa sur le trésorier un regard glacial, auquel Manning répondit en anéantissant le petit clocher que formaient ses mains. Du talon, l'éditeur pressa sa quatrième sonnette, le signal d'urgence.

« Je n'ai pas besoin de vous rappeler, mon cher docteur Manning, combien la société apprécie les œuvres de mes poètes. Longfellow, Lowell, Holmes… »

L'éditeur citait le triumvirat pour faire valoir sa position.

« C'est précisément au nom de cette *société* que nous venons à vous, monsieur Fields. Vos auteurs sont pendus à vos basques. Prodiguez-leur de sages conseils. Si tel est votre souhait, ne leur mentionnez pas cet entretien, je ne le ferai pas non plus. Sachant combien vous tient à cœur l'estime qui entoure votre maison, je ne doute pas que vous prendrez en considération les répercussions que pourrait engendrer pareille publication.

— Je vous remercie de la foi que vous placez en nous, docteur Manning. »

Fields prit une inspiration, le nez penché vers sa large barbe taillée en forme de pelle, cherchant le meilleur moyen de ne pas faillir à sa réputation de fin diplomate.

« Voyez-vous, j'ai d'ores et déjà considéré ces répercussions sous tous les angles et j'attends qu'elles se manifestent avec un certain intérêt. Si vous souhaitez ne pas donner suite aux travaux en souffrance, je me ferai un plaisir de vous renvoyer les planches en notre possession. Sur-le-champ et sans frais. Vous savez, je l'espère, combien vous m'offenseriez en exprimant une critique susceptible de déprécier mes auteurs auprès du public. Ah, monsieur Osgood ? »

Le clerc principal des éditions Ticknor et Fields venait d'entrer en coup de vent dans la pièce. Fields lui demanda de faire visiter ses nouveaux locaux au Dr Manning.

« Inutile. »

Le mot filtra à travers la barbe patricienne et rigide comme le siècle du représentant de Harvard en même temps qu'il se levait.

« Je suppose que vous comptez connaître une longue félicité en ces lieux, monsieur Fields. » Il prit le temps de promener un regard glacial sur les lambris en noyer d'un noir étincelant. « Rappelez-vous que viendront des temps où même un éditeur de votre envergure ne pourra plus protéger ses auteurs de leurs ambitions. »

Il s'inclina avec une politesse marquée et disparut dans l'escalier. Fields alla refermer la porte.

« Osgood, dit-il, je veux que vous placiez un billet dans le *New York Tribune* au sujet de la traduction.

— M. Longfellow l'aurait-il achevée ? » s'enquit le premier clerc avec joie.

Fields imprima une moue à ses lèvres pleines et dominatrices.

« Savez-vous, monsieur Osgood, que Napoléon tira un jour sur un marchand de livres ambulant trop insistant ? »

Osgood réfléchit un instant.

« Non, je ne crois pas l'avoir jamais entendu dire, monsieur Fields.

— L'heureux avantage à vivre en démocratie, c'est que la liberté nous est donnée de faire en toute impunité autant de battage que nous le souhaitons autour de nos livres. Je veux qu'à l'heure où nous aborderons l'étape de fabrication, aucune famille respectable ne se couche le soir dans l'ignorance de notre projet. »

Quiconque se trouvant à portée de voix eût été convaincu que l'éditeur mettrait tout en œuvre pour que cela ne se produisît pas.

« À l'intention de M. Greeley, New York, pour parution immédiate à la page du *Boston littéraire* », commença-t-il à dicter.

Il resta un moment à pincer l'air de ses doigts, tel un musicien se remémorant une partition. Osgood était sa main de substitution pour tous ses travaux d'écriture, y compris les corrections qu'il apportait aux poèmes, car tenir une plume lui causait d'affreuses crampes au poignet. La phrase se présenta à son esprit presque sous sa forme définitive.

« À QUOI TRAVAILLENT LES HOMMES DE LETTRES DE BOSTON. Le bruit court qu'une nouvelle traduction, sous presse chez Ticknor et Fields, fera grand bruit dans les chaumières. L'auteur en serait un monsieur de notre ville dont la veine poétique lui mérite depuis de nombreuses années l'adoration des lecteurs sur les deux rives de l'Atlantique. Il se serait, semble-t-il, assuré le concours des esprits les plus avisés de Boston… Attendez, Osgood. Corrigez par de "Nouvelle-Angleterre". Nous ne voudrions pas voir le vieux Greene prendre un air offensé, n'est-ce pas ?

— Certainement pas, monsieur, parvint à répondre Osgood entre deux transcriptions.

—… des esprits les plus avisés de Nouvelle-Angleterre, disais-je, afin de mener à bien la révision et l'achèvement de cette toute dernière œuvre d'un grand raffinement. Le sujet en est pour l'heure tenu secret. La seule information à avoir filtré est qu'il s'agit d'un poème jamais lu à ce jour dans notre pays, mais voué à transformer fondamentalement notre paysage littéraire… Et cætera. Que Greeley indique bien "de source anonyme". Vous avez réussi à tout noter ? »

Osgood hocha la tête.

« Je l'expédierai par le premier courrier du matin.

— Envoyez-le par câble.

— Pour parution la semaine prochaine ? demanda Osgood, croyant avoir mal entendu.

— Mais oui ! » s'écria Fields en agitant les mains. Il avait pris un ton énervé, ce qui n'était pas dans ses habitudes. « Nous placerons un autre billet la semaine suivante, c'est moi qui vous le dis ! »

Au moment d'atteindre la porte, Osgood marqua une hésitation.

« Pour quelle affaire le Dr Manning est-il passé nous voir cet après-midi, monsieur Fields, si je puis me permettre ?

— Rien qui vaille la peine d'être mentionné. »

Sur un long soupir qui contredisait sa réponse, l'éditeur s'en retourna vers l'épais coussin de manuscrits empilés sur la banquette. Dehors, sur le *Common*[1], les passants portaient encore des

---

1. Parc du centre de Boston, autrefois terre communale où les habitants étaient autorisés à faire paître leurs bêtes. Les noms de quartiers seront conservés en anglais tout au long du texte. (*N.d.l.T.*)

toilettes en lin. On remarquait même ici ou là des canotiers. Comme Osgood s'apprêtait à sortir, Fields ressentit le désir de s'ouvrir à lui.

« Si nous persévérons dans notre intention de publier la traduction de Longfellow, Augustus Manning veillera à résilier tous les contrats liant Harvard à notre maison.

— Mais cela fait des milliers de dollars ! Et, pour les années à venir, une dizaine de milliers de plus de manque à gagner... »

Fields hocha la tête patiemment.

« Savez-vous, Osgood, pourquoi nous n'avons pas publié Whitman lorsqu'il nous a soumis ses *Feuilles d'herbe* ? »

Il n'attendit pas la réponse.

« Parce que Bill Ticknor ne voulait pas que les passages charnels attirent des ennuis à sa maison d'édition.

— Puis-je vous demander si vous regrettez cette décision, monsieur Fields ? »

La question plut à l'éditeur. D'employeur, il se fit mentor.

« Non, mon cher Osgood, nullement. Whitman appartient à New York, tout comme Poe. »

Ce dernier nom fut prononcé avec plus d'amertume, pour des raisons douloureuses que le temps n'avait pas apaisées.

« Pourquoi leur retirer le peu qu'ils possèdent ? Mais quand il y va de la vraie littérature, nous ne devons pas reculer. Pas nous, gens de Boston. Et, maintenant, nous ne reculerons pas ! »

« Maintenant que Bill Ticknor n'est plus », voulait-il dire. Il n'entendait pas par là que feu William Ticknor n'avait pas eu de goût en matière de littérature et que son apport au monde de l'édition s'était borné à guider les affaires avec le flair du financier avisé qu'il avait été à ses débuts. Non, si le vieux Ticknor avait effectivement transformé le métier – et ce, à une époque où ce n'était guère plus que du commerce de livres –, c'était aussi parce qu'il avait la littérature dans le sang, comme tous les hommes de sa famille. Cela, nul ne pouvait le nier. Son cousin, George Ticknor, *Smith Professor*[1] à Harvard, avant Longfellow et Lowell, avait été reconnu jadis comme une autorité littéraire à Boston. En fait, ce que Fields sous-entendait, c'était que le véritable sens du génie littéraire, c'était lui qui le possédait. En effet, qui d'autre que lui savait débusquer le génie dans des manuscrits

---

1. Dans les universités américaines, des postes de professeur peuvent être dotés d'avantages particuliers, souvent pécuniaires, et porter le nom d'un professeur célèbre ayant occupé cette fonction ou du mécène à l'origine de la subvention. Dans le présent ouvrage, il sera question des titres de *Smith Professor*, attaché au département de littératures étrangères, et de *Parkman Professor*, attaché à la chaire d'anatomie du collège de médecine. (*N.d.l.T.*)

ou des monographies inachevées ? Qui d'autre savait nouer de solides liens d'amitié avec les auteurs ? Il l'avait fait avec tous les futurs grands écrivains de Nouvelle-Angleterre, et en des temps où les maisons concurrentes leur fermaient leurs portes, les jugeant peu rentables ou trop longs à le devenir.

On racontait que, dès ses premiers pas dans la profession, Fields avait manifesté des qualités bizarres, voire « surnaturelles », au dire des autres clercs. Il pouvait prédire le genre de livre que recherchait un client rien qu'en observant son visage ou son comportement. Au début, l'éditeur en herbe s'était gardé d'étaler ce don. Mais ses collègues l'avaient quand même remarqué et c'était devenu entre eux l'occasion de paris continuels. Ceux qui misaient contre le néophyte s'en mordaient toujours les doigts. Très vite, Fields avait bouleversé la donne : tout d'abord, en persuadant William Ticknor de récompenser les auteurs au lieu de les gruger ; ensuite, en tirant parti de la publicité, qui pouvait faire d'un poète une célébrité. Élevé au rang d'associé, il avait racheté l'*Atlantic Monthly* et la *North American Review* et en avait fait des tribunes privilégiées où les critiques de la maison encensaient les auteurs publiés chez Ticknor, et où ceux-ci pouvaient faire publier leurs œuvres en feuilletons.

J. R. Osgood savait qu'il ne serait jamais un lettré de l'envergure de Fields, un *littérateur*. Voilà pourquoi il jugea inutile de comparer ses idées sur la Vraie Littérature avec celles de son patron. Il préféra s'indigner contre le trésorier de Harvard.

« En vertu de quoi Augustus Manning nous menace-t-il d'une telle sanction ? C'est du chantage pur et simple ! »

À ces mots, Fields sourit pour lui-même. Il lui restait encore bien des choses à enseigner à son premier clerc.

« Rien ne serait jamais accompli sans un léger chantage, Osgood. D'un côté, nous avons la poésie de Dante qui nous est étrangère, inconnue. De l'autre, nous avons la Corporation qui règne en maître sur la réputation de Harvard ; qui contrôle le moindre mot autorisé à franchir ses portes. Tout ce qui lui est inconnu ou impossible à connaître l'épouvante au-delà du raisonnable. »

Fields alla prendre l'édition populaire de *La Divina Commedia* qu'il avait achetée à Rome.

« Entre la première et la dernière page de ce livre, est concentrée assez de rébellion pour mettre le monde sens dessus dessous, reprit-il. L'esprit du pays file à la vitesse du télégraphe, Osgood, mais nos institutions s'en tiennent au trot des diligences.

— En quoi cette publication entacherait-elle la réputation de Harvard ? À ce jour, ils n'ont jamais frappé d'interdit aucune traduction de Longfellow, que je sache.

— Dieu nous en préserve ! s'écria l'éditeur avec une feinte indignation. Ils sont toujours associés, et c'est un lien que l'on rompt avec peine. »

De fait, si Fields entretenait avec Harvard des rapports d'affaires, les autres personnes impliquées dans la traduction du poème avaient des attaches autrement plus solides avec cet établissement : Longfellow y avait été le professeur le plus célèbre jusqu'à son départ, une dizaine d'années plus tôt, justifié par son désir de se vouer entièrement à la poésie ; Oliver Wendell Holmes, James Russell Lowell et George Washington Greene y avaient tous trois fait leurs études. Holmes et Lowell y étaient aujourd'hui des professeurs renommés – Holmes était *Parkman Professor* au Collège de médecine, et Lowell avait succédé à Longfellow à la tête du département de langues et de littératures modernes.

« Les gens considéreront que ce chef-d'œuvre sort tout droit du cœur de Boston et de l'âme de Harvard, mon cher Osgood. Et cela, Augustus Manning n'est pas fermé au point de ne pas le pressentir. »

À voir le Dr Oliver Wendell Holmes, professeur de médecine et poète, se hâter le long des chemins tracés dans l'herbe haute du *Common*, on eût pu croire qu'il avait le diable aux trousses. Néanmoins, cela ne l'empêcha pas de s'arrêter deux fois pour apposer sa signature sur une page de cahier. Si vous l'aviez croisé en cet instant, si vous aviez été l'un de ces promeneurs tranquilles qui brusquement, au nom du droit à l'autographe, lui brandissaient carnet et stylo sous le nez, vous auriez pu l'entendre fredonner avec résolution. Dans la poche de son gilet en soie moirée, brûlait un papier plié en deux qui le menait droit au Corner (siège de sa maison d'édition), mais aussi à l'effroi.

Chaque fois que des admirateurs nommaient leur livre favori, le petit docteur jetait négligemment : « Oh, *celui-là* ! », non sans jubiler intérieurement. Et d'ajouter : « Le président Lincoln pouvait le réciter par cœur, dit-on. En vérité, il me l'a avoué lui-même... » Et de rester la bouche ouverte, une expression poupine répandue sur les traits, car son asthme mais aussi la forme de son visage, sa mâchoire molle et ses petites lèvres en avant lui permettaient difficilement de garder la bouche close plus de quelques minutes.

Passé les chasseurs d'autographes, il ne s'arrêta plus qu'une fois, et encore avec hésitation : à la librairie Dutton & Company. Là, il dénombra trois romans et quatre recueils de poèmes dont les auteurs étaient des New-Yorkais inconnus de lui, des jeunes selon toute vraisemblance. Pas une semaine ne s'écoulait sans que les pages littéraires des journaux n'annoncent la sortie du livre le plus extraordinaire du siècle. La *profonde originalité* foisonnait en telle abondance qu'une personne mal informée eût pu croire qu'il s'agissait d'une denrée des plus courantes. Avant guerre – quelques années plus tôt seulement – on eût dit qu'il n'existait qu'un seul livre au monde : le sien, *L'Autocrate du petit déjeuner*. Avec ce titre, également publié en feuilleton, Holmes s'était hissé au pinacle, ouvrant la voie à une littérature de l'observation personnelle.

Il fit irruption dans le vaste vestibule de Ticknor et Fields où était exposée la production. De même qu'aux temps jadis, les juifs regrettèrent les splendeurs de l'ancien Temple en découvrant le nouveau, de même le Dr Holmes ne put s'empêcher de critiquer intérieurement le lustre des boiseries du nouveau bâtiment. En secret, il battit le rappel de ses souvenirs, se remémora l'odeur de renfermé qui régnait à l'Old Corner, dans ce lieu exigu, au coin de School Street et de Washington Street, qui avait longtemps accueilli la librairie, la maison d'édition et les auteurs. En partie par habitude, surtout par nostalgie, les écrivains publiés par Fields persistaient à appeler Corner le nouveau palais édifié au coin de Tremont Street et de Hamilton Square. Parfois, ils disaient aussi New Corner.

« Bonsoir, docteur Holmes. Vous êtes là pour M. Fields ? »

Mlle Cecilia Emory, l'accorte jeune fille en coiffe bleue qui siégeait à la réception, accueillit le nouveau venu d'un chaleureux sourire enrobé de parfum. Un mois plus tôt, quand le New Corner avait ouvert ses portes, Fields avait engagé plusieurs secrétaires de la gent féminine, sans se préoccuper du scandale que soulevait pareille innovation dans une maison exclusivement peuplée d'hommes. À coup sûr, l'idée émanait d'Annie Fields, son épouse, femme belle et obstinée – qualités qui vont généralement de pair.

« Oui, ma chère, répondit Holmes en s'inclinant. Est-il là ?

— Ne serait-ce pas là, en chair et en os, le grand Autocrate du petit déjeuner ? »

Tout en enfilant ses gants, Samuel Ticknor, clerc de la maison, échangea un long regard d'au revoir avec Cecilia Emory. Ce n'était pas un clerc comme les autres car, sitôt rentré chez lui, dans l'une des demeures les plus enviées de Back Bay, il se verrait souhaiter le bonsoir par sa femme et une armée de domestiques. Holmes prit la main qu'il lui tendait.

« Quel superbe endroit que ce New Corner, ne trouvez-vous pas, mon cher monsieur Ticknor ? Je m'étonne presque que notre M. Fields ne s'y soit pas encore perdu, ajouta-t-il avec un rire.

— N'est-ce pas déjà chose faite ? » rétorqua Samuel Ticknor à mi-voix, sans la moindre ironie. Il ponctua sa phrase d'un petit rire sous cape qui put passer pour un léger grognement. J. R. Osgood apparut sur ces entrefaites pour conduire le visiteur à l'étage.

« Ne lui prêtez pas attention, docteur Holmes, dit-il d'un air pincé en regardant le personnage en question s'éloigner d'un pas nonchalant le long de Tremont Street et jeter une pièce au vendeur de cacahuètes du coin comme il l'eût fait à un mendiant. Si vous m'y autorisez, je dirai que le jeune Ticknor prétend, en vertu de son nom seul, avoir la même vue sur le *Common* que feu monsieur son père. Et il tient à ce que tout le monde le sache. »

Le Dr Holmes n'avait pas de temps à consacrer aux cancans – en tout cas, pas ce jour-là.

Fields était en rendez-vous, lui apprit Osgood. En conséquence, il se vit relégué au purgatoire, dans la salle des Auteurs. D'ordinaire, Holmes eût passé le temps en admirant les souvenirs littéraires et les autographes, dont le sien, exposés sur les murs tendus de velours de cette pièce mise à la disposition des écrivains pour leur confort et leur bon plaisir. Pour l'heure, il concentra son attention sur le chèque qu'il avait discrètement tiré de sa poche. Dans le chiffre railleur inscrit sur le papier, il lut ses récents échecs et, dans les bavures de l'encre, il vit sa vie de poète laminé par les événements, incapable de s'élever aux sommets d'autrefois. Il s'assit en silence et se mit à frotter rudement son chèque entre le pouce et l'index, tel Aladin et sa vieille lampe. Les auteurs que Fields courtisait aujourd'hui, persuadait, modelait, étaient des hommes courageux, encore dans leurs vertes années.

Il quitta deux fois la salle des Auteurs pour aller jusqu'au bureau de Fields et trouva les deux fois porte close. Au second voyage, la voix de James Russell Lowell, poète et éditeur, traversa l'épaisseur du bois jusqu'à ses oreilles alors qu'il s'apprêtait à faire demi-tour. Lowell parlait avec insistance, selon son habitude, et sur un ton théâtral. À ce point théâtral qu'au lieu de frapper ou de simplement tourner les talons le Dr Holmes tendit l'oreille dans l'espoir de surprendre la conversation. Laquelle le concernait, à ce qu'il lui parut.

Il était en train de déchiffrer un mot, les paupières plissées, comme si cela pouvait aider l'acuité de son regard à migrer vers ses oreilles, quand il sentit un objet le heurter.

« C'est entièrement ma faute, mon cher jeune homme, s'esclaffa l'indiscret, tandis que le commis à l'origine de la collision agitait stupidement les mains en signe de repentance. Dr Holmes. Et vous êtes… ?

— Teal, docteur…, monsieur, parvint à articuler le fautif, blême et tremblant de tous ses membres, et il prit ses jambes à son cou.

— Je vois que vous avez fait la connaissance de Daniel Teal, lança Osgood, apparu sur le seuil du vestibule. Je ne lui confierais pas la gestion d'un hôtel, mais c'est un garçon travailleur. »

Holmes se joignit au rire du premier clerc. Pauvre jeune homme ! Il en était devenu tout vert autour des oreilles, d'avoir percuté Oliver Wendell Holmes ! L'incident eut pour effet de rendre au docteur le sentiment de son importance. Il sourit.

« Voulez-vous que je voie où en est M. Fields ? » s'enquit Osgood.

La porte du bureau de l'éditeur s'ouvrit d'elle-même et un James Russell Lowell majestueusement débraillé passa la tête dans l'entrebâillement. Ses yeux gris et pénétrants captèrent l'attention des deux hommes dans le couloir au point de leur faire oublier ses cheveux en bataille et sa barbe qu'il lissait avec deux doigts. Apparemment, il était seul dans le bureau de Fields. Seul, avec le quotidien du jour.

« Entrez, Wendell ! *Entrez donc !* » lança-t-il et, sans attendre, il s'employa à lui servir un verre.

Holmes eût volontiers fait part à Lowell de son inquiétude, mais il imagina sans peine sa réaction : *En ces temps difficiles, il convient de concentrer toutes nos énergies sur Longfellow et sur Dante, Holmes, pas sur nos petites vanités...* Il s'en tint donc à des propos plus généraux.

« Comment se fait-il que j'aie cru entendre des voix à l'intérieur, Lowell ? Étaient-ce des fantômes ?

— Lorsqu'on demanda à Coleridge s'il croyait aux fantômes, il répondit par la négative, expliquant qu'il en avait vu trop souvent. »

Avec un rire joyeux, il écrasa le bout rougeoyant de son cigare dans un cendrier et reprit :

« Le cercle des Amis de Dante sera dignement célébré, ce soir. Je lisais un texte à voix haute pour me faire une idée de ce qu'il donnait à l'oreille. »

Il désigna le journal sur le guéridon et expliqua que Fields était descendu à la *cafiteria*[1].

« Dites-moi, Lowell, savez-vous si l'*Atlantic* a modifié sa politique de paiement ? Je veux dire... Peut-être avez-vous livré des vers pour le dernier numéro, bien que vous soyez certainement assez occupé avec la *Review*. »

En guise de réponse, Lowell lui tendit un journal plié à la page littéraire.

« Holmes, jetez donc un coup d'œil à ça ! Fields s'est surpassé. Là, regardez ! Voyez donc. » Et de surveiller avec une mimique de conspirateur que son ami se plongeait bien dans la lecture de l'article.

Holmes écarta de lui le journal qui sentait fort le cigare de Lowell.

---

1. Ticknor et Fields était une entreprise modèle sous bien des aspects, et les employés bénéficiaient de nombreux avantages peu courants. (Quant à ce terme de *cafitéria*, il est apparu dans la langue française en 1853. *Cf.* les *Trésors de la langue française.*) (*N.d.l.T.*)

« Je voudrais vous demander, mon cher Lowell, insista-t-il. Est-ce que récemment... Oh, merci bien. »

Il accepta mécaniquement le verre de fine à l'eau que lui tendait son ami. Au même instant, l'éditeur fit son entrée. Inexplicablement, il semblait d'aussi joyeuse humeur que Lowell, et aussi sûr de lui, tandis qu'il tiraillait les poils de sa barbe frisée.

« Holmes, si je m'attendais à ce plaisir aujourd'hui ! Je m'apprêtais justement à envoyer quelqu'un au Collège de médecine pour vous faire dire de passer voir M. Clark. Une erreur déplaisante s'est glissée dans certains chèques correspondant au dernier numéro de l'*Atlantic*. Il est possible que vous receviez pour votre poème soixante-quinze dollars au lieu des cent convenus. »

Depuis l'inflation consécutive à la guerre, les poètes confirmés recevaient cent dollars par poème, à l'exception de Longfellow qui en touchait cent cinquante. Les auteurs de moindre qualité étaient payés entre vingt-cinq et cinquante dollars le texte.

« Vraiment ? demanda Holmes. Eh bien, je suis toujours ravi de toucher davantage.

— Cette nouvelle fournée de clercs... Des créatures dont vous n'avez pas idée ! dit encore Fields en secouant la tête. Je suis à la barre d'un bateau colossal, mes amis, et il voguerait droit sur les rochers si je ne veillais pas constamment sur sa route. »

Se calant dans son fauteuil d'un air satisfait, Holmes finit par jeter un coup d'œil au *New York Tribune* qu'il n'avait pas lâché. Peu à peu, il disparut au fond de son siège, comme si les épais plis de cuir l'avaient avalé.

James Russell Lowell était venu au Corner depuis Cambridge afin d'accomplir ses tâches trop longtemps négligées. Rédacteur en chef de la *North American Review*, l'un des deux magazines les plus importants de Fields, il abandonnait la plus grande partie de son travail à une équipe de rédacteurs adjoints dont il confondait les noms. Il ne venait au bureau que pour la vérification finale, lorsque sa présence était indispensable. Fields savait qu'il apprécierait plus que quiconque, plus même que Longfellow, le billet qu'il avait fait insérer. Et, de fait, Lowell jubilait.

« Exquis ! déclara-t-il en subtilisant le journal des mains de Holmes. Il reste encore un peu de juif en vous, mon cher Fields ! »

Les autres laissèrent passer cette formule étrange sans y prêter attention, connaissant la manie de Lowell de théoriser sur le fait que tout homme de talent, à commencer par lui, était forcément juif ou d'ascendance juive, quand bien même il l'ignorerait.

« Oui, je vois déjà les libraires se jeter sur cet os, se vanta Fields. Nous roulerons bientôt en carrosse doré, rien qu'avec les bénéfices de Boston !

— Mon cher Fields ! s'esclaffa Lowell en tapotant le journal comme si ses pages renfermaient une secrète récompense. J'ose prétendre que si Dante vous avait eu pour éditeur, Florence l'aurait rappelé en ses murs avec tous les honneurs. »

Oliver Wendell Holmes se joignit à son rire. Puis, sur un ton voisin de la plaidoirie, il lança :

« Lowell, si Fields avait été son éditeur, Dante n'aurait pas été exilé, tout simplement. »

Sur ces mots, il s'excusa pour aller trouver M. Clark, le clerc aux écritures, avant que la compagnie ne partît chez Longfellow.

Lowell se rembrunit. Fields voulut savoir ce qui le préoccupait. N'étant pas homme à cacher ses déplaisirs, le poète s'exprima avec force.

« Ne trouvez-vous pas que Holmes pourrait manifester un peu plus d'engagement ? » Et d'ajouter sèchement, connaissant la susceptibilité de Fields à propos des battages qu'il orchestrait : « On aurait pu croire qu'il lisait une nécrologie... La sienne. »

L'éditeur balaya d'un rire le sujet.

« Il s'inquiète pour son roman, voilà tout. Il se demande si les critiques lui rendront justice cette fois. Et puis, il a toujours mille choses en tête, vous le savez bien, Lowell.

— Justement. Si Harvard poursuit ses intimidations... » Il s'interrompit pour reprendre aussitôt : « Personne ne doit pouvoir penser qu'il existe la moindre dissension entre nous, la moindre faille dans notre union... Je me demande parfois si notre cercle n'est pas pour Wendell qu'un club parmi tant d'autres ? »

Lowell et Holmes aimaient à faire assaut d'esprit, quitte à s'égratigner, en général pour obtenir l'attention de l'assistance. Fields s'évertuait à les décourager de cette déplaisante habitude. En vain. Tout récemment encore, à ce que lui avait rapporté son épouse au retour d'un banquet, la rivalité des deux hommes avait frôlé l'effronterie : Lowell s'était acharné à convaincre Harriet Beecher Stowe que *Tom Jones* était le meilleur roman de tous les temps, tandis que Holmes s'était fait fort de prouver à son mari, professeur de théologie, que la religion était à l'origine de tous les jurons prononcés dans le monde. Cependant, la tension entre deux de ses meilleurs poètes n'inquiétait guère l'éditeur. Plus grave était l'obstination de Lowell à réitérer ses doutes sur Holmes. Cela, Fields ne pouvait l'admettre, pas plus qu'il ne pouvait admettre les tergiversations du docteur.

Voilà pourquoi il se lança dans le panégyrique du petit docteur, debout à côté du daguerréotype représentant l'Autocrate. Posant la main sur la solide épaule of Lowell, il conclut avec sincérité :

« Sans lui, notre cercle des Amis de Dante serait à court d'élan, mon cher Lowell. Je ne nie pas qu'il se laisse distraire, mais c'est cela qui préserve le brillant de son esprit. Pourquoi ? Parce qu'il est exactement ce que le Dr Johnson appelle un homme *de club*.

Il nous a soutenus tout du long, vous en conviendrez, n'est-ce pas ? Et pas seulement nous, Longfellow également. »

Le Dr Augustus Manning, trésorier de la Corporation de Harvard, avait pour habitude de rester dans son bureau de University Hall bien après le départ des autres *fellows*[1]. Ce soir-là, assis à sa table, les yeux fixés sur le reflet de sa lampe dans la vitre de plus en plus sombre, il songeait aux périls grandissants qui menaçaient son institution. Dans l'après-midi, alors qu'il effectuait ses dix minutes de promenade quotidienne, il avait surpris quatre étudiants en train de bavarder près de Grays Hall. Les contrevenants ne l'avaient pas vu approcher car il marchait, tel un fantôme, sans qu'on entendît ses pas, même lorsqu'il foulait un tapis de feuilles mortes. Il avait consigné leurs noms. Pour avoir stationné en groupe dans le *Yard*[2], les inculpés recevraient un avertissement au motif de « rassemblement ».

Ce matin déjà, pendant la prière obligatoire à la chapelle, Manning avait attiré l'attention du surveillant Bradlee sur un élève qui lisait un livre sous sa bible. Le coupable, un garçon de deuxième année, recevrait un blâme sévère pour avoir lu pendant l'office, qui plus est un texte contestataire dont l'auteur, un philosophe français, prônait une politique immorale. Le jugement serait porté à son dossier lors de la prochaine réunion du Conseil de la faculté. Une amende de plusieurs dollars lui serait infligée et des points lui seraient retirés au classement général.

À présent, Manning réfléchissait à la meilleure façon de régler le problème Dante. Il était un fervent défenseur des études et des langues classiques. Ne disait-on pas que pendant une année entière il avait dirigé sa maisonnée en parlant latin ? D'aucuns, doutant de la chose, faisaient observer que son épouse ignorait cette langue. Les convaincus répliquaient que cela n'en prouvait que mieux l'authenticité de l'histoire. De l'avis du Dr Manning, les « langues vivantes » – expression incorrecte, sciemment utilisée par le corps enseignant pour marquer son mépris des langues « modernes » –, les langues vivantes, donc, n'étaient guère plus qu'un vulgaire pastiche de la beauté classique, une dégénérescence. De même que l'espagnol et l'allemand, l'italien incarnait le

---

1. *Fellow* : camarade, compagnon. À l'université, titre honorifique permanent, décerné aux membres du corps enseignant, aux étudiants de haut niveau et parfois à certains administrateurs. (*N.d.l.T.*)
2. *Yard* : cour. À Harvard, espace central du campus, autour duquel sont répartis divers bâtiments ou *Halls*. Il convient de noter que le Collège de médecine de Harvard ne se trouve pas à Cambridge comme le reste de l'université, mais à Boston, sur l'autre rive de la rivière Charles, pour des raisons de proximité avec les hôpitaux. (*N.d.l.T.*)

relâchement d'une Europe décadente, les passions politiques, les appétits sensuels et l'absence de morale. Autant de poisons étrangers qu'il ne laisserait pas se répandre à Boston sous couvert de littérature.

Un cliquètement bizarre lui parvint de l'antichambre. En cette heure de la soirée où son secrétaire avait regagné ses pénates, tout bruit était inattendu. Manning se leva. Arrivé près de la porte, il appuya sur la poignée. Elle était bloquée. Il leva les yeux. Une pointe de métal saillait du chambranle. Quelques centimètres plus loin, une autre se frayait un chemin dans le bois. Le Dr Manning tira sur la porte, tira de plus en plus fort, tira jusqu'à en avoir mal au bras. Brutalement, le battant céda, révélant un étudiant armé de planches et de vis, juché sur un tabouret. Et, visiblement, enchanté du bon tour qu'il était en train de jouer. À la vue du trésorier, ses complices s'enfuirent à toutes jambes.

« Surveillant ! Surveillant ! s'écria Manning en saisissant le coupable.

— Je vous en prie... C'était juste une farce ! »

Le jeune homme devait avoir dans les seize ans mais la terreur lui en gommait cinq d'un coup. Pris de panique sous ces yeux implacables qui le fouillaient jusqu'au tréfonds de l'âme, il se mit à frapper la main qui le tenait sans merci et, finalement, y planta les dents. Le trésorier lâcha prise. Un surveillant, accouru sur ses entrefaites, parvint à rattraper le rebelle par le col juste au moment où il bondissait hors de l'antichambre.

Manning marcha sur l'élève d'un pas décidé. Il le considéra d'un regard fixe et glacial pendant si longtemps que le surveillant, le croyant au bord de la syncope, s'enquit d'une voix trop forte de ce qu'il devait faire. Manning baissa les yeux sur sa main. Deux gouttes de sang lumineuses perlaient entre les phalanges.

Quand il parla enfin, sa voix parut jaillir de sa barbe raide, et non pas de sa bouche.

« Faites-lui avouer les noms de ses complices, monsieur Pearce. Et tâchez de savoir où il s'est enivré. Ensuite, vous le remettrez entre les mains de la police. »

Pearce marqua une hésitation.

« La police, monsieur ?

— Vraiment ! protesta l'étudiant. Si ce n'est pas une méchanceté que d'appeler les gendarmes pour une question qui relève de l'université !

— Immédiatement, monsieur Pearce ! »

Augustus Manning referma la porte sur lui, donna un tour de clef et alla se rasseoir dignement à sa table. Refoulant sa fureur, il reprit sa lecture du *New York Tribune* : des sujets autrement plus urgents que sa douleur à la main requéraient son attention. Tout en relisant le billet de J. T. Fields dans la rubrique « Boston littéraire », il se laissa aller à des pensées que l'on pourrait résumer comme suit : Fields se croit invincible dans sa nouvelle forteresse ; Lowell affiche son arrogance comme il le ferait d'une nouvelle redingote ; Longfellow demeure intouchable et M. Greene est un grabataire de l'esprit, une relique hors d'usage... *Reste le Dr Holmes...* Lui, c'est la peur qui l'incite à rechercher la polémique, nullement les principes. Je le sais depuis le jour où le professeur Webster a été pendu, il y a de cela des années. Ce que j'ai vu sur les traits du petit docteur Autocrate, ce jour-là, c'était de la panique. Une terreur qui n'était pas causée par la vue du bourreau ni même par le fait qu'un collègue eût pu commettre un meurtre. C'était un effroi suscité par la preuve tangible qu'un homme de son rang peut perdre sa place dans la société – une place qu'il s'est gagnée par son nom, par son éducation, par sa carrière de professeur à Harvard.

Holmes, oui ! Le Dr Holmes... Voilà l'homme qui se révélera notre meilleur allié.

2.

La nuit entière, les forces de l'ordre au grand complet s'employèrent à ratisser la ville à la recherche d'« individus suspects », les ramassant par groupes de six au moins pour les conduire à l'hôtel de police. À l'enregistrement, chaque inspecteur évaluait sa moisson d'un œil circonspect dans la crainte de la voir jugée moins fructueuse que celle de ses collègues. Quant aux détectives en civil, sitôt remontés des « tombes », c'est-à-dire des cellules au sous-sol, ils se consultaient entre eux à voix basse en n'employant que des mots codés et des signes de tête à peine esquissés. Un département d'enquêtes spéciales copié sur un modèle européen avait été mis en place à Boston. Son but étant de fournir à la police une connaissance intime des agissements des criminels, la plupart des sbires étaient d'anciens truands. Laissés dans l'ignorance des méthodes de recherche les plus subtiles, ils satisfaisaient aux quotas d'arrestations censés justifier leurs salaires grâce à de vieux trucs largement expérimentés, parmi lesquels l'extorsion, l'intimidation et la fabrication de preuves. Que ses subordonnés profitent du chagrin des Healey pour leur soutirer de l'argent était la dernière chose au monde que le chef de la police voulait voir se produire. C'est pourquoi il avait mis tout en œuvre pour que les détectives, mais aussi la presse, fussent convaincus que la victime était un monsieur Tout-le-Monde.

Regroupés dans la grande salle de l'hôtel de police, les prévenus braillaient des chansons obscènes, se cachaient le visage dans leurs mains ou abreuvaient de jurons ou de menaces les policiers qui les avaient arrêtés, quand ils ne restaient pas blottis les uns contre les autres sur les bancs de bois le long des murs. Toutes les catégories de criminels se trouvaient ici représentées : des escrocs de haut vol – le dessus du panier – aux casseurs de vitres et autres monte-en-l'air, en passant par les voleurs à la tire et les racoleuses à joli bonnet qui attireraient les passants dans les ruelles écartées où des complices se chargeaient du reste. Du balcon réservé au public tombait une pluie de cacahuètes grillées, piochées dans des sacs graisseux et lancées à travers les grilles par des gamins irlandais blafards, agenouillés par terre pour mieux viser. De temps à autre, une tournée d'œufs pourris venait agrémenter la séance de tir.

« T'aurais pas entendu quelqu'un jouer son fier-à-bras, comme quoi il aurait descendu un gars ? Tu m'écoutes, dis ?

— Où c'que t'as dégotté c'te chaîne de montre en or, mon coco, hein ? Et c'mouchoir en soie ?

— Qu'est-ce tu comptais faire avec ton gourdin ?

— Dis voir un peu, mon gars, t'as jamais essayé de zigouiller un quidam, juste pour voir l'effet que ça fait ? »

Ces questions-là, c'étaient les policiers rougeauds qui les criaient. Puis le commandant Kurtz entreprit de décrire en détail le meurtre de Healey, louvoyant habilement autour de l'identité de la victime. Bien vite, il fut interrompu par les ricanements obscènes d'un grand escogriffe noir qui lança d'une voix stupéfaite, ses gros yeux fixés sur un coin de la salle :

« Hé ! Grand chef, hé ! C'est qui le moricaud là-bas ? Une nouvelle recrue chargée d'en faire baver aux pauv' gens sans défense ? Où c'qu'il est passé, son uniforme ? Z'en êtes quand même pas à rameuter des Nègres pour faire les détectives, ou j'peux poser aussi ma candidature ? »

Aux éclats de rire qui suivirent, Nicholas Rey se redressa, prenant soudain conscience qu'il était en civil et ne participait pas à l'interrogatoire.

« Un noiraud, çui-là... ? Tu t'goures, mon gars ! » intervint d'une voix guillerette un type long comme un jour sans pain. Et il fit un pas en avant pour jauger le policier d'un œil connaisseur. « J'dirais plutôt un demi-sang. Même que c'est un sacrément bon spécimen du genre. Maman esclave et papa journalier. Ouais, c'est ça. Pas vrai, l'ami ? »

Rey se rapprocha de la ligne de démarcation.

« Si vous répondiez plutôt aux questions du chef, monsieur ? Aidons-nous les uns les autres, autant que faire se peut.

— Joliment envoyé, Lis des neiges ! »

Le maigrichon porta un doigt élogieux à la mince moustache qui encadrait sa bouche de deux parenthèses interrompues au-dessus du menton, telle une proclamation contre le port de la barbe.

Du bout de son nerf de bœuf, le chef de la police caressa le clou en diamant que le gars portait épinglé au sternum.

« Ne m'énerve pas, Peaslee !

— Hé, là, attention ! réagit le roi des cambrioleurs de Boston en époussetant son gilet. Ce petit caillou-là vaut ses huit cents dollars. Acheté en tout bien tout honneur, chef ! »

Les rires fusèrent de toutes parts, même des gorges de certains détectives. Kurtz s'en voulut de s'être laissé asticoter par Langdon Peaslee, surtout en un jour comme celui-ci.

« J'ai dans l'idée que tu n'es pas étranger au braquage de coffre-fort de dimanche dernier, Commercial Street. Je vais te mettre au violon pour enfreinte à la loi du sabbat. Dans les tombes, tu passeras la nuit avec les pickpockets à la petite semaine. »

À quelques places de là, Willard Burndy partit d'un rire gras, vite interrompu par un Peaslee au meilleur de sa forme.

« Vous voulez que j'vous dise quéque chose à c'sujet, mon cher directeur de la police ? déclara-t-il en haussant la voix de façon théâtrale pour que toute la salle en profite, y compris les vauriens des bancs du haut, soudain très attentifs. C'est sûr que c'est pas notre cher Burndy là-bas qu'aurait pu monter un coup pareil. Ou c'est-y que ces coffres appartiendraient à une association de vieilles dames ? »

Les yeux de Burndy, d'un rose lumineux, doublèrent de volume. Repoussant ses voisins, il se jeta sur Langdon Peaslee, déclenchant un début de rixe parmi les malfrats qui se trouvaient sur son chemin. Au poulailler, les loqueteux se mirent à clamer des vivats et des obscénités. Ce divertissement valait bien les courses de rats qui se déroulaient en secret dans les caves de North End ou tout autre spectacle pour lesquels il fallait allonger vingt-cinq *cents* par tête.

Dans la mêlée des agents qui se précipitaient pour ceinturer Burndy, un prévenu se retrouva poussé de l'autre côté de la ligne. Désorienté, il trébucha violemment et serait tombé si Nicholas Rey ne l'avait rattrapé. De son damier de dents gâtées ou absentes jaillit une sorte de sifflement, assorti d'un relent de rhum Medford. C'était un homme mince, avec de beaux yeux sombres mais un regard usé et une sorte d'entêtement dans l'expression. Il était couvert d'œuf pourri, mais ne semblait pas s'en formaliser.

Une fois l'éventail de truands réaligné comme il se devait, Kurtz reprit ses déambulations. La victime, expliqua-t-il, avait été retrouvée nue, dans une propriété près du fleuve, le corps couvert de mouches, de guêpes et de larves qui se faufilaient sous sa peau et se vautraient dans son sang. Tuée d'un coup à la tête et transportée là, pour être abandonnée aux soins de la nature. Et c'était l'œuvre de quelqu'un qui se trouvait ici, parmi les suspects, précisa encore le chef de la police, avant de mentionner une dernière bizarrerie : la présence d'un drapeau blanc et déchiqueté au-dessus du cadavre.

Entre-temps, Rey était parvenu à remettre sur pied le détenu déboussolé dont il avait la charge, un type à la trogne si flamboyante qu'elle éclipsait sa fine moustache et sa barbe. Il boitait, séquelle d'un accident ou d'une bagarre depuis longtemps oublié, et des gesticulations incontrôlées agitaient ses grandes mains. À chaque nouveau détail livré en pâture par le chef de la police, son corps entier était secoué d'un tremblement sauvage.

« Rey, qui c'est, ce type ? s'exclama Savage, le chef en second. Qui l'a amené ici ? Tout à l'heure, quand on leur a tiré le portrait, il n'y a rien eu à faire pour que le coquin donne son nom. Plus silencieux qu'un sphinx ! »

Le sphinx en question portait un col en papier à demi caché sous une écharpe noire malpropre, lâchement nouée sur un côté. Le regard vide, les yeux fixés droit devant lui, il s'échinait à former de vagues cercles concentriques avec ses mains énormes.

« Tu dessines quelque chose ? » commenta Savage en manière de plaisanterie.

Les mains esquissaient en effet une sorte de carte, un plan qui eût immensément aidé la police dans les semaines à venir, pour peu qu'elle eût su dans quelle direction orienter ses recherches. Car l'inconnu avait beau ne pas être un habitué des riches salons lambrissés de Beacon Hill, il connaissait depuis longtemps la contrée où le meurtre s'était produit. Le schéma qu'il traçait dans les airs ne figurait nullement un lieu situé sur la terre, c'était la représentation de la glauque antichambre d'un au-delà. Car c'était là, oui, *là* que le châtiment s'était accompli – *dans les régions infernales* – et il le comprenait de mieux en mieux maintenant que l'image du cadavre s'était infiltrée dans son esprit et prenait corps à chaque nouveau détail.

« Je m'avancerai à dire qu'il est sourd-muet, chuchota le chef adjoint à l'intention de Rey, après que plusieurs gestes de l'inconnu, manifestement voulus, lui furent restés impénétrables. Si j'en crois les remugles, il plane à bonne altitude. Je l'emmène se restaurer de pain et de fromage. Gardez un œil sur ce Burndy, voulez-vous ? » ajouta Savage en désignant du menton le fauteur de troubles.

Celui-ci, les mains entravées, en était maintenant à frotter ses yeux roses, comme envoûté par le récit macabre du chef de la police. Savage soutira gentiment le prisonnier à la responsabilité de l'agent pour lui faire traverser la salle. L'homme pleurait à gros sanglots. Soudain, l'une de ses convulsions, involontaire semblat-il, expédia le sous-chef de la police, tête la première dans un banc. D'un bond, l'inconnu se plaça derrière Rey. Lui entourant le cou du bras gauche, il serra jusqu'à introduire ses doigts au creux de l'aisselle droite de son otage. Dans le même mouvement, il fit voler sa casquette de l'autre main et lui enfonça les doigts dans les yeux, tout en lui tordant la tête si loin en arrière qu'il parvint à emprisonner l'oreille de l'agent entre ses lèvres rouges et humides. Les mots qu'il prononça alors furent chuchotés si bas, sur le ton rauque d'aveux désespérés, que Rey fut bien la seule personne dans la salle à savoir que son agresseur avait parlé.

Un joyeux tumulte s'en était suivi parmi les truands quand, brusquement, l'homme lâcha sa proie pour saisir une fine colonne de fer cannelée autour de laquelle il se mit à tournoyer avant de se propulser violemment droit devant lui.

Dinanzi. Etterne etterno, etterne etterno.

Des phrases inintelligibles, marmonnées entre les dents : un code dénué de sens mais d'une sonorité à ce point discordante et brutale qu'elle suggérait plus de profondeur que Rey n'en pouvait imaginer. Voilà pourquoi ces mots s'ancrèrent dans son esprit, le prenant au piège, et il s'efforça de se les rappeler, de réentendre le chuchotement à son oreille tout en récupérant son équilibre pour s'élancer tant bien que mal aux trousses du fugitif. Hélas, celui-ci s'était catapulté avec une telle violence qu'il n'eût pu s'arrêter en cet instant, le dernier de sa vie, quand bien même l'eût-il voulu. Il passa au travers de l'épais vitrage de la fenêtre en encorbellement.

Un éclat de verre de la forme d'une faux se détacha du carreau et, d'une volte presque gracieuse, rattrapa l'écharpe noire, sectionnant d'un coup la trachée de l'inconnu. Sa tête fut projetée loin devant tandis que son corps traversait le matériau déchiqueté et basculait dans le vide pour aller s'écraser dans la cour en dessous.

Dans le silence qui s'abattit, des tessons aussi fins que des flocons de neige giclèrent sous les bottes de Rey renforcées à la pointe, lorsqu'il s'avança vers la fenêtre pour regarder en bas. L'inconnu gisait sur un moelleux coussin de feuilles d'automne, et les morceaux de verre multicolore tombés de la vitre brisée découpaient le corps et la couche en un kaléidoscope de rouge, de jaune et de noir agité de soubresauts. Arrivés les premiers dans la cour, les garnements loqueteux braillaient et dansaient autour du cadavre écartelé en le montrant du doigt. Rey descendit à son tour, incapable de fuir les paroles indistinctes que ce vagabond, pour une raison inconnue, avait choisi de lui léguer. *Voi Ch'intrate. Voi Ch'intrate.*

James Russell Lowell franchit au galop le portail de fer qui donnait accès au *Yard* de Harvard avec le sentiment d'être sir Launfal en personne lancé dans la quête du Graal. Sur ce fond aux couleurs de l'automne, sa silhouette montée sur un destrier blanc évoquait en effet le vaillant chevalier de son poème le plus célèbre, pour peu que l'on fît abstraction de sa singulière prédilection pour les barbes taillées au cordeau. La sienne formait sous le menton un carré parfait de six ou sept centimètres de côté, sous lequel ses longues moustaches ballottaient librement. Certains de ses détracteurs, comme bon nombre de ses amis, faisaient observer en privé que cette coupe n'était pas des plus flatteuses, eu égard à la hardiesse générale de ses traits. Mais Lowell soutenait que les barbes étaient faites pour être portées, sinon Dieu ne les eût point données à l'homme, se gardant bien de débattre sur la justification théologique de son style personnel.

Cette imaginaire appartenance à la chevalerie, le poète la ressentait avec une passion redoublée, en ces temps où le *Yard* se révélait une citadelle chaque jour plus hostile. Quelques semaines auparavant, la Corporation s'était engagée à mettre en œuvre des réformes visant à éliminer divers obstacles auxquels son département se trouvait confronté – par exemple, le fait que les étudiants inscrits à un cours de langue moderne obtinssent moitié moins de points que ceux qui choisissaient une langue classique –, s'il l'autorisait en contrepartie à bénéficier d'un droit de regard sur ses cours. Lowell avait exprimé son refus haut et fort : que l'administration soumette sa proposition au Conseil des superviseurs de Harvard ! S'agissant d'une Hydre à vingt têtes, la résolution ne serait pas adoptée avant un temps infini.

Peu après, un après-midi, une petite phrase lâchée par le président de l'université lui avait révélé l'objectif réel de l'administration.

« Annulez au moins votre séminaire sur Dante, et Manning améliorera grandement les choses pour vous », lui avait vivement conseillé le révérend Hill, le prenant par le coude en un geste de confidence.

Lowell avait plissé les yeux.

— C'est donc ça ! C'est ce cours qu'ils veulent me voir supprimer ! » s'était-il écrié. Et d'ajouter, outré : « Je ne me laisserai pas conter de balivernes, je ne m'inclinerai pas devant eux ! Ils ont obtenu le départ de Ticknor. *Longfellow* lui-même n'éprouve que de l'inimitié pour eux. Par Dieu ! Face à de telles manigances, quiconque se veut un gentilhomme se doit d'élever la voix, voilà mon opinion ! Et j'ajouterai : quiconque n'est pas docteur ès vilenies.

— Je crains que vous ne me preniez pour un affreux goujat, professeur, mais comme vous le savez, je ne contrôle pas plus que vous la Corporation. La plupart du temps, se faire entendre de ces gens est une chose impossible. Pire que si on leur parlait à travers un trou dans le bois. » Et il avait conclu avec un petit gloussement : « Je ne suis hélas que le président de cette université. »

De fait, le révérend Thomas Hill n'était rien de plus que cela, un président de Harvard. Et tout neuf, qui plus est : le troisième en dix ans. De ce fait, les membres de la Corporation, en place depuis des années, détenaient un pouvoir bien supérieur au sien.

« Dante n'est pas conforme à la conception qu'ils ont de l'avenir de votre département, avait-il repris. Pour eux, c'est une affaire entendue. Ils en feront un exemple, Lowell. Manning en fera un exemple ! » avait-il répété sur un ton de mise en garde en reprenant le bras du poète comme s'il fallait l'arracher aux griffes d'un danger imminent.

Lowell avait rétorqué qu'il ne souffrirait pas de voir les membres de la Corporation s'ériger en juges d'une littérature dont ils ignoraient tout. Hill n'avait pas cherché à en discuter. Pour la Corporation de Harvard, tout ignorer des langues vivantes était une question de principe.

Lors de l'entrevue suivante, le président était muni d'un petit papier bleu écrit de sa main : la citation d'un poète anglais de vague renom récemment disparu, décriant l'œuvre de Dante.

« Que de haine contre la race humaine dans sa totalité ! avait-il lu. Quelle exultation, quels transports de joie devant des douleurs implacables et éternelles ! Nous lisons en nous pinçant le nez et en nous bouchant les oreilles. A-t-on jamais vu rassemblés autant de pestilence, de pourriture, d'excrément, de sang, de corps mutilés et de monstres mythiques chargés d'assener les châtiments ? Avons-nous jamais entendu un tel concert de cris de la part d'agonisants ? Face à cela, je ne puis m'empêcher de penser que ce livre est le plus immoral et le plus impie de tous ceux qui furent jamais écrits. »

Hill avait souri avec fatuité, comme s'il était lui-même l'auteur de ces lignes.

« Devrons-nous supporter encore longtemps que l'Angleterre règne sur nos bibliothèques ? s'était esclaffé Lowell. Si tel était notre souhait, pourquoi n'avons-nous pas remis Lexington aux Habits rouges ? Cela aurait épargné au général Washington les tracasseries d'une guerre. »

Il avait vu briller dans l'œil du président un éclat qu'il surprenait parfois chez un étudiant encore naïf et il en avait conclu que Hill était capable de le comprendre.

« Révérend président, avait-il continué, tant que l'Amérique n'aura pas appris à voir dans la littérature autre chose qu'un simple amusement, quelque chose de plus que des vers de mirliton à débiter par cœur pendant les cours ; tant qu'elle ne saura pas l'aimer pour son énergie humaniste et ennoblissante, elle n'atteindra pas à ce sens élevé qui, seul, fait d'un peuple une nation et le hisse de l'état de nom dénué de vie à celui de force vive. »

Hill avait dû se surveiller pour ne pas se laisser emporter loin de son but.

« Cependant, cette idée de voyager dans la vie après la mort, ces descriptions des châtiments de l'Enfer – tout cela est terriblement cru, Lowell. Et ce titre de *Comédie*... pour un texte semblable ! C'est moyenâgeux, scolastique. C'est...

— Catholique ? »

Le mot avait cloué le bec au président.

« N'est-ce pas ce que vous vouliez dire, mon cher Hill ? Que tout cela est par trop italien, par trop catholique pour notre université de Harvard ? »

Levant l'un de ses sourcils blancs, Hill avait répliqué d'un air entendu :

« Vous admettrez que nos oreilles protestantes ne sauraient endurer un concept de Dieu à ce point effrayant. »

En vérité, Lowell ne voyait pas la prolifération des papistes irlandais sur les docks et à la périphérie de Boston d'un meilleur œil que la Corporation. Mais de là à considérer ce poème comme un édit officiel du Vatican...

« Il est vrai que nous préférons condamner les gens à la géhenne éternelle sans les informer courtoisement des conséquences de leurs actes. Quant à ce titre de *Commedia*, mon cher monsieur, si Dante a choisi de le donner à son œuvre, c'est parce qu'il l'a écrite en italien, la langue paysanne, et non pas en latin. Et aussi, parce qu'à l'inverse d'une *tragedia* tout y est bien qui finit bien, puisque, au bout du compte, le héros monte au ciel. Au lieu de s'évertuer à fabriquer un grand œuvre à partir d'éléments qui lui étaient étrangers, Dante a laissé jaillir de lui la poésie. »

Lowell avait noté non sans plaisir l'exaspération du président, quand celui-ci avait argué :

« Par pitié, professeur, ne trouvez-vous pas qu'il y a bien du ressentiment, bien de la malveillance à infliger des tortures impitoyables à tous ceux qui s'adonnent à l'un ou à l'autre des péchés recensés ? Imaginez aujourd'hui un homme public déclarant que la place de ses ennemis est en Enfer !

— Mais, révérend président, je l'imagine parfaitement au contraire ! Et ne vous y trompez pas : Dante expédie dans les profondeurs ses amis aussi bien que ses ennemis, vous pouvez le dire à Augustus Manning. Une pitié sans rigueur n'est que lâche égoïsme, pure sentimentalité et rien d'autre. »

Les membres de la Corporation de Harvard, c'est-à-dire le président et les six pieux hommes d'affaires expressément choisis en dehors de l'université, ne faisaient pas mystère de leur parti pris en faveur du latin, du grec, de l'hébreu, de l'histoire antique, des mathématiques et de la science – matières enseignées de longue date et qui s'étaient révélées très bénéfiques pour eux. Ils ne cachaient pas davantage leur conviction que les langues et la littérature modernes étaient des sujets inférieurs, des à-côtés tout juste bons à grossir les pages du catalogue de l'université. Certes, après le départ du professeur Ticknor, Longfellow avait obtenu quelques os à ronger, notamment le recrutement d'un répétiteur de langue – un brillant exilé italien du nom de Pietro Bachi – et aussi la mise en place d'un cours sur Dante. Mais, de tous les séminaires qu'il tenait, celui-ci était le moins prisé, même si certains étudiants faisaient preuve d'une ardeur appréciable, dont un certain James Russell Lowell, qui deviendrait à son tour professeur.

Aujourd'hui, après dix années d'empoignade avec l'administration, Lowell était sur le point de voir couronnées toutes ses espérances : la découverte de Dante par l'Amérique. Oui, l'heure avait sonné. Mais un autre danger qu'un Harvard habile et uni dans la désapprobation menaçait le cercle des Amis de Dante, et ce danger-là venait de l'intérieur : la frivolité du Dr Holmes.

Frivolité confirmée par le propre fils de l'intéressé, Oliver Wendell Holmes. Deux fois par semaine, le jeune homme quittait sa faculté de droit au moment précis où Lowell sortait d'University Hall après son cours, et il leur arrivait de se promener ensemble dans Cambridge. Un jour, Lowell lui avait demandé si son père mentionnait devant lui le cercle des Amis de Dante.

« Oh, certainement, monsieur Lowell ! avait répondu le grand et bel étudiant avec un petit sourire narquois. Tout comme il parle du cercle Atlantique, du cercle de l'Union, du club du Samedi, du cercle des Sciences, de l'Association historique et de la Société de médecine... »

Or les menaces qui planaient sur le cercle des Amis de Dante méritaient qu'on cessât de ménager la chèvre et le chou, comme Holmes avait tendance à le faire.

Récemment, au cours d'un dîner du club du Samedi donné à Parker House, Lowell s'était trouvé placé à côté d'un des hommes d'affaires les plus prospères de Boston parmi tous ceux qui s'étaient nouvellement enrichis. « On dirait que Harvard recommence à vous harceler », lui avait déclaré ce Phineas Jennison, et Lowell était resté pantois qu'on pût lire son visage aussi facilement qu'un panneau d'affichage.

« Ne sursautez pas ainsi, mon cher ami », s'était esclaffé Jennison, et sa profonde fossette au menton s'était mise à trembler.

À en croire ses intimes, cette fossette, jointe à sa chevelure dorée, avait laissé présager dès l'enfance l'immense fortune qui serait la sienne. Fossette régalienne, donc, même si le qualificatif de *régicide* lui eût mieux convenu puisqu'il la tenait d'un ancêtre censé avoir décapité Charles Ier.

« Le fait est que j'ai eu l'occasion de causer avec certains membres de la Corporation, avait poursuivi l'homme d'affaires. Vous savez que rien ne se produit à Boston ou à Cambridge sans passer d'abord sous mon nez.

— Nous construiriez-vous une nouvelle bibliothèque ? s'était enquis Lowell.

— Les *fellows* débattaient de votre département de façon plutôt animée, à ce qu'il m'a semblé. Ils étaient bougrement déterminés. Je m'en voudrais de me mêler de vos affaires, bien évidemment, mais...

— Entre nous soit dit, mon cher Jennison, ils veulent me faire abandonner mon séminaire sur Dante. Si je n'y prends garde, leur hargne contre ce poète égalera bientôt mon admiration pour lui. Figurez-vous qu'ils sont allés jusqu'à me proposer d'augmenter le nombre d'étudiants autorisés à suivre mes cours si j'acceptais de soumettre à leur censure les sujets que j'y aborde. »

En voyant l'inquiétude se répandre sur le visage de Jennison, Lowell avait précisé :

« J'ai refusé, naturellement.

— Vous avez fait cela ? » s'était écrié Jennison en exhibant un large sourire.

Sur ce, leur échange avait été interrompu par une série de toasts dont un impromptu imaginé par le Dr Holmes à la demande pressante de la compagnie, et qui avait été de loin le plus acclamé :

Un vers trop policé ne se retiendra pas,
Jamais boul' de billard gratte-dos ne fera.

« Ces rimes d'après-souper ruineraient n'importe quel poète, mais pas Holmes ! » avait lâché Lowell avec un sourire admiratif. Le regard voilé, il avait ajouté : « Parfois, j'ai l'impression de n'être pas taillé dans l'étoffe dont on fait les professeurs, Jennison. D'être trop bien par certains côtés, et pas assez par d'autres. Trop sensible et manquant de vanité. Sur le plan physique, devrais-je dire. Tout cela finit par m'user... Passer tant d'années fiché sur une chaise de professeur, ça vous engourdit son homme et on ne voit plus le reste du monde, avait-il dit encore. Que doit penser un prince de l'industrie tel que vous d'une aussi pâle existence ?

— Enfantillages, mon cher Lowell. »

Jennison avait paru fatigué du sujet. Pourtant, après un moment de réflexion, il y était revenu :

« Je ne souffrirai pas de vous voir hésiter plus longtemps ! Vous avez envers le monde et vous-même un devoir plus grand que celui dévolu au simple spectateur. Je ne sais pas qui est ce Dante censé sauver mon âme, mais un génie comme vous, mon cher ami, doit assumer la *responsabilité* de lutter pour tous les exilés du monde. »

Lowell avait marmonné une phrase inaudible mais certainement d'une grande modestie, car Jennison avait répliqué :

« Ta-ta-ta, Lowell. Vous êtes celui qui a su convaincre le club du Samedi qu'un marchand était digne de s'asseoir à la table d'immortels.

— Mes amis pouvaient-ils fermer leur porte à l'homme qui proposait de racheter Parker House ? avait rétorqué Lowell en riant.

— Ils auraient été en droit de le faire si j'avais cessé mon combat en vue d'appartenir à leur cercle de grands esprits. Puis-je citer mon poète favori ? *Ose réaliser les rêves que d'autres osent caresser...* Ah, que c'est bien dit ! »

À l'idée que son œuvre dût l'inspirer lui-même, Lowell avait éclaté de rire. Cependant, tel était bien le cas en vérité. Et pourquoi pas ? La raison d'être de la poésie n'était-elle pas sa capacité à résumer en une seule ligne l'essentiel des pensées qui flottaient vaguement dans l'esprit de tous ? D'en faire quelques mots à emporter avec soi, une phrase utile et prête à l'emploi. Du moins, Lowell le pensait-il.

Pour l'heure, tandis qu'il se rendait à son cours, la perspective d'entrer dans une salle remplie d'étudiants convaincus qu'il était possible de tout savoir d'un sujet quel qu'il fût le fit bâiller d'ennui. Il attacha son cheval à la vieille pompe à eau en face de Hollis Hall et lui conseilla de botter des quatre fers quiconque y trouverait à redire. Sur ce, il alluma un cigare. Chevaux et cigares : deux points figurant noir sur blanc sur la liste des actes interdits sur le *Yard*.

Un homme en gilet à carreaux d'un jaune lumineux suivait avec attention ses faits et gestes, paresseusement appuyé contre un orme. Bien qu'incliné, il était beaucoup plus grand que Lowell. Trop âgé pour être un étudiant et trop décrépit pour appartenir à la faculté, il avait des traits décharnés, pour ne pas dire usés, et il fixait le poète d'un regard où brillait la lueur insatiable de l'admirateur.

Le renom ne signifiait pas grand-chose pour Lowell. Que ses amis trouvassent un peu de valeur à ses écrits et que sa fille Mabel pût s'enorgueillir de l'avoir eu pour père quand il ne serait plus, voilà ce qui comptait pour lui. En dehors de cela, il aimait se considérer comme quelqu'un de *teres atque rotundus*[1], un microcosme à lui seul : auteur, public, critique et postérité, tout à la fois. Pour autant, lorsqu'il lui arrivait de sortir flâner dans Cambridge, l'âme débordant d'aspirations, les éloges des gens qu'il croisait lui réchauffaient le cœur, comme le regard indifférent d'un parfait inconnu pouvait le lui briser. Néanmoins, même dans les yeux de ceux qui le reconnaissaient, dans l'éclat opaque et stupéfait de leur prunelle, il y avait quelque chose de tout aussi douloureux pour lui, quelque chose qui lui donnait le sentiment d'être transparent, séparé des autres : le poète Lowell, une apparition.

L'homme en gilet jaune qui l'observait, appuyé contre l'arbre, toucha le bord de son melon noir quand il passa devant lui. Embarrassé, Lowell répondit par une inclinaison de la tête, les

---

1. *Teres atque rotundus* (en latin dans le texte) : rond et sphérique. (*N.d.l.T.*)

joues frémissantes. Traversant le campus d'un pas vif, il s'en fut triompher de ses obligations du jour, sans remarquer que l'inconnu maintenait son attentive surveillance.

Le Dr Holmes fit irruption dans l'amphithéâtre aux gradins pentus et son entrée fut saluée par les applaudissements de ses élèves et les martèlements de bottes habituels de ceux qui avaient les mains occupées. De brefs hourras suivirent, lancés par « ses jeunes barbares », ainsi qu'il appelait les chahuteurs regroupés sur la « Montagne » à l'instar de certains députés au temps de la Révolution française. Ici, chaque semestre, quatre fois par semaine, Holmes démontait et remontait le corps humain sous les yeux de cinquante fils éperdus d'adoration. Debout dans les entrailles de l'amphithéâtre, il ne mesurait plus le mètre soixante-cinq que lui garantissaient les talonnettes du meilleur chausseur de Boston, il était immense.

Oliver Wendell Holmes était le seul enseignant capable de tenir en main le cours de treize heures, quand la faim et l'épuisement s'alliaient à l'air vicié pour endormir l'auditoire enfermé dans ce cube de deux étages, situé sur North Grove Street. Des collègues envieux disaient que c'était sa renommée littéraire qui lui gagnait le cœur des étudiants. En réalité, la plupart de ceux qui choisissaient la médecine au lieu du droit ou de la théologie venaient de la campagne. Et si, d'aventure, une œuvre littéraire leur était tombée sous les yeux avant leur arrivée à Boston, il y avait fort à parier que l'auteur en fût Longfellow. Cependant, il se trouvait toujours un étudiant pour mettre la main sur un exemplaire de *L'Autocrate au petit déjeuner* et le faire circuler parmi ses condisciples. La réputation littéraire de Holmes se répandait alors à la façon d'un ragot sensationnel. « Comment ! Vous n'avez pas lu *L'Autocrate* ? » disait l'élève à ses camarades, les yeux ébahis. Mais c'était là davantage une réputation de réputation qu'une authentique renommée littéraire.

« Aujourd'hui, déclara Holmes, nous commencerons par un sujet dont je crois pouvoir dire, mes garçons, que vous ignorez *tout*. »

Retirant le drap immaculé, il fit apparaître un cadavre de femme et leva les mains pour calmer le chahut qui en était résulté.

« Du respect, messieurs ! Du respect pour l'humanité et la plus divine des œuvres du Seigneur ! »

Le Dr Holmes était trop immergé dans l'océan de regards attentifs pour noter la présence d'un intrus parmi ses étudiants.

« Oui, le corps féminin sera notre sujet du jour », poursuivit-il.

Au premier rang, un jeune homme rougit violemment, à la plus grande joie de ses voisins. Le fait ne passa pas inaperçu du professeur.

« Nous pouvons observer sur la personne d'Alvah Smith l'effet inhibiteur des nerfs vasomoteurs sur les artérioles, lorsque celles-ci se relâchent soudain et libèrent le sang qui va remplir les capillaires se trouvant en surface. C'est un phénomène plaisant que d'aucuns parmi vous pourront observer dès ce soir sur la joue de la jeune personne à laquelle ils projettent de rendre visite. »

Smith se joignit de bon cœur aux rires de la salle. Dans la gaieté générale, Holmes perçut un esclaffement dont la lenteur et l'enrouement trahissaient l'âge du rieur. Son regard remonta le long des bas-côtés jusqu'au révérend Dr Putnam, un membre de la Corporation de Harvard parmi les moins influents. Les administrateurs ne suivaient jamais véritablement les cours, bien qu'il leur revînt de les superviser. La plupart d'entre eux auraient considéré indigne de leur statut de faire le trajet jusqu'au Collège de médecine, lequel, pour des raisons de proximité avec les hôpitaux, ne se trouvait pas sur le campus de Cambridge, mais à Boston, de l'autre côté du fleuve.

« Et maintenant, déclara distraitement le Dr Holmes, tout en répartissant ses instruments sur le cadavre, plongeons-nous dans les profondeurs du sujet. »

À la fin du cours, laissant ses barbares jouer des coudes vers la sortie, il mena le révérend Dr Putnam jusqu'à son bureau.

« Mon très cher docteur Holmes, vous êtes l'étalon-or des hommes de lettres américains. Personne n'a travaillé aussi dur que vous ni ne s'est élevé aussi haut dans autant de domaines. Votre nom est à la fois symbole d'érudition et de création. Hier encore, un monsieur d'Angleterre me disait combien l'on vous révère au pays de nos origines. »

Holmes sourit sans même s'en rendre compte.

« Qu'a-t-il dit, révérend Putnam ? Qu'a-t-il dit ? Vous savez que j'aime les éloges en couche bien épaisse. »

Putnam se rembrunit, fâché d'avoir été interrompu.

« Malgré cela, Augustus Manning éprouve quelque inquiétude à propos de certaines de vos activités littéraires, docteur Holmes.

— Vous voulez parler du travail de M. Longfellow sur Dante ? s'étonna Holmes. C'est lui le traducteur. Je ne suis qu'un de ses aides de camp, si l'on peut dire. Je vous suggère d'attendre la publication de l'ouvrage. Je ne doute pas que vous l'apprécierez.

— James Russell Lowell, J. T. Fields, George Greene, le Dr Oliver Wendell Holmes, cela fait un impressionnant quatuor d'aides de camp, ne trouvez-vous pas ? »

Holmes était ennuyé. À ses yeux, le cercle des Amis de Dante n'avait pas lieu d'intéresser les gens et il n'appréciait pas d'en discuter avec un non-initié. Quant aux activités qu'il y déployait, elles ne relevaient pas du public.

« Mon cher Putnam, lancez une pierre à Cambridge, et vous êtes sûr et certain de la voir retomber sur l'auteur d'un essai en deux volumes. »

Putnam croisa les bras et attendit.

« C'est M. Fields qui traite de ces sujets, ajouta Holmes avec un geste de la main.

— Veuillez vous désengager de cette périlleuse entreprise, répliqua Putnam avec le plus grand sérieux. Faites entrer le bon sens dans l'esprit de vos amis. Le professeur Lowell, par exemple, ne fait qu'exaspérer... »

Holmes l'interrompit d'un rire.

« Si vous recherchez un homme que Lowell écoute, ce n'est pas au Collège de médecine que vous le trouverez, mon cher révérend.

— Je suis principalement venu pour vous mettre en garde, Holmes, *vous*, parce que je me considère comme votre ami. Si le Dr Manning savait que je vous parle... »

Il marqua une pause et reprit un ton en dessous, de la voix qu'il eût prise pour prononcer un éloge funèbre :

« Votre réputation, mon cher Holmes, demeurera attachée à ce Dante. Dans la situation actuelle, je redoute ce qui pourrait arriver à votre œuvre si Manning parvient à ses fins. À votre œuvre et à votre nom !

— Manning n'a aucune raison de m'attaquer personnellement, même s'il conteste les buts que nous poursuivons au sein de notre petit cercle.

— Nous parlons d'Augustus Manning, répondit Putnam. Ne perdez pas cela de vue. »

Putnam regarda Holmes partir en se disant qu'il avait l'air d'un homme qui a avalé un ballon. Pourquoi tous les hommes ne portaient-ils pas la barbe ? se demanda-t-il. Il était d'une humeur pimpante que les cahots du retour à Cambridge ne parvinrent pas à ternir : le Dr Manning serait enchanté d'entendre son rapport.

Artemus Prescott Healey, né en 1804, mort en 1865, était enterré au cimetière Mount Auburn, dans le vaste caveau de sa famille situé sur la plus haute colline, l'une des premières concessions à y avoir été acquises, il y avait des années de cela.

Si nombre de brahmanes ne lui pardonnaient pas ses lâchetés d'avant-guerre, tous néanmoins s'accordaient à penser que seul l'extrémiste le plus radical oserait offenser la mémoire d'un juge suprême de l'État en n'assistant pas à ses funérailles.

« Cinq ans de différence, Melia », dit le Dr Holmes en se penchant vers son épouse.

D'un bref roucoulement, elle le pria de développer, ce qu'il fit en chuchotant :

« Le juge Healey allait sur ses soixante ans, s'il ne les avait déjà. Quatre ans de plus que moi, ma chère, presque jour pour jour ! »

Mois pour mois, en vérité, mais cette proximité avec un mort amusait sincèrement le Dr Holmes. Du regard, Amelia lui signifia de garder le silence pendant l'oraison funèbre. Il s'appliqua donc à tenir ses lèvres fermées et contempla l'étendue du cimetière.

Il ne pouvait se dire un intime du défunt. Peu de gens, d'ailleurs, prétendaient à ce titre, même parmi les brahmanes. Mais il avait eu le plaisir de se frotter à ses qualités d'administrateur dans le cadre du Conseil de supervision de Harvard où le juge siégeait. Ils avaient également en commun leur appartenance à la fière association Phi Bêta Kappa[1] dont Healey avait été le président un certain temps. Le Dr Holmes en triturait précisément l'insigne accroché à sa chaîne de montre, tandis qu'on descendait le défunt dans sa dernière demeure. Au moins, se dit-il avec cette compassion des médecins à l'égard des mourants, le pauvre Healey n'aura pas souffert.

Son plus long entretien avec le juge suprême remontait à des années, à une période de sa vie à ce point troublée qu'il avait songé à tout abandonner pour se consacrer à la poésie. L'échange avait eu lieu au tribunal, pendant l'affaire Webster, lorsqu'il avait été appelé à comparaître comme témoin à décharge dans l'établissement du caractère du prévenu, le professeur John W. Webster. La cour était présidée par un comité de trois juges sous la houlette du juge suprême de l'État, comme il était de mise pour les crimes capitaux. Au cours du procès, Wendell Holmes avait eu l'occasion de juger par lui-même la lourdeur du style d'Artemus Healey.

« Un professeur de Harvard ne saurait commettre un crime ! » avait dit le président de Harvard de l'époque dans son témoignage à la barre en faveur de Webster, peu de temps avant Holmes.

Le Dr Parkman avait été assassiné dans le laboratoire situé juste en dessous de la salle où le petit docteur était en train de donner un cours. L'événement avait été particulièrement pénible pour Holmes qui était ami des deux et ne savait qui pleurer le plus, de la victime ou du meurtrier. D'autant que les rires de ses étudiants étaient ce qui avait noyé le bruit fait par le professeur Webster en découpant le cadavre de son collègue.

« Un homme pieux et qui craignait Dieu… », assurait le prédicateur, debout devant la tombe.

Le Dr Holmes n'apprécia guère ces vigoureuses promesses de paradis. Par principe, peu de chose dans la religion et ses pompes trouvait grâce à ses yeux. Fils d'un pasteur calviniste resté inébran-

---

1. Association d'anciens étudiants d'élite. (*N.d.l.T.*)

lable face à la montée de l'Église unitarienne, il avait été élevé dans la conviction que par sa chute Adam avait fait de nous tous des pécheurs. Constat terrible et qui bourdonnait toujours à ses oreilles. Heureusement, la vivacité de sa mère l'avait protégé de ces balivernes. En contrepoint des débats sur la prédestination et le péché originel qui opposaient le pasteur et ses amis ministres du culte, elle avait su chuchoter des apartés pleins d'esprit à l'oreille de ses enfants. De nouvelles idées verraient le jour, leur promettait-elle, à lui et à son frère John. À lui, surtout, qui était bouleversé à l'idée que le diable pût s'emparer de son âme. Et, de fait, de nouvelles idées avaient éclos dans la ville de Boston et dans son esprit.

Qui d'autre, sinon des unitariens, aurait eu l'idée de créer pareil cimetière, se dit-il, à la fois sépulture et jardin ? Pour s'occuper, il se mit à compter les notables présents, et ils étaient nombreux. Bien des gens hochaient la tête dans sa direction, car il appartenait au cénacle de poètes considérés comme le gratin littéraire du pays : les « Poètes du coin du feu », les « Saints de la Nouvelle-Angleterre ». À quelques pas de lui se tenait une autre célébrité présentement occupée à tournicoter les longues défenses lui tenant lieu de moustache et que son épouse, Fanny, rappelait à l'ordre en le tirant par la manche : James Russell Lowell, poète, professeur et éditeur. Lui faisant pendant de l'autre côté, il y avait J. T. Fields, l'éditeur des plus grands poètes de Nouvelle-Angleterre, dont la tête et la barbe formaient un triangle d'une gravité d'autant plus saisissante que lui étaient juxtaposées les angéliques joues roses de sa jeune épouse. Pas plus que le Dr Holmes, Lowell et Fields n'étaient intimes avec le juge suprême, mais ils avaient tenu à assister aux funérailles par respect pour le statut du défunt et pour sa famille, avec laquelle d'ailleurs les Lowell se trouvaient plus ou moins apparentés.

À la vue du trio, l'assistance cherchait vainement des yeux le *littérateur* le plus illustre du groupe : Henry Wadsworth Longfellow. Mais si l'auteur d'*Evangeline* s'était préparé à accompagner ses amis au cimetière qui n'était qu'à un saut de chez lui, il était finalement resté au coin de son feu, selon son habitude. Peu de choses au monde étaient capables de faire sortir Longfellow de sa tanière. Après tant d'années vouées à traduire Dante, l'imminente publication de son travail requérait sa pleine concentration. De plus, il craignait – et ce à juste titre – que sa présence n'attirât sur lui une attention censée être tournée vers la famille Healey. De fait, il ne pouvait déambuler dans Cambridge sans qu'aussitôt les gens chuchotassent et que les enfants se jetassent dans ses bras. Les chapeaux se soulevaient en si grand nombre sur son passage qu'on eût dit que le comté tout entier se massait sur le seuil d'une église.

Un jour, passant en fiacre devant Craigie House en compagnie de Lowell, Holmes avait aperçu entre deux cahots Fanny et Henry Longfellow assis au coin du feu, leurs cinq beaux enfants rassemblés près du piano. Il y avait des années de cela, avant la guerre, à une époque où le grand homme acceptait encore de sortir dans le monde.

« Je tremble de regarder la maison de Longfellow », avait-il dit sur un ton grave.

Lowell avait interrompu sa diatribe d'éditeur à l'encontre de Thoreau pour lancer un rire léger. Holmes ne s'était pas laissé démonter.

« Leur bonheur est si parfait, avait-il enchaîné, que le plus léger changement dans leur vie sera forcément pour le pire. »

L'homélie du pasteur Young touchait à sa fin. Un chuchotement empreint de révérence prit possession des hectares de pelouse du paisible cimetière. Chassant les petites feuilles jaunies tombées sur son col de velours, Holmes promena son regard sur les visages graves. Le révérend Elisha Talbot, l'un des pasteurs les plus en vue de Cambridge, semblait clairement irrité de la chaleur avec laquelle l'assistance accueillait le sermon de son collègue. À coup sûr, il devait se répéter le discours qu'il eût lui-même délivré, s'il avait été chargé des âmes de la famille Healey. Holmes se surprit ensuite à fixer le chef de la police. D'un pas assuré, celui-ci s'était faufilé jusqu'à la veuve et, la tirant à l'écart, lui parlait comme s'il voulait la convaincre de quelque chose. Non, l'échange était trop bref pour être une discussion. C'était plutôt une mise au point, la récapitulation d'un entretien précédent. La veuve répondait maintenant par des hochements de tête, certes pleins de déférence, mais ô combien raides, nota Holmes en voyant Kurtz terminer l'aparté sur un soupir de soulagement que lui eût envié le dieu Éole en personne.

Ce soir-là, au 21, Charles Street, le dîner fut plus silencieux que de coutume, bien qu'il fût difficile d'associer les notions de silence et de repas en parlant des Holmes. Les invités quittaient toujours les lieux sidérés par la rapidité des conversations et la quantité de sujets abordés. C'était à se demander si les membres de cette famille s'écoutaient jamais les uns les autres. Selon un usage instauré par le *pater familias*, la personne qui avait le mieux débattu se voyait offrir au dessert un supplément de confiture d'oranges. Aujourd'hui, Petite Amelia, la fille du Dr Holmes, était sûre de remporter le trophée. Elle avait parlé longuement des dernières fiançailles annoncées, celles de Mlle B. et du colonel F., et décrit les cadeaux que son cercle de couture projetait de confectionner pour le mariage.

« Eh bien, père, dit le jeune Oliver Wendell Holmes, héros de la famille, avec un sourire narquois. Je crois que la marmelade vous passera sous le nez, ce soir. »

À la table familiale, le jeune homme faisait figure d'intrus. Non seulement mesurait-il un mètre quatre-vingt-trois dans une maisonnée composée de lutins espiègles, mais encore affichait-il en paroles comme en gestes une stoïque pondération. Holmes lui sourit d'un air pensif par-dessus son rôti.

« Et toi, Wendy, je ne t'ai guère entendu, ce soir.

— Oh, je ne remporterai certainement pas le cocotier, mais vous non plus, père ! » répéta le fils, agacé par l'emploi de ce surnom qu'il détestait.

Il se tourna vers son jeune frère, Edward, qui n'était là que rarement, étant pensionnaire au collège.

« Il paraît qu'on va ouvrir une souscription pour donner le nom du pauvre Healey à une chaire de l'école de droit. Tu te rends compte, Neddie ? Quand on pense qu'il s'est dérobé au Fugitive Slave Act[1] pendant des années. Pour ce que j'en sais, Boston vous pardonne tous vos péchés du moment que vous mourez. »

Pendant sa promenade d'après dîner, le Dr Holmes s'arrêta auprès d'enfants en train de jouer aux billes et leur proposa d'écrire un mot sur le trottoir à l'aide de pièces de monnaie. Il choisit le mot « nœud ». Le défi ayant été relevé sans faute d'orthographe, il leur fit cadeau du pécule et reprit son chemin. Il était heureux de voir l'été toucher à sa fin. Avec lui s'enfuirait l'étouffante chaleur de Boston qui enflammait son asthme.

Assis sous les grands arbres derrière sa maison, Holmes réfléchit au cercle des Amis de Dante, aux « esprits littéraires les plus avisés de Nouvelle-Angleterre », pour reprendre l'expression dont Fields se gargarisait dans le billet paru dans le *New York Tribune*. Pour Lowell, qui s'était fait une mission d'ouvrir l'Amérique à la poésie de Dante, ce cercle était d'une importance capitale. Il en allait de même pour Fields, qui avait à charge une maison d'édition. Oui, l'enjeu était crucial pour le monde universitaire comme pour le monde des affaires. En revanche, pour lui, ce cercle était surtout l'occasion de retrouver des amis qui partageaient des intérêts identiques et le recevaient parmi eux. En cela, à ses yeux, résidait le triomphe de leur association. Plus que tout au monde, Holmes appréciait les discussions libres et brillantes qui jaillissaient dès qu'on ouvrait la porte à la poésie. Et puis, le cercle des Amis de Dante s'était révélé un catalyseur salutaire durant ces années qui les avaient vieillis d'un coup : il l'avait rapproché de Lowell, nonobstant leurs désaccords sur la guerre ; il avait rapproché Fields de ses meilleurs auteurs pendant toute l'année qui avait suivi la disparition de William Ticknor, lorsqu'il s'était brusquement retrouvé seul à la tête de la maison d'édition, privé de la

---

1. Décret abolissant le droit pour les esclaves en fuite d'être émancipés dès lors qu'ils avaient franchi la limite de leur État. (*N.d.l.T.*)

sécurité que son associé lui avait fournie jusque-là ; et il avait rapproché Longfellow du monde extérieur – tout du moins, de ses ambassadeurs les plus littéraires.

Holmes n'était pas doué d'un talent extraordinaire pour la traduction. Il avait bien l'imagination nécessaire, mais pas cette qualité unique, que possédait Longfellow, de s'ouvrir entièrement pour laisser un autre poète faire entendre sa voix à travers lui. Néanmoins, dans une nation où le libre-échange en matière de pensée était à ce point limité avec l'étranger, Oliver Wendell Holmes était heureux de pouvoir se considérer comme un connaisseur de Dante – un amateur éclairé plutôt qu'un disciple.

Lorsqu'il était étudiant, il s'étouffait d'ennui quand il devait apprendre par cœur des passages entiers de l'*Hécube* d'Euripide. Et pourtant il possédait à la perfection le latin et le grec depuis l'âge de douze ans. À cette époque déjà, l'aristocratique *littérateur* George Ticknor était en butte à des tracasseries incessantes de la part de la Corporation de Harvard dans ses fonctions de premier *Smith Professor*, et sa patience n'était pas loin d'avoir atteint son terme. C'était chez ses parents, dans le salon de dessin, que Holmes lui avait été présenté. Ce jour-là, le professeur avait longuement jaugé de ses yeux noirs le gamin qui se balançait d'un pied sur l'autre devant lui. « Il ne tient pas en place », avait soupiré son père, le révérend Holmes. À quoi Ticknor avait répondu que l'italien parviendrait peut-être à le discipliner. Les ressources de son département ne permettaient pas que cette langue fût officiellement proposée comme matière au programme, avait-il expliqué, mais il avait prêté à l'enfant une grammaire et un précis de vocabulaire établi par ses soins, ainsi qu'un livre : *La Divina Commedia* de Dante – un poème divisé en trois chants intitulés respectivement *Inferno*, *Purgatorio* et *Paradiso*.

Aujourd'hui, Holmes redoutait que les sommités qui régnaient sur Harvard n'eussent décelé chez le poète italien une faute cachée, armées qu'elles étaient de la perspicacité propre à l'ignorance. Pour sa part, s'il avait découvert comment fonctionnait la nature sitôt qu'elle était libérée de la superstition et de la crainte, c'était à la science qu'il le devait. Dans les murs du Collège de médecine, il s'était convaincu que la « théonomie » l'emporterait un jour sur la théologie, sa jumelle à l'esprit ralenti, tout comme l'« astronomie » avait fini par remplacer l'astrologie. Fort de cette croyance, il avait prospéré en tant que professeur aussi bien que poète.

Puis la guerre l'avait pris en embuscade, et Dante Alighieri l'avait à son tour attrapé dans ses rets. Tout avait débuté un soir de l'hiver 1861, alors qu'il était allé rendre visite à Lowell dans son manoir d'Elmwood. Il venait d'apprendre que son fils aîné Wendell partait avec le 25e régiment du Massachusetts, et il était sur les charbons ardents. Dans l'état de nervosité qui était le sien, Lowell était l'antidote idéal, avec sa façon de tourner en dérision les angoisses de ses interlocuteurs et d'afficher la certitude bravache que le monde était exactement tel qu'il le disait. Depuis l'été, la présence apaisante de Henry Wadsworth Longfellow manquait douloureusement à la société. Le poète déclinait toute invitation. Il était occupé. Il avait commencé à traduire Dante, disait-il dans ses messages à ses amis, et il n'avait pas l'intention de s'arrêter en chemin : « Je fais ce travail à une époque de ma vie où je ne peux rien accomplir d'autre. »

Émanant d'un homme réticent à parler de lui-même, ces mots criaient toute sa souffrance. Au-dehors, Longfellow était calme mais, à l'intérieur, il saignait à mort.

Le devinant, Lowell s'était rendu chez lui et, fermement planté sur son seuil, avait insisté pour l'aider dans ses travaux. Cela faisait beau temps qu'il déplorait chez ses compatriotes l'ignorance des langues modernes et leur impossibilité à accéder aux œuvres étrangères, sinon à travers de regrettables traductions britanniques. À Fields, Lowell parlait d'ériger un pont entre les mondes antique et moderne, et se lançait dans des discours apocalyptiques sur la cécité de l'Amérique à propos de Dante. À quoi Fields répondait : « Il me faut un *nom* pour vendre pareil ouvrage à un public d'ânes bâtés. Un *poète* ! » La stupidité des lecteurs était l'argument préféré de l'éditeur lorsqu'il cherchait à détourner ses auteurs d'un projet risqué.

Des années durant, Lowell avait bassiné Longfellow pour qu'il traduisît *La Divine Comédie*, allant jusqu'à menacer de s'y atteler lui-même bien qu'il n'eût pas les forces requises pour mener à bien une telle entreprise. Alors, comment ne pas lui apporter son concours à présent ? D'autant qu'il était l'un des rares érudits américains à tout connaître sur Dante, n'est-ce pas ? Et de fait, il semblait bien qu'il sût toujours tout sur tout.

Ce soir-là, donc, Lowell avait décrit à Holmes la finesse extraordinaire avec laquelle Longfellow parvenait à restituer la langue de Dante.

« Si vous voulez mon avis, Wendell, il est né pour cette tâche ! »

Et d'expliquer que Longfellow avait commencé par *Le Paradis* et s'attaquerait ensuite au *Purgatoire*, pour terminer par *L'Enfer*.

« Il avance à reculons ? » s'était étonné Holmes.

Lowell avait hoché la tête avec un grand sourire.

« Je dirais que notre cher Longfellow tient à s'assurer de l'existence du Ciel avant de plonger dans l'Enfer.

— Pour ma part, je n'arrive jamais jusqu'à Lucifer, avait fait remarquer Holmes. *Le Purgatoire* et *Le Paradis* ne sont que musique et espérance ; on a l'impression de voguer vers Dieu. Mais la hideur et la sauvagerie de ce cauchemar médiéval... Alexandre le Grand devait l'avoir sous son oreiller pendant son sommeil.

— *L'Enfer* de Dante appartient autant à notre monde qu'aux abysses, avait répondu Lowell. On ne devrait pas s'y dérober, mais au contraire l'affronter car, dans cette vie, nous nous faisons bien souvent l'écho des profondeurs de l'Enfer. »

L'œuvre de Dante avait un effet dévastateur sur les protestants, que les convictions religieuses du poète portaient à la chicane. Les lecteurs moins sensibles à la théologie voyaient dans la foi de Dante une perfection et une assurance exprimées avec une telle poésie qu'ils en venaient à tout accepter en bloc. Et c'était cela qui nourrissait les craintes de Holmes : la possibilité que le cercle des Amis de Dante n'ouvrît la porte à un nouvel Enfer, un Enfer auquel le génie littéraire donnait toute sa puissance. Pis encore, il redoutait, lui qui avait passé sa vie à fuir le démon qui hantait les prêches de son père, d'en être tenu en partie responsable.

En cette soirée de 1861, un messager avait interrompu les poètes alors qu'ils prenaient le thé dans le cabinet de travail de Lowell. Aussitôt, le Dr Holmes avait imaginé un télégramme intelligemment réorienté sur Elmwood par les gens de sa maison, l'informant de la mort de son malheureux fils Wendell sur la terre gelée de quelque champ de bataille. Mais c'était un domestique de Craigie House, à deux pas de là, porteur d'un mot tout simple de Henry Longfellow priant Lowell de l'aider à relire les nouveaux chants dont il avait fini la traduction. Et Lowell avait proposé à Holmes de l'accompagner.

Le docteur avait tout d'abord balayé cette idée d'un rire :

« J'ai déjà tant de fers au feu que j'appréhende une nouvelle tentation. J'aurais trop peur d'attraper votre manie. »

Mais Lowell avait su le persuader, tout comme il avait persuadé Fields de publier *La Divine Comédie*. Sans être italianisant, l'éditeur connaissait l'italien, entre autres langues utiles pour ses affaires, bien que le commerce de livres entre Rome et Boston ne justifiât pas les voyages qu'il effectuait surtout pour son plaisir en compagnie de sa femme. Depuis qu'il s'était lancé dans l'entreprise, il se plongeait dans les dictionnaires et les commentaires. Comme aimait à le dire Annie, Fields s'intéressait à tout ce qui passionnait autrui.

Qualité qui était également celle de George Washington Greene, l'homme qui avait offert à Longfellow sa première œuvre de Dante, voilà plus de trente ans, alors qu'ils sillonnaient ensemble la campagne italienne. Greene ne manquait jamais de faire un saut chez le poète quand il venait en ville de Rhode Island, et il approuvait avec des yeux ébahis le travail accompli. C'était Fields, toujours débordé, qui avait proposé que l'on se retrouvât le mercredi soir chez Longfellow ; et c'était Holmes, « baptiseur » consommé, qui avait donné à ces réunions le nom de cercle des Amis de Dante, puisqu'elles étaient consacrées au poète. Mais lui-même préférait le mot « séances » parce que, chez Longfellow, en ouvrant bien les yeux, vous pouviez rencontrer Dante face à face, assis au coin du feu.

De l'œuvre de Dante, les pensées du docteur dévièrent sur la sienne. Son prochain ouvrage allait redorer son nom aux yeux du public. Ce serait l'histoire que le public attendait ardemment, le roman américain par excellence : celui que Hawthorne n'avait pas eu le temps d'écrire ; celui que des génies prometteurs, tel Herman Melville, avaient façonné par hasard sur la voie de l'anonymat et de la solitude.

En donnant par la poésie un air de parade à ses imperfections, Dante s'était hissé au niveau d'un héros quasi divin. Pour cela, il avait sacrifié sa maison, sa famille, sa situation dans cette Florence criminelle qu'il aimait tant. Dans la pauvreté et l'isolement cet homme qui ne connaissait plus la paix qu'en imagination avait su définir sa nation. Et, lui, le Dr Holmes, il ferait de même, mais à sa façon : en prenant tout à bras-le-corps. Après, quand son roman aurait remporté l'adhésion nationale, que le Dr Manning et autres vautours viennent s'en prendre à sa réputation ! Sur la cime d'une adoration redoublée, il serait en mesure de protéger Dante des attaques, de le protéger même d'une seule main. Et d'assurer aussi le triomphe de Longfellow.

Mais que la traduction, publiée trop tôt, déclenche une bataille et que se rouvrent des cicatrices susceptibles de porter atteinte à son nom, et son histoire américaine passerait inaperçue. Ou pis.

Holmes voyait avec la clarté d'un verdict de cour d'appel ce qu'il convenait de faire : freiner ses amis. Oh, pas éternellement, le temps pour lui d'achever son roman, de le publier avant la traduction. Car l'affaire ne concernait pas Dante uniquement, elle le concernait lui aussi, Oliver Wendell Holmes, et son destin littéraire. Des siècles durant, Dante avait attendu l'heure d'être révélé au nouveau monde. Quel ennui y avait-il à ce qu'il patientât quelques mois de plus ?

À Court Square, dans le vestibule de l'hôtel de police, Nicholas Rey releva la tête de son calepin et papillota des yeux, ébloui par la brillance de la lampe à gaz. Un gros ours d'homme en uniforme indigo attendait devant son bureau, serrant un sachet de papier contre son cœur comme un bébé.

« Vous êtes bien l'agent Rey ?... Je m'en veux de vous interrompre. Sergent Stoneweather, fit-il en lui tendant une patte impressionnante. Quoi qu'en disent certains, je trouve qu'y faut bien du cran pour se poser comme le premier policier nègre. Qu'est-ce que vous écrivez là, Rey ?

— Puis-je vous aider, sergent ?

— Je puis-je, je puis-je... C'est bien vous qu'a fait la tournée des commissariats en posant des questions sur ce diabolique mendiant qu'a sauté par la fenêtre, hein ? C'est moi que je l'ai amené à l'identification. »

Rey jeta un coup d'œil sur la porte du bureau de Kurtz pour s'assurer qu'elle était bien fermée. Le sergent Stoneweather sortit de son paquet un gâteau aux myrtilles et en croqua un bout à belles dents.

« Vous rappelez-vous où vous l'avez interpellé ? demanda Rey.

— Ouais, dehors, pendant que je recherchais les ceusses qu'avaient pas d'alibi, juste comme on nous avait instruits de faire. Les débits de tord-boyaux, les tavernes, le bureau des fiacres de Boston Sud, c'est là que j'étais à c'te heure, rapport à c'que j'connais par là-bas des filous qui font les poches. Ce mendiant à vous, l'était effondré sur un banc à moitié endormi. Et tout tremblant aussi, comme si qu'il aurait le *tremolo demens*, le *délire* très mince ou je sais pas quoi du genre.

— Vous connaissez son identité ? demanda Rey.

— Y a toujours un paquet de gens qui se baguenaudent du côté des diligences, répondit Stoneweather la bouche pleine. J'ai pas l'impression que je l'avais déjà vu. À dire vrai, je comptais pas le coffrer. L'avait l'air plutôt inoffensif. »

Rey ne cacha pas son étonnement.

« Qu'est-ce qui vous a fait changer d'avis ?

— Ben, lui, ce damné mendiant ! s'écria Stoneweather, et un postillon de gâteau s'égara dans sa barbe. Y m'voit en train de ramasser des malfrats et y m'court derrière, les poignets tendus, comme pour que j'y passe les menottes et que je l'embarque illico pour meurtre ! Alors je m'dis, c'est le Ciel qui m'l'envoie pour que je l'ramène au poste. Ce crétin d'satané imbécile. Tout s'produit pour une raison de Dieu. J'crois ça, moi. Pas vous ? »

Rey avait essayé tant bien que mal de se représenter le mendiant qui s'était jeté par la fenêtre autrement qu'en train de voler.

« A-t-il dit ou fait quelque chose pendant le trajet jusqu'ici ? Parlé à quelqu'un ? Lu un journal peut-être, ou un livre ? »

Stoneweather haussa les épaules.

« Pas que j'aie remarqué. »

Comme le sergent fouillait les poches de sa capote en quête d'un mouchoir pour s'essuyer les mains, Rey aperçut la crosse d'un revolver passé dans sa ceinture. Il nota la chose avec un intérêt distrait. Le jour même où il avait été intégré au corps de la police sur ordre du gouverneur Andrew, le conseil municipal avait voté une résolution imposant des restrictions à son encontre : interdiction de porter l'uniforme ou de porter une arme autre qu'une matraque. Et il ne pouvait arrêter de Blancs hors de la présence d'un collègue.

Le premier mois, le conseil municipal l'avait affecté au commissariat du secteur Deux. Le chef ne croyait pas qu'il pût faire quoi que ce fût d'efficace, si ce n'étaient des patrouilles dans le quartier nègre. Mais là-bas, pas mal de Noirs s'étaient offensés d'avoir affaire à un mulâtre, ou bien ils se méfiaient de lui. Et le collègue attaché à ce secteur avait craint une émeute. Rester au commissariat central n'était pas une solution plus enviable. Ils n'étaient que deux ou trois policiers à lui adresser la parole, les autres avaient présenté une pétition au commandant Kurtz pour lui demander de mettre fin à l'expérience des policiers de couleur.

« Ça vous intéresse vraiment d'savoir c'qui l'a poussé à ça ? demanda Stoneweather. Parfois, un type peut plus supporter comment vont les choses, c'est tout. J'ai vu ça plusieurs fois.

— Il est mort dans ce commissariat, sergent, mais dans sa tête, il était ailleurs – loin de nous, loin de toute sécurité. »

C'était trop compliqué pour l'esprit de Stoneweather.

« Je r'grette que j'en sais pas plus sur c'pauv'type, vraiment. »

Cet après-midi-là, le chef de la police Kurtz et son adjoint Savage se rendirent à Beacon Hill. Assis sur le siège du cocher, Rey était encore plus silencieux qu'à l'ordinaire. En mettant pied à terre, Kurtz lui déclara :

« Vous pensez toujours à ce satané vagabond, l'agent ?

— Je peux découvrir qui c'était, chef. »

Kurtz fronça les sourcils, mais c'est avec un regard plus aimable et sur un ton radouci qu'il demanda :

« Vous savez des choses sur lui ?

— Le sergent Stoneweather l'a ramassé près d'une station de diligences. Il est possible qu'il soit de ce quartier-là.

— Une station de diligences ! Il pouvait aussi bien venir de n'importe où. »

Rey l'admit et se tut. Le sous-chef Savage, qui avait écouté, précisa sans trop s'avancer :

« Nous avons aussi sa description, chef.

— Écoutez-moi bien, vous deux : cette vieille poule de veuve Healey me fera pendre par les oreilles si elle n'est pas contente de nous. Et elle ne le sera pas, tant que nous ne lui aurons pas indiqué le jour exact où le bourreau officiera. Je ne veux pas vous voir fouiner dans les coins, Rey, vous entendez ? Nous avons assez d'ennuis sans appeler le ciel à nous tomber sur la tête sous prétexte qu'un prévenu est mort à nos pieds. »

Les fenêtres de Wide Oaks étaient tendues d'un lourd tissu noir qui ne laissait pénétrer qu'un rai de lumière sur chaque côté. À peine le chef de la police eut-il fait un pas dans la chambre qu'Ednah Healey se souleva d'une montagne de coussins, la tête bien droite de façon à préserver l'équilibre de la compresse chaude posée au ras de ses blancs sourcils. Depuis l'enterrement et les diverses commémorations, elle ne quittait plus la chambre, refusant les visites, sauf celles de parents proches. Elle portait au cou la touffe de cheveux du juge, enfermée dans une broche de cristal spécialement montée en médaillon.

Ses deux fils, des gaillards à la carrure aussi large que celle de leur père mais à la silhouette incomparablement moins volumineuse, étaient avachis dans des fauteuils de part et d'autre de la porte, tels deux bulldogs de granit.

« Vous avez retrouvé le meurtrier, commandant, affirma plutôt que ne demanda la veuve.

— L'enquête n'en est encore qu'à ses débuts, chère madame, répondit Kurtz en déposant son chapeau sur une table au pied du lit, mais nous avons des hommes sur toutes les pistes... »

Et d'expliquer que trois personnes étaient soupçonnées, deux citoyens qui devaient de l'argent à son époux, et un prisonnier qui avait vu sa sentence confirmée par le juge.

« Votre lenteur me stupéfie, commandant, l'interrompit Roland, le fils cadet.

— Si au moins nous proposions une récompense, renchérit le frère aîné. Avec une somme conséquente, nous serions sûrs de ferrer un coupable. L'avidité est bien la seule chose au monde capable de remuer les gens. »

Le sous-chef écouta Richard avec une patience de professionnel avant de s'autoriser à intervenir.

« Mon bon monsieur Healey, si nous révélons les circonstances véritables du décès de votre père, vous serez inondés de faux témoignages provenant de tous les gens attirés par l'aubaine. Vous devez absolument tenir cette histoire à l'abri des curiosités malsaines et nous laisser poursuivre l'enquête... Croyez-moi, mes amis, la publicité qui en résulterait serait loin de vous plaire. »

La veuve reprit la parole :

« Cet homme qui est mort pendant l'identification, vous avez découvert qui c'était ?

— Smith ou Jones, laissa tomber Kurtz avec un sourire narquois. Tant de nos bons citoyens appartiennent à la même famille dès qu'ils sont ramassés et conduits chez nous... déplora-t-il en agitant les mains en l'air.

— Et lui, quelle était la sienne ? insista Mme Healey.

— Il ne nous a pas donné de nom, madame. » D'un air penaud, Kurtz remisa son sourire sous le surplomb de sa moustache touffue. « Toutefois, rien ne nous permet de croire qu'il aurait détenu des informations. Il était tout simplement fêlé de la tête et, aussi, pas mal éméché.

« Apparemment, il était sourd-muet, compléta Savage.

— Qu'est-ce qui a bien pu le pousser à fuir ainsi, commandant ? » demanda Richard Healey.

C'était une excellente question. Mais le chef de la police ne voulut pas le montrer.

« Vous n'imaginez pas le nombre de gens ramassés dans les rues qui se croient pourchassés par des démons et nous les décrivent en détail, y compris les cornes. »

Mme Healey se tendit en avant, les paupières plissées.

« Où est votre valet, commandant ? »

D'un signe, Kurtz appela Rey, demeuré dans le couloir.

« Permettez-moi de vous présenter l'agent de police Nicholas Rey, madame. Vous nous avez demandé de l'amener aujourd'hui en rapport avec l'inconnu décédé pendant l'identification.

— Un policier nègre ? fit-elle remarquer avec un malaise évident.

— En vérité mulâtre, madame, annonça Savage fièrement. Le premier de tout le Commonwealth. Le premier en Nouvelle-Angleterre, en tout cas. »

Et de tendre le bras pour échanger une poignée de main avec son subalterne.

Mme Healey parvint à se dévisser suffisamment le cou pour dévisager le nouveau venu à sa guise. Apparemment, ce qu'elle vit la satisfit.

« Ainsi, vous êtes le policier chargé du vagabond qui est mort là-bas ? »

Rey hocha la tête.

« Dans ce cas, dites-moi ce qui, *à votre avis*, a pu le pousser à commettre un tel acte ? »

Le commandant Kurtz émit une petite toux inquiète. Rey opta pour la franchise.

« Je ne saurais le dire en toute certitude, madame. Je ne peux pas dire s'il a véritablement cru, ou seulement imaginé, qu'un danger physique le menaçait.

— Il vous a parlé ? demanda Roland.

— Oui, madame. Il a essayé tout du moins. Mais je n'ai malheureusement rien pu comprendre à son chuchotement.

— Bravo, commandant ! Vous n'êtes même pas capable de découvrir l'identité d'un vagabond qui trépasse chez vous. Vous pensez sans aucun doute que mon mari a mérité sa fin.

— Moi ? s'écria Kurtz, et il se tourna vers son adjoint d'un air impuissant. Madame !

— J'ai beau être une femme malade, je ne souffrirai pas qu'on me trompe, Dieu m'en est témoin ! Vous pensez que nous sommes des imbéciles et des bandits. Vous ne souhaitez qu'une chose : que nous allions au diable !

— Madame ! intervint à son tour Savage faisant écho à son chef.

— Je ne vous offrirai pas le plaisir de me voir morte, commandant ! Ah, mais vous allez nous conduire au tombeau, vous et votre ingrate police nègre ! Il a fait tout ce qui était en son pouvoir, nous n'avons pas à rougir de ses actes ! »

D'un geste violent qui envoya la compresse s'écraser sur le plancher, la veuve commença à se gratter le cou de ses ongles. Une véritable manie, à en juger par sa peau sillonnée de marques rouges et de croûtes. Tordant la tête en tous sens, elle labourait ses chairs dans l'espoir de chasser les insectes invisibles qui peuplaient les crevasses de son esprit.

À cette vue, ses fils bondirent de leurs sièges, mais seulement pour battre en retraite à la suite de Kurtz et de Savage qui s'enfuyaient à reculons comme si la veuve était sur le point de s'embraser.

Rey laissa passer un moment et s'approcha du lit d'un pas tranquille.

« Madame Healey. »

Voyant que les cordons de la chemise de nuit s'étaient dénoués, il baissa la flamme de la lampe jusqu'à ce que l'on ne distinguât plus que la silhouette de la femme alitée.

« Madame, je voudrais que vous sachiez que, dans le passé, votre époux m'a aidé. »

Elle s'immobilisa.

Sur le seuil, Kurtz et Savage échangèrent des regards étonnés. Rey parlait à voix basse et ils n'osaient s'avancer pour écouter de peur de déclencher une nouvelle crise. La veuve s'était calmée, pour autant qu'il leur fût possible de discerner quoi que ce fût dans l'obscurité. Son silence était paisible, même si sa respiration demeurait haletante.

« Dites-moi en quoi, je vous prie, émit-elle enfin.

— J'ai été emmené à Boston lorsque j'étais enfant, par une dame de Virginie venue ici en vacances. Des abolitionnistes m'ont arraché à elle et conduit devant le juge suprême. Il a statué qu'un esclave se trouvant sur le territoire d'un État libre était émancipé d'office, de par la loi. Il m'a confié à la famille d'un forgeron de couleur du nom de Rey.

— C'était avant que ce décret misérable sur les esclaves en fuite n'épuise toute notre énergie. »

Les paupières de Mme Healey se fermèrent d'un coup et un soupir s'échappa de sa bouche tordue en un étrange rictus.

« Allez, je sais bien ce que pensent les amis de votre race, à cause de ce gars qui s'appelait Sims. Le juge suprême n'aimait pas que je vienne au tribunal, mais j'y suis allée pour cette affaire, elle faisait tant de bruit à l'époque. Sims était comme vous, un beau nègre, mais d'un noir aussi noir que l'obscurité qui règne chez certains. Le juge suprême ne l'aurait jamais renvoyé chez lui s'il n'y avait été obligé. Il n'a pas eu le choix, vous comprenez. Mais vous, il vous a donné une famille… Une famille qui vous a rendu heureux ? »

Rey hocha la tête.

« Pourquoi faut-il toujours qu'on paye pour ses erreurs, *après* ? Ne pourrait-on pas, de temps en temps, avoir payé d'avance, par tout ce qu'on a fait de bien ? On s'épuise à se donner tant de mal envers et contre tout. »

Sa lucidité lui revenait un peu. À présent, elle savait ce qui lui restait à faire, une fois les policiers partis. Mais, auparavant, elle voulait encore obtenir une réponse de Rey.

« Dites-moi, le juge vous a-t-il parlé, alors ? Il aimait beaucoup bavarder avec les petits… Plus qu'avec n'importe qui, ajouta-t-elle en se rappelant la gentillesse de son mari avec leurs enfants.

— Avant de statuer par écrit, il m'a demandé si je souhaitais rester ici, madame Healey. Il a dit que nous serions toujours en sécurité à Boston, mais que c'était à moi de décider si je voulais devenir un Bostonien, un homme qui défend ses principes en même temps que sa ville. Autrement, j'y serais toujours un étranger. Il m'a dit que lorsqu'un Bostonien arrivait aux portes du paradis, un ange en sortait pour le prévenir : "Tu sais, ce n'est pas Boston ici. Tu ne t'y plairas pas." »

Comme il tendait l'oreille pour s'assurer que la veuve était bien endormie, un chuchotement se mit à bourdonner dans sa tête, les phrases du vagabond qu'il entendait aussi dans la nudité de son affreux taudis. Tous les matins, il se réveillait avec ces mots étranges sur le bout de la langue. Il pouvait en goûter la saveur, humer l'odeur puissante qui s'en exhalait, sentir sur sa peau le picotement rugueux des favoris de l'homme qui les avait prononcés. Mais quand il voulait les répéter lui-même, pendant qu'il conduisait le fourgon de police ou quand il apercevait son reflet dans une vitre, ils n'avaient aucun sens. À longueur de journée, il vidait les encriers à force de s'escrimer à les transcrire. Hélas, le résultat obtenu était encore plus absurde que les paroles du pauvre hère. Il avait encore son chuchotement dans les oreilles et son odeur de pourri dans les narines. Quant au regard pétrifié que le malheureux avait posé sur lui avant de traverser la vitre, il ne pouvait le chasser de son esprit. Cet homme sans nom, venu du bout du monde, était tombé du ciel dans ses bras et, lui, il n'avait rien trouvé de mieux que de le laisser tomber plus bas encore. En vain l'agent s'évertuait-il à effacer cette vision. Mais cette chute à pic jusqu'au fond de la cour, cette métamorphose en feuilles et en sang ne cessaient de repasser devant ses yeux. Les images trop précises défilaient avec une régularité et une récurrence de lanterne magique. Au diable, le commandant Kurtz ! Il devait arrêter la chute coûte que coûte. Donner un sens à ces mots laissés en suspens dans un air défunt.

« C'est bien parce que c'est vous que je le laisse sortir ! » lança Amelia Holmes à l'adresse de Fields. Son petit visage était tout chiffonné tandis qu'elle tirait sur le col du manteau de son mari de façon à bien couvrir son écharpe. « Il ne devrait pas mettre le nez dehors ce soir, monsieur Fields. Entendez comment il respire à cause de son asthme. Je m'inquiète... Dis-moi, Wendell, à quelle heure comptes-tu rentrer ? »

Un landau très confortable avait conduit J. T. Fields chez Holmes, au 21, Charles Street. Bien qu'ils fussent voisins, l'éditeur ne laissait jamais son ami faire le trajet à pied. Respirant avec difficulté, le docteur incrimina le temps qui s'était rafraîchi.

« Je ne sais pas. Je me remets entre les mains de M. Fields, répondit-il sur un ton légèrement agacé.

— Eh bien, monsieur Fields ? dit Amelia d'un air sombre. Vers quelle heure nous le reconduirez-vous ? »

Fields considéra la question avec la plus grande gravité. L'adhésion des épouses ne lui importait pas moins que celle des auteurs eux-mêmes et, ces derniers temps, Amelia Holmes paraissait inquiète. Quelques semaines plus tôt, lors d'un déjeuner chez lui, dans la jolie salle à manger d'où l'on apercevait le fleuve entre les fleurs et les buissons, elle avait déclaré :

« J'aimerais bien que Wendell cesse définitivement de publier, monsieur Fields. Il va encore s'attirer les foudres des critiques. Alors, à quoi bon ? »

L'éditeur n'avait pas eu le temps d'ouvrir la bouche, Holmes répondait déjà. Pour ce qui était du débit, il était impossible de rivaliser avec le docteur, et c'était pis encore lorsqu'il était lui-même en cause.

« Que veux-tu dire, Melia ? Mon travail actuel est tout à fait nouveau, les journalistes ne se plaindront pas. C'est cette fameuse "Histoire américaine" que M. Fields me presse d'écrire depuis longtemps. Tu verras, ma chère, ce sera bien mieux que tout ce que j'ai produit à ce jour. »

Elle avait secoué la tête tristement.

« Tu me dis toujours cela, Wendell, mais j'aimerais tant que tu abandonnes ce projet. »

Fields n'ignorait pas qu'Amelia avait subi de plein fouet le contrecoup des déceptions de son mari. D'abord *Le Professeur au petit déjeuner,* paru en feuilleton et dont lui-même en tant qu'éditeur prédisait le succès, avait été taxé de répétitif par la critique. Ensuite, *Le Poète au petit déjeuner* n'avait pas été mieux accueilli. Enfin le petit succès d'*Elsie Veneer,* premier roman de Holmes, écrit d'une traite et publié juste avant la guerre, n'avait pas suffi à le remettre de ces coups répétés.

D'autant que la jeune garde new-yorkaise prenait un malin plaisir à attaquer Boston et ses traditions. Et Holmes, justement, était la plus fière incarnation de sa ville. Qui donc, sinon lui, l'avait baptisée « centre de l'univers » ? Qui donc avait donné à ses notables le surnom de « brahmanes », en référence au système en vigueur dans des terres plus exotiques ? Mais voilà, de Broadway où ils menaient leur vie de bohème dans des tavernes en sous-sol, des barbares de Manhattan s'autoproclamaient Jeune Amérique et soutenaient que les Poètes au coin du feu relevaient d'un âge révolu. Qu'avait fait la coterie de Longfellow avec ses rimes surannées pour empêcher la guerre civile ? demandaient-ils. Et Holmes surtout, qui s'était rangé du côté du compromis avant même le début de la guerre ; qui avait, comme Artemus Healey, apposé sa signature au bas d'une pétition en faveur du Fugitive Slave Act, ce texte appelant à renvoyer les esclaves en fuite chez leurs maîtres, dans l'espoir que cela éviterait le conflit.

Au cours de ce même déjeuner, Holmes avait dit encore :

« Enfin, Amelia, ne vois-tu pas que cela devrait me rapporter de l'argent ? Et ça, ce ne sera pas de trop. » Se tournant brusquement vers Fields, il avait ânonné : « S'il devait m'arriver quelque chose avant que j'aie terminé cette histoire, vous ne vous en prendriez pas à une malheureuse veuve pour une question d'argent, n'est-ce pas ? »

Et tout le monde avait éclaté de rire.

Debout à côté de son attelage, Fields jeta un coup d'œil au ciel moucheté comme s'il devait y trouver la réponse qu'attendait Amelia.

« Je vous le ramènerai vers les minuit, dit-il. Que pensez-vous de minuit, ma chère madame Holmes ? »

Il la considéra de ses bons yeux bruns, tout en sachant qu'ils ne seraient certainement pas rentrés avant les deux heures du matin.

« Voilà qui me semble parfait pour une nuit avec Dante, déclara Holmes en prenant le bras de son éditeur. M. Fields prendra soin de moi, Melia. Compte tenu de mon emploi du temps surchargé, entre mes cours, mon roman et mes soupers fins, la meilleure façon d'exprimer à Longfellow l'immense étendue de mon respect est indéniablement de me rendre chez lui ce soir. »

Fields préféra ne pas relever le trait, aussi léger fût-il.

En 1865, une légende bien ancrée à Cambridge voulait que Henry Wadsworth Longfellow sût toujours à quel moment apparaître sur le perron pour accueillir ses hôtes, qu'il s'agît d'invités ou d'inconnus débarquant à l'improviste. Les légendes sont souvent décevantes, bien sûr, et, généralement, c'était un domestique qui ouvrait la lourde porte de Craigie House, belle demeure coloniale d'un jaune chaleureux, qui tirait son nom des anciens propriétaires.

Ces dernières années, Henry Longfellow était passé par de longues périodes d'isolement volontaire. Mais ce jour-là, lorsque les chevaux de Fields remontèrent l'allée menant à la maison, il se tenait en effet sur le perron, conformément à la légende. Appuyé contre la fenêtre, Holmes aperçut sa silhouette statique depuis la rue, bien avant l'endroit où la haie poudrée de blanc s'interrompait pour former une arche. Cette plaisante vision d'un Longfellow serein, sanglé dans un frac impeccable, debout sous la lampe dans la neige duveteuse, sa barbe léonine agitée par le vent, correspondait en tout point à l'image que le public avait de lui. Image qui s'était cristallisée à l'époque de la douloureuse disparition de Fanny Longfellow, comme si c'était lui qui s'en était allé, et non pas son épouse. En ce temps-là, on eût dit que le monde entier voulait le conserver dans sa mémoire sous les traits d'une apparition envoyée par Dieu pour répondre aux interrogations des hommes. En ce temps-là, ses admirateurs cherchaient à sculpter de lui une allégorie éternelle du génie et de la souffrance.

Les trois filles de Longfellow, sorties jouer dans cette neige inattendue, rentrèrent et se débarrassèrent en hâte de leurs caoutchoucs avant de s'élancer à l'assaut de l'escalier raide.

> *Je vois, à la lueur de ma lampe qui brille,*
> *De l'étude où je suis, une forme gentille*
> *Qui descend l'escalier au fond du corridor :*
> *C'est ma chère Allegra, ma petite rieuse ;*
> *Alice est avec elle et fait la sérieuse ;*
> *Et puis Edith aux cheveux d'or !*[1]

se remémora Holmes en voyant les trois petites filles disparaître en haut des marches. Il se tenait maintenant dans le cabinet en question, éclairé par la lampe sur la table. Il traverse la vie comme un poème, se dit-il. Souriant pour lui-même, il alla serrer la patte d'un petit chien tapageur, dodu comme un porcelet, qui répondit en montrant les dents et s'ébroua. Après quoi, le docteur salua l'érudit à barbichette, enfoui dans un fauteuil près du feu et visiblement plongé dans la lecture d'un recueil imposant.

« Comment se porte le plus vivant des George Washington de toute la collection de Longfellow, mon cher Greene ?

— Mieux, mieux, merci, docteur Holmes. Pas assez bien cependant pour avoir assisté à l'enterrement du juge Healey. »

Historien et pasteur de l'Église unitarienne à la retraite, George Washington Greene, n'avait en vérité que soixante ans – quatre ans de plus que Holmes, deux de plus que Longfellow –, bien que les autres le surnommassent « le vieux ». Mais les maladies chroniques l'avaient vieilli prématurément. Cela ne l'empêchait pas de sauter dans le train toutes les semaines, pour venir à Boston depuis East

---

1. In *Longfellow*, Henry Wadworth, « Évangéline et autres poèmes », traduction de Léon Pamphile Le May, Montréal, éditions Leméac, 1978.

Greenwich, dans l'État de Rhode Island, assister aux réunions du mercredi. À Craigie House, il déployait le même enthousiasme que dans ses prêches et dans ses recherches sur l'histoire de la guerre révolutionnaire, auxquelles son nom le prédestinait.

« Étiez-vous à l'enterrement, Longfellow ?

— Malheureusement pas, mon cher monsieur Greene. »

Cela faisait beau temps que Longfellow n'allait plus au cimetière de Mount Auburn. Cela remontait bien avant l'enterrement de son épouse Fanny, auquel il n'avait d'ailleurs pas assisté, étant cloué au lit par ses brûlures.

« Je ne doute pas qu'il y eût un monde fou, poursuivit le poète.

— Oh, certainement, fit Holmes d'un air pensif, les doigts croisés contre sa poitrine. Un bel hommage a été rendu. Tout à fait comme il faut.

— Trop de monde, peut-être ! lança Lowell qui arrivait de la bibliothèque, les bras chargés de livres, sans se soucier que Holmes eût déjà répondu.

— Le vieux Healey connaissait ses talents, poursuivit le docteur gentiment. Il savait que sa place était au tribunal, et non dans l'arène barbare de la politique.

— Vous ne parlez pas sérieusement, Wendell ! s'insurgea Lowell.

— Lowell ! grommela Fields en le regardant fixement.

— Quand je pense que, grâce à lui, nous sommes devenus des chasseurs d'esclaves ! » enchaîna Lowell néanmoins.

L'espace d'une seconde, on put croire qu'il avait décidé de briser là. Après tout, il était apparenté aux Healey par un cousinage au sixième ou septième degré, comme il l'était du reste avec toutes les familles de brahmanes. Mais le fait parut, au contraire, fouetter sa vindicte.

« Auriez-vous été capable de promulguer un décret aussi lâche, Wendell ? À supposer que la décision dépendît de vous, et non de Healey, auriez-vous renvoyé Sims dans sa plantation, les chaînes aux pieds ? Répondez-moi, Holmes. Ne me dites rien d'autre, juste oui ou non.

— Nous devons respecter la douleur de la famille », énonça tranquillement le docteur en s'adressant à M. Greene, lequel, étant à demi sourd, hocha la tête poliment.

Une clochette tinta à l'étage. Longfellow s'excusa. Que ses hôtes fussent des professeurs ou des ministres du culte, des sénateurs ou des rois, à peine le signal retentissait-il qu'il s'éclipsait pour aller assister aux prières du soir d'Alice, d'Edith et d'Annie Allegra.

Fields parvint adroitement à réorienter la conversation sur un sujet plus léger, de sorte que Longfellow revint au milieu d'un éclat de rire suscité par une anecdote racontée à deux voix par

Holmes et Lowell. Le maître de maison jeta un coup d'œil à sa pendule en acajou signée Aaron Willard, objet qu'il affectionnait non pour sa beauté ou sa précision, mais pour son tic-tac insouciant.

« Le cours est commencé », dit-il doucement.

Le silence tomba sur la pièce. Longfellow alla tirer les rideaux verts et Holmes régla la flamme des lampes, laissant les autres s'employer à placer les bougies en ligne. Les ronds de clarté communièrent avec la lueur clignotante du feu. Les cinq disciples et Trap, le terrier écossais rondouillard, prirent leurs places habituelles tout autour de la petite pièce.

Longfellow sortit une gerbe de feuilles de son tiroir et distribua à chacun de ses invités le texte en italien et sa traduction ligne par ligne, tapée à la machine. Dans le délicat entrelacs du clair-obscur produit par le foyer, les lampes et les bougies, la traduction de Longfellow sembla s'envoler des pages pour céder la place à la voix d'un Dante subitement ressuscité.

Dante avait organisé ses vers en *terza rima*, en tierce rime : chaque tercet formait un ensemble poétique où la première et la troisième ligne rimaient entre elles, alors que celle du milieu introduisait la rime de la première ligne du groupe suivant. De la sorte, les vers donnaient l'impression de se tendre en avant, d'être en progression constante.

Longfellow ouvrait toujours les séances de travail en récitant dans son italien irréprochable les premiers vers de la *Commedia* :

> « *Au milieu du chemin de notre vie,*
> *Je me trouvai dans une forêt sombre,*
> *La route où l'on va droit s'étant perdue.* »

3.

À son habitude, le maître de maison débuta la séance du cercle des Amis de Dante par la révision des feuillets étudiés la semaine précédente.

« Bon travail, mon cher Longfellow », le félicita le Dr Holmes.

Il était toujours ravi de voir approuver ses amendements et, justement, deux des propositions qu'il avait avancées le mercredi précédent se retrouvaient dans la correction finale. Il porta son attention sur les chants à l'étude ce soir. Il s'était préparé à la réunion avec un soin tout particulier, sachant qu'il lui faudrait convaincre ses amis qu'il agissait dans la seule intention de protéger Dante.

« Dans le septième cercle, disait Longfellow, Dante nous raconte qu'il arrive avec Virgile dans une forêt sombre. »

À la suite du poète romain, son guide adoré, Dante visitait toutes les régions de l'Enfer et découvrait le sort réservé aux différents groupes de pécheurs. De cercle en cercle, il leur donnait la parole dans son poème afin d'instruire le monde des vivants.

« Cette forêt perdue hante, un jour ou l'autre, les cauchemars intimes de tous les gens qui ont lu *L'Enfer*, intervint Lowell. Dante peint à la manière de Rembrandt : à la lumière du feu de l'Enfer il trempe son pinceau dans le noir. »

Lowell connaissait par cœur le moindre bout de chemin parcouru par Dante. L'homme et son œuvre vivaient en lui, en corps et en esprit. Et, en cet instant, fort rare dans sa vie, Holmes se prit à envier quelqu'un pour son talent.

Longfellow lisait sa traduction. Dans ces moments-là, sa voix prenait un ton de profondeur et de vérité dépourvu de rudesse. Elle évoquait de l'eau courant sous un tapis de neige. Bercé par ses douces intonations, George Washington Greene semblait avoir glissé dans le sommeil au fond du grand fauteuil vert qu'il occupait au coin du feu. Sous le siège, Trap somnolait, lui aussi, roulé en boule sur son ventre rebondi, et leurs deux ronflements s'unissaient à la façon des duos de basses dans les symphonies de Beethoven.

Dans le chant révisé ce soir-là, Dante traversait le Bois des Suicidés, où des gouttes de sang et non plus de sève s'écoulaient des « ombres » des pécheurs transformés en arbres. Mais le châtiment ne s'arrêtait pas là : de bestiales harpies à tête de femme, à corps d'oiseau et au ventre ballonné fondaient soudain hors des broussailles et, de leurs pattes griffues, dépeçaient les troncs pour s'en repaître. Si l'arrachage et le démembrement infligeaient aux arbres une douleur atroce, ils procuraient aux ombres une issue : la possibilité de soulager leur peine en l'exprimant. Et c'est ainsi qu'elles en venaient à raconter à Dante leur histoire.

« Le sang et le verbe doivent jaillir de concert », déclara Longfellow en résumé de la situation.

Deux chants consacrés à des châtiments furent passés en revue ce soir-là, puis des signets furent insérés entre les pages des livres, et ceux-ci rangés à leur place. Les feuilles rassemblées, chacun put laisser libre cours à son admiration.

« La leçon est finie, messieurs, indiqua le maître de maison. Nous méritons bien une collation. Il n'est que neuf heures et demie. »

Peter, le valet de couleur, frappa et vint chuchoter à l'oreille de Lowell.

« Quelqu'un est là pour me voir ? s'écria celui-ci d'une voix forte. Qui donc se permet de venir me déranger ici ? »

Le bredouillement de Peter déclencha chez Lowell des cris assez puissants pour être entendus dans toute la maison.

« Qui, au nom du ciel, ose interrompre une soirée de notre cercle ? »

Peter s'inclina encore plus bas.

« Missié Lowell, il dit qu'il est policier, missié. »

L'agent de police Nicholas Rey tapait des pieds dans le tambour pour faire tomber la neige de ses bottes quand il releva la tête. Il s'immobilisa : une armée entière de George Washington l'attendait de pied ferme dans le vestibule – la collection de peintures et de sculptures rassemblée par Longfellow. Le général, en effet, avait habité Craigie House aux tout premiers jours de la révolution américaine.

Quand Rey avait présenté son insigne, le valet avait penché la tête d'un air dubitatif et déclaré qu'il devrait attendre au salon, tout policier qu'il était. M. Longfellow ne souffrait pas d'être interrompu pendant ses réunions du mercredi. À présent, l'agent était seul, abandonné dans une pièce que son décor d'une légèreté intangible, ses murs tendus de papier peint à fleurs et ses fenêtres masquées par des rideaux retenus par des glands de bois de style gothique tendaient à transformer en châsse. Une niche, près de la cheminée, semblait plutôt monter la garde qu'accueillir le buste en marbre blanc représentant une femme aux traits délicatement sculptés et dont la chevelure de pierre retombait en boucles autour du visage.

Comme deux hommes faisaient leur entrée, Rey se leva. L'un, doté d'une barbe abondante, avait une dignité qui le faisait paraître grand bien qu'il fût de taille moyenne ; l'autre, solide et sûr de lui, arborait des moustaches si longues qu'elles se balançaient en avant comme si elles tenaient absolument à se présenter les premières. Celui-là était James Russell Lowell.

Un Lowell ébahi et qui se figea sur le seuil un assez long moment avant de s'élancer en riant de ce rire suffisant des gens qui posent une question dont ils savent déjà la réponse.

« Longfellow, lança-t-il, imaginez-vous que j'ai tout lu sur cet homme dans le *Freemen Journal*[1]. C'est un héros du régiment nègre, le 54e. Andrew l'a intégré à la police, la semaine où le président Lincoln est mort. Quel honneur de vous rencontrer, mon ami !

— Merci, professeur Lowell. En fait, c'était le 55e régiment, répondit Rey. Professeur Longfellow, recevez toutes mes excuses pour vous arracher à votre compagnie.

— Nous venons juste d'achever la partie sérieuse de la réunion, monsieur l'agent, répondit Longfellow avec un sourire, et "monsieur Longfellow" suffira amplement. »

Ses cheveux argentés, sa barbe touffue et ses yeux bleus sans âge lui donnaient un air de patriarche sans rapport avec ses cinquante-huit ans. Il portait un superbe frac de couleur sombre rehaussé de boutons dorés et un gilet chamois taillé sur mesure.

« Voilà bien des années que j'ai remisé ma tenue de professeur. Le professeur Lowell a pris ma relève.

— Un professeur qui n'est toujours pas habitué à ce titre confondant », marmonna Lowell.

Rey se tourna vers lui.

« Une jeune dame, chez vous, a eu la bonté de m'envoyer ici. Elle m'a dit qu'un mercredi soir vous ne pouviez être autre part qu'à portée de fusil de cette maison.

— Je reconnais là Mabel ! fit Lowell en riant. Elle ne vous a pas jeté dehors, au moins ?

— C'est une jeune dame des plus charmantes, monsieur, répondit Rey avec un sourire. C'est à University Hall qu'on m'a adressé à vous, professeur. »

Lowell laissa échapper un « Quoi ? » de stupeur, suivi d'une explosion de colère. Ses oreilles et ses joues virèrent au grenat en même temps que les mots se bousculaient dans sa gorge :

---

[1]. « Journal des hommes libres ». Journal rédigé et publié par des esclaves récemment libérés. (*N.d.l.T.*)

« Ils osent m'envoyer *un agent de police* ! Et comment justifient-ils ces façons ? Ne peuvent-ils me dire ce qu'ils ont sur le cœur sans tirer les fils d'une marionnette à l'hôtel de ville ! Expliquez-vous, monsieur ! »

Voyant que le visiteur demeurait aussi glacé que le marbre représentant son épouse, le maître de maison posa une main sur la manche de son ami.

« Voyez-vous, monsieur l'agent, le professeur Lowell me fait l'amabilité, avec d'autres collègues, de m'aider dans des travaux littéraires qui n'ont pas la faveur du gouvernement de l'université. Est-ce la raison…

— Toutes mes excuses, répondit le policier en s'autorisant à dévisager le premier interlocuteur dont le rouge avait quitté le visage aussi subitement qu'il y était apparu. C'est moi qui me suis adressé à University Hall pour réclamer de l'aide, et non l'inverse. Voyez-vous, je suis à la recherche d'un expert en langues, et votre nom m'a été donné par des étudiants là-bas.

— Dans ce cas, dit Lowell, à mon tour de vous présenter mes excuses, monsieur l'agent. C'est une chance pour vous que de m'avoir trouvé, car je parle en effet six langues comme un indigène… de Cambridge. »

Il rit et posa sur le bureau marqueté en bois de rose le papier que Rey venait de lui tendre. Le policier vit le front du poète se creuser de sillons à mesure que son doigt parcourait l'écriture penchée aux lettres mal formées.

« Ces mots m'ont été dits tout bas par un monsieur qui les a prononcés assez soudainement, indiqua Rey. J'en ai conclu qu'il s'agissait d'une langue étrangère et bizarre.

— Il y a longtemps ? demanda Lowell.

— Deux ou trois semaines. C'était une rencontre curieuse et inattendue. »

Il se permit de fermer les yeux. La sensation laissée par la main de l'inconnu frôlant son crâne l'envahit à nouveau. Les paroles se reformaient distinctement dans sa tête, mais il était incapable de les répéter.

« Ma transcription est certainement très approximative, professeur.

— En effet, c'est du baragouin ! dit Lowell en passant le papier à Longfellow. Je crains qu'on ne tire pas grand sens de ces hiéroglyphes. Ne pouvez-vous demander à cette personne ce qu'elle voulait dire ? Ou découvrir au moins la langue qu'elle prétend parler ? »

Comme Rey hésitait à répondre, Longfellow proposa :

« Nous avons, enfermés entre ces murs, tout un cabinet d'érudits affamés, mais dont des huîtres et des macaronis devraient parvenir à suborner la sagesse. Auriez-vous l'amabilité de nous laisser ce papier ?

— Je vous remercie infiniment, monsieur Longfellow », répondit Rey. Il resta longuement à soupeser du regard les poètes. « Je vous demanderai de n'informer personne de l'objet de ma visite, ajouta-t-il enfin. Cela relève d'une affaire de police délicate. »

Lowell leva les sourcils d'un air perplexe.

« Naturellement », indiqua Longfellow, et il renforça sa promesse d'un mouvement de la tête signifiant qu'à Craigie House la confiance allait de soi.

Les érudits avaient pris leurs places habituelles autour de la table de la salle à manger.

« Et maintenant, mon cher Longfellow, soyez bon de faire en sorte que votre gentil cerbère se tienne à distance de cette table ! » s'exclama Fields tout en enfonçant sa serviette dans le col de sa chemise.

L'animal objecta par un gémissement étouffé.

« Trap ? Mais c'est un véritable ami des poètes, plaida Longfellow.

— Ah, monsieur Greene ! reprit l'éditeur. Vous auriez dû voir cet amical camarade s'offrir une perdrix de la table du dîner, la semaine dernière, pendant que nous peinions sur le onzième chant dans le cabinet de travail, et que vous-même souffriez mille douleurs dans votre lit !

— Il ne faisait qu'exprimer son opinion sur *La Divine Comédie*, expliqua Longfellow avec un sourire.

— L'officier de police a bien parlé d'une rencontre curieuse, n'est-ce pas ? » demanda Holmes d'un air vaguement intéressé en examinant à la chaude lumière du lustre le papier laissé par Rey. Il le retourna pour regarder au dos avant de le passer à son voisin.

« Exactement, répondit Lowell. Il a entendu ce qu'entendit Nemrod : le gigantesque bredouillement du monde en son premier âge.

« J'aurais presque envie de dire que ce texte est une pauvre tentative d'italien », déclara George Washington Greene.

Levant les épaules de l'air de s'excuser, il expulsa un soupir léger comme la brise et passa la note à Fields avant de se concentrer sur son assiette avec une grande assiduité. Dès que le cercle des Amis de Dante quittait les livres pour les festivités du dîner, il se sentait mal à l'aise. Comment rivaliser d'éclat avec les étoiles appartenant à la constellation sociale de Longfellow, lui dont la vie n'avait été pavée que de petites promesses et de grands reculs ? Son apostolat n'avait jamais été assez défini pour lui valoir une paroisse en titre, ni ses conférences assez fascinantes pour lui mériter un poste de professeur. (Au dire de ses détracteurs, ses discours avaient tendance à tourner au sermon, et ses sermons au débat historique.) Longfellow, qui l'observait d'un œil fidèle de l'autre côté de la table, fit parvenir à son vieil ami des morceaux spécialement choisis à son intention.

« Un homme véritable, que cet agent de police ! déclarait Lowell avec force. Ne trouvez-vous pas, Longfellow ? Soldat pendant notre plus grande guerre et, maintenant, notre premier agent de police de couleur. Ah, ce n'est pas comme nous, professeurs, qui restons sur le quai à regarder les élus monter à bord du navire.

— Si j'en crois un article de l'*Atlantic*, rétorqua Holmes, nos travaux intellectuels nous garderont en vie plus longtemps. Il paraît que les études ont un effet salutaire sur la longévité. À propos, mes compliments pour cet excellent numéro, mon cher Fields.

— Oui, je l'ai lu, intervint Lowell. Un excellent morceau. Mais je trouve, Fields, que vous faites bien grand cas de certain jeune écrivain !

— Hmm..., gémit l'éditeur. Devrais-je vous consulter avant d'autoriser un auteur à poser sa plume sur une feuille de papier ? La *Review* n'aurait-elle pas assez célébré votre *Vie de Parsifal*, peut-être ? Un étranger serait en droit de s'étonner du peu de considération que vous me démontrez !

— Mes louanges vont aux anges ! répliqua Lowell du tac au tac. Vous ne me ferez pas croire que vous ne savez rien faire de mieux que publier un livre qui non seulement a peu de valeur en soi, mais encore se place en travers du chemin d'un meilleur ouvrage sur le sujet !

— Je demande à la tablée s'il est correct de la part de Lowell de faire paraître dans la *North American Review,* un journal qui *m'appartient,* une attaque contre un livre que publie *ma* maison !

— Je demande en retour à ceux d'entre vous qui sont au fait de l'objet du débat s'ils contestent mes conclusions. »

Comme personne ne soufflait mot, Fields se rendit à l'évidence.

« J'entends monter la clameur d'un "non" général. En tout cas, je puis vous assurer qu'aucun exemplaire ne s'est vendu depuis que Lowell a publié sa critique !

— Attendu que le sieur Lowell a définitivement tué *La Vie*, intervint Holmes en faisant tinter sa fourchette contre son verre, je le déclare coupable de meurtre. »

Un éclat de rire général accueillit sa déclaration.

« Oh, *La Vie* était mort-née, monsieur le juge, se défendit l'inculpé. Je n'ai eu qu'à clouer le cercueil !

— Dites, mes amis, lança Greene. Quelqu'un parmi vous a-t-il noté le caractère dantesque de cette année 1865 ? »

Il avait pris un ton délibérément désinvolte dans l'espoir de ramener la conversation sur son sujet préféré.

« En effet, les jours et les chiffres du mois correspondent exactement à ceux de 1300, année dantesque s'il en fut, répondit

Longfellow en hochant la tête. Les deux fois, le vendredi saint est tombé un 25 mars.

— Victoire ! s'exclama Lowell. Que 1865 soit l'année de Dante puisqu'il y a exactement cinq cent soixante-cinq ans, il descendit dans *la città dolente,* la ville douloureuse. Est-ce un bon ou un mauvais présage pour la traduction ? »

Son sourire gamin se fana bientôt au souvenir de l'acharnement que manifestait la Corporation de Harvard à l'encontre de leur cercle des Amis de Dante.

« Demain, déclara Longfellow, lesté de nos derniers chants *de* l'*Inferno,* je descendrai dans les Males-Bauges[1] des imprimeurs, parmi les *démons*[2] de *Riverside Press.* Nous aurons fait alors un pas de plus vers l'accomplissement. J'ai promis, en humble contribution au six centième anniversaire de Dante, de faire parvenir au comité florentin chargé de la célébration un tirage privé de *L'Enfer* avant la fin de l'année.

— Pour ma part, mes chers amis, je suis toujours en butte à l'imbécillité de ces damnés crétins de Harvard, maugréa Lowell sur un ton renfrogné. Imaginez-vous qu'ils continuent de se démener pour me forcer à clore mon cours sur Dante.

— Augustus Manning m'a prévenu des conséquences que pourrait avoir la publication de cette traduction, renchérit Fields en pianotant sur la table d'un air agacé.

— Mais pourquoi aller jusqu'à de telles extrémités ? s'enquit Greene, alarmé.

— La Corporation tient à garder ses distances avec Dante, expliqua gentiment Longfellow, elle fait feu de tout bois. Elle craint son influence. Étrangère et catholique, mon cher Greene.

— Cela peut se comprendre en partie, me semble-t-il, intervint Holmes avec une compassion teintée de désinvolture. Pour ce qui en est de certains passages, en tout cas. En juin dernier, combien de pères sont allés se recueillir sur la tombe de leur fils, au lieu d'assister au temple à la remise des diplômes ? Ils doivent penser que nous n'avons pas besoin d'autre Enfer après celui que nous venons de vivre, j'imagine. »

Voyant Lowell se verser rageusement un troisième ou quatrième verre de falerne rouge, Fields, qui était assis en face de lui, essaya de calmer ses ardeurs du regard. En vain, car le professeur explosa :

---

1. La traduction de *La Divine Comédie* utilisée pour ce livre est la plus aisément disponible en France : *Les Œuvres complètes,* La pochothèque – Classiques modernes, LGF (*N.d.l.T.*)

2. Démons (*devils*) : surnom donné aux typographes dans le jargon professionnel des imprimeurs, en américain. Ce terme sera conservé dans le texte français en raison du sous-entendu « dantesque » (*N.d.l.T.*).

« Quand ils en seront à brûler les livres, nous serons les prochains à être jetés en Enfer. Et, croyez-moi, mon cher, nous ne nous en évaderons pas de sitôt !

— Loin de moi le désir d'imperméabiliser l'Amérique aux questions que le ciel fait pleuvoir sur sa tête, mon cher Lowell, répondit le docteur. Mais peut-être… » Il hésita. L'instant était-il bien choisi ? Se tournant vers le maître de céans, il poursuivit : « Peut-être devrions-nous envisager un programme de publication moins ambitieux, mon cher Longfellow. D'abord, un tirage privé de quelques douzaines d'exemplaires pour laisser à nos amis et collègues le loisir de goûter le texte, de découvrir sa puissance, avant de l'offrir à l'appréciation des masses. »

À ces mots, Lowell bondit presque de son siège.

« Le Dr Manning vous a-t-il parlé, Holmes ? Vous aurait-il induit par des menaces à penser de la sorte ?

— Voyons, Lowell ! intervint Fields avec un sourire plein de diplomatie. Manning n'approcherait pas Holmes sur ce sujet.

— Pardon ? » s'enquit celui-ci, feignant de ne pas comprendre. Et comme Lowell attendait toujours une réponse, il reprit : « Naturellement pas, Lowell. Manning n'est qu'un de ces champignons qui pullulent sur les vieilles universités. Cependant, courtiser les conflits me paraît vain, cela ne servira qu'à distraire le public de la question essentielle. On parlera de l'affrontement au lieu de discuter poésie. Trop de médecins utilisent les médicaments à seule fin de clore le bec à leurs malades. Nous devons être judicieux dans nos traitements les mieux intentionnés, et prudents dans nos avancées littéraires.

— Plus nous aurons d'alliés, mieux nous nous en porterons, rénchérit Fields en s'adressant à toute la tablée.

— Nous ne pouvons quand même pas faire des entrechats devant les tyrans ! s'insurgea Lowell.

— Pas plus que nous ne voulons affronter le monde entier à nous cinq, rétorqua Holmes. La belle armée que nous ferions ! »

Il était enchanté de voir que l'éditeur partageait son idée de ralentir les choses. Ainsi aurait-il le temps d'achever son roman avant que la nation entende prononcer le nom de Dante.

« Reporter la publication ? continuait de tempêter Lowell. Qu'on me hisse plutôt sur le bûcher ! Non, qu'on m'enferme une heure entière tout seul face la Corporation au grand complet !

— Voyons, il n'est pas question de changer nos plans pour la sortie du livre, cela va de soi…, commença Fields et, à ces mots, le docteur sentit le vent abandonner sa voilure. Néanmoins, Holmes a raison sur un point : nous n'avons pas les forces suffisantes pour porter ce fardeau sur nos seules épaules. En revanche, nous pouvons certainement essayer de réunir des gens désireux de nous apporter leur soutien. Je pourrais prier le vieux professeur Ticknor d'user de l'influence qui lui reste, et peut-être aussi M. Emerson. Il a lu Dante, il y a des années. De toute façon, personne au monde ne peut prédire si un livre se vendra ou non à cinq mille exemplaires. Mais quand les premiers cinq mille sont vendus, il y a fort à parier qu'il s'en vendra vingt-cinq mille de plus.

— Iraient-ils jusqu'à tenter de supprimer votre poste d'enseignant, monsieur Lowell ? redemanda Greene avec angoisse.

— Jemmy est trop célèbre pour ça, répliqua Fields sur un ton péremptoire.

— Je me contrefiche de ce qu'ils me feront ! Je ne remettrai pas Dante aux mains des philistins.

— Ni vous ni personne ! » approuva Holmes avec force.

À sa grande surprise, il ne se sentait pas vaincu mais, au contraire, plus déterminé que jamais. Tout d'abord, parce qu'il avait raison ; ensuite, parce qu'il allait sauver ses amis du danger que représentait Dante, et sauver Dante lui-même de l'ardeur de ses amis.

La vigueur de sa réaction encouragea la tablée à s'y associer. Des « C'est cela ! » et des « Parfaitement ! » furent criés par tout le monde, ceux de Lowell étant de loin les plus bruyants.

Tout en faisant tinter sa fourchette sur son verre, Greene remarqua un reste de tomate farcie logé entre les dents de l'instrument. Il se pencha par terre pour offrir à Trap cette bonne fortune et, dans cette position, vit Longfellow se mettre debout.

Ils avaient beau être cinq amis réunis autour de la table de la salle à manger, dans l'intimité de cette demeure, le fait que Longfellow se fût levé pour porter un toast établit le silence d'un coup.

« À la santé de toute la compagnie. »

Le poète ne proféra pas un mot de plus. Pourtant, ses compagnons l'ovationnèrent comme s'il venait de proclamer une nouvelle émancipation.

Vinrent ensuite la tourte aux cerises et la crème glacée, puis du cognac avec des sucres flambés. Des cigares déjà débarrassés de leur emballage furent allumés aux bougies placées au centre de la table, et Fields supplia le maître de maison d'en raconter l'histoire. Que de cajoleries fallait-il déployer pour que Longfellow acceptât d'abord une question le concernant de près ou de loin. Mais Fields connaissait le secret : cacher sa curiosité derrière un sujet anodin, comme les cigares de ce soir.

« Je m'étais rendu au Corner pour affaires, commença le maître de céans tandis que l'éditeur riait déjà de ce qui allait suivre, et voilà que M. Fields me persuade de l'accompagner chez le marchand de tabac voisin où il a des emplettes à faire. Le vendeur nous présente une boîte de cigares d'une marque dont je n'avais jamais entendu parler auparavant. Et il me déclare avec le plus grand sérieux du monde : "C'est, monsieur, la marque préférée de Longfellow."

— Que lui avez-vous répondu ? »

Le filet de voix de Greene était parvenu à s'imposer au-dessus du joyeux vacarme.

« Je l'ai regardé, lui d'abord, et ensuite les cigares, puis j'ai dit : "Dans ce cas, je me dois de les essayer". Après quoi, j'ai payé la somme réclamée pour m'en faire livrer une boîte. »

S'étouffant de rire, la bouche pleine de gâteau, Lowell demanda :

« Et que pensez-vous de ces cigares, maintenant, mon cher Longfellow ? »

Celui-ci prit le temps de tirer une bouffée.

« Je dirais que cet homme avait tout à fait raison. Je les trouve excellents. »

En conséquence, il est bon que je m'arme de prévoyance. Ainsi, si je suis arraché à l'endroit qui m'est le plus cher, je…

L'étudiant laissa échapper un soupir anéanti et se mit à suivre d'un doigt appliqué le texte italien.

Depuis des années maintenant, Lowell faisait de son cabinet de travail à Elmwood une annexe de sa classe à l'université. Sous son premier mandat de *Smith Professor*, il avait réclamé une salle et obtenu à University Hall un morne espace en sous-sol meublé de longues planches en bois destinées aux élèves et d'un pupitre pour lui qui devait dater des puritains. La matière enseignée, lui avait-on fait valoir, ne rassemblait pas un auditoire assez nombreux pour qu'on lui attribuât un lieu plus enviable. Et c'était aussi bien. Faire la classe à Elmwood offrait à Lowell l'agrément de pouvoir fumer devant un bon feu de bois et une raison supplémentaire pour ne pas sortir de chez lui.

Ses étudiants venaient deux fois par semaine, au jour de son choix – le dimanche, parfois – car il aimait l'idée de se réunir en ce jour où Boccace, des siècles avant lui, avait donné à Florence ses premières conférences sur Dante. Souvent, Mabel Lowell écoutait les leçons dans le salon donnant sur l'étude. Voici ce qu'elle entendit ce jour-là en réponse à l'étudiant qui avait laissé échapper un soupir d'agacement :

« Rappelez-vous, Mead. Dans la cinquième sphère du Paradis, celle des Martyrs, Cacciaguida prophétise à Dante qu'il sera exilé de Florence peu après son retour dans le monde des vivants et qu'il sera condamné à périr par le feu si jamais il venait à franchir les portes de la ville. En gardant cela à l'esprit, traduisez maintenant la phrase *Io non perdessi li altri per i miei carmi.* »

L'italien de Lowell coulait aisément, sans aucune faute de grammaire, mais cela n'empêchait pas Mead, étudiant de troisième année, de considérer que la façon dont Lowell articulait toutes les syllabes, comme si elles n'étaient pas liées entre elles, trahissait quand même son américanité.

« *Je ne perdrai pas d'autre lieu à cause de mes poèmes.*

— Ne vous éloignez pas du texte, Mead ! *Carmi* signifie chants. Il ne s'agit pas simplement des poèmes de Dante, mais du son même de sa voix. À l'époque des ménestrels, vous auriez pu choisir, en payant un écot, qu'il vous livre ses histoires sous forme de chant ou de prêche, à votre goût. Un prêche qui chante et un chant qui prêche – c'est cela la Comédie de Dante. Donc : *Que par mes chants je ne perde pas d'autre lieu*. C'était bien, Mead, conclut Lowell en exprimant son approbation par un geste qui ressembla à un étirement.

— Je trouve qu'il se répète », laissa tomber Pliny Mead sur un ton péremptoire.

À ces mots, son voisin se tortilla sur son siège d'un air embarrassé.

« Vous le dites vous-même, insistait Mead. Un divin prophète a déjà prédit à Dante qu'il trouverait sanctuaire et protection sous Can Grande. Alors, qu'a-t-il besoin d'autres lieux ? C'est absurde, c'est seulement pour la rime. »

À quoi Lowell répliqua :

« Quand Dante parle de la nouvelle demeure que lui vaudra son œuvre dans l'avenir, quand il évoque *les autres lieux* qu'il recherche, ce qu'il a à l'esprit, ce n'est pas la vie qui est la sienne en 1302 – l'année de son exil – mais bien sa *seconde* vie, celle qu'il continuera de vivre pendant des siècles à travers son poème.

— Mais ce *lieu le plus cher* ne lui a jamais vraiment été retiré, en vérité. C'est lui-même qui s'en est arraché. La ville de Florence lui a proposé de revenir auprès de son épouse et des siens et il a refusé ! »

Pliny Mead n'était pas de ces élèves qui impressionnent leurs maîtres ou leurs condisciples par l'étendue de leur bonté. De plus, ce matin-là, en recevant ses notes du trimestre précédent, il avait découvert qu'il était d'ores et déjà rétrogradé de la douzième à la quinzième place au classement général de sa promotion, dans deux ans. Douloureusement déçu, il tenait grief de ses faibles résultats à Lowell, auquel il avait tenu tête en plusieurs occasions lors de discussions sur la littérature française, ce que le professeur ne supportait pas. Mead aurait volontiers abandonné l'étude de l'italien, mais la règle stipulait que les étudiants inscrits en langues étrangères devaient en suivre obligatoirement tous les cours pendant trois semestres avant de pouvoir changer d'option – moyen parmi d'autres de dissuader les élèves de goûter, même du bout des lèvres, à l'étude des langues vivantes. Mead se retrouvait donc coincé avec cet infatigable phraseur de James Russell Lowell. Et avec Dante Alighieri.

« La belle proposition que voilà ! se moqua Lowell. Pleine et entière clémence pour Dante et octroi d'un permis de résidence à Florence, sa ville d'origine, à condition de présenter une requête en grâce et de payer une lourde amende. Johnny Reb[1] n'a pas subi pareille dégradation pour être réintégré dans l'Union ! Comment un homme qui s'est toujours battu pour la justice accepterait-il un compromis aussi vil avec ceux-là mêmes qui le persécutèrent ?

— Que *cela* nous plaise ou non, il n'en demeure pas moins que Dante est florentin ! insista Mead, en cherchant du regard le soutien de son voisin. Enfin, Sheldon, vous voyez bien que Dante parle sans cesse de Florence dans ses écrits ! Et aussi des Florentins qu'il rencontre dans l'autre monde. Il rapporte même ses conversations avec eux. Et quand écrit-il son poème ? Quand il est en exil ! La chose me paraît assez claire, mes amis : tout ce à quoi Dante aspire, c'est à retourner à Florence. Mourir en exil et dans la pauvreté, voilà le plus grand échec de sa vie ! »

Le sourire victorieux de Pliny Mead agaça Edward Sheldon. De fait, l'étudiant avait réduit le professeur au silence. Lowell s'était levé. Les mains enfoncées dans les poches de sa veste d'intérieur passablement défraîchie, il arpentait le tapis dans ses hautes bottes à lacets, en tirant sur sa pipe d'une façon qui révélait sa tension. On aurait dit qu'il évoluait à un niveau de connaissance mentale différent, bien loin de son cabinet d'Elmwood.

Le professeur n'avait pas pour habitude d'autoriser les élèves de première année à suivre les cours des classes supérieures, mais devant la persistance de Sheldon, il avait dit qu'il verrait. Et celui-ci, empli de gratitude pour la chance qui lui avait été accordée, était fermement décidé à les défendre, Dante et lui, des attaques de son condisciple – le genre de type, assurément, à poser des sous sur les rails de chemin de fer quand il était gamin. Il s'apprêtait donc à répondre quand Mead le foudroya d'un regard tel qu'il abdiqua.

Un autre regard dans sa direction, involontaire celui-là et lancé par Lowell, lui signifia la déception de son mentor. Mais, déjà, le professeur détournait les yeux et interpellait Mead :

« Où est donc le Juif en vous, mon garçon ?

— Pardon ?

— Aucune importance, ce n'est pas ce que je voulais dire... Voyez-vous, Mead, reprit Lowell au bout d'un moment sur ce ton patient dont ses élèves étaient bien les seuls sur terre à bénéficier, Dante a pour thème l'homme en général, et non pas *un* individu en particulier. De nos jours encore, les Italiens tirent sur sa

---

1. Johnny Reb : surnom donné à l'armée sudiste (l'armée « rebelle »).

manche pour lui faire dire qu'il soutient telle ou telle politique ou telle ou telle façon de penser. Leur façon *à eux* ! Mais limiter Dante à Florence ou à l'Italie, c'est lui aliéner la sympathie du reste de l'humanité. Et cela, alors que *La Divine Comédie* est la chronique de nos vies intérieures, contrairement au *Paradis perdu* de Milton, que nous lisons comme un poème. Savez-vous, mes garçons, ce que dit Isaïe au verset 38, 10 ? »

Sheldon réfléchit de toutes ses forces. Mead, quant à lui, afficha un visage buté, déterminé qu'il était à ne pas s'interroger sur la question.

« *Ego dixi : dimidio dierum meorum vadam ad portas Inferi* », récita Lowell.

Se précipitant vers ses étagères encombrées, il eut tôt fait de dénicher dans une bible en latin le chapitre et le verset indiqués.

« Voyez vous-mêmes ! » s'exclama-t-il, ravi de démontrer qu'il avait cité le passage sans erreur. Il déposa le livre ouvert à la bonne page sur le tapis, aux pieds des deux étudiants. « Existe-t-il une chose seulement à laquelle nos vieux auteurs des Écritures n'aient pas pensé ? Dois-je traduire ? *Je dis : au milieu de mes jours j'irai aux portes de l'Enfer.* Vers le milieu de notre vie, dit Isaïe, tous autant que nous sommes, nous entreprenons un voyage qui nous conduit à un Enfer qui est le nôtre. Et quelle est la toute première ligne du poème de Dante ?

— *Au milieu du chemin de notre vie...* », s'empressa de répondre Edward Sheldon.

Cette salve poétique par laquelle débute *L'Enfer*, il l'avait lue et relue maintes fois dans sa chambre de Stoughton Hall. Jamais aucune autre poésie ne l'avait saisi avec tant de violence, ni aucun autre poète enhardi à ce point.

« *... je me trouvai dans une forêt sombre, la route où l'on va droit s'étant perdue.*

— *Nel mezzo del cammin di nostra vita. Au milieu du voyage de* notre *vie* », répéta Lowell avec un regard à la cheminée si pénétrant que Sheldon jeta malgré lui un coup d'œil par-dessus son épaule, croyant que Mabel Lowell avait surgi dans son dos. Mais son ombre continuait de la révéler assise dans le salon, immobile.

« *Notre* vie, disait Lowell. Dès la toute première ligne du poème, *nous* prenons part au voyage de Dante, nous entamons le pèlerinage à ses côtés et nous devons affronter notre enfer aussi lucidement qu'il affronta le sien. Vous voyez donc que la valeur durable et inestimable de cette œuvre tient au fait que c'est une autobiographie de l'âme humaine. De la vôtre et de la mienne, autant que de celle de Dante. »

Comme il était bon d'enseigner quelque chose de vrai ! se dit-il en écoutant Sheldon lire les quinze lignes suivantes. Comme il avait été bête de la part de Socrate de vouloir bannir les poètes d'Athènes ! Et comme il jubilerait, lui, en contemplant la défaite d'Augustus Manning lorsque la traduction de Longfellow, enfin publiée, se révélerait un triomphe !

Le jour suivant, sortant d'University Hall après son cours sur Goethe, Lowell eut la surprise de tomber nez à nez avec un Italien courtaud qui se hâtait vers le bâtiment.
« Bachi ? » s'exclama-t-il.
Des années auparavant, Pietro Bachi avait été engagé par Longfellow pour être répétiteur d'italien. Employer un étranger, qui plus est un papiste, n'avait pas été du goût de la Corporation. Le fait que Bachi eût été banni des territoires du Vatican n'avait pas incité les *fellows* à l'indulgence. Plus tard, alors que Lowell avait succédé à Longfellow à la tête du département, l'intempérance et l'insolvabilité de Bachi, découvertes par hasard, avaient été un bon prétexte pour se débarrasser de lui. « Même mort, je ne remettrai jamais les pieds ici ! » avait-il dit à Lowell, le jour de son renvoi. Par quelque bizarrerie, celui-ci l'avait cru sur parole. D'où son étonnement en le voyant sur le *Yard*, bien vivant et hors d'haleine, dans un frac élimé mais repassé avec soin.
« Cher professeur. »
Bachi tendit la main à son ancien chef qui la serra vigoureusement, selon son habitude.
« Alors…, commença Lowell, sans bien savoir comment demander à Bachi la raison de sa présence.
— Je fais une promenade, professeur », expliqua celui-ci de lui-même.
Remarquant qu'il fixait anxieusement un point derrière lui, Lowell écourta les amabilités et reprit sa route. Encore tout étonné de cette rencontre inattendue, il se retourna, le temps d'un coup d'œil, et vit Bachi se diriger vers un homme dont la silhouette en gilet à carreaux et chapeau melon lui était vaguement familière. Le type de l'autre jour, se dit-il, celui qui me regardait, nonchalamment appuyé contre un orme. Quelle affaire cet amoureux de poésie pouvait-il avoir avec Bachi ? Lowell s'arrêta pour voir si l'Italien saluait l'inconnu, lequel attendait manifestement *quelqu'un*. Mais une marée d'étudiants tout à la joie d'avoir été libérés des récitations grecques entoura les deux hommes, et ce couple curieux – si tant est qu'ils eussent rendez-vous – disparut à ses yeux.
Oubliant l'incident, Lowell se dirigea vers l'école de droit. Sur le perron, le jeune Oliver Wendell expliquait à un cercle de camarades certain point de loi.

D'un pas lent, le Dr Holmes marcha jusqu'à l'escalier des domestiques. Passant devant un miroir accroché bas, il marqua un arrêt et sortit un peigne. Son visage ne rendait pas une image très flatteuse, trouva-t-il. Il coiffait sa masse de cheveux bruns quand un lourd piétinement de bottes le fit se redresser. Il recula en hâte dans une pièce voisine pour en ressortir bientôt, les yeux plongés dans un vieux livre, et se diriger vers l'escalier de son pas habituel. Oliver Wendell Holmes junior se ruait dans la maison et prenait d'assaut l'escalier, comme si quelques bonds seulement allaient le conduire au deuxième étage.

« Wendy ? s'écria son père avec un bref sourire. C'est toi ? »

Le jeune homme stoppa sa course à mi-chemin du palier.

« Bonjour, Père.

— Ta mère vient juste de me demander si je t'avais vu aujourd'hui et, brusquement, je me suis rendu compte que non. D'où rentres-tu si tard, mon garçon ?

— De promenade.

— Tiens donc ! Tout seul ? »

Arrivé sur le palier, le fils marqua une pause de mauvais gré. Par-dessous ses sourcils sombres, il considéra son père, debout au pied de l'escalier, en train de pétrir le balustre.

« En fait, je causais avec James Lowell. »

Holmes joua la surprise.

« Avec Lowell ? Vous passez du temps ensemble, M. Lowell et toi ? » s'étonna-t-il. L'une de ses larges épaules se souleva légèrement. « Eh bien, de quoi parlais-tu donc avec notre cher ami commun, si je puis me permettre ? »

Il accompagna sa question d'un aimable sourire.

« De politique, du temps que j'ai passé à la guerre, de mes cours de droit. Nous nous entendons très bien, je dirais.

— Je trouve que tu t'offres un peu trop de loisirs, ces temps-ci, fit observer le docteur. Je t'ordonne de cesser ces excursions oiseuses avec M. Lowell ! »

Comme aucune réaction ne venait, il enchaîna :

« C'est au détriment de tes heures d'études, vois-tu. Et nous ne pouvons pas nous le permettre, tu le comprends bien. »

Le fils laissa fuser un rire.

— Tous les matins, j'ai droit à la rengaine : À quoi bon faire du droit, Wendy ? Un avocat ne sera jamais un grand homme, Wendy. » Il avait prononcé ces mots à mi-voix, sur un ton éraillé. « Et maintenant, vous me demandez de travailler plus dur ?

— Exactement, Wendy. Faire quoi que ce soit de valable, cela coûte de la sueur, cela coûte des nerfs et cela coûte du phosphore. J'aurai un mot avec M. Lowell à notre prochaine séance du cercle des Amis de Dante. Je suis certain qu'il se rangera à mon avis. Il a été lui-même avocat autrefois, il sait les efforts que cela demande. »

Holmes s'éloigna dans le vestibule, assez satisfait de sa fermeté. En entendant le jeune homme marmonner dans sa barbe, il revint sur ses pas.

« Tu as quelque chose à ajouter, mon garçon ?

— Je me demandais seulement... » Le jeune homme redescendit de quelques marches. « J'aimerais bien vous entendre parler de votre cercle des Amis de Dante, Père. »

Le fils n'avait jamais manifesté le moindre intérêt pour les activités du père, littéraires ou professionnelles. Il n'avait jamais lu ses poèmes, pas plus que son premier roman, et il n'avait pas davantage assisté aux conférences sur les progrès de la médecine ou l'histoire de la poésie que le docteur était venu donner dans son lycée. Quand l'*Atlantic Monthly* avait publié *À la poursuite du capitaine*, récit dans lequel Holmes retraçait son voyage dans le Sud après avoir reçu un télégramme lui annonçant par erreur la mort de son fils au champ d'honneur, Wendell avait exprimé son indifférence encore plus ostensiblement. Les quelques pages qu'il avait vaguement feuilletées n'avaient fait qu'enflammer ses blessures. Que son père eût cru possible de résumer la guerre en quelques milliers de mots lui était paru tout simplement incroyable ! Ce livre n'était qu'un ramassis d'anecdotes, dont la plupart relataient la mort de rebelles dans des lits d'hôpital ou l'étonnement des employés dans divers hôtels de province en apprenant qu'il était l'auteur de *L'Autocrate au petit déjeuner.*

« Cela compte-t-il vraiment pour vous, de pouvoir vous en dire membre ? demanda le jeune homme avec un sourire narquois.

— Je te demande pardon, Wendy ? Que veux-tu dire par là ? Et d'abord, que sais-tu *seulement* de nos activités ?

— *Seulement* ce que M. Lowell en dit : qu'on entend plus souvent votre voix à la salle à manger que dans le cabinet de travail. Or, pour M. Longfellow, cette tâche est toute sa vie. Pour M. Lowell, c'est sa vocation. Lui, c'est un homme qui agit selon ses croyances, voyez-vous. Qui ne se contente pas d'en parler ! Il a défendu des esclaves au temps où il était avocat. Alors que pour vous, ce cercle n'est qu'un endroit de plus où faire tinter les verres. Je me demande pourquoi ils vous supportent.

— Est-ce que Lowell a dit..., commença le Dr Holmes. Wendy, descends ici sur-le-champ ! »

Mais le fils avait déjà atteint le dernier étage et s'enfermait dans sa chambre.

« Que peux-tu savoir de notre cercle des Amis de Dante ? » cria le père.

Il resta un moment à errer dans la maison, impuissant, avant de se retirer dans son cabinet. *C'était à table qu'on entendait le plus souvent sa voix,* avait dit Lowell. Plus il se répétait cette phrase, plus elle lui faisait mal. Lowell se faisait mousser à ses dépens pour préserver sa place à la droite de Longfellow.

Dans les semaines qui suivirent, Holmes écrivit avec ténacité, en une sorte de progression soutenue qui ne lui était pas naturelle. Il y a deux temps dans la création : l'instant, sibyllin, où une pensée nouvelle frappe l'auteur ; et le temps, laborieux, où il s'agit de la mettre en forme. Dans son cas, ce second temps s'accompagnait généralement d'une lourdeur persistante au niveau du front qui ne s'interrompait que par moments : quand un groupe de mots ou bien une image s'offraient à lui à l'improviste. De folles crises d'enthousiasme et d'autocongratulation s'emparaient alors de lui, au point qu'il pouvait se laisser aller à des excès de langage, voire à des enfantillages.

De toute façon, dès qu'il travaillait de longues heures d'affilée, tout son métabolisme partait à vau-l'eau : ses pieds se mettaient à geler, sa tête à brûler, ses muscles à frémir, tant et si bien qu'il se sentait pour ainsi dire *obligé* de se lever. Le soir venu, il interrompait tout travail pénible avant onze heures et prenait un livre facile pour se laver l'esprit. Un trop long travail intellectuel lui procurait la même sensation de dégoût qu'un excès de nourriture. Il attribuait cela en partie au climat de Boston, usant pour les nerfs. D'ailleurs, à en croire le Dr Brown-Séquard, un collègue de Paris, les animaux *saignaient* beaucoup moins en Amérique qu'en Europe. N'était-ce pas surprenant ? Pour l'heure, quoi qu'il en fût, et malgré ces désagréments physiques, le Dr Holmes se sentait saisi d'une frénésie d'écriture.

« Vous savez fort bien que c'est à moi qu'il revient de demander au professeur Ticknor de soutenir notre cause », déclara Holmes à Fields, un jour qu'il était passé le voir au Corner.

— Mais qu'est-ce que c'est que ça ? s'emporta l'éditeur qui était en train de faire trois choses à la fois : lire un manuscrit, éplucher un contrat et dicter une lettre. Où sont ces accords de royalties ? »

J. R. Osgood lui présenta une autre pile de papiers.

« Vous êtes débordé, Fields, insistait Holmes, et vous avez encore à réfléchir au prochain numéro de l'*Atlantic*. Vous devez accorder un peu de repos à votre cerveau surmené et, moi, j'ai eu Ticknor comme professeur. Je pense être le mieux placé pour lui parler de Longfellow. »

Il y avait eu un temps, et Holmes s'en souvenait, où Boston avait été Ticknorville aux yeux du monde des lettres. Si vous n'étiez pas invité à son cercle littéraire, vous n'étiez personne. Autrefois appelé salle du Trône, le salon était à présent surnommé l'Iceberg de Ticknor. Ses attitudes d'oisif raffiné et ses convictions antiabolitionnistes avaient fait tomber l'ancien professeur en disgrâce, et aussi ceux qui le fréquentaient. Toutefois, en matière de littérature, il demeurait toujours le grand maître.

« Ma vie s'use à subir les importuns, mon cher Holmes, répondit Fields en poussant un soupir. Ces temps-ci, la seule vue d'un manuscrit me fait l'effet d'un espadon : elle me coupe en deux. »

Il resta un long moment à considérer son interlocuteur avant d'accepter qu'il se rendît à Park Street à sa place. En réalité, et Holmes le savait, Fields était soulagé de ne pas avoir à discuter lui-même avec George Ticknor ou plutôt avec le professeur Ticknor, car celui-ci insistait pour qu'on lui donnât son titre bien qu'il eût cessé d'enseigner depuis plus de trente ans. Il n'avait jamais tenu son jeune cousin, William D. Ticknor en haute estime, et son mépris s'étendait à ses associés, autrement dit à Fields. D'ailleurs, il ne manqua pas de le rappeler à Holmes, à peine celui-ci eut-il grimpé l'escalier en colimaçon du 9, Park Street.

« Cette façon de brasser bruyamment les bénéfices, de considérer les livres comme des profits ou des pertes…, c'est une maladie, docteur Holmes », laissa tomber Ticknor. Ses lèvres sèches se gonflèrent de répulsion. « Et je crains fort que mon cousin William n'ait transmis le mal à mes neveux. Les gens que leur labeur oblige à transpirer ne doivent pas se mêler de diriger les arts littéraires. N'êtes-vous pas de mon avis, Holmes ?

— Vous conviendrez cependant que M. Fields n'est pas dénué de perspicacité. Il a su tout de suite que votre *Histoire* serait un succès, professeur. De même, il pense que le Dante de Longfellow trouvera un public. »

En réalité, *L'histoire de la littérature espagnole* de Ticknor n'avait touché que peu de lecteurs hormis les abonnés aux magazines, mais le professeur voyait dans ce fait le signe même de son succès.

Ticknor ne réagit pas à la loyauté manifestée par Holmes à l'égard de son éditeur. Assis dans son fauteuil, en pantoufles et bonnet de velours pourpre, il travaillait à une lettre quand son visiteur s'était fait annoncer. Il avait entrepris de dégager délicatement ses doigts de la grosse machine – sa presse d'imprimerie miniature, comme il l'appelait – qu'il avait fait construire quand ses mains avaient commencé à trembler trop. Cela faisait maintenant plusieurs années qu'il n'avait plus rien écrit de façon autonome.

Pour la seconde fois, Ticknor promena un regard critique sur son vis-à-vis pour se convaincre de la bonne coupe de ses vêtements, de la qualité de sa cravate et de sa pochette.

« M. Fields sait peut-être *quels écrits* les gens lisent, docteur, mais je crains qu'il ne comprenne jamais tout à fait *la raison* qui les pousse à le faire. Il se laisse entraîner par l'enthousiasme d'amis proches. Propension qui n'est pas sans danger.

— Vous avez toujours professé la nécessité de répandre les cultures étrangères parmi la classe instruite », rappela Holmes.

Il se tapota délicatement le front à l'aide de son mouchoir. Les rideaux de la bibliothèque étaient tirés et le feu, qui brûlait dans l'âtre sur un lit de cendres accumulées depuis des années, éclairait faiblement le vieux maître. En fait d'Iceberg, l'antre de Ticknor était une fournaise.

« Comprendre nos propres étrangers ne se fera pas d'un coup de baguette magique, docteur Holmes. Si nous ne plions pas les nouveaux arrivants à notre caractère national, si nous ne les amenons pas à accepter de bon gré nos institutions, c'est la multitude au-dehors qui finira un jour par nous plier.

— En ce qui concerne la traduction de M. Longfellow..., insista Holmes.

— Il ne fait à mes yeux aucun doute que M. Longfellow produira quelque chose d'étonnant. N'est-ce pas la raison pour laquelle je l'ai choisi pour me succéder à Harvard ? Néanmoins, rappelez-vous que, moi aussi, j'ai tenté jadis d'introduire Dante dans ce pays. Jusqu'à ce que la Corporation ne fasse de mon poste une triste farce. »

Une ombre passa dans ses yeux vifs.

« Je ne croyais pas vivre assez longtemps pour voir un Américain s'atteler à cette tâche. Je ne sais comment il l'accomplira. Maintenant, que les masses qui vont sans gants accueillent cette œuvre ou la rejettent, c'est une autre affaire. La voix du peuple en décidera. Une voix qui n'est pas celle des érudits amoureux de Dante. Quant à m'asseoir au banc des juges, je n'aurai jamais les compétences suffisantes pour cela, affirma Ticknor, et un orgueil infini illumina ses traits. Espérer faire entendre Dante n'est que folie pédante, je le crains. Comprenez-moi bien, docteur Holmes, tout comme Longfellow, je dois à cet auteur bien des années de ma vie. Ne demandez pas ce qui conduit Dante à l'homme, mais ce qui conduit l'homme à Dante : ce qui le conduit à vouloir pénétrer dans son monde à son tour. Un monde à jamais sévère et impitoyable. »

4.

En ce dimanche soir, sous le pavé des rues, le révérend Elisha Talbot, pasteur de la Seconde Église unitarienne de Cambridge, se faufilait entre les cercueils empilés et les tas d'ossements brisés, à la lueur d'une lanterne qu'il tenait haut en l'air. Avait-il vraiment besoin de sa lampe à kérosène ? se demandait-il, tant il était habitué à l'obscurité compliquée de ce souterrain tortueux et à son odeur de putréfaction – déplaisante, certes, mais impuissante à forcer les contractions de son nez. Un jour, pariait-il avec lui-même, il vaincrait ce labyrinthe sans autre lumière que sa foi dans le Seigneur.

L'espace d'un instant, il crut avoir entendu un frôlement. Il tourna sur lui-même. Les tombeaux et les colonnes d'ardoise demeuraient encerclés d'immobilité.

« Y a-t-il âme qui vive, ce soir ? »

Sa voix, réputée pour son intonation mélancolique, frappa la noirceur alentour. La formule employée n'était peut-être pas la mieux choisie, venant d'un ministre du culte, mais il est de fait que Talbot éprouvait subitement de l'effroi. Comme tous les gens qui vivent seul la plus grande partie de leur vie, il souffrait de maintes peurs inavouées. La mort l'avait toujours terrifié au-delà du raisonnable, à sa plus grande honte. Peut-être fallait-il voir dans sa coutume de parcourir les catacombes de son église un désir de surmonter sa crainte irréligieuse de sa mortalité physique. Peut-être cette peur expliquait-elle aussi son ardeur à écarter les démons calvinistes chers aux générations d'antan au profit des préceptes rationalistes de l'unitarisme ? Mais ces suppositions ne pouvaient intéresser qu'un éventuel biographe. En attendant... Sifflotant nerveusement, le nez dans sa lanterne, il atteignit bientôt, tout au bout de la crypte, l'escalier annonciateur du retour à la chaleur des réverbères. Ce chemin le menait chez lui plus vite que les rues.

« Qui est là ? » demanda-t-il en balançant sa lanterne autour de lui, certain cette fois d'avoir perçu un mouvement.

Là encore, aucune réaction. Le bruit avait été trop fort pour avoir été produit par des rats et trop discret pour provenir de gamins des rues. Par Moïse, qu'importe, après tout ! Il stabilisa sa lanterne chuintante à hauteur de son œil. Des bandes de vandales, disait-on, de gens déplacés par le progrès et la guerre avaient pris l'habitude de tenir réunion dans ces cryptes abandonnées, utilisées jadis comme lieu de sépulture. Dès le lendemain matin, il ferait venir un policier pour élucider la question. Cela dit, quel bénéfice avait-il tiré, l'autre jour, d'avoir signalé le vol des mille dollars dans son coffre-fort ? La police de Cambridge n'avait rien fait du tout. Enfin, les cambrioleurs n'étaient pas plus compétents puisqu'ils avaient laissé tous les autres objets de valeur enfermés dans le coffre ! Légère consolation.

Le révérend Talbot était un homme vertueux qui agissait toujours au mieux des intérêts de ses voisins et de sa congrégation. Dans le passé, peut-être, il avait pu se laisser emporter par un excès de zèle. Notamment trente ans plus tôt, au tout début de son ministère, lorsqu'il avait accepté de recruter des fidèles en Allemagne et en Hollande, leur promettant une place dans sa congrégation et un travail bien rémunéré à Boston. L'Irlande déversait bien ses catholiques, pourquoi ne pas faire venir des protestants ? Mais voilà, le travail en question consistait à construire le chemin de fer, et ses recrues succombaient d'épuisement et de maladie, laissant derrière elles des veuves et des orphelins dans le besoin. Il s'était donc discrètement retiré de la transaction et, des années durant, s'était attaché à effacer toute trace de sa participation dans l'affaire. Cependant, il avait touché des honoraires pour ses « consultations » auprès des constructeurs de chemin de fer et il ne les avait pas restitués, bien qu'il se fût toujours promis de le faire. À la place, il avait verrouillé son esprit et consacré son énergie à faire le bien, l'œil vrillé sur les malversations d'autrui.

Comme il repartait à reculons, tâtonnant de la jambe, son pied rencontra un obstacle. Ahuri, il s'immobilisa. Aurait-il perdu sa boussole interne et heurté un mur ? Elisha Talbot avait beau ne pas avoir été serré dans des bras depuis des années, n'avoir même pas échangé une poignée de main avec quelqu'un, il ne douta pas un instant que les bras qui le ceinturaient avec une fureur passionnée et retiraient la lanterne de ses mains appartenaient à un être humain bel et bien vivant.

Revenant à lui, il se rendit compte, dans un bref moment d'éternité, que l'obscurité qui l'entourait était d'une nature différente de celle de la crypte : impénétrable. L'odeur âcre du souterrain persistait dans ses poumons mais, à présent, une humidité lourde collait aussi à ses joues. Un goût salé, qu'il reconnut comme étant sa transpiration, se faufilait à l'intérieur de sa bouche. Les larmes dégoulinaient du coin de ses yeux jusque sur son front. Et il faisait froid. Aussi froid que dans une glacière. Dépouillé de ses vêtements, il grelottait de tout son corps. Pourtant, une drôle de chaleur dévorait sa chair engourdie. Sensation inconnue, insupportable. Était-il la proie d'un cauchemar ? Oui, bien sûr ! La faute à ces histoires ridicules et terrifiantes qu'il avait pris l'habitude de lire ces derniers temps avant de s'endormir, des histoires de démons et de bêtes... Curieusement, il ne se rappelait pas être remonté de la crypte jusque dehors ; il ne se rappelait pas non plus avoir regagné sa modeste maison en bois aux murs couleur de pêche, ni être allé puiser de l'eau pour remplir sa cuvette. En fait, il n'avait jamais émergé du monde souterrain ni retrouvé les trottoirs de Cambridge. Bizarrement, réalisa-t-il soudain, son cœur s'était déplacé vers le haut. Il battait à tout rompre, mais ses martèlements résonnaient quelque part *au-dessus* de lui, et le sang qu'il pompait pour l'envoyer à sa tête coulait vers le *bas*. Ses cris restèrent bloqués dans sa gorge.

Ses pieds, il le sentait, s'agitaient follement. À la chaleur qui les consumait, il comprit qu'il ne rêvait pas. Il allait mourir. Que c'était étrange ! En cet instant, le sentiment le plus éloigné de lui était l'effroi, peut-être parce qu'il en avait épuisé toutes ses réserves au cours de sa vie. Au lieu de la terreur, ce fut une fureur croissante qui s'empara de lui. Quoi ! Un enfant de Dieu, tel que lui, pouvait mourir sans que le reste de l'humanité en soit le moins du monde incommodé ou changé !

« Seigneur, pardonnez-moi si j'ai tort », voulut-il prier d'une voix emplie de larmes en ce dernier instant de sa vie. Mais ce fut un hurlement strident qui s'échappa de ses lèvres et se perdit dans le tonnerre impitoyable des battements de son cœur.

5.

Le dimanche 22 octobre 1865, le *Boston Transcript* publiait en première page de son édition du soir un encart promettant une récompense de dix mille dollars. Il s'ensuivit autour des vendeurs de journaux un tumulte de fiacres et une stupeur qu'on n'avait pas vus depuis une éternité – depuis l'attaque de Fort Sumter, probablement, en ces temps où il semblait assuré qu'une campagne de quatre-vingt-dix jours viendrait à bout de la sauvage rébellion qui embrasait le Sud.

Mme Healey avait prévenu de son intention le commandant Kurtz par la voie d'un simple câble adressé à l'hôtel de police, sachant que l'information passerait sous bien des yeux avant d'être lue par son destinataire. Cela servait ses plans, et tant pis si Kurtz était fâché ! Il avait failli à sa promesse. Elle lui faisait savoir qu'elle avait informé par lettre cinq journaux de Boston des véritables circonstances de la mort son mari et annoncé le versement d'une récompense pour toute information menant à la capture du meurtrier. À ses yeux, il n'y avait pas de raison pour que le public se vît privé d'une occasion de s'enrichir sous prétexte que le conseil municipal avait interdit aux forces de l'ordre de toucher des primes, suite à des affaires de corruption impliquant le bureau des détectives. Le *Transcript* était le premier quotidien à diffuser la nouvelle.

À présent, Ednah Healey en était à imaginer les machinations qui conduiraient le vilain de la souffrance au repentir. Sa préférée était celle où le meurtrier, transporté à Gallows Hill [1], n'était non pas pendu, mais placé nu, à la vue de tous, sur un bûcher dont on lui permettait d'éteindre les flammes. Mais il n'y parvenait pas, bien entendu. Ces visions la faisaient frémir de joie et la terrifiaient

---

1. Gallows Hill (litt., la colline aux gibets) est un quartier de Boston. (*N.d.l.T.*)

tout à la fois. Surtout, elles offraient un dérivatif à son chagrin et aussi à la haine qu'elle sentait monter en elle pour son mari qui l'avait abandonnée.

Ses mains étaient désormais enfermées dans des moufles pour l'empêcher de s'arracher la peau. C'était devenu en effet une manie constante, et ses vêtements ne suffisaient plus à couvrir les mutilations qu'elle s'infligeait. Un soir, réveillée au milieu d'un cauchemar, elle s'était précipitée hors de sa chambre pour cacher la broche renfermant les cheveux de son mari. Au matin, toute la maisonnée avaient fouillé Wide Oaks de fond en comble sans la découvrir, et ce n'était pas faute d'avoir soulevé les lames du plancher et inspecté la charpente. Finalement, cette perte était pour le mieux. Ce souvenir pendu à son cou eût risqué de lui faire perdre le sommeil à jamais.

Par bonheur, elle ignorait qu'en ces jours de cauchemar, pendant la canicule, son époux n'avait cessé de gémir. « Messieurs les jurés… », avait-il répété inlassablement, tandis que les larves affamées se faufilaient par centaines dans ses blessures, cherchant à atteindre l'éponge frémissante de son cerveau. Mouches fertiles, qui engendraient à chaque ponte des centaines d'autres larves carnivores. Au début, le juge suprême Artemus Prescott Healey s'était trouvé dans l'incapacité de bouger un bras. Ensuite, il s'était mis à remuer les doigts en croyant secouer sa jambe pour la dégager. Au bout d'un certain temps, il n'avait plus été en mesure de s'exprimer logiquement : « Les jurés sous nous messieurs… » Il comprenait bien que c'était du charabia, mais il n'y pouvait rien : la partie de son cerveau chargée d'ordonner la syntaxe était peu à peu grignotée par des créatures qui ne possédaient même pas les capacités d'apprécier leur repas et ne pouvaient cependant s'en passer. Au cours de ces quatre jours, lors de brèves périodes de clarté, l'angoisse avait poussé le juge à se croire brusquement ressuscité, et il avait prié le ciel de mourir à nouveau : « Des papillons, et la couche ultime. » Il avait regardé le fanion minable qui flottait au-dessus de lui et, avec le peu de lucidité qui lui restait encore, il s'était interrogé.

Vers la fin de l'après-midi, après le départ du révérend Talbot, le sacristain de la Seconde Église unitarienne de Cambridge entreprit de consigner les événements de la semaine dans le registre de la paroisse. Ce matin-là, le pasteur avait fait un sermon remarquable. Après, il avait passé un certain temps dans l'église à se délecter des lettres élogieuses que lui avaient adressées les diacres de la paroisse. Plus tard, il avait demandé au sacristain d'ouvrir la lourde porte de pierre au fond du corps de bâtiment abritant les bureaux, et Gregg en avait été contrarié.

Ensuite – oh, à peine quelques minutes plus tard semblait-il – le sacristain avait entendu un cri, un cri provenant de nulle part mais qui semblait cependant prendre racine dans l'église. Alors, presque sur un coup de tête, il était allé coller son oreille contre la porte en ardoise qui menait au passage souterrain, à ces sinistres catacombes où des morts étaient ensevelis. Le cri s'était tu. Bizarrement, d'après l'écho, il semblait monter des profondeurs situées derrière le vantail ! Empoignant le bruyant anneau de clefs pendu à sa ceinture, Gregg avait ouvert la porte, comme il l'avait fait auparavant pour Talbot. Retenant son souffle, il avait entamé la descente.

Cela faisait douze ans qu'il était sacristain dans ce temple. La première fois qu'il avait entendu prêcher le révérend Talbot, c'était lors de débats publics sur les dangers de l'essor du catholicisme à Boston. Talbot avait articulé ses discours autour de trois points vigoureusement argumentés :

1. Les rituels superstitieux et les cathédrales somptueuses propres à la foi catholique étaient la marque d'une idolâtrie blasphématoire ;

2. La tendance des Irlandais à constituer des quartiers autour de leurs cathédrales et couvents prouvait bien leur résistance à toute américanisation, résistance qui ne manquerait pas d'aboutir à la fomentation de complots contre les institutions du pays ;

3. Le papisme, par son prosélytisme et ses visées temporelles, par le contrôle qu'il exerçait sur les actions des catholiques, constituait une menace pour les autres religions pratiquées sur le sol américain.

Naturellement, il ne s'était trouvé aucun pasteur unitarien pour condamner l'incendie d'un couvent catholique de Boston par des ouvriers convaincus que de jeunes protestantes y étaient retenues prisonnières et forcées à prendre le voile. LE PAPE EN ENFER ! avait-on badigeonné à la chaux sur les décombres. En fait, le slogan s'adressait moins au Vatican qu'aux Irlandais que l'on embauchait de plus en plus souvent à la place des Américains de souche.

Son éloquence puissante et ses écrits anticatholiques avaient valu au révérend Talbot de se voir proposé comme successeur au professeur Norton à l'école de théologie de Harvard, mais il avait refusé. Il aimait trop la sensation qu'il éprouvait le dimanche matin, en entrant dans le temple bondé, aux accords solennels de l'orgue, pour aller se placer sur l'ambon, noble et digne dans sa simple tenue d'enseignant. Malgré son affreux strabisme et sa voix étouffée au timbre mélancolique – le genre de voix que l'on prend quand il y a un mort dans une maison –, Talbot avait de la présence et sa congrégation lui était fidèle. Le pouvoir qui comptait à ses yeux, c'est en chaire qu'il le détenait. Depuis que son épouse était morte en couches en 1825, il n'avait pas souhaité fonder une autre famille, tant son sacerdoce lui apportait de satisfactions.

La lampe à huile du sacristain perdait de sa clarté à mesure que lui-même perdait de son courage. À chacune de ses expirations, une brume s'élevait autour de son visage et s'accrochait à ses favoris. À Cambridge, c'était encore l'automne mais, dans la crypte de la Seconde Église, on était déjà au cœur de l'hiver.

« Il y a quelqu'un ? Les lieux sont interdits au public. »

Dans le noir, sa voix parut à Gregg privée de matérialité et il s'empressa de refermer la bouche. Il remarqua par terre, le long des murs, une traînée de petits points blancs. Il se penchait pour les examiner quand il perçut plus loin devant un crépitement intense. Un miasme assez puissant pour effacer toutes les autres puanteurs de cette salle mortuaire vogua jusqu'à lui.

Plaquant son chapeau contre son visage, il continua d'avancer entre les cercueils alignés à même le sol de terre battue. Des rats gigantesques filaient le long des parois. Il franchit de tristes arches d'ardoise. Une lueur clignotante lui indiquait la voie à suivre. Là-bas, le crépitement se transformait en un grésillement continu.

« Il y a quelqu'un ? »

Gregg reprit sa route avec précaution et s'agrippa au mur de briques sales pour tourner le coin.

« Par l'Éternel ! » hurla-t-il.

Plus loin, d'un trou irrégulier creusé dans le sol, émergeaient les pieds d'un homme, visibles jusqu'aux mollets. Le reste du corps était enfoui dans la terre. Les deux pieds, en flammes, tremblaient avec une violence qui semblait inspirée par la volonté désespérée d'échapper à la douleur. La chair avait fondu et les flammes qui faisaient rage s'attaquaient à présent aux chevilles.

Le sacristain tomba sur son séant. À côté de lui, il y avait des vêtements posés sur la terre froide. Il en prit un et frappa les moignons embrasés jusqu'à complète extinction des flammes.

« Qui êtes-vous ? » criait-il.

Mais l'homme, qui n'était pour Gregg qu'une paire de pieds, était déjà décédé.

Il lui fallut un certain temps pour se rendre compte que le tissu avec lequel il avait étouffé le feu était un habit de pasteur. Il rampa parmi des ossements humains déterrés jusqu'au tas de vêtements soigneusement pliés et fouilla la pile : du linge de corps, un chapeau qu'il connaissait bien, un foulard blanc, une écharpe. Et les chaussures bien cirées du révérend Elisha Talbot si cher à son cœur.

Oliver Wendell Holmes refermait la porte de son bureau, au deuxième étage du Collège de médecine quand il se heurta presque à un sergent de ville dans le couloir. Préparer son cours du lendemain lui avait pris plus de temps qu'il ne l'avait prévu bien qu'il s'y fût attelé plus tôt que d'habitude, dans l'espoir de passer un moment avec son fils avant l'arrivée de ses amis. Le policier était à la recherche d'une personne ayant autorité, expliqua-t-il à Holmes, car le chef de la police requérait la permission d'utiliser la salle de chirurgie pour effectuer l'autopsie d'un malheureux monsieur dont le corps venait d'être découvert. Le coroner demeurant introuvable, on avait envoyé chercher le professeur Haywood. Le policier s'abstint de préciser que Barnicoat fréquentait les tavernes en fin de semaine et ne serait certainement pas en état de mener à bonne fin le travail, quand bien même l'aurait-on retrouvé quelque part. Le doyen de la faculté n'étant pas dans son bureau, Holmes se dit qu'en tant qu'ancien doyen lui-même... Oui-oui, cinq ans à la poupe du bateau m'ont suffi amplement. À cinquante-six ans, qui a besoin d'une telle responsabilité ?... Qu'en tant qu'ancien doyen, donc – car il menait de front les deux conversations dans sa tête –, il pouvait légitimement accéder à la demande du policier.

Un fourgon déposa le chef de la police et son adjoint Savage. Une civière recouverte d'une couverture fut prestement portée à l'intérieur du collège, accompagnée par le professeur Haywood et l'étudiant qui lui servait d'assistant. Haywood, qui enseignait la chirurgie, avait développé un vif intérêt pour l'autopsie. C'est pourquoi la police, sourde aux objections de Barnicoat, le mandait de temps à autre à la morgue pour connaître son opinion – par exemple, quand on retrouvait un bébé muré dans une cave ou encore un homme pendu dans une armoire.

Holmes s'étonna que deux agents eussent été postés à la porte du Collège. Quel risque y avait-il qu'un individu s'y introduisît à cette heure du soir ? Kurtz remonta la couverture et fit apparaître les jambes du mort jusqu'aux genoux. Le découvrir davantage était inutile pour l'instant.

À la vue des pieds, si le terme pouvait encore s'appliquer à la chose, Holmes dut se retenir pour ne pas lâcher un cri. Les pieds, seulement les pieds, avaient été transformés en torches, après avoir été astucieusement badigeonnés d'une substance qui sentait le kérosène. Carbonisés ! se dit Holmes, horrifié. Deux moignons terminaient les chevilles, formant un angle affreux avec les articulations déboîtées. La peau, à peine reconnaissable, était boursouflée, et de la chair rose saillait des craquelures.

Le professeur Haywood se pencha pour mieux voir. Quant au Dr Holmes, il avait beau avoir découpé des centaines de cadavres, il n'avait pas l'estomac aussi bien accroché que son collègue, et il dut s'écarter de la table d'examen. Pendant ses cours, quand il fallait endormir un lapin, il lui arrivait de quitter l'amphithéâtre en priant le démonstrateur de faire en sorte qu'il n'y eût pas de couinements. La tête commençait à lui tourner. Il avait l'impression que la salle s'était vidée d'un coup de son air pour se remplir de chloroforme. Il n'avait pas la moindre idée du temps que prendrait l'autopsie, mais il était absolument certain qu'il allait s'écrouler par terre dans la minute à venir.

Haywood découvrait le reste du corps, révélant à l'assistance le visage du mort, écarlate et tourmenté. Il balaya de la main la terre qui maculait les yeux et les joues. Holmes laissa son regard errer sur le corps de la victime – nu, des pieds à la tête –, sans véritablement enregistrer ses traits, lesquels pourtant lui étaient familiers.

Assailli de questions par le chef de la police, Haywood s'était penché sur le cadavre. Personne n'avait prié Holmes de garder le silence. En sa qualité de *Parkman Professor* chargé d'enseigner l'anatomie et la physiologie à Harvard, il était en droit de participer à la discussion. Mais, en cet instant, il ne songeait plus qu'à une chose : desserrer l'écharpe de soie qu'il portait autour du cou. Il papillotait des yeux de façon convulsive, sans savoir s'il valait mieux pour lui retenir son souffle afin de conserver dans ses poumons l'oxygène emmagasiné, ou au contraire respirer par petits halètements les ultimes poches d'air qui restaient dans la pièce avant qu'un autre ne le fît. Les personnes présentes avaient beau ne pas sembler incommodées, elles n'en allaient pas moins tomber inanimées d'une minute à l'autre, il en était persuadé.

Quelqu'un lui demanda s'il se sentait bien, un homme avec un doux visage que l'on n'oublie pas et des yeux brillants – un mulâtre apparemment. La familiarité avec laquelle il s'était adressé à lui fit comprendre à Holmes qu'ils s'étaient déjà rencontrés. À son étonnement, il reconnut en lui l'agent de police venu chez Lowell pendant la réunion du cercle des Amis de Dante.

« Professeur Holmes ? Votre opinion confirme-t-elle celle du professeur Haywood ? » lui demandait Kurtz, par simple politesse certainement, pour l'inclure dans la situation, car Holmes ne s'était à aucun moment avancé assez près du cadavre pour être en mesure de donner un avis médical.

Il s'efforça de se rappeler ce qu'il avait vaguement perçu de l'échange entre le policier et son confrère. Haywood, semblait-il, avait déclaré, se fondant sur l'expression faciale et l'absence d'autres blessures, que le défunt devait encore être en vie quand ses pieds avaient été incendiés, mais dans une posture lui interdisant de mettre fin à la torture. En conséquence, on pouvait supposer qu'il était mort d'un arrêt cardiaque consécutif au choc.

« Je partage cet avis, bien sûr, répondit Holmes. Oui, naturellement, monsieur le chef de la police. »

Il fit un pas en arrière en direction de la porte comme s'il cherchait à fuir un danger mortel. Kurtz avait repris son entretien avec le professeur Haywood.

« Peut-être, pouvez-vous continuer sans moi pendant un moment, messieurs ? »

Enfin il atteignit la porte de la salle, le hall et bientôt la cour extérieure. Là, par petits souffles brefs et désespérés, il emplit ses poumons de la plus grande quantité d'air possible.

L'heure pourprée prenait possession de Boston, mais le Dr Holmes continuait d'errer sans but parmi les rangées de charrettes à bras. Des étalages proposaient des gâteaux au carvi et des chopes de boisson au gingembre. Des marchands d'huîtres en blouses blanches lui tendaient sous le nez des homards monstrueux. Il était incapable d'assumer sa conduite de tout à l'heure, devant le corps du révérend Talbot. Il en éprouvait encore une telle gêne qu'il ne s'était pas résolu à courir chez Fields ou Lowell pour leur annoncer la nouvelle pourtant sensationnelle du meurtre de Talbot. Comment lui, Oliver Wendell Holmes, un docteur ès sciences médicales, un maître de conférences renommé, un réformateur de la médecine, avait-il pu frémir devant un cadavre comme une frêle jeune fille apercevant un fantôme dans les romans sentimentaux ? Son fils aîné n'en reviendrait pas de sa..., disons-le, poltronnerie, lui qui trouvait déjà qu'il aurait fait un meilleur professeur que son père, un meilleur époux, père et médecin. Le jeune Wendell avait connu les champs de bataille avant même de fêter ses vingt-cinq ans. Il avait vu les rangs de son régiment se creuser après un tir de canon, des bras et des jambes pleuvoir comme des feuilles ; il avait entendu hurler ses camarades allongés sur des portes transformées en tables d'opération, tandis que des chirurgiens en herbe les amputaient à la hache, assistés par des infirmières bénévoles, rouges de sang des pieds à la tête. Quand son cousin lui avait demandé comment il faisait pour avoir une si belle moustache alors que lui-même n'avait que trois poils sous le nez, Wendell avait répondu : « C'est parce qu'elle s'est gorgée de sang. »

Le Dr Holmes se souvint qu'Amelia lui avait demandé de rapporter un pain. Appelant à la rescousse tous les subterfuges dont il avait ouï dire, la mise du vendeur, son comportement, son origine régionale, il s'efforça de dénicher parmi tous les commerçants du marché celui qui offrait le produit le plus fin. Tout en se tapotant le front de son mouchoir trempé de sueur, il saisissait la marchandise, la palpait du doigt sûr du praticien, laissant son regard errer sur l'étal voisin où d'affreuses vieilles plongeaient leurs doigts dans de la viande salée.

Il arrivait à hauteur d'une matrone irlandaise quand il se rendit compte que le tremblement qui s'était emparé de lui au collège de médecine était plus grave qu'il ne l'avait cru d'abord. Oh, la cause n'en était pas son dégoût face au cadavre, ni l'horreur que racontaient les stigmates du supplicié. Ce n'était pas non plus le fait que la victime fût Elisha Talbot, figure aussi célèbre à Cambridge que l'orme de Washington. Non, la cause de son trouble, c'était que ce meurtre comportait un élément *familier.* Trop familier.

Holmes se décida pour un pain noir encore chaud et prit le chemin du retour. Aurait-il vu la mort de Talbot en rêve, dans une sorte d'étrange prémonition ? Non, il ne croyait pas en de tels cauchemars. Plus certainement, il avait lu quelque part un rapport traitant d'un cas semblable et les détails lui en étaient revenus en mémoire sans crier gare. Mais quel texte pouvait citer pareille abomination ? Pas une revue médicale en tout cas ! Encore moins le *Boston Transcript,* car le meurtre venait tout juste d'être commis. Arrêté au beau milieu de la rue, Holmes se représenta le prédicateur battant l'air de ses pieds en feu, et les flammes dansant tout autour de lui...

« *Dai calcagni a le punte* », chuchota-t-il tout haut.

De leurs talons à la pointe de leurs pieds. C'était ainsi que brûlaient pour l'éternité les Simoniaques. Enterrés tête en bas dans des fosses escarpées. Les Simoniaques, les hommes d'Église corrompus ! Son cœur flancha.

« Dante ! C'est Dante ! »

Amelia Holmes déposa le gibier en croûte au centre de la table de la salle à manger. Ayant transmis ses ordres à la servante, elle lissa sa robe et mit le nez dehors pour guetter l'arrivée de son mari. Elle était certaine de l'avoir vu par la fenêtre du premier étage tourner dans Charles Street, il n'y avait pas cinq minutes. Probablement avec le pain qu'elle lui avait demandé de rapporter. Des amis, dont Annie Fields, étaient conviés à dîner. Tout se devait d'être parfait, sinon comment rivaliser avec le salon de l'épouse de l'éditeur ? Mais Charles Street était vide ; seules s'y mouvaient les ombres des arbres. Peut-être était-ce un autre monsieur qu'elle avait aperçu par la fenêtre, quelqu'un de petite taille et portant queue de pie ?

Henry Wadsworth Longfellow examina le gribouillis que lui avait laissé l'agent de police et entreprit de réorganiser cet amas de lettres désordonné. Il recopia les phrases sur des feuilles séparées, coupant les mots à différents endroits pour en former de nouveaux. Le résultat était tout aussi embrouillé, mais cette activité était un dérivatif aux souvenirs. Ses filles étaient à Portland, chez sa sœur, ses deux fils à l'étranger chacun de leur côté. Il allait passer quelques jours dans une solitude dont il s'était réjoui mais qui, à présent, lui pesait.

En ce matin du jour où le révérend Talbot serait assassiné, Longfellow s'était assis dans son lit un peu avant l'aube, avec la sensation coutumière de n'avoir pas dormi un seul instant. Ses insomnies n'étaient pas le résultat d'un rêve épouvantable, et elles ne s'accompagnaient pas non plus de retournements incessants. En fait, il les aurait plutôt décrites comme un état de brume, une somnolence paisible assez proche du sommeil dont il émergeait le matin avec un sentiment de reconnaissance en se découvrant reposé du simple fait d'être resté étendu plusieurs heures d'affilée. Parfois, au cours de la nuit, dans les nimbes pâles de sa lampe de chevet, il croyait discerner le doux visage de son épouse dans le fond de la pièce – cette pièce où elle s'était éteinte. Il se levait alors d'un bond, le cœur saisi de joie. Mais, au bonheur naissant, succédait un sentiment de noyade plus terrifiant que le pire cauchemar. Et cela, parce que, aussi sublime que fût l'image fantôme aperçue dans la nuit, il savait que le lendemain matin, à l'heure de se lever, il se retrouverait seul.

Ce jour-là, donc, Longfellow enfila sa robe de chambre avec l'impression que les tresses de sa barbe abondante étaient plus pesantes que la veille au soir. Puis il descendit au rez-de-chaussée par l'escalier de service. En bas, il y avait une reproduction du portrait de Dante jeune peint par Giotto, avec un trou à la place de l'œil. Au fil des siècles, la fresque de Giotto qui se trouvait au Bargello, à Florence, avait été passée à la chaux et oubliée. Il n'en restait plus maintenant qu'une lithographie endommagée. Dante avait posé pour Giotto avant d'être frappé par les douleurs de l'exil, avant de se lancer dans sa guerre contre le destin. À l'époque, il était encore le muet soupirant de Béatrice, un jeune homme de taille moyenne, au teint mat et à l'air mélancolique. Ses yeux étaient grands, son nez aquilin et son menton saillant. L'ensemble de ses traits était d'une douceur presque féminine.

À en croire la légende, le jeune Dante parlait rarement, sauf quand on le questionnait. Lorsqu'il était plongé dans une contemplation particulièrement agréable, rien ne pouvait l'en distraire. Un jour, à Sienne, ayant découvert un livre rare chez un apothicaire, il avait passé la journée entière à le lire dehors sur un banc, sans s'apercevoir qu'une fête battait son plein sous ses yeux, sans même remarquer la présence des musiciens et des femmes qui dansaient.

Installé dans son cabinet de travail avec un bol d'avoine cuite dans du lait, plat qu'il reprenait volontiers pour son dîner, Longfellow réfléchit au texte apporté par l'agent de police. Il imagina mille et une possibilités et tenta une douzaine de langues différentes avant de ranger ces « hiéroglyphes », comme avait dit Lowell, à leur place au fond du tiroir. De ce même tiroir, il sortit les pages annotées des chants XVI et XVII de *L'Enfer*. Y étaient clairement inscrites les suggestions avancées à la dernière séance. Cela faisait un certain temps que son bureau ne contenait plus d'œuvres de sa plume. Fields avait publié ses poèmes les plus célèbres dans sa nouvelle collection « Édition pour la famille », et l'avait convaincu d'achever ses *Contes d'une auberge de campagne* dans l'espoir que cet ouvrage l'inciterait à en commencer un autre. Mais Longfellow avait l'impression de n'être plus capable de rien écrire d'original, et il n'avait plus l'envie d'essayer. À une lointaine époque, traduire Dante avait été pour lui un interlude entre deux poèmes, entre ses *Minnehaha*, ses *Priscilla* et autre *Evangeline*. Son premier essai littéraire remontait à vingt-cinq ans. Mais depuis quatre ans, Dante était devenu sa prière du matin et son travail de toute la journée.

Tout en se versant une seconde et dernière tasse de café, il repensa à la phrase que Francis Child, à en croire la rumeur, aurait lancée à des amis en Angleterre : « Longfellow et sa coterie sont si gravement atteints de toscanite qu'ils osent traiter Milton de génie de second ordre, comparé à leur Dante. » Milton, l'étalon-or des poètes religieux pour les érudits anglais et américains. Mais il ne s'était pas risqué à pénétrer en Enfer ou au Paradis pour les décrire, il s'était cantonné à des hauteurs nettement moins hasardeuses : au-dessus de l'un et en dessous de l'autre. Les Amis de Dante se trouvaient au Corner, dans la salle des Auteurs, quand Arthur Hugh Clough leur avait rapporté ce trait de Child. Fields, diplomate aussi longtemps que personne n'était blessé, avait ri. Longfellow, en revanche, avait été fort contrarié en apprenant la nouvelle.

Il trempa sa plume dans l'encre. De ses trois encriers finement décorés, celui-ci était son préféré. Il avait appartenu à Samuel Taylor Coleridge et, ensuite, à lord Tennyson qui le lui avait fait parvenir, accompagné d'un mot d'encouragement pour sa traduction. Le solitaire Tennyson appartenait au trop petit nombre d'Anglais à bien comprendre Dante. Il le tenait en haute estime, et sa connaissance de *La Divine Comédie* ne se bornait pas à quelques passages de *L'Enfer*. L'Espagne avait manifesté très tôt un intérêt pour Dante, jusqu'à ce que le dogme officiel et l'Inquisition n'en vinssent à bout. En France, Voltaire avait été à l'origine de l'animosité persistante à l'égard de Dante – un « barbare » selon lui. En Italie où il était le plus connu, Dante était enrôlé par toutes les factions en lutte pour le contrôle de la péninsule. Aux yeux de Longfellow, qui avait souvent réfléchi aux aspirations secrètes de Dante, il ne faisait aucun doute que l'exilé nourrissait deux espoirs en composant *La Divine Comédie* : retourner dans sa patrie, sa Florence bien-aimée – ce qui lui serait refusé ; revoir sa Béatrice – ce qui ne se produirait pas non plus.

Dante avait écrit son poème dans l'errance, alors qu'il était privé de toit, réduit parfois à emprunter l'encre pour l'écrire.

Assurément, aux abords d'une cité étrangère, il devait se dire qu'il ne refranchirait jamais les portes de sa ville. Et quand il voyait se profiler au loin, au sommet des collines, les tours d'un château féodal, il pensait certainement que les puissants étaient bien arrogants et les faibles bien maltraités. Le moindre cours d'eau, le moindre fleuve devait lui rappeler l'Arno, et chaque son de voix lui signifier par son accent qu'il était un exilé. Sa poésie n'était pas autre chose que la quête d'un foyer.

Longfellow était méthodique en ce qui concernait l'usage de son temps. Il réservait à l'écriture les premières heures de la journée et la fin de la matinée à ses affaires personnelles, ne recevant personne avant midi, sauf ses enfants naturellement.

Il écuma la pile de courrier en attente et attira vers lui sa boîte à autographes. Il en préparait toujours à l'avance sur de petits carrés de papier. Depuis qu'*Evangeline* lui avait apporté la célébrité, voilà des années, il recevait régulièrement des demandes de signatures. Une jeune femme de Virginie avait inclus sa carte de visite portant au dos son portrait et ajouté de sa main, au-dessus de l'adresse : « Quel défaut y trouverait-on ? » Longfellow leva un sourcil. « Une trop grande jeunesse », répondit-il par-devers lui. Il se contenta de renvoyer un autographe standard sans aucun commentaire. Après avoir cacheté deux douzaines d'enveloppes, il rédigea un aimable refus. Il n'aimait pas se montrer discourtois, mais cette correspondante-là le priait de lui adresser cinquante autographes qu'elle offrait à ses invités au cours d'un grand dîner. En revanche, la lettre d'une autre lectrice le ravit. Elle lui rapportait que sa fille était accourue dans le salon après avoir découvert un faucheux sur son oreiller en s'écriant : « Papa Longfellow [1] est dans ma chambre ! »

Dans la pile du courrier récent, il trouva avec plaisir un mot de Mary Frere. Il avait fait la connaissance de cette jeune dame d'Auburn, dans l'État de New York, un été à Nahant. Le soir, ses petites filles couchées, il s'était souvent promené avec elle le long du rivage rocheux, parlant musique et poésie. Longfellow lui répondit par une longue missive, précisant que ses trois filles demandaient souvent de ses nouvelles et le priaient de s'enquérir de l'endroit où elle comptait passer l'été suivant.

Longfellow céda à la tentation de laisser son regard errer par la fenêtre. Au début de l'automne, il s'attendait toujours à voir renaître sa verve créatrice. Dans son âtre, le feu avait été remplacé par un amas de feuilles séchées imitant l'or des flammes. Il nota que la lumière de cette chaude journée avait baissé sans qu'il s'en

---

1. Jeu de mots intraduisible, Longfellow ayant composé un poème intitulé *Daddy Long Legs*, ce qui signifie : le faucheux (litt., Papa longues jambes). (*N.d.l.T.*)

fût rendu compte, enfermé qu'il était dans son cabinet de travail aux murs peints en brun. Ces vastes prés qui s'étiraient jusqu'aux eaux miroitantes de la rivière Charles, il les avait acquis tout récemment, non pas dans le but d'accroître la valeur de sa propriété, comme le voulait la rumeur populaire, mais pour empêcher qu'une construction ne vînt gâcher sa vue.

Les arbres portaient des fruits bruns disséminés dans le feuillage, et les buissons avaient troqué leur floraison pour des grappes de baies rouges. Le vent avait une voix âpre et masculine qui n'était pas celle d'un amoureux, plutôt celle d'un époux.

La journée se déroula exactement selon le rythme habituel. Son dîner achevé, Longfellow renvoya ses serviteurs et décida de rattraper son retard dans la lecture des journaux. C'est ainsi que, après avoir allumé la lampe dans son cabinet de travail, il lut dans l'édition du soir du *Transcript* la curieuse annonce insérée par Ednah Healey. L'article rapportait les détails du meurtre d'Artemus, jusque-là passés sous silence « sur le conseil du chef de la police et d'autres personnages officiels », disait la veuve. Bien vite, le poète fut incapable de lire plus avant, même si certaines informations livrées par l'article s'imprimèrent inconsciemment dans son esprit, comme il le constaterait dans les heures à venir. S'il est une chose qui l'empêcha d'achever sa lecture, ce fut moins son horreur en pensant aux souffrances endurées par le juge que sa compassion en se représentant le chagrin de l'épouse.

Juillet 1861. À cette époque de l'année, les Longfellow auraient dû se trouver à Nahant, région caressée par une fraîche brise marine. Toutefois, pour des raisons oubliées de tous, ils n'avaient pas quitté l'ardent soleil qui régnait en maître sur Cambridge.

Un cri déchirant provenant de la bibliothèque était parvenu jusqu'à Longfellow dans son étude, ceux d'enfants terrifiés. Dans la pièce voisine, Fanny était occupée à envelopper les mèches de cheveux de ses filles dans de petits papiers scellés à la cire, afin de les conserver en souvenir. Se trouvaient avec elle Edith, âgée de huit ans, et Alice qui en avait onze. La petite Annie Allegra dormait à l'étage. Dans l'espoir de trouver un peu d'air, Fanny avait ouvert une fenêtre. Personne n'avait rien vu. Mais qui pourrait décrire avec précision un événement aussi bref et absurde ? – Une goutte de cire à cacheter brûlante avait dû tomber sur sa légère robe d'été et, en un instant, Fanny avait été la proie des flammes.

Debout à son lutrin dans le cabinet de travail, Longfellow séchait l'encre d'un nouveau poème quand Fanny était accourue en hurlant : sa robe, devenue torche, moulait son corps comme une soie orientale. Il l'avait aussitôt roulée dans un tapis pour éteindre le feu, avant de la transporter dans la chambre à coucher à l'étage, secouée de tremblements. Plus tard, dans la nuit, les médecins avaient endormi Fanny avec de l'éther. Au matin, dans un chuchotement courageux, elle avait assuré à Longfellow qu'elle souffrait à peine. Elle avait bu un peu de café et glissé dans le coma.

Le service funèbre avait été célébré dans la bibliothèque de Craigie House, le jour même où le couple aurait dû fêter son dix-huitième anniversaire de mariage. Seule la tête de Fanny avait été épargnée par le feu. Une couronne de fleurs d'oranger reposait sur ses beaux cheveux.

Effroyablement brûlé lui-même, Longfellow n'avait pu quitter le lit, ce jour-là. Cependant, il avait entendu l'ardent désespoir de ses amis, hommes et femmes, réunis en bas dans le petit salon. Et il avait compris qu'ils pleuraient autant pour lui que pour Fanny. Dans son délire, il s'était découvert assez de lucidité pour identifier les gens présents à leurs façons d'exprimer leur douleur.

Ses cicatrices au visage l'obligeraient à se laisser pousser une barbe abondante, non seulement pour les dissimuler, mais aussi parce que se raser lui était désormais impossible. Quant à ses mains privées de force, elles garderaient à jamais sur les paumes la marque de sa défaite : une douloureuse coloration orangée qui s'estomperait avec le temps.

Cloîtré dans sa chambre pendant presque une semaine, Longfellow avait levé au ciel ses mains bandées. « Que n'ai-je pu la sauver ? Que n'ai-je pu la sauver ! » Ses paroles de folie volaient jusqu'aux oreilles de ses petites filles, chaque fois qu'elles passaient dans le hall. Heureusement, Annie était trop petite pour comprendre.

Lorsque la mort de Fanny fut devenue pour lui une réalité admise ; lorsqu'il fut enfin capable de regarder ses enfants sans s'effondrer, Longfellow avait ouvert le tiroir dans lequel il conservait ses notes. C'était là qu'il avait déposé les fragments déjà traduits de *La Divine Comédie*. La plupart de ces exercices faits en des temps plus légers étaient inutilisables, tout juste bons à nourrir le feu. Ce n'était pas la poésie de Dante Alighieri, c'était la sienne : la langue, le style et le rythme d'un homme heureux dans la vie. Il se remit au travail, en commençant par le *Paradiso*. Il n'était plus à la recherche d'un style susceptible de restituer le sens du poème, non, ce qu'il traquait à présent, c'était l'auteur en personne. Il abandonna la maison à la garde de ses proches – ses trois filles et leur gouvernante, ses fils devenus de jeunes hommes pleins de vie et ses domestiques –, et il se replia dans son cabinet de travail en compagnie du poète italien. Il lui apparut assez vite qu'il n'était plus capable d'écrire de vers de sa composition, et qu'il était en même temps incapable d'interrompre son travail sur Dante. Dans ses mains, la plume était aussi lourde qu'une masse à tailler la pierre : difficile à manier adroitement, mais tellement puissante !

Longfellow se trouva bientôt du renfort en la personne de Lowell d'abord, puis de Holmes, de Fields et de Greene. Il disait volontiers qu'ils avaient fondé le cercle des Amis de Dante pour occuper les longs hivers de Nouvelle-Angleterre. C'était sa façon à lui, timide et gauche, d'exprimer toute l'importance que cette association avait à ses yeux. Les critiques de ses amis sur les insuffisances de sa traduction ne lui étaient pas toujours agréables à entendre mais, après, le dîner lui offrait une agréable occasion de se racheter.

Il s'était remis à la révision des derniers chants de *L'Enfer* quand un bruit sourd retentit dehors. Le chien émit un bref aboiement.

« Monsieur Trap, de quoi s'agit-il, mon ami ? »

Ne trouvant pas l'origine de la perturbation, l'animal bâilla et se renfonça dans le seau à champagne douillettement tapissé de paille qui lui tenait lieu de panier. Voulant inspecter les lieux, Longfellow passa dans la salle à manger plongée dans l'obscurité. Dehors, on ne voyait rien. Il scrutait toujours la fenêtre noire quand, soudain, des yeux jaillirent de l'ombre, accompagnés d'un éclat de lumière éblouissant. De surprise il bondit en arrière, le cœur chaviré. L'homme entr'aperçu, si tant est qu'il eût bien vu un visage, venait de s'évanouir, et la seule trace de cette vision était le rond de buée qu'il avait laissé lui-même sur la vitre à hauteur de sa bouche. Dans son mouvement, il percuta une vitrine et envoya à terre le service d'Appelton qu'il avait reçu en dot du père de Fanny ainsi que cette demeure. Le bris en cascade de toute cette vaisselle résonna avec un fracas d'émeute, arrachant à Longfellow un cri de détresse aussi perçant qu'irrationnel.

Trap se rua en aboyant de toute la force de son corps minuscule tandis que son maître, fuyant la salle à manger, courait se réfugier à la bibliothèque, auprès du feu de bois. L'instant d'après, il retournait scruter l'obscurité du dehors. Peut-être Jemmy Lowell ou Wendell Holmes allaient-ils apparaître à sa porte en s'excusant de l'avoir effrayé involontairement en cette heure indue. Il ne vit par la fenêtre que le noir de la nuit et se remit à écrire d'une main tremblante.

À l'instant précis où le cri de Longfellow dévalait Brattle Street, James Russell Lowell avait les oreilles à moitié immergées dans son bain. Les yeux fermés, il écoutait le caverneux clapotis de l'eau en se demandant où la vie s'était enfuie. La petite lucarne au-dessus de sa tête était ouverte, et la nuit était fraîche. Si d'aventure Fanny entrait, ce serait pour lui ordonner d'aller se mettre au chaud dans son lit, séance tenante.

À l'époque où il avait atteint à la célébrité, la plupart des poètes connus étaient bien plus âgés que lui, à commencer par Longfellow et Holmes, de dix ans ses aînés. Il s'était si bien habitué à ce titre de jeune poète qu'aujourd'hui, à quarante-huit ans, il avait l'impression de l'avoir perdu à la suite d'une mauvaise action.

Il tira sans plaisir sur son quatrième cigare de la journée, laissant négligemment les cendres tomber dans l'eau du bain. En des temps qui n'étaient pas si lointains, son baquet était bien plus spacieux et il y avait toujours des lames de rasoir neuves sur l'étagère. Il s'interrogea sur leur absence. Fanny ou Mabel, plus perspicaces qu'il ne voulait le croire, auraient-elles deviné les pensées noires qui le taraudaient pendant qu'il trempait dans l'eau ? Cette goutte de sang noir, il prétendait l'avoir héritée de sa pauvre mère. Dans sa jeunesse, avant de rencontrer sa première épouse, il avait eu pour habitude de porter de la strychnine dans la poche de son gilet et, vers la même époque, il lui était arrivé de placer un pistolet chargé contre son front. Il n'avait pas eu le cran d'appuyer sur la gâchette et en éprouvait encore de la honte à ce jour. Finalement, en se croyant capable d'un acte aussi définitif, il n'avait fait que se flatter lui-même.

Quand Maria White Lowell, son épouse pendant neuf ans, était décédée, il avait éprouvé pour la première fois le sentiment de posséder un passé – quelque chose qui n'avait rien à voir avec la vie qui était désormais la sienne et dont il était à jamais exilé. Il avait consulté le Dr Holmes à propos de ses sombres pensées. Celui-ci lui avait recommandé de ne pas veiller après dix heures et demie du soir et de boire de l'eau froide le matin plutôt que du café. Lowell se disait maintenant que Wendell avait eu bien raison de troquer son stéthoscope pour une chaire de professeur : il n'avait pas la patience nécessaire pour examiner la souffrance jusqu'au bout.

À la mort de Maria, il avait confié l'éducation de la petite Mabel à Fanny Dunlap. Peut-être était-il inévitable que la gouvernante devînt pour Lowell une compagne de substitution. Passer à une seconde épouse d'origine plus modeste que la première ne s'était pas révélé aussi ardu qu'il l'avait craint, et nombre de ses amis le blâmaient pour cela. Mais voilà, il n'était pas homme à porter sa peine en bandoulière : s'il était une chose qu'il abhorrait, c'était bien la sentimentalité. Ajoutons à cela que Maria avait perdu toute réalité à ses yeux. Elle était devenue une vision, une idée, une faible lueur dans le ciel, comme les étoiles qui se fanent avant l'aube. « Ma Béatrice », avait écrit Lowell dans son journal. Mais ce genre de religion exigeait, pour qu'on y crût, toute l'énergie dont une âme est capable. En peu de temps, Maria n'avait plus occupé ses pensées que sous l'aspect d'un spectre indistinct.

En plus de Mabel, Lowell avait eu trois enfants de son premier lit, dont le dernier, Walter, n'avait vécu que deux ans, précédant d'une année sa mère dans la mort. Fanny ne lui avait pas donné d'enfant, une fausse couche peu après le mariage l'ayant laissée stérile. Et c'est ainsi que James Russell Lowell avait pour tout descendant une fille dont s'occupait sa seconde épouse.

Quand Mabel était petite, Lowell se contentait d'espérer faire d'elle une demoiselle simple et gaillarde, bonne pâtissière et agile à grimper aux arbres. Il lui avait appris à nager, à patiner et à marcher trente kilomètres par jour, comme lui.

Depuis des temps immémoriaux, les Lowell avaient toujours eu des fils. Mais les trois neveux de Jemmy, engagés dans l'armée de l'Union, étaient tombés au champ d'honneur, et lui-même ne laissait pas de fils. C'était le destin. James Russell Lowell n'aurait pas de descendants pour défendre la grande cause de leur époque, à l'instar de son grand-père, à qui le Massachusetts devait sa première loi contre l'esclavage. Walter avait été un petit garçon si vigoureux pendant ses quelques mois de vie... Il serait certainement devenu aussi grand et courageux que le jeune Oliver Wendell Holmes.

Lowell s'amusa distraitement à recourber les défenses de morse qui lui tenaient lieu de moustache pour s'en faire des bacchantes de sultan. Ses pensées glissèrent vers la *North American Review*. Ce travail lui prenait un temps fou. Trier les manuscrits ou rédiger des rapports de lecture étaient au-dessus de ses forces, et cela faisait beau temps qu'il avait abandonné la tâche à Charles Eliot Norton, son pointilleux coéditeur. Mais celui-ci avait entrepris un tour d'Europe indispensable à la santé de son épouse. À présent, l'ennui de corriger le style, la grammaire et la ponctuation d'articles écrits par d'autres lui incombait entièrement. Ajoutée à cela, la pression d'amis plus ou moins talentueux, mais tous désireux de se voir publiés, encombrait son esprit et l'empêchait d'écrire. Et ses travaux d'enseignant démantelaient ses pulsions poétiques. Enfin, il y avait la Corporation de Harvard. Plus que jamais, Lowell se sentait surveillé, vidé, tamisé, pioché, biné, pelleté, dragué, raclé et, pourquoi pas ? voué à la damnation comme tant d'immigrés là-bas, en Californie. Passer une année entière allongé sous un arbre sans autre industrie que de contempler les taches de soleil sur l'herbe, voilà ce dont il aurait eu besoin pour recouvrer l'inspiration. Oh, comme il avait envié la tour que Hawthorne[1] s'était fait construire sur le toit de sa maison, la dernière fois qu'il était allé le voir à Concord. On ne pouvait y accéder que par une trappe secrète que le romancier prenait soin de bloquer en plaçant dessus un lourd fauteuil.

Lowell n'entendit nullement le pas léger qui montait l'escalier et il ne vit pas davantage s'ouvrir la porte de la salle de bains. Si

---

1. Nathaniel Hawthorne (1804-1864), écrivain américain. Ses contes (*Contes racontés deux fois*) et ses romans (*La Lettre écarlate, La Maison aux sept pignons*) évoquent une nature humaine culpabilisée par la société puritaine. (*N.d.l.T.*)

bien qu'il se redressa d'un air coupable quand Fanny la referma sur elle.

« On étouffe là-dedans, ma chère. »

Une lueur inquiète brillait dans les yeux écartés, presque orientaux, de son épouse.

« Jemmy, le fils du jardinier est là. Je lui ai demandé ce qu'il voulait, mais il ne veut parler qu'à toi. Je l'ai fait entrer dans le salon de musique. Le pauvre petit est tout essoufflé. »

Lowell s'enveloppa dans un peignoir et dévala l'escalier. Un jeune homme dégingandé, avec de grandes dents chevalines qui dépassaient de la lèvre supérieure, se tenait nerveusement contre le piano, tel un concertiste se préparant à jouer.

« Je vous demande pardon pour le dérangement, monsieur. Je marchais dans Brattle Street quand j'ai cru entendre un gros bruit venant de l'ancienne Craigie House. Je me suis dit que j'allais sonner chez le professeur Longfellow pour voir si tout allait bien. Les gars disent toujours que c'est un monsieur gentil. Mais moi, je l'ai jamais rencontré, alors… »

Sous l'effet de la panique, le cœur de Lowell s'était emballé. Il saisit le garçon par les épaules.

« Quel genre de bruit, jeune homme ?

— Un gros boum. Comme quéqu'chose qui s'écrase. » Le jeune homme essaya sans succès de reproduire le bruit à l'aide d'un geste. « Et le p'tit chien… Trap, c'est ça ? il aboyait à réveiller les morts. Après, y a eu un cri très fort, je crois. Et j' suis pas du genre à parler pour rien dire, monsieur. »

Lowell signifia au garçon de l'attendre et se précipita dans son cabinet de toilette pour en ressortir chaussé de pantoufles et vêtu d'un pantalon à carreaux qui, en des circonstances ordinaires, auraient inspiré à Fanny une longue envolée sur ses convictions esthétiques. Pour l'heure, elle se contenta d'une courte exclamation :

« Tu ne vas pas sortir maintenant, Jemmy ! On rapporte toutes sortes d'histoires de gens étranglés.

— C'est Longfellow, répondit-il. D'après ce garçon, il lui est peut-être arrivé quelque chose. »

Elle se tut. Lowell promit d'emporter son fusil de chasse.

Son arme en bandoulière, il descendit la rue en direction de Brattle Street, le fils du jardinier sur les talons.

Longfellow était assez secoué. À la vue du fusil, il le fut encore davantage. Il s'excusa pour le vacarme et décrivit l'incident sans l'embellir, arguant que son imagination lui avait certainement joué un tour, voilà tout.

« Karl, dit Lowell en plantant ses doigts dans les épaules du fils du jardinier. Filez au commissariat chercher un agent de police.

— Oh, ce ne sera pas nécessaire.

— Il y a eu plusieurs cambriolages, Longfellow. La police fouillera le voisinage et vérifiera que tout est sûr. Allez, ne soyez pas égoïste. »

Lowell s'attendait à ce que Longfellow réagît avec véhémence, mais il n'en fit rien. Sur un signe de tête de son maître, Karl s'élança vers le commissariat de Cambridge avec l'enthousiasme des jeunes gens dans les situations d'urgence. Lowell se laissa tomber dans le fauteuil à côté de Longfellow et rajusta sa robe de chambre sur son pantalon. Remarquant ses cheveux et sa barbe encore humides, Longfellow réitéra ses excuses pour l'avoir tiré de chez lui à cause d'un problème aussi banal et l'engagea à rentrer à Elmwood. Mais avant cela, il lui fallait un thé. Si-si, il y tenait.

Devant tant d'insistance, James Russell Lowell comprit que Longfellow était plus remué qu'il ne le laissait paraître.

« Fanny vous est probablement très reconnaissante de m'avoir tiré de l'eau, dit-il en riant. "La mort par le bain", c'est comme ça qu'elle appelle mon habitude de me baigner, la fenêtre ouverte. »

Aujourd'hui encore, Lowell était mal à l'aise quand il devait désigner son épouse par son prénom devant Longfellow. Inconsciemment, son ton de voix changeait. La douleur de son ami était trop récente, il avait l'impression de lui voler quelque chose en prononçant ce nom. Le grand poète, en effet, n'évoquait jamais sa Fanny à lui. Il n'avait rien écrit sur elle, pas même un sonnet ou une élégie, et son journal ne contenait aucune mention de sa mort. Le premier texte qu'il y avait consigné après sa disparition était une citation de Tennyson : « Repose doucement, mon cœur tendre, dans la paix. » Lowell croyait comprendre pourquoi Longfellow avait produit si peu, ces dernières années, préférant se réfugier dans l'ombre de Dante : s'il avait laissé la poésie jaillir de son cœur, la tentation d'écrire le nom de Fanny eût été trop forte. Son épouse, alors, eût cessé de vivre pour n'être plus qu'un mot.

« Ce n'était peut-être qu'un curieux qui voulait jeter un coup d'œil à la maison de Washington, dit Longfellow avec un rire. Vous ai-je dit que, la semaine dernière, un touriste m'a demandé : "Le quartier général du général Washington, s'il vous plaît ?" Puis il a voulu savoir si par hasard Shakespeare n'avait pas habité le quartier. Il devait prévoir sa prochaine escale, j'imagine. »

Ils rirent tous les deux.

« Sapristi ! Que lui avez-vous répondu ?

— Que si Shakespeare avait emménagé près d'ici, je n'avais pas encore eu le plaisir de faire sa connaissance.

— Excellente repartie, s'il en est ! » Lowell se renversa en arrière dans sa chauffeuse. « Personnellement, j'en viens à penser que la lune ne se couche jamais à Cambridge. D'où le nombre de lunatiques... Vous travailliez sur Dante, à cette heure ?

ajouta-t-il en remarquant les pages étalées sur le bureau vert de Longfellow. Mon cher ami, j'ai l'impression que votre plume ne sèche jamais. Vous allez vous épuiser à ce rythme.

— Je ne me sens pas le moins du monde fatigué. Bien sûr, je passe par des périodes où j'ai le sentiment de me traîner comme des roues dans le sable. Mais quelque chose me pousse à poursuivre ce travail et ne me laissera pas en repos. »

Lowell examina une page de la traduction corrigée.

« Chant XIV, indiqua Longfellow. Ça devrait partir chez l'imprimeur, mais j'ai des réticences à m'en séparer. Quand Dante rencontre les trois Florentins, il dit : *"S'i fossi stato dal foco coperto."*

— *Eussé-je été protégé de ces flammes*, lut Lowell tout en traduisant, en même temps que Longfellow récitait le texte italien, *je me fusse jeté à côté d'eux et je crois que mon maître l'eût souffert...* Oui, nous ne devons jamais oublier que Dante n'est pas qu'un simple observateur de l'Enfer. Tout au long de son voyage, il est en danger, lui aussi, sur le plan physique comme sur le plan métaphysique.

— Je n'arrive pas à trouver la correspondance exacte en anglais. Certaines gens diraient que, dans la traduction, la voix de l'auteur doit être modifiée de manière à donner de la douceur au vers. Pour ma part, je suis un traducteur qui souhaite pouvoir lever la main droite et jurer qu'il a dit la vérité, toute la vérité et rien que la vérité, comme le témoin à la barre. »

Le chien se mit à aboyer et à gratter le pantalon de son maître. Longfellow sourit.

« Trap est allé si souvent chez l'imprimeur qu'il pense avoir lui-même traduit Dante en entier. »

Mais ce n'était pas le texte de Longfellow qui faisait aboyer le terrier, car Trap s'élança dans le vestibule en même temps que des coups de tonnerre retentissaient à la porte d'entrée.

« Ah, la police ! » s'exclama Lowell en essorant sa moustache humide, et son intonation traduisit à la fois son étonnement et son admiration devant une telle promptitude.

Longfellow alla ouvrir.

« Eh bien, en voilà une surprise ! » lança le maître de maison d'une voix qui parut curieusement accueillante à Lowell, au regard de la situation.

— N'est-ce pas ? » Debout sur le large perron, J. T. Fields retirait son chapeau, révélant des sourcils froncés au point de former un angle. « J'ai reçu le message au beau milieu de notre partie de whist, juste au moment où j'avais la main sur Bartlett. » Il eut un bref sourire et alla suspendre son chapeau. « On me demandait de venir ici immédiatement. Est-ce que tout va bien, mon cher Longfellow ?

— Je ne vous ai jamais envoyé de message, répondit celui-ci sur un ton d'excuse. Holmes n'est pas avec vous ?

— Non. Nous l'avons attendu toute une demi-heure avant de distribuer les cartes. »

Leur parvint un bruissement de feuilles sèches se rapprochant de la maison. L'instant d'après, la silhouette courtaude d'Oliver Wendell Holmes apparut au bout du sentier dallé de briques. Un Holmes qui marchait deux fois plus vite qu'à l'accoutumée, écrasant les feuilles par douzaines sous ses bottes à talonnettes. Fields fit un pas de côté. Le docteur passa devant lui en trombe et s'arrêta sur le seuil, le souffle court, la respiration sifflante.

« Mon ami ? » demanda Longfellow.

Visiblement, Holmes était dans tous ses états. Remarquant les chants de Dante que Longfellow tenait encore à la main, il s'écria avec horreur :

« Dieu du ciel, Longfellow ! Rangez ça au plus vite ! »

6.

S'étant assuré que la porte était bien refermée, Holmes se lança dans un récit effréné. La chose, expliqua-t-il, s'était révélée à lui subitement, au marché, alors qu'il rentrait chez lui. Aussitôt, il était retourné au Collège de médecine, mais là, ô ciel ! il avait découvert que la police était déjà repartie pour le commissariat de Cambridge. Il avait donc envoyé un messager chez son frère pour enjoindre à Fields d'abandonner la partie de whist et de se rendre à Craigie House, toutes affaires cessantes. En apercevant Lowell, le docteur éprouva un soulagement qui l'étonna lui-même.

« Je m'apprêtais à envoyer quelqu'un à Elmwood, mon cher, s'écria-t-il en se précipitant vers lui pour lui secouer la main avec insistance.

— Holmes, vous avez bien parlé de police, n'est-ce pas ? s'enquit Longfellow.

— Longfellow... Tout le monde... Je vous en prie, passons dans votre cabinet. Vous devez me promettre de garder le secret absolu sur ce que je vais vous dire. »

Personne n'émit d'objection. Il n'était pas courant de voir le petit docteur parler avec autant de gravité. Son rôle d'amuseur mondain était un fait établi depuis des lustres, à la grande joie de Boston et au chagrin de son épouse.

« Un meurtre a été découvert aujourd'hui. »

Il chuchotait, comme s'il craignait que des oreilles indiscrètes ou les livres de la bibliothèque n'eussent vent de sa redoutable histoire. Il s'écarta même de la cheminée, de peur que le conduit ne divulguât ses paroles.

« J'étais en train de travailler au Collège de médecine, commença-t-il enfin, quand la police a demandé à réquisitionner une de nos salles pour une autopsie. Le corps qu'elle apportait était recouvert de terre, vous comprenez ? »

Holmes fit une pause. Oh, pas pour se ménager un effet oratoire, plutôt pour reprendre son souffle, car, sous l'effet de la commotion, il n'avait pas pris garde à son asthme, qui se rappelait à lui en coupant son débit par des halètements sifflants.

« Holmes, quel rapport cela a-t-il avec nous ? demanda Fields. Pour quelle raison m'avez-vous fait quitter la table de jeu chez John ?

— J'y viens », déclara Holmes en agitant vivement la main devant son visage.

S'étant débarrassé du pain acheté au marché à l'intention d'Amelia, il extirpa un mouchoir de sa poche.

« Le corps, le défunt, ses pieds... Dieu nous aide ! »

Les prunelles de Longfellow s'illuminèrent jusqu'à devenir bleu vif. S'il n'avait guère parlé, il avait prêté une attention extrême au comportement du docteur.

« Voulez-vous boire quelque chose, Holmes ? proposa-t-il aimablement.

— Merci, oui, accepta celui-ci en essuyant son front trempé de sueur. Mille excuses. Je suis venu à pied et à la vitesse d'une flèche. J'étais trop agité pour prendre un fiacre et trop angoissé pour courir le risque de tomber sur une connaissance dans l'omnibus ! »

Longfellow partit d'un pas serein vers l'office. Holmes attendit sa boisson, les deux autres que le docteur fût en état de reprendre son récit. De le voir aussi fébrile, Lowell secouait la tête d'un air grave empli de commisération. Enfin, le maître de maison réapparut avec un verre de fine frappée, comme son hôte aimait à la boire. Holmes s'en empara et but avidement. Le liquide glacé apaisa bientôt ses étouffements.

« Voyez-vous, mon cher Longfellow, dit-il, s'il est vrai qu'Ève tenta l'homme, l'histoire ne dit pas qu'elle le fit avec un verre d'alcool. La boisson était un problème qu'Adam réglait à sa façon.

— Vous allez cesser de nous faire mijoter, Wendell ? jeta Lowell, à deux doigts de s'emporter.

— Très bien. Je l'ai vu, vous comprenez ? J'ai vu le cadavre d'aussi près que je vois Jemmy en ce moment, déclara Holmes en regarda fixement le professeur. Il avait été enterré vivant et à l'envers, les pieds en l'air. Et il avait la plante des pieds effroyablement brûlée, messieurs. Grillée à un point que je ne... Enfin, je m'en souviendrai jusqu'à ce que la nature m'ensevelisse bien en dessous des violettes de l'année.

— Mon cher Holmes... », voulut intervenir le maître de maison.

Mais il n'était pas question pour le docteur de se laisser encore interrompre, fût-ce par Longfellow.

« Il n'avait plus ses vêtements. Je ne sais pas si c'est la police qui les lui avait retirés... Non, je crois qu'ils l'avaient trouvé comme ça, d'après certaines choses qu'ils ont dites. J'ai vu son visage, voyez-vous. »

Holmes tendit la main vers sa fine. Il n'en restait plus qu'une goutte au fond de son verre, ses dents se serrèrent sur un glaçon.

« Et la victime était un pasteur », énonça Longfellow.

Levant sur lui un regard ébahi, Holmes écrasa la glace entre ses dents du fond.

« Exactement.

— Mais... Comment pouvez-vous le savoir, Longfellow ? réagit Fields en dévisageant le poète avec ahurissement. Rien n'a pu filtrer dans les journaux puisque Wendell vient seulement d'en être le témoin ! »

Cette affaire, dont il ne voyait pas très bien en quoi elle les concernait, le laissait perplexe. Cependant, tout en disant ces mots, il comprit le cheminement des pensées de Longfellow. Lowell, qui avait deviné lui aussi, se jeta sur Holmes comme s'il voulait le frapper.

« Comment pouvez-vous savoir que le corps était enterré à l'envers, Holmes ? C'est la police qui l'a dit ?

— Eh bien, pas exactement.

— Ce que vous nous dites est pure conjecture. En réalité, vous voulez nous faire arrêter la traduction, et tous les moyens vous sont bons. Comme ça vous n'aurez plus à vous inquiéter que Harvard nous cherche noise.

— Personne ne me dictera ce que mes yeux ont vu ! rétorqua Holmes violemment. Aucun de vous ne connaît quoi que ce soit à la médecine. Moi, j'ai passé la plus grande partie de ma vie à l'étudier, en Europe et en Amérique. Parlez-moi de Cervantes, vous-même ou Longfellow, et je ressentirai mon ignorance... Enfin, pas tout à fait car je suis quand même respectueusement informé sur le sujet, mais je me sentirai forcé de vous écouter parce que, vous, vous y avez consacré votre vie entière ! »

Prenant conscience de l'énervement du docteur, Fields jugea bon d'intervenir :

« Nous comprenons, Wendell. Continuez, s'il vous plaît. »

Holmes prit le temps de recouvrer son souffle. S'il ne l'avait pas fait, il eût perdu connaissance.

— Cet homme avait été placé la tête en bas, vous dis-je. Les larmes et la sueur avaient *remonté* sur son front ! J'ai vu les traces. Il avait le visage congestionné et c'est en voyant ses traits déformés par l'horreur que j'ai reconnu le révérend Elisha Talbot. »

À l'énoncé de l'identité de la victime, la compagnie resta bouche bée. Ainsi, le vieux tyran de Cambridge avait été fiché en terre, la tête en bas, dans l'impossibilité de rien voir ni de faire un geste, sauf peut-être battre des jambes, ses pieds en feu ? Autrement dit : enterré dans la posture décrite par Dante comme étant celle réservée aux Simoniaques, ces hommes d'Église qui mésusèrent de leur titre en monnayant leurs offices.

« Et au cas où mes observations ne vous suffiraient pas... » Holmes en était maintenant à broyer sa glace avec une célérité inouïe. « Un policier a en effet mentionné pendant l'autopsie que Talbot avait été retrouvé dans la crypte de la Seconde Église unitarienne, sa paroisse, et que seul le bas de son corps émergeait du trou. Il ne portait d'ailleurs aucune salissure de terre en dessous de la taille, ce qui signifie bien qu'il avait été enterré nu. La tête en bas et les pieds en l'air !

— Quand l'ont-ils découvert, et en présence de qui ? voulut encore savoir Lowell.

— Au nom du ciel, comment pourrais-je le savoir ! » s'écria Holmes.

Longfellow regarda son horloge au tic-tac insouciant : la grande aiguille progressait lentement vers le chiffre onze.

« Dans le journal du soir, énonça-t-il tranquillement, Mme Healey propose une récompense. Il semblerait que le juge Healey ne soit pas mort de sa belle mort, non plus. D'après elle, il s'agirait d'un meurtre.

— Celui de Talbot est plus qu'un meurtre, Longfellow ! Dois-je formuler clairement des choses aussi simples à lire que du papier imprimé ? C'est Dante ! » D'exaspération, les joues du docteur étaient devenues toutes rouges. « Quelqu'un s'est inspiré de Dante pour tuer Talbot !

— Avez-vous lu la dernière édition du journal, mon cher Holmes ? demanda Longfellow patiemment.

— Naturellement ! Enfin, je crois. »

En vérité, il n'y avait jeté qu'un bref coup d'œil dans le vestibule du Collège de médecine, sur le chemin de son bureau.

« Qu'y disait-on ? »

Longfellow alla chercher le quotidien. Fields s'en empara et donna lecture de l'article à haute voix.

« *De nouvelles révélations sur la mort troublante du juge suprême Artemus S. Healey*, lut-il tout en tirant de son gousset une paire de lunettes carrées dont il écarta les branches. Erreur de typo habituelle. Healey avait pour deuxième prénom Prescott.

— Voulez-vous passer à la seconde colonne, Fields, le pria Longfellow. La partie où l'on raconte comment le corps a été retrouvé dans les prés, derrière la maison des Healey, non loin du fleuve.

— *En sang et entièrement dévêtu*, reprit Fields, *habits et sous-vêtements. Et il baignait dans une masse grouillante...*

— Continuez, Fields.

— *... d'insectes ?* »

Mouches, guêpes et larves, tels étaient les insectes répertoriés dans l'article. À côté, dans le pré, un drapeau dont les Healey ne pouvaient s'expliquer la présence avait été retrouvé. Lowell eût aimé réfuter les commentaires qui circulèrent alors dans la pièce en même temps que le journal. Ne le pouvant, il se laissa glisser sur sa chauffeuse jusqu'à se retrouver à demi étendu, et sa lèvre inférieure se mit à trembler comme chaque fois qu'il ne savait que dire.

Les quatre amis se dévisageaient d'un air interrogateur dans l'espoir que l'un d'eux, plus malin que les autres, saurait expliquer la coïncidence par une référence judicieuse ou une plaisanterie intelligente capable de balayer la conclusion à laquelle ils étaient tous arrivés : à savoir que le révérend Talbot avait été mis à rôtir comme les Simoniaques, et le juge suprême Healey abandonné à son sort comme les Indifférents. Mais chaque nouveau détail ne faisait que corroborer leurs craintes sans leur offrir d'arguments assez convaincants pour les apaiser.

« Tout concorde parfaitement, laissa tomber Holmes. Pour Healey, c'est l'indifférence car, trop longtemps, il s'est refusé à agir à propos du Fugitive Slave Act. Le supplice qui lui a été infligé punit précisément ce péché. Mais Talbot ? Je n'ai jamais entendu dire ni même chuchoter qu'il ait abusé du pouvoir que lui conférait son sacerdoce. Dieu du ciel, aidez-moi ! » Remarquant soudain le fusil appuyé contre le mur, il sursauta. « Par pitié, Longfellow, que vient faire cette arme ici ? »

D'un coup, Lowell se rappela la raison première de sa venue à Craigie House.

« Longfellow a cru apercevoir un cambrioleur tapi sous sa fenêtre. Nous avons envoyé le garçon du jardinier prévenir la police.

— Un cambrioleur ? répéta Holmes.

— Une vision », corrigea Longfellow en secouant la tête.

D'un bond pesant et dépourvu de grâce, Fields se remit debout et tapa des pieds sur le tapis.

« Tout arrive au bon moment. Le monde se rappellera de vous comme d'un bon citoyen, mon cher Wendell. Dès que le policier sera là, nous lui dirons que nous avons des informations sur ces crimes et lui demanderons de revenir, accompagné du chef de la police. »

Fields avait parlé avec toute l'autorité qui était la sienne. Cela ne l'empêcha pas de rechercher du regard l'approbation de Longfellow.

Celui-ci ne réagissait pas. Ses prunelles d'un bleu de pierre étaient dardées sur ses livres aux reliures craquelées. Participait-il encore à la conversation ? On eût pu en douter tant son regard était inhabituel, lointain. Assis dans son fauteuil, il passait en silence la main dans sa barbe. Son invincible tranquillité semblait avoir tourné à la froideur, et son teint de jeune fille s'être brutalement assombri. Ses amis se sentirent mal à l'aise.

« Oui, lança Lowell sur un ton qui cherchait à prolonger l'espèce de soulagement suscité par la proposition de l'éditeur.

Bien sûr que nous allons informer la police ! Et nos suppositions se révéleront sans aucun doute essentielles.

— Vous n'y pensez pas ! s'écria Holmes en s'étouffant presque. Il ne faut rien dire à personne, nous devons garder tout cela par-devers nous. Longfellow ! lança-t-il sur un ton désespéré. Tout le monde ici présent doit respecter le secret comme promis. Quand bien même le ciel nous tomberait sur la tête !

— Allons, Wendell, ce n'est pas le moment de garder ses mains dans ses poches ! fit Lowell en venant se pencher au-dessus du minuscule docteur. Deux personnes ont été tuées, deux hommes de notre monde !

— Qui sommes-nous pour nous immiscer dans une affaire aussi abominable ? La police mène une enquête, cela va de soi. Elle saura trouver le responsable sans que nous nous en mêlions.

— Sans que nous nous en mêlions ? répéta Lowell sur un ton moqueur. Mais, Wendell, la police ne pensera jamais à *ça* ! Il n'y a aucune chance ! Pendant que nous tergiversons, elle doit subir le récit de contes à dormir debout.

— Vous préféreriez qu'elle s'intéresse à *notre* conte, Lowell ? Que connaissons-nous aux meurtres, d'abord ?

— Dans ce cas, pourquoi vous êtes-vous donné le mal de venir nous déballer tout ça ?

— Pour que nous puissions nous protéger ! répliqua Holmes. Je l'ai fait dans l'intérêt de tous. Nous risquons de nous retrouver dans une situation diablement hasardeuse !

— Jemmy, Wendell, je vous en prie…, s'écria Fields en venant se placer entre eux.

— Si vous parlez à la police, ce sera sans moi ! décréta le docteur d'une voix de fausset en même temps qu'il se rasseyait dans son fauteuil. Vous le ferez en dépit de mon objection de principe et de mon refus clairement exprimé !

— Messieurs ! fit Lowell avec un geste de la main. Admirez le Dr Holmes dans son attitude préférée : assis sur son cul quand le monde a besoin de lui ! »

Holmes promena les yeux sur l'assistance à la recherche d'un soutien. Ne voyant rien venir, il se laissa aller dans les profondeurs de son fauteuil et s'employa avec un soin délicat à dégager son insigne Phi Bêta Kappa emmêlé à sa chaîne de montre en or. Puis il compara l'heure qu'indiquait son oignon avec celle de l'horloge en acajou. D'une seconde à l'autre, toutes les pendules de Cambridge allaient s'arrêter, il en était certain.

« Mon cher Longfellow, disait Lowell avec une douce autorité, il serait bon qu'au moment où l'agent sera là, nous ayons déjà prêt un mot à l'intention du chef de la police exposant nos déductions. Ainsi, nous pourrons mettre tout cela derrière nous, comme le souhaite notre cher Dr Holmes.

— Je commence », déclara Fields.

Il tendit le bras vers le tiroir où Longfellow rangeait son papier, sans plus s'occuper de Holmes et de Lowell repartis dans leur dispute.

Longfellow laissa échapper un soupir.

Immédiatement, Fields suspendit son geste, la main dans le tiroir. Holmes et Lowell s'apaisèrent d'un coup.

« Je vous en prie, ne sautons pas à pieds joints dans le noir, enchaîna Longfellow. Dites-moi d'abord qui, à Boston et à Cambridge, est au courant de ces assassinats ?

— En voilà une question ! » s'exclama Lowell. Son effroi était tel qu'il en venait à être impoli à l'égard du seul homme qu'il admirât à Boston, hormis feu son père. « Mais tout le monde dans cette cité bénie, Longfellow ! C'est en première page de tous les journaux... » Et de brandir l'article consacré au meurtre de Healey. « Avant le chant du coq, la mort de Talbot sera en première page de l'édition du matin. Un juge et un ministre du culte, comment cacher ça au public ? Autant interdire de manger du bœuf et de boire de la bière !

— Très bien. Qui d'autre que nous en ville a entendu parler de Dante ? Qui d'autre peut discourir sur *le piante erano a tutti accese intrambe* ? Combien de gens font-ils du lèche-vitrine dans Washington Street ou entrent-ils chez Jordan et Marsh pour admirer les derniers chapeaux, en ayant à l'esprit *rigavan lor di sangue il volto, che, mischiato di lagrime*, ou en se représentant de monstrueux *fastidiosi vermi*, – ces vers de terre répugnants ?... Dites-moi, qui dans notre cité – non, dans toute l'Amérique – connaît Dante par le menu ? Connaît son plus petit tercet, ses œuvres entières et ses chants ? Qui comprend assez les châtiments décrits dans *L'Enfer* pour songer à les prendre pour modèles de meurtre ? »

Un silence inédit tomba sur le cabinet de travail où étaient réunis les quatre esprits les plus admirés en Nouvelle-Angleterre pour leur art de la conversation. Personne ne tenta la moindre repartie, tous connaissaient la réponse : eux-mêmes. C'est-à-dire le poète Henry Wadsworth Longfellow ; le professeur James Russell Lowell ; le Dr Oliver Wendell Holmes et l'éditeur James Thomas Fields, auxquels il convenait d'ajouter un maigre échantillon d'amis et de collègues.

« Doux Seigneur ! laissa échapper Fields au bout d'un moment. Mais nous ne sommes pas plus d'une poignée à lire l'italien. Et je ne parle pas de l'italien de Dante ! Ceux qui pourraient le déchiffrer à l'aide d'une montagne de dictionnaires n'ont pour la plupart jamais vu de leurs yeux une seule de ses œuvres ! »

Si un homme au monde pouvait se montrer aussi affirmatif, c'était bien l'éditeur qui se faisait un devoir de connaître les habitudes de lecture de tous les érudits et hommes de lettres de

Nouvelle-Angleterre et de ceux qui comptaient peu ou prou hors des frontières de l'État.

« Et ils n'en auront pas l'occasion, reprit-il, tant qu'une traduction n'aura pas été achevée, publiée et distribuée dans tous les coins de l'Amérique...

— Comme celle sur laquelle nous travaillons », conclut Longfellow en agitant ses pages du chant XVI. Si nous révélons où le meurtrier a puisé son inspiration, sur qui la police portera-t-elle ses regards, à votre avis ? Sur les gens dotés des connaissances nécessaires pour perpétrer le forfait. Alors, nous serons à la fois les premiers suspects et ceux sur qui pèsent les plus lourdes présomptions.

— Allons, allons, mon cher Longfellow, intervint l'éditeur avec un rire exagérément sérieux. Ne laissons pas l'effervescence juguler nos esprits, voulez-vous. Qui voyons-nous réunis dans ce cabinet de travail : des professeurs, des poètes, des érudits. D'éminents citoyens du Commonwealth, des hommes reçus fréquemment chez les plus hauts dignitaires de l'État. Qui imaginerait sérieusement que nous puissions être les auteurs d'un *meurtre* ? Ce n'est pas exagérer que de rappeler la position dont nous jouissons tous à Boston. Nous appartenons à la meilleure société !

— Comme le professeur Webster, rétorqua Longfellow. Son procès a prouvé qu'aucune loi n'interdisait de passer la corde au cou d'un *fellow* de Harvard. »

À la mention de cette douloureuse affaire, le Dr Holmes pâlit encore, bien qu'il fût soulagé de voir Longfellow soutenir sa position.

Lowell, pour sa part, alluma un cigare dans l'espoir de ventiler son trop-plein d'énergie.

« Je n'occupais mon poste au Collège de médecine que depuis quelques années, émit Holmes, le regard vitreux, les yeux fixés droit devant lui. Au début, tout le monde a été soupçonné, enseignant ou personnel administratif. Même un poète comme moi. » Il voulut rire, mais son rire tourna court. « J'étais sur la liste des agresseurs possibles. Ils sont venus me questionner chez moi. Wendell et Petite Amelia n'étaient que des enfants, Neddie un bébé. Je n'ai pas connu pire terreur de ma vie.

— Je vous en prie, mes chers amis, convenez au moins de ceci, si vous le pouvez, déclara Longfellow avec calme. En admettant que la police nous croie ; en admettant qu'elle ait confiance en nous, qu'elle ne mette pas en doute nos déclarations, il n'en demeure pas moins que nous serons l'objet de leurs soupçons. Et nous le resterons tant que le tueur n'aura pas été attrapé. Même alors, une fois le coupable châtié, Dante sera souillé de sang aux yeux des Américains, et cela avant qu'ils aient seulement eu le temps de découvrir son œuvre. En une période où l'Amérique n'a pas la force d'endurer une mort de plus. Alors, le Dr Manning et la Corporation, qui ne rêvent que de cela, enterreront Dante dans un cercueil de plomb et, pour les mille ans à venir, le poète connaîtra en Amérique la même malédiction qu'à Florence. Holmes a raison : ne disons rien à personne. »

Sidéré, Fields dévisagea Longfellow. Remarquant à son tour l'expression tendue du maître de maison, Lowell déclara sur un ton quelque peu apaisé :

« Cependant, nous avons fait le vœu de protéger Dante. Ici même, sous ce toit.

— Assurons-nous d'abord de nous protéger nous-mêmes et aussi notre ville, rétorqua Fields. Sinon Dante se retrouvera sans personne pour lui tenir compagnie !

— Vous avez raison, mon cher Fields. Nous protéger et protéger Dante sont à présent une seule et même chose », renchérit Holmes. Il s'était exprimé sur un ton détaché, vaguement tenté de rappeler qu'il avait eu raison depuis le début en imaginant des ennuis. « Une seule et même chose, répéta-t-il. Et si cette information venait à se savoir nous ne serions pas les seuls à subir le blâme. Les catholiques aussi, tous les immigrés...

— Le ciel nous préserve, nous serions ruinés ! » soupira Fields.

Ses deux auteurs avaient raison, il le comprenait bien. À parler à la police, leur réputation se retrouverait dans les limbes, pour ne pas dire dans le néant. Oh, ce n'était pas aux conséquences juridiques qu'il pensait, mais à la rumeur. À Boston, elle pouvait détruire un homme plus sûrement que le bourreau. Ses auteurs avaient beau être vénérés par le public, il se cache toujours au fond du cœur des gens un soupçon de jalousie malsaine envers leurs idoles. La nouvelle qu'ils pussent être mêlés même de loin à des meurtres aussi scandaleux se répandrait à une vitesse bien supérieure à celle du télégraphe. Il en avait vu de ces réputations sans tache traînées dans la boue sur la base de ragots. Assez souvent pour en être dégoûté.

« Qui sait si la police ne touche pas déjà au but ? insista Longfellow... Nous devrions jeter un coup d'œil au texte que l'agent nous a confié l'autre jour, dit-il en sortant la feuille de son tiroir. À la lumière de ce que nous savons maintenant, son sens nous apparaîtra peut-être. »

Il la lissa du plat de la main. Les érudits se penchèrent sur la maladroite transcription. Depuis l'ombre que projetait la barbe léonine de Longfellow sur le papier, les hiéroglyphes fixèrent ardemment les quatre visages étonnés où dansaient les reflets cramoisis du foyer.

Deenan see amno atesennone turnay eeotur lasheeato nay.

« Mais... c'est le milieu d'un tercet ! s'écria Lowell à voix basse. Comment avons-nous pu rater ça ? »

Fields s'empara prestement de la feuille. Il ne voyait pas en quoi ce gribouillis était un tercet, mais il ne voulait pas l'admettre. La tête lui tournait. Après tous ces événements, il avait du mal à basculer sur l'italien. Le papier tremblait dans sa main. Il le reposa délicatement sur la table.

« *Dinanzi a me non fuor cose create se non etterne, e io etterno duro, lasciate ogne*, récitait Lowell à son intention. L'inscription gravée au-dessus des portes de l'Enfer. Une partie, tout du moins ! *Lasciate ogne speranza, voi ch'intrate.* »

Ses paupières se fermèrent d'un coup, et il se mit à traduire :

Rien avant moi ne fut jamais créé
Que d'éternel et je dure éternelle :
Vous qui entrez, laissez toute espérance.

À l'hôtel de police, l'inconnu avait reconnu le signe, lui aussi, et il avait sauté par la fenêtre. Il avait vu les *Ignavi*, les Indifférents, battre l'air de leurs bras en toute impuissance et se frapper eux-mêmes et il avait vu les guêpes et les taons assaillir les ombres blanches et nues, des larves infectes ramper hors des trous entre leurs dents, tomber à terre et se regrouper en tas. Le sang coulait de ces âmes et se mêlait au sel de leurs larmes, tandis qu'elles avançaient, précédées loin devant par un étendard blanc, symbole de leur errance. L'homme qui avait choisi de sauter par la fenêtre avait senti sa propre chair s'animer sous un grouillement de larves affolées, gavées de chair rongée. Il n'avait pu que fuir… Ou tout du moins essayer.

Longfellow retrouva le feuillet portant la version finale de sa traduction du chant III et le posa sur la table pour comparer.

« Cieux ardents ! » s'écria Holmes. Pris d'un essoufflement, il dût s'accrocher à la manche de Longfellow. « L'agent de police présent à l'autopsie du révérend Talbot, c'est le mulâtre venu nous consulter après la mort du juge Healey ! Certainement, il sait quelque chose ! »

Longfellow secoua la tête.

« Non, rappelez-vous… Il voulait identifier une langue inconnue, voilà pourquoi il venait voir Lowell qui est *Smith Professor*. Mais à ce moment-là, nous étions tous aveugles, nous n'avons pas su déchiffrer sa transcription. C'était le soir où nous avions réunion. Des étudiants l'avaient dirigé sur Elmwood, et Mabel l'avait renvoyé ici. Rien ne nous permet de croire qu'il sache quoi que ce soit du caractère dantesque de ces crimes ni de notre projet de traduction.

— Comment avons-nous pu ne pas comprendre tout de suite ? se lamenta Holmes. Greene l'a bien dit, pourtant, que c'était peut-être de l'italien. Et nous n'avons pas tenu compte de son avis.

— Dieu merci ! s'exclama Fields. Car la police serait déjà pendue à nos basques ! »

Mais Holmes poursuivait avec une panique accrue.

« Qui a bien pu lui réciter l'inscription au-dessus des portes de l'Enfer ? Ce n'est quand même pas une coïncidence. Il y a forcément un lien avec ces meurtres !

— Tout porte à le croire en effet, renchérit Longfellow, sans se départir de son calme.

— Qui donc a bien pu lui réciter ces vers ? répéta Holmes avec insistance en tournant et retournant le papier dans sa main. L'inscription sur les portes de l'Enfer se trouve au chant III – celui où Dante et Virgile marchent parmi les Indifférents. Le chant dont l'assassin s'est inspiré pour commettre le meurtre du juge Healey. »

Un bruit de pas de plus en plus fort résonna sur le sentier menant à la demeure. Longfellow alla ouvrir la porte. Le fils du jardinier se précipita à l'intérieur. Il claquait des dents. Passant la tête au-dehors, Longfellow se retrouva nez à nez avec Nicholas Rey.

« C'est lui qui m'a forcé à l'emmener, m'sieur Longfellow. »

Devant l'étonnement du poète, Karl avait pris un ton pleurnichard et lançait des coups d'œil revêches en direction du mulâtre.

« J'étais au commissariat de Cambridge pour une autre affaire quand ce garçon nous a rapporté vos ennuis. Un sergent de ville de la police municipale fouille le quartier », déclara Nicholas Rey.

Le silence pesant qui s'était installé dans le cabinet de travail depuis qu'il avait pris la parole ne lui avait pas échappé.

Ne sachant que répondre, Longfellow lui proposa d'entrer et lui expliqua ce qui l'avait effrayé. Pour la seconde fois, l'agent de police se retrouvait parmi la troupe des George Washington rassemblée dans le vestibule. Une main enfoncée dans la poche de son pantalon, il triturait les bouts de papier encore humides de terre argileuse qu'il avait ramassés dans la crypte. Certains ne portaient qu'une ou deux lettres ; d'autres étaient salis au point de ne plus être lisibles.

Il entra dans le cabinet de travail et dévisagea les trois messieurs présents : Lowell, celui avec les grandes moustaches, était enveloppé dans un long manteau censé dissimuler sa veste d'intérieur et son pantalon écossais ; les deux autres avait le faux col desserré et le foulard en bataille. Un fusil de chasse à double canon était appuyé contre un mur, et une miche de pain attendait sur la table.

Les yeux de Rey s'arrêtèrent sur l'homme aux traits poupins, le seul qui ne portât pas la barbe. Visiblement, il était sur des charbons ardents.

« Le Dr Holmes nous a prêté son concours pour un examen au Collège de médecine, cet après-midi, expliqua-t-il à Longfellow.

En fait, c'est cette même affaire qui me conduit actuellement à Cambridge. Je vous remercie encore pour votre aide, docteur. »

Bondissant sur ses pieds, Holmes s'inclina maladroitement.

« Je vous en prie, monsieur. Si je puis vous être utile à l'avenir, n'hésitez pas à m'envoyer chercher », marmonna-t-il humblement, oubliant pendant un instant qu'il n'avait été d'aucune aide en la circonstance. Mais il était trop angoissé pour parler sagement. Tendant sa carte à Rey, il ajouta : « Ce qui peut paraître un obscur commentaire en latin contribuera peut-être à l'arrestation du tueur qui sévit dans notre ville. »

Un instant interloqué, Rey hocha la tête avec gratitude.

Le fils du jardinier avait saisi Longfellow par le bras et le tirait à l'écart.

« Je suis désolé, monsieur Longfellow. Je croyais pas que c'était un policier, vu qu'y porte pas l'uniforme ni rien. L'autre agent, là-bas, y m'a dit que le conseil municipal exige qu'y s'habille comme tout le monde pour que les gens s'énervent pas qu'y soit flic et nègre quand il les roue de coups ! »

Longfellow renvoya Karl sur la promesse de lui donner des bonbons, un jour prochain.

Dans l'étude, Holmes était de plus en plus agité. Il remuait sans cesse d'un pied sur l'autre, empêchant Rey de voir dans son entier la table au centre de la pièce sur laquelle étaient posés, d'un côté, le journal plié à la page de l'annonce publiée par les Healey, de l'autre, la traduction du chant qui avait servi de modèle à l'assassin et, entre les deux, le papier portant ses gribouillis : *Deenan see amno atesennone turnay eeotur nodur lasheeato nay.*

Rey sentit dans son cou le souffle rapide de Longfellow. Il remarqua que Lowell et Fields, placés derrière Holmes, lançaient de drôles de regards à la table. D'un mouvement agile, presque indétectable, le Dr Holmes s'était emparé du papier.

« Oh, monsieur l'agent, pouvons-nous vous restituer votre bien ? »

Un espoir soudain souleva le mulâtre. Mais c'est d'une voix égale qu'il demanda :

« Avez-vous... ?

— Oui, oui, indiqua Holmes. Une partie, en tout cas. Nous avons reproduit les sons dans toutes les langues répertoriées, mon cher. Malheureusement la conclusion la plus probable est qu'il s'agit d'un anglais boiteux. À un endroit, cela donne... » Il prit une respiration et débita, les yeux fixés droit devant lui : « *Fais que personne ne vadrouille, aujourd'hui. Oh, ne tire pas le verrou pour ouvrir la porte...* Assez shakespearien pour de telles niaiseries, vous ne trouvez pas ? »

Rey lança un coup d'œil à Longfellow. Il semblait aussi ahuri que lui.

« Eh bien, dit-il, je vous remercie de ne pas avoir oublié ma requête, docteur Holmes. À présent, je dois vous souhaiter le bonsoir. Messieurs... »

Ils se massèrent dans le vestibule pour le regarder partir le long du chemin et disparaître dans la nuit.

« *Oh, ne tire pas le verrou...* ? lança Lowell.

— Il fallait bien détourner ses soupçons ! s'écria le docteur. Vous auriez pu prendre un air un peu plus convaincu. Le marionnettiste ne doit pas laisser voir ses jambes, s'il veut capter son public, c'est la première des règles !

— Très bien raisonné, Wendell », le congratula Fields avec de chaleureuses tapes sur l'épaule.

Longfellow voulut dire quelque chose et s'interrompit, incapable de parler.

« Je vais me retirer pour ce soir. »

Sur ce, il rentra dans son étude et referma la porte sur lui, plantant là ses amis abasourdis.

« Longfellow ? Mon cher Longfellow ? »

Fields était allé frapper doucement à la porte. Lowell le prit par le bras en faisant non de la tête.

Se rendant compte qu'il avait toujours à la main la transcription de Rey, Holmes la lâcha et s'écria :

« Regardez ! L'agent de police a oublié ça ! »

Le papier était tombé par terre. Mais ce que les trois amis voyaient maintenant, ce n'était plus la feuille arrachée au calepin de Rey, c'était la froide et terne stèle de fer surmontant les portes ouvertes de l'Enfer, ces portes devant lesquelles Virgile avait dû convaincre Dante de poursuivre sa route.

Lowell ramassa rageusement le papier portant la caricature des vers de Dante et alla le brûler à la flamme d'une lampe.

7.

Oliver Wendell Holmes serait en retard. Bien qu'un ciel noir encapuchonnât la ville, le docteur poète n'avait pas voulu profiter de la calèche de Fields pour se rendre à la séance du cercle des Amis de Dante, la dernière à laquelle il assisterait, il le savait déjà. Arrivé à la maison de Longfellow, il dérapa sur les couches de feuilles mortes, ultime dépôt de l'automne. Sous la violence de la pluie, une baleine de son parapluie se brisa. Le fait lui arracha à peine un soupir. Trop de choses n'allaient pas dans le monde pour que l'on s'emportât contre de menues contrariétés physiques.

Dans le regard pur et accueillant de Longfellow, il ne lut aucun réconfort, aucune sérénité censée l'apaiser, aucune réponse à la question qui lui nouait l'estomac : que faire à présent ? Au dîner, il leur annoncerait sa décision d'abandonner le cercle. Lowell, désorienté par les récents événements, oublierait peut-être de lui reprocher sa désertion. Holmes ne craignait rien tant qu'être pris pour un dilettante. Mais prétendre qu'il lisait Dante aujourd'hui comme si rien n'avait changé, comme si l'odeur des chairs roussies du révérend Talbot n'imprégnait pas l'air alentour, c'était au-dessus de ses forces. À la pensée que ses amis et lui-même fussent d'une certaine manière responsables de la mort du pasteur, il étouffait. Il avait le sentiment confus que leur foi joyeuse en la poésie les avait menés trop loin, que par leurs travaux hebdomadaires sur Dante, ils avaient permis aux châtiments de l'Enfer de se répandre dans Boston.

Une demi-heure plus tôt, un autre visiteur était arrivé chez Longfellow, du pas puissant que fait retentir une armée de plusieurs milliers d'hommes. Lui aussi était trempé de la tête aux pieds, bien qu'il n'eût parcouru qu'une centaine de mètres. Mais James Russell Lowell se moquait bien de ces objets inutiles que sont les parapluies. Et maintenant, à la douce lueur du feu de charbon de bois et de bûches de noyer, sa barbe parsemée de gouttelettes luisait, comme éclairée de l'intérieur.

Cette semaine-là, au Corner, il avait pris Fields à l'écart pour lui expliquer qu'il ne pouvait plus vivre ainsi. Que le silence vis-à-vis de la police fût nécessaire, soit ! Que leurs noms dussent être protégés, soit ! Que Dante aussi dût être protégé, très bien. Mais pour aussi logique qu'il fût, ce raisonnement n'effaçait pas le fait, bien réel, que des vies étaient en jeu. Fields avait répondu qu'il tenterait de trouver une solution raisonnable. De son côté, Longfellow avait déclaré qu'il ne voyait pas comment agir différemment. Quant à Holmes, il avait tout fait pour éviter ses amis.

Lowell s'était efforcé du mieux possible d'organiser une rencontre mais, jusqu'à ce jour, les autres avaient rejeté cette idée aussi résolument que se repoussent les aimants de champ contraire. À présent qu'ils étaient là, assis en cercle tous ensemble, ce cercle qu'ils formaient depuis deux ans et demi, Lowell les aurait volontiers secoués un par un par les épaules. S'il ne le faisait pas, c'était pour une seule raison, une raison délicatement tassée dans son fauteuil vert préféré sous le poids des feuillets de Dante et qui avait nom : George Washington Greene. Car tous s'étaient engagés à lui taire leur découverte.

Donc, l'érudit était là, tendant ses doigts fragiles vers les flammes. Le sachant de santé précaire, ses amis comprenaient qu'il n'aurait pas la force de supporter la violence des informations en leur possession. De sorte qu'en ce mercredi soir le vieux prédicateur féru d'histoire était bien le seul à manifester un peu de gaieté. Avec enjouement, il déplorait le changement de dernière minute réclamé par Longfellow, qui ne lui avait pas laissé assez de temps pour rassembler ses pensées sur le chant à l'étude ce soir-là.

En effet, plus tôt dans la semaine, le maître avait envoyé à ses disciples un mot les informant qu'ils réviseraient le chant XXVI, celui où Dante rencontre l'âme embrasée d'Ulysse, le héros grec de la guerre de Troie. C'était l'un des chapitres préférés du groupe et l'on pouvait espérer qu'il leur redonnerait de l'allant.

« Je vous remercie tous d'être venus », déclara le poète.

Ces mots rappelèrent à Holmes l'événement qui, rétrospectivement, avait sonné le début de leur travail de traduction de *La Divine Comédie* : l'enterrement de Fanny. À l'annonce du décès, certains brahmanes de Boston avaient ressenti une satisfaction involontaire, qu'ils n'eussent jamais avouée. Enfin le malheur visitait un homme abondamment béni des dieux, un homme parvenu à la gloire et au luxe sans jamais avoir eu à déployer d'effort. Le Dr Holmes, pour sa part, avait éprouvé une angoisse absolue en apprenant la nouvelle. Si un autre sentiment moins respectable l'avait ému, c'était une sorte d'excitation égoïste à la pensée d'être désormais un soutien pour Henry Wadsworth Longfellow dans les moments où il pourrait avoir besoin de réconfort.

Le cercle des Amis de Dante avait rendu la vie à un proche. Mais, aujourd'hui, deux meurtres avaient été commis sous le couvert de Dante. En cet instant, un troisième, un quatrième était peut-être en train de se produire pendant qu'ils étaient là, à corriger leurs pages au coin du feu.

« Comment ignorer... », laissa échapper James Russell Lowell.

Il ravala ses paroles en jetant à Greene un regard peu amène. Occupé à écrire une note dans la marge, celui-ci ne se rendit compte de rien.

Longfellow négligea la phrase laissée en suspens. Il se mit à lire ce chant consacré à Ulysse, puis exposa ses idées sur le sujet. Son sourire, aujourd'hui tendu et usé, semblait emprunté à une séance précédente.

En Enfer, Ulysse se retrouvait en compagnie des Fourbes Conseillers sous la forme d'une flamme privée de corps dont l'extrémité s'agitait à la façon d'une langue qui parle. Certaines âmes se refusaient à raconter leur histoire ; d'autres au contraire faisaient montre d'une véritable inconvenance, tant leur désir de parler était grand. Ulysse, lui, était au-dessus de ces deux vanités.

En vieux soldat qu'il était, avouait-il à Dante, il n'avait pas voulu après la guerre de Troie faire voile pour Ithaque où l'attendaient son épouse et les siens, il avait préféré enrichir ses connaissances. Faisant fi du destin, il avait convaincu son petit équipage de poursuivre le voyage au-delà de la ligne qu'aucun mortel ne devait franchir. Une tornade s'était levée, la mer les avait engloutis.

Greene fut le seul à prendre la parole.

« Je pense que nous devrions considérer la façon dont lord Tennyson s'est inspiré de Dante dans l'interprétation de cette même scène », proposa-t-il avec un sourire mélancolique. Et de réciter de mémoire, savourant les vers avec délectation : « *Qu'il est triste de s'arrêter, d'accepter la fin / Et de se rouiller dans l'inaction, au lieu de se polir par l'usage ! / Comme si respirer était vivre ! Une multitude de vies accumulées / Eussent été trop peu pour moi ; et d'une seule...* – là Greene marqua un arrêt, le regard embrumé – Bien peu me reste... Mes chers amis, laissons-nous guider par Tennyson car, dans sa douleur, il a vécu un peu de la vie d'Ulysse, de son désir de triompher dans l'ultime voyage. »

Accueillies avec enthousiasme par Longfellow, les explications du vieux Greene cédèrent la place bientôt à de sonores ronflements. Sa contribution apportée, le vieillard n'avait plus de forces. Comme personne ne semblait vouloir s'exprimer, Longfellow se tourna vers Lowell. Celui-ci, cramponné à ses pages tel un écolier récalcitrant, gardait les lèvres serrées. Face à la digne comédie en train de se jouer, son agacement allait croissant et son humeur était perméable à toutes les émotions.

« Avez-vous des commentaires sur ce tercet ? »

Lowell continua de fixer le Dante Alighieri en marbre blanc pendu au-dessus du miroir sorcière, qui contemplait sans pitié l'assistance de ses pupilles évidées. Enfin, il marmonna :

« Dante n'a-t-il pas écrit jadis que la poésie ne saurait être traduite ? Cela ne nous empêche pas de nous réunir ici toutes les semaines pour assassiner son œuvre joyeusement.

— La paix, Lowell ! s'écria Fields et il lança aussitôt un regard contrit à Longfellow. Chacun de nous fait ce qu'il a à faire », ajouta-t-il d'une voix étouffée mais suffisamment forte pour réprimander l'intéressé sans réveiller l'historien.

Se penchant en avant, Lowell répondit avec ardeur :

« Il faut faire quelque chose... Nous devons décider... »

Holmes le fusilla du regard puis, de ses yeux écarquillés, désigna Greene ou, plus exactement, son oreille hérissée de poils : le « vieux » pouvait se réveiller à tout moment. Ramenant son doigt vers sa gorge, il fit le geste de se trancher la carotide, enjoignant ainsi à tous de garder le silence sur le sujet.

« Qu'eussiez-vous souhaité que nous fissions ? » dit-il seulement.

Sa rhétorique délibérément ridicule n'avait eu d'autre but que de museler les commentaires. Mais la phrase restait suspendue au-dessus de leurs têtes, monumentale, à la façon d'une voûte de cathédrale. Il ne put que bredouiller « Il n'y a rien à faire, malheureusement », en tirant sur sa cravate comme pour ravaler ses paroles.

En vain. Car, avec sa question, il avait lâché la bride à une chose qui n'attendait que l'occasion de prendre forme : un défi évité jusque-là, tant qu'il n'avait pas été formulé à haute voix et devant ces quatre hommes dont les cœurs battaient à l'unisson.

Si George Washington Greene avait toujours le souffle régulier et paisible, Lowell, lui, était devenu grenat, tant son urgence à répondre était grande. Son esprit résonnait de tous les sons qui avaient scandé la réunion de ce soir : le ton empressé de Longfellow pour les remercier d'être venus, la voix éraillée de Greene citant Tennyson, la respiration sifflante de Holmes, le majestueux discours d'Ulysse à ses marins avant de sombrer, puis redit à Dante dans l'Enfer. Et tous ces bruits, grondant simultanément dans sa tête, forgeaient une symphonie totalement nouvelle.

Le voyant étreindre son front de ses doigts puissants, le Dr Holmes ne comprit pas tout de suite ce que disait Lowell. Sa première réaction fut la surprise. Peut-être s'était-il attendu à des cris destinés à fouetter l'énergie générale ; peut-être même les avait-il espérés, comme on espère ce que l'on connaît. Mais dans les périodes de crise, Lowell avait l'exquise sensibilité d'un grand poète : il commença par un chuchotement proche du soliloque et, peu à peu, ses traits empourprés se détendirent.

« *Mes matelots, dit-il, vous les âmes qui avez peiné dur, œuvré et pensé de concert avec moi...*[1] »

C'était un vers de Tennyson : Ulysse invitant ses hommes d'équipage à défier leur condition de mortels.

Penché en avant, souriant, Lowell poursuivit avec une conviction qui venait autant de sa voix d'airain que des vers eux-mêmes :

... vous et moi sommes vieux ;
La vieillesse a encore son honneur et son labeur.
La mort est la fin de tout ; mais quelque chose auparavant la fin,
Quelque œuvre de renom peut encore être accomplie
Qui ne soit pas indigne d'hommes qui luttèrent avec les dieux

En entendant ces vers, Holmes fut stupéfié. Non par leur puissance – il les avait engrangés dans sa mémoire depuis des lustres –, mais par le sens nouveau qu'ils prenaient tout à coup. Il en fut ébranlé : Lowell ne récitait pas un poème, il adressait une supplique à ses amis. Longfellow et Fields le regardaient avec un ravissement et une crainte intenses, comprenant eux aussi que, par ce sourire et cette harangue, Lowell les mettait au défi de découvrir la vérité cachée derrière les meurtres.

Des rideaux de pluie froide s'abattirent sur Craigie House, martelant les fenêtres, un seul carreau d'abord, puis élargissant l'assaut en un mouvement tournant dans le sens des aiguilles d'une montre. Il y eut l'éclat de lumière aveuglant d'un orage venu du fond des temps, et le cliquetis sur les vitres s'amplifia. En l'espace d'un instant, sans que Holmes s'en rendît seulement compte, la voix de Lowell fut submergée. Il ne récitait plus.

Alors Longfellow prit la suite, sans heurt et dans le même chuchotement implorant :

... l'océan
Gémit à l'entour de ses mille voix, Allons, amis,
Il n'est pas trop tard pour chercher un monde plus nouveau.

Longfellow se tourna vivement vers Fields, le priant du regard de poursuivre. L'éditeur rentra la tête dans les épaules. Sa barbe alla se nicher entre les pans ouverts de son frac, tout contre la chaîne qui barrait son gilet. Holmes sentit la panique le saisir : Lowell et Longfellow se lançaient dans une cause impossible, Fields restait son seul espoir. L'éditeur était un ange gardien pour ses poètes, il ne les laisserait pas plonger tête la première au cœur

---

1. Poème d'Alfred Tennyson, « Ulysse », in *In memoriam - Le ruisseau - Ulysse - Les mangeurs de lotus*, traduction de Madeleine L. Cazammian, Paris, Fernand Aubier, éditions Montaigne, 1937.

du danger. N'avait-il pas toujours évité les occasions de séisme dans sa vie personnelle ? Ainsi, il n'avait jamais voulu avoir d'enfants pour s'épargner le risque de perdre son épouse en couches ou son bébé en bas âge. Libéré des contraintes domestiques, il pouvait consacrer toute son énergie protectrice à ses auteurs. Une fois, il avait passé un après-midi entier avec Longfellow à discuter pied à pied d'un poème sur le naufrage de l'*Hesperus*. Grâce à quoi le poète avait raté sa sortie en mer à bord du somptueux voilier de Cornelius Vanderbilt, qui avait pris feu et sombré ce jour-là. Holmes pria en son for intérieur pour qu'en ce jour aussi l'éditeur revînt à la charge, comme il savait le faire, jusqu'à ce que tout danger fût écarté.

Mais Fields savait qu'il avait affaire à des hommes de lettres et non à des hommes d'action. (Il leur faudrait des années pour le devenir.) Leur folie, c'était l'œuvre qu'ils lisaient, ces vers qu'ils composaient pour nourrir un public qui se languissait de les entendre, une humanité faite aussi bien de gens qui allaient en manches de chemise que de guerriers en uniforme capables d'affronter des batailles qu'eux-mêmes n'eussent jamais pu livrer. Bref, leur folie, c'étaient ces choses qui font la poésie.

Ses lèvres s'entrouvrirent. Aucun son n'en sortit, comme lorsqu'on veut crier dans un mauvais rêve mais qu'on ne le peut pas. Il eut soudain le mal de mer. Holmes laissa échapper un soupir de compassion, lui télégraphiant par là qu'il approuvait sa retenue. Mais Fields, le sourcil froncé, regarda Longfellow puis Lowell. Bondissant sur ses pieds, il reprit la récitation d'une voix théâtrale. Acceptant d'ores et déjà toutes les conséquences.

> ... *et quoique*
> *Nous ne soyons plus cette force qui jadis*
> *Remuait la terre et les cieux, nous sommes ce que nous sommes...*

Assez forts pour élucider un meurtre ? s'interrogea le Dr Holmes. L'effet du clair de lune, voilà ce que c'était ! Deux meurtres avaient été commis, des actes horribles certes, mais qui ne prouvaient pas que d'autres s'ensuivraient ! Il appela à la rescousse toute sa rigueur de scientifique : leur volonté de découvrir l'auteur de ces crimes pourrait être considérée comme malvenue ou pis : dangereuse. Et il en venait à regretter d'avoir prévenu ses amis mais, en même temps, il ne cessait de se demander ce que ferait le capitaine Holmes dans les mêmes circonstances. Son fils aîné possédait le don et le talent d'une détermination étroite, alors que lui-même appréhendait la vie à partir d'un si grand nombre de points de vue qu'il pouvait à la fois pénétrer au cœur d'une situation, se glisser en dessous ou bien tourner autour.

Seuls les gens étroits d'esprit étaient capables de vrai courage, se dit-il. Il ferma les yeux et verrouilla solidement ses paupières.

Que ferait son fils ? Holmes se revit au moment où il lui avait fait ses adieux, quand sa compagnie avait quitté le camp d'entraînement dans ses bleus et ses ors étincelants. *Bonne chance... Dommage que je sois trop vieux pour combattre...* et autres phrases du même registre. Mais ce n'était pas vrai. En fait, il avait béni le ciel de ne plus avoir l'âge de partir à la guerre.

Lowell se pencha vers Holmes et répéta les derniers mots dits par Fields avec une douceur patiente et une indulgence rares et poignantes chez lui.

... nous sommes ce que nous sommes...

Autrement dit : devenus ce que nous avons choisi d'être. Cette pensée apaisa quelque peu le docteur. Ses trois amis avaient accepté et attendaient qu'il poursuivît la déclamation. Cependant, il était libre de partir, les mains dans les poches, si tel était son souhait. Il prit une profonde inspiration d'asthmatique et la fit suivre d'une expiration soulagée tout aussi bruyante. Mais au lieu d'expulser entièrement l'air de ses poumons, il fit son choix. Quand il parla, il ne reconnut pas sa voix. C'était une voix suffisamment posée pour appartenir à la noble flamme qui s'adressait à Dante. Il identifia à peine la raison qui le poussait à donner vie à son tour aux paroles de Tennyson.

> *« Des cœurs héroïques et d'une même trempe*
> *Affaiblis par le temps et le sort, mais forts par la volonté*
> *De lutter, de chercher, de trouver... »*

Il marqua une pause : « *... et de ne pas plier*[1] ».

« De lutter », répéta tout bas Longfellow d'un air pensif, méthodique, en étudiant ses compagnons à tour de rôle. Son regard s'arrêta sur Holmes : « de chercher, de trouver... »

La pendule sonna l'heure. Greene remua dans son fauteuil. Il était inutile de prolonger le débat : le cercle des Amis de Dante venait d'accomplir sa renaissance.

« Oh, mille excuses, mon cher Longfellow, marmonna l'historien en s'ébrouant au son du carillon nonchalant. Ai-je raté beaucoup de choses ? »

---

1. Alfred Tennyson, *In memoriam...*, *op. cit.* p 132.

Chant II

8.

La semaine où le corps du révérend Talbot fut découvert, bien des choses allèrent comme à l'accoutumée dans les bas-fonds de Boston. Dans le triangle de rues où s'entassaient les taudis, ceux qui le pouvaient fuyaient les bordels et pensions bon marché pour emménager ailleurs, les tuyaux des fabriques déversaient toujours leurs volutes de vapeur blanchâtre et les trottoirs étaient jonchés des peaux d'orange habituelles. Le quartier retentissait de chansons gaies et de danses jusqu'à des heures indues. Les omnibus municipaux trimbalaient de-ci, de-là des hordes de Noirs – le plus souvent des lavandières et des servantes en fichus colorés aux bras couverts de bijoux tintinnabulants, ou des gars en uniforme de soldat ou de marin, dont la vue continuait de surprendre. Comme surprenait celle de certain mulâtre qui arpentait les rues avec une belle assurance, ignoré par les uns, raillé par les autres et surveillé par les plus ratatinés – ceux qui, dans leur sagesse, savaient qu'il était policier, et donc différent d'eux, non plus seulement de par son sang mêlé mais de par son métier. À Boston, les Noirs vivaient en sécurité. Ils avaient accès à l'instruction et pouvaient utiliser les transports en commun au même titre que les Blancs. Moyennant quoi, ils se tenaient tranquilles. Mais que Rey commît une bévue dans l'exercice de ses fonctions ou qu'il tombât sur un mauvais bougre, la haine ne tarderait pas à se rallumer. Pour ces raisons, les Noirs l'avaient banni de leur monde. Et parce que ces raisons étaient justes, ce n'était jamais à lui qu'ils offraient des explications ou exprimaient leurs excuses.

Un groupe de jeunes femmes portant des paniers sur la tête cessèrent de jacasser pour lui lancer des regards en coulisse. Son beau teint couleur de bronze semblait absorber toute la lumière des réverbères et l'emporter avec lui tandis qu'il s'éloignait. Au coin de la rue, sur le trottoir d'en face, il reconnut un homme de forte stature, un juif espagnol, voleur de son état, que l'on conduisait parfois à l'hôtel de police pour interrogatoire. Nicholas Rey monta l'escalier étroit de l'immeuble de rapport où il avait une chambre au premier étage. La porte de son logis était celle du milieu. Bien que la lampe du palier fût brisée, il vit que quelqu'un lui bloquait la voie.

La semaine avait été riche en événements. Le soir de la découverte du corps de Talbot, Kurtz l'avait appelé du haut des marches au moment de descendre dans la crypte à la suite du sacristain et, à sa grande surprise, lui avait fait signe de se joindre à la petite troupe de sergents de ville.

Dans la salle funéraire, pendant que Gregg décrivait ce qu'il avait vu, Rey était resté un long moment à contempler le cadavre enfoncé à l'envers avant de reconnaître dans les extrémités difformes qui émergeaient du trou des pieds calcinés, boursouflés, disloqués auxquels les orteils ne tenaient que par un lambeau de chair. Dans ces moignons sans peau, il était bien difficile de faire la distinction entre la partie du pied à laquelle les doigts tenaient encore et celle qui, d'un point de vue strictement anatomique, s'appelait talon. Ces pieds brûlés, détail qui se révélerait plus tard hautement significatif pour les dantéens rassemblés à quelques maisons de là, n'avaient été pour les gardiens de la paix que l'expression d'une folie pure et simple.

« Seuls les pieds ont été incendiés ? » avait demandé Rey.

Les yeux à demi fermés, il avait touché délicatement, juste du bout du doigt, la chair carbonisée et près de s'effriter. Mais le feu couvait encore et il avait reculé vivement, croyant presque s'être brûlé. Et il s'était demandé quelle quantité de chaleur le corps humain pouvait emmagasiner avant de perdre définitivement son apparence.

Après que deux sergents eurent emporté le corps, Gregg, le sacristain, s'était rappelé quelque chose dans sa stupeur et ses larmes. Et comme les autres policiers étaient déjà tous remontés, c'est vers Rey qu'il s'était tourné.

« Les papiers ! Il y a des bouts de papier le long des tombes. Des papiers qui n'ont rien à faire là. Lui non plus, il n'avait rien à faire ici ! Je n'aurais jamais dû lui ouvrir la porte ! »

Et de pleurer sans pouvoir se retenir.

Abaissant sa lanterne, Rey avait aperçu la traînée de petites lettres par terre, tel un repentir exprimé en points de suspension.

Dans leurs articles, les journaux associaient si souvent ces deux meurtres – celui du juge et celui du pasteur – qu'ils en deviendraient inséparables. À force d'entendre dire « les meurtres Healey-Talbot » dans les conversations aux coins des rues, Rey en viendrait à se demander si le Dr Oliver Wendell Holmes n'avait pas déjà exprimé cette tendance générale, le soir où Talbot avait été découvert, lorsque chez Longfellow il lui avait proposé ses services avec une nervosité de jeune étudiant. Il avait dit : « Ce qui peut paraître un obscur commentaire en latin contribuera peut-être un peu à l'arrestation du tueur qui sévit dans notre ville. » *Le* tueur. Cet emploi du singulier avait frappé le policier. Visiblement, le Dr Holmes supposait ces meurtres commis par une seule et même personne. Pourtant, rien ne permettait de les rattacher l'un à l'autre, sinon leur bestialité. Il y avait bien le fait que les deux victimes avaient été dévêtues et leurs habits soigneusement pliés mais, à ce moment-là, le journal n'avait pas encore fait état de cette information en ce qui concernait Healey. Ce petit docteur vaniteux aurait-il fait un lapsus, tout simplement ? Peut-être...

Les journaux avaient agrémenté le récit de ces meurtres fracassants d'une copieuse dose d'histoires abominables : étranglements, vols à main armée, explosion de coffre-fort. Une prostituée avait été retrouvée à demi étouffée à quelques pas d'un commissariat de police. Dans un pensionnat de Fort Hill, un enfant avait été battu au point de n'être plus qu'une pulpe vivante. Et puis il y avait eu cet étrange incident du vagabond qui s'était jeté par la fenêtre de l'hôtel de police sous les yeux de Kurtz sans que personne n'intervînt. Et les journaux de clamer : « Les forces de l'ordre n'auraient-elles aucune part de responsabilité dans la sécurité de leurs concitoyens ? »

Dans l'obscurité de la cage d'escalier de son immeuble, Rey s'arrêta à mi-étage pour s'assurer qu'il n'était pas suivi. La main sur sa matraque cachée sous son manteau, il reprit son ascension.

« Juste un pauvre mendiant, mon bon monsieur », énonça une voix en haut de l'escalier.

Sitôt passé le coin, Nicholas Rey reconnu l'homme à ses bottes à talons d'acier d'où sortaient des jambes de pantalon tachées de graisse : Langdon Peaslee, spécialiste des coffres-forts.

Pour l'heure, l'individu était occupé à polir négligemment sa broche en diamant avec sa large manchette de chemise.

« Hé, Lis des neiges, touchez là ! » Son sourire découvrit une rangée de dents aussi pointues que des stalagmites. « C'est qu'j'ai point vu vot'jolie bobine depuis le rassemblement de l'aut'jour, fit-il en saisissant d'office la main de Rey. Dites donc, ça serait-y pas vot'chambre, là derrière ? »

D'un air innocent, il désigna la porte dans son dos.

« Monsieur Peaslee ! L'homme qui a dévalisé la banque Lexington, il y a deux nuits de ça », répondit Nicholas Rey.

Il n'était pas non plus en reste d'informations et tenait à ce que l'autre le sût, même s'il n'avait laissé aucun indice susceptible de survivre à la plaidoirie de ses avocats au tribunal. En effet, Langdon Peaslee avait pris soin de n'emporter que des objets de valeur sélectionnés sur la base d'un unique critère : l'impossibilité de les retrouver.

« Voyons, répliqua Peaslee, qui donc est assez fort de nos jours pour piller une banque à lui seul ?

— Vous, sans aucun doute. Vous êtes venu vous livrer ? » demanda Rey sans se départir de son flegme.

Peaslee eut un sourire méprisant.

« Vous n'y pensez pas, mon cher garçon. Mais quand même, les restrictions qu'y vous imposent... Quoi déjà ? Interdiction de porter l'uniforme et d'arrêter les Blancs... Moi, j'trouve ça injuste. Ouais, injuste. Enfin, y a des compensations. Z'êtes devenu très copain avec le commandant Kurtz. Ça aide, pour traîner les gens devant la justice. Comme les meurtriers du juge Healey et du révérend Talbot, paix à leurs âmes ! Paraît que les diacres de la paroisse à Talbot, y z'organisent déjà une collecte en vue d'une récompense. »

Rey marcha vers sa chambre avec une feinte indifférence.

« Je suis fatigué. À moins que vous n'ayez un suspect précis à livrer à la justice, vous m'excuserez. »

D'un geste vif, Peaslee l'attrapa par son écharpe et l'immobilisa.

« Les policiers, y z'ont pas le droit de toucher les primes. Un simple citoyen comme moi, oui. Alors, si y a un bout du gâteau qui trouve son chemin jusque dans la poche d'un flic méritant... »

Comme le mulâtre ne réagissait pas, Peaslee mit fin à la séance de charme. Tirant fort sur l'écharpe de Rey, il en fit presque un nœud coulant.

« C'est comme ça que, chez vous, ce crétin de mendiant, l'a rencontré, la Faux, hein ? Écoutez-moi bien, mon p'tit négro dégoûté. Y a un crétin en ville qui peut être facilement rendu coupable du massacre de Talbot. C'est pas coton d'l'épingler. Vous m'y aidez, et la moitié de l'oseille est à vous, dit-il carrément. Y en a assez pour étouffer un porc. Après, vous pouvez aller où vous voulez, l'écluse est ouverte. Ça va changer, à Boston. Depuis la guerre, l'endroit est pavé de pognon. Plus personne est en sécurité, plus personne est protégé. Par les temps qui courent, fait pas bon s'promener seul dans les rues.

— Vous m'excuserez, monsieur Peaslee », réitéra l'agent avec une sérénité stoïque.

Peaslee laissa passer un moment et partit d'un éclat de rire vaincu. Il chassa une poussière imaginaire du manteau en tweed de Rey.

« Très bien, Lis des neiges. J'aurais dû le savoir que vous portiez la tunique de Joseph[1]. C'est juste que j'ai du chagrin pour vous, mon ami, bien du chagrin. Les noirauds, y vous détestent d'être

---

1. Joseph, fils de Jacob, fut enlevé par ses frères jaloux qui le vendirent comme esclave et firent parvenir à leur père sa tunique imbibée du sang d'un bouc qu'ils avaient égorgé (Genèse, 37). (*N.d.l.T.*)

blanc, et tous les autres, y vous détestent d'être noir. Moi, je juge un homme d'après s'il en a là-dedans. » Il porta les doigts à sa tempe. « Une fois, je me suis retrouvé dans une petite ville en Louisiane, Lis des neiges, où ce qu'on pouvait voir du sang blanc chez la moitié des marmots de couleur. Les rues étaient bourrées de demi-sangs. Ça vous a pas déjà tenté de vivre dans un endroit pareil ? »

Rey l'ignora. Comme il fouillait dans sa poche à la recherche de sa clef, Peaslee se proposa de lui faire les honneurs. De son doigt effilé comme une patte d'araignée, il crocheta la serrure.

Pour la première fois depuis le début de la conversation, Rey ne put cacher son inquiétude.

« Les serrures, c'est ma partie, pas vrai ? » D'un petit air fanfaron, Peaslee redressa son chapeau et fit le geste de se rendre, les poignets tendus en avant. « Ah, zut ! Pouvez pas m'alpaguer pour violation de domicile ! Non, vous pouvez pas, pas vrai, l'agent ? »

Et sur un grand sourire, il s'éclipsa.

Rien ne manquait dans l'appartement. Cette mise en scène n'avait été qu'une démonstration de pouvoir de la part du célèbre cambrioleur, au cas où des idées peu sages visiteraient le policier.

Oliver Wendell Holmes éprouvait une impression bizarre à se trouver dehors avec Longfellow, à marcher à côté de lui dans ces rues à l'odeur merveilleuse et puante, au milieu de visages et de bruits vulgaires. À croire que ce génie appartenait au même monde que l'homme conduisant l'attelage avec la machine à laver les rues. Non qu'il n'eût jamais quitté Craigie House au cours des dernières années, mais il sortait rarement et pour des activités de courte durée : porter ses feuillets corrigés à l'imprimerie Riverside Press, ou encore dîner avec Fields chez Revere ou à Parker House, à une heure peu fréquentée. Briser le cocon de paix dans lequel Longfellow vivait comme en suspension, l'obliger à sortir dans cette Babylone de briques où les âmes étaient en pleine confusion, cela aurait dû revenir à Lowell, et Holmes éprouvait à le faire une gêne coupable qu'il n'aurait jamais imaginé ressentir un jour. Il se demandait si Longfellow lui en tenait rigueur. Si Longfellow était d'ailleurs capable de rancune. Peut-être était-il immunisé contre ce genre d'émotion, comme il l'était contre tant d'autres, humaines et déplaisantes ?

Ces réflexions lui rappelèrent Edgar Allan Poe et son article, « Longfellow et autres plagiaires », dans lequel il accusait le poète de Boston et sa clique de copier les écrivains, vivants ou morts, à commencer par lui-même. Et ce, à une époque de sa vie où l'écrivain new-yorkais devait à la générosité de Longfellow de ne pas mourir de faim. Furieux de cette diatribe, Fields avait banni à jamais les écrits de Poe du catalogue Ticknor et Fields. Lowell avait mitraillé les journaux de lettres apportant la preuve indiscutable des outrageuses erreurs commises par cet écrivaillon. Quant à Holmes, l'idée qu'on pût le soupçonner d'avoir pillé un poète meilleur que lui l'avait à ce point bouleversé que dans ses rêves le fantôme d'un grand maître disparu venait souvent le visiter pour exiger restitution immédiate de ses vers. Longfellow, pour sa part, n'avait fait aucune déclaration publique. En privé, il avait attribué l'acte de Poe à l'irritation d'une nature sensible, rongée par quelque sens du mal. Plus tard, à la mort de l'écrivain, son affliction sincère n'avait pas laissé de surprendre le Dr Holmes.

Pour leur voyage dans cette partie de Cambridge plus ville que village, les deux hommes s'étaient munis de bouquets. Ils firent le tour de l'église d'Elisha Talbot. Bien que l'obscurité du soir offrît un anonymat bienvenu, les gens qu'ils croisaient leur tendaient mouchoir ou chapeau pour qu'ils y laissent leurs autographes – souvent au Dr Holmes, toujours à Longfellow. Celui-ci avait décidé qu'il valait mieux pour eux se présenter comme des gens affligés visitant le cimetière, plutôt qu'en affichant une apparence trop soignée qui les eût fait passer pour des pilleurs de tombes en quête d'un corps à dérober. Se faufilant entre les arbres, les yeux rivés à terre, ils examinaient le sol, cherchant parmi les stèles où avait pu se produire la terrible extermination du pasteur.

Holmes était reconnaissant à Longfellow d'avoir pris les choses en main depuis qu'ils étaient convenus de... Mais de quoi étaient-ils convenus quand les paroles ardentes d'Ulysse avaient fait chanter leurs langues ? De mener l'enquête, avait dit Lowell en bombant le torse, à son habitude. Holmes, pour sa part, préférait la formule « faire des recherches », et c'était l'expression qu'il utilisait systématiquement quand il parlait avec Lowell.

Bien sûr, il existait en dehors de leur cercle quelques dantéens à ne pas oublier, tels Charles Eliot Norton, voisin et ancien élève de Longfellow, ou William Dean Howells, le jeune assistant de Fields qui représentait la maison d'édition à Venise. Mais ceux-là se trouvaient en Europe, temporairement ou définitivement. Et puis il y avait le professeur Ticknor, âgé de soixante et onze ans, qui vivait en reclus, terré dans sa bibliothèque depuis près de trente ans ; et aussi Pietro Bachi, engagé par Longfellow pour être répétiteur d'italien à Harvard et renvoyé par la Corporation à l'époque de Lowell. De même, il fallait prendre en compte tous les étudiants ayant suivi les cours sur Dante de Longfellow et Lowell, mais aussi du professeur Ticknor. Une liste serait établie et des rencontres organisées. Holmes priait pour qu'on découvrît une explication au plus vite, sinon ses amis et lui allaient se ridiculiser devant des gens qui les appréciaient et dont ils tenaient l'opinion en estime.

Ce n'était pas en cette heure du jour qu'ils découvriraient si le crime avait été perpétré dans le cimetière de la Seconde Église unitarienne de Cambridge, comme ils l'avaient supposé. Si le trou avait bien été creusé là, les diacres de la paroisse s'étaient certainement empressés de le recouvrir d'herbe fraîche, un prédicateur les jambes en l'air exposé à la vue de tous n'étant pas la meilleure des réclames pour leur congrégation.

« Inspectons l'intérieur du temple », suggéra Longfellow, que leur absence totale de résultats ne semblait pas troubler.

Holmes lui emboîta le pas. Tout au fond de la sacristie, là où se trouvaient le bureau et le vestiaire des officiants, ils découvrirent une immense porte en ardoise qui ne donnait visiblement pas sur une autre pièce puisque le bâtiment ne possédait pas d'annexe. Retirant ses gants, Longfellow passa la main sur la pierre. Derrière, régnait un froid mordant.

« La crypte, Longfellow ! » chuchota Holmes. Il sentit un air glacé s'infiltrer en lui en même temps qu'il parlait. « La crypte en dessous. »

Pendant longtemps, les morts des paroisses alentour avaient été inhumés dans les cryptes des édifices religieux. On trouvait là les somptueux caveaux des familles aisées, mais aussi des fosses communes où, pour un prix modique, tout membre de la congrégation pouvait être enterré. Des années durant, l'emploi de ces cryptes à des fins d'ensevelissement avait été considéré comme une judicieuse façon d'utiliser l'espace dans les villes surpeuplées où les cimetières ne cessaient de s'étendre. Mais quand, par centaines, les Bostoniens avaient succombé à la fièvre jaune, le Conseil de la santé publique avait déclaré que la présence de corps en décomposition contribuait à propager l'épidémie, et, depuis trois ans, il était formellement interdit d'enterrer qui que ce fût dans les cryptes. Les familles qui en avaient les moyens avaient donc fait transférer les restes de leurs proches à Mount Auburn ou en d'autres lieux bucoliques nouvellement aménagés à cet effet. Mais les sections dites « publiques » regorgeaient toujours de tombes décrépites et de cercueils anonymes alignés les uns à côté des autres – fosse commune des pauvres gens.

« Dante rencontre les Simoniaques à l'intérieur de la *pietra livida*, déclara Longfellow.

— Je peux vous renseigner, messieurs ? » l'interrompit une voix tremblante.

Un sacristain, sanglé dans une longue soutane noire, venait d'apparaître. C'était un homme élancé, avec des cheveux blancs ou, plutôt, des touffes de poils blancs hérissés en tous sens qui évoquaient une brosse en chiendent. Ses yeux écarquillés donnaient l'impression qu'il venait de tomber nez à nez avec un fantôme.

« Bonjour, monsieur », répondit Holmes.

Retournant son chapeau entre ses mains, il s'avança vers lui. Longfellow observait la scène d'un air parfaitement détaché et Holmes regretta que Lowell ne fût pas là, ou Fields, qui étaient tous deux doués d'autorité naturelle.

« Monsieur, mon ami et moi-même voulons vous prier de nous autoriser à entrer dans la crypte funéraire là-dessous, si ce n'est pas trop vous demander que de nous y donner accès. »

Comme le sacristain ne manifestait pas l'intention de considérer la requête, Holmes jeta un coup d'œil derrière lui. Longfellow, les mains croisées sur le pommeau de sa canne, conservait toute sa placidité.

« Voyez-vous, mon bon monsieur, comme je vous le disais, il est tout à fait important que nous... Eh bien, je suis le Dr Oliver Wendell Holmes. Vous avez lu probablement certains de mes poèmes.

— Monsieur ! » La voix aiguë du sacristain retentit comme un cri de douleur. « Sauf vot'respect, n'êtes-vous pas au courant ? Notre pasteur a été retrouvé récemment... » Il recula, bégayant d'horreur. « C'est moi qui gardais les lieux, pas âme qui vive n'est entrée ou sortie ! Sur l'Éternel, si quelqu'un l'a fait pendant ma garde, je tiens qu'il ne s'agissait pas d'un homme, mais d'un esprit démoniaque qui n'a que faire d'un corps physique pour se déplacer ! » Il s'interrompit brusquement. « Les pieds ! dit-il encore, le regard vitreux, et il parut incapable de poursuivre.

— Ses pieds, monsieur ? répéta Holmes pour l'entendre formuler la chose, bien qu'il sût précisément ce qui était advenu aux pieds de Talbot, qu'il le sût même de première main. Que leur est-il donc arrivé ? »

Se réunissant en l'absence de M. Greene, les Amis de Dante avaient rassemblé tous les articles parus sur le massacre du pasteur. Si les détails se rapportant à la mort du juge Healey avaient été tenus secrets pendant plusieurs semaines, en revanche les circonstances entourant le meurtre d'Elisha Talbot avaient fait l'objet d'abondantes descriptions. Les journalistes avaient fait preuve d'une imagination débordante et, surtout, d'un manque de précision qui eût scandalisé Dante, pour qui le décret du châtiment mais aussi le détail de sa mise en œuvre relevaient de l'amour divin.

Le sacristain, lui, n'avait pas besoin de connaître le poème du Florentin pour se faire le héraut de la vérité : il était un témoin oculaire. En ce sens, il avait la puissance et la simplicité d'un prophète antique.

« Sauf vot'respect, ses pieds avaient été embrasés, reprit-il après une longue pause. Dans le noir de la crypte, on aurait dit le Chariot de feu[1]. Je vous en prie, messieurs. »

Accablé, il laissa tomber sa tête et, du geste, leur signifia de partir.

« Mon bon monsieur, intervint alors Longfellow d'une voix douce. C'est justement la disparition du révérend Talbot qui nous amène ici. »

Aussitôt, le regard du sacristain s'amadoua. Avait-il reconnu le poète bien-aimé dans cet homme à la barbe argentée qui s'adressait à lui, ou s'était-il apaisé telle une bête sauvage au son de la voix de Longfellow, voix d'orgue à la quiétude contagieuse, Holmes n'aurait su le dire. Mais il comprit que, si le cercle des Amis de Dante était appelé à élucider un jour cette affaire, ce serait parce que Longfellow avec son aisance céleste avait le même pouvoir sur les gens que sa plume sur la langue anglaise.

« Cher monsieur, continuait le poète, nous ne possédons que nos dires pour témoigner de notre identité. Cependant, nous vous demandons votre aide et je prie pour que vous ayez foi sans autre preuve de notre part. Je crains en effet que nous ne soyons les seuls à pouvoir tirer un sens de tous ces événements. Plus même que nous ne devons en révéler. »

La crypte étroite mijotait dans la brume, tel un gouffre vaste et vide. Tout en descendant l'escalier à petits pas prudents, le Dr Holmes chassa de la main l'air fétide qui lui piquait les yeux et les oreilles comme du poivre. Longfellow respirait plus ou moins librement. Il avait l'avantage de posséder un odorat sélectif qui filtrait les miasmes pour ne laisser venir à lui que le parfum des fleurs.

La fosse commune, expliqua le sacristain, s'étirait à droite comme à gauche sur une longueur équivalant, en surface, à plusieurs pâtés de maisons.

Longfellow approcha sa lanterne des colonnes d'ardoise, puis l'abaissa pour examiner les cercueils en pierre.

Le sacristain commença une phrase à propos du révérend Talbot puis hésita.

« Pensez pas mal de lui si je vous dis ça, patrons, mais notre cher révérend empruntait ce passage par la crypte... Eh bien, pas pour des affaires concernant la paroisse, pour parler en toute candeur.

— Pourquoi donc, alors ? demanda Holmes.

---

1. Le Chariot de feu : vision du Char de Dieu, décrite dans le livre d'Ézéchiel, 1, ou bien Chariot de feu dans lequel le prophète Élie est monté au ciel (Livre des Rois, II, 11-12). (*N.d.l.T.*)

— Comme raccourci pour rentrer chez lui. Moi, j'aimais pas trop ça, à vrai dire. »

Sous la botte de Holmes, un morceau de papier portant les lettres *a* et *h*, oublié par Rey, s'enfonça dans le sol lourd. Longfellow demanda si quelqu'un avait pu entrer dans la crypte à partir de la rue, à l'endroit où le pasteur aurait dû ressortir.

« Non, répondit Gregg sur un ton catégorique. La porte ne s'ouvre que de l'intérieur. La police a vérifié quand même, sans trouver trace qu'on l'ait forcée. Et elle a pas non plus trouvé trace que le révérend l'ait seulement atteinte, la dernière fois qu'il est descendu ici. »

Retenant Longfellow loin des oreilles du sacristain, Holmes demanda à voix basse :

« Ne trouvez-vous pas significatif que Talbot utilise ce passage comme raccourci ? Nous ignorons toujours de quelles simonies il s'est rendu coupable. Nous devrions interroger ce sacristain plus avant. Il pourrait nous donner une indication. »

De fait, leur enquête n'avait rien décelé qui permît de penser que le pasteur fût autre chose qu'un berger dévoué à son troupeau.

À quoi Longfellow répondit :

« Je ne crois pas m'avancer en disant qu'emprunter une crypte funéraire pour rentrer chez soi n'est pas un péché, même si ce n'est pas conseillé. Nous savons que la simonie est nécessairement liée à l'argent, qu'on l'amasse pour soi-même ou pour autrui. Or le sacristain est enamouré de son pasteur, comme toute la congrégation. Lui poser trop de questions n'aboutira qu'à tarir ses informations. Rappelez-vous, tout le monde à Boston estime que la mort de Talbot est le péché d'un homme, en aucun cas la conséquence du sien.

— Alors, comment notre Lucifer a-t-il fait pour pénétrer ici ? Si la sortie ne s'ouvre que de l'intérieur... et si le sacristain affirme qu'il était dans l'église et n'a vu personne traverser la sacristie...

— Peut-être que la canaille attendait Talbot dehors et qu'il l'a repoussé dans les escaliers, émit Longfellow.

— Et ensuite il aurait creusé à toute allure dans la crypte un trou assez profond pour y faire tenir un homme ? Il me paraît plus probable d'imaginer le bandit embusqué près de son trou déjà creusé. Quand Talbot est arrivé, il l'a maîtrisé, poussé dans le trou et a versé du kérosène sur ses pieds... »

Plus loin devant, le sacristain venait de s'arrêter, le bas du corps tendu à l'extrême, le haut parcouru de violents frissons. Il voulut parler, mais seul un pleur sec et déchirant s'échappa de ses lèvres. Du menton, il parvint à désigner une plaque épaisse posée dans la boue qui recouvrait le sol, et il s'enfuit à toutes jambes retrouver la sainteté de son église.

Le lieu du crime était à portée de leurs mains. Longfellow et Holmes pouvaient le sentir et le toucher. Unissant leurs forces, ils réussirent à retirer la plaque. Apparut un trou rond assez grand pour contenir un corps de taille moyenne. L'odeur de chair brûlée jusque-là confinée sous la dalle, mélange pestilentiel de viande pourrie et d'oignons frits, prit l'air d'assaut. Holmes releva son écharpe contre son visage. À genoux, Longfellow examinait dans le creux de sa main un peu de la terre retirée du trou.

« Vous avez raison, Holmes. Cette fosse est profonde et creusée avec adresse. Elle a sûrement été préparée à l'avance. Le tueur devait être là quand Talbot est arrivé. Il aura réussi à pénétrer dans la crypte sans être vu de notre ami, le nerveux sacristain. Là, il aura étourdi Talbot, l'aura introduit tête la première dans le trou et ensuite aura mené jusqu'à son terme son abominable projet.

— Imaginez la torture ! Talbot a dû être conscient tant que son cœur battait. Se sentir brûler vif... » Holmes se tut brusquement. « Longfellow, je ne parle pas de... » Il se maudit intérieurement de ne pas savoir tenir sa langue. « Ce que je voulais dire... »

Mais Longfellow laissait la terre couler entre ses doigts sans que l'on pût dire s'il avait entendu. Il déposa délicatement son bouquet de fleurs claires à un certain endroit près du trou.

« *Reste donc là, car ton supplice est juste,* dit-il, récitant un vers du chant XIX comme s'il le lisait dans les airs, inscrit devant ses yeux. C'est ce que Dante crie au Simoniaque en Enfer. Nicolas III, mon cher Holmes. »

Le docteur avait envie de partir. Il s'en voulait tellement d'avoir parlé sans réfléchir que l'air épais fomentait une révolte à l'intérieur de ses poumons.

Mais Longfellow n'avait pas achevé son inspection. À présent, il dirigeait le halo de sa lampe à gaz au-dessus de la fosse abandonnée en l'état.

« Nous devons creuser plus profond, plus loin que ce que nous voyons. La police ne songera jamais à le faire.

— Moi non plus ! s'exclama Holmes en lui jetant un regard incrédule. Talbot a été mis *à l'intérieur* de ce trou, pas *en dessous*, mon cher Longfellow !

— Rappelez-vous ce que Dante dit à Nicolas pendant qu'il se débat dans le trou misérable de son châtiment. »

Holmes murmura les vers pour lui-même :

« *Reste donc là, car ton supplice est juste, et garde bien les deniers mal acquis.* » Il s'arrêta court au milieu de la phrase et reprit : « Tourmenter le malheureux pécheur en lui rappelant ses méfaits, n'est-ce pas là chez Dante la volonté d'exprimer son sarcasme, comme il le fait bien souvent ?

— En effet, c'est ainsi que je comprends moi-même ce vers, répondit Longfellow. Mais on pourrait le prendre au pied de la lettre et considérer que le *contrapasso*, dans le cas des Simoniaques, consiste non seulement à être enterré la tête en bas, mais au-dessus de l'argent accumulé par leurs combines immorales. Certainement, Dante avait en tête la réponse de Pierre à Simon le Magicien[1] : « Puisse ton argent être détruit avec toi. » Si l'on suit cette interprétation, le trou devient alors la bourse éternelle du pécheur. »

Holmes réagit à cette suggestion par un pot-pourri de sons gutturaux qui laissèrent Longfellow de marbre.

« Creusons, enchaîna-t-il avec un léger sourire. Vos doutes s'envoleront peut-être. »

Il plongea sa canne dans le trou dans le but d'atteindre le fond. Sans succès.

« J'imagine que je n'y tiendrais pas », dit-il, et de jauger du regard la petite taille de son compagnon.

Le docteur qui s'agitait, en proie à une crise d'asthme, se figea, puis regarda au fond du trou.

« Oh, Longfellow…, soupira-t-il. Pourquoi la nature ne m'a-t-elle pas demandé mon avis au moment de me donner mon apparence ? »

Las, il ne servait à rien de discuter. Argumenter comme on le fait habituellement était chose impossible avec Longfellow : sa tranquillité était invincible. Dans la même situation, Lowell en personne se fût mis à creuser au fond du trou comme un lapin.

« Dix contre un que je me casse un ongle ! »

Longfellow hocha la tête d'un air appréciateur. Holmes ferma les yeux très fort et se laissa glisser dans la fosse, les pieds devant.

« C'est trop étroit, je ne peux pas me pencher. Je ne crois pas que je puisse tenir là-dedans et creuser. »

Longfellow l'aida à remonter, puis à redescendre dans l'étroit boyau, tête la première cette fois, tenant Holmes par les chevilles, les mains glissées sous son pantalon gris, avec un savoir-faire digne d'un marionnettiste.

« Attention, Longfellow, attention !
— Vous arrivez à voir ? »

Holmes l'entendit à peine, occupé qu'il était à ratisser le sol avec ses mains. La terre humide, douloureusement chaude et froide à la fois, dure comme de la glace, se collait sous ses ongles. Mais le pire était l'odeur, les relents de chair brûlée. Le docteur faisait de son mieux pour retenir son souffle, mais cet effort, couplé à son halètement d'asthmatique, lui procurait l'impression

---

1. Magicien de Samarie qui voulut acheter à l'apôtre Pierre les pouvoirs de l'Esprit saint. D'où le nom de « simonie » donné au trafic des choses saintes, *in* la Bible, *Les Actes de l'apôtre Pierre et de Simon*, Gallimard, « Bibliothèque de la Pléiade », p. 1054-1114. (*N.d.l.T.*)

d'une telle légèreté qu'il sentait presque sa tête s'envoler comme un ballon.

Il se retrouvait dans la même posture que le révérend Talbot, la tête en bas, à ceci près qu'il ne sentait pas sur ses chevilles le feu du châtiment, mais la poigne de Longfellow.

La voix étouffée du poète descendit jusqu'à lui. Pris d'un vague tournis, le docteur n'était plus en état de comprendre la question. Il se demandait si Longfellow n'allait pas le lâcher, au cas où il s'évanouirait pour de bon, et si alors il n'allait pas dégringoler jusqu'au centre de la terre. Le danger dans lequel ses amis et lui se jetaient de plein gré pour sauver un livre lui apparut soudain dans toute son ampleur. Et, tandis qu'il grattait la terre, les pensées se succédèrent dans sa tête en un défilé qui lui sembla durer une éternité.

Enfin, ses doigts rencontrèrent un objet bien réel. La sensation lui rendit toute sa clarté d'esprit.

Un bout de tissu, aurait-on dit. Non, un sac. Un sac rigide, en tissu.

Il frissonna. Il voulut parler, mais l'odeur et la terre se liguaient contre lui. L'espace d'un instant, la panique le paralysa, puis le bon sens lui revint et il se mit à battre des pieds frénétiquement.

Comprenant le signal, Longfellow entreprit de le hisser hors de la cavité. Holmes haletait, crachant et postillonnant. Après force tortillements, il parvint à retrouver le sol de la crypte sous ses genoux.

« Vite, Longfellow, regardons ce que c'est, pour l'amour de Dieu ! » lança-t-il à son ami qui s'occupait de lui avec sollicitude.

Sa trouvaille, un pochon maculé de terre, était fermée par un cordon qu'il ouvrit d'un coup sec. Et, sous les yeux de Longfellow, le docteur étala par terre mille dollars en billets de banque.

Et garde bien les deniers mal acquis...

À Wide Oaks, somptueux domaine de la famille Healey depuis trois générations, deux visiteurs s'étaient présentés. Leur attitude étrangement distante montrait qu'ils étaient là pour affaire. Nell Ranney leur fit traverser le vaste hall d'entrée. Plus que leurs yeux vifs et mobiles, leur tenue l'intriguait. Il était rare que l'on vît accouplés deux styles aussi franchement contradictoires.

James Russell Lowell arborait un pardessus minable à double boutonnage, un chapeau en soie sauvage d'une élégance ridicule et, piquée dans le nœud marin qui fermait son foulard, une épingle dont la mode était passée depuis des années. Sa barbe courte et ses moustaches tombantes contrastaient avec l'imposante cascade de boucles rousses de son compagnon. Celui-ci portait un frac de tweed écossais à la coupe impeccable et des gants d'une couleur agressive. Quand il les retira pour les fourrer dans ses poches, apparut sur son ventre rebondi engoncé dans un gilet vert une chaîne lestée d'un gros oignon en or dont la vue évoqua à la domestique une guirlande de Noël.

Elle n'avait pas vidé les lieux que Richard Sullivan Healey saluait déjà ses deux hôtes du monde littéraire. Il dut lui ordonner de sortir.

« Excusez le comportement de notre femme de chambre, dit le fils aîné du juge suprême, c'est elle qui a découvert le corps de Père et l'a ramené dans la maison. Depuis, elle voit en tout visiteur un coupable potentiel. Nous craignons qu'elle n'en vienne à partager les suppositions démoniaques de notre mère.

— Nous espérions avoir le plaisir de rencontrer cette chère Mme Healey, Richard, répondit Lowell avec une grande politesse. M. Fields pense que nous pourrions discuter avec elle d'un ouvrage consacré à la mémoire du juge suprême que Ticknor et Fields publierait. »

S'il était courant que des parents, même éloignés, vinssent exprimer leurs condoléances en personne, un étranger à la famille comme l'éditeur se devait d'avoir une bonne raison pour imposer sa présence.

« Je crains qu'elle ne soit pas visible aujourd'hui, mon cousin, déclara Richard Healey en imprimant à ses grosses lèvres une courbe avenante. Elle est dans un de ses mauvais jours et garde la chambre.

— Oh, ne me dites pas qu'elle est souffrante ! »

Mû par une curiosité morbide, Lowell s'était penché en avant. Richard Healey se mit à papilloter des yeux, marquant par là sa perplexité.

« Elle ne l'est pas physiquement, du moins selon ses médecins. Mais elle a développé au cours des dernières semaines une manie qui va en empirant, je le crains, de sorte que c'est peut-être bien physique quand même. Elle éprouve constamment une présence sur elle, si vous me pardonnez ma vulgarité, messieurs. Un rampement sur tout le corps qu'elle ne peut combattre, dit-elle, qu'en s'égratignant profondément. Toutefois, les médecins sont nombreux à diagnostiquer cette sensation comme étant le fruit de son imagination.

— Pouvons-nous la soulager de quelque façon ? s'enquit Fields.

— En trouvant le meurtrier de mon père », rétorqua Healey avec un petit rire attristé.

Il remarqua avec gêne les regards d'acier qu'échangeaient les deux hommes.

Lowell exprima le souhait de voir l'endroit où le juge avait été découvert. Richard Healey hésita. Attribuant cette demande aux excentricités du poète, il fit sortir ses visiteurs par l'arrière de la maison. Ils traversèrent les jardins fleuris et s'engagèrent dans les prés qui descendaient en direction de la rivière. Healey nota que son cousin marchait d'un pas étonnamment sportif pour un poète.

Un vent fort soufflait des grains de sable qui s'infiltraient dans la barbe et la bouche de Lowell. Celui-ci avançait, l'image du juge décédé devant les yeux, sans se laisser freiner par le goût désagréable qu'il avait sur la langue ni par la sensation d'oppression qu'il ressentait à hauteur de la poitrine. De tout cela il n'avait cure, tant était vive l'idée qui le portait.

Méprisés par le Ciel comme ils le sont par l'Enfer, les Indifférents décrits au chant III, ne choisissent ni le bien ni le mal, c'est pourquoi Dante les confine dans une antichambre qui n'est pas l'Enfer à proprement parler. Là, devenus des ombres pour avoir refusé de prendre position dans la vie, ils voguent peureusement à la suite d'une bannière blanche, dépouillés de vêtements. Des taons et des guêpes les piquent sans relâche ; leur chair putride attire toujours plus de mouches et, tandis que le sang se mêle au sel de leurs larmes, les vers immondes qui grouillent à leurs pieds se gavent de cette humeur.

Mouches, guêpes et larves, les trois espèces d'insectes retrouvés sur le corps d'Artemus Healey.

Pour Lowell, ce détail faisait du tueur un être bien réel, et il n'avait pas manqué de le signaler à ses amis dès le premier jour de leur enquête. « Notre Lucifer savait comment transporter ces insectes », avait-il déclaré quand ils s'étaient retrouvés à Craigie House, dans le cabinet de travail, submergés par des marées de journaux, les doigts tachés d'encre et de sang à force de tourner des pages et des pages. Ayant relu les notes rassemblées par Longfellow dans un cahier spécial, Fields avait voulu savoir pourquoi Lucifer, puisque tel était le nom que Lowell avait donné à l'adversaire, avait choisi Healey pour incarner les Indifférents.

Lowell avait tiré pensivement sur l'une de ses moustaches et pris un ton doctoral pour répondre, bien que son auditoire se composât d'amis :

« Voyez-vous, Fields, de tout ce groupe de Tièdes ou Indifférents, Dante sélectionne une seule ombre. Celle, dit-il, de l'homme qui *accomplit le grand refus* : Ponce Pilate, probablement. En effet, en laissant s'accomplir la crucifixion du Sauveur sans l'autoriser ni l'interdire, il commit l'acte de neutralité le plus terrible qu'ait connu la chrétienté au cours de son histoire. De même, le juge Healey se refusa à agir quand l'occasion lui fut donnée de porter un coup sévère au Fugitive Slave Act. À la place, il permit que Thomas Sims fût renvoyé à Savannah. Là-bas, cet esclave à peine sorti de l'adolescence fut fouetté jusqu'au sang et promené dans toute la ville pour qu'on vît ses blessures. Et, pendant ce temps-là, le vieux Healey ne cessait de grogner que ce n'était pas à lui de renverser une loi promulguée par le Congrès.

Et, de fait, ce n'était pas son rôle ! Au nom de Dieu, c'était le nôtre à nous tous !

— Ce *gran rifuto* pose une énigme dont nous n'avons pas la solution, car Dante ne nous dit pas qui est cette ombre, était intervenu Longfellow tout en chassant au loin l'épaisse queue de fumée qui montait du cigare de Lowell.

— Comment Dante pourrait-il nommer le pécheur ? avait rétorqué celui-ci sur un ton vibrant de passion. Ces ombres qui ont ignoré la vie, *qui jamais ne furent vivantes*, précise Virgile, doivent être ignorées jusque dans la mort, harcelées sans relâche par de viles et insignifiantes créatures. Le voilà leur *contrapasso*, leur châtiment éternel.

— Un Hollandais a avancé que le personnage en question ne serait pas Ponce Pilate, mon cher Lowell, mais le jeune homme décrit dans Matthieu au verset 19, 22, qui se voit offrir la vie éternelle et la refuse. M. Greene et moi-même penchons pour le pape Célestin V, qui choisit lui aussi la voie de l'indifférence en refusant le trône papal, permettant ainsi qu'y montât Boniface, ce pape corrompu qui finalement conduisit Dante à l'exil.

— C'est emprisonner l'œuvre de Dante dans les frontières de l'Italie ! avait protesté Lowell. Typique de notre cher Greene. Il s'agit de Pilate. Je le vois devant nous, avec sa mine renfrognée, tout comme Dante devait le voir. »

Pendant cet échange, Holmes et Fields étaient demeurés silencieux, puis l'éditeur avait gentiment reproché à ses amis de transformer l'enquête criminelle en séance littéraire alors que l'objectif était de comprendre les mobiles de l'assassin. Pour cela, avait-il insisté, il ne fallait pas se contenter de lire les textes qui avaient inspiré les meurtres, mais plutôt refaire le chemin parcouru par Lucifer pour les exécuter. À ces mots, Lowell avait été effrayé pour la première fois de ce qui pourrait advenir.

« Que proposez-vous exactement ?

— De voir de nos propres yeux les lieux où les visions de Dante se sont incarnées. »

Voilà pourquoi Lowell et Fields parcouraient maintenant la propriété des Healey.

Le poète saisit le bras de l'éditeur.

« *Come la rena quando turbo spira* », chuchota-t-il.

Fields ne comprit pas.

— « Vous pouvez répéter ? »

Lowell hâta le pas. Arrivé à un endroit où la terre sombre cédait la place à un cercle de sable lisse et clair, il s'arrêta et se pencha vers le sol.

« Ici ! déclara-t-il triomphalement.

— Eh bien, oui, admit Richard Healey sur un ton quelque peu ébahi. Mais comment l'avez-vous deviné, mon cousin ? s'écria-t-il quand Lowell l'eut rejoint. Comment pouvez-vous savoir que c'est ici que Père a été découvert ?

— Oh, répondit Lowell d'une voix qui manquait de franchise, ce n'était qu'une question. Vous ralentissiez le pas, voilà pourquoi j'ai demandé si nous étions arrivés à l'endroit ? N'est-ce pas, Fields ? »

Et de se tourner vers l'éditeur pour rechercher son appui.

« Je le crois aussi, monsieur Healey », confirma celui-ci entre deux halètements essoufflés, en hochant la tête énergiquement.

Richard Healey n'avait pas l'impression d'avoir le moins du monde ralenti. Cependant, il ne voyait pas d'autre explication à la chose.

« Dans ce cas... la réponse est oui. » Manifestement, l'intuition de Lowell suscitait sa méfiance tout en l'impressionnant. « Oui, c'est ici que cela s'est produit, mon cousin. Dans la partie du domaine la plus laide, la plus sinistre », ajouta-t-il amèrement.

Lowell s'était mis à étudier la terre avec soin. Rien, en effet, ne parvenait à pousser en cet endroit du pré. Du doigt, il traça un trait dans le sable et dit, comme s'il était pris de transe :

« Il était ici. »

Pour la première fois, il éprouvait un début de compassion réelle à l'égard du juge. Ici, Healey avait été abandonné, nu, à la voracité des vers. Et le pire, c'était qu'il avait trouvé une fin qu'il ne comprendrait jamais, même dans l'éternité. Une fin que son épouse et ses fils ne comprendraient pas davantage.

Croyant Lowell au bord de pleurer, Richard Healey vint s'agenouiller à côté de lui.

« Il vous gardait toujours dans un tendre coin de son cœur, mon cousin.

— Vraiment ? » lança Lowell sur un ton ironique, et sa pitié se désagrégea d'un coup.

Devant une réponse aussi brusque, Healey battit en retraite.

« Le juge suprême... Vous étiez l'une de ses relations préférées. Avec quelle estime et quelle admiration lisait-il vos poèmes ! Chaque fois que sortait un nouveau numéro de la *North American Review*, il bourrait sa pipe et le lisait du début à la fin. Il disait qu'il sentait en vous un sens élevé pour les choses relevant de la vérité.

— Il disait cela ? » demanda Lowell sans cacher son ahurissement.

Évitant les yeux rieurs de l'éditeur, il marmonna un compliment contraint sur la finesse d'esprit du juge suprême.

Ils rentraient dans la maison quand un employé de la poste apparut avec un paquet. Richard Healey s'excusa. Fields s'empressa d'entraîner Lowell à l'écart.

« Comment diable connaissiez-vous l'endroit où Healey a été tué, Lowell ? Nous n'en avons pas discuté pendant nos réunions.

— Chez Dante, les Indifférents sont regroupés à quelques pas de l'Achéron, le premier fleuve de l'Enfer. Tout dantéen digne de ce nom savoure nécessairement le fait que la rivière Charles coule à proximité.

— Bien sûr, mais les journaux n'ont donné aucun détail sur l'endroit du parc où il a été retrouvé.

— Les journaux ne sont pas même bons pour allumer une pipe, répondit Lowell, retardant exprès sa réponse pour jouir de l'agacement de Fields. Le sable m'a servi d'indice.

— Le sable ?

— Mais oui. Rappelez-vous donc le texte ! *Come la rena quando turbo spira*. Imaginez-vous, entrant dans le cercle des Indifférents. Que voyez-vous en dehors de la horde de pécheurs ? »

Fields était de ces gens pour qui le livre est également un objet avec des numéros en haut ou en bas des pages, un papier au grammage particulier, une police de caractères choisie avec soin, une mise en pages étudiée et une odorante couverture en vachette, comme le Dante qu'il publierait bientôt et dont il sentait déjà les coins dorés sous ses doigts. Quand il devait se remémorer un texte, toutes ces notions-là intervenaient. Il se mit à réciter à haute voix et lentement, traduisant les vers au fur et à mesure par-devers lui :

Des accents de rage... des râles d'agonie, des voix criardes ou rauques...

Il s'interrompit, incapable de se rappeler la suite. Que n'aurait-il donné pour comprendre ces choses que Lowell savait déjà et qui lui permettaient de contrôler un peu la situation. Il voulut feuilleter le petit Dante en italien qu'il portait sur lui. Lowell l'en empêcha.

« Continuez, Fields ! *Facevano un tumulto, il qual s'aggira sempre in quell'aura sanza tempo tinta, come la rena quando turbo spira*. Faisait tourner toujours dans l'éternelle/noirceur de l'air un tumulte pareil/au bruit du sable qu'aspire une trombe. »

Devant l'air accablé de Fields, Lowell regretta l'absence de Longfellow. Il ne put retenir un soupir d'impatience.

« Derrière la maison, le sol est couvert d'herbes folles, quand il n'est pas que de la terre et du rocher. Or le vent soufflait dans nos visages une matière très fine. Du sable. Je suis remonté à la source. Chez Dante, le supplice des Indifférents s'accompagne d'un tumulte qui ressemble au bruit que fait le sable quand le vent souffle en tourbillons. Ce sable qui vole n'est pas là pour rien, Fields ! C'est la métaphore de l'instabilité et de l'atermoiement des pécheurs qui choisirent de ne rien faire alors qu'ils avaient le pouvoir d'agir. En Enfer, ce pouvoir leur est ôté !

— Attendez, Jemmy ! s'écria Fields un peu fort, sans remarquer la femme de chambre qui passait son plumeau sur un mur à quelques pas d'eux. Ces tourbillons de sable ! Nous avions déjà les trois sortes d'insectes, l'étendard et le fleuve à proximité. Quel besoin avait notre démon malfaisant d'ajouter le sable ? S'il s'évertue à reproduire les métaphores de Dante avec une telle minutie... »

Lowell hocha la tête d'un air sombre.

« Oui, c'est un vrai dantéen, admit-il, non sans une pointe d'admiration.

— Messieurs ? »

Nell Ranney s'était matérialisée devant eux. Les poètes sursautèrent. Sur un ton féroce, Lowell exigea de savoir si elle les avait écoutés. Elle protesta avec de vigoureuses dénégations de la tête.

« Non, mon bon monsieur, je le jure. Mais je me demande... » Elle s'interrompit pour lancer des coups d'œil nerveux par-dessus son épaule. « Vous êtes, messieurs, différents des autres messieurs qui viennent présenter leurs respects. La façon dont vous avez examiné la maison, puis le parc où... Reviendrez-vous à un autre moment ? Je dois... »

Comme Richard Healey s'en revenait avec des piles de lettres ouvertes, elle partit au beau milieu de sa phrase à l'autre bout de l'immense vestibule, avec cet art de la disparition propre aux gens de maison.

Le fils du juge soupira lourdement, expulsant la moitié de l'air que renfermait son coffre massif.

« Tous les matins depuis que nous avons promis la récompense, quand je me plonge dans ces montagnes de courrier, je sens renaître en moi l'espoir imbécile que la vérité attend quelque part d'être découverte. » Il alla jeter sa brassée de lettres dans la cheminée. « Je ne saurais dire si les gens sont cruels ou simplement fous.

— La police n'a-t-elle donc aucune information susceptible de vous aider, mon cher cousin ?

— Admirable organisme que la police de Boston, laissez-moi vous le dire, mon cousin ! Ils ont réuni tous les criminels possibles et imaginables, et qu'en est-il sorti ? »

Comme Richard semblait véritablement attendre une réponse, Lowell déclara d'une voix enrouée par la curiosité qu'il n'en avait pas la moindre idée.

— Eh bien, je vais vous le dire. L'un d'eux n'a rien trouvé de mieux que de se jeter par la fenêtre de l'hôtel de police. Vous vous rendez compte ? L'agent mulâtre qui, paraît-il, a tenté de le sauver prétend qu'il aurait marmonné des phrases incompréhensibles. »

Lowell bondit sur Healey et le secoua par les épaules comme pour lui arracher d'autres renseignements. Fields le tira violemment en arrière par son manteau.

« Un agent de police mulâtre, dites-vous ? s'écria Lowell en lâchant son cousin.

— Admirable police de Boston, répéta Richard avec une amertume contenue. Nous aurions volontiers engagé un détective privé, dit-il en fronçant les sourcils, mais ils sont presque aussi diaboliquement corrompus que la municipalité. »

Des gémissements se firent entendre d'une pièce à l'étage et Roland Healey, dévalant la moitié de l'escalier, cria à son frère que sa présence était nécessaire en haut car leur mère était en proie à une nouvelle crise.

Richard brisa là et monta l'escalier. En chemin, il aperçut le mouvement de Nell Ranney en direction de Lowell et Fields, et se pencha par-dessus la large rampe.

« Nell, finissez le travail au sous-sol, voulez-vous. »

Il attendit qu'elle fût descendue pour reprendre son ascension.

« C'est donc au cours de l'enquête sur le meurtre de Healey que l'agent de police Rey a entendu les vers de Dante, dit l'éditeur quand il se retrouva seul avec Lowell.

— Oui et nous savons maintenant qui les a murmurés : l'homme qui est mort ce jour-là à l'hôtel de police. »

Après un moment de réflexion, Lowell ajouta :

« Nous devons savoir ce qui effraie tant cette femme de chambre.

— Attention, Lowell. Si Healey vous voit, vous la mettrez en mauvaise posture, le retint l'éditeur. De toute façon, il a dit qu'elle s'imaginait des choses. »

Au même instant, un fort claquement leur parvint de la cuisine toute proche. Vérifiant qu'il n'y avait personne alentour, Lowell alla frapper doucement à la porte. Ne recevant pas de réponse, il poussa le battant. Une vibration provenant du sous-sol se faisait entendre dans un placard à côté du fourneau. Il l'ouvrit : un monte-plats apparut. Vide, si ce n'est un papier posé sur l'étagère. Lowell s'en empara et repassa devant Fields en toute hâte.

— Qu'est-ce que c'est ? Qu'y a-t-il ? demanda celui-ci.

— Quittons cet office, même s'il en remplit de nombreux auxquels on ne s'attendrait pas. Il faut trouver le bureau du juge. Montez la garde et faites attention que Richard ne revienne pas, dit Lowell.

— Que dois-je faire, s'il revient ? »

Lowell ne répondit pas. Il avait tendu le papier à l'éditeur et se précipitait déjà dans le vestibule et, de là, dans les couloirs, jetant un coup d'œil par les portes ouvertes. L'une d'elles, fermée, était bloquée par un sofa qu'il écarta. Le cabinet du juge ! Les lieux avaient été nettoyés, mais à peine, comme si la femme de chambre ou une autre domestique s'était interrompue au milieu de sa tâche parce que, dans cette pièce, son maître disparu continuait de vivre dans le parfum de cuir de ses vieux livres, et que ce fût trop douloureux.

Les gémissements d'Ednah Healey à l'étage parvenaient jusqu'à Lowell en un terrible crescendo. Il s'efforça d'oublier qu'il se trouvait dans une maison où rôdait la mort.

Demeuré seul au milieu du vestibule, Fields lut le papier que lui avait donné Lowell. Il était signé de Nell Ranney : *On me dit de garder ça pour moi, mais je peux pas et je sais pas à qui le dire. Quand j'ai rapporté le juge Healey dans son bureau, il a gémi dans mes bras avant de mourir. Quelqu'un peut-il m'aider ?*

« Ô Seigneur ! Il vivait encore ! » s'exclama Fields en froissant le papier sans même s'en rendre compte.

Dans le bureau du juge, Lowell s'était mis à genoux. La tête posée sur le plancher, il prononça tout bas :

« Vous viviez encore, vous qui avez commis le grand refus. C'est pour ce grand refus que l'on vous a tué. » Il parlait avec douceur, comme pour expliquer les choses à Artemus Healey. « Que vous a donc dit Lucifer ? Et que vouliez-vous transmettre à votre bonne quand elle vous a trouvé ? »

Il remarqua des taches de sang sur le plancher et autre chose aussi, le long du tapis : des larves écrasées qui ressemblaient à des vers, d'étranges fragments d'insectes qu'il ne reconnut pas – les ailes et les troncs de ces mouches aux yeux de feu que Nell Ranney avait découpées en morceaux au-dessus du corps du juge Healey. Il fouilla parmi les objets posés sur la table en quête d'une loupe pour examiner les débris. Ces insectes aussi portaient des traces de sang.

Soudain, de dessous des piles de journaux entassées au pied du bureau, quatre ou cinq de ces mouches à œil de feu jaillirent sur un seul front et foncèrent sur l'intrus. Hébété, le souffle court, Lowell trébucha contre un lourd fauteuil et sa jambe alla heurter durement un porte-parapluie en fer forgé. Il s'écroula.

Assoiffé de vengeance, il abattit un épais code pénal sur les mouches, méthodiquement, l'une après l'autre.

« N'espérez pas effrayer un Lowell ! »

Il ressentit une petite piqûre au-dessus de la cheville : un de ces taons avait dû se faufiler sous le revers de son pantalon. Il secoua la jambe. La mouche, désorientée, s'échappa du vêtement en tourbillonnant sur elle-même, cherchant à s'enfuir. Lowell l'écrasa du talon sur le tapis avec un plaisir d'enfant. C'est alors qu'il remarqua une marque rouge au-dessus de sa cheville, là où il s'était cogné contre le porte-parapluie.

« Saloperies ! » s'exclama-t-il à l'intention du bataillon de mouches décimé.

Il se figea brusquement, haletant : ces mouches avaient quelque chose de l'expression des morts. Du corridor, il entendit Fields lui chuchoter de se hâter. Il ignora l'avertissement jusqu'à ce que des bruits de pas et de voix se fissent entendre au-dessus de sa tête.

À l'aide d'un mouchoir brodé à ses initiales par Fanny, il ramassa les mouches qu'il venait d'occire et d'autres résidus d'insectes et fourra son butin dans sa poche, avant de s'élancer hors de la pièce. Les voix se rapprochaient, plus fortes. Visiblement, ses cousins étaient débordés.

Grillant de curiosité, Fields l'aida à repousser le sofa à sa place.

« Alors ? Vous avez trouvé quelque chose, Lowell ? »

Le poète tapota le mouchoir dans sa poche.

« Des témoins, mon cher Fields. »

9.

La semaine qui suivit l'enterrement d'Elisha Talbot, tous les pasteurs de Nouvelle-Angleterre s'attachèrent à célébrer sa mémoire dans des panégyriques passionnés. Le dimanche d'après, les homélies se concentrèrent sur le commandement « Tu ne tueras pas ». Ensuite, quand il apparut que ne se produisait aucune avancée notoire dans l'enquête, le clergé de Boston se mit à recenser tous les crimes commis depuis le début de la guerre pour fustiger avec une puissance de jugement dernier l'inefficacité de la police. Incontestablement, la conviction fascinante qui se déploya en chaire au cours de ces diatribes eût arraché des larmes d'admiration à un prédicateur aussi chevronné que le révérend Talbot.

De leur côté, les journalistes n'étaient pas en reste d'indignation. Deux personnalités parmi les plus en vue de Boston se faisaient occire et leurs meurtriers couraient toujours ! Les fonds votés par le conseil municipal en vue d'améliorer le travail de la police n'auraient-ils servi qu'à orner l'uniforme des gardiens de la paix de petits chiffres en argent ? demanda ironiquement un chroniqueur. Pourquoi la municipalité, à la requête de Kurtz, avait-elle autorisé les représentants de la loi à porter des armes à feu s'ils n'étaient pas fichus de trouver les criminels sur qui les utiliser ?

À l'hôtel de police, Nicholas Rey lisait ces dernières critiques avec intérêt. En réalité, des améliorations véritables avaient été mises en place : des cloches d'incendie avaient été installées en de nombreux endroits de la ville afin que les gendarmes pussent se rendre plus vite sur les lieux, quel que fût le secteur touché ; des brigades spéciales de sentinelles tenaient Kurtz constamment informé de la situation dans tous les quartiers, de façon qu'au moindre problème tous les bataillons fussent prêts à se déployer.

En privé, Kurtz avait demandé à Rey son avis sur les meurtres. Le mulâtre avait pris le temps de considérer la question. Talent rare chez un homme, il ne parlait jamais sans s'être accordé un moment de réflexion, de sorte que ses paroles ne dépassaient jamais sa pensée. Voici ce qu'il avait répondu :

« À l'armée, quand on rattrapait un déserteur, la division entière avait ordre de se rassembler dans un champ où une tombe avait été creusée et un cercueil placé à côté. Le déserteur, accompagné d'un aumônier, passait devant tout le monde. Arrivé au cercueil, il devait s'asseoir sur le rebord. Là, on lui bandait les yeux et on lui ligotait les mains et les pieds. Ensuite, un peloton d'exécution composé de ses camarades était déployé. Prêts... Armez... À "Feu", ils tiraient, et l'autre tombait directement dans le cercueil. Alors on l'enterrait, mais sans rien planter dans le sol pour indiquer qu'un homme reposait là. Et nous, l'arme à l'épaule, nous retournions au camp.

— Vous voulez dire que Healey et Talbot auraient été tués à titre d'exemples ? »

Kurtz semblait sceptique.

« Le déserteur aurait très bien pu être abattu dans les bois ou devant la tente du général de brigade. Ou même renvoyé devant la cour martiale. Si on l'exécutait en public, c'était pour nous montrer à tous qu'un déserteur était abandonné, comme il avait abandonné ses frères de combat. Les maîtres d'esclaves employaient la même tactique pour châtier les fugitifs : la punition pour l'exemple. Il n'est pas impossible que, dans ces crimes, l'important ne soit pas les victimes, Healey et Talbot, mais plutôt le châtiment. Pour que nous, le public, nous nous mettions en rang et regardions. »

Ce raisonnement avait fasciné Kurtz sans le convaincre pour autant.

« Exécuté par qui, ce châtiment, dans l'affaire qui nous intéresse ? Et pour quelles fautes ? Si le meurtrier voulait que nous tirions un enseignement de ses actes, n'aurait-il pas été plus judicieux de sa part de les perpétrer de telle façon que nous puissions les comprendre ? Un corps nu abandonné sous une bannière, des pieds incendiés, cela n'a pas de sens ! »

Cela devait en avoir pour quelqu'un, pensa Rey par-devers lui.

Une autre fois, sur le perron de la chambre de l'État, l'agent profita de ce qu'il escortait son supérieur jusqu'à sa voiture pour lui demander son avis sur Oliver Wendell Holmes. Kurtz haussa les épaules avec indifférence.

« Holmes... Un poète médecin. Une mouche du coche, un mondain. C'était un ami du professeur Webster, celui qui fut pendu. L'un des derniers à admettre sa culpabilité. Il n'a pas été d'un grand secours pendant l'autopsie de Talbot.

— Non, en effet, acquiesça Rey en se rappelant la nervosité du docteur à la vue des pieds carbonisés du pasteur. Je crois qu'il n'allait pas bien. Il doit souffrir d'asthme.

— D'asthme du ciboulot ! » laissa tomber Kurtz.

Rey avait montré à son chef les papiers qu'il avait ramassés près de la tombe verticale de Talbot. Il en avait bien récupéré deux douzaines, de ces petits carrés pas plus grands qu'un point de tapisserie. Ils portaient tous un caractère d'imprimerie plus ou moins lisible, voire des mots entiers, mais certains étaient à ce point tachés par l'humidité permanente de la crypte qu'il était impossible de les déchiffrer. L'intérêt du mulâtre pour ces détritus avait étonné Kurtz, pour ne pas dire ébranlé sa confiance en lui.

Néanmoins Rey s'obstinait à les étaler soigneusement sur son bureau. À ses yeux, ces résidus étincelaient d'importance. Ils avaient un sens, il en était certain. Aussi certain qu'il l'était d'avoir entendu l'inconnu chuchoter avant de sauter par la fenêtre. Il avait réussi à identifier plusieurs lettres : *m, e, p, eu, r, i, n, co, x, e, me, J, m, ou,* et encore un *r*. Un des papiers portait un *g*, mais cela pouvait aussi bien être un *q*.

Dès qu'il n'était pas occupé à conduire le chef de la police à ses rendez-vous, Rey sortait les bouts de papier de sa poche et employait ses quelques minutes de liberté à les étudier. Il arrivait parfois à composer des mots. Il inscrivait alors dans un carnet les associations qui lui venaient à l'esprit. Puis, il fermait bien fort ses yeux dorés et les rouvrait d'un coup, deux fois plus grand, dans l'espoir inconscient que les lettres, accolées d'elles-mêmes, allaient lui révéler comment les choses s'étaient passées et ce qui devait être fait, à la façon des assiettes qui, dit-on, épellent les mots sous la dictée des morts par le biais d'un spirite talentueux. Un après-midi, Rey plaça les derniers mots prononcés par l'inconnu, ou plutôt ce qu'il en avait retranscrit, à côté de ce nouveau méli-mélo de lettres, se disant que ces deux voix perdues se répondaient peut-être l'une l'autre.

Son assemblage préféré donnait : *Je ne peux mourir comme...* Arrivé à ce stade, il calait toujours, bien qu'il vît déjà quelque chose là-dedans. Il essayait alors un autre groupe de lettres : *comme moi pour eux.* Hélas, il demeurait toujours avec ce bout de papier déchiré représentant un *g*, à moins que ce ne fût un *q* ?

Quotidiennement, des propositions censées régler tous les problèmes à la fois déferlaient sur l'hôtel de police. Hélas, leur ton convaincu n'avait d'égal que leur absence de crédibilité. Le commandant Kurtz assigna la tâche de passer en revue ce courrier à Rey, en partie pour l'éloigner de ses « détritus ».

Cinq individus affirmaient avoir vu le juge Healey au music-hall, la semaine qui avait suivi la découverte de son corps dévoré par les larves. Grâce au numéro du fauteuil inscrit sur son abonnement pour la saison, Rey retrouva l'homme décrit dans les missives. C'était un peintre-carrossier, originaire de Roxbury, qui avait la même tignasse indisciplinée que le juge. Une autre lettre anonyme informait la police que le meurtrier du révérend Talbot était monté à bord d'un bateau en partance pour Liverpool, emmitouflé dans un surtout emprunté sans autorisation à l'auteur de ces lignes, dont il était un parent éloigné. Une fois là-bas, il avait été traité de façon si scandaleuse qu'on n'entendrait plus jamais parler de lui – non plus que du manteau, au grand dam de son propriétaire légitime qui, selon toute vraisemblance, n'aurait plus jamais l'occasion de le porter. Un autre courrier faisait état d'une dame qui avait avoué d'elle-même chez son tailleur avoir assassiné le juge dans un accès de fureur jalouse. Depuis, elle avait pris la fuite en chemin de fer, mais l'on pourrait la retrouver à New York dans l'un des quatre hôtels cités.

Un jour, à la lecture d'une de ces lettres anonymes, Rey se sentit saisi de trépidation. Le papier élégant ne comportait que deux lignes écrites en majuscules maladroites pour que l'on ne reconnût pas la main de l'auteur : *Creusez plus profond le trou du révérend, quelque chose a été oublié sous sa tête*. Signé : *Respectueusement vôtre, un citoyen de notre ville*.

« Quelque chose a été oublié ? » se moqua le commandant Kurtz et il jeta la lettre sur son bureau.

Mais l'agent manifestait un enthousiasme qui ne lui était pas coutumier.

« Pour une fois, l'expéditeur ne cherche pas à nous convaincre. Il n'invente pas d'histoire abracadabrante, il se contente de nous donner une information. Vous noterez qu'il est au courant des circonstances véritables. En tout cas, du fait que Talbot a été enterré dans un trou, et la tête en bas. Or les journaux n'ont cessé de varier dans leurs comptes rendus, ce qui finalement est tout à notre avantage. » Et le mulâtre de répéter à voix haute et sur un ton volontairement significatif : « *Sous sa tête*...

— Rey, j'ai assez de problèmes comme ça ! Quelqu'un à l'hôtel de ville a informé le *Transcript* que Talbot avait été découvert nu et ses vêtements empilés à côté, comme Healey. La nouvelle paraîtra demain. Demain, cette fichue ville tout entière saura que nous avons affaire à un seul et unique assassin. Les gens ne se contenteront plus de fustiger la "criminalité" : ils voudront un nom ! Pourquoi cette lettre ne précise-t-elle pas en quoi consiste le quelque chose que nous devrions trouver dans le trou de Talbot ? Et pourquoi votre bon citoyen ne vient-il pas me dire en face ce qu'il sait ? »

Rey éluda les questions de son supérieur.

« Permettez-moi d'aller inspecter la crypte, chef. »

Kurtz secoua la tête.

« Alors que ces maudits prédicateurs de tout le Commonwealth dirigent leurs feux sur nous ? Non ! Pas question de creuser des trous dans le sous-sol de la Seconde Église unitarienne sous prétexte d'y dégotter d'imaginaires vestiges !

— Nous avons laissé la fosse en l'état, pour le cas où nous devrions y poursuivre les recherches, insista Rey.

— Et c'est très bien comme ça ! Le sujet est clos, je ne veux pas entendre un mot de plus, monsieur l'agent de police. »

Rey hocha la tête. Pour autant, il ne se départit pas de son air entendu. Les refus obstinés du commandant ne faisaient pas le poids face à la désapprobation silencieuse de son cocher. Dans l'après-midi, Kurtz empoigna son pardessus et marcha vers le bureau de Rey :

« À Cambridge, à la Seconde Église unitarienne. »

Ce fut un autre sacristain qui leur ouvrit la porte, un monsieur qui ressemblait à un commerçant avec ses favoris roux. Il expliqua que son prédécesseur avait démissionné pour raison de santé, tellement la vue du corps de Talbot l'avait bouleversé. Il se mit en demeure de chercher la clef de la crypte.

« Vous avez intérêt à ce que nous découvrions quelque chose ! » jeta le chef de la police à son subalterne quand la puanteur du souterrain les frappa au visage.

Ils ne furent pas déçus.

Rey n'eut qu'à creuser quelques pelletées à l'aide d'un outil à long manche pour découvrir la bourse que Longfellow et Holmes avaient pris soin d'enterrer à nouveau. À la lueur d'une lanterne à gaz, il entreprit de compter les billets.

« Mille, chef. Mille dollars tout rond. »

C'est alors qu'il se souvint d'un fait digne d'être rapporté :

« Chef, le commissariat de Cambridge ! Vous rappelez-vous ce qu'ils ont dit, le soir où nous avons trouvé le corps de Talbot ? Que la veille, le révérend avait signalé que son coffre-fort avait été forcé.

— Et combien y avait-on dérobé ? »

Rey désigna de la tête l'argent étalé par terre aux pieds d'un Kurtz sidéré.

« Mille dollars ! s'exclama le commandant. Je me demande si ça nous aide ou si ça nous complique encore plus les choses. Que je sois damné ! Un Langdon W. Peaslee ou un Willard Burndy ne s'amuserait pas à dévaliser le coffre-fort de Talbot, à le trucider le lendemain et à remettre l'argent dans sa tombe pour que personne n'en profite ! »

C'est alors que Rey marcha sur le bouquet de fleurs laissé par Longfellow. Il le ramassa et le montra à Kurtz.

De retour dans la sacristie, le nouveau sacristain leur jura ses grands dieux qu'il n'avait ouvert la crypte à personne avant eux.

« C'est fermé depuis... les circonstances.

— Votre prédécesseur, peut-être, M. Gregg ? Savez-vous où nous pouvons le trouver ? demanda le chef de la police.

— Ici même, chaque dimanche. Fidèle comme pas un, répondit le sacristain.

— Eh bien, la prochaine fois que vous le verrez, je veux que vous lui demandiez de venir nous trouver immédiatement. Voici ma carte. Nous devons savoir s'il a autorisé quelqu'un à pénétrer dans la crypte. »

Ils rentrèrent à l'hôtel de police, où le travail ne manquait pas : interroger le sergent de ville de Cambridge qui avait enregistré la déposition du révérend Talbot ; retracer auprès des banques l'origine des billets retrouvés et vérifier qu'ils provenaient bien du coffre-fort du pasteur ; écumer le quartier de Talbot à Cambridge pour recueillir des informations sur la nuit du cambriolage ; enfin, mettre la main sur un graphologue capable d'analyser la lettre anonyme à l'origine de la découverte de la bourse.

Pour la première fois depuis la mort du juge, Rey nota que son chef éprouvait un véritable optimisme. Il en semblait presque étourdi.

« C'est la petite touche d'instinct qui fait un bon policier. Parfois c'est même la seule chose dont nous disposions. Mais je crains fort que ce don ne s'étiole un peu plus à chaque déception que nous rencontrons dans la vie ou dans notre carrière. S'il n'en avait tenu qu'à moi, j'aurais jeté cette lettre au panier avec toutes les autres. Mais pas vous ! Alors, dites-moi : que devrions-nous faire que nous n'ayons pas encore fait ? »

Comme Rey se contentait de sourire avec gratitude, Kurtz insista :

« Allez, dites-moi ! Il doit bien y avoir quelque chose.

— Ce que je vais dire ne va pas vous plaire. »

Kurtz haussa les épaules.

« Du moment qu'il ne s'agit plus d'un de vos bouts de papier... »

Rey avait pour principe de refuser les faveurs, mais une question le hantait. Il alla à la fenêtre. Regardant les arbres plantés devant l'hôtel de police, il dit :

« Il y a là un danger que nous ne sommes pas capables de voir, mais qu'un individu amené ici a ressenti au point de vouloir quitter la vie. Je veux savoir le nom de l'homme qui est mort là, en bas. »

N'étant ni entomologiste ni naturaliste, l'étude des animaux n'intéressait Oliver Wendell Holmes que dans la mesure où elle lui révélait des choses sur le fonctionnement interne de l'être humain. Néanmoins, il était heureux de s'être vu offrir une tâche à la hauteur de ses capacités. Il ne s'était pas écoulé deux jours depuis que Lowell lui avait remis son ramassis de larves et d'insectes qu'il avait déjà réuni toute la documentation disponible dans les meilleures bibliothèques scientifiques de Boston. Depuis, il restait l'œil vissé au meilleur microscope de tous ceux qu'il avait fabriqués de ses mains.

De son côté, Lowell avait arrangé une rencontre chez sa sœur, dans les environs de Cambridge, avec la bonne des Healey. Nell lui avait raconté en détail sa découverte du juge suprême et affirmé qu'avant de mourir M. Healey avait voulu lui parler. En entendant ses gargouillements, elle était tombée à genoux, comme frappée par une puissance divine, et elle s'était enfuie de la pièce à quatre pattes.

Pour ce qui était de la bourse de Talbot, les Amis de Dante avaient décidé que la police devait en connaître l'existence, mais sans pouvoir remonter jusqu'à eux, ce qui eût été risqué. Toutefois, avait dit Longfellow, il fallait se garder de considérer les policiers comme des rivaux, car ils poursuivaient le même but qu'eux : faire cesser les meurtres, la différence étant qu'ils œuvraient à partir d'indices tangibles, alors qu'eux-mêmes se fondaient avant tout sur un matériau littéraire. Voilà pourquoi, après avoir à nouveau enterré la bourse et ses mille dollars inestimables, le poète avait rédigé de sa main la lettre anonyme adressée à Kurtz indiquant de creuser plus profond, dans l'espoir qu'il se trouverait à l'hôtel de police quelqu'un d'assez perspicace pour comprendre l'essentiel, mais point trop. Et peut-être aussi pour découvrir d'autres informations sur ces meurtres.

Son étude des insectes achevée, Holmes convia Longfellow, Fields et Lowell à se réunir chez lui. Par la fenêtre de son bureau, il pouvait voir arriver quiconque se présentait au 21, Charles Street. Mais il aimait le cérémonial selon lequel sa bonne irlandaise faisait entrer ses visiteurs au petit salon avant de lui montrer leur carte. Alors seulement se précipitait-il dans les escaliers pour accueillir ses hôtes.

« Longfellow ? Fields ? Lowell ? Êtes-vous là ? Venez donc. Grimpez vite, que je vous montre mes résultats ! »

Le ravissant cabinet de travail du docteur était plus ordonné que celui de la plupart de ses amis mais, là aussi, les livres s'élevaient du sol au plafond. Un grand nombre d'entre eux ne pouvait être atteint par leur propriétaire qu'à l'aide d'une échelle coulissante. Holmes fit jouer sa dernière invention, un bras mobile installé au coin de son bureau qui attrapait l'objet désiré sans qu'il eût besoin de se lever.

« C'est formidable, Holmes », le coupa Lowell qui n'avait d'yeux que pour les microscopes.

Holmes prépara une lamelle.

« Avant l'apparition de l'homme, Mère Nature avait placé le panneau *défense d'entrer* au-dessus de tous les ateliers de fabrication situés à l'intérieur des êtres vivants. Qu'un curieux se mette en tête d'espionner les mystères de ses glandes, de ses canaux ou de ses fluides et, aussitôt, la voilà qui dissimule ses activités sous des brumes aveuglantes et des halos étourdissants, à l'instar des déités de l'ancien temps. »

Reprenant à son compte les explications de Barnicoat, Holmes déclara à ses invités que ces larves étaient celles de mouches bleues, une espèce qui pondait ses œufs sur des tissus morts. Devenus larves, ces œufs se nourrissaient de la chair en décomposition puis se métamorphosaient en mouches, et le cycle recommençait.

« À en croire la bonne, intervint Fields sans cesser de se balancer dans son fauteuil à bascule, Healey a crié avant de mourir, ce qui signifie qu'il était encore vivant. Ou qu'il tenait encore à la vie par un fil, j'imagine, parce qu'il s'était quand même écoulé quatre jours depuis l'agression et qu'il avait des larves dans tous les recoins de son corps. »

Holmes secoua la tête. L'idée que le juge eût enduré pareille souffrance l'eût révolté, si elle n'avait été aberrante.

« Heureusement pour lui et le reste de l'humanité, c'est impossible. De deux choses l'une : ou bien il n'avait qu'une poignée de larves sur la tête – quatre ou cinq peut-être, et en surface – là où les tissus étaient nécrosés, *ou bien* il était mort et bien mort. Étant donné la quantité de larves présentes, si j'en crois les rapports, plus aucun tissu n'était vivant. Et il ne l'était pas non plus.

— La bonne est peut-être encline aux affabulations », émit Longfellow en voyant l'air défait de Lowell.

Celui-ci réagit aussitôt :

« Si seulement vous l'aviez vue, Longfellow. Si vous aviez vu la terreur dans ses yeux. Dites-le-leur, Fields, vous y étiez, vous aussi ! »

L'éditeur hocha la tête, bien qu'à présent il ne fût plus aussi certain.

« Si elle n'a pas réellement vu quelque chose d'atroce, en tout cas elle a cru le voir. »

Lowell croisa les bras d'un air réprobateur.

« Pour l'amour de Dieu, c'est la seule personne qui sache quelque chose, je la crois, moi. Nous devons la croire.

— Je suis désolé, Lowell, répliqua Holmes avec autorité. Je ne mets pas en doute qu'elle ait vu *quelque chose* d'atroce, en effet : l'état dans lequel était Healey. Mais *là*, il s'agit de science. »

Plus tard, s'en revenant à Cambridge, marchant d'un pas tranquille sous une voûte d'érables écarlates, Lowell fut doublé par une somptueuse voiture tirée par des chevaux bais au poil lisse et brillant : l'attelage de Phineas Jennison. Il se rembrunit, n'étant pas d'humeur à bavarder. Cependant, il mourait d'envie de se changer les idées.

« Hé ! Donnez-moi donc la main ! l'apostropha Jennison en passant par la fenêtre une manchette à la coupe impeccable.

— Mon cher Jennison !

— Ah, qu'il est bon de sentir dans sa paume les doigts d'un vieil ami ! » s'exclama le prince des marchands sur un ton de grandiose sincérité.

Il n'avait pas la poigne d'étau de Lowell. N'empêche, il lui serra la main de cette façon un peu avide qu'affectionnaient les hommes d'affaires de Boston et qui leur donnait l'air de secouer une bouteille. Descendu de sa calèche vert rehaussé d'argent, il alla frapper contre le siège du cocher pour le prévenir de se tenir prêt à repartir. Ce faisant, son pardessus en drap anglais d'un blanc étincelant laissa entrevoir un frac cramoisi, porté sur un gilet de velours vert.

« En route pour Elmwood ? lança-t-il en glissant d'autorité son bras sous celui de Lowell.

— Coupable, monseigneur, répondit le poète.

— Dites-moi, cette maudite corporation vous laisse-t-elle enfin mener votre cours sur Dante à votre aise ? »

Une ride profonde barrait le front puissant de Jennison, révélant sa préoccupation. Lowell laissa échapper un soupir.

« Ils semblent s'être un peu calmés, Dieu merci. Espérons qu'ils ne prendront pas pour une victoire le fait que j'aie interrompu provisoirement ma classe. »

Jennison s'arrêta au milieu de la rue, le visage soudain pâle. Se tenant le menton dans la main, sa fossette cachée sous ses doigts, il lâcha d'une petite voix :

« Lowell… Ai-je devant moi le Jemmy Lowell exilé à Concord pour désobéissance lorsqu'il était étudiant ? Ce Lowell-là s'inclinerait-il aujourd'hui devant Manning et la Corporation ? Mais vous devez leur tenir tête au nom des futurs génies de l'Amérique, sinon ils…

— Ma décision n'a rien à voir avec ces tristes sires. Il se trouve qu'à l'heure actuelle une affaire requiert toute mon attention. Je ne peux me permettre d'être dérangé par des cours pratiques. Mais je donne toujours mes conférences.

— Un chat d'appartement ne fera pas l'affaire quand on a besoin d'un tigre du Bengale ! »

Jennison brandit le poing, satisfait de son image somme toute poétique.

« Ce n'est pas de mon ressort, Jennison. Je ne sais pas comment on tient en main des hommes tels que nos *fellows*. À chaque pas, on tombe sur un paresseux ou un cancre !

— Le monde des affaires est-il si différent ? » rétorqua le marchand. Et d'ajouter avec un sourire carnassier : « Je vais vous dire mon secret, Lowell : faire du chambard jusqu'à obtenir ce que l'on souhaite. C'est ça, le truc. Vous savez ce qui compte et ce qui doit être fait. Que le reste aille au diable ! conclut-il ardemment. Maintenant, si je peux vous aider dans votre combat d'une façon ou d'une autre... »

Comme Jennison retroussait le bas de son gilet pour dégager le gousset pendu à sa ceinture, Lowell fut tenté, l'espace d'une seconde, de tout lui raconter, de le supplier de l'aider, sans bien savoir pourquoi. Peut-être parce qu'il n'était pas loin de prêter des pouvoirs surnaturels aux gens heureux en affaires, lui qui ne comprenait rien à la finance et investissait systématiquement dans des placements malheureux. Mais il se ravisa.

« J'ai déjà recruté plus d'alliés que ma bonne conscience ne m'y autorise, répondit-il en tapotant l'épaule du millionnaire. Mais je vous remercie. Et puis, certain étudiant sera ravi de ce répit loin de Dante. Le jeune Mead, pour ne pas le nommer.

— Toute bataille importante requiert de puissantes alliances », répliqua Jennison.

Il était déçu, visiblement. Ses traits semblèrent indiquer qu'il eût volontiers révélé certaine chose, mais ne le pouvait pas. Il ajouta cependant :

« J'ai bien observé le Dr Manning : il n'arrêtera pas sa campagne. Alors, ne baissez pas les armes. Ne gobez pas un mot de ce qu'ils vous diront. Souvenez-vous de mes paroles. »

Le rappel des batailles menées pendant tant d'années pour conserver ses cours au programme plongea Lowell dans un état de sombre ironie. Plus tard dans la journée, il avait toujours le cœur empli de ce trouble étrange, lorsqu'il franchit la barrière blanche d'Elmwood pour se rendre chez Longfellow.

« Professeur ! »

Se retournant, il aperçut un étudiant en tunique noire accourant vers lui, coudes au corps et les lèvres serrées.

« Monsieur Sheldon ? Que faites-vous ici ?

— Je dois vous parler immédiatement », haleta l'élève de première année.

Longfellow et Lowell avaient passé la semaine à établir de mémoire la liste de tous les étudiants inscrits à leurs séminaires sur Dante, ne voulant pas consulter les registres de l'université par crainte d'attirer l'attention. La tâche avait été particulièrement ardue pour Lowell qui ne tenait pas ses fichiers à jour et ne se rappelait qu'une poignée de noms pour chaque semestre. D'après ses calculs, ses deux étudiants actuels, Edward Sheldon et Pliny Mead, pouvaient être lavés de tout soupçon car ils suivaient un cours chez lui, à Elmwood, à l'heure où le révérend Talbot avait été assassiné.

« J'ai trouvé ça dans mon casier, professeur ! Est-ce une erreur ? »

Lowell jeta un coup d'œil indifférent à la notice que Sheldon lui fourrait dans la main.

« Non. Des affaires nécessitent que je me libère un peu, une semaine environ. Je suis persuadé que vous êtes assez occupé vous-même pour tenir Dante à l'écart de vos pensées pendant quelque temps. »

Sheldon secoua la tête d'un air consterné.

« Mais qu'adviendra-t-il du cercle d'admirateurs dont vous nous parlez constamment ? Ce cercle qui doit s'agrandir enfin et soulager Dante de son errance ? Vous n'avez pas cédé à la Corporation, professeur ? demanda-t-il sur un ton insistant. Vous n'êtes pas fatigué de nous enseigner sa philosophie ? »

À cette question, Lowell ne put réprimer un frisson.

« Je ne connais pas un homme de pensée qui puisse se fatiguer de Dante, mon jeune Sheldon ! Peu de gens sont assez sensés pour pénétrer une vie et une œuvre d'une telle profondeur. Pour ma part, en tant qu'homme, en tant que poète et en tant que professeur, j'estime Dante chaque jour davantage. Aux heures sombres, il nous donne l'espoir qu'il existe une deuxième chance. Sur mon honneur, tant que je n'aurai pas rencontré Dante en personne là-haut, sur la première terrasse du Purgatoire, je ne céderai pas un pouce de terrain à ces fichus tyrans de la Corporation ! »

Sheldon déglutit avec bruit.

« Mais vous garderez en mémoire mon désir ardent de poursuivre le voyage au cœur de *La Divine Comédie* ? »

Lowell posa le bras sur son épaule et fit quelques pas avec lui.

« Boccace raconte l'histoire suivante. Elle se passe à Vérone, où Dante vécut un temps pendant son exil. En sortant d'une maison, une femme l'aperçoit de l'autre côté de la rue et le désigne à une amie. "C'est Alighieri, dit-elle, l'homme qui va en Enfer aussi souvent que l'envie lui en prend et qui en rapporte des nouvelles des morts". "Oh, très certainement, répond l'autre. Voyez comme il a le teint noiraud et la barbe frisottée. À n'en pas douter, il a tâté de la fumée et de la chaleur de l'Enfer ! »

Sheldon partit d'un bruyant éclat de rire.

« Cette histoire, dit-on, fit sourire Dante, poursuivit Lowell. Personnellement, je doute de son authenticité. Et vous savez pourquoi, mon cher garçon ? »

Sheldon considéra la question avec le sérieux qu'il réservait aux cours sur Dante.

« Parce que, de toute évidence, cette dame de Vérone ignorait tout de son œuvre. Du vivant de Dante, seul un petit nombre de gens, en premier lieu ses protecteurs, avaient lu son manuscrit. Et encore, jamais en entier.

— Non, parce que Dante a souri. Ce sourire, je n'y crois pas une seconde », déclara Lowell, avec un sourire amusé.

Sheldon voulut répondre, mais Lowell avait soulevé son chapeau et repris son chemin vers Craigie House.

« Rappelez-vous mon ardeur ! » cria Sheldon à sa suite.

Installé dans la bibliothèque de Longfellow, le Dr Holmes examinait un portrait imprimé dans le journal, représentant un visage émacié aux favoris broussailleux. Rien dans l'article accompagnant le dessin n'indiquait qu'il s'agît de l'individu décédé à l'hôtel de police. On demandait seulement à toute personne détenant des informations sur les proches de cet homme de se présenter au chef de la police.

« Quand cherche-t-on les proches d'un quidam plutôt que le quidam en question ? demanda tout haut le Dr Holmes. Quand ce quidam est mort. »

Lowell examina l'illustration.

« Dieu, qu'il a l'air triste. Son visage ne me dit rien du tout. L'affaire pour laquelle il est recherché est suffisamment grave pour que le chef de la police passe une annonce dans la presse. Je crois que vous avez raison, Wendell. Ce doit être l'homme qui s'est jeté par la fenêtre. Richard Healey nous a dit que la police ne l'avait toujours pas identifié. »

Fields fit un saut au journal. Le rédacteur en chef, qui lui devait un service, lui apprit que la notice avait été apportée par un agent de police mulâtre.

De retour chez Longfellow, l'éditeur ne cacha pas son étonnement.

« Étant donné tout ce qui se passe actuellement, il est surprenant que la police dépense son énergie à enquêter sur la mort d'un vagabond... À moins qu'elle n'ait découvert un lien entre cet homme et les meurtres de Healey et de Talbot. Rey se douterait-il que l'inconnu a récité des vers de Dante ?

— Cela m'étonnerait, dit Lowell. Mais dès que l'idée lui traversera l'esprit, il y a fort à parier qu'il ne mettra pas longtemps à venir nous trouver. »

Holmes en fut alarmé.

« Il est impératif que nous découvrions l'identité de cet homme avant lui !

— D'abord, six hourras pour Richard Healey ! dit Fields. Sans lui, nous ne saurions toujours pas la raison pour laquelle Rey est venu nous montrer ses hiéroglyphes. L'inconnu a été ramassé avec toute une horde de mendiants et de voleurs pour être interrogés sur le meurtre de Healey. Nous pouvons en conclure que ce malheureux a reconnu la patte de Dante dans ce meurtre. Pris de terreur, il a récité en italien à l'oreille de Rey un extrait du chant qui a servi de modèle, avant de prendre ses jambes à son cou. Mais sa fuite s'est soldée par une chute à travers la fenêtre.

— Qu'est-ce qui a bien pu l'effrayer à ce point ? demanda Holmes.

— Compte tenu qu'il était mort depuis deux semaines quand le révérend Talbot a été assassiné, nous pouvons considérer comme un fait certain que ce n'est pas lui qui a tué le juge Healey », déclara Fields.

Lowell se mit à tirailler sur sa moustache d'un air pensif.

« Peut-être qu'il connaissait le meurtrier et craignait de se voir associé à lui. Qu'il le connaissait même très bien.

— Et le fait de le connaître l'a effrayé autant que nous a effrayés, nous, le fait de connaître Dante, renchérit Holmes. Bon, comment nous y prenons-nous pour découvrir son nom avant la police ? »

Longfellow, qui était resté silencieux pendant la plus grande partie de cet échange, fit remarquer :

« Nous possédons sur la police deux avantages évidents, mes amis. Nous savons qu'il a reconnu en Dante la source d'inspiration de ces meurtres horribles et, aussi, que les vers de Dante lui sont venus tout naturellement aux lèvres en un moment de crise. Nous pouvons donc supposer que c'était un mendiant italien, versé en littérature. Italien donc catholique. »

Inerte, telle une statue sacrée, le chapeau rabattu sur les yeux et les oreilles, un homme aux joues recouvertes d'une barbe de trois jours était allongé sur le trottoir devant la cathédrale de la Sainte-Croix, l'une des églises catholiques les plus anciennes de Boston. Affalé dans la position la plus confortable que permît l'ossature humaine, il mangeait à même un pot de terre. Un passant lui posa une question. Il ne tourna pas la tête ni ne répondit.

« Monsieur… » S'étant agenouillé, le passant lui montra l'illustration publiée dans le journal. « Vous connaissez cet homme, monsieur ? »

Le vagabond dévia le regard juste ce qu'il fallait pour jeter un coup d'œil au dessin, tandis que son interlocuteur extirpait un insigne de dessous son manteau.

« Je m'appelle Nicholas Rey, monsieur, et je suis un agent de la police municipale. Il est important que je sache le nom de cet homme. Il est mort. Il ne court pas d'ennuis. S'il vous plaît, le connaissez-vous personnellement, ou connaissez-vous quelqu'un qui le connaisse ? »

L'homme plongea son pouce et son index dans son pot et en retira un morceau de nourriture qu'il lâcha dans sa bouche. Puis il fit rouler brièvement sa tête en un mouvement de dénégation parfaitement indifférent.

L'agent recommença au bas de la rue, là où s'étirait une bruyante file de carrioles de bouchers et de marchands des quatre-saisons.

Dix minutes à peine s'étaient écoulées qu'un omnibus déversait ses passagers à une station voisine. Deux messieurs, dont l'un tenait un journal plié à la page du portrait, abordèrent à leur tour l'immuable désœuvré.

« Mon bon ami, pouvez-vous nous dire si vous connaissez ce monsieur ? » demanda Oliver Wendell Holmes d'une voix affable.

La récurrence des faits ébranla la rêverie de l'oisif sans vraiment la briser.

Lowell se plia en avant.

« Monsieur ? »

Holmes approcha le journal du vagabond.

« Je vous en prie, cher monsieur, dites-nous si son visage vous est connu et nous passerons joyeusement notre chemin. »

Aucune réaction.

« Vous faut-il une trompe acoustique ? » cria Lowell.

Visiblement, la méthode employée ne menait nulle part. L'homme pêchait dans son pot une pincée de nourriture non identifiable et la faisait glisser au fond de sa gorge sans seulement prendre la peine de l'avaler.

« Incroyable ! déclara Lowell à Holmes qui s'était écarté. Trois jours de recherches sans aucun résultat. On ne me dira pas que cet inconnu avait beaucoup d'amis.

— Nous avons passé les Colonnes d'Hercule du quartier élégant, fit observer Holmes. Ne traînons pas ici davantage. »

Cependant, il ne semblait pas décidé à partir. Quand il avait présenté le journal au vagabond, il avait vu un éclat briller dans son œil. Maintenant, il venait de remarquer, pendue à son cou, la médaille de San Paolino, saint patron de Lucques, en Toscane, et il gardait les yeux fixés sur elle. Lowell suivit la direction de son regard.

« D'où êtes-vous, *monsieur ?* » demanda-t-il au pauvre hère en italien.

L'homme continuait de fixer implacablement un point devant lui, sans dévier le regard.

« *Da Lucca, signore.* »

Lowell se lança alors dans des compliments sur la beauté de la région indiquée. Le vagabond ne manifeste aucune surprise à l'entendre s'exprimer dans sa langue. Comme tous les fiers Italiens, il s'attendait à ce que le monde entier connaisse son parler. Qui en était incapable n'était pas digne d'une conversation.

Lowell réitéra ses questions. Il était important de connaître le nom du monsieur dont le portrait était publié dans le journal, expliqua-t-il, afin de retrouver sa famille et d'organiser son enterrement.

« Nous croyons que ce malheureux venait de Lucques, lui aussi, dit-il d'une voix triste. Il mérite d'être enterré dans un cimetière catholique, auprès des siens. »

Le mendiant prit un certain temps pour peser le pour et le contre, puis il pivota péniblement sur son coude jusqu'à pouvoir désigner du doigt avec lequel il pêchait sa nourriture le massif portail de l'église derrière lui.

Le prélat catholique auquel ils s'étaient adressés était un homme dont la corpulence n'altérait en rien la dignité.

« Lonza, je crois qu'il s'appelait Lonza, dit-il en leur rendant le journal. Il venait ici... Oui, Grifone Lonza.

— Vous l'avez connu personnellement ? demanda Lowell avec espoir.

— Il connaissait cette église, monsieur Lowell, répondit le prêtre d'un air bénin. Le Vatican nous a confié la gestion d'une fondation à l'intention des immigrants, nous leur prêtons des fonds. De même, nous remettons à ceux qui doivent rentrer dans leur patrie une petite somme pour le voyage. Il va de soi que nous ne pouvons pas secourir tout le monde. » Il en avait plus à dire, mais se restreignit de lui-même. « Quelle affaire vous fait rechercher cet homme, messieurs, et pourquoi son portrait est-il dans le journal ?

— Nous pensons qu'il est mort, mon père, et que la police cherche à l'identifier, répondit le Dr Holmes.

— Ah. Je crains que vous ne trouviez pas mes paroissiens ni ceux des autres églises du quartier très désireux de collaborer avec la police. Je rappellerai qu'elle n'a rien fait pour que justice soit rendue après l'incendie du couvent des ursulines. Dès qu'un crime est commis, ce sont les pauvres, les catholiques irlandais, que l'on vient harceler, ajouta-t-il avec cette tension des mâchoires propre aux hommes du clergé lorsqu'ils sont en colère. On les a envoyés mourir à la guerre pour des nègres qui, aujourd'hui, leur volent leur travail. Et, pendant ce temps-là, les riches restaient chez eux, moyennant un modique forfait.

— M. Lonza souhaitait retourner en Italie ? s'enquit Lowell.

— Je ne saurais dire ce que chacun *souhaite* au fond de son cœur. Si je me rappelle bien, il venait ici pour chercher la nourriture que nous offrons régulièrement. Il empruntait aussi à court terme des sommes censées le remettre à flot. *Personnellement,* si j'étais italien, je souhaiterais retourner auprès des miens. Mes paroissiens sont irlandais pour la plupart. Je crains que les Italiens ne se sentent pas bien accueillis par eux non plus. D'après nos estimations, ils sont moins de trois cents à vivre à Boston et dans les environs. Ce sont eux les plus miséreux. Ils ont besoin de notre compassion et de notre charité. Mais plus les immigrés affluent, moins il y a de travail pour les gens en place. Vous devinez les troubles qui peuvent s'ensuivre.

— Savez-vous si M. Lonza avait de la famille ici, mon père ? » demanda Holmes.

Le prélat secoua d'abord la tête d'un air songeur, puis se reprit :

« Ah oui, il y avait parfois un monsieur qui lui tenait compagnie. Lonza était assez porté sur la bouteille, je dois dire, il avait besoin d'être surveillé. Quel était son nom, déjà ? Un nom tout à fait italien. » Le prélat alla à son bureau. « Nous devrions l'avoir quelque part car il a emprunté de l'argent, lui aussi. Ah, voilà. C'est un professeur de langue. Je me rappelle qu'il prétendait avoir travaillé autrefois à l'université de Harvard, mais j'aurais tendance à en douter. Il a touché cinquante dollars au cours des dix-huit mois passés. » Il lut en le déformant le nom inscrit sur sa fiche : « Pietro *Bak-ee.* »

Nicholas Rey était en train d'interroger des enfants loqueteux qui jouaient à s'éclabousser avec l'eau de l'abreuvoir d'une station de fiacres quand il vit deux hauts-de-forme sortir de la cathédrale de la Sainte-Croix d'un pas allègre et disparaître au coin de la rue. Des silhouettes qu'on ne pouvait manquer de remarquer dans ce quartier populaire. Il se rendit à l'église et demanda à voir le prêtre. Celui-ci, apprenant que Rey était agent de police, étudia l'illustration du journal, puis chaussa ses lunettes cerclées d'or pour la regarder mieux.

« Je ne crois pas avoir jamais rencontré ce pauvre hère, malheureusement, monsieur l'agent de police », déclara-t-il placidement.

Rey lui demanda alors si d'autres personnes dans le quartier cherchaient à obtenir des renseignements sur cet homme. Tout en replaçant le dossier de Bachi dans le tiroir, le prêtre eut un doux sourire et répondit que non.

De la cathédrale, Rey se rendit au cimetière Mount Auburn de Cambridge où le chef de la police l'avait envoyé, suite à une tentative de viol de sépulture perpétrée durant la nuit. La tombe visée était celle d'Artemus Healey. À la lecture du câble l'informant du forfait, le commandant Kurtz s'était laissé aller à une hargne indigne de son rang :

« Ça leur pendait au nez ! Je les avais prévenus de ce qui les attendait à vouloir ébruiter l'affaire ! »

L'administration du cimetière avait fait transférer le corps du juge dans un cercueil en acier et armé le gardien de nuit d'un fusil de chasse.

Sur une hauteur, non loin du caveau des Healey, la tombe du révérend Talbot s'ornait déjà d'un buste en marbre à son effigie, offert par les paroissiens. Les traits du pasteur étaient grandement embellis. Dans l'une de ses mains, il tenait les Saintes Écritures, dans l'autre une paire de lunettes. La pose, pleine de grâce, évoquait l'habitude qu'il avait d'ôter ses grandes bésicles pour lire le texte saint et de les rechausser au moment d'entamer son prêche, comme pour instruire les fidèles que déchiffrer l'esprit du Seigneur requiert une vision plus aiguë.

En route vers le cimetière, Rey fut arrêté par un petit attroupement. Des voisins, lui dit-on, se plaignaient de l'odeur épouvantable qui émanait d'une chambre au deuxième étage d'une maison. Y logeait un vieil homme, absent depuis plus d'une semaine, ce qui n'était pas surprenant car il voyageait beaucoup. Les habitants du quartier exigeaient qu'une action fût entreprise sur-le-champ. Rey commença par frapper à la porte, puis envisagea de la forcer pour emprunter finalement une échelle. S'étant hissé à hauteur de la fenêtre, il en souleva le panneau coulissant. La puanteur qui jaillit au-dehors fut telle qu'il manqua tomber à la renverse. Il attendit que l'air vicié se fût totalement échappé.

S'étant introduit dans la pièce, il dut se retenir au mur pendant plusieurs secondes. Un homme se tenait debout devant lui, ses pieds frôlant le plancher, sa tête passée dans une corde accrochée au plafond. Il n'y avait plus rien à faire pour le secourir. Ses traits rigidifiés dans une expression de panique et l'état de décomposition avancé dans lequel il était interdisaient qu'on le reconnût formellement, mais Rey l'identifia à ses vêtements. C'était Gregg, le sacristain de l'église unitarienne toute proche. Une carte se trouvait sur une chaise voisine, celle que le chef de la police avait laissée à l'église à son intention. Au dos, le suicidé réitérait que nul n'aurait pu descendre dans la crypte pour tuer le pasteur sans passer devant lui. L'âme d'un démon avait pris ses quartiers quelque part dans Boston, disait-il. Il n'avait plus la force de vivre dans la crainte.

C'était bien malgré lui que Pietro Bachi, gentilhomme italien diplômé de l'université de Padoue, s'était résolu à exercer le métier de précepteur d'italien. Les occasions qui s'offraient à lui étaient rares et elles ne lui apportaient qu'une maigre satisfaction. Chassé de Harvard sans cérémonie, il avait recherché un emploi dans un autre collège. « Pour enseigner le français ou l'allemand, il y aurait peut-être une place, s'était esclaffé le doyen d'une université qui venait d'ouvrir ses portes à Philadelphie. Mais l'italien, vous n'y pensez pas, mon ami ! Nous n'attendons pas de nos garçons qu'ils deviennent des chanteurs d'opéra. » Les établissements qui s'échelonnaient de haut en bas de la côte atlantique ne prévoyaient pas davantage une éclosion de ténors dans leurs rangs. L'administration connaissait déjà assez de complications avec le grec et le latin pour songer à introduire dans le programme d'études une langue vivante vulgaire, inutile, inconvenante et papiste. (Merci, M. Bakey !)

Heureusement, avec la fin de la guerre, une faible demande était apparue dans les beaux quartiers de Boston, chez des négociants yankees impatients de s'ouvrir les ports étrangers. Une nouvelle classe aisée, issue des profits de la guerre et du mercantilisme, souhaitait ardemment faire de leurs demoiselles des jeunes filles du monde cultivées. Aux yeux de certains pères, leur inculquer des bribes d'italien, outre la connaissance du français, semblait un choix judicieux, au cas où il y aurait quelque intérêt à les envoyer à Rome quand le temps serait venu pour elles de visiter le monde. (C'était en effet une mode nouvelle parmi les beautés qui s'épanouissaient à Boston.) Pietro Bachi restait donc à l'affût de ces marchands entreprenants. Las, ces jouvencelles bichonnées, épuisées par leurs leçons de chant, de dessin ou de danse dont les maîtres les séduisaient tant, répugnaient à accorder à Bachi de façon régulière une heure et quart de leur temps.

Bref, la vie qu'il menait le désespérait.

Ce n'était pas tant sa fonction qui le tourmentait que l'obligation de réclamer ses honoraires. À Boston, les *Americani* s'étaient bâti une société où la profusion d'argent n'avait d'égale que l'absence de culture, une Carthage qui disparaîtrait sans laisser de traces. Que disait donc Platon des citoyens d'Agrigente ? Qu'ils bâtissaient comme s'ils devaient vivre éternellement, et se goinfraient comme s'ils devaient mourir dans l'instant.

Quelque vingt-cinq ans plus tôt, dans sa belle campagne de Sicile, Pietro Batalo, comme tant d'autres Italiens avant lui, s'était épris d'une femme dangereuse dont la famille appartenait à un clan politique opposé à la sienne, laquelle luttait farouchement contre la domination papale. Se considérant injustement traitée par Pietro, la belle s'était plainte à ses proches et ceux-ci s'étaient fait un plaisir d'obtenir l'excommunication et l'exil du coupable. Après de multiples tribulations au sein de plusieurs armées, Pietro et son frère, qui était marchand, avaient changé leur nom en Bachi et s'étaient embarqués pour l'autre rive de l'océan, enchantés de fuir un pays au paysage politique et religieux étouffant. En 1843, Pietro avait découvert en Boston une ville pittoresque et peuplée de gens accueillants. Bien différente était la cité en 1865, où les pires craintes des partisans du droit du sol se voyaient réalisées. Devant l'afflux d'immigrants, les vitrines de magasins s'ornaient de panneaux stipulant EMPLOI RÉSERVÉ AUX CITOYENS AMÉRICAINS. Au début, Bachi avait été reçu honorablement à Harvard. Pendant un certain temps, il avait même habité la jolie partie de Brattle Street, à l'instar du jeune professeur Henry Longfellow. Mais voilà, il s'était pris d'une passion jusque-là inconnue pour une femme de chambre irlandaise qui, une fois mariée, n'avait eu de cesse d'offrir son cœur à d'autres. Finalement, la mâtine l'avait quitté, ne laissant au malheureux répétiteur, au dire de ses élèves, que ses chemises dans sa malle et un vigoureux penchant pour la boisson. Ainsi avait commencé le déclin rapide et constant de Pietro Bachi...

« Je reconnais qu'elle est peut-être... eh bien... » Tout en se hâtant à la suite de Bachi, le père cherchait à exprimer sa pensée en des termes délicats. « Disons... *difficile.*
— Difficile ? répéta Bachi sans s'arrêter pour autant. Ha ! elle refuse de croire que je suis italien. Elle affirme que mes compatriotes ne me ressemblent pas ! »

La petite fille, apparue au sommet de l'escalier, regarda d'un air boudeur son père sautiller de marche en marche à la suite du répétiteur.

« Oh, je suis sûr que cette enfant ne le pensait pas vraiment, clama le maître de maison avec le plus grand sérieux.
— Si, c'est exactement ce que je voulais dire ! » hurla la donzelle en se penchant si loin par-dessus la rampe en noyer qu'on eût dit qu'elle allait tomber droit sur le bonnet de laine de Pietro Bachi. Il ne ressemble pas du tout à un Italien, Papa ! Il est bien trop petit !
— Arabella ! » s'offusqua le père.

Et de décerner à Bachi un sourire engageant que la lumière vacillante des bougies du vestibule teintait de jaune comme s'il s'était peinturluré la bouche en or.

« Cher monsieur, attendez encore un peu, vous dis-je ! Profitons de l'occasion pour revoir vos honoraires, n'est-ce pas, *signore* Bachi ? »

Ses sourcils remontés tout près de ses cheveux se mirent à trembler à la façon d'une flèche sur un arc bandé.

Le visage brûlant, la main serrée sur sa sacoche à bandoulière, le répétiteur le dévisagea en s'efforçant de dompter sa colère. Chaque revers le faisait douter un peu plus que la vie valût la peine d'être vécue. Ces dernières années, ses rides s'étaient multipliées jusqu'à former un filet entre les mailles duquel on reconnaissait un visage.

« *Amari cani !* » fut tout ce qu'il répondit.

Du palier supérieur, Arabella lui lança un regard perplexe. Bachi ne lui avait pas enseigné assez d'italien pour qu'elle saisît le calembour... Ces deux mots, proches de *americani*, signifiaient « chiens amers ».

À cette heure, dans l'omnibus qui le reconduisait en ville, les passagers s'entassaient comme du bétail mené à l'abattoir. Boston et sa banlieue étaient desservis par des caissons de deux tonnes, montés sur des roues en fer et tirés sur des rails par une paire de chevaux. La quinzaine d'heureux mortels qui avaient trouvé à s'asseoir le long des bas-côtés regardaient avec un intérêt détaché la trentaine d'infortunés, dont Bachi, lutter pour se glisser les uns entre les autres, se débattre et se heurter dans l'espoir d'atteindre les courroies en cuir qui pendaient du plafond. Le temps que le receveur se faufilât à travers la cohue pour recueillir le prix des billets, le quai dehors était à nouveau rempli de gens qui attendaient la prochaine voiture. Au milieu du compartiment surchauffé et non ventilé, deux ivrognes s'acharnaient à chanter en chœur une chanson dont ils ignoraient les paroles. Leur odeur avinée fit craindre le pire à Bachi. S'étant assuré que personne ne l'observait, il prit une inspiration et, relâchant l'air dans le creux de sa main, huma son haleine en ouvrant les narines pour s'assurer qu'il n'était pas à l'origine de cette puanteur.

Arrivé dans sa rue, il s'enfonça dans un complexe d'ombres qui plongeaient du trottoir vers un sous-sol obscur. Dans un instant, il aurait retrouvé la solitude, au fin fond des entrailles de cet immeuble baptisé Demi-Lune, et il s'en réjouissait. Hélas, des visiteurs l'attendaient, assis au bas des marches, position malséante pour un James Russell Lowell et pour un Oliver Wendell Holmes peu habitués à poser leur fondement ailleurs que dans un fauteuil.

« Un penny pour vos pensées, *signore*, lança Lowell en guise d'accueil, et avec un sourire charmant il s'empara de la main de Bachi.

— Ce serait vous voler, *professore*. »

Les doigts de Bachi mollirent comme un chiffon humide dans la poigne de Lowell. Il détailla Holmes d'un air soupçonneux et ajouta à l'adresse de Lowell, sur un ton ironique :

« Auriez-vous perdu votre chemin pour rentrer à Cambridge ? » Sa voix trahit davantage son étonnement que ne le fit son visage.

« Nullement, déclara Lowell en dévoilant un front haut et blanc jusque-là caché sous son chapeau. Vous connaissez le Dr Holmes ? Nous aimerions vous entretenir d'une question, si vous le voulez bien. »

Perplexe, Bachi introduisit sa clef dans la serrure. La porte s'ouvrit dans un carillon de pots pendus sur l'autre face du battant. La pièce en sous-sol recevait un carré de lumière d'un soupirail percé au ras du trottoir. Des vêtements accrochés dans tous les coins montait une odeur de moisi. En raison de l'humidité persistante, ils ne séchaient jamais complètement, de sorte que Bachi portait des costumes sillonnés de faux plis invincibles. Profitant de ce que Lowell était occupé à déplacer des pots pour suspendre son chapeau à un clou, Bachi, d'un air détaché, glissa dans sa sacoche des papiers éparpillés sur la table. Son manège n'avait pas échappé à Holmes, qui détourna les yeux et, pour masquer sa curiosité, complimenta de son mieux l'intérieur délabré. Bachi alla mettre de l'eau à bouillir sur la grille de l'âtre.

« Quelle affaire vous amène, messieurs ? demanda-t-il sèchement.

— Nous sommes venus vous demander votre aide, *signore* Bachi », répondit Lowell.

Un amusement narquois passa sur les traits du répétiteur pendant qu'il versait le thé.

« Que prendrez-vous avec cela ? » s'enquit-il sur un ton plus enjoué.

Il désigna le buffet où se trouvaient une demi-douzaine de verres sales et trois carafes marquées RHUM, GENIÈVRE, et WHISKEY.

« Du thé tout seul, merci », fit Holmes.

Lowell l'imita.

« Allez, je vous en prie », insista Bachi en déposant un carafon devant ses hôtes.

Pour l'apaiser, Holmes fit tomber quelques gouttes de whiskey dans sa tasse. Bachi lui souleva le coude.

« L'amer climat de Nouvelle-Angleterre nous mènerait tout droit au tombeau, docteur, si nous ne redonnions pas de temps à autre un peu d'allant à la machine. »

Il feignit d'hésiter entre le thé et l'alcool et opta pour un plein verre de rhum. Les invités tirèrent les chaises pour s'asseoir.

« Mais, ça vient de University Hall ! s'exclama Lowell.

— Où trouver ailleurs un siège aussi merveilleusement inconfortable ? rétorqua Bachi avec une amabilité compassée. Les gens de Harvard auront beau se prétendre unitariens, ils resteront éternellement englués dans le calvinisme : souffrir et faire souffrir autrui, telle est leur devise ! Dites-moi plutôt, messieurs, comment avez-vous réussi à me dénicher dans cette Demi-Lune où je crois bien être la seule personne à des kilomètres à la ronde à ne pas venir de Dublin ? »

Lowell déroula un *Daily Courier* à la page des petites annonces. L'une d'elles était entourée :

> Un monsieur italien, diplômé de l'université de Padoue, hautement qualifié dans l'enseignement des langues espagnole et italienne grâce à une longue pratique et à de nombreux accomplissements dans des domaines variés, donne des cours particuliers ou collectifs dans des écoles de garçons, des académies pour jeunes filles, etc. Références : Hon. John Andrew, Henry Wadsworth Longfellow et James Russell Lowell, professeur à l'université de Harvard. Adresse : 2, square de la Demi-Lune, Broad Street.

Bachi eut un rire pour lui-même.

« Le bon vin n'a pas besoin de buisson, dit-on en Italie où le mérite aime à cacher son lumignon sous le boisseau. En Amérique, mieux vaut citer un autre proverbe, quitte à l'inventer : *In bocca chiusa non entran mosche.* En gardant bouche fermée, vous ne goberez pas de mouche. Comment espérer des gens qu'ils vous achètent une chose s'ils ignorent que vous la vendez ? En conséquence, j'ouvre grand ma bouche et souffle dans ma trompette. »

Holmes but une gorgée de thé. Le breuvage était tellement fort qu'il ne put retenir un tressaillement.

« John Andrew est l'une de vos références, *signore* ? demanda-t-il après s'être tamponné les lèvres avec sa manche.

— Dites-moi, docteur Holmes, connaissez-vous une seule personne au monde désireuse d'apprendre l'italien, qui irait demander des renseignements sur moi au gouverneur de l'État ? Je doute fort que quiconque ait jamais importuné le professeur Lowell à mon sujet. »

Lowell l'admit volontiers. Il se pencha sur les textes et commentaires de Dante qui jonchaient le bureau, ouverts les uns sur les autres dans une promiscuité indécente. Un portrait de l'épouse infidèle était suspendu au-dessus de l'écritoire. On devinait que le pinceau prévenant du peintre s'était efforcé d'attendrir un peu la dureté du regard.

« Eh bien, *professore*, demanda Bachi. En quoi puis-je vous offrir mon aide, moi qui ai vainement attendu la vôtre dans le passé ? »

Lowell sortit de son manteau le journal ouvert à la page du portrait de Lonza.

« Connaissez-vous cet homme, *signore* Bachi ? Ou devrais-je dire : l'avez-vous connu ? »

Bachi s'absorba dans la contemplation de ce visage aux traits cadavéreux, sur cette page blanc et noir. Une vague de tristesse le submergea. Pourtant, ce fut avec colère qu'il interpella ses hôtes.

« Me supposez-vous capable de fréquenter un loqueteux pareil ?

— Pas nous, répliqua Lowell sur un ton sans appel, l'évêque de la cathédrale de la Sainte Croix. »

Bachi tourna vers Holmes un regard de bête traquée.

« Je crois savoir, *signore*, que vous avez emprunté là-bas une somme non négligeable », poursuivait Lowell.

La honte poussa Bachi à la candeur. Baissant les yeux, il eut un sourire penaud.

« Ces prêtres américains n'ont vraiment rien de commun avec ceux de chez nous. Leurs bourses sont mieux garnies que celles du pape. Si vous étiez à ma place, l'argent des curés ne vous incommoderait pas. »

Il vida son verre de whiskey d'un trait et se mit à siffler, la tête rejetée en arrière. Puis il regarda à nouveau le portrait dans le journal.

« Ainsi, vous voulez savoir des choses sur Grifone Lonza. » Il fit une pause et désigna du pouce la pile de textes sur son bureau.

« Comme vous, messieurs les hommes de lettres, c'est parmi les morts et non pas les vivants que j'ai toujours trouvé mes compagnons les plus agréables. L'avantage, avec les auteurs, c'est que vous pouvez leur clore le bec lorsqu'ils deviennent plats ou obscurs ou quand ils cessent de vous amuser, tout simplement. »

Ces mots furent prononcés avec une insistance marquée. S'étant levé, Bachi se leva et alla se verser un genièvre. Il en descendit une grande lampée. Sa phrase suivante se perdit à moitié dans la déglutition.

« L'Amérique est synonyme de solitude. La plupart de mes frères forcés à venir ici peuvent à peine déchiffrer le journal. Alors vous pensez, *La Commedia di Dante*... Une œuvre qui pénètre l'âme de l'homme dans ses désespoirs et ses joies les plus enfouis. Il y a des années de cela, nous étions quelques lettrés à Boston, des hommes d'esprit : Antonio Gallenga, Grifone Lonza, Pietro D'Alessandro. » À ce souvenir, Bachi ne put retenir un sourire à ses visiteurs comme s'ils avaient été du nombre. « Nous nous retrouvions dans nos chambres pour lire Dante à haute voix, tantôt l'un, tantôt l'autre, cheminant de la sorte le long de ce poème qui renferme tous les secrets du monde. Lonza et moi, nous étions les derniers du groupe à être encore ici, et toujours vivants. À présent, me voilà seul.

— Allons, allons, ne méprisez pas Boston, dit Holmes.

— Peu de gens méritent de passer leur vie entière dans cette ville, rétorqua l'Italien avec une sincérité sardonique.

— Vous saviez, *signore* Bachi, que Lonza était mort à l'hôtel de police ? » demanda Holmes doucement.

Bachi hocha la tête.

« Je l'avais entendu dire. »

Considérant les livres de Dante étalés sur le bureau, Lowell se lança :

« *Signore* Bachi, que me répondriez-vous si je vous disais qu'avant de choisir la mort, Lonza a récité un vers du chant III de l'*Inferno* à un officier de police ? »

Bachi ne parut pas le moins du monde surpris. Il rit avec insouciance et entreprit d'expliquer. Au fil du temps, la plupart des exilés politiques italiens devenaient d'une rigueur de plus en plus virulente, allant jusqu'à faire de leurs péchés des preuves de sainteté. Dans leur esprit, le pape ne valait pas mieux qu'un chien galeux. À l'inverse, Grifone Lonza avait acquis la conviction d'avoir trahi sa foi en cours de route. Il cherchait par tous les moyens à se repentir devant Dieu. Établi à Boston, il avait contribué à développer une mission catholique liée au couvent des ursulines, persuadé que sa ferveur serait rapportée au pape et lui vaudrait l'autorisation de rentrer au pays. Mais le couvent avait été incendié.

« L'événement, comme bien souvent, a brisé Lonza au lieu d'alimenter sa détermination. Il s'est dit qu'il avait forcément commis une faute grave dans le passé pour mériter de Dieu un tel châtiment. Le monde alentour, son exil lui sont devenus de plus en plus confus. Il a cessé peu à peu de parler l'anglais. Je serais tenté de croire qu'il a fini par oublier cette langue et ne se rappelait plus que la sienne, la vraie, l'italien.

— Mais pourquoi citer un vers de Dante avant de sauter par la fenêtre, *signore* ? demanda Holmes.

— Jadis, dans mon pays, j'avais pour ami un joyeux drille qui tenait une taverne. À toute question se rapportant à la nourriture, il répondait par un vers de Dante. Chez lui, c'était amusant. Chez Lonza, c'était la manifestation d'une folie. Dante est devenu pour lui le moyen d'extérioriser les péchés qu'il croyait avoir commis. À la fin, il se sentait coupable de tout ce qui se présentait. Ces dernières années, il n'a pas véritablement relu Dante, il n'en avait pas besoin. Chaque vers, chaque mot était ancré dans son esprit et y alimentait une terreur immense. Il ne s'était pas préoccupé d'apprendre le poème par cœur ; ça lui était venu tout seul, comme les avertissements de Dieu viennent aux prophètes. La moindre image, le moindre mot, le faisait glisser dans le poème et il fallait parfois plusieurs jours pour l'arracher à cet état, pour l'obliger à parler d'autre chose.

— Son suicide n'a pas l'air de vous surprendre, fit remarquer Lowell.

— J'ignorais que ce fût un suicide, *professore*, réagit Bachi sur un ton coupant. Mais qu'importe le nom donné à sa mort car sa vie entière n'aura été qu'un long suicide. Il a abandonné son âme à la crainte, petit bout par petit bout, jusqu'à ce qu'il ne restât plus rien dans l'univers qui ne fût pas l'Enfer pour lui. Il se tenait en équilibre au bord des tourments éternels qui avaient envahi son esprit. Je ne m'étonne pas qu'il ait basculé dans le gouffre. »

Il fit une pause.

« En va-t-il tellement différemment avec votre ami Longfellow ? »

À ces mots, Lowell bondit sur ses pieds. Holmes tenta gentiment de le rasseoir. Mais Bachi insistait :

« Pour autant que je le sache, le professeur Longfellow noie sa douleur dans *La Divine Comédie* depuis… combien d'années déjà ? Trois ou quatre, certainement.

— Que savez-vous d'un homme tel que Henry Longfellow ? tempêtait Lowell. À voir votre bureau, je dirais que Dante vous consume également. Que recherchez-vous dans cette œuvre, *signore* ? Dante, lui, recherchait la paix en l'écrivant. J'ose dire que vos buts n'ont pas cette noblesse ! »

Il feuilleta le livre rudement. Bachi le lui arracha des mains.

« Ne touchez pas à mon Dante ! Je vis peut-être dans un galetas, mais je n'ai pas motif de me disculper pour mes lectures devant qui que ce soit, nanti ou indigent, *professore* ! »

Lowell rougit de honte.

« Ce n'est pas... Si je puis vous venir en aide financièrement, *signore* Bachi... »

— Oh, vous, *amari cani* ! ricana l'Italien. Je devrais accepter la charité de vous ? D'un homme qui s'est croisé les bras quand Harvard me jetait aux loups ? »

Lowell était consterné.

« Voyons, Bachi ! Je me suis battu bec et ongles pour que vous conserviez votre emploi.

— Vous avez écrit à la Corporation pour demander qu'on me verse un dédit de licenciement. Où étiez-vous quand je n'avais personne vers qui me tourner ? Où était le grand Longfellow ? Vous ne vous êtes jamais battu pour rien dans votre vie. Bien calé dans votre fauteuil, vous écrivez des articles contre l'esclavage et le massacre des Indiens en espérant que les choses changeront. Vous vous battez contre des maux qui n'approchent pas votre porte, *professore* ! » Il se tourna vers Holmes, comme si l'inclure dans ses injures était lui faire une politesse. « Tout ce que vous possédez dans vos vies, vous en avez hérité. Vous ne savez pas ce que c'est que de pleurer pour avoir du pain ! Mais, finalement, de quoi devrais-je me plaindre ? Le plus grand des bardes n'avait même pas un toit. Uniquement l'errance. Peut-être, un jour prochain, connaîtrai-je le bonheur de fouler à nouveau mon rivage natal en compagnie d'amis authentiques. Une dernière fois avant de quitter cette terre... »

Dans les trente secondes qui suivirent, Bachi descendit encore deux pleins verres de whiskey et se laissa tomber dans le fauteuil devant son bureau, tremblant de tous ses membres.

« C'est sur l'intervention d'un étranger, Charles de Valois, que Dante fut exilé. Dante est le dernier bien encore en notre possession, la cendre ultime de l'âme de l'Italie. Je n'applaudirai pas lorsque vous-même et votre M. Longfellow adoré l'aurez arraché au lieu qui est le sien pour en faire un Américain ! Dites-vous bien qu'il nous reviendra toujours : sa volonté de vivre est trop puissante pour succomber devant qui que ce soit ! »

Holmes tenta d'interroger Bachi sur ses cours. Lowell voulut savoir le nom de l'homme en chapeau melon et veste à carreaux avec lequel le répétiteur s'était entretenu dans le Yard, mais ils avaient tiré de Pietro Bachi tout ce qui pouvait l'être.

Émergeant de ce pitoyable sous-sol, ils furent assaillis par un vent glacé. Ils s'abritèrent dans l'encoignure de l'escalier extérieur de l'immeuble voisin, que les locataires surnommaient l'échelle de Jacob parce qu'il menait aux logis moins miséreux des étages supérieurs.

Un Bachi rougeaud passa la tête par son soupirail. À force de contorsions, il parvint à dégager son cou. De loin, on eût pu croire qu'un homme poussait directement de terre, à la façon des champignons.

« Vous vouliez parler de Dante, *professore* ? cria-t-il d'une voix d'ivrogne. Vous feriez bien de garder un œil sur votre cours à Harvard ! »

Lowell le somma en retour de s'expliquer.

Mais Bachi était redescendu sous terre. Deux mains baissèrent avec bruit le châssis de la fenêtre à guillotine.

10.

Dans son bureau en ordre bien qu'encombré, M. Henry Oscar Houghton, homme pieux, et de haute taille, portant une demi-barbe à la mode des quakers, examinait ses comptes à la lumière diffuse d'une lampe réglable. Grâce à son inlassable dévotion aux détails, la Riverside Press était devenue l'imprimerie d'un grand nombre de maisons d'édition éminentes, à commencer par Ticknor et Fields, la plus éminente de toutes. Un garçon de courses frappa à la porte entr'ouverte. En homme digne de ses méticuleux ancêtres, Houghton prit le temps de recopier un chiffre dans son livre de dépenses et de sécher l'encre au buvard, avant de relever les yeux de son travail.

« Entre, mon garçon », dit-il enfin.

L'employé déposa une carte dans sa main. Avant même de la lire, Oscar Houghton l'imprimeur fut impressionné par l'épaisseur et la rigidité du bristol. L'approchant de la lampe, il lut les mots tracés à la main et se raidit. De sa paix soigneusement préservée, il ne restait plus rien.

La calèche du chef adjoint Savage s'arrêta devant l'hôtel de police. Kurtz en descendit. Rey vint à sa rencontre sur le perron.

« Alors ? demanda le chef de la police.

— J'ai découvert le prénom de l'inconnu, grâce un autre vagabond qui prétend l'avoir vu parfois du côté du chemin de fer, répondit Rey. C'est Grifone.

— Eh bien, c'est un premier succès, dit Kurtz. J'ai repensé à ce que vous m'avez dit, Rey : qu'on pourrait voir dans ces meurtres une sorte de *punition pour l'exemple.* »

À la surprise de l'agent, le commandant ne fit pas suivre cette déclaration d'une récusation, mais d'un soupir.

« J'ai repensé au juge suprême Healey », enchaîna-t-il.

Rey hocha la tête.

« Voyez-vous, chacun d'entre nous commet des actes qu'il passe ensuite sa vie entière à regretter. Pensez au procès Sims. La police dut dégager les marches du tribunal à coups de bâton. Nous avions traqué Tom Sims comme un chien. Puis le juge a statué qu'il serait conduit au port et réexpédié au maître de chez qui il s'était enfui. Vous me suivez ? Cette période a été l'une des plus sombres que nous ayons connues, et tout ça à cause de la décision du juge suprême – de son indécision devrais-je dire – de ne pas déclarer invalide la loi passée devant le Congrès.

— Oui, chef. »

L'évocation de ces souvenirs parut attrister Kurtz.

« Prenez les représentants les plus respectables de la bonne société de Boston, vous tomberez sur des messieurs qui ne furent pas toujours des petits saints, c'est moi qui vous le dis. En tout cas, ils ne l'ont pas été à mon époque. Ils ont tergiversé. Ils ont mis dans la balance tout leur poids financier pour soutenir le mauvais parti, et ils ont permis à la circonspection de prendre le pas sur le courage, quand ils n'ont pas fait pire. »

Kurtz ouvrit la porte de son bureau, prêt à continuer. Mais trois hommes en manteau noir se tenaient dans la pièce, penchés sur sa lourde table d'acajou à double retour : des policiers appartenant au bureau des détectives.

« Que faites-vous ici ? »

Kurtz balaya la pièce des yeux à la recherche de son secrétaire. Les hommes s'écartèrent, révélant la présence du maire de Boston.

Le chef de la police se découvrit et s'inclina légèrement.

« Votre Honneur. »

Frederick Walter Lincoln tira paresseusement une dernière bouffée de cigare.

« J'espère que vous ne vous offusquerez pas que nous ayons pris nos aises chez vous en attendant votre retour. »

Une toux brouilla la fin de sa phrase.

Assis à côté de lui, le conseiller municipal Jonas Fitch arborait un sourire supérieur, depuis certainement plusieurs heures. Ce fut lui qui renvoya deux des trois manteaux noirs présents dans la pièce.

« Agent Rey, attendez dans l'antichambre, je vous prie », déclara Kurtz à son tour.

Il alla prendre place dans un siège réservé aux visiteurs et attendit que la porte se fût refermée pour demander :

« De quoi s'agit-il ? Pourquoi avez-vous rassemblé ici ces canailles ? »

La canaille demeurée dans le bureau, un certain détective Henshaw, ne parut pas se formaliser.

« Commandant, dit le maire, je ne doute pas que vous ayez à régler bien des problèmes de police négligés ces temps-ci. En conséquence, nous avons décidé de confier aux détectives le soin de résoudre ces meurtres.

— Je ne le permettrai pas ! » réagit Kurtz en bondissant sur ses pieds.

— Laissez les détectives faire leur travail, dit Lincoln. Ils sont entraînés à résoudre ces questions avec vigueur et rapidité.

— Surtout quand il y a de telles récompenses à la clef », renchérit Fitch.

Lincoln lui décocha un regard noir.

« Des récompenses ? répéta Kurtz en plissant les paupières. Les détectives ne sont pas habilités à toucher de primes, que je sache. Et cela, en vertu d'un décret voté par vous. En irait-il autrement, monsieur le maire ? »

Celui-ci écrasa son cigare en feignant de réfléchir.

« À l'heure où nous parlons, le conseil municipal de Boston s'apprête à voter une résolution présentée par M. Fitch, abrogeant l'arrêté qui interdit aux détectives de toucher des récompenses. Le montant doit également être légèrement revu à la hausse.

— Une hausse de combien ? demanda Kurtz.

— Monsieur le chef de la police…, commença le maire.

— De combien ? »

Kurtz crut voir passer un sourire sur le visage de Fitch avant qu'il ne prît la parole.

« Désormais, la prime pour l'arrestation du meurtrier se montera à *trente-cinq mille* dollars.

— Dieu du ciel ! s'indigna Kurtz. Mais les gens vont tuer pour s'emparer d'un tel magot ! À commencer par ces maudits détectives !

— Il faut bien que nous fassions le travail, chef, quand personne n'agit », fit remarquer Henshaw.

Le maire exhala la fumée et son visage entier parut se dégonfler. Sans véritablement ressembler à feu le président Lincoln, son cousin issu de germain, il avait cette même apparence frêle et squelettique des gens infatigables.

« John, dit-il doucement, je compte me retirer après un autre mandat. Je veux être certain que ma ville se rappellera de moi en bien. Nous devons pendre ce tueur sans tarder ou l'enfer tout entier va se déchaîner, vous le voyez bien. Entre la guerre et ces meurtres, cela fait maintenant quatre ans que le goût du sang permet aux journalistes de se remplir les poches. Et ils sont plus assoiffés que jamais, vous pouvez m'en croire. Healey était de ma promotion à l'université, chef. On attend de moi que je ratisse les rues moi-même pour dénicher ce cinglé, sinon on me pendra haut et court sur le *Common* ! Laissez les détectives s'occuper de cette affaire, je vous prie, et que votre nègre reste en dehors de tout ça. Nous ne pouvons pas souffrir d'autre embarras.

— Je vous demande pardon, monsieur le maire, fit Kurtz en se redressant sur son siège, mais que vient faire l'agent Rey là-dedans ?

— Et l'émeute qui faillit se produire pendant l'interrogatoire après le meurtre du juge Healey ? intervint Fitch avec un plaisir évident. Le mendiant qui s'est jeté par la fenêtre de votre commissariat ? Arrêtez-moi quand la mémoire vous sera revenue, monsieur le chef de la police.

— L'agent Nicholas Rey n'a rien à voir avec ça », rétorqua Kurtz.

Lincoln secoua la tête avec sympathie.

« Le conseil municipal a diligenté une enquête en vue d'examiner le rôle joué par votre cocher. D'après les plaintes de plusieurs policiers, c'est sa présence qui a déclenché l'agitation au début. À ce qu'il nous a été rapporté, le mendiant était sous sa surveillance quand les choses se sont passées, et certains pensent... enfin, supposent... qu'il pourrait l'avoir poussé par la fenêtre. Oh, sans le vouloir, probablement.

— Ignobles mensonges ! réagit Kurtz, rouge de colère. Au contraire, il essayait de calmer la situation. Comme nous tous, d'ailleurs ! Le type qui s'est défenestré était un maniaque, c'est tout ! Les détectives cherchent à arrêter l'enquête pour empocher la prime. Henshaw, que savez-vous de tout ça ?

— Je sais que ce n'est pas ce nègre qui sauvera Boston des drames qui nous guettent, chef.

— Lorsque le gouverneur entendra dire que la nomination qui lui tenait *le plus à cœur* perturbe le fonctionnement de toute la police, peut-être fera-t-il enfin ce qui est juste et s'interrogera-t-il sur la sagesse de sa décision, susurra Fitch.

— L'agent Rey est un des meilleurs policiers que j'aie rencontrés dans ma vie.

— Abordons le sujet, puisque nous y sommes. On nous a fait comprendre aussi qu'on vous voyait partout en ville en sa compagnie, commandant. » Le maire fit durer son froncement de sourcils. « Y compris à l'endroit où Talbot a été tué. Et pas seulement comme cocher, mais comme un partenaire partageant vos activités d'égal à égal.

— C'est un pur miracle que ce noiraud ne traîne pas derrière lui une foule déchaînée armée de pavés quand il met le nez dehors ! ricana Fitch.

— Nous avons suivi à la lettre toutes les restrictions que le conseil municipal a décidé d'imposer à l'encontre de Nicholas Rey dans ses fonctions de policier... Et je ne vois pas quel rapport peut avoir sa position dans la brigade avec l'affaire qui nous intéresse !

— La terreur plane sur nos têtes, la police part à vau-l'eau : le voilà, le rapport ! déclara Lincoln en pointant un doigt sévère sur le chef de la police. Je ne permettrai pas que ce Nicholas Rey participe de près ou de loin aux enquêtes sur ces meurtres. Encore un faux pas, et il sera renvoyé. Pas plus tard qu'aujourd'hui, des sénateurs sont venus me trouver. Si nous ne réglons pas cette affaire, ils nommeront un nouveau comité qui proposera d'abolir toutes les polices municipales du Massachusetts pour les remplacer par une police commune, placée sous le contrôle de l'État. Et ils sont déterminés. Je ne verrai pas cela se produire sous mon mandat, John, vous m'avez bien compris ? Je ne verrai pas la police de ma ville réduite à l'état de charpie. »

Kurtz était trop ébahi pour proférer un son. Le conseiller municipal Jonas Fitch en profita pour enfoncer le clou. Se penchant en avant, il planta son regard dans celui du chef de la police.

« Si vous aviez fait respecter la loi concernant les maisons de tolérance et la criminalité, monsieur le responsable de l'ordre, à l'heure qu'il est voleurs et canailles auraient déménagé à New York ! »

Il était tôt dans la matinée, mais une quantité de grouillots de tous âges s'affairaient dans les locaux de Ticknor et Fields, aux ordres des nombreux clercs. Le Dr Holmes fut le premier des Amis de Dante à arriver au Corner. Après avoir arpenté le vestibule pendant un certain temps, il décida d'attendre les autres dans le bureau personnel de J. T. Fields.

« Oh, excusez-moi, mon bon monsieur », dit-il en découvrant qu'un visiteur s'y trouvait déjà. Il s'empressa de refermer la porte.

De l'homme, tourné vers la fenêtre, il n'avait vu en contre-jour que des traits anguleux et un profil aquilin, de sorte qu'il lui fallut une bonne seconde pour mettre un nom sur cette silhouette emmitouflée dans une longue redingote bleue et des châles noirs. Il rouvrit la porte et s'écria avec un large sourire :

« Oh, mon cher Emerson ! »

C'était une rareté que d'apercevoir en ville le philosophe. Depuis que Harvard lui avait interdit de prendre la parole sur le campus pour avoir déclaré dans une adresse à l'école de théologie que l'Église unitarienne était morte, le poète et conférencier s'était établi dans le petit village de Concord qui s'était un temps enorgueilli d'abriter autant de talents littéraires que Boston.

Emerson était le seul auteur d'Amérique à jouir d'une célébrité égale à celle de Longfellow, et Holmes, qui était pourtant au centre de toutes les activités culturelles, se sentait intimidé en sa présence.

Ralph Waldo Emerson sortit de sa rêverie pour le saluer.

« Je rentre tout juste de la réunion du Lyceum Express qu'organise tous les ans notre Mécène des temps modernes. Notre gardien et protecteur à tous... »

Il étendit la main au-dessus du bureau de Fields comme pour le bénir, en un geste conservé du temps où il était pasteur.

« Je suis venu lui remettre des papiers, reprit-il.

— Eh bien, il serait grand temps que vous nous reveniez pour de bon. Nous nous languissons de vous à nos réunions du club du Samedi. Une soirée d'indignation a failli être montée pour réclamer votre compagnie !

— Ah, je ne serai jamais tant aimé, fit Emerson avec un sourire. Hélas, nous ne trouvons jamais le temps d'écrire aux dieux ou aux amis, je ne vous l'apprendrai pas. Uniquement aux avocats chargés de récupérer des dettes et aux couvreurs chargés de retaper nos toits. »

Puis Emerson interrogea Holmes sur lui-même. Le docteur répondit en enchaînant les anecdotes et conclut :

« J'ai songé aussi à écrire un nouveau roman. »

Il avait donné un tour volontairement conditionnel à sa phrase, car les avis d'Emerson l'impressionnaient beaucoup : ils étaient vifs, forts et, bien souvent, faisaient paraître ceux des autres complètement erronés.

« Oh, que j'aimerais que vous le fassiez, mon cher Holmes ! s'écria Emerson avec sincérité. Votre voix ne peut manquer de plaire. Et maintenant, parlez-moi de votre fringant capitaine. Toujours intéressé à devenir avocat ?

— Toujours », répondit Holmes. Il partit d'un rire nerveux comme si le choix de son aîné était du dernier comique, ce qui était loin d'être le cas, le jeune homme étant parfaitement dénué d'humour. « Pour ma part, je garde de mes pauvres années de droit un souvenir de sciure dans le beurre. Enfin... Le gamin se pique aussi de poésie. Sans être aussi aboutis que ceux de votre serviteur, ses vers sont plus qu'acceptables. Ces derniers temps, il aime à jouer les Othello. Tout en se balançant dans le fauteuil de la bibliothèque, il éblouit de jeunes Desdémone avec le récit de ses blessures de guerre. Parfois, j'ai l'impression qu'il me méprise. Votre fils vous donne-t-il aussi ce sentiment, Emerson ? »

Le philosophe garda le silence pendant plusieurs secondes et déclara :

« Les fils d'hommes célèbres ne connaissent pas la paix, Holmes. »

Observer les mimiques que faisait Emerson en causant était aussi amusant que regarder un adulte sautiller de pierre en pierre pour traverser un ruisseau. Ce spectacle eut le don de distraire Holmes de ses inquiétudes. Il aurait volontiers poursuivi l'échange, car il désirait sincèrement obtenir un conseil, mais il n'ignorait pas qu'Emerson se refusait toujours à en donner. Il savait également qu'avec lui la conversation pouvait s'achever d'un coup, sans aucun signe avant-coureur. Néanmoins, il se lança :

« Pourrais-je vous poser une question, mon cher Waldo ? Que pensez-vous de notre participation au travail de Longfellow ? Je veux dire, du fait que Fields, Lowell et moi-même nous l'aidions dans sa traduction de Dante ? »

Emerson souleva l'un de ses sourcils couleur de givre.

« Si Socrate vivait parmi nous, Holmes, nous pourrions deviser avec lui en nous promenant dans les rues. Mais avec notre cher Longfellow, la chose est impossible. Vous ne lui ferez pas mettre le nez dehors. Il a un palais, des serviteurs, toute une rangée de vins de différentes couleurs, des verres pour chacun d'eux et des manteaux élégants. »

Emerson pencha la tête, plongé dans ses pensées.

« Je repense parfois à l'époque où j'ai lu Dante, reprit-il au bout d'un moment. Sous l'égide du professeur Ticknor, comme vous-même. Je ne puis m'empêcher de penser que c'est une curiosité, un mastodonte, un vestige à placer dans un musée. Pas à garder chez soi.

— Cependant, vous m'avez dit une fois que présenter Dante à l'Amérique serait l'un des plus grands accomplissements de notre siècle ! affirma Holmes avec fougue.

— En effet. »

Emerson réfléchit un moment. Il aimait considérer une question sous tous ses aspects.

« Cela aussi est vrai. Toutefois, Wendell, je préfère la compagnie d'un ami fidèle à une association de brillants causeurs qui recherchent avant tout l'admiration de l'assistance.

— Cependant, que serait la littérature si les esprits ne s'associaient pas ? répondit Holmes avec un sourire, tout en se sentant brusquement investi d'une responsabilité vis-à-vis du cercle des Amis de Dante. Qui peut dire ce que nous devons à l'association de congratulation mutuelle que formèrent Shakespeare et Ben Jonson[1] ou bien Beaumont[2] et Fletcher[3] ? Que devons-nous à cette autre réunion de beaux esprits qui permit à des gens tels que

---

1. Ben Jonson (1572 ?-1637) : auteur dramatique anglais. Ami et rival de Shakespeare, il écrivit des comédies (*Volpone ou le Renard*) et des tragédies. (*N.d.l.T.*)

2. Francis Beaumont (1584-1616) : poète dramatique anglais. Auteur, avec Fletcher, de tragédies et de comédies d'intrigue (*Le Chevalier au pilon ardent*). (*N.d.l.T.*)

3. John Fletcher (1579-1625) : auteur dramatique anglais. Seul ou avec F. Beaumont, puis notamment P. Massinger, il écrivit de nombreuses pièces qui firent de lui un rival, souvent heureux, de Shakespeare (*La Bergère fidèle*). (*N.d.l.T.*)

Johnson[1], Goldsmith[2], Burke[3], Reynolds[4], admirateurs ô combien admiratifs, de se retrouver pour discuter dans un salon au coin du feu ? »

Emerson redressa la pile des papiers qu'il avait apportés, montrant par là qu'il avait rempli le but de sa visite chez Ticknor et Fields.

« Rappelez-vous ceci : tant que le génie du passé ne se sera pas transmis à une puissance créatrice du présent, nous ne posséderons pas de poète véritablement américain. Quelque part en chemin apparaîtra le premier lecteur authentique, et il sera issu de la rue plutôt que d'une société savante. On soupçonne l'esprit américain d'être timoré, imitateur, docile, et le savant de chez nous d'être honnête, indolent et complaisant. Instruit à viser des objectifs à ras de terre, l'esprit de notre pays se nourrit de lui-même. Il n'agit pas. Or, sans action, le savant n'est pas tout à fait un homme. Les idées doivent migrer par les os et les bras d'hommes de bonne volonté, sinon elles ne valent pas mieux que des rêves. Quand je lis Longfellow, je me sens parfaitement à l'aise, en sécurité. Ce n'est pas cela qui nous ouvrira les portes de l'avenir. »

Emerson parti, Holmes garda de cet échange l'impression d'avoir reçu d'un sphinx une énigme destinée à lui seul. En veine d'égoïsme, il s'abstint de rapporter cette conversation à ses amis. À la place, il leur fit le récit de la rencontre avec Bachi.

« Un mendiant comme Lonza aurait été à ce point transi d'admiration pour le poème de Dante qu'il l'aurait vu partout dans la vie ? s'ébahit Fields.

— Ce ne serait ni la première ni la dernière fois que la littérature s'empare d'un esprit affaibli, répondit le docteur. Prenez John Wilkes Booth. Quand il a tiré sur Lincoln, il a crié en latin : « Tel est le sort qui attend les tyrans ! » La phrase de Brutus assassinant César. Dans son esprit, le président et l'empereur ne faisaient qu'un. Comme vous le savez, c'était un passionné de

---

1. Samuel Johnson (1709-1784) : écrivain britannique. Auteur d'un *Dictionnaire de la langue anglaise*, il a défendu et illustré l'esthétique classique dans ses œuvres. (*N.d.l.T.*)

2. Oliver Goldsmith (vers 1730-1774) : écrivain britannique. Auteur de romans (*Le Vicaire de Wakefield*), de poèmes sentimentaux (*Le Village abandonné*) et de pièces de théâtre (*Elle s'abaisse pour triompher*). (*N.d.l.T.*)

3. Edmund Burke (vers 1729-1797) : homme politique et écrivain britannique. Whig, il s'opposa à la politique colonialiste anglaise en Amérique. Son ouvrage contre-révolutionnaire *Réflexions sur la Révolution en France* (1790) connut un grand succès. (*N.d.l.T.*)

4. Sir Joshua Reynolds (1723-1792) : peintre britannique. Portraitiste fécond, admirateur des grands Italiens et de Rembrandt, il fut en 1768 cofondateur et président de la Royal Academy. (*N.d.l.T.*)

Shakespeare. Notre Lucifer l'est tout autant de Dante. Rien de ce qui touche à son œuvre ne lui est étranger. Le travail de lecture, de compréhension et d'analyse auquel nous nous livrons chaque jour a abouti chez lui à une osmose : Dante est véritablement devenu sa vie, sa chair et ses os. Chose qu'en secret nous aimerions tous voir se produire en nous. »

Cette déclaration laissa Longfellow quelque peu perplexe.

« Chez Booth comme chez Lonza, c'est un aboutissement qui s'est produit malgré eux.

— Je suis sûr que Bachi nous cache des choses sur son ami Lonza ! intervint Lowell sur un ton agacé. Vous avez vu comme il était réticent à nous parler de lui, Holmes ?

— Oui, il me donnait l'impression de caresser un hérisson. Quand quelqu'un commence à critiquer Boston, s'énerve contre l'Étang aux grenouilles ou contre le Parlement, cela signifie qu'il est au bout du rouleau. C'est dans cet état d'esprit qu'Edgar Poe est entré à l'hôpital ; il y est mort peu après. Quand un homme en arrive là, mieux vaut cesser de lui prêter de l'argent car il n'en a plus pour longtemps.

— Vieux chanteur de rengaines ! marmonna Lowell à la mention du nom de Poe.

— Il y a toujours eu chez Bachi une part obscure, déclara Longfellow. Le fait de perdre son emploi l'a rendu encore plus misérable, le pauvre. Nul doute qu'il considère que nous avons été l'un des instruments de son renvoi.

— En ce monde, la gratitude est chose encore plus rare que la bonne poésie », laissa tomber Lowell sentencieusement. Il évita de regarder Longfellow, à qui il avait délibérément omis de rapporter la diatribe de l'Italien à son sujet. « Bachi n'a pas plus de sentiments qu'une courgette. L'effroi de Lonza à l'hôtel de police est peut-être dû à ce qu'il connaissait le meurtrier de Healey, Bachi... Peut-être même lui a-t-il prêté la main pour accomplir son crime.

— Il est vrai que Bachi s'est enflammé comme une allumette en Enfer dès qu'il a été question de votre traduction, Longfellow, admit Holmes. Toutefois, notre Lucifer est forcément un homme costaud, pour avoir transporté Healey de sa chambre à coucher jusque dans le jardin. Or Bachi peut à peine marcher droit, si j'en juge par le bataillon d'alcools qu'il garde chez lui. De plus, nous n'avons trouvé aucun lien entre les victimes et lui.

— La belle affaire ! réagit Lowell. Dante place en Enfer quantité de gens qu'il n'a jamais rencontrés. *Signore* Bachi possède deux qualités plus puissantes qu'aucun lien personnel avec Healey ou Talbot : premièrement, sa connaissance de l'œuvre de Dante. À l'exception du vieux Ticknor, c'est la seule personne extérieure à notre cercle qui ait de l'œuvre une compréhension comparable à la nôtre.

— Je vous l'accorde, dit Holmes.

— Deuxièmement, le motif, poursuivit Lowell. Il est pauvre comme un rat et abandonné de tous. La boisson est son seul réconfort. Ses malheureux gages de répétiteur sont tout ce qu'il a pour se maintenir à flot. Enfin, il nous en veut parce qu'il est convaincu que Longfellow et moi-même ne l'avons pas soutenu quand il a été renvoyé. Il préférerait voir Dante souillé, plutôt que sauvé par des Américains félons.

— Mais pourquoi Bachi aurait-il choisi Healey et Talbot, mon cher Lowell ? demanda Fields.

— Il les a pris comme il aurait pris n'importe qui. L'important pour lui, c'était que la victime correspondît aux péchés qu'il avait décidé de châtier. Que Dante pût être identifié comme ayant été à l'origine de ces meurtres. Ainsi, il réduisait à néant le nom de Dante en Amérique avant même que son œuvre n'y fût connue.

— Selon vous, Bachi serait donc notre Lucifer ? demanda Fields sur un ton peu convaincu.

— Comment ne le serait-il pas ? » rétorqua Lowell.

Il eut une grimace et porta la main à sa cheville.

« Avez-vous mal quelque part, Lowell ? s'enquit Longfellow.

— Oh, rien de grave, je vous remercie. J'ai dû me cogner la jambe. Oui, cela me revient maintenant. L'autre jour, à Wide Oaks. »

Se penchant en avant, le Dr Holmes fit signe à Lowell de retrousser sa jambe de pantalon.

« Est-ce que ça a grossi ? »

La marque rouge avait maintenant la taille d'une pièce d'un dollar.

— Comment le saurais-je ! jeta Lowell qui n'était pas homme à se préoccuper de ses bobos.

— Vous devriez vous intéresser plus à vous-même qu'à Bachi, le gronda Holmes. Un simple coup, dites-vous ? Ça n'a pas l'air de cicatriser, bien au contraire. Pourtant, ça n'a pas l'air infecté non plus. Ça ne vous fait pas mal ?

— Si, de temps en temps. »

Au même instant, il ressentit un brusque et douloureux élancement à la cheville.

« Il est *possible* qu'un de ces taons se soit glissé dans ma jambe de pantalon, l'autre jour, chez les Healey. Ça pourrait être ça ?

— J'en doute. Je n'ai jamais entendu dire qu'un taon pique de cette façon. Peut-être que c'était autre chose ?

— Non, je l'aurais remarqué. Je l'ai écrasé comme une huître hors saison, répliqua Lowell avec une grimace. C'était une de ces mouches que je vous ai rapportées, Holmes. »

Le docteur garda le silence un moment.

« Longfellow, savez-vous si le professeur Agassiz est rentré de son périple au Brésil ? »

— Oui. Cette semaine, je crois.

— Je propose d'envoyer ces échantillons d'insectes à son musée, fit Holmes en s'adressant à Lowell. Agassiz sait tout ce qu'il est possible de savoir sur toutes les bêtes de la création.

— Assez délibéré sur ma santé ! s'énerva le malade. Bon. Si l'éthylisme ne l'a pas tué, je propose qu'on suive Bachi pendant quelques jours. On verra ce qui en ressort. Deux d'entre nous feront le guet devant chez lui dans une calèche, pendant que les autres attendront ici. Si personne n'y voit d'objection, je prendrai la tête de l'équipe de surveillance. Qui m'accompagne ? »

Personne ne se proposa. Comme l'éditeur sortait sa montre de gousset d'un geste nonchalant, Lowell lui donna une tape sur l'épaule.

« Allez, Fields, ce sera vous.

— Désolé, Lowell. J'ai été obligé de promettre à Oscar Houghton un déjeuner en compagnie de Longfellow. Il a reçu hier soir un mot d'Augustus Manning l'enjoignant de ne pas imprimer la traduction de Dante, faute de quoi Harvard cessait toute affaire avec lui. Nous devons agir rapidement, ou il cédera.

— Je dois prendre la parole à l'Odéon. Une conférence sur les dernières découvertes en homéopathie et en allopathie, déclara le Dr Holmes sur un ton sans réplique. Je ne saurais me décommander sans causer aux organisateurs un grave préjudice. Naturellement, vous êtes tous conviés à ma causerie.

— Mais nous sommes peut-être à deux doigts de sortir de l'impasse ! » insista Lowell.

À quoi Fields rétorqua :

« Si nous abandonnons Dante à Manning pour nous occuper de Bachi, alors tout notre travail sur la traduction aura été vain. Cela ne nous prendra pas plus d'une heure d'apaiser Houghton. Après, nous pourrons faire comme vous le proposez. »

La puissante odeur de viande grillée et l'heureux brouhaha parvinrent à Longfellow sur le trottoir, avant même qu'il ne franchît le fronton à la grecque de Revere House. Ce déjeuner en compagnie d'Oscar Houghton allait lui offrir un répit d'une heure au moins, au milieu de tous ces discours sur les meurtres et les insectes. Fields, tendu vers sa calèche, instruisait son cocher de retourner à Charles Street, pour chercher Mme Fields et la conduire à Cambridge, à son club de dames. Des membres du cercle de Longfellow, l'éditeur était le seul à posséder un attelage, d'abord parce qu'il avait la plus grande abondance de biens, ensuite parce qu'il plaçait ce luxe bien au-dessus du désagrément que peut représenter un cocher grincheux ou un cheval malade.

Longfellow remarqua une dame en voilette noire, un livre à la main. Elle traversait Bowdoin Square d'un pas lent mais décidé, les yeux baissés, plongée dans ses pensées. Sa vue lui rappela les jours heureux où il croisait Fanny Appleton dans Beacon Street, et la façon qu'avait la jeune fille d'incliner la tête poliment sans jamais s'arrêter pour lui parler. Il l'avait rencontrée en Europe alors qu'il s'immergeait dans l'étude des langues en vue de se préparer à l'enseignement. Elle s'était alors montrée assez aimable avec cet ami de son frère, qu'elle appelait prof ou professeur. Mais, de retour à Boston, celui-ci eût pu croire que Virgile lui avait chuchoté à l'oreille le conseil qu'il offre au pèlerin dans le cercle des Indifférents : *Ne discourons pas d'eux, regarde et passe.* Se voyant refuser toute conversation, Longfellow en était venu à façonner un personnage de jeune fille à son image dans son livre *Hyperion*. Des mois avaient passé sans qu'elle répondît à son geste. Pourtant, elle n'avait pu manquer de se reconnaître dans l'héroïne, si tant est qu'elle eût lu l'ouvrage. Enfin, ils s'étaient revus. Fanny lui avait fait clairement comprendre qu'elle n'appréciait pas de se voir emprisonnée dans un livre et livrée au monde en pâture. L'idée de lui présenter ses excuses n'avait pas effleuré Longfellow. Dans les mois suivants, il s'était ouvert à elle de ses sentiments avec une ardeur qu'il n'avait pas éprouvée pour sa première épouse, Mary Potter, morte d'une fausse couche après un mariage de quelques années seulement. Mlle Appleton et le professeur Longfellow avaient donc commencé à se voir régulièrement. En mai 1843, il lui avait fait sa demande par écrit. Le jour même, il recevait sa réponse. *Oh, jour à jamais béni qui ouvre cette* Vita Nuova, *cette nouvelle vie de bonheur !* Ces mots, que de fois il se les répéterait. Tant et si bien que dans son cœur ils finiraient par prendre forme et grossir jusqu'à pouvoir être serrés dans les bras, tel un enfant que l'on protège.

« Où est donc passé Houghton ? lança Fields, tandis que sa calèche s'éloignait. Espérons qu'il n'a pas oublié notre rendez-vous.
— Peut-être a-t-il été retenu à Riverside… Madame. »

Longfellow souleva son chapeau à l'adresse d'une corpulente matrone qui passait sur le trottoir. Elle lui rendit un timide sourire. Longfellow avait en effet le talent de susciter chez les femmes en parlant avec elles, longuement ou seulement un bref instant, le sentiment qu'il leur offrait des fleurs.

« Qui était-ce ? l'interrogea Fields.
— La dame qui nous a servis chez Copeland, quand nous y avons dîné, l'autre hiver.
— Ah, oui… Si Houghton est retenu à Riverside, il a intérêt à ce que ce soit par ces plaques de l'Enfer que nous devons expédier à Florence ! bougonna l'éditeur.

— Fields ! souffla Longfellow, les lèvres pincées.
— Pardonnez-moi, mon ami. La prochaine fois que je l'apercevrai, je vous promets de soulever mon chapeau.
— Non. Là-bas. »

Le poète désignait des yeux, sur le trottoir d'en face, un homme lesté d'une sacoche en toile cirée brillante qui marchait d'un pas un peu trop vif, curieusement penché en avant.

« C'est Bachi.
— *Cet individu* a été répétiteur à Harvard ? s'écria l'éditeur. Mais il est aussi rubicond qu'un coucher de soleil en automne ! »

Le maître d'italien se hâtait tant qu'il ne marchait plus, il trottait. Brusquement, sa course s'acheva à l'angle de la rue, sur un écart qui le propulsa à l'intérieur d'un magasin protégé par un auvent de toile. Une pancarte écaillée indiquait *Wade, Fils et Cie*.

« Vous connaissez cette boutique ? demanda Longfellow.
— Non, mais la visite doit être d'importance pour qu'il se presse autant.
— Venez, déclara Longfellow. Nous découvrirons peut-être des choses en prenant Bachi au débotté, et M. Houghton ne nous en voudra pas d'attendre quelques minutes. »

Ils partaient vers le coin de la rue pour traverser quand ils aperçurent George Washington Greene sortant à pas menus de la pharmacie Metcalf, les bras chargés de paquets. L'homme aux nombreuses maladies s'offrait tous les nouveaux remèdes, comme d'autres s'offrent de la crème glacée. Au dire des amis de Longfellow, ces mille et une potions magiques contre les maux de tête, d'estomac et autres désagréments que l'on vendait chez Metcalf sous une étiquette en médaillon ornée d'un profil au nez interminable, contribuaient grandement à expédier Greene dans les bras de Morphée pendant les séances de traduction.

« Mon Dieu ! s'écria Longfellow. Nous devons l'empêcher de parler à Bachi, c'est impératif.
— Pourquoi ? » s'étonna l'éditeur.

L'arrivée de Greene interdit au poète de s'expliquer.

« Mon cher Fields. Et Longfellow ! Quel bon vent vous incite à sortir aujourd'hui ?
— Mon cher ami ! Nous allons déjeuner chez Revere, répondit Longfellow, tout en lorgnant l'auvent de Wade et Fils. Mais vous-même, n'êtes-vous pas d'habitude à East Greenwich en ce jour de la semaine ? »

Greene hocha la tête en soupirant.

« Shelly désire me conserver sous son aile tant que ma santé n'a pas abordé un virage décisif vers le mieux. Mais, n'en déplaise à son docteur, il n'est pas question que je passe mes journées au lit. La douleur n'a jamais tué personne, aussi fâcheuse soit sa compagnie. »

Et de se lancer dans la description détaillée de ses symptômes les plus récents. Longfellow et Fields le laissèrent babiller, sans quitter de l'œil le trottoir opposé, guettant la réapparition de Bachi.

« Je m'en voudrais d'ennuyer quiconque avec le récit de mes maux. Que sont-ils, comparés à l'attente d'une nouvelle réunion de travail ? Je n'ai pas reçu un mot de vous depuis des semaines, mon cher Longfellow ! Je commençais à craindre le pire. Je vous en prie, rassurez-moi. Le projet n'est pas abandonné, n'est-ce pas ?

— Nous nous donnons seulement un petit temps de répit », répondit celui-ci, tout en se dévissant le cou pour apercevoir Bachi dont on distinguait à travers la vitrine la silhouette gesticulante.

Las, un fiacre vint s'arrêter le long du trottoir d'en face, bloquant aux deux amis la vue du magasin.

« Nous reprendrons bientôt les séances, intervint l'éditeur. Nous devons malheureusement prendre congé, monsieur Greene, ajouta-t-il sur un ton ferme en prenant le coude de Longfellow pour l'entraîner.

— Mais vous faites erreur, messieurs ! s'esclaffa Greene. Revere House est de l'autre côté !

— Ah oui, en effet. »

Au bord du trottoir, Fields cherchait une excuse plausible en attendant que deux omnibus passent le carrefour.

« Nous devons d'abord faire une petite course, expliqua Longfellow. Je vous en prie, Greene, voulez-vous déjeuner avec nous ? M. Houghton doit se joindre à nous.

— Ma fille se lancera à mes trousses comme un fox-terrier si elle ne me voit pas rentrer…, répliqua l'historien sur un ton inquiet. Oh, regardez qui voilà ! M. Houghton ! »

Il recula et descendit même de l'étroit trottoir d'un pas mal assuré.

« Mes plus sérieuses excuses, messieurs. »

Un homme gauche, vêtu d'un pardessus noir d'entrepreneur, était apparu à côté du groupe et tendait un bras incroyablement long vers la personne la plus proche de lui, George Washington Greene.

« J'allais entrer chez Revere quand je vous ai aperçus tous les trois du coin de l'œil. J'espère que l'attente n'a pas été trop longue. Monsieur Greene, cher monsieur, vous joignez-vous à nous ? Comment allez-vous, mon bon ?

— Comme un homme qui souffre de la faim depuis que lui a été retirée sa seule et unique pitance : nos réunions du mercredi… », répondit Greene en s'abandonnant au pathos.

Longfellow et Fields continuaient de mener leur surveillance, en se relayant toutes les quinze secondes. Le magasin leur était toujours bouché par cette carriole intempestive dont le cocher se prélassait, comme s'il n'avait d'autre tâche que d'empêcher ces messieurs de voir ce qui se passait à l'intérieur de la boutique.

« Retiré, ai-je bien entendu ? s'exclama Houghton en dévisageant Greene d'un air surpris. Le Dr Manning y serait-il pour quelque chose, Fields ? Mais Florence, alors ? Ils attendent le premier volume pour la célébration. Je ne peux être tenu dans l'ignorance. Je dois savoir si les dates de publication ont été reportées !

— Évidemment pas, Houghton, répondit Fields avec force. Nous ne faisons que lâcher un peu les rênes.

— Avec quoi un homme accoutumé aux bonheurs de ce paradis hebdomadaire comblera-t-il le vide ? poursuivait Greene sur le ton de la lamentation.

— Je ne sais pas ! répondit Houghton. Je m'inquiète. Imprimer un livre comme celui-ci alors que les prix ne cessent d'augmenter... Votre Dante parviendra-t-il à surmonter les obstacles que Manning et Harvard sont déterminés à placer en travers de son chemin ? »

Greene leva au ciel des mains tremblantes.

« Si un mot, à lui seul, pouvait donner une idée de l'ampleur de Dante, monsieur Houghton, ce serait *puissance*. La représentation qu'il nous donne du monde s'incruste à jamais dans notre esprit à côté de la réalité que nous côtoyons. Les sons mêmes qu'il décrit s'attardent dans l'oreille pour devenir les archétypes de la rudesse, de la force ou de la douceur, et ils vous reviennent instantanément en mémoire dès que vous écoutez hurler la mer, gronder le vent ou chanter les oiseaux. »

Bachi sortait du magasin. Longfellow et Fields le virent fouiller dans sa sacoche avec une grande excitation. Greene interrompit son discours.

« Que se passe-t-il, Fields ? Vous semblez attendre que quelque chose se produise de l'autre côté de la rue. »

De même que des associés dans un moment critique parviennent à se communiquer une stratégie complexe au moyen d'un geste anodin, de même Longfellow sut indiquer à Fields d'opérer une diversion par une petite tape sur le poignet. L'éditeur comprit immédiatement le signal.

« Voyez-vous, dit-il en passant le bras autour des épaules de Greene, on assiste depuis la fin de la guerre à de grands changements dans l'édition... »

De son côté, Longfellow entraîna Houghton à l'écart et lui souffla d'une voix rapide :

« Nous sommes malheureusement dans l'obligation de reporter notre déjeuner d'une heure. Dans dix minutes, une diligence devrait partir pour Back Bay. Pouvez-vous accompagner M. Greene à la station, je vous prie ? Veiller à ce qu'il monte en voiture et n'en redescende pas jusqu'au départ ? »

Les sourcils légèrement levés de Longfellow accentuaient le caractère pressant de sa demande. En bon soldat qu'il était, Houghton lui exprima son assentiment d'un signe, sans requérir plus ample explication. Henry Longfellow lui avait-il jamais demandé un service, à lui ou à quelqu'un de sa connaissance ? C'est ainsi que le propriétaire de Riverside Press glissa son bras sous celui du vieil historien.

« Puis-je vous accompagner à votre diligence, monsieur Greene ? La prochaine part sous peu, et il n'est pas bon que vous restiez dehors longtemps par ce froid de novembre. »

Après ces adieux précipités, Longfellow et Fields durent encore attendre que deux lourds omnibus, ébranlant la chaussée, passent dans un carillon de cloches. Ils s'apprêtaient à traverser quand ils s'aperçurent que le répétiteur n'était plus au coin de la rue. Ils scrutèrent les lieux à droite et à gauche. Bachi n'était nulle part en vue.

« Où diable... », s'écria Fields.

Longfellow tendit le doigt. L'éditeur eut tout juste le temps d'apercevoir l'Italien, installé à l'arrière du fiacre qui leur avait bloqué la vue et s'éloignait maintenant au pas, tiré par des chevaux indifférents à l'impatience du passager.

« Et pas une voiture à l'horizon ! gémit Longfellow.

— Il ne nous échappera pas ! répondit Fields. Pike a sa station à quelques rues d'ici. Le gredin réclame un quart de dollar pour une place dans son landau, un demi-dollar quand il est d'humeur à extorquer les gens. À part Holmes, tout le quartier le déteste et lui-même déteste la terre entière, sauf notre cher docteur. »

Fields et Longfellow partirent d'un bon pas.

Pike n'était pas à sa station, mais arrêté devant le 21, Charles Street et fermement décidé à ne pas bouger de là. Sourd aux supplications des deux amis, il considéra Fields et la poignée de billets qu'il brandissait.

« Je ne vous transporterai pas pour tout l'argent du Commonwealth, messieurs, grogna-t-il. Le Dr Holmes m'a déjà engagé.

— Écoutez-nous attentivement, Pike ! répliqua Fields en forçant sur le ton de commandement. Nous sommes des amis très proches du Dr Holmes. Il vous dirait lui-même de nous prendre.

— Vous êtes des amis du docteur ? demanda le cocher.

— Puisque je vous le dis ! s'écria Fields avec soulagement.

— Vous êtes ses amis et vous voulez lui prendre sa voiture ? Non, je lui ai donné ma parole ! »

Pike se cala dans son siège et se remit à mordiller son cure-dents en ivoire. Au même instant, un Oliver Wendell Holmes tiré à quatre épingles dans un costume de couleur sombre émergea sur le perron de son manoir en brique, une sacoche à la main. Il arborait une écharpe en soie blanche joliment nouée en cravate et sa boutonnière s'ornait d'une superbe rose blanche.

« Fields, Longfellow, en voilà une surprise ! s'exclama-t-il joyeusement. Ainsi, vous vous êtes décidés à venir à ma causerie ! »

Les chevaux descendirent Charles Street en caracolant et s'engagèrent dans les rues bondées du centre, frôlant les becs de gaz. Pike avait pour attelage un landau vétuste pourvu de deux banquettes assez espacées pour asseoir quatre passagers sans qu'ils se heurtent les genoux. Le Dr Holmes lui avait ordonné de passer le chercher à une heure moins le quart précise afin de le conduire à l'Odéon. Mais maintenant, le nombre de passagers avait triplé et la destination changé, apparemment contre la volonté du médecin pour autant qu'il pût en juger. Qu'importe, il avait décidé de conduire son petit monde à l'Odéon et le ferait, foi de cocher. Pour l'heure, il coupait la route aux diligences sans se soucier de la fureur des cochers.

Dans la voiture, Holmes se sustentait en picorant les douceurs qui lui tiendraient lieu de déjeuner pendant le trajet jusqu'à la salle publique.

« Et ma conférence ? dit-il à Fields. Toutes les places ont été vendues, vous savez !

— Pike vous y conduira en un tour de roues dès que nous aurons trouvé Bachi et lui aurons posé une question ou deux, répondit l'éditeur. Je veillerai à ce qu'il ne soit pas fait état de votre retard dans les journaux. Ah, que n'ai-je gardé ma voiture ! Nous n'en serions pas là !

— Que comptez-vous faire avec Bachi, si nous le retrouvons ? »

Ce fut Longfellow qui répondit :

— Il semble aujourd'hui en proie à une grande impatience. En l'accostant loin de chez lui et de ses bouteilles, peut-être sera-t-il plus malléable. Nous l'aurions rattrapé facilement si Greene n'avait pas débarqué à l'improviste. Je regrette presque que nous ne puissions lui expliquer ce qui se passe mais, dans son état, la vérité serait un choc pour lui. Ce pauvre Greene a connu toutes les calamités et croit le monde entier ligué contre lui. Il ne lui manque plus que d'être frappé par la foudre.

— Le voilà ! s'écria Fields en désignant un attelage devant, distant du leur d'une cinquantaine de perches. C'est bien lui, n'est-ce pas, Longfellow ? »

Le poète, passant le cou par la fenêtre, sentit le vent s'engouffrer dans sa barbe. Il eut un geste d'acquiescement.

« Cocher, ne le lâchez pas ! » hurla Fields.

Pike laissa filer les rênes et dévala la rue à une vitesse bien supérieure à celle autorisée selon l'arrêté publié récemment par la Direction de la sécurité, à savoir le trot modéré.

« — Nous partons bien trop à l'est, docteur Holmes ! brailla-t-il par-dessus le claquement des sabots. Très loin de l'Odéon, vous savez !

— Pourquoi fallait-il empêcher Greene de parler à Bachi ? demanda Fields. Je ne savais pas qu'ils se connaissaient.

— Oh, si, et depuis fort longtemps, répondit Longfellow. Ils se sont rencontrés à Rome, à une époque où M. Greene ne souffrait pas encore de ses pires maladies. J'ai craint qu'en voyant Bachi, il ne se mette à bavarder de notre traduction, comme il est porté à le faire dès qu'il trouve une oreille complaisante ! Bachi se serait senti encore plus misérable, et cela aurait pu effacer en lui tout désir de nous parler. »

Pike perdit de vue l'objet de sa poursuite à plusieurs reprises, mais des virages rapides, des galops remarquablement opportuns et de patients ralentissements lui permirent de reprendre l'avantage d'autant mieux que l'autre cocher ne se savait pas suivi. En approchant du quartier du port aux rues plus étroites, sa proie lui échappa à nouveau. Elle réapparut soudain, lui arrachant des malédictions à l'encontre du Seigneur, aussitôt suivies d'excuses.

« Il est là ! » cria Pike en apercevant son collègue qui revenait en sens inverse, à vide.

Sa halte, brutale, expédia Holmes sur les genoux de Longfellow.

« Il a dû aller au port ! » indiqua Fields.

Pike reprit sa course sur quelques mètres et débarqua ses passagers. Le trio se retrouva à contresens au milieu d'une foule secouant des mouchoirs et criant des au-revoir à l'adresse de canots qui disparaissaient dans le brouillard.

« En raison de la marée, la plupart des navires sont au mouillage à la grande jetée », expliqua Longfellow.

Autrefois, il allait souvent sur les quais voir accoster les paquebots en provenance d'Allemagne ou d'Espagne pour écouter les nouveaux arrivants parler leurs langues. Il n'y avait pas à Boston plus grande Babylone que cette partie du port où se croisaient toutes les couleurs de peau.

« Wendell ? cria Fields qui avait du mal à suivre ses compagnons.

— Par ici ! » répondit Holmes, submergé par une marée compacte de gens.

Il parvint à rejoindre Longfellow, lequel était en train de décrire Bachi à un docker noir qui chargeait des barils. Fields décida d'interroger des passagers de l'autre côté, mais il dut bientôt s'interrompre pour reprendre son souffle au coin d'une jetée.

« Hé, vous, là ! En manteau cossu ! »

Un solide maître d'embarquement à la barbe graisseuse l'attrapa rudement par le bras et le repoussa.

« Restez pas au milieu des gens qui montent à bord si vous avez pas de ticket.

— Mon bon monsieur, j'ai besoin de votre aide immédiate. Je recherche un homme petit, aux yeux injectés de sang, en frac bleu tout froissé. L'avez-vous vu ? »

Occupé à regrouper les passagers selon les classes inscrites sur leurs billets, le maître d'embarquement ignora la question. Fields le regarda retirer sa casquette trop petite pour son énorme tête et passer une main brusque dans sa tignasse. Prêtant l'oreille à la voix de cet homme qui jetait des ordres énervés, il ferma les yeux, comme pris de ravissement.

« Hawthorne », lâcha-t-il d'une voix haletante.

Le maître d'embarquement s'interrompit pour se tourner vers lui.

« De quoi ?

— Hawthorne…, répéta Fields avec un sourire entendu, certain de ne pas se tromper. Vous êtes un fervent admirateur de M. Hawthorne.

— Eh bien, je dirais… », fit le maître d'embarquement. Il marmonna dans sa barbe, prenant le ciel à témoin. Peut-être même jura-t-il, on n'aurait su le dire. « Mais… Comment avez-vous deviné ? Dites-le-moi, je veux le savoir ! »

Les passagers qu'il s'efforçait de répartir en différentes catégories s'immobilisèrent à leur tour et tendirent l'oreille.

« Oh, ça n'a pas d'importance », répondit Fields. Il éprouvait une sorte d'exaltation à découvrir qu'il n'avait rien perdu de sa faculté à déchiffrer les visages qui lui avait été si bénéfique lorsqu'il avait débuté chez Ticknor. « Écrivez-moi donc votre adresse sur ce papier. Je vous ferai parvenir toute la nouvelle collection Bleue et Or des œuvres de Hawthorne. »

Il esquissa le geste de lui tendre la feuille, mais ramena sa main contre lui au dernier moment.

« À condition, monsieur, que vous m'aidiez en retour. »

L'homme obtempéra, pris de superstition face à de tels pouvoirs. Dressé sur la pointe des pieds, Fields repéra Longfellow et Holmes et leur cria d'aller sur la jetée là-bas.

Ceux-ci réussirent à mettre la main sur un chef du port et entreprirent de lui décrire Bachi.

« Et vous êtes ?

— De bons amis à lui, s'écria Holmes.

— Je vous en prie, dites-nous où il allait ! insista Fields qui venait de rejoindre ses compagnons.

— Ben, j'l'a vu arriver su'l'quai, répondit l'homme avec une lenteur exaspérante. Il courait pour monter là-dedans, j'crois bien. L'avait l'air angoissé comme pas un. »

Il désigna une petite embarcation qui ne pouvait contenir plus de cinq passagers.

« Cette coque de noix ? Elle ne doit pas naviguer bien loin, s'écria Fields.

— Oh, c'est juste un canot pour l'transport des passagers, monsieur, parce que *L'Anonimo*, l'est trop gros pour mouiller à la jetée. L'attend tout là-bas, après la barre. Vous voyez ? »

Le navire, dont on distinguait à peine les contours dans la brume mouvante, était assurément le paquebot le plus colossal qu'ils eussent vu à ce jour.

« Votre ami, l'était vraiment anxieux de monter à bord, je dirais. Ce canot où il est maintenant, y sert à transporter les passagers retardataires. Après, le navire prendra la mer.

— Pour quelle destination ? demanda Fields en se sentant chavirer.

— Oh, de l'aut'côté de l'Atlantique, monsieur. Un arrêt à Marseille d'abord et ensuite… » Le chef de port jeta un coup d'œil à son ardoise. « Ah, j'y suis… Après c'est l'*Œitalie* ! »

Le Dr Holmes arriva à l'Odéon à une heure qui lui permit de donner rondement sa conférence. Elle fut d'autant plus acclamée que son léger retard convainquit le public qu'il était un homme important. Longfellow et Fields s'installèrent au deuxième rang, à côté de Neddie, le fils cadet du docteur, des deux Amelia, épouse et fille, et de son frère John. Ce cycle de trois conférences organisé par Fields était très prisé. La causerie d'aujourd'hui, deuxième de la série, traitait du lien entre la guerre et la médecine.

« La guérison est un processus qui dépend considérablement des conditions mentales du patient », commença Holmes. Et d'expliquer qu'il avait été bien souvent constaté qu'une blessure identique pouvait guérir sans complication chez le soldat vainqueur et se révéler fatale chez le vaincu.

« On voit donc qu'il existe entre science et poésie une région de convergence que les hommes prônant la raison abordent avec une certaine réticence. »

Holmes promena les yeux sur la rangée occupée par ses proches et nota le siège vide, réservé pour Wendell.

« Mon aîné a reçu plusieurs de ces blessures pendant la guerre. Oncle Sam l'a renvoyé à la maison avec des boutonnières toutes neuves dans le gilet qu'il avait reçu de Mère Nature. (*Rires.*) Cependant, il convient de signaler que bien des cœurs blessés au cours de cette guerre n'ont, eux, aucune cicatrice à montrer. »

L'exposé achevé, après les félicitations d'usage, le Dr Holmes accompagna Longfellow et Fields au Corner pour y attendre Lowell. Là, dans la salle des Auteurs, il fut décidé qu'une séance de traduction se tiendrait à Craigie House, le mercredi suivant. Elle servirait deux buts : en premier lieu, apaiser les anxiétés de

Greene et réduire le risque de le voir interférer dans leurs investigations ; en second lieu, et c'était peut-être le plus important, avancer dans la révision des chants car le texte devait être remis lors de la cérémonie de clôture du Festival de Florence et la date se rapprochait dangereusement. Longfellow en avait pris l'engagement et comptait bien le tenir. Mais à moins d'une miraculeuse avancée dans l'enquête, il était peu probable qu'il eût terminé sa traduction pour la fin de l'année. Refusant d'admettre pareille éventualité, il s'était mis à travailler la nuit aussi, dans la solitude, implorant Dante de lui donner la sagesse nécessaire pour résoudre les meurtres inexplicables de Healey et Talbot.

Réunis dans la salle des Auteurs, les poètes étaient épuisés.

« M. Lowell est-il là ? s'enquit une petite voix en même temps que de légers coups étaient frappés à la porte.

— Non point ! répondit Fields sur un ton qui ne cherchait pas à cacher son ennui au visiteur invisible.

— Eh bien, voilà qui est pour le mieux ! »

Sur ces mots, un Phineas Jennison en costume blanc et haut-de-forme assorti se glissa à l'intérieur de la pièce et referma la porte sans manifester la moindre vexation.

« Un commis m'a dit que je pourrais vous trouver ici, monsieur Fields. Comme je voudrais vous parler de Lowell en toute liberté, je préférais m'assurer qu'il n'était pas là. »

Le prince des marchands de Boston jeta négligemment son chapeau en soie sur le portemanteau. Ses cheveux brillants étaient coiffés sur la gauche en un superbe cran qui avait quelque chose d'une rampe d'escalier. À la vue du Dr Holmes et de Longfellow, les mots se tarirent dans sa bouche. S'inclinant au point de mettre presque un genou en terre, il s'empara de leurs mains et les tint comme l'on tient le plus rare et le plus merveilleux des vins.

Ébloui par les génies que seule sa fortune lui permettait de rencontrer, Jennison prenait plaisir à jouer les mécènes et à affiner son goût pour les belles-lettres. Il s'autorisa à prendre un siège.

« Monsieur Fields… monsieur Longfellow… docteur Holmes…, dit-il, les nommant à tour de rôle avec une cérémonie exagérée. Vous tous qui êtes pour Lowell des amis chers ; vous qui le connaissez, privilège qui ne sera jamais le mien… En effet, qui est en mesure de connaître véritablement un génie, hormis son semblable… »

Holmes interrompit son envolée.

« Serait-il arrivé quelque chose à Jemmy, monsieur Jennison ?

— Je *sais*, docteur… » Il poussa un lourd soupir à l'idée de devoir développer. « Je suis au courant de ces fichus événements liés à Dante et, si je suis venu ici, c'est parce que je souhaite faire le nécessaire pour renverser leur cours.

« — Des événements liés à Dante ? » répéta Fields d'une voix blanche.

Jennison inclina la tête solennellement.

« Les agissements de cette satanée Corporation, sa volonté de se débarrasser du cours de Lowell, les tentatives de ces gens pour empêcher votre traduction, mes chers messieurs ! Lowell m'a tout raconté, même s'il ne m'a pas demandé assistance. Il est trop fier pour cela. »

Trois soupirs soulagés s'échappèrent des trois gilets.

Devant l'apparente inconscience de ses interlocuteurs à l'égard d'une affaire qui les concernait au premier chef, Jennison poursuivit avec force :

« Comme vous le savez certainement, Lowell a suspendu ses cours. Je dis, moi, que cela ne sera pas ! Cela ne sied pas à un génie de l'envergure de James Russell Lowell, et cela ne se produira pas sans combat. Si Lowell choisit la voie de la conciliation, je crains fort qu'il ne soit réduit en pièces avant longtemps ! J'entends dire qu'au collège Manning se frotte déjà les mains. »

Il prononça ces mots avec une expression de sinistre inquiétude.

« Qu'attendez-vous de nous, mon cher monsieur Jennison ? demanda Fields en jouant la déférence.

— Convainquez-le de prendre son courage à deux mains ! » s'écria Jennison. Il appuya ses dires d'un coup de poing dans sa paume. « Sauvez-le de la couardise ou notre ville aura perdu l'un de ses cœurs les plus vaillants. Et puis, une idée m'est venue : fonder une organisation permanente vouée à l'étude de Dante... J'apprendrais volontiers l'italien moi-même afin de vous venir en aide ! »

Les lèvres de Jennison s'ouvrirent en un sourire étincelant en même temps que sa bourse.

« Une association consacrée à Dante en quelque sorte, fit-il en extirpant plusieurs grosses coupures. Dédiée à la protection de cette œuvre si chère à vos cœurs, messieurs. Hein, qu'en dites-vous ? Personne n'aura besoin de savoir que je suis impliqué dans l'aventure. Vous devez faire payer ces messieurs de Harvard pour ce qu'ils vous ont fait. »

Personne n'eut le temps de répondre. La porte de la salle des Auteurs s'ouvrit à toute volée sur un Lowell défait.

« Que se passe-t-il ? » s'écria Fields.

Lowell allait répondre quand il aperçut Jennison.

« Phinny ? Vous ici ? »

Le marchand lança un coup d'œil inquiet à Fields qui répliqua :

« M. Jennison et moi-même avions une affaire à régler. » Il fourra la bourse entre les mains du marchand et, le poussant vers la sortie, ajouta : « Il était justement sur le point de partir.

— J'espère que ce n'est rien de grave, Lowell. Je prendrai de vos nouvelles bientôt, mon ami ! »

Sur le palier, Fields repéra Teal, un commis de service du soir. Il lui demanda de reconduire Jennison en bas et d'interdire l'accès à la salle des Auteurs.

Lowell alla à la desserte se servir un verre.

« Vous ne le croirez pas, mes amis. Je me suis presque tordu le cou à force de fouiller des yeux la Demi-Lune. Pas plus de Bachi que de beurre en broche. Je reviens bredouille comme j'étais parti. Dans le quartier, personne ne sait où on peut le dénicher. Les Dublinois de là-bas n'adresseraient pas la parole à un Italien, quand bien même seraient-ils dans un canot en train de sombrer et que l'autre eût la bouée. J'aurais aussi bien fait de rester ici à me tourner les pouces comme vous tous, cet après-midi... Quoi ? Que se passe-t-il ? » ajouta-t-il en voyant les visages fermés des Amis de Dante.

Longfellow proposa de continuer la conversation chez lui, autour d'un dîner. En chemin, il mit Lowell au courant du départ de Bachi. À Craigie House, Fields expliqua qu'il était retourné voir le chef du port. Une pièce d'or frappée d'un aigle avait su le persuader d'examiner le registre des passagers. En face du nom de Bachi, il était écrit que le passager détenait un billet aller-retour acheté à prix réduit ne lui permettant pas de revenir en Amérique avant janvier 1867.

Lowell se laissa tomber dans un fauteuil du salon, assommé par la nouvelle.

« Lucifer a compris que nous l'avions démasqué. Forcément, nous lui avons dit que nous savions, pour Lonza. Il nous a filé entre les doigts comme du sable.

— Il s'agit de fêter ça, se réjouit Holmes. Ne voyez-vous pas ce que cela signifie, si vous avez raison ? Allez, Lowell, vous avez le petit bout de votre lorgnette pointé dans la bonne direction.

— Jemmy, intervint Fields pour mettre Lowell sur la voie, si Bachi est effectivement le meurtrier...

— Alors, nous sommes tous sains et saufs, acheva Holmes. La ville est sauve, et Dante l'est aussi par la même occasion ! Si, par nos déductions, nous avons forcé Lucifer à prendre la fuite, alors nous l'avons *vaincu*. »

Fields se leva, rayonnant.

« Dans ce cas, messieurs, je me dois d'organiser un dîner à la gloire de Dante, qui fera rougir de honte le club du Samedi. Que le mouton y soit aussi tendre que les vers de Longfellow, le Moët aussi pétillant que l'esprit de notre Dr Holmes et les couteaux aussi affûtés que la satire de Lowell ! »

Trois acclamations accueillirent cette déclaration.

Tout cela soulagea un peu Lowell. Plus encore, la nouvelle que les séances de traduction allaient reprendre. Revenir à la normale signifiait s'adonner de nouveau au pur plaisir de l'étude. Il espéra en secret que ce plaisir-là ne serait pas gâché par l'usage qu'ils avaient fait de leur connaissance de Dante en l'appliquant à des affaires répugnantes.

Longfellow parut avoir deviné ce qui le tracassait.

« Au temps de Washington, lui dit-il, on fondit les tuyaux des orgues pour en faire des balles, mon cher Lowell. Il n'y avait pas d'autre solution. Maintenant, Holmes et Lowell, voulez-vous descendre avec moi à la cave à vins pendant que Fields ira voir à la cuisine où en est le dîner ?

— La cave à vins, véritable fondement de toute maison qui se respecte ! s'écria Lowell en bondissant sur ses pieds, tandis que le maître de maison s'emparait d'un chandelier sur la table. Vous avez un bon cru, Longfellow ?

— Ne vous ai-je jamais exposé mon principe de base, monsieur Lowell :

> *Quand un ami vient dîner*
> *Le meilleur vin lui offrez ;*
> *Si d'aventure ils sont deux*
> *Ne sortez pas le grand jeu.* »

Les amis laissèrent éclater leur joie, emportés par un soulagement dont ils étaient tous conscients.

« Et quand ils sont quatre assoiffés pris de rire ? s'enquit Holmes.

— Alors, qu'ils se préparent au pire ! » répliqua Longfellow.

Holmes et Lowell lui emboîtèrent le pas à la lueur argentée de la bougie. Durant la soirée, Lowell se concentra sur les rires et la conversation, espérant ainsi oublier la douleur lancinante qui irradiait sa jambe sur toute sa longueur depuis la marque rouge qu'il avait à la cheville.

Dans son manteau blanc et son gilet jaune, la tête coiffée d'un gibus blanc à bord d'une largeur affirmée, Phineas Jennison descendit en sifflotant le perron de sa demeure de Back Bay et s'éloigna, faisant tournoyer sa canne à pommeau d'or. Il riait de bon cœur comme s'il se remémorait une excellente plaisanterie. C'était son habitude, le soir, d'arpenter Boston, la ville qu'il avait conquise, en riant pour lui-même. Il lui restait encore un monde à pénétrer, un univers que l'argent n'achetait pas, où le sang déterminait la place que l'on y occupait, et ce monde-là, il était sur le point de le soumettre, nonobstant certains obstacles apparus récemment.

De l'autre côté de la rue, quelqu'un l'observait, le suivait pas à pas depuis qu'il avait quitté sa demeure. Sur la liste des ombres à châtier, Jennison était le suivant. Voyez comme il marche, voyez comme il siffle et rit ! À croire qu'il n'a rien fait de mal aujourd'hui, qu'il n'a jamais fait le mal de sa vie. Il avance, il fait un pas, en fait un autre. Honte à cette ville qui n'est plus maîtresse de son avenir ! Honte à cette cité qui a perdu son âme !

L'observateur héla Jennison. Celui-ci s'arrêta et scruta la nuit tout en caressant sa fameuse fossette au menton.

« Quelqu'un a dit mon nom ? »

Pas de réponse.

Il traversa la rue, regardant devant lui. Une personne immobile qu'il reconnut vaguement se tenait près de l'église.

« Ah, c'est vous. Je me rappelle de vous. Qu'est-ce que vous me voulez ? »

Jennison sentit l'homme se glisser derrière lui et une lame pénétrer dans son dos de prince des marchands.

« Prenez ma bourse, monsieur, prenez tout ! Je vous en prie ! Vous pouvez la prendre et passer votre chemin ! Combien voulez-vous ? Que dites-vous ?

— *Par moi passe le chemin au milieu des hommes perdus. Par moi !* »

S'il était une chose dont J. T. Fields ne se doutait pas en montant dans sa calèche le lendemain matin, c'était bien de trouver un mort là où il se rendait.

« Attendez un peu plus loin », dit-il à son cocher quand il fut arrivé à destination. Et d'expliquer à Lowell que Bachi était entré dans cette échoppe avant de filer au port.

Imité par son compagnon, il descendit de voiture et parcourut à pied le bout de trottoir jusqu'à la boutique Wade et Fils. La boutique n'était répertoriée dans aucun annuaire de la ville.

« Que je sois pendu si Bachi ne traficotait pas ici des affaires louches », s'exclama Lowell.

Ils frappèrent légèrement à la porte. Un moment plus tard, le battant s'ouvrit à toute volée et un homme vêtu d'une longue capote bleue à boutons dorés sortit en trombe, chargé d'un carton rempli de diverses marchandises.

« Je vous demande pardon », dit Fields.

Deux policiers arrivaient sur les lieux. Ils ouvrirent toutes grandes les portes, poussant les deux amis à l'intérieur du magasin. Un homme âgé, au visage émacié, était effondré sur le comptoir, une plume à la main, comme s'il avait été interrompu au milieu d'un travail d'écriture. Les murs étaient nus et les étagères vides. Lowell approcha de quelques pas : le mort avait un câble de télégraphe enroulé autour du cou. Fasciné, le poète contemplait cet homme au visage encore rose et frais. Fields se précipita pour lui barrer le chemin de son bras.

« Il est mort, Lowell !

— Oui, aussi mort que les carcasses que Holmes découpe au collège de médecine. Je doute que notre dantéen ait commis un meurtre aussi vulgaire.

— Venez, Lowell, il faut partir ! »

L'éditeur n'en menait pas large à la vue du nombre croissant de policiers. Mais aucun d'eux ne les avait encore remarqués.

« Fields, regardez la valise à ses pieds. Il s'apprêtait à fuir, comme Bachi. » Lowell considéra la plume dans la main du mort. « Il voulait finir quelque chose, j'imagine.

— Lowell, je vous en prie ! le suppliait Fields.

— Très bien », fit le poète, mais il contourna le bureau en direction du corps.

Remarquant un plateau avec du courrier, il saisit l'enveloppe sur le dessus de la pile et la fourra subrepticement dans sa poche.

« Bon, allons-y ! » dit-il en se dirigeant vers la porte.

Fields se rua en avant. Au bout de quelques pas, il s'arrêta, ne sentant pas la présence de Lowell derrière lui. Celui-ci s'était immobilisé au beau milieu de la salle, et son visage exprimait une douleur effroyable.

« Qu'avez-vous, Lowell ?

— Cette maudite cheville. »

Fields se retournait pour gagner la porte quand il se retrouva nez à nez avec un policier à l'air inquisiteur.

« Nous cherchions un ami dont nous sommes sans nouvelles et que nous avons vu hier entrer dans ce magasin, monsieur l'agent. »

Le sergent de ville sortit son carnet de rapports.

« Le nom de cet ami, encore, monsieur ? L'*Œitalien* ?

— Bachi. B-a-c-h-i. »

Lowell et Fields venaient d'être autorisés à partir lorsque Henshaw et deux acolytes du bureau des détectives débarquèrent en compagnie de M. Barnicoat, le coroner. Ils chassèrent des lieux la plupart des policiers qui s'y trouvaient.

« Ichabod Ross, dit Henshaw en apercevant le corps. Qu'on l'enterre dans le cimetière des pauvres avec le reste de la fange. C'est vraiment m' faire perdre mon temps, quand je pourrais être attablé devant mon petit déjeuner ! »

Comme Fields s'attardait, Henshaw le chassa d'un œil menaçant.

Plus tard, dans l'édition du soir, le journal publierait un bref compte rendu du meurtre d'Ichabod Ross, négociant de bas étage, au cours d'une effraction. Mais, pour l'heure, Fields et Lowell examinèrent l'adresse inscrite sur l'enveloppe subtilisée par ce dernier. *Les Horloges de Vane*. C'était le nom de la boutique d'un prêteur sur gages, sise dans l'une des rues les plus malfamées d'East Boston. Fields et Lowell convinrent de s'y rendre dès le lendemain matin.

Ayant poussé la porte de l'échoppe sans devanture, ils tombèrent sur un colosse de trois cents livres au moins, au visage rouge comme une tomate et aux joues couvertes d'une barbe verdâtre.

Un énorme trousseau de clefs pendu à son cou au bout d'une corde cliquetait à chacun de ses mouvements.

« Monsieur Vane ?

— Z'êtes pile dessus ! répondit-il avec un sourire qui se figea dès qu'il eut noté la tenue de ses visiteurs. Je l'ai d'jà dit à ces détectives de New York ! C'est pas moi qu'a fourgué les faux billets !

— Nous ne sommes pas des détectives, dit Lowell. Nous pensons que ceci vous appartient. » Il déposa l'enveloppe sur le comptoir. « Ça vient de chez Ichabod Ross. »

Un énorme sourire revint prendre sa place sur les traits du boutiquier.

« Si c'est pas gentil, ça. Ben mon cochon ! Et moi qui pensais que l'vieux, il avait été aplati sans s'arranger avec moi !

— Croyez bien que nous compatissons à la mort de votre ami, monsieur Vane. Savez-vous pourquoi M. Ross a été traité de si vilaine façon ? s'enquit Fields.

— Oh-oh ! Des petits fouineurs, pas vrai ? Ben, vous avez pas porté vos cochons au marché à volailles. Combien que vous pouvez allonger ?

— Nous venons tout juste de vous rapporter un paiement de chez M. Ross, rappela Fields.

— Et qui m'appartenait en propre ! rétorqua Vane. Vous diriez le contraire ?

— L'argent devra-t-il toujours présider aux échanges ? s'écria Lowell avec humeur.

— *Lowell*, je vous en prie ! » chuchota Fields.

Le sourire de Vane se figea à nouveau. Son regard devint fixe, ses yeux doublèrent de volume.

— Lowell ? Lowell, le poète ?

— Pourquoi ? Oui ! admit celui-ci, quelque peu désarçonné.

— *Qu'y a-t-il d'aussi rare qu'une journée de juin ?* reprit l'autre en manquant s'étouffer de rire. Et d'enchaîner :

> *Qu'y a-t-il d'aussi beau qu'une journée de juin ?*
> *Viennent ensuite, s'il se peut, des jours admirables ;*
> *Le ciel vérifie que la terre est à l'unisson,*
> *Et sur elle, doucement, pose une oreille chaude ;*
> *Que nous regardions ou que nous écoutions,*
> *Nous sentons murmurer la vie et briller son éclat.*

— Au quatrième vers, c'est *tendrement*, le corrigea Lowell. Vous voyez : *Et sur elle, tendrement, pose une oreille chaude*...

— Ah, qu'on vienne pas m'dire qu'y a pas de grand poète américain ! Ah, seigneur et diable ! C'est que j'ai votre maison, aussi ! »

Et de produire de dessous son comptoir un volume relié en maroquin intitulé *Demeures et Thébaïdes chères à nos poètes*, qu'il feuilleta jusqu'au chapitre consacré à Elmwood.

« Tenez, j'ai même votre autographe dans mon catalogue. Z'êtes celui qui s' vend le plus cher après Longfellow, Emerson et Whittier. Y a bien aussi ce coquin d'Oliver Holmes mais, lui, y vaudrait davantage s'y galvaudait pas son nom en le fourrant sur tout. »

Sous l'effet de l'excitation, le teint de Vane était passé au violet. À l'aide d'une des clefs qui balançaient à son cou, il ouvrit un tiroir et en pêcha un bout de papier portant la signature de James Russell Lowell.

« Quoi ! Mais ce n'est pas du tout ma signature ! s'écria le poète. Celui qui a écrit ça est incapable de tenir une plume ! J'exige que vous me remettiez immédiatement tous les autographes frauduleux en votre possession, monsieur, ou vous aurez des nouvelles de maître Hillard, mon avocat, avant la fin de la journée !

— *Lowell !* intervint Fields en tirant son ami à l'écart.

— Comment pourrais-je dormir cette nuit, en sachant que ce bon citoyen possède assez d'illustrations dans son livre pour établir une carte de ma maison ! s'emporta Lowell.

— Nous avons besoin de cet individu !

— C'est bon, se rendit le poète, et il remonta son manteau sur ses épaules. À l'église avec les saints, au tripot avec les pécheurs.

— S'il vous plaît, monsieur Vane, déclara Fields en sortant son portefeuille. Nous voulons seulement des renseignements sur M. Ross. Après, nous vous laisserons tranquille. Combien accepteriez-vous pour nous faire part de vos connaissances ?

— Je m'en déferais pas pour un centime ! répliqua l'homme en riant de bon cœur, et l'on put lire dans son regard qu'il fouillait les profondeurs de son cerveau. L'argent devra-t-il toujours présider aux échanges ? »

Quarante autographes signés de la main de Lowell lui parurent un paiement raisonnable pour ses services. Fields leva un sourcil consultatif à l'adresse de son compagnon. Lowell accepta froidement et se mit derechef à signer son nom dans un cahier, sur deux colonnes.

« De la bien belle ouvrage », approuva Vane en examinant son écriture.

Il confia à Fields que Ross était un typographe passé de l'impression des journaux à la contrefaçon des billets de banque. Mais voilà, il avait commis l'erreur de refiler sa monnaie à un gang qui escroquait les cercles de jeu locaux. Pour écouler les marchandises achetées avec l'argent gagné dans l'opération, il avait fait de pauvres prêteurs sur gages des receleurs malgré eux. Ces derniers mots furent prononcés par le monsieur avec dégoût.

Il tira la langue presque jusqu'à toucher son nez. Encore un peu de temps, conclut-il, et lui aussi tombait dans la combine.

De retour au Corner, Fields et Lowell mirent Holmes et Longfellow au fait de ce rebondissement imprévu.

« Il n'est pas difficile de deviner ce que Bachi avait dans sa sacoche en quittant le magasin, dit Fields : des faux billets. Une solution désespérée en quelque sorte. Cependant, quel pouvait bien être son rôle dans une telle entreprise ?

— Si vous ne pouvez gagner d'argent, il faut bien que vous en *fabriquiez*, j'imagine, déclara Holmes.

— Quelles que soient les raisons qui l'ont poussé à cette extrémité, *signore* Bachi a déguerpi juste à temps », dit Longfellow.

Le mercredi soir, Longfellow accueillit ses hôtes sur le perron de Craigie House comme il le faisait autrefois, et Trap les gratifia d'un second accueil sous la forme de jappements. George Washington Greene admit volontiers que sa santé s'était grandement améliorée depuis qu'il avait reçu le mot de Longfellow l'informant de la réunion, et il exprima l'espoir que les séances allaient reprendre de façon régulière, précisant qu'il s'était préparé avec une diligence redoublée aux chants prévus pour ce soir.

Les érudits prirent place, et Longfellow déclara la réunion ouverte. Il fit circuler le texte et sa traduction, sous l'œil intéressé de Trap. Puis la petite sentinelle, satisfaite de voir chacun confortablement installé dans son fauteuil habituel, alla se tapir dans son petit creux favori sous le siège en velours côtelé vert, placé le plus près du feu, et qui était occupé par l'invité le plus généreux envers lui pendant le dîner, c'est-à-dire : le vieux Greene.

« *Un démon nous schismatise au tranchant de l'épée.* »

Dans l'omnibus qui le reconduisait chez lui, Nicholas Rey luttait contre l'endormissement. Ce n'était pas tant la fatigue de la journée qui se faisait sentir que celle de ses nuits sans sommeil. À l'hôtel de police, il n'avait plus grand-chose à faire désormais, étant pratiquement enchaîné à son bureau sur ordre du maire Lincoln ; Kurtz s'était trouvé un nouveau cocher, un sergent de ville novice, originaire de Watertown. Rey glissa brièvement dans le sommeil. *Je ne peux mourir comme ici*, lui chuchota dans son rêve une figure bestiale.

Bien qu'endormi, il eut conscience que le mot *ici* ne figurait pas dans le puzzle retrouvé là où Elisha Talbot avait été assassiné. *Je ne peux mourir comme je suis.* Il fut réveillé par deux hommes, se tenant aux courroies, qui argumentaient sur l'opportunité d'accorder le droit de vote aux femmes, et s'assoupit à nouveau. Il eut alors le vague sentiment de prendre une décision et, aussi, de reconnaître l'homme bestial de son rêve : c'était le vagabond qui avait sauté par la fenêtre, mais avec un visage trois ou quatre fois plus gros. Bientôt la cloche tinta et le receveur cria : « Mount Auburn ! Mount Auburn ! »

Mabel attendit que son père fût parti pour la séance de travail sur Dante pour inspecter son secrétaire en acajou. C'était un meuble français que Lowell avait rétrogradé au rang de semainier, préférant écrire sur un carton rigide, assis dans un fauteuil. En l'absence du poète, Elmwood perdait beaucoup de sa gaieté aux yeux de la jeune fille. Séduire les jeunes gens de Harvard ne présentait pas d'intérêt pour elle. Pas plus que fréquenter le cercle de couture de Petite Amelia Holmes, où les conversations tournaient autour des candidates à admettre ou à rejeter, comme si le monde civilisé tout entier attendait désespérément de se voir autorisé à coudre parmi cette élite, une élite où l'on ne rencontrait pas d'étrangères : leur adhésion ne méritant même pas d'être examinée. Or Mabel voulait lire et parcourir le monde. Elle voulait juger par elle-même de la vie décrite dans les livres, ceux de son père bien sûr, mais aussi ceux d'autres écrivains visionnaires.

Les papiers de Lowell étaient dans leur désordre habituel, ce qui diminuait le risque de voir sa curiosité détectée. En revanche, la fouille allait requérir une délicatesse toute particulière pour déplacer les piles sans les ébouler. Il y avait là des tronçons de plume et un bon nombre de textes inachevés portant d'agaçantes traînées d'encre aux endroits précis où elle aurait aimé lire plus loin. Son père lui disait souvent de ne pas se lancer dans la poésie. Selon lui, la plupart des vers étaient mauvais et les bons inachevés, comme l'est la beauté chez une femme.

Parmi tous ces feuillets, elle tomba sur un dessin étrange, une sorte de croquis à la mine de plomb tracé sur du papier rayé avec le soin méticuleux qu'un homme perdu dans les bois mettrait pour établir une carte, se dit-elle. Ou bien, imagina-t-elle encore, avec la précision qu'on aurait pour copier des hiéroglyphes, car ces traits solennels semblaient la tentative d'élucider une énigme. Ils avaient quelque chose de ces bonshommes que son père gribouillait dans les marges des lettres qu'il leur envoyait de l'étranger quand elle était enfant, pour leur donner une idée des gens avec qui il soupait, organisateurs de conférences et autres sommités. Se rappelant ses rires d'alors, elle s'exerça à deviner des formes dans ces esquisses. Elle vit d'abord un homme chaussé de patins à glace gigantesques et dont le corps s'aplatissait comme une planche à partir de la taille. Elle fit pivoter la page d'un quart de tour, puis d'un autre. Vues à l'envers, les lignes déchiquetées qui partaient des pieds ressemblaient à des flammes et non plus à des patins.

Longfellow lut un passage de sa traduction du chant XXVIII, à partir de l'endroit où ils en étaient restés à la dernière séance. Dans son for intérieur, il aurait bien aimé en avoir fini avec ce chant-là ! Rien ne lui ferait davantage plaisir que d'en porter la version finale à Riverside Press pour que Houghton l'ajoute à sa liste de chapitres mis sous presse. C'était la partie la plus douloureuse de *L'Enfer*, au sens physique du terme. Ici, Virgile guidait Dante à travers une vaste section des enfers répertoriée sous le nom de Males-Bauges, ou fosse du Mal. Dans la neuvième fosse étaient groupés les Schismatiques, ceux qui de leur vivant avaient divisé nations, religions ou familles et qui, à présent, étaient eux-mêmes divisés dans leurs corps, mutilés, découpés en morceaux.

« ... *un être que je vis*
crevé du col jusqu'au trou d'où l'on pète. »

Il prit une longue inspiration avant de poursuivre.

« *Les boyaux lui pendaient entre les jambes ;*
on voyait la fressure et l'affreux sac
qui change en merde ce que l'homme avale. »

Si Dante avait fait preuve de retenue jusqu'ici, il prouvait dans ce chant toute l'étendue de sa foi en Dieu : en effet, seul un homme convaincu de l'immortalité de l'âme pouvait concevoir d'infliger de tels tourments à un corps mortel.

« Certains passages sont à ce point répugnants qu'en comparaison le plus éméché des maquignons a l'air d'une bécasse, commenta Fields.

« *Un second dont la gorge était trouée,*
le nez tranché jusqu'au ras des sourcils,
et qui n'avait conservé qu'une oreille
— resté béant, lui aussi, pour me voir –
ouvrit avant les autres le gosier
qu'il avait au-dehors tout entier rouge. »

Et ces suppliciés étaient des hommes que Dante avait connus ! Cette ombre au nez et à l'oreille coupés, un Bolognais du nom de Pier da Medecina, ne lui avait pas nui directement, mais il avait attisé la dissension parmi les citoyens de Florence. En rédigeant le récit de son voyage dans l'autre monde, Dante n'avait jamais détourné ses pensées de sa ville. Il voulait voir ses héros rachetés au Purgatoire ou récompensés au Paradis et découvrir les félons dans les fosses les plus basses de l'Enfer, fussent-ils de sa famille comme cet Alighieri qu'il avait reconnu au milieu des tronqués, pointant le doigt sur lui et réclamant vengeance. Pour Dante, l'Enfer n'était pas une hypothèse née de son imagination, c'était une réalité qu'il ressentait dans toutes les fibres de son corps.

Se frottant les yeux pour chasser le sommeil Annie Allegra entra à petits pas dans la cuisine au sous-sol.

« Missié Longfellow ne vous a pas mise au lit, mademoiselle Annie ? lui lança le valet, tout en vidant un seau de charbon dans le poêle.

— Je voudrais une tasse de lait, Peter. »

La petite fille luttait pour garder les yeux ouverts.

« Je vous en donne une tout de suite, mademoiselle Annie. Je me ferai un plaisir, ma chère, un vrai plaisir », intervint l'une des cuisinières à la voix chantante en même temps qu'elle jetait un coup d'œil dans le four où cuisait le pain.

Des coups affaiblis frappés à la porte de la maison leur parvinrent de l'entrée. Tout excitée, Annie réclama le privilège d'accueillir le visiteur, ravie, à son habitude, de rendre service à quelqu'un. Elle trottina jusque dans le vestibule et ouvrit la lourde porte.

« Chut ! fit-elle tout bas, sans même regarder le beau visage qui se penchait vers elle. Nous sommes *mercredi*. Si vous venez pour voir Papa, vous devrez attendre qu'il en ait terminé avec M. Lowell et les autres, expliqua-t-elle sur le ton de la confidence, se cachant la bouche de sa main. C'est la règle, vous savez. Vous pouvez attendre ici ou bien au salon si vous préférez, dit-elle encore, en désignant les lieux proposés au choix du visiteur.

— Je vous présente mes excuses pour m'imposer à cette heure, mademoiselle Longfellow », répondit Nicholas Rey.

Annie Allegra inclina la tête joliment. S'abandonnant à la fatigue, elle grimpa péniblement l'escalier à quart tournant, ayant oublié la raison qui le lui avait fait descendre.

Demeuré dans l'entrée sous les regards des divers Washington, Nicholas Rey sortit les morceaux de papier de sa poche. Oui, il supplierait une fois de plus ces messieurs de l'aider. Il leur montrerait ces papiers ramassés par terre près de l'endroit où Talbot était mort. Peut-être y verraient-ils un lien que lui-même n'arrivait pas à découvrir. Plusieurs étrangers, questionnés du côté des quais, avaient reconnu le vagabond en portrait dans le journal. Cela avait renforcé sa conviction que l'homme était lui aussi un étranger et que les mots chuchotés à son oreille n'étaient pas de l'anglais. Cette conviction le poussait à croire que le Dr Holmes et ses amis en savaient davantage qu'ils ne voulaient le dire.

Rey se dirigeait vers le salon quand il s'immobilisa, encore dans le vestibule. Saisi d'étonnement, il se retourna. Quelque chose venait de le frapper. Un mot entendu ? Revenant sur ses pas, il s'avança vers la porte du cabinet de travail.

« *... che le ferrite son richiuse prima ch'altri dinanzi li rivada...* »

Un frisson le parcourut. Tout doucement, il fit encore trois pas jusqu'à la porte. *Dinanzi li rivada.* Il sortit vivement une feuille de son gilet. *Deenanzee...* Le mot qui le hantait... Le mot qui surgissait dans ses rêves au rythme des martèlements de son cœur. Se penchant, il colla son oreille brûlante contre la fraîche boiserie peinte en blanc.

« Ici, Bertrand de Born, qui trancha les liens unissant un père et son fils en les instiguant à se faire la guerre, tient entre ses mains sa propre tête décapitée à la façon d'une lanterne, et s'adresse au pèlerin florentin par la bouche de cette tête. »

Cette voix apaisante était celle de Longfellow.

« À l'instar du *Cavalier sans tête* d'Irving. »

Un rire de baryton. Appartenant sans aucun doute possible à Lowell.

Rey retourna son papier et écrivit ce qu'il entendait.

> *Ayant disjoint deux êtres si unis,*
> *je porte hélas mon cerveau séparé*
> *de son principe que ce tronc renferme ;*
> *ainsi s'observe en moi le* contrapasso.

Contrapasso ? se demanda Rey. Il perçut un léger vrombissement. Serait-ce un ronflement ? Ce bruit le rendit conscient de sa propre respiration et il s'efforça de la calmer. Lui parvint ensuite une symphonie de plumes grattant le papier.

« Le plus achevé des châtiments de Dante », disait Lowell.

À quoi quelqu'un répondait :

« L'auteur lui-même en conviendrait ! »

Mais Rey était trop préoccupé pour continuer à tenter d'identifier les locuteurs, dont les interventions se mêlaient en un chœur général.

« C'est la première fois que Dante appelle aussi clairement l'attention sur cette notion de *contrapasso*... disait une voix. Nous n'avons pas pour ce mot de terme exact, de définition précise en anglais, parce qu'il est lui-même sa propre définition. Je proposerais *contre-souffrance*, mon cher Longfellow... L'idée que tout pécheur aura pour châtiment de perpétrer son péché éternellement, mais à l'encontre de soi-même. À la façon des Schismatiques, qui se sont découpés en morceaux. »

Rey partit à reculons jusqu'à atteindre la porte d'entrée.

« L'école est finie, messieurs. »

Il y eut des claquements de livres et des bruissements de papier et Trap se mit à aboyer en direction de la fenêtre. Personne n'y prêta attention.

« Nous avons bien mérité un dîner pour notre labeur. »

« C'est un faisan vraiment colossal ! s'émerveilla James Russell Lowell en caressant du doigt un gros squelette bizarre, à la tête plate et surdimensionnée.

— Je ne connais pas une bête sur terre dont il n'ait démonté les intérieurs pour les remonter ensuite », déclara le Dr Holmes en riant de bon cœur.

Mais avec une certaine perfidie, pensa Lowell.

Il était tôt le matin, en ce lendemain de la réunion du cercle des Amis de Dante, et les deux poètes se trouvaient au musée de zoologie comparative de Harvard, dans le laboratoire du professeur Louis Agassiz. Celui-ci les avait accueillis et s'en était retourné dans son bureau achever une affaire en cours après avoir jeté un coup d'œil rapide à la blessure de Lowell.

« D'après le mot qu'il m'a laissé, Agassiz était désireux de voir mes échantillons d'insectes », dit Lowell avec un détachement forcé.

Il était certain maintenant que la mouche qui l'avait piqué dans le cabinet de travail du juge était à l'origine de sa blessure. Il imaginait déjà le savant lui disant : « Quel malheur, mon pauvre Lowell, il n'y a pas d'espoir. » Holmes avait beau soutenir que ces mouches-là ne piquaient pas, Lowell n'y croyait pas. Existait-il dans la nature un seul insecte de la taille d'une pièce de dix *cents* qui ne piquât pas ? Le pronostic serait la mort, et se l'entendre dire à voix haute serait presque un soulagement. Il avait caché à Holmes que sa blessure s'était beaucoup aggravée ces derniers jours et qu'il sentait souvent sa jambe palpiter violemment. À chaque heure qui passait, la douleur montait de plus en plus haut. Non, il s'était interdit de montrer sa faiblesse à Holmes.

« Il vous plaît, Lowell ? »

Louis Agassiz revenait dans la salle, tenant les échantillons d'insectes entre ses doigts épais perpétuellement imprégnés d'une odeur d'huile, de poisson et d'alcool. Lowell marqua de la surprise. Il avait complètement oublié la gigantesque poule d'eau.

« C'est un dodo ! continuait fièrement le biologiste. Notre consul aux îles Maurice m'en a offert deux squelettes pendant mon voyage là-bas. N'est-ce pas admirable ?

— À votre avis, c'est comestible ? demanda Holmes.

— Oh, que oui ! Et il est bien regrettable que nous ne puissions en servir au club du Samedi. Un bon dîner est la plus grande bénédiction de l'humanité. C'est vraiment dommage ! Bon, sommes-nous prêts ? »

Lowell et Holmes suivirent le savant jusqu'à une table et s'assirent. Agassiz sortit soigneusement les insectes des fioles remplies d'une solution d'alcool.

« Pour commencer, dites-moi, docteur Holmes. Où avez-vous trouvé ces *pitites critures* si particulières ?

— C'est Lowell, en réalité, répondit Holmes avec précaution. Près de Beacon Hill.
— *Peacon* Hill ? » répéta Agassiz. Son fort accent suisse allemand donnait à certains mots une sonorité étrange. « Dites-moi, docteur Holmes, qu'en pensez-vous, vous-même ? »

Cette habitude de poser des questions auxquelles l'interrogé ne pouvait apporter qu'une réponse erronée n'était pas du goût de Holmes.

« Je suis un béotien dans ce domaine, mais ce sont des mouches bleues, n'est-ce pas ?
— Ah, oui. Le genre ? demanda Agassiz.
— *Cochliomyia.*
— L'espèce ?
— *Macellaria.*
— Ah-ha ! s'esclaffa le savant. Ils ont bien cette apparence en effet, n'est-ce pas, mon cher Holmes ? Si l'on s'en tient aux livres.
— Parce qu'il ne s'agit pas de cela ? » demanda Lowell.

Le sang avait reflué de son visage. Si Holmes se trompait, ces mouches pouvaient fort bien ne pas être du tout inoffensives.

« En apparence, ces deux espèces sont presque identiques », laissa tomber Agassiz. Il fit suivre sa phrase d'une inspiration qui coupait court à toute question. « J'ai bien dit *presque.* » Et il se dirigea vers ses étagères.

Avec sa silhouette épaisse et ses traits épatés, il ressemblait davantage à un homme politique aimé des foules qu'à un biologiste et botaniste. Ce musée de zoologie comparée qui venait d'ouvrir ses portes était le sommet de sa carrière. Dans ce laboratoire, le savant aurait enfin les moyens de mener à terme sa classification des millions d'espèces du monde animal et végétal qui n'avaient toujours pas de nom à ce jour.

« Permettez-moi de vous montrer quelque chose. Près de deux mille cinq cents espèces de mouches vivant dans le nord de l'Amérique ont été répertoriées... Sur dix mille, selon mes estimations. »

Il déposa des planches dessinées devant ses visiteurs. C'étaient des représentations brutes et plutôt grotesques de visages humains, où d'étranges cavités noires remplaçaient le nez.

« Voilà quelques années, expliqua Agassiz, un chirurgien français de la marine impériale, le Dr Coquerel, a été appelé en Amérique du Sud dans leur colonie de l'île du Diable, en Guyane française, à l'ouest du Brésil. Cinq colons étaient à l'hôpital avec des symptômes graves qu'on ne pouvait identifier. L'un d'eux décéda peu après son arrivée. En rinçant ses sinus avec de l'eau, le Dr Coquerel découvrit à l'intérieur trois cents larves de mouches bleues.
— Des larves à l'intérieur d'un homme... *vivant* ? s'écria Holmes, désarçonné.

— Holmes, n'interrompez pas ! » le coupa Lowell.

Agassiz acquiesça par un lourd silence.

« Mais les larves ne sont pas des parasites, insista Holmes. La *Cochliomyia macellaria* ne se nourrit que de tissus décomposés.

— Rappelez-vous ce que je viens de vous dire, le réprimanda Agassiz. Qu'il reste encore huit mille espèces de mouches non identifiées ! Il ne s'agissait pas de *Cochliomyia macellaria*, mais d'une mouche très différente, mes amis. D'une espèce encore jamais vue, ou à l'existence de laquelle on se refusait de croire. Dans l'affaire en question, une femelle de cette espèce avait pondu des œufs dans les narines du patient. Ces œufs avaient éclos et donné naissance à des larves qui, devenues asticots, avaient dévoré le malade jusqu'à l'intérieur du crâne. Deux autres personnes moururent de la même infestation. Coquerel ne parvint à sauver les autres qu'en découpant les asticots nichés dans leur nez. Les vers de *macellaria* ne peuvent vivre que sur des tissus morts, en effet. Elles préfèrent les cadavres, mais les vers de *cette espèce-là*, Holmes, se nourrissent de tissu vivant ! »

Agassiz attendit de lire l'horreur sur les traits de ses visiteurs avant d'enchaîner :

« La femelle ne copule qu'une fois et pond tous les trois jours un très grand nombre d'œufs, jusqu'à *quatre cents* en une seule fois. Cela se répète à dix ou onze reprises au cours de sa vie, laquelle dure en gros un mois. Elle fait son nid dans des blessures récentes, aussi bien sur des hommes que sur des animaux. Les œufs éclosent et les asticots progressent à l'intérieur du corps, dévorant les chairs en chemin, car ils se nourrissent de tissu vivant. Plus les chairs sont infestées de larves, plus elles attirent de mouches adultes. Arrivées à maturité, ces larves tombent d'elles-mêmes du corps et, là, au bout de quelques jours, se transforment en mouches. Mon ami Coquerel a nommé cette espèce la *Cochliomyia hominivorax*.

— *Homini… vorax*, la mouche mangeuse d'homme…, lâcha Lowell d'une voix rauque en dévisageant Holmes.

— Exactement, s'exclama Agassiz avec l'enthousiasme contenu du savant qui s'apprête à annoncer une terrible nouvelle. Coquerel a publié sa découverte dans des revues spécialisées, mais peu de gens y ont cru.

— Mais vous-même y avez cru ? s'enquit Holmes.

— Sans l'ombre d'un doute, répondit le savant sur un ton des plus sérieux. Depuis que Coquerel m'a fait parvenir ces planches, j'ai étudié quantité de rapports médicaux rédigés au cours des trente dernières années, en m'assurant qu'ils avaient été établis par des gens qui n'étaient pas au fait de la question. Isidore Geoffroy Saint-Hilaire mentionne le cas d'un nourrisson ayant une de ces larves sous la peau. D'après Cobbold, le Dr Livingston découvrit plusieurs larves de *diptera* dans l'épaule d'un nègre blessé. Au

Brésil, où elles sont appelées *warega*, ces mouches sont connues pour être des parasites de l'homme aussi bien que des animaux. Des rapports sur la guerre du Mexique font état de *mouches à viande* qui pondaient leurs œufs dans les blessures des soldats laissés la nuit sur le champ de bataille. Parfois, les larves ne causaient aucun mal. Elles se nourrissaient exclusivement de tissu mort – il s'agissait alors de mouches bleues habituelles, de larves provenant de l'espèce *macellaria* que vous connaissez, docteur Holmes. Mais il arrivait que ces soldats eussent le corps couvert de boursouflures et, dans ce cas, il ne restait plus rien à sauver d'eux : ils avaient été creusés de l'intérieur. Vous voyez ? Ces mouches-là, c'étaient les *hominivorax*. Elles s'attaquent à des proies qui sont dans l'incapacité de se défendre, car elles doivent se nourrir de tissu vivant pour que leur progéniture survive. C'est le seul moyen. Les recherches dans ce domaine ne font que commencer, mes amis, mais elles sont passionnantes. En ce qui me concerne, j'ai ramassé mes premiers spécimens d'*hominivorax* au Brésil. À première vue, les deux types de mouches paraissent similaires. Il faut examiner leur couleur très attentivement et les mesurer avec des instruments extrêmement précis pour noter leurs différences. Ainsi, hier, je suis parvenu à identifier vos échantillons. »

Agassiz approcha un tabouret pour lui.

« Maintenant, Lowell, montrez-nous encore votre pauvre jambe, voulez-vous ? »

Le poète voulut dire quelque chose, mais ses lèvres tremblaient trop.

« Ne vous inquiétez pas, Lowell ! s'écria Agassiz, et il éclata de rire. Donc, vous avez senti le *pitit* insecte sur votre jambe et vous l'avez chassé ?

— Je l'ai tué ! » rappela Lowell.

Agassiz prit un scalpel dans un tiroir.

« Bon. Docteur Holmes, je veux que vous introduisiez la pointe au centre de la blessure et qu'ensuite vous tiriez tout droit.

— Vous êtes sûr, Agassiz ? » demanda Lowell nerveusement.

Holmes déglutit. Il mit un genou en terre et approcha l'instrument de la cheville de son ami. Lowell avait la bouche ouverte et les yeux rivés sur ses mains.

« Vous ne sentirez rien du tout, Jemmy », le rassura-t-il à mi-voix, juste pour eux deux.

Agassiz, qui se trouvait à quelques pas de là, eut la délicatesse de faire comme s'il n'entendait pas.

Lowell hocha la tête et se cramponna au rebord de son tabouret. Holmes suivit les consignes du savant. Il inséra la pointe du scalpel exactement au centre du renflement et tira. Une larve blanche et rigide, de quatre millimètres tout au plus, se tortilla au bout de la lame. Vivante !

— Oh ! Un superbe *hominivorax* ! » s'écria Agassiz, et il partit d'un rire triomphal.

Ayant vérifié que la blessure n'en contenait pas d'autre, il banda la cheville de Lowell.

« Regardez, dit-il en posant affectueusement la larve sur sa main. La malheureuse petite bête n'a vécu que quelques secondes entre le moment où vous l'avez vue et celui où vous l'avez tuée. Elle n'a eu le temps de pondre qu'un seul œuf. Votre blessure n'est pas profonde, elle va guérir et vous ne vous en souviendrez plus. Mais voyez la vitesse avec laquelle elle s'est creusée ! Et avec une larve seulement. Cette unique larve, vous l'avez sentie vous déchirer et s'enfoncer dans votre chair. Imaginez des centaines comme celle-ci, des milliers, occupées à se frayer en vous un chemin, vous dévorant au passage. »

Le sourire qui s'épanouit sur le visage de Lowell fut si large que ses moustaches s'en allèrent voler sur les côtés.

« Vous entendez, Holmes ? Je m'en sortirai ! »

Il rit et embrassa le savant, puis son ami. Alors seulement prit-il conscience de ce que la présence de ces larves avait pu signifier pour Artemus Healey, et de ce qu'elle signifiait à présent pour l'enquête que menait le cercle des Amis de Dante.

Ayant lui aussi recouvré son sérieux, le savant s'essuya les mains.

« Ce n'est pas tout, chers camarades. Je dois encore vous apprendre une chose très étrange, vraiment. C'est que ces *pitites critures* ne vivent pas dans nos contrées. Il n'y en a ni en Nouvelle-Angleterre ni ailleurs près de chez nous. Elles sont originaires de notre partie du monde, cela paraît certain, mais on ne les trouve que sous des climats chauds et humides, comme au Brésil. J'en ai vu des essaims là-bas, mais on ne les rencontre pas à Boston. Et je ne les ai vues mentionnées nulle part, ni sous leur nom savant ni sous aucun autre. Comment sont-elles arrivées jusque chez nous, je ne puis l'imaginer. Peut-être par hasard, sur une cargaison de bétail, ou encore… »

Agassiz se permit quelques digressions amusantes avant de conclure :

« Quoi qu'il en soit, c'est une chance que ces *warega* ne puissent vivre sous le climat nordique qui est le nôtre, dans ce froid et cet environnement, parce qu'elles ne sont pas un agréable voisinage. Heureusement, celles qui sont arrivées jusqu'ici sont sûrement déjà mortes de froid. »

Le soulagement s'était propagé en Lowell aussi rapidement que l'angoisse, précédemment. L'épreuve traversée lui était maintenant source de joie. Il avait quitté le musée et marchait en silence à côté de Holmes, n'ayant plus qu'une pensée en tête. Ce fut le docteur qui aborda le sujet.

« Quel aveuglement de ma part, que de m'en être tenu aux conclusions de Barnicoat publiées dans les journaux ! Healey n'est pas mort d'un coup à la tête, pas plus que les insectes n'ont été placés là pour illustrer le poème, en faire un *tableau vivant*. Non, ils ont été placés là pour faire œuvre de douleur. Pour que nous reconnaissions dans le châtiment la référence dantesque, dit Holmes d'une voix entrecoupée par l'excitation. Ce n'était pas un ajout ornemental, mais bien l'arme du crime !

« Notre Lucifer ne veut pas simplement la mort de ses victimes, il veut qu'elles souffrent comme souffrent les ombres en Enfer. Qu'elles soient plongées dans cet état entre la vie et la mort, qui contient l'une et l'autre sans être aucune des deux. »

Lowell se tourna vers Holmes et lui saisit le bras.

« Pour que le supplicié assiste à ses propres souffrances ! Moi, Wendell, je *sentais* cette créature me dévorer à mesure qu'elle progressait en moi. Je la sentais m'absorber. Et même si elle ne se repaissait que d'une infime partie de mon corps, je la sentais passer directement de mes veines à mon âme. La femme de chambre disait vrai.

— Par Dieu, c'est certain ! s'écria Holmes, horrifié. Ce qui signifie que Healey... »

Pas plus que Lowell, Holmes n'eut la force d'évoquer les souffrances endurées par le juge suprême. Censé partir pour sa maison de campagne le samedi matin, Healey avait été retrouvé le mardi suivant, encore en vie. Abandonné aux bons soins de dizaines de milliers d'*hominivorax* se goinfrant de ses entrailles... de son cerveau... un centimètre après l'autre, une heure après l'autre. Et cela, pendant quatre jours d'affilée.

Holmes regarda les échantillons contenus dans la fiole en verre que lui avait remise Agassiz.

« Lowell, je dois vous dire quelque chose. Mais je ne voudrais pas que cela dégénère en dispute.

— Pietro Bachi ? »

Holmes hocha la tête timidement.

« Vous voulez dire que rien, dans toute cette affaire, ne correspond à ce que nous savons de lui ? demanda Lowell. C'est vrai, notre théorie vole en éclats !

— Bachi est un homme amer, colérique et ivrogne, c'est exact, mais lui prêteriez-vous une dissimulation à ce point cruelle et méthodique ? Mettre en scène un spectacle dénonçant les torts de ceux qui le firent venir en Amérique, oui. Mais reproduire les châtiments de Dante avec un tel souci de précision et d'absolu, non ! Où que nous nous tournions, nos erreurs apparaissent, aussi nombreuses que les salamandres sous les feuilles après la pluie. »

Subitement, Holmes se mit à agiter les bras comme un fou.

« Que faites-vous ? s'étonna Lowell, car ils n'étaient plus qu'à une courte de distance de Craigie House où ils étaient attendus.

— Il y a un fiacre libre là-bas. Je voudrais réexaminer ces échantillons au microscope. C'est dommage qu'Agassiz ait tué votre larve, car la nature révèle bien mieux sa vérité à l'état vivant. Ces petites bêtes auraient pu nous apprendre des choses sur le meurtre. Je ne partage pas son opinion que ces insectes sont tous morts à l'heure qu'il est. Agassiz est sourd aux théories de Darwin, cela obscurcit ses vues.

— Voyons, Wendell, les insectes sont sa vocation ! »

Holmes ne se laissa pas démonter par l'incrédulité de son ami.

« Les grands savants sont parfois les plus grands obstacles sur le chemin de la science, Lowell. Les révolutions ne sont pas faites par des hommes à lunettes. Les gens qui ont besoin de trompe acoustique ne perçoivent rien des premiers chuchotements d'une nouvelle vérité. Pas plus tard que le mois dernier, j'ai lu dans un livre sur les îles Sandwich qu'un vieil homme de Fidji, transplanté de force parmi des étrangers, priait pour qu'on le reconduisît dans son pays où son fils pourrait lui extraire le cerveau du crâne en lui tapant sur la tête, selon la coutume pratiquée dans ces contrées. Pietro, le fils de Dante, répétait à qui voulait l'entendre que son père ne prétendait pas du tout être *vraiment* allé en Enfer et au Ciel. Les fils extraient le cerveau du crâne de leurs pères bien souvent. »

Et certains plus souvent que d'autres, songea Lowell en pensant au fils aîné du docteur. Mais déjà celui-ci grimpait dans la voiture de louage.

Lowell regretta de ne pas avoir pris sa monture et accéléra le pas : il était attendu à Craigie House. Au croisement d'une rue, il eut un mouvement de recul, l'esprit soudain en alerte. L'homme de haute taille, portant chapeau melon et gilet à carreaux, était là, dans la foule, sur la place du marché ! L'homme aux traits fatigués et au regard intense qui l'avait observé dans la cour de Harvard, adossé à un orme... Celui-là même qu'il avait vu parler avec Bachi sur le campus... Après une matinée si riche en découvertes, Lowell eût pu ne pas le remarquer, mais il se trouvait que l'individu était en train de causer avec son étudiant, Edward Sheldon. Et un Sheldon qui faisait bien plus que parler, qui tempêtait en vérité, comme l'on crie sur un domestique qui néglige une tâche depuis trop longtemps. Un Sheldon qui, brusquement, se drapa dans sa cape noire d'un mouvement furieux et partit sans plus de façons.

Lequel des deux Lowell devait-il suivre ? Sheldon ? Non, il le retrouverait facilement à l'université. Mieux valait emboîter le pas à l'inconnu qui se frayait un chemin dans la cohue de voitures et de passants.

Il s'élança donc parmi les étals, écartant d'une tape le commerçant qui brandissait une langoustine sous son nez.

« Un tract, monsieur ? » lui lança une fille qui distribuait des prospectus et en fourra un d'office dans sa poche.

Lowell aperçut son homme de l'autre côté de la rue. Le fantôme avait grimpé dans un omnibus bondé et attendait que le receveur lui rendît sa monnaie.

Lowell atteignit la station au moment où celui-ci tirait la cloche. Le lourd véhicule démarra sur ses rails en direction du pont. Courant le long de la voie, Lowell n'eut aucun mal à le rattraper. Il venait d'agripper la rampe de l'escalier donnant accès à la plate-forme arrière quand le receveur se retourna.

« Leany Miller ?

— Je m'appelle Lowell, monsieur, et je dois parler à un passager. »

Il posa un pied sur la marche déjà relevée. Les chevaux accéléraient.

« Encore une de vos combines, Leany Miller ! Vous ne plumerez pas nos bons passagers, Leany ! Pas pendant mon service ! »

S'armant d'une canne, l'homme se mit en devoir de marteler la main gantée de Lowell.

« Enfin, monsieur, je ne suis pas Leany ! »

Contraint de lâcher prise sous la pluie de coups, Lowell alla bouler sur les voies en hurlant à tue-tête pour se faire entendre par-dessus le vacarme de sabots et de cloches, mais l'irascible employé n'avait que faire de ses protestations. Une cloche retentit soudain dans son dos : un autre omnibus approchait. Se retournant pour jeter un coup d'œil, Lowell perdit de la vitesse, tandis que la voiture qu'il poursuivait prenait de la distance. Il n'eut d'autre solution que de bondir hors des voies pour ne pas être piétiné par les chevaux.

Au même instant, Longfellow faisait entrer dans son salon Robert Todd Lincoln, fils du défunt président, l'un des trois élèves ayant suivi le cours de Lowell sur Dante l'année précédente. Lowell avait promis de venir à Craigie House après son rendez-vous avec Agassiz, mais il était en retard. Tant pis, Longfellow commencerait l'entretien sans lui. La petite Annie Allegra fit irruption dans la pièce.

« Oh, cher Papa, nous en avons presque fini avec le dernier numéro du *Secret*, Papa ! Vous voulez bien le regarder en avance ?

— Oui, ma chérie, mais vois-tu, pour le moment je suis occupé.

— Je vous en prie, monsieur Longfellow, se permit le visiteur, j'ai tout mon temps. »

Longfellow prit le journal écrit à la main que ses trois filles *publiaient* à dates régulières.

« Oh, mais c'est un de vos meilleurs numéros. Je te félicite, Panzie. Je le lirai ce soir, du début à la fin. C'est la page que tu as rédigée ?

— Oui ! Cette colonne-là, et l'autre également. Et le rébus aussi. Pouvez-vous le résoudre ?

— Un lac d'Amérique aussi grand que trois États... »

Longfellow sourit et parcourut le reste de la page. Il y avait un second rébus ainsi qu'un article de fond intitulé « Mon hier mouvementé (du petit déjeuner au coucher) », signé A. A. Longfellow.

« Que c'est bien, mon cœur ! »

À la lecture d'un des événements cités, Longfellow marqua une pause étonnée.

« Tu dis ici que tu as fait entrer quelqu'un, hier soir, avant de t'endormir.

— Quand j'étais descendue chercher du lait. Est-ce que j'ai été une bonne maîtresse de maison, Papa ?

— Quand était-ce, Panzie ?

— Pendant votre réunion du cercle, naturellement. Vous dites toujours qu'il ne faut pas vous déranger pendant ces moments-là.

— Annie Allegra ! appela Edith du haut de l'escalier. Tu dois rapporter ton exemplaire tout de suite ! Alice voudrait revoir la table des matières.

— C'est toujours elle qui est la rédactrice en chef », se plaignit la petite en reprenant le journal des mains de son père.

Longfellow la raccompagna dans l'entrée. Elle montait déjà l'escalier pour gagner les bureaux du *Secret* situés dans la chambre à coucher d'un frère aîné, lorsqu'il la rappela.

« Panzie, chérie, qui est le monsieur venu hier soir, dont tu parles dans ton article ?

— Le monsieur, Papa ? Je ne l'avais jamais vu avant.

— Te rappelles-tu à quoi il ressemblait ? Tu pourrais ajouter sa description et même l'interviewer toi-même, l'interroger sur son expérience.

— Oh, quelle bonne idée ! C'est un grand nègre, très splendide, dans un manteau en drap. Je lui ai dit de vous attendre, c'est vrai Papa. Il ne l'a pas fait ? Il en aura eu assez de rester planté dans l'entrée et sera retourné chez lui. Vous savez qui c'est, Papa ? »

Longfellow hocha la tête.

« Dites-le-moi, Papa ! Comme ça, je pourrai l'interviewer comme vous avez dit.

— C'est l'agent Nicholas Rey, de la police de Boston. »

Au même instant, Lowell fit irruption dans la maison.

« Longfellow, j'ai des foules de choses à vous dire... »

Voyant l'expression de son interlocuteur, il s'interrompit.

« Longfellow, que se passe-t-il ? »

Plus tôt dans la journée, Nicholas Rey avait été conduit dans un salon austère et abandonné là, à regarder les ormes battus par le vent qui poussaient sur le *Yard*. Au bout d'un moment s'écoula dans le hall une procession de messieurs à cheveux blancs, coiffés d'un large chapeau et vêtus d'une redingote noire leur battant les genoux. Leur tenue identique évoquait une congrégation monastique.

Rey entra dans la salle de la Corporation que ces hommes quittaient et alla se présenta au révérend Thomas Hill, président de l'université. Celui-ci était en train de converser avec un membre de son gouvernement qui s'était attardé. À la mention du mot *police*, ce second personnage s'immobilisa et demanda :

« L'affaire concerne-t-elle un de nos étudiants, monsieur l'agent ? »

Le Dr Manning se tourna de façon que sa barbe d'une blancheur de marbre vînt se placer exactement en face du mulâtre.

« J'ai des questions à poser au président Hill. Concernant le professeur James Russell Lowell, en fait. »

Les yeux jaunes de Manning s'ouvrirent tout grands, et il insista pour rester. Il alla fermer les doubles portes et revint s'asseoir à la table ronde en acajou à côté du président. Rey ne fut pas long à comprendre que le révérend Thomas Hill ne le laissait pas de gaieté de cœur prendre la situation en main.

« Je voudrais savoir sur quel projet M. Lowell travaille actuellement, monsieur le président, commença Rey.

— M. Lowell ? C'est l'un des poètes et des satiristes les plus percutants de toute la Nouvelle-Angleterre, naturellement, répondit le président avec un rire détendu. *Les Papiers des Biglow... La Vision de sir Launfal...* J'avoue que *La Fable à l'intention des critiques* est l'ouvrage de lui que je préfère. Il exerce également des fonctions à la *North American Review*. Vous savez qu'il a été le premier éditeur de l'*Atlantic* ? Mais pourquoi cette question ? Je suis sûr que notre troubadour est à l'œuvre sur une *quantité* d'entreprises. »

Nicholas Rey sortit une feuille de papier de sa poche de gilet et la roula entre ses doigts.

« Je veux parler d'un poème étranger qu'il aide à traduire, semble-t-il. »

Manning rapprocha en pointe ses doigts tordus et regarda fixement le papier dans la main de l'agent.

« Mon cher monsieur l'agent, y aurait-il un problème ? » dit-il, et son expression révéla clairement qu'il espérait se l'entendre confirmer.

Dinanzi.

Rey étudia le visage de Manning : un tic tiraillait les coins élastiques de sa bouche comme s'il se réjouissait à l'avance de la réponse, et il caressait d'une main le sommet brillant de son crâne.

Dinanzi a me.

« Ce que je voulais dire... », commença Manning. Se sentant quelque peu rassuré par le silence du policier, il tentait une approche plus directe. « Y aurait-il eu des plaintes ? »

Le président Hill se mit à pincer le petit coussin qu'il avait sous le menton en regrettant que Manning n'eût point quitté la salle avec le reste des *fellows*.

« Je me demande si nous ne devrions pas envoyer chercher le professeur Lowell pour en débattre. »

> *Dinanzi a me non fuor cose create*
> *Se non etterne, e io etterno duro.*

Que pouvaient bien signifier ces vers ? Si Longfellow et ses amis poètes les avaient reconnus, quelle raison avaient-ils de se donner tant de mal pour que, lui, Rey, ne les connût pas ?

« Balivernes, révérend président ! jeta vivement Manning. On ne peut tracasser le professeur Lowell à la moindre vétille. Monsieur le policier, je me vois dans l'obligation d'insister pour que vous nous signaliez *sur-le-champ* les troubles qui se seraient produits. Croyez bien que nous les résoudrons avec toute la célérité et la discrétion requises. Voyez-vous, monsieur l'agent, ajouta-t-il en se penchant en avant avec gentillesse, le professeur Lowell et plusieurs de ses collègues du monde littéraire cherchent à introduire dans notre ville certaine littérature qui n'y a pas sa place. L'enseigner mettra en péril la paix de millions d'âmes. En tant que membre de la Corporation, il est de mon devoir de défendre la réputation de l'université contre de tels errements. La devise du collège est : *Christo et ecclesiae*, monsieur, et nous nous devons de vivre à la hauteur de l'esprit chrétien contenu dans cet idéal.

— En fait, la devise était autrefois *veritas*, la vérité », précisa le président Hill sur un ton tranquille.

Manning le rabroua du regard.

L'agent de police hésita et remit son papier dans sa poche.

« J'ai exprimé à M. Lowell mon intérêt pour le poème qu'il traduit. Il a pensé que vous pourriez m'indiquer un endroit où je puisse l'étudier. »

Des taches colorées marbrèrent les joues du Dr Manning.

« Vous voulez dire que cet entretien est purement... littéraire ? » lâcha-t-il avec dégoût.

Comme Rey ne répondait pas, il l'assura que Lowell avait voulu le tourner en ridicule, lui et le collège par la même occasion, pour le simple plaisir de faire une blague. Si Rey souhaitait étudier la poésie de Satan, qu'il le fasse donc aux pieds de Satan !

Rey traversa le *Yard* de Harvard. Un vent glacé tourbillonnait en sifflant autour des vieux bâtiments de brique. Sa visite le laissait déconcerté et confus quant à ce qu'il devait faire. Mais voilà qu'une cloche d'incendie se mit à sonner – à carillonner de tous les coins de l'univers, eût-on dit. Il s'élança de toute la vitesse de ses jambes.

11.

Oliver Wendell Holmes, poète et médecin, plaça une bougie à côté du microscope et se pencha sur l'œilleton pour ajuster la position de la lamelle. L'insecte sautait et se tortillait entre les deux plaques de verre, comme soulevé de rage à l'idée d'être observé.

Non, ce n'était pas l'insecte qui frétillait aussi violemment, car la glissière du microscope tremblait, elle aussi.

Dehors, des sabots claquaient avec un bruit de tonnerre. Ils s'arrêtèrent dans un ultime fracas. Holmes se précipita à la fenêtre et écarta les rideaux. Amelia entra dans le bureau, le visage empreint d'une gravité effrayante. Le docteur lui ordonna de rester dans la pièce, mais elle le suivit jusqu'à la porte d'entrée. En contre-jour sur le ciel, se détachait l'imposante silhouette bleu marine d'un cocher juché sur le banc du fourgon de police et tirant de toutes ses forces sur les rênes pour retenir ses ombrageuses juments pommelées.

« Docteur Holmes ? appela-t-il du haut de son siège. Vous devez venir avec moi immédiatement.

— Wendell ? Que se passe-t-il ? » s'interposa Amelia.

Holmes lui jeta d'une voix sifflante :

« Melia, envoie un mot à Craigie House pour les prévenir que je les retrouverai au Corner dans une heure. Je suis désolé, je ne sais pas de quoi il s'agit. Il n'y a rien à faire, je dois partir. »

Avant qu'elle ait eu le temps d'émettre une protestation, Holmes avait grimpé en voiture et l'attelage repartait au triple galop dans un tourbillon de feuilles mortes et de poussière. Derrière le voilage de la fenêtre du salon, au second étage, le jeune Oliver Wendell Holmes se demanda dans quelle nouvelle absurdité son père se lançait.

Un froid gris paralysait l'atmosphère. Le ciel commençait à se dégager. Un second attelage arriva en trombe et pila juste à l'endroit libéré par le fourgon : le landau de Fields. Ouvrant la portière à toute volée, James Russell Lowell déversa sur Mme Holmes un flot de paroles duquel il ressortit qu'elle devait appeler le Dr Holmes sur-le-champ. Elle tendit le cou et distingua à l'intérieur les profils de Henry Longfellow et de J. T. Fields.

« Je ne sais pas où il est parti, je vous l'affirme, monsieur Lowell. La *police* vient de l'emmener. Il m'a ordonné d'envoyer un message à Craigie House pour vous demander de le retrouver au Corner dans une heure. James Lowell, je veux savoir de quoi il retourne ! »

Lowell lança un regard d'impuissance aux occupants de la voiture. Au coin de Charles Street, deux gamins distribuaient des prospectus en criant : « Disparu ! Disparu ! Prenez une feuille, m'sieu dames. »

La gorge sèche, Lowell enfonça craintivement une main dans la poche de sa redingote et en ressortit le tract qu'on y avait fourré de force au marché de Cambridge, alors qu'il venait d'apercevoir le fantôme en gilet à carreaux se disputant avec Edward Sheldon. Il lissa le papier froissé contre sa manche.

« Oh, doux seigneur ! »

« Les agents et les sentinelles placés dans toute la ville depuis le meurtre du révérend Talbot n'ont strictement rien vu ! » s'époumona le sergent Stoneweather du haut de son siège de cocher.

Les chevaux fuyaient le long de Charles Street et l'on voyait danser leurs muscles sous leur robe émaillée de piqûres de mouche. De temps à autre, le fouet tournoyait et s'abattait sur leurs flancs.

Au son de leurs sabots martelant le pavé et du gravier se brisant sous les roues, Holmes s'efforçait de trouver un sens à ce que lui avait dit le policier. Las, il avait l'impression de nager à contre-courant. Une seule chose était claire, du moins était-ce la seule qu'il eût assimilée dans son effroi : on venait le chercher à la demande expresse de l'agent de police Nicholas Rey. Arrivé au port, le fourgon s'arrêta brutalement. Un bateau de la police emporta le docteur vers une des îles endormies de la baie, celle sur laquelle se dressait, solitaire, un bastion en granit aux murs aveugles et aux remparts déserts, aux canons baissés et aux drapeaux en berne : le fort Warren, abandonné à la domination des rats. Le Dr Holmes pénétra dans la citadelle et passa devant une rangée de policiers. Tous étaient blancs comme des fantômes. Il parcourut un labyrinthe de salles, s'enfonça dans un tunnel glacé et aboutit enfin dans une resserre creusée dans la roche.

À la vue du spectacle, il trébucha et manqua tomber. Son esprit le propulsa en arrière, à l'époque où, jeune étudiant à l'école de médecine de Paris, il avait assisté au Combat des animaux, divertissement barbare de bulldogs s'entre-déchirant, puis lâchés sur un loup, sur un ours, sur un sanglier, sur un taureau et, pour finir, sur un âne attaché à un poteau. Il avait compris alors, malgré l'audace de la jeunesse, que, même par le truchement d'une intense écriture poétique, il ne saurait jamais libérer son âme du joug de fer du calvinisme. Restait la tentation de croire que le monde était un piège tendu au pécheur. Pour ses ancêtres, le péché avait été le grand mystère de la vie. Mais le péché, du moins était-ce ainsi qu'il voyait les choses, c'était la faillite de l'homme, être imparfait, à respecter une loi qui, elle, était parfaite. S'il y avait un grand mystère dans la vie, alors, pour lui qui était médecin, c'était la souffrance. Mais de là à imaginer qu'il serait appelé un jour à en voir autant étalé sous ses yeux, non ! cette idée ne l'avait jamais effleuré. Et tandis qu'il fixait cette exhibition de douleurs atroces, le souvenir obscur des acclamations et des rires inhumains d'autrefois ressurgirent dans sa mémoire stupéfaite.

Au centre de la salle, pendu à l'un de ces crochets qu'on utilise pour le stockage du sel et autres provisions pareillement conservées en sacs, un visage le regardait. Ou, plus exactement, ce qui avait été un visage, car le nez en avait été découpé proprement tout du long jusqu'à la lèvre supérieure, de sorte que la peau retombait par-dessus la moustache. L'une des oreilles pendait sur un côté du visage, telle une feuille caduque, au point, véritablement, d'effleurer l'épaule, laquelle était figée en position arquée. Les joues avaient été fendues de façon que la mâchoire demeurât ouverte en permanence, comme si des paroles devaient en sortir à tout moment. Mais à la place des mots, c'était un flot de sang noir qui en avait giclé, et son jet avait laissé une trace rectiligne allant du menton fortement incisé à l'organe reproducteur. Cet organe, ultime vestige permettant d'établir le sexe de la victime d'une telle monstruosité, était lui-même coupé en deux en une dissection inconcevable, même pour un médecin. Les muscles, les nerfs, les vaisseaux se révélaient à l'œil dans leur harmonie anatomique immuable, en même temps que dans un désordre ahurissant. Les bras, terminés par des pulpes foncées enveloppées dans des manchons sanguinolents, balançaient le long du corps, impuissants. Les mains avaient disparu.

Il se passa un long moment avant que le Dr Holmes prît conscience qu'il avait déjà vu ce visage lacéré. Il s'en passa encore un autre avant qu'il ne l'identifiât à sa profonde fossette au menton. Le déni fut la seule émotion à remplir le laps de temps écoulé entre constat et déduction.

Comme il faisait un pas en arrière, son pied dérapa dans les vomissures de l'homme qui avait découvert la scène, un vagabond en quête d'abri. Il s'écroula maladroitement dans un fauteuil placé là, comme à l'intention d'un spectateur. Concentré sur sa respiration qu'il ne maîtrisait plus, il ne remarqua pas, soigneusement empilés à côté de ses pieds, un gilet dont la couleur vive eût dû attirer son attention et des pantalons blancs venant de chez un bon faiseur. Il ne vit pas davantage les petits bouts de papier égrenés sur le sol.

Il s'entendit appeler. Il reconnut Nicholas Rey debout près de lui. Mais tout ce qui se trouvait dans la salle lui paraissait secoué de vibrations, à commencer par l'air, et la scène entière semblait chavirer.

Holmes se remit péniblement sur ses pieds et regarda l'agent de police en secouant la tête comme un homme saisi de vertige.

Un détective en civil solidement charpenté marcha sur Rey et se mit à hurler qu'il n'avait rien à faire ici. Le chef de la police intervint et tira le bougre en arrière.

Sa crise d'asthme compliquée de nausée avait obligé Holmes à rester plus près qu'il ne le souhaitait de ce carnage élaboré. Avant qu'il ne songeât à s'en écarter, il sentit sur son bras un frôlement humide, telle la caresse d'une main. Il crut vivre alors un de ces cauchemars où l'on prie d'être en train de rêver. Car, en fait, c'était le moignon dans son garrot sanglant qui l'avait effleuré, bien qu'il n'eût pas bougé d'un centimètre, il en était certain. Il était bien trop hébété pour être capable de faire seulement un pas.

« Le ciel nous aide, la chose vit encore ! » brailla le détective d'une voix étranglée par l'effort qu'il faisait pour contenir ses haut-le-cœur.

Il prit ses jambes à son cou, imité par un Kurtz hurlant aussi.

Holmes se retourna, son regard tomba droit sur les yeux exorbités et vides d'expression de Phineas Jennison. Il vit le corps nu et les membres mutilés s'agiter de secousses. Cela ne dura qu'un instant, pas plus longtemps qu'un centième de seconde, et le cadavre recouvra sa rigidité pour l'éternité. Debout face à lui, le teint d'une pâleur identique, la bouche sèche et les lèvres tiraillées par des tics, papillotant des paupières sans qu'il y pût mais, les yeux remplis de larmes involontaires et les doigts figés dans une crispation désespérée, Holmes ne douta pas de ce qu'il avait vu. Le mouvement de Phineas Jennison n'avait pas été le geste d'un vivant, l'acte délibéré d'un homme conscient. Il avait été l'ultime convulsion, à retardement et ne signifiant rien, qui accompagne une mort indicible. Holmes le savait, mais le savoir n'améliorait en rien son état : le frôlement du mort le laissait glacé d'effroi.

Il eut à peine conscience de voguer sur les flots pour regagner le port, ni de parcourir les rues à bord de ce fourgon de police appelé la Marie-Noire, à côté du corps de Jennison. Au collège de médecine, on lui expliqua que le médecin légiste était cloué au lit par une terrible pneumonie contractée pour la bonne cause, une augmentation de salaire, et que le professeur Haywood demeurait introuvable. Holmes hocha la tête comme s'il avait entendu. Reynolds, l'étudiant qui assistait Haywood d'ordinaire, se proposa pour l'aider à pratiquer l'autopsie. Holmes enregistra difficilement toutes ces explications, exposées sur un ton pressé. Il était à peine capable d'imaginer ses mains en train de découper ce corps déjà déchiqueté au-delà du concevable, dans une salle obscure, au dernier étage du Collège de médecine.

« Ainsi s'observe en moi le *contrapasso*. »

Holmes releva la tête d'un coup, comme si un enfant venait de crier au secours. Reynolds se retourna pour regarder derrière lui ; Rey, Kurtz et deux autres policiers, entrés dans la salle sans qu'il s'en fût rendu compte, eurent la même réaction. Holmes reporta les yeux sur Phineas Jennison et sa bouche qui pendait, ouverte, en raison de sa mâchoire fendue.

« Docteur Holmes ? lui demanda l'étudiant. Vous vous sentez bien ? »

Cette voix qu'il venait d'entendre, ce chuchotement, cet ordre, ce n'était qu'un coup de son imagination. Cependant, ses mains tremblaient tellement qu'elles n'auraient pu découper une dinde. Il abandonna l'opération à l'assistant de Haywood et pria qu'on l'excusât.

Dehors, il se mit à déambuler le long d'une allée écartée près de Grove Street, respirant par petites aspirations pour tenter de reprendre son souffle. Il perçut un bruit de pas derrière lui : Rey l'avait suivi.

« Je vous en prie, je ne suis pas en état de parler, dit-il, sans lever les yeux de terre.

— Qui a découpé ainsi Phineas Jennison ?

— Comment le saurais-je ? s'exclama Holmes, titubant sous l'effet des visions qui se bousculaient dans sa tête.

— Traduisez-moi cela, docteur Holmes. »

Rey saisit la main du docteur et l'ouvrit de force pour y fourrer un papier.

« Je vous en prie, monsieur l'agent. Nous avons déjà... »

Les doigts de Holmes malaxaient le papier. Le policier récita les vers qu'il avait entendus la nuit précédente :

« *Ayant disjoint deux êtres si unis, / je porte hélas mon cerveau séparé de son principe, / que ce tronc renferme ; / ainsi s'observe en moi le* contrapasso. C'est bien ce que nous venons de voir, n'est-ce pas ? Comment traduisez-vous *contrapasso*, docteur Holmes ? Contre-souffrance ?

— Il n'y a pas de terme exact... Mais comment... ? »

Holmes retira son écharpe en soie et y enfouit le nez pour tenter de respirer.

« Je ne sais rien. »

Mais Rey insistait :

« Vous avez lu la description de ce meurtre dans un poème. Vous l'avez vu avant même qu'il ne se produise, et vous n'avez rien fait pour l'empêcher.

— Non ! Nous avons fait tout notre possible. Nous avons essayé. Je vous en prie, monsieur l'agent, je ne puis...

— Connaissez-vous cet homme ? » Rey tendit au docteur le portrait de Grifone Lonza. « C'est le mendiant qui a sauté par la fenêtre à l'hôtel de police.

— Je vous en prie ! suppliait Holmes qui suffoquait. Ça suffit. Partez, maintenant ! »

Trois étudiants en médecine, de ceux que le docteur appelait ses jeunes barbares eu égard à leur type paysan, passaient dans l'allée en savourant des cigares bon marché.

« Hé là, canaille !

— Vous allez ficher la paix à notre professeur ! »

Holmes voulut les retenir, mais aucun son ne passa le goulot rétréci de sa gorge. L'un d'eux, plus rapide que les autres, se jetait déjà sur Rey, le poing tendu, visant son estomac. Rey attrapa son bras et le baissa avec toute la délicatesse possible. Les deux compagnons de l'étudiant s'élançaient à leur tour quand le docteur retrouva la voix.

« Non, non, mes garçons ! Calmez-vous ! Partez d'ici, c'est un ami ! Ouste ! »

Les élèves s'exécutèrent docilement.

Holmes aida Rey à se relever. Se sentant obligé de faire amende honorable, il ramassa le journal et regarda le portrait.

« Grifone Lonza. »

L'éclat qui passa dans l'œil du policier traduisit son étonnement admiratif, mais aussi son soulagement.

« Traduisez-moi le texte que je vous ai donné, docteur Holmes, je vous en prie. Ce sont les mots que Lonza m'a dits avant de mourir. Dites-moi ce qu'ils signifient.

— C'est de l'italien, du toscan. En fait, vous avez sauté plusieurs mots, mais pour quelqu'un qui n'a aucune connaissance de cette langue, c'est assez bien retranscrit. *Deenan see am... Dinanzi a me... Dinanzi a me non fuor cose create se non etterne, e io etterno duro* : Avant moi, rien n'a été fait qui ne soit éternel, et je durerai éternellement. *Lasciate ogne speranza, voi ch'intrate* : Vous qui entrez, abandonnez tout espoir.

— Abandonnez tout espoir... Il me donnait un avertissement.

— Non. Je ne crois pas. D'après ce que nous savons de lui, il devait se croire arrivé aux portes de l'Enfer et lisait les mots inscrits sur le fronton.

— Vous auriez dû prévenir la police, s'écria Rey.

— Cela n'aurait servi qu'à compliquer encore les choses ! rétorqua Holmes avec force. Vous ne pouvez pas comprendre, monsieur l'agent. Non, vous ne pouvez pas. Nous étions seuls capables de retrouver l'assassin ! Nous pensions même l'avoir démasqué mais, apparemment, il s'est enfui. Ce que la police croit savoir ne vaut pas tripette. Sans nous, ces crimes ne cesseront jamais ! »

Holmes lécha la neige entrée dans sa bouche pendant qu'il parlait, puis épongea son front et son cou trempés d'une sueur chaude qui perlait de tous ses pores. Il demanda à Rey s'il ne voulait pas rentrer au chaud, car il avait d'autres choses à lui dire qui le laisseraient pantois.

Ils allèrent s'asseoir dans la salle déserte où le docteur donnait ses cours.

« L'histoire se passe en l'an 1300. Arrivé à la moitié du chemin de sa vie, un poète du nom de Dante se réveille dans une forêt obscure et constate que sa vie a pris la mauvaise direction. Voyez-vous, monsieur, James Russell Lowell aime à dire que nous pénétrons tous dans la forêt obscure deux fois dans notre vie – une première, vers le milieu du voyage ; une seconde, quand nous nous retournons pour évaluer la distance parcourue... »

La lourde porte lambrissée de la salle des Auteurs s'ouvrit d'un pouce, et une botte noire s'aventura timidement dans l'entrebâillement. Les trois hommes présents dans la pièce bondirent de leur siège. Ce fut un Holmes aux nerfs ébranlés, qui n'eût pas supporté de découvrir une nouvelle abomination tapie derrière ces portes closes, qui alla rejoindre Longfellow sur le canapé, en face de Lowell et de Fields. Le teint cireux, la mine défaite, il répondit d'un hochement de tête général aux salutations de ses amis.

« Je suis passé à la maison avant de venir. Melia ne voulait pas me laisser ressortir, tellement j'avais la tête à l'envers. » Une larme se mit à vibrer au coin de son œil et il partit d'un rire nerveux. « Saviez-vous, messieurs, que les muscles grâce auxquels nous rions et pleurons sont situés côte à côte ? Mes jeunes barbares sont toujours ébahis en l'apprenant. »

Ils attendirent qu'il voulût bien commencer. Lowell lui tendit son papier chiffonné. Y étaient annoncés la disparition de Phineas Jennison et le versement d'une récompense mirobolante pour toute information utile.

« Dans ce cas, vous êtes au courant : Jennison est mort. »

Suivit un récit en staccato, dans lequel Holmes décrivit tout ce dont il avait été le témoin depuis l'instant où le fourgon de police s'était arrêté à l'improviste devant le 21, Charles Street.

« Fort Warren..., dit Lowell en se versant un troisième verre de porto.

— Choix judicieux de la part de notre Lucifer, abonda Longfellow. Dante dépeint en effet le vaste champ de pierrailles qu'est

Males-Bauges comme une *forteresse*. C'est à peine croyable que nous ayons justement révisé hier ce chant consacré aux Schismatiques. Nous ne pourrions l'avoir plus frais à l'esprit.

— Force est de constater une fois de plus que le meurtrier est un savant d'une brillante érudition, dit encore Lowell. Il faut un homme remarquablement instruit pour reproduire de manière aussi percutante les détails utilisés par Dante pour planter son décor. Visiblement, ce que notre Lucifer apprécie dans cette œuvre, c'est l'exactitude. Car si l'Enfer, chez Milton, est une terre sauvage, chez Dante c'est un lieu parfaitement ordonné. Les cercles qui le composent sont tracés à l'aide d'un compas à la mine parfaitement aiguisée. C'est un monde aussi réel que le nôtre.

— *Maintenant*, en effet », dit Holmes d'une voix mal assurée.

Fields jugea bon d'intervenir, ne se sentant pas d'humeur à assister à un débat littéraire.

« Vous dites que la police était postée partout en ville, Wendell. Comment expliquez-vous alors que Lucifer ait pu accomplir son meurtre sans que personne ne le voie ?

— Pour le saisir ou pour le voir, il faudrait posséder les mains géantes de Briarée ou les cent yeux d'Argus », répliqua Longfellow sur un ton tranquille.

Holmes poursuivit son récit.

« Jennison a été trouvé par un ivrogne qui dort parfois dans le fort abandonné. Il y était ce lundi, et tout était normal. C'est en y retournant mercredi qu'il a découvert ce monstrueux spectacle. Il a eu si peur qu'il ne l'a signalé que le lendemain, c'est-à-dire aujourd'hui. Jennison a été vu pour la dernière fois mardi après-midi, et son lit n'a pas été défait cette nuit-là. La police a interrogé tous les gens possibles et imaginables. Une prostituée qui était sur le port, mardi dans la soirée, a dit qu'elle avait vu quelqu'un sortir du brouillard et qu'elle avait tenté de le suivre, comme l'y oblige sa profession, je suppose. Mais elle n'a pas réussi à dépasser l'église et ne peut dire quelle direction il a prise.

— Jennison a donc été tué mardi dans la soirée, et son corps découvert jeudi, résuma Fields. Mais, Holmes, vous avez dit que Jennison était encore... Est-ce *possible*, après si longtemps ?...

— Que son cad... qu'il ait été tué mardi et soit toujours vivant ce matin, quand je suis arrivé ? demanda Holmes sur un ton accablé. Que son corps soit encore parcouru de convulsions telles que je ne l'oublierai jamais, dussé-je boire le Léthé jusqu'à la dernière goutte ? Ce pauvre Jennison a été mutilé sans espoir de se remettre jamais de ses blessures, c'est certain. Découpé et ligoté de façon à perdre son sang lentement et, avec lui, la vie. Ce qui restait de lui, c'était tout ce qui reste des feux d'artifice au lendemain du 4 Juillet. Cependant, aucun organe vital n'était touché. Ce massacre sauvage porte la marque d'une rare maîtrise. C'est l'œuvre d'un individu qui connaît parfaitement les blessures internes, peut-être d'un médecin, dit-il d'une voix enrouée. On s'était servi d'un couteau très grand et parfaitement effilé. Avec Jennison, notre Lucifer a utilisé la souffrance comme moyen de perfectionner la damnation. C'est là son *contrapasso* le plus abouti. Pour revenir à ces convulsions dont je vous ai parlé, ce n'était pas un signe de vie, mon cher Fields, simplement les ultimes soubresauts de nerfs en train de mourir. Ce moment était aussi grotesque que tout ce que Dante aurait pu imaginer. La mort a été un cadeau.

— Mais survivre deux jours à une telle agression…, insista Fields. Je veux dire… médicalement parlant… Pitié, ce n'est pas possible !

— Dans de telles circonstances, être encore vivant signifie simplement que le processus de mort n'est pas achevé, en aucun cas qu'il reste encore de la vie. Cela signifie être piégé dans l'intervalle compris entre mort et vie. Néanmoins, je ne m'aventurerais pas à décrire une telle agonie, quand bien même aurais-je mille langues à ma disposition !

— Mais pourquoi infliger à Phineas le châtiment des Schismatiques ? demanda Lowell en faisant de son mieux pour parler d'une voix détachée, scientifique. Dans ce cercle de l'Enfer, qui subit ces tourments ? Ceux qui s'employèrent à creuser des fossés entre les religions ou au sein des familles : Mahomet ; Bertrand de Born, le conseiller malintentionné qui sema la zizanie entre le roi et le prince, entre un père et son fils, comme jadis certains attisèrent les dissensions entre David et Absalon. Mais pourquoi *Phineas Jennison* ? Que fait-il parmi les Schismatiques ?

— Nous n'avons pas davantage trouvé d'explication à la simonie d'Elisha Talbot, mon cher Lowell, et ce n'est pas faute de l'avoir cherchée, intervint Longfellow. Mille dollars, mais pour quoi ? Nous sommes en présence de deux *contrapasso* pour deux péchés que nous ne voyons pas car, contrairement à Dante, nous ne pouvons interroger les pécheurs sur les causes de leur supplice.

— Vous n'en avez aucune idée, Lowell ? demanda Fields. Vous étiez pourtant assez lié avec Jennison, non ?

— C'était un ami. Connaître ses exactions ne m'intéressait pas. Il était pour moi une oreille où déverser mes lamentations. Sur mes pertes en bourse, sur mes conférences, sur le Dr Manning et cette satanée Corporation. C'était un moteur en pantalon et j'admets que, parfois, il en faisait un peu trop. Il n'a pas dû laisser passer beaucoup d'occasions de tremper ses doigts dans des affaires mirobolantes, sulfureuses ou non : chemins de fer, usines, aciéries. Personnellement, je ne comprends pas grand-chose à tout ça. »

Lowell laissa tomber la tête.

Holmes poussa un lourd soupir.

« Rey, l'agent de police, a l'esprit aussi effilé qu'un rasoir. En découvrant l'état dans lequel était Jennison, il a fait le lien avec ce qu'il avait entendu de notre discussion sur les Schismatiques et le *contrapasso*. Lorsque je lui en ai appris davantage sur Dante, il a tout de suite compris les meurtres du juge suprême et du révérend Talbot.

— Comme Grifone Lonza, l'homme qui s'est jeté par la fenêtre à l'hôtel de police, dit Lowell. À force de voir Dante dans tout et n'importe quoi, il a fini par avoir raison. Dans le même ordre d'idée, j'ai souvent pensé à la métamorphose que Dante subit lui-même : privé de toit sur la terre par la faute de ses ennemis, il s'est fabriqué jour après jour un refuge dans un au-delà abominable. Qu'un homme forcé d'abandonner tout ce qu'il aimait dans cette vie-ci cherche à se faire un nid dans la vie d'après, quoi de plus naturel ? Nous célébrons Dante pour ses immenses talents mais, en fait, il n'avait d'autre choix que d'écrire son poème. Et de l'écrire avec le sang de son cœur. Je ne m'étonne pas qu'il soit mort si vite après l'avoir achevé.

— Que compte faire Rey, maintenant qu'il connaît nos liens avec *La Divine Comédie* ? » voulut savoir Longfellow.

Holmes haussa les épaules en signe d'ignorance.

« En dissimulant des informations, nous avons contrecarré le bon déroulement des enquêtes sur les deux meurtres les plus horribles jamais commis à Boston. Deux meurtres qui maintenant sont trois ! À l'heure où nous parlons, il se peut très bien qu'il soit en train de nous dénoncer tous. Et de jeter le discrédit sur Dante par la même occasion ! Quelle raison aurait-il de montrer une quelconque loyauté à l'égard d'une œuvre poétique ? Et quelle doit être la nôtre ? »

Holmes se leva lourdement. Ayant remonté son ample pantalon sur sa taille, il traversa la pièce d'un pas saccadé. Fields releva la tête de ses mains en prenant conscience que le docteur décrochait son chapeau et son manteau.

« Je tenais à partager mes informations avec vous, dit Holmes d'une voix éteinte. Je ne puis continuer.

— C'est cela, reposez-vous maintenant », commença l'éditeur.

Holmes secoua la tête.

« Non, mon cher Fields. Je ne parle pas simplement de ce soir.

— De quoi donc, alors ? s'écria Lowell.

— Holmes, je sais que cette affaire paraît insoluble, mais il est de notre devoir de ne pas baisser les bras, dit Longfellow.

— Vous ne pouvez pas nous tirer votre révérence comme ça ! » tonna Lowell. Et le simple fait d'entendre sa voix emplir l'espace lui rendit de sa force. « Nous sommes allés trop loin !

— Exactement, Jemmy. Bien trop loin du domaine qui est le nôtre. Et ce depuis le début, répondit Holmes calmement. Je suis désolé. J'ignore quelle décision prendra l'agent de police, mais je m'y soumettrai. J'attends la même chose de vous en priant le ciel pour que nous ne soyons pas arrêtés pour obstruction à la justice ou, pire, pour complicité. Car c'est bien de cela qu'il s'agit, n'est-ce pas ? Si la mort a pu frapper encore, c'est grâce au rôle tenu par chacun d'entre nous.

— Qu'importe ! Vous n'aviez pas le droit de nous livrer à Rey ! s'écria Lowell en bondissant sur ses pieds.

— Qu'auriez-vous fait à ma place, professeur ? demanda Holmes sans faiblir.

— Quitter l'étable quand le lait est renversé n'est pas une solution ! Vous avez juré de protéger Dante, Wendell, comme nous tous chez Longfellow. Quand bien même le ciel nous tomberait sur la tête ! »

Mais Holmes avait déjà coiffé son chapeau et boutonné son pardessus.

« *Qui a bu, boira*[1] ! lâcha encore Lowell.

— Vous ne l'avez pas vu ! répliqua Holmes, et toutes les émotions accumulées en lui jaillirent en même temps de ses lèvres tandis qu'il se dressait face à Lowell. Pourquoi suis-je celui qui a dû voir tous ces corps mutilés et pas vous autres, hardis savants ? Qui est descendu dans la fosse ardente de Talbot ? Qui conserve dans les narines l'odeur de sa mort ? Qui a subi la vision de toutes ces monstruosités pendant que vous restiez au coin du feu à analyser les événements, à les passer au tamis des divers alphabets, confortablement assis dans vos fauteuils !

— Confortablement ? cria Lowell. Des mouches cannibales m'ont dévoré deux centimètres de chair vivante, au cas où vous l'auriez oublié ! »

Holmes répondit par un rire moqueur.

« J'accueillerais volontiers dix de ces larves en moi si seulement elles pouvaient effacer le souvenir de ce que j'ai vu ! »

Longfellow s'interposa.

« Holmes, rappelez-vous la phrase de Virgile au pèlerin : *Le plus grand obstacle dans ce voyage, c'est la peur.*

— Je ne veux pas le savoir, Longfellow. Plus maintenant ! Je cède ma place. Nous ne sommes pas les premiers à avoir voulu libérer Dante de ses entraves. Au fond, notre travail n'est peut-être qu'une escarmouche de plus dans une bataille perdue d'avance. Il ne vous est jamais venu à l'esprit que Voltaire avait raison, que Dante était un fou furieux et son poème, une monstruosité ? En perdant Florence, il a perdu la vie. Il s'est vengé en créant une œuvre par laquelle il se hissait au rang de Dieu. Mais, aujourd'hui,

---

1. En français dans le texte.

par nos bons soins, cette œuvre se retrouve lâchée sur une ville que nous prétendons aimer. Désormais, nous devrons payer pour cela pendant toute notre vie !

— Suffit, Wendell ! hurla Lowell en se plaçant devant Longfellow comme s'il devait le protéger. *Assez !* »

Mais Holmes continuait.

« Le propre fils de Dante pensait que son père était la proie d'hallucinations quand il affirmait avoir visité l'Enfer. Il a passé sa vie entière à renier les écrits paternels. Et nous, nous sacrifierions la nôtre pour le sauver ? La *Commedia* est tout sauf une lettre d'amour. Dante se moquait bien de Béatrice et de Florence : il exhalait sa nostalgie d'exilé. Il rêvait de voir ses ennemis se tordre de douleur en suppliant qu'on leur accorde le salut ! Mentionne-t-il une fois, une seule fois, le nom de son épouse dans son œuvre ? Non, il se venge de ses désillusions ! Ce que je veux, moi, c'est empêcher que nous perdions ce qui est cher à nos cœurs. Depuis le tout début, je n'ai rien voulu d'autre !

— Quel beau cadeau vous nous faites là en vérité, cria Lowell, quelle belle action ! Ah, vous n'avez rien à envier à vos poèmes les plus décousus ! Peut-être aurions-nous mieux fait d'admettre votre fils Wendell dans notre cercle au lieu de vous. Avec lui, au moins, nous aurions une chance de gagner la bataille ! »

Il allait en dire plus, mais Longfellow le retint doucement par l'épaule d'une main aussi puissante qu'un gant de fer.

« Sans votre aide, mon cher ami, nous ne serions jamais arrivés où nous en sommes. Je vous en prie, prenez du repos et transmettez à Mme Holmes notre affection. »

Le docteur se dirigea vers la porte. À peine Longfellow eut-il relâché sa prise que Lowell s'élança pour la lui tenir ouverte. Holmes sortit sur le palier. Arrivé au coin, il tourna la tête : Lowell, resté sur le seuil, l'observait avec un regard glacé. Marchant toujours, il ne vit pas arriver un chariot poussé par un commis et se retrouva les quatre fers en l'air, le chariot renversé sur lui, tandis que des monceaux de papiers volaient aux quatre coins du hall. Teal, le garçon de magasin qui avait la manie de mastiquer, écarta des feuilles du pied et, avec une grande compassion, aida Oliver Wendell Holmes à se remettre debout. Lowell s'était élancé, lui aussi. Mais il pila, furieux et honteux de ce mouvement de faiblesse.

« Bravo, Holmes, vous voilà content ! Longfellow avait besoin de nous tous et vous l'avez trahi ! Vous avez trahi le cercle des Amis de Dante ! »

Lowell martelait ses accusations. Teal lui jeta des regards effrayés.

« Toutes mes excuses », murmura-t-il à l'oreille du docteur tout en le remettant sur pieds.

Celui-ci put à peine lui rendre la politesse bien que sa chute fût entièrement de sa faute. Un mutisme l'en empêchait, qui n'était pas dû à son asthme mais à une subite paralysie de la gorge. Le peu d'air qu'il parvenait à inhaler lui semblait changé en poison.

Rentré précipitamment dans la salle des Auteurs, Lowell claqua la porte. Longfellow tenait les yeux fixés sur lui. Son visage avait cette expression indéchiffrable qu'on lui voyait lorsque, aux premiers signes d'un orage, il fermait tous les volets de sa maison en expliquant qu'il n'aimait pas semblables désordres : c'était l'expression d'un homme qui se replie sur soi. Oui, en cet instant précis, Longfellow avait cet air-là. Apparemment, il venait de s'entretenir avec Fields car l'éditeur était encore penché vers lui, comme s'il attendait la fin d'une phrase.

« Comment peut-il nous faire une chose pareille, dites-moi, Longfellow ? se justifia Lowell. Comment ose-t-il nous faire ça maintenant ? »

Fields secoua la tête et donna tout haut la traduction des sentiments de Longfellow :

« Longfellow pense qu'il a deviné quelque chose. Vous vous rappelez, hier soir, quand nous avons lu le chant consacré aux Schismatiques ?

— Oui, eh bien... Longfellow ? »

Mais le poète avait déjà décroché son manteau et, regardant par la fenêtre, demandait à Fields :

« À votre avis, M. Houghton est-il encore à l'imprimerie, à cette heure ?

— Houghton est toujours à Riverside Press et, quand il n'y est pas, c'est qu'il est à l'église. Que peut-il faire pour nous ?

— Nous devons aller le trouver de ce pas.

— Vous avez découvert quelque chose, cher Longfellow ? » demanda Lowell, rempli d'espoir.

Comme le poète ne disait rien, il se dit qu'il mûrissait sa réponse. Mais Longfellow n'ouvrit pas la bouche de tout le trajet jusqu'à Cambridge, de l'autre côté du fleuve.

À peine entré dans le gigantesque bâtiment de brique qui abritait Riverside Press, Longfellow demanda à H. O. Houghton de lui montrer toutes les plaques fabriquées pour imprimer sa traduction de *L'Enfer*. Ce texte allait briser des années d'un silence presque total de la part du poète le plus aimé du pays. Il était attendu avec impatience par le monde littéraire. Le premier tirage de cinq mille exemplaires serait vraisemblablement épuisé en un mois de temps grâce aux bons offices de Fields. Cloches et trompettes salueraient sa sortie. En homme prévoyant, Oscar Houghton avait préparé les plaques à mesure que Longfellow lui remettait ses feuillets, et il avait consigné les dates de livraison avec une précision exemplaire.

Les trois érudits réquisitionnèrent la salle dans laquelle l'imprimeur tenait sa comptabilité.

« Je suis complètement perdu », dit Lowell. Il n'était pas de ces auteurs qui vérifient toutes les étapes de l'impression de leurs œuvres, et il était encore moins porté à le faire pour celles d'autrui.

Fields lui expliqua comment lire le calendrier de composition.

« Dans la semaine qui suit une séance de travail, Longfellow apporte ses feuillets corrigés. Houghton inscrit dans cette colonne-ci le numéro du chant et, dans celle-là, la date de réception. À partir de la date de livraison du texte, nous pouvons déduire quel chant a été révisé le mercredi d'avant, à la dernière réunion du cercle des Amis de Dante. Le meurtre du juge suprême a été commis trois ou quatre jours après notre révision du chant III, consacré aux Indifférents. Celui du révérend Talbot, trois jours avant la séance où nous devions revoir les chants XVII, XVIII et XIX – ce dernier traitant du châtiment réservé aux Simoniaques.

— Entre-temps, nous avions déjà appris le meurtre, dit Lowell.

— Oui, et c'est pourquoi, à la dernière minute, j'ai proposé de revoir à la place le chant d'Ulysse, intervint Longfellow. Pour nous permettre à tous de reprendre des forces. De mon côté, j'ai continué à travailler sur les chants intermédiaires. Prenons, maintenant, le dernier crime, celui de Phineas Jennison. Selon toute vraisemblance, il a été commis mardi dernier, c'est-à-dire la veille de notre réunion d'hier où nous avons corrigé les passages qui ont servi de modèle à cette atroce tuerie. »

Lowell pâlit, puis devint rouge comme une écrevisse.

« Je vois ! s'écria Fields.

— Autrement dit, tous ces crimes ont été perpétrés quelques jours avant que le cercle des Amis de Dante ne traduise le chant qui les a inspirés, résuma Longfellow.

— Mais comment avons-nous pu ne pas nous apercevoir de cela plus tôt ? s'écria Fields.

— Quelqu'un se joue de nous ! » gronda Lowell, et il reprit, baissant la voix jusqu'à parler dans un murmure : « Longfellow, quelqu'un nous observe depuis le début ! Quelqu'un qui connaît forcément l'existence de notre cercle et programme ses crimes selon l'avancement de nos travaux !

— Attendez, ce n'est peut-être qu'une épouvantable coïncidence ! » le coupa Fields. Il se remit à étudier le diagramme. « Nous avons révisé presque vingt-quatre chants de *L'Enfer* et nous n'avons que trois meurtres.

— Trois coïncidences mortelles, laissa tomber Longfellow.

— Il n'y a pas de coïncidence là-dedans ! jeta Lowell sur un ton catégorique. Il y a un Lucifer en compétition avec nous. C'est à qui arrivera le premier : le Dante traduit en encre ou bien le Dante traduit en sang ! Jusqu'ici, nous avons chaque fois perdu la course de deux ou trois longueurs !

— Mais qui peut connaître notre programme ? protesta Fields. Les réunions n'ont rien d'immuable. Tantôt, nous sautons une semaine ; tantôt, c'est Longfellow qui saute un ou deux chants parce qu'il ne nous sent pas prêts à les étudier. Et lui-même va de l'avant dans le désordre.

— Ma femme elle-même ne saurait dire sur quels chants nous travaillons, pour autant qu'elle s'y intéresse, convint Lowell.

— Qui pourrait connaître tous ces détails, Longfellow ? demanda Fields.

— Si tout cela est juste, l'interrompit Lowell, ça signifie que *nous* sommes, je ne sais comment, impliqués dans la volonté de l'assassin de commettre ses meurtres. Que nous le sommes même au premier chef ! »

Le silence tomba.

« Balivernes que tout cela, Lowell ! finit par lâcher l'éditeur. Fumisterie ! » répéta-t-il en enveloppant Longfellow d'un regard protecteur. Il était incapable de trouver d'argument plus convaincant.

« Je ne prétendrai pas comprendre cette étonnante répétition des faits, déclara Longfellow en se levant de la place qu'il occupait au bureau de Houghton. Néanmoins, il est certain que nous sommes mêlés à ces meurtres. Que Rey nous dénonce ou pas, nous ne pouvons plus considérer notre participation à l'enquête comme une décision relevant de nous seuls. Trente ans se sont écoulés depuis le jour où je me suis assis pour la première fois à mon bureau pour traduire la *Commedia*, dans une période heureuse de ma vie. J'ai porté mes mains sur ce texte avec une révérence telle qu'elle avoisinait parfois la réticence. À présent, le temps est venu de nous hâter, d'achever le travail, ou nous risquons d'assister à d'autres disparitions. »

Fields repartit pour Boston dans son attelage, laissant Lowell et Longfellow rentrer chez eux à pied dans la neige. Le meurtre de Phineas Jennison avait plongé dans le désarroi la bonne société à laquelle ils appartenaient. Les rues bordées d'aulnes retentissaient d'un silence assourdissant. Les guirlandes de fumée qui s'échappaient des cheminées blanches de neige s'évanouissaient comme des fantômes. Par les fenêtres sans volets, on voyait des vêtements, chemises ou chemisiers mis à sécher çà et là, parce qu'il faisait trop froid pour étendre le linge dehors. Toutes les portes avaient le loquet baissé et les maisons, récemment pourvues de serrures en fer et de chaînes en métal à l'instigation de la police, étaient verrouillées à double tour. Certaines s'étaient même équipées d'alarmes à courant alternatif, vendues au porte-à-porte par un certain Jeremy Didlers, originaire de l'Ouest. Pas un enfant ne jouait dans les somptueux tas de neige. Trois meurtres avaient été commis. Inutile d'espérer convaincre les gens qu'un seul et même criminel n'était pas à l'œuvre. Les journaux n'avaient pas été longs à rapporter que les habits des victimes avaient été chaque fois abandonnés sur la scène du crime, soigneusement pliés. La terreur engendrée par la disparition d'Artemus Healey avait dévalé Beacon Hill, longé Charles Street, traversé Back Bay et franchi le pont qui menait à Cambridge. Tout d'un coup, il semblait y avoir mille raisons, irrationnelles mais palpables, de croire à un fléau, à l'apocalypse.

Longfellow s'arrêta à un pâté de maisons de chez lui.

« Se pourrait-il que nous soyons responsables ?

— Ne laissez pas cette larve s'introduire dans votre cerveau, Longfellow. J'ai dit ça sur un coup de tête.

— Soyez franc avec moi. Pensez-vous que... »

Les mots se brisèrent dans la bouche du poète. Un cri de petite fille venait de déchirer l'air, ébranlant jusqu'aux fondations de Brattle Street.

Comprenant que le cri venait de chez lui, Longfellow sentit ses genoux flancher. Il aurait dû s'élancer à toutes jambes dans la neige vierge, son esprit le savait, mais des pensées le paralysaient, le retenaient prisonnier d'un bouillonnement d'horreurs possibles, comme lorsque, au réveil d'un cauchemar abominable, on cherche dans le décor paisible de sa chambre les traces de calamités monstrueuses. Les souvenirs avaient englouti l'espace entre sa demeure et lui. *Pourquoi n'ai-je pu te sauver ?*

« Dois-je aller chercher mon fusil ? » s'écria Lowell, pris de frénésie.

Mais Longfellow s'était déjà précipité. Les deux hommes atteignirent Craigie House à peu près en même temps – exploit remarquable pour Longfellow qui ne pratiquait aucun exercice physique, à la différence de son voisin. Côte à côte, ils se ruèrent dans le vestibule et pilèrent sur le seuil du salon : Charley Longfellow, à genoux, faisait de son mieux pour calmer les glapissements d'Annie Allegra que les cadeaux rapportés par son frère avaient excitée au plus haut point. Trap grognait de plaisir et virevoltait autour de sa queue grassouillette, les babines étirées en un sourire presque humain. Alice Mary, apparue dans le vestibule, accueillit les arrivants avec des cris de joie.

« Oh, Papa. Charley est revenu pour Thanksgiving. Regardez ce qu'il nous a rapporté de France ! »

Elle prit la pose pour faire admirer à Lowell et à son père sa veste à rayures rouges et noires.

« Quelle fière allure ! applaudit Charley qui venait à son tour embrasser son père. Papa, vous êtes blanc comme un linge ! Vous ne vous sentez pas bien ? Je voulais juste vous faire une surprise ! Seriez-vous devenu trop vieux pour nous ? » Il éclata de rire.

Ce fut un Longfellow à peine remis de ses émotions qui tira Lowell à l'écart pour lui souffler sur le ton de la confidence : « Mon Charley est de retour », comme si son ami ne le voyait pas lui-même.

Plus tard dans la soirée, les enfants couchés en haut et Lowell rentré chez lui, Longfellow prit place devant le lutrin qui lui servait d'écritoire. C'est à ce pupitre, dont il caressait le bois poli, qu'il avait couché par écrit la plus grande partie de sa traduction de Dante. Lorsqu'il avait lu l'original pour la première fois, il n'avait pas eu grande confiance dans le poète. Il admettait volontiers en son for intérieur qu'après un début si grandiose il avait craint pour la fin. Mais Dante s'était comporté vaillamment tout au long de son œuvre, et l'émerveillement de Longfellow n'avait cessé de croître devant une puissance à ce point extraordinaire et sans faille. Le style s'élevait en même temps que le sujet, se gonflait comme la marée et, finalement, emportait dans son flot le lecteur et ses doutes. Le plus souvent, Longfellow se plaçait de lui-même au service du Florentin. Mais parfois Dante lui lançait un défi : il utilisait des mots capables d'esquiver la traduction dans toutes les langues du monde. Longfellow éprouvait alors l'impuissance du sculpteur qui, pour donner au marbre froid la beauté vivante du regard humain, doit recourir à toutes sortes de subterfuges tels qu'enfoncer excessivement l'œil dans l'orbite ou faire ressortir l'arcade sourcilière.

Dante résistait à toute intrusion mécanique. Il restait sur sa réserve, exigeait de son traducteur une patience infinie. Chaque fois que Longfellow se retrouvait bloqué dans une impasse, face à face avec lui, il s'autorisait une pause. « Ici, Dante pose sa plume, se disait-il. Il ne sait pas encore comment il va s'y prendre pour remplir le blanc. Doit-il introduire de nouveaux personnages ? Lequel d'entre eux lui parlera-t-il ? Puis, là, dans la joie ou dans la colère, il reprend sa plume et se remet au travail ». Et Longfellow l'imitait hardiment.

Un léger grattement, semblable à celui que produit un ongle sur un tableau noir, attira l'attention de Trap. Il dressa ses oreilles pointues sans quitter sa place pour autant, roulé en boule aux pieds de son maître. On aurait dit le crissement d'un morceau de glace emporté par le vent, qui dérape le long d'une vitre.

Il était deux heures du matin et Longfellow travaillait encore. Bien que le poêle et la cheminée fonctionnassent à plein régime, le mercure ne dépassait le sixième trait de la petite échelle graduée que pour dégringoler aussitôt, découragé. Longfellow posa une bougie devant une fenêtre et alla se placer devant celle d'à côté afin d'admirer les beaux arbres sous leur manteau de neige. Dans cet air immobile et cette demi-lumière, il lui semblait voir un unique et immense sapin de Noël aérien. En fermant les volets, le poète remarqua des marques bizarres sur un carreau. Il rouvrit les volets. Le bruit entendu tout à l'heure ne provenait pas d'un glaçon éraflant la vitre, mais d'un couteau qui avait gravé des mots sur le verre. Des mots à première vue inintelligibles : ƎNOIZUDART AIM AL. Longfellow sut les déchiffrer dans l'instant. Il prit son manteau et son écharpe, se coiffa de son chapeau et sortit.

Dehors, la menace se lisait sans difficulté. Il passa les doigts sur les lettres.

ƎNOIZUDART AIM AL — LA MIA TRADUZIONE.

12.

Par une note laissée sur l'ardoise de l'hôtel de police, le commandant Kurtz fit savoir qu'il entamait ce jour une tournée en chemin de fer, en vue de présenter aux élus et aux associations de citoyens des diverses villes les nouvelles méthodes de maintien de l'ordre.

« D'après le conseil municipal, c'est pour sauver la réputation de notre cité, expliqua-t-il à Rey. Mais ce sont des mensonges.

— Pour quelle raison, alors ?

— Pour m'éloigner des détectives. De par ma fonction, je suis la seule personne ayant autorité sur eux. En mon absence, ces canailles auront la bride sur le cou. La direction de l'enquête leur reviendra entièrement et personne ici n'aura le pouvoir de les arrêter.

— Mais, chef, ils ne cherchent pas là où il faut, ils veulent seulement arrêter quelqu'un pour la gloire. »

Kurtz leva les yeux sur Rey.

« Quant à vous, l'agent, ordre vous a été donné de ne pas quitter l'hôtel de police tant que toute cette affaire n'était pas élucidée, et vous le savez. Dieu sait combien de lunes passeront d'ici là. »

Rey cligna les yeux.

« J'aurais bien des choses à vous dire, chef...

— De même, vous avez instruction de partager avec le détective Henshaw et ses hommes toute information en votre possession, qu'il s'agisse ou non d'un fait avéré. Et ça aussi vous le savez.

— Chef...

— Toute information ! Dois-je vous conduire à lui moi-même ? »

Rey hésita et secoua la tête. Kurtz posa la main sur son bras.

« Parfois, Rey, notre seule satisfaction consiste à savoir que nous avons fait tout ce qu'il était possible de faire. »

En rentrant chez lui à pied, le soir de ce même jour, Rey fut accosté par une silhouette emmitouflée dans un capuchon. Une femme émue, devina-t-il à la vapeur qui s'échappait en légers nuages de dessous sa voilette. Elle baissa sa capuche et écarta la mousseline sombre qui dissimulait son visage. Le regardant droit dans les yeux, elle demanda :

« Vous rappelez-vous de moi, monsieur ? Nous nous sommes rencontrés quand vous cherchiez le professeur Lowell. J'ai là quelque chose que vous devriez voir, à mon avis. »

Elle dégagea un épais paquet de dessous son manteau.

« Comment m'avez-vous trouvé, mademoiselle Lowell ?

— Mabel. Est-il bien difficile de dénicher un policier mulâtre à Boston ? »

Elle conclut sa phrase sur un petit sourire.

Rey resta un moment à considérer le paquet avant de se décider à l'ouvrir. Il contenait des feuilles de papier aux marges couvertes d'explications manuscrites : la traduction de Longfellow annotée par Lowell.

« Je ne pense pas que je vais le prendre. C'est à votre père, n'est-ce pas ?

— Oui. Je crois qu'il a reconnu dans ces meurtres étranges certains traits qui lui rappellent le poème de Dante. Je ne connais pas les détails mais, dès qu'on aborde le sujet, il s'emporte terriblement. Alors, ne lui dites pas que vous m'avez vue. Cela m'a donné bien de la peine, monsieur, de fureter dans son cabinet sans qu'il s'en aperçût.

— Je vous en prie, mademoiselle Lowell, soupira Rey.

— Mabel. » Devant la franchise qu'elle lisait dans les yeux du mulâtre, elle ne pouvait se résoudre à laisser paraître son désespoir. « S'il vous plaît, monsieur. J'ai beau n'être qu'une petite fille, plus petite encore que Mme Lowell est petite, comme mon père s'amuse à le dire, je vois bien qu'il se passe des choses : il y a des livres de Dante éparpillés dans toute la maison. Ces derniers temps, Père et ses amis ne parlent que de ça, et avec une gêne et une angoisse dans la voix anormales chez des hommes qui s'adonnent à un travail de traduction. Et puis, j'ai trouvé un dessin représentant un homme les pieds en feu, ainsi que des coupures de journaux sur le révérend Talbot où il est dit qu'il a été retrouvé les pieds carbonisés. Et mon père a étudié le chant consacré aux hommes d'Église scélérats avec ses étudiants Mead et Sheldon. Je le sais, j'ai assisté à la leçon. »

Rey entraîna la jeune fille dans la cour d'un bâtiment voisin où ils prirent place sur un banc libre.

« Mabel, vous ne devez dire à personne d'autre ce que vous savez, lui dit-il. Cela ne servirait qu'à compliquer la situation et à projeter une ombre dangereuse sur votre père et ses amis. Et sur vous-même aussi, c'est à craindre. Des personnes ayant des intérêts dans l'affaire pourraient tirer profit de ces informations.

« — Vous le saviez déjà, n'est-ce pas ? Vous devez bien avoir un plan pour arrêter cette folie ?

— À vrai dire, je ne sais pas.

— Vous ne pouvez pas rester les bras croisés, alors que Père... Je vous en prie. »

Ses yeux se remplissaient de larmes malgré ses efforts. Elle déposa de nouveau le paquet entre les mains du policier.

« Prenez ces pages. Lisez-les avant qu'il ne se rende compte de leur disparition. Votre visite à Craigie House, l'autre jour, est forcément liée à ces événements. Je sais que vous pouvez nous aider. »

Rey examina le paquet. Il n'avait pas lu un livre depuis le début de la guerre. Jadis, il s'était jeté dans la lecture avec une avidité alarmante, surtout après la mort de ses parents adoptifs et de leurs filles. Il avait lu des histoires et des biographies, même des romans d'amour. Mais, à présent, la seule idée qu'on pût écrire un livre lui semblait pleine d'arrogance. Il préférait lire les journaux et les pamphlets. Les sujets traités ne risquaient pas de prendre le pas sur ses propres pensées.

« Père semble dur parfois, je sais qu'il peut donner cette impression. Il a connu bien des difficultés dans sa vie — dedans comme dehors. Il vit dans la crainte de ne plus pouvoir écrire. Personnellement, je ne pense jamais à lui comme à un poète, uniquement comme à un père.

— Vous n'avez pas à vous inquiéter pour M. Lowell.

— Alors, vous l'aiderez ? demanda-t-elle en posant la main sur son bras. De mon côté, y a-t-il une chose que je puisse faire ? N'importe quoi, du moment que cela protège mon père. »

Rey garda le silence. Les passants jetaient des regards en coin au couple qu'ils formaient. Le remarquant, il détourna les yeux. Mabel sourit tristement et recula à l'autre bout du banc.

« Je comprends. Vous pensez, comme lui, qu'on ne peut pas me faire confiance quand il y va de choses graves. Je ne sais pourquoi, j'avais imaginé que vous seriez différent. »

Pendant un moment, Rey fut incapable de répondre. Ce dépit qu'éprouvait la jeune fille, il le connaissait trop bien.

« Mademoiselle Lowell, dit-il enfin, c'est une affaire dont il vaut mieux ne pas se mêler, si on a le choix.

— Eh bien, justement, ce choix m'est donné ! »

Sur ce, elle rabaissa sa voilette et se dirigea vers la station d'omnibus.

Le professeur George Ticknor, vieil homme sur son déclin, pria son épouse de faire entrer le visiteur. L'ordre s'accompagna d'un sourire étrange sur ce grand visage aux traits singuliers. Jadis noirs, ses cheveux qui balayaient ses épaules et ses favoris en côtelette étaient maintenant gris, et le sommet de son crâne présentait une navrante désertification. De son nez, Hawthorne avait dit autrefois qu'il était l'antithèse de l'aquilin, entre le bouton de porte et le museau de carlin.

Le professeur n'avait pas reçu en partage une grande imagination et s'en trouvait bien aise : cela le protégeait des divagations humaines comme celles qu'il avait vues s'emparer de ses collègues en écriture au temps des réformes, quand Boston croyait que tout allait changer. Curieusement, dans les bras de son valet qui l'aidait à s'extraire de son fauteuil, il s'imagina dans ceux de son petit George. Oui, son petit garçon serait devenu aussi fort et solide s'il n'était pas mort à l'âge de cinq ans. À trente ans de distance, Ticknor éprouvait toujours de la tristesse, une grande tristesse, à ne plus voir le sourire lumineux de l'enfant, à ne plus être seulement capable d'entendre sa voix joyeuse résonner dans sa tête. Il lui arrivait encore de se retourner, le croyant entré dans la pièce, ou de tendre l'oreille à de petits pas légers, mais ce n'étaient jamais les siens.

Longfellow entra dans la bibliothèque, portant timidement un sac fermé par un cordon à franges dorées.

« Je vous en prie, professeur, ne vous levez pas ! » dit-il avec insistance.

Ticknor lui offrit des cigares. À en juger d'après les craquelures de leur enveloppe, il devait les proposer à ses invités depuis des lustres sans rencontrer d'amateur.

« Qu'avez-vous donc là, mon cher monsieur Longfellow ? »

Le visiteur déposa le petit sac sur le bureau.

« Quelque chose dont vous apprécierez la vue plus que quiconque au monde, je crois. »

Ticknor leva vers lui des yeux emplis d'attente. Ceux de Longfellow étaient indéchiffrables.

« J'ai reçu cela d'Italie ce matin. Voici le mot qui l'accompagnait. Lisez. »

La lettre, expédiée par un certain George Marsh, assurait Longfellow que le comité chargé d'organiser les festivités pour le six centième anniversaire de Dante à Florence se ferait un plaisir d'accepter sa traduction de *L'Enfer*.

« "Le duc de Caietani et le Comité voient dans la première transposition de ce grand poème en américain une contribution des plus opportunes au regard de la solennité de l'événement. Ils acceptent avec reconnaissance l'hommage du Nouveau Monde à l'une des gloires incontestées du pays qui le découvrit, en la personne d'un autre de ses fils." Qu'est-ce qui vous dérange là-dedans ? » interrogea Ticknor sur un ton perplexe.

Longfellow sourit.

« Je suppose que c'est une aimable façon de me demander de me hâter… En se gardant bien de nous préciser si Christophe Colomb était ou non un homme ponctuel. »

Ticknor reprit sa lecture à haute voix.

« "En gage de son appréciation, veuillez recevoir du Comité l'un des sept sacs contenant les cendres de Dante Alighieri récemment prélevées dans sa tombe, à Ravenne." »

La nouvelle força Ticknor à baisser les yeux sur le sac, en même temps qu'elle faisait éclore un rose léger sur ses pommettes. Son teint avait perdu sa chaude couleur brique qui, avec le noir de ses cheveux, laissait penser bien des gens autrefois, au temps de sa jeunesse, qu'il était espagnol. Il défit l'agrafe et contempla les cendres. Cela ressemblait assez à de la poussière de charbon. Il en fit couler un peu entre ses doigts, tel le pèlerin épuisé l'eau d'une source sacrée.

« J'ai passé des années à fouiller le vaste monde en quête de collègues qui s'intéresseraient à étudier Dante. En vain. » Il déglutit bruyamment. « *Des années*, j'ai tenté de convaincre ma famille que Dante avait fait de moi un homme meilleur : je n'ai pas rencontré une grande compréhension. Avez-vous remarqué, Longfellow ? L'année dernière, pas un club, pas une société de Boston n'a failli à célébrer le trois centième anniversaire de Shakespeare. Combien sont-ils cette année, hors d'Italie, à considérer que les six cents ans de Dante méritent, eux aussi, d'être fêtés ? Shakespeare nous invite à nous connaître nous-mêmes ; Dante, en disséquant l'humanité, nous met au défi de nous connaître les uns les autres... Parlez-moi des bonnes fortunes de votre traduction. »

Longfellow prit une profonde inspiration et se lança dans un récit de meurtres : le juge Healey, châtié comme les Indifférents ; Elisha Talbot, châtié comme les Simoniaques ; Phineas Jennison, châtié comme les Schismatiques. Il expliqua comment le cercle des Amis de Dante en était venu à retrouver en ville la trace de Lucifer et à comprendre qu'il agissait au rythme des progrès de leur traduction.

« Aujourd'hui, nous entrons dans une nouvelle phase du combat et vous pouvez nous aider, conclut Longfellow.

— Vous aider... »

Ticknor sembla savourer le mot comme on le fait d'un vin nouveau, avant de le recracher ensuite avec dégoût.

« Vous aider en quoi, Longfellow ? »

Désarçonné, celui-ci se cala dans son siège.

« Vouloir arrêter une chose semblable est tout simplement idiot, reprit Ticknor sans une once de sympathie dans la voix. Vous devez savoir, Longfellow, que j'ai commencé à me défaire de mes livres ? » De sa canne en bois d'ébène, il désigna les rayonnages tout autour de la pièce. « J'ai déjà donné près de *trois mille* volumes à la nouvelle bibliothèque municipale. Un à un.

— C'est un geste admirable, professeur, approuva le poète du fond du cœur.

— Un à un, jusqu'à ce que la crainte me prenne qu'il ne me reste plus rien. » Il enfonça son sceptre noir dans sa couverture en peluche et un sourire mi-narquois mi-grincheux étira sa bouche fatiguée. « Mon tout premier souvenir est la mort de Washington. Ce jour-là, quand il est rentré à la maison, mon père, abattu par la nouvelle, ne pouvait plus former ses mots. Ma terreur a été telle que j'ai supplié ma mère d'envoyer quérir le médecin. Pendant plusieurs semaines tout le monde, même les enfants les plus jeunes, ont porté un crêpe noir à la manche. N'avez-vous jamais pris le temps de vous interroger pourquoi, si vous tuez une personne, vous êtes un assassin, mais si vous en tuez des milliers, comme le fit Washington, alors vous êtes un héros ? Autrefois, j'ai cru pouvoir assurer l'avenir de nos arènes littéraires par l'étude et l'instruction, par le respect pour la tradition. Dante suppliait que son œuvre lui survécût quelque part, n'importe où, sous un autre toit. Pendant quarante ans, je n'ai pas ménagé ma peine pour qu'il en soit ainsi. Mais si j'en crois votre récit, je me vois obligé d'admettre que la littérature s'incarne aujourd'hui selon la prophétie de M. Emerson : elle respire la vie et la mort, elle châtie et absout.

— Voir Dante défiguré, transformé en instrument de meurtre et de vengeance personnelle…, je comprends que vous ne puissiez l'approuver, professeur Ticknor », dit Longfellow pensivement.

Les mains de Ticknor se mirent à trembler.

« Ce que nous avons là, Longfellow, c'est un texte des temps anciens converti en une force du temps présent, en une force qui juge, là, sous nos yeux ! Non. Si ce que vous avez découvert est bien la vérité, Dante ne sera pas *défiguré* quand le monde apprendra ce qui s'est passé à Boston. Il ne sera ni gâté ni perverti, même aux yeux de ceux qui vivront mille ans après nous. Au contraire, il sera révéré comme celui grâce à qui le génie américain se sera manifesté pour la première fois dans toute son authenticité, comme le premier poète qui aura déversé sur les non-croyants le pouvoir majestueux de la littérature tout entière !

— Dante a écrit pour nous arracher à une époque où la mort était incompréhensible, professeur. Il a écrit pour nous rendre l'espoir quand nous l'avons perdu — nous assurer que nos actions, nos prières, ne sont pas vaines aux yeux de Dieu. »

Ticknor poussa un soupir résigné et rendit à Longfellow le sac à franges d'or.

« N'oubliez pas votre cadeau.

— Vous avez été le premier à croire que c'était possible », répliqua le poète en souriant et il reposa le sac contenant les cendres de Dante dans les vieilles mains de Ticknor.

Celui-ci s'en saisit comme un enfant se jette sur des bonbons.

« Je suis trop âgé pour être d'une aide quelconque à qui que ce soit, Longfellow, s'excusa-t-il. Mais puis-je vous donner un avis ?

Celui que vous traquez n'est pas Lucifer, Lucifer n'a rien du coupable que vous me décrivez. Lorsque Dante le rencontre enfin dans le Cocyte pris par les glaces, il n'est que stupidité. Il sanglote, incapable de parler. En cela, Dante triomphe de Milton. Nous rêvons d'un Lucifer fabuleux et intelligent, digne que nous le terrassions. Mais Dante ne nous rend pas les choses faciles. La personne que vous traquez, c'est Dante : c'est lui qui décide qui doit être châtié et dans quel cercle de l'enfer il subira son châtiment ; lui qui décide des tourments qu'endurera le coupable. Il est le vrai maître du jeu. Et, s'il se déguise en voyageur, c'est pour mieux nous le faire oublier. Pour nous forcer à croire qu'il n'est, comme nous-mêmes, qu'un témoin innocent de l'œuvre de Dieu. »

Entre-temps, à Cambridge, James Russell Lowell était la proie de fantômes.

Assis sur sa chauffeuse dans la lumière hivernale qui baignait la pièce, il voyait distinctement le visage de Maria, son premier amour. La ressemblance était telle qu'il se sentait attiré vers cette vision.

« Bientôt, répéta-t-il, bientôt. »

De la place où elle était assise, Walter sur les genoux, Maria lui répondit :

« Voyez comme c'est devenu un grand et beau garçon. »

Découvrant son mari dans cet état, Fanny le crut pris de délire et insista pour qu'il se mît au lit. Elle allait envoyer chercher un médecin, le Dr Holmes, si Jemmy préférait. Mais Lowell ne l'écouta pas, son sentiment de bonheur était trop puissant. Il quitta Elmwood par la porte de derrière.

Le bonheur... Pour sa pauvre mère, cela avait été ses essayages, à en croire les récits qu'elle lui en avait faits à l'hospice. Pour Dante, au contraire, il n'y avait pas plus grand malheur que se rappeler le bonheur enfui. Mais comme il se trompait ! songea Lowell. Les plus grands bonheurs n'étaient-ils pas ceux où se mêlaient tristesse et nostalgie ? La joie et la douleur étaient sœurs et se ressemblaient infiniment. La preuve, toutes deux s'accompagnaient de larmes. Et tandis qu'il parcourait les rues en s'efforçant de penser à n'importe quoi sauf à la douce Maria, il ressentit de façon tangible la présence de Walter à côté de lui — Walter, son héritier légitime, le dernier-né que lui avait donné Maria, son fils qui n'avait pas vécu. Cette présence fantomatique était moins une image qu'une sensation de babillage qui l'attrista, une sensation ancrée en lui comme peut l'être chez la femme enceinte la vie qui prend corps dans son ventre. Soudain, il crut apercevoir Pietro Bachi qui le saluait en ricanant, l'air de dire : Je serai toujours là pour vous rappeler votre échec. *Vous n'avez jamais été obligé de vous battre pour quoi que ce soit, Lowell.*

« Mais ce n'est pas vous, Bachi ! »

Et en même temps qu'il marmonnait ces mots, l'idée lui traversa l'esprit que s'il avait été moins convaincu de la culpabilité du répétiteur, ses amis et lui auraient peut-être découvert le meurtrier à cette heure. Peut-être Phineas Jennison vivrait-il encore ? À cet instant précis, alors qu'il s'était arrêté près d'une échoppe, il aperçut un peu plus loin un manteau et un haut-de-forme en soie d'un blanc étincelant qui s'éloignaient d'un pas martial, scandé par une canne à pommeau d'or.

Phineas Jennison !

Lowell se frotta les yeux, conscient d'être dans un état de confusion qui le prédisposait aux mirages. Pourtant, là-bas, Phineas Jennisson venait de bousculer quelqu'un sur le trottoir, et les autres passants s'écartaient en lui jetant des regards étranges.

Jennison était vivant… !

Il voulut crier. Sa gorge était sèche. La vision l'incitait à se précipiter, en même temps qu'elle lui ligotait les jambes.

« Hé ! Jennison ! »

La voix lui était revenue avec sa force habituelle. Ses yeux s'embuèrent de larmes.

« Phinny, Phinny, je suis là, ici ! C'est moi, Jemmy Lowell. Vous voyez, je ne vous ai pas perdu ! »

S'élançant au milieu des piétons, il attrapa le prince des marchands par l'épaule et le força à se retourner. Hélas, un double cruel se dressa devant lui. Oh, il portait bien le chapeau et la redingote sur mesure de Phineas Jennison, et il avait à la main sa superbe canne de marche, mais l'homme qui se débattait sous son emprise était un vieillard crasseux, avec une barbe de plusieurs jours et un gilet en lambeaux.

« Jennison !

— Me livrez pas à la police, monsieur. Fallait bien que je me réchauffe… »

Et d'expliquer que c'était lui, le vagabond qui avait découvert le cadavre dans le fort abandonné, après s'être enfui à la nage de l'asile installé sur l'île voisine. Ces beaux vêtements, il les avait trouvés bien pliés et empilés à même le sol dans l'entrepôt où le corps était pendu. Il n'avait pris que ceux-là.

À ces mots, Lowell ressentit à nouveau la douleur atroce causée par cette unique larve grignotant ses chairs. Il eut l'impression qu'elle avait laissé en lui un trou d'où s'écoulaient à présent ses ultimes réserves de courage.

Un bâillon de neige réduisait le *Yard* au silence. Lowell parcourut le campus d'un bout à l'autre à la recherche d'Edward Sheldon. Jeudi dans la soirée, après l'avoir aperçu en compagnie du fantôme en gilet à carreaux, il lui avait envoyé un mot lui demandant de venir sur-le-champ à Elmwood. Le jeune homme n'avait pas donné signe de vie. Des étudiants lui dirent qu'ils ne l'avaient pas vu depuis plusieurs jours. D'autres, le croisant en chemin, lui rappelèrent qu'il avait cours. C'est vrai qu'il était en retard. Il se hâta vers University Hall où l'ancienne chapelle du collège lui avait été affectée pour ses cours magistraux.

« Mes *sieurs* et frères dans l'étude... »

Ce fut par cette formule consacrée qu'il salua son auditoire. Ses étudiants y répondirent par des rires devenus rituels. *Mes frères dans le péché...*, disaient au début de leurs sermons les pasteurs congrégationalistes [1] de son enfance — son père, notamment, et aussi celui du Dr Holmes. Pour un enfant, c'était la voix de Dieu lui-même. *Frères dans le péché...* Rien n'avait jamais ébranlé la piété sincère du père de Lowell, ni sa confiance en un Dieu dont il partageait la puissance.

Quant au fils, arrivé aujourd'hui au tiers de son cours sur Don Quichotte, il se surprit à prononcer tout haut : « Suis-je l'homme qu'il faut pour guider une jeunesse naïve ? Sûrement pas ! » Et de spéculer par-devers lui : « Enseigner n'est pas non plus bon pour moi. Ça détrempe ma poudre à fusil, pour autant que j'en aie. Et lorsque mon esprit parvient à s'embraser, il ne fait que grésiller en dégageant de la fumée au lieu de bondir vers la première étincelle. »

À cette pensée, il trébucha et serait tombé de l'estrade si deux étudiants inquiets ne l'avaient rattrapé. D'un pas vacillant, il alla à la fenêtre et, les yeux fermés, présenta son visage à la caresse de l'air frais. Une bouffée de chaleur incongrue le gifla. À croire que le feu de l'Enfer lui chatouillait le nez et les joues ! Il passa la main sur ses longues moustaches et les sentit chaudes et moites. Il ouvrit les yeux : un bûcher était érigé juste en dessous de lui ! Flageolant sur ses jambes, il s'élança hors de la chapelle et dévala l'escalier en pierre d'University Hall. En bas, dans le *Yard*, le brasier crépitait voracement.

D'augustes messieurs assemblés en demi-cercle fixaient les flammes avec une attention soutenue, les alimentant sans cesse de livres pris sur une haute pile. Il y avait là les pasteurs de plusieurs églises unitariennes et congrégationalistes de la ville, des *fellows* de la Corporation et des membres du Conseil de supervision de Harvard. Et tout ce beau monde s'emparait d'une brochure et la froissait entre ses mains avant de la jeter dans le feu, poussant des cris de joie quand elle tombait bien au centre des flammes. Lowell se précipita. Un genou en terre, il attrapa un ouvrage à la couverture à demi calcinée dont on ne pouvait plus déchiffrer le titre. Il

---

1. Dans le protestantisme, système ecclésiastique qui revendique l'autonomie des églises locales (*N.d.l.T.*).

l'ouvrit. La page de garde, déjà toute desséchée, portait en exergue : *À la défense de Charles Darwin et de sa théorie de l'évolution.*

De l'autre côté du bûcher, le professeur Louis Agassiz, le visage tordu par la fumée, s'avançait vers lui en agitant aimablement les mains.

« Comment vous porte votre jambe, monsieur Lowell ? Ah, voilà enfin une bonne chose de faite, n'est-ce pas ? Un devoir enfin accompli. Quelle pitié de gaspiller ainsi du bon papier ! »

En apercevant le Dr Augustus Manning, trésorier de la Corporation, contemplant le spectacle à travers une fenêtre embuée de Gore Hall, Lowell ne put se contenir davantage. Il s'élança vers l'entrée massive de ce grotesque bâtiment gothique qui abritait la bibliothèque de l'université. Il en parcourut la nef, empli de gratitude pour le calme et la raison que faisait naître en lui chacun de ses pas de géant. Bougies et lampes à gaz n'étant pas autorisées à l'intérieur de l'édifice à cause du risque d'incendie, les stalles et les rayonnages étaient plongés dans la pénombre hivernale.

« Manning ! » lança Lowell d'une voix de stentor qui lui valut une réprimande de la part du bibliothécaire.

Le trésorier de la Corporation, juché sur la plate-forme qui dominait la salle de lecture, était occupé à rassembler des livres.

« Vous avez cours en ce moment, professeur Lowell. Abandonner ses étudiants sans surveillance pourrait être jugé inacceptable par la Corporation. »

Lowell dut s'essuyer le visage avec un mouchoir avant de gravir l'escalier. Le système de chauffage dernier cri installé à Gore Hall laissait s'échapper de la vapeur par les joints des tuyaux en cuivre. Aussi régnait-il dans la bibliothèque une moiteur persistante qui s'élevait en tourbillons, se condensait et retombait sous forme de gouttelettes chaudes sur les fenêtres, les ouvrages et les lecteurs.

« Vous osez brûler des livres dans une institution vouée à l'étude !

— Le monde religieux s'estime en dette vis-à-vis de nous pour le combat mené sans relâche contre l'idée monstrueuse que nous descendrions des singes, professeur, et monsieur votre père eût certainement partagé ces vues. Dans cette marche triomphale, votre ami le professeur Agassiz est notre meilleur allié.

— Agassiz est trop intelligent, dit Lowell en émergeant de la vapeur sur la plate-forme. Un jour ou l'autre, il vous abandonnera, vous pouvez en être assuré ! Rien de ce qui entrave la pensée ne sera jamais à l'abri de la pensée ! »

Manning sourit et son sourire sembla creuser l'intérieur même de sa tête.

— Apprenez que j'ai collecté cent mille dollars pour le musée d'Agassiz par l'intermédiaire de la Corporation. J'ose affirmer qu'il fera ce que je lui demande.

« — De quoi souffrez-vous, Manning ? Qu'est-ce qui vous fait haïr autant les idées d'autrui ? »

Manning lui jeta un regard en coin. C'est d'une voix qu'il ne contrôlait plus qu'il répondit :

« Nous étions un pays noble, doté d'une morale et d'une justice simples. Nous étions l'ultime descendant de la grande république de Rome, son orphelin. Maintenant, notre monde est saisi à la gorge, étranglé par tous ces gens qui s'infiltrent sur notre territoire et déversent sur nous des idées modernes d'immoralité et des concepts qui battent en brèche nos principes fondateurs. Jugez-en vous-même, professeur. Croyez-vous qu'il y a vingt ans nous aurions pris les armes contre nous-mêmes ? Nous avons été empoisonnés. La guerre, notre guerre, est loin d'être achevée : elle ne fait que débuter. Nous avons lâché des démons dans l'air même que nous respirons. Les révolutions, les meurtres, les vols commencent dans nos âmes ; de là, ils se répandent dans nos rues et s'introduisent dans nos maisons. »

De sa vie, Lowell n'avait jamais vu Manning s'exprimer avec tant d'émotion.

« Le juge suprême Healey était de ma promotion, Lowell. C'était l'un de nos superviseurs les plus avisés. Le voilà à présent annihilé par une bête dotée d'un seul savoir : tuer ! Les esprits de Boston sont la proie d'assauts constants. Harvard est l'ultime citadelle à protéger encore notre sublimité, et il se trouve que j'en ai la charge !... Vous, professeur, vous pouvez vous offrir le luxe de vous poser en rebelle, ajouta Manning récapitulant ses pensées. Vous n'avez pas de responsabilité. Vous êtes un pur poète. »

Pour la première fois depuis la mort de Phineas Jennison, Lowell sentit son dos se redresser. Il sentit physiquement la force reprendre possession de lui.

« La guerre dont vous parlez a débuté il y a cent ans, lorsque nous avons mis les chaînes aux pieds d'une race humaine tout entière ! Vous aurez beau vous évertuer à enchaîner les esprits, Manning, l'Amérique continuera de se développer. Je sais que vous avez menacé Oscar Houghton de représailles s'il imprimait le Dante de Longfellow. »

Manning retourna près de la fenêtre et contempla le feu orangé.

« Et il en sera ainsi, professeur. L'Italie est le lieu des pires passions et de la morale la plus relâchée. Je vous engage à faire don à la bibliothèque de quelques exemplaires de ce Dante, comme l'a fait un scientifique égaré de ses ouvrages de Darwin. Le feu brûle à l'endroit précis où ces horreurs seront annihilées. Ce feu est un message à l'adresse de ceux qui voudraient faire de notre institution un abri pour les idées prônant la plus immonde violence.

— Je ne vous le permettrai pas ! répliqua Lowell. Dante est le premier poète chrétien, le premier dont le système de pensée porte les couleurs d'une théologie purement chrétienne. Mais ce n'est pas pour cette seule raison que son poème est cher à nos cœurs. C'est parce qu'il raconte l'histoire véridique d'un homme, d'un frère : l'histoire de l'âme humaine tentée, purifiée et malgré tout triomphante. Il enseigne le ministère bienfaisant du chagrin. Il est le premier vaisseau à s'être aventuré dans la mer silencieuse de la conscience humaine en quête d'un monde nouveau, fait de poésie. Vingt ans durant, il a su remiser son immense chagrin et ne pas mourir sans avoir achevé sa tâche. Longfellow ne se laissera pas mourir non plus. Et moi, pas davantage. »

Sur ce, Lowell fit demi-tour et entreprit de redescendre l'escalier.

« Bravo, bravo, bravo ! » Du haut de la plate-forme, Manning considérait le professeur d'un œil impassible. « Tout le monde ne partage pas vos opinions. J'ai reçu une visite singulière, celle d'un policier du nom de Rey. Il s'est enquis de vous et de votre travail sur Dante, et il est reparti abruptement, sans explications. Pouvez-vous me dire en quoi votre travail dans cette *institution vouée à l'étude* que nous révérons tant intéresse la police ? »

Lowell s'arrêta et leva les yeux vers Manning. Celui-ci tenait ses longs doigts joints au-dessus du sternum.

« Des hommes de bon sens sortiront de votre cercle pour vous trahir, Lowell, je vous le promets. Il n'existe pas de groupe d'insurgés qui tienne longtemps. Si ce n'est pas M. Houghton qui coopère avec nous pour vous arrêter dans votre entreprise, quelqu'un d'autre s'en chargera. Le Dr Holmes, par exemple. »

Lowell eût volontiers quitté les lieux, mais il voulait en savoir davantage.

« Voilà déjà plusieurs mois, poursuivait Manning, je l'ai averti de se dissocier de votre projet de traduction s'il ne voulait pas voir sa réputation gravement entachée. Que pensez-vous qu'il a fait ? »

Lowell secoua la tête.

« Il est venu me voir chez moi pour me confier qu'il partageait mes vues.

— Vous mentez, Manning !

— Vraiment ? Ainsi le Dr Holmes serait demeuré fidèle à votre cause ? »

Le ton du trésorier de Harvard laissait entendre qu'il en savait bien plus que son interlocuteur ne l'imaginait. Lowell se mordit la lèvre pour l'empêcher de trembler. Manning hochait la tête en souriant.

« Ce misérable nabot est votre Benedict Arnold[1], professeur. Il attend l'ordre de tirer.

---

1. Benedict Arnold (1741-1801) général américain qui trahit son pays en tentant de livrer l'arsenal de West Point aux Anglais (1779). *(N.d.l.T)*

— Croyez bien que lorsque je suis une fois l'ami de quelqu'un, je le suis pour toujours. Si ce quelqu'un trouve de l'amusement à être mon ennemi, il ne peut m'obliger à demeurer le sien plus longtemps que je ne le désire moi-même. Bonsoir, monsieur. »

Lowell avait une façon de clore les conversations qui laissait ses interlocuteurs sur leur faim. Manning le pourchassa jusqu'au bas de l'escalier. Arrivé dans la salle de lecture, il l'attrapa par le bras.

« Que vous risquiez votre renommée et le fruit d'un labeur de toute une vie pour une chose comme *celle-là*, voilà qui me dépasse, professeur ! »

Lowell se dégagea d'un geste brusque.

« Mais vous prieriez le ciel d'avoir la force d'en faire autant. Je me trompe ? »

Il regagna son amphithéâtre à temps pour libérer ses étudiants.

À supposer que le meurtrier eût effectivement suivi les progrès de la traduction, par Dieu sait quel mystère, et qu'il se fût lancé dans une course avec le cercle des Amis de Dante, alors il ne restait qu'une seule solution aux poètes : achever au plus vite la correction des douze chants en souffrance. Ils décidèrent de se diviser en deux camps : l'un voué à l'enquête, l'autre à la traduction. Dans la bibliothèque de Craigie House, Lowell et Fields procéderaient à un réexamen de toutes les pièces corroborant l'opinion qu'ils s'étaient forgée, tandis que Longfellow s'attellerait à la traduction dans son étude, aidé de Greene. Prévenu par Fields, l'historien avait accueilli avec joie la nouvelle qu'ils suivraient désormais un programme strict. En effet, la traduction ne pouvait prendre davantage de retard. Neuf chants n'avaient pas été revus, un dixième était toujours en chantier et deux autres encore ne satisfaisaient pas l'auteur. Le port des feuillets corrigés à Riverside Press serait assuré par Peter, le valet de Longfellow, qui en profiterait pour faire faire sa promenade à Trap.

« Ce point-là ne rime à rien ! s'exclama Lowell.

— Alors, sautons-le et passons à un autre ! » répondit Fields du fond de son fauteuil, un siège qui avait appartenu au grand-père de Longfellow, célèbre général de la guerre révolutionnaire. Il scruta le visage de son ami. « Asseyez-vous donc, vous êtes grenat. Vous ne dormez pas, ces temps-ci ? »

Lowell ignora sa question.

« De quels indices disposons-nous pour qualifier Jennison de schismatique ? Chez Dante, toutes les ombres placées dans cette fosse de l'Enfer incarnent la division.

— Tant que nous n'aurons pas rassemblé tous les détails se rapportant à son meurtre, nous ne saurons pas pourquoi Lucifer a jeté son dévolu sur lui, répondit l'éditeur.

— En tout cas, la façon dont il est mort confirme l'idée que Lucifer est un homme costaud. Jennison était un chasseur doublé d'un sportif. Il faisait de l'alpinisme avec le club Adirondack. Pourtant, son agresseur n'a pas eu de mal à le maîtriser ni à le découper.

— Il l'a menacé avec une arme, cela ne fait aucun doute. La vue d'un pistolet peut terrasser les plus vaillants. Nous savons aussi que le tueur est insaisissable. En effet, depuis la mort de Talbot, des agents étaient postés dans toutes les rues, de jour comme de nuit, et personne n'a rien vu. Enfin, nous tenons pour certain qu'il s'est montré particulièrement soucieux de respecter les détails évoqués dans ce chant.

— Quand je pense qu'un autre massacre est peut-être en train de se produire au moment même où nous parlons, dit Lowell d'un air absent. Pendant que Longfellow traduit un vers dans la pièce à côté... Et nous n'aurons pas su l'empêcher.

— Trois meurtres, et pas un seul témoin. Trois meurtres programmés selon l'avancement de nos travaux. Que devons-nous faire, courir les rues en attendant qu'il s'en produise un autre ? Si je n'avais pas tant d'instruction, je croirais qu'un esprit démoniaque est lancé à nos trousses.

— Concentrons nos recherches sur les rapports qui existent entre ces meurtres et le cercle des Amis de Dante, dit Lowell. Faisons le compte des gens au courant du calendrier de la traduction. »

Lowell se mit à feuilleter le cahier dans lequel ils avaient consigné leurs résultats, tout en caressant distraitement l'objet posé à côté de lui : un boulet de canon tiré par les Anglais sur Boston contre les troupes du général Washington.

Quelqu'un frappa de petits coups à la porte d'entrée. Ni Fields ni lui n'y prêtèrent attention.

« J'ai adressé un mot à Houghton pour lui demander de vérifier qu'aucune épreuve de la traduction n'avait quitté Riverside, dit l'éditeur. Nous savons que ces massacres sont tous inspirés de chants que nous n'avions pas fini de traduire. Longfellow doit continuer à livrer ses épreuves comme si de rien n'était. De votre côté, où en êtes-vous avec votre jeune Sheldon ? »

Lowell se rembrunit.

« Il ne m'a toujours pas fait signe, et personne ne l'a vu sur le campus. Il n'y a que lui qui puisse nous renseigner sur ce fantôme avec qui il parlait. »

Fields se leva et vint se pencher près de Lowell.

« Jemmy, ce fantôme, comme vous dites, êtes-vous bien certain de l'avoir vu ?

— Pourquoi cette question ? Je vous l'ai déjà dit, je l'ai vu plusieurs fois : dans le *Yard* en train de m'observer, un autre jour attendant Bachi, et enfin se disputant avec Edward Sheldon ! »

Fields ne put dissimuler son agacement.

« Si je dis ça, c'est parce que nous sommes tous dans un état de grande appréhension, mon cher Lowell. En ce qui me concerne, les nuits ne m'offrent que de malheureuses bribes de sommeil. »

Lowell referma son cahier d'un coup sec.

« Me diriez-vous que je l'ai imaginé ?

— Pour l'amour du ciel ! s'écria l'éditeur. Vous m'avez vous-même raconté que vous aviez cru voir Jennison aujourd'hui. Et Bachi, et votre première épouse. Jusqu'à votre petit garçon. »

Les lèvres de Lowell se mirent à trembler.

« Attention, Fields. C'est la dernière fois que vous me parlez sur ce ton...

— Ne vous énervez pas, Lowell, je vous en prie. J'ai élevé la voix involontairement... je ne voulais pas dire ça.

— Je suppose que vous savez mieux que nous ce qu'il convient de faire. Après tout, nous ne sommes que des poètes ! Mais *vous*, vous ne pouvez pas ignorer comment quelqu'un a pu être au courant du calendrier de la traduction !

— Qu'insinuez-vous par là, monsieur Lowell ?

— Simplement ceci : qui, en dehors de ses membres, a une connaissance intime des activités du cercle des Amis de Dante ? Les *démons* qui travaillent à l'imprimerie, les typographes qui composent les plaques et les relieurs : des gens qui dépendent tous de Ticknor et Fields

— Ah ça ! s'écria Fields ahuri. Vous n'allez pas renverser les rôles ! »

Au même instant, la porte donnant sur le cabinet de travail s'ouvrit.

« Messieurs, j'ai peur de devoir vous interrompre », déclara Longfellow en faisant entrer Nicholas Rey.

L'horreur se répandit sur les traits de Fields et de Lowell. Ce dernier se lança immédiatement dans l'énumération des raisons pour lesquelles Rey ne pouvait pas les livrer à la police. Comme Longfellow se contentait de sourire, ce fut Rey qui interrompit la litanie.

« Je vous en prie, professeur Lowell, messieurs, je suis venu pour vous demander l'autorisation de vous aider dans votre enquête. »

Oubliant leur dispute, Lowell et Fields accueillirent le policier avec chaleur.

« Comprenez-moi bien, messieurs, déclara le nouveau venu sans détour. Je n'agis que pour arrêter le massacre. »

À quoi Lowell répondit après une longue pause :

« Ce n'est pas notre seul objectif, mais nous n'arriverons à rien sans votre aide, ni vous sans la nôtre. Cette canaille imprime le sceau de Dante sur tout ce qu'elle touche. Vous iriez droit à votre perte si vous l'attaquiez sans un traducteur à vos côtés. »

Laissant les trois hommes à leur conversation, Longfellow partit retrouver Greene dans son cabinet. Ils en étaient au troisième chant depuis qu'ils s'étaient mis à la tâche ce matin-là, à six heures, et ils n'avaient pas levé le nez jusqu'à midi. Longfellow n'avait pris que le temps d'envoyer un mot à Holmes pour lui demander son concours, mais aucune réponse n'était revenue du 21, Charles Street. En revanche, plus tard dans la journée, il avait dû traiter un nombre inhabituel de requêtes farfelues : un homme de l'Ouest avait fait spécialement le déplacement pour *passer commande* d'un poème sur les oiseaux qu'il rétribuerait *grassement* ; une femme, récidiviste en la matière, avait déposé ses bagages sur le perron de Craigie House en expliquant qu'elle revenait vivre auprès de son cher époux Henry Longfellow ; enfin, un soi-disant invalide de guerre avait demandé l'aumône. Pris de compassion, Longfellow lui avait remis une petite somme.

La porte refermée sur lui, Greene ne put s'empêcher de faire remarquer à son ami que le *moignon* du soldat était tout simplement son coude et qu'il tenait son bras replié dans sa manche.

« Je sais bien, mon cher Greene, mais qui sera aimable avec lui si je ne le suis pas ? » répondit le poète.

Ayant regagné son fauteuil, il rouvrit le dossier contenant la traduction du chant V. Cela faisait des mois qu'il remettait à plus tard d'achever ce texte sur les Concupiscents.

Dans ce cercle de l'Enfer, les pécheurs ballottent dans les airs, brassés par des vents qui ne faiblissent jamais, de la même façon que, sur terre, ils roulèrent de-ci, de-là au gré de leurs passions débridées. Le voyageur demande à rencontrer Francesca, une belle jeune femme que son mari a tuée en la découvrant dans les bras de son frère. Elle vogue jusqu'à Dante, escortée par l'esprit silencieux de son amant.

« Quand Francesca lui relate son histoire, fit observer Greene, elle pleure. Elle n'a pas de bonheur à laisser entendre qu'avec Paolo elle ne fit que s'adonner à la passion.

— C'est exact, approuva Longfellow. Elle rappelle comment leurs regards se croisèrent pendant qu'ils lisaient ensemble l'histoire du baiser de Guenièvre et de Lancelot, et déclare avec une feinte retenue : "Ce jour-là, nous n'avons pas lu plus avant." Paolo la serre contre son cœur et la couvre de baisers. Pourtant, ce n'est pas lui qu'elle blâme, mais le livre qui les a réunis. À ses yeux, le traître, c'est l'auteur de cette histoire d'amour." »

Greene ferma les yeux. Non parce qu'il s'était endormi, comme si souvent pendant les séances de travail, mais parce que, dans sa volonté d'aider Longfellow, il s'efforçait de s'oublier dans l'auteur, ce qu'il jugeait être le devoir de tout traducteur.

« Le supplice qui leur est infligé est parfait : être éternellement côte à côte sans jamais plus se tenir embrassés, sans jamais plus ressentir l'excitation de la proximité — uniquement le tourment de l'absence. »

Pendant qu'ils devisaient, Longfellow aperçut dans l'entrebâillement de la porte les boucles dorées d'Edith et son expression grave. Au regard qu'il lui lança, la jeune fille battit en retraite. Longfellow proposa à Greene de faire une pause.

De leur côté, Fields et Lowell s'étaient réconciliés et s'accordaient un moment de répit, le temps que Rey consulte le journal dans lequel étaient consignés les progrès de l'enquête. Pendant que l'historien se dégourdissait les jambes dans le jardin, Longfellow entreprit de ranger des livres, laissant ses pensées remonter le fil du temps jusqu'à l'époque qu'il n'avait pas connue lui-même où sa demeure était le théâtre d'événements importants. Dans ce même cabinet de travail, le grand-père de George Washington Greene, le général Nathanael Greene, avait discuté stratégie avec un autre George Washington, général de son état. C'était même à cela qu'il était occupé lorsque l'arrivée des Anglais avait été annoncée. À en croire son petit-fils, tous les militaires présents dans la pièce s'étaient précipités dans l'antichambre pour coiffer leurs perruques. Le Greene d'aujourd'hui avait bien d'autres anecdotes en réserve. L'une d'elles voulait que ce fût précisément dans cette pièce que Benedict Arnold, un genou en terre, eût juré allégeance. Chassant de son esprit cet épisode de l'histoire de sa maison, Longfellow passa dans le petit salon. Edith s'y trouvait, pelotonnée dans un fauteuil Louis XVI qu'elle avait approché du buste en marbre blanc. Sa mère était toujours là quand l'enfant avait besoin d'elle, immuable dans sa contenance joliment réservée. À ce spectacle, Longfellow tressaillit. Le bonheur qu'il éprouvait à voir son épouse n'avait pas changé depuis les premiers temps de leur rencontre et les regards embarrassés qu'ils échangeaient. Fanny ne quittait jamais un lieu sans lui laisser le sentiment qu'un peu de lumière s'en était allée avec elle.

La nuque gracieusement courbée, tel un cygne, Edith se cachait le visage.

« Eh bien, cher cœur, dit Longfellow avec un doux sourire. Comment se porte ma petite chérie, cet après-midi ?

— Excusez-moi de vous avoir espionné, Papa. Je voulais vous demander quelque chose et je n'ai pu m'empêcher de vous écouter. Ce poème parle de choses si tristes, dit-elle sur un ton à la fois timide et curieux.

— Oui, ainsi l'exige la Muse parfois. Le poète a le devoir d'évoquer les instants douloureux de nos vies avec la même franchise qu'il rappelle les moments de joie, Edie. Il faut passer par l'obscurité pour trouver la lumière de temps à autre. C'est ce que fait Dante.

— L'homme et la femme de ce poème, pourquoi doivent-ils être punis de s'être tant aimés ? »

Une larme palpitait au coin de sa prunelle azur. Longfellow s'assit dans le fauteuil et prit sa fille sur ses genoux, lui faisant un trône de ses bras.

« L'homme qui écrivit cela était un monsieur baptisé Durante, mais qui changea son nom en Dante pour s'amuser, comme le font les enfants. Il est né, voilà bientôt six cents ans. Il a été lui-même frappé par l'amour, c'est pourquoi il écrit ainsi. Tu as remarqué la statuette en marbre, au-dessus du miroir dans mon cabinet ? »

Edith hocha la tête.

« Eh bien, c'est le *signore* Dante.

— Lui ? Il a l'air de porter tout le poids du monde à l'intérieur de sa tête.

— Oui, fit Longfellow avec un sourire. Il était profondément amoureux d'une jeune fille qu'il avait rencontrée des années auparavant quand elle était, oh, à peine plus jeune que toi, ma chérie, de l'âge de Panzie à peu près. Elle avait neuf ans quand il la vit la première fois, pendant une fête à Florence. Elle s'appelait Béatrice Portinari.

— Béatrice, répéta Edith en se représentant l'orthographe de ce nom pour le donner éventuellement à une poupée.

— Bice, c'est le surnom que lui donnaient ses amis. Mais pas Dante. Lui, il l'a toujours appelée par son nom entier : Béatrice. Quand elle s'approchait de lui, une telle modestie envahissait son cœur qu'il ne pouvait même pas lever les yeux sur elle ni lui rendre son salut. Certaines fois, alors qu'il se préparait à lui adresser la parole, elle passait sans s'arrêter, sans presque le voir. Autour de lui, il entendait les gens chuchoter : "Ce n'est pas une mortelle, c'est un ange béni de Dieu."

— Ils disaient vraiment ça ? »

Longfellow rit légèrement.

« En tout cas, c'est ce qu'il a entendu parce qu'il était profondément amoureux. Et quand on est amoureux, on entend la ville entière célébrer les louanges de l'être cher.

— Est-ce qu'il a demandé sa main ? s'enquit Edith d'une voix emplie d'espoir.

— Non. Elle ne lui a parlé qu'une seule fois, pour lui dire bonjour. Elle a épousé quelqu'un d'autre, puis elle a attrapé les fièvres et elle s'est éteinte. Dante s'est marié à son tour et a fondé une famille. Mais il n'a jamais oublié son amour. Il a même appelé sa fille Béatrice.

— Sa femme n'en a pas été fâchée ? » demanda la jeune fille indignée.

Longfellow prit dans la coiffeuse une brosse douce ayant appartenu à Fanny et la passa dans les cheveux d'Edith.

« On connaît peu de chose sur *donna* Gemma. En revanche, on sait que, vers le milieu de sa vie, alors qu'il vivait des moments difficiles, Dante eut une vision : de sa maison au ciel, Béatrice s'apprêtait à lui envoyer un guide pour l'aider à franchir un lieu obscur au bout duquel il la retrouverait. Quand il tremble à l'idée de se lancer dans cette épreuve, son guide lui rappelle sa vision : *Quand tu reverras ses yeux sublimes, tu repasseras par le voyage de ta vie.* Tu comprends, ma chérie ?

— Mais comment pouvait-il tant aimer Béatrice s'il ne lui avait jamais parlé ? »

Dérouté par la question, Longfellow resta un moment à brosser les cheveux de sa fille en silence.

« Il dit un jour qu'elle avait semé en son cœur de tels sentiments qu'il ne trouvait pas de mots pour les décrire. Qu'est-ce qui pouvait mieux captiver un poète de l'envergure de Dante qu'un sentiment qui défiait son talent à l'exprimer en vers ? »

Tout en passant doucement la brosse dans les cheveux d'Edith, il récita à mi-voix : *Toi, ma petite fille, tu vaux mieux que toutes les ballades/Qui furent jamais chantées ou dites/Car tu es toi-même un poème vivant./Le reste n'est que mort.*

Ces vers produisirent le sourire habituel chez la jeune personne à laquelle ils étaient dédiés. Elle abandonna son père à ses pensées. Longfellow demeura assis à l'ombre bienveillante du buste en marbre clair, le cœur empli de la tristesse de sa fille, prêtant l'oreille au bruit des pas d'Edith grimpant l'escalier.

« Ah, vous êtes là. » Les bras écartés sur les côtés, Greene venait de s'encadrer dans la porte du salon. « Je crois que je me suis assoupi sur le banc du jardin. Qu'importe, me voilà d'attaque pour reprendre le collier. Ma parole, où sont passés Lowell et Fields ?

— Partis en balade, je crois. »

Longfellow, soudain, prit conscience qu'il était au salon depuis un bon moment. Ses articulations craquèrent quand il se leva.

« En fait, dit-il, en tirant sa montre de son gilet, ils sont sortis depuis quelque temps déjà. »

Lowell foulait à longues enjambées le pavé de Brattle Street, suivi par un Fields qui faisait de son mieux pour ne pas se laisser distancer.

« Si nous rentrions maintenant, Lowell ? »

Celui-ci pila sans tergiverser, ce dont l'éditeur lui fut reconnaissant. Mais la raison était ailleurs car son ami fixait un point droit devant lui, et son regard avait une intensité terrifiante. Sans prévenir, Lowell le tira brutalement derrière le tronc d'un orme en lui intimant à voix basse de regarder le trottoir d'en face. Fields n'eut que le temps d'entrevoir une silhouette en chapeau melon et veste à carreaux tournant le coin de la rue.

« Lowell, calmez-vous ! Qui est-ce ? demanda Fields.

— Rien. Juste l'homme qui me surveillait dans la cour de Harvard, qui parlait avec Bachi et qui se disputait avec Edward Sheldon !

— Votre fantôme ? »

Lowell hocha la tête d'un air de triomphe.

Ils emboîtèrent le pas à l'inconnu en veillant à maintenir entre eux et lui une certaine distance, à la demande pressante de Lowell. Mais voilà que l'homme s'engagea soudain dans une rue adjacente.

« Sacrebleu ! Il entre chez vous ! » s'exclama Fields.

Et, de fait, l'homme avait franchi la barrière blanche d'Elmwood et s'arrêtait comme pour admirer les plantes grimpantes.

« Lowell, nous devons lui parler !

— Et lui laisser la main ? Non, j'ai une idée bien meilleure pour ce coquin. »

Entraînant son ami, Lowell contourna les écuries et la grange et entra dans la maison par l'arrière. Il demanda à la femme de chambre d'accueillir le visiteur qui n'allait pas tarder à sonner, puis de le conduire dans une pièce du second étage et de l'y enfermer. De son côté, il courut prendre son fusil de chasse dans la bibliothèque, vérifia qu'il était chargé et s'élança dans l'étroit escalier des domestiques, au fond de la maison, Fields sur les talons.

« Jemmy ! Au nom du ciel, que voulez-vous faire ?

— M'assurer que ce fantôme ne me glisse pas entre les doigts avant de me fournir une réponse satisfaisante !

— Vous êtes tombé sur la tête ? Envoyons plutôt chercher Rey. »

Les yeux brun clair de Lowell virèrent au gris.

« Je ne resterai pas une seconde de plus à voleter timidement autour de la vérité ! Jennison était mon ami. Il a soupé dans cette maison, dans ma salle à manger. Il s'est essuyé les lèvres avec mes serviettes, il a bu du vin dans mes verres, et maintenant il est découpé en morceaux ! »

La mansarde en haut de l'escalier, à présent inutilisée et glaciale, avait été la chambre à coucher de Lowell quand il était enfant. En hiver, la lucarne offrait une vue dégagée jusque sur Boston. Posté à côté, Lowell tenait sous son regard les vastes champs séparant Elmwood de Cambridge, la longue courbe de la rivière Charles et, au-delà, la plate étendue de marais, douce et silencieuse sous la neige étincelante.

« Lowell, vous pouvez tuer quelqu'un avec cette arme ! En tant que votre éditeur, je vous ordonne de la ranger immédiatement ! »

L'oreille aux aguets, Lowell posa sa main sur la bouche de Fields et désigna la porte fermée. Plusieurs minutes s'écoulèrent dans le silence avant que des bruits de pas ne parvinssent aux deux amis accroupis derrière le canapé : la bonne conduisait le visiteur à l'étage par l'escalier principal. Respectant les instructions de son maître, elle le fit entrer dans la pièce vide et referma très vite la porte sur lui.

« Il y a quelqu'un ? demanda l'inconnu. Qu'est-ce que c'est que ce salon ? Que signifie tout cela ? »

Lentement, Lowell se releva de derrière le canapé, le fusil braqué sur l'homme au gilet écossais.

Celui-ci ne put retenir un cri. Plongeant la main dans son manteau, il en sortit un revolver qu'il pointa sur Lowell.

Le poète ne cilla pas.

La main de l'inconnu tremblait violemment, et le bourrelet que faisait le gant de cuir autour de son index frottait dangereusement la détente du revolver.

À l'autre bout de la pièce, Lowell releva son arme plus haut que sa longue moustache, laquelle semblait d'un noir de jais dans la pénombre. Un œil fermé, il fixait l'homme au bout de son fusil.

« Osez me défier, misérable ! siffla-t-il entre ses dents tout en armant son fusil. Vous n'avez aucune chance ! Ou le ciel vous attend, ou l'enfer. »

13.

L'inconnu tint encore un moment son revolver braqué sur Lowell et, brusquement, le jeta sur le tapis.

« Ces bêtises ne valent pas la peine que je risque ma vie !
— Monsieur Fields, ramassez son pistolet, voulez-vous ? dit Lowell sur un ton anodin, comme si la situation était de celles qu'un éditeur et un poète rencontrent tous les jours de leur vie. Et maintenant, racaille, vous allez nous dire qui vous êtes et ce que vous nous voulez ! Que faisiez-vous avec Pietro Bachi ? Pourquoi M. Sheldon vous donnait-il des ordres dans la rue ? Et que venez-vous faire chez moi ! »

Fields alla récupérer le pistolet par terre.

« Rangez votre arme, professeur, ou je ne dirai rien, répliqua l'homme.
— Écoutez-le, Lowell », chuchota Fields à la satisfaction du compère.

Lowell baissa son fusil.

« Très bien. Mais, dans votre intérêt, je vous conseille de jouer franc jeu. »

Il rapprocha une chaise à l'intention de leur otage qui répétait sans relâche que tout cela ne rimait à rien.

« Je ne crois pas que nous ayons eu le plaisir d'être présentés avant que vous ne dirigiez un fusil sur ma tête, dit enfin le visiteur. Je m'appelle Simon Camp et je travaille à l'agence de détectives Pinkerton. J'ai été engagé par le Dr Augustus Manning, de l'université de Harvard.

« Par le Dr Manning ! s'écria Lowell. Mais pour faire quoi ?
— Voir ce qu'il en est des cours que vous dispensez sur ce M. Dante ; démontrer, le cas échéant, qu'ils sont susceptibles de produire un "effet pernicieux" sur les élèves ; et rapporter au Dr Manning mes conclusions.
— Et quelles sont-elles ?

« — Je m'occupe de toute la région de Boston pour l'agence Pinkerton, vous savez. Cette petite affaire n'a pas eu ma priorité. Néanmoins, j'ai effectué le travail attendu. J'ai invité un ancien professeur, M. *Baksee*, à me retrouver sur le campus et j'ai interrogé plusieurs étudiants. Cet insolent jeune homme du nom de M. Sheldon ne me donnait pas d'ordres, professeur. Il me disait que faire de mes questions. Et dans un langage trop vert pour que j'ose répéter ses propos à une compagnie portant de jolis manteaux à col de velours.

— Et qu'ont dit les autres ? voulut savoir Lowell.

— La confidentialité est un devoir que je ne saurais transgresser, professeur, ricana Camp. Toutefois, il m'est apparu opportun de m'entretenir avec vous, de découvrir ce que vous-même pensiez de Dante. Voilà pourquoi je me rendais chez vous aujourd'hui. Parlez-moi d'un accueil ! »

Fields plissa les yeux, perplexe.

« Est-ce Manning qui vous l'a demandé ?

— Je ne travaille pas sous sa *houlette*, monsieur, répondit Camp avec hauteur. Dans cette affaire, je suis *mon* seul maître, je me fais mon propre jugement. Vous avez de la chance que j'aie retenu mon doigt d'appuyer sur la détente, professeur Lowell.

— Oh, ce Manning va m'entendre ! » s'écria Lowell. Bondissant sur ses pieds, il alla se pencher au-dessus du détective. « Vous vouliez savoir ce que j'avais à dire, monsieur ? Eh bien, vous allez abandonner votre chasse aux sorcières immédiatement, voilà ce que je vous dis ! »

Camp lui éclata de rire au nez.

« Je me fiche comme d'une guigne de votre colère, professeur ! Cette affaire m'a été confiée et je ne me laisserai pas intimider. Ni par ces prétentieux de Harvard, ni par un vieux bonhomme comme vous ! Vous pouvez m'abattre si cela vous chante. Je suis un homme qui mène ses enquêtes jusqu'au bout !... Je ne suis pas un dilettante », ajouta-t-il après une pause.

Le ton nonchalant sur lequel ces derniers mots avaient été prononcés fit comprendre à Fields le véritable objet de cette visite.

« Peut-être pourrions-nous négocier une issue ? dit-il en sortant des pièces d'or de son gousset. Que diriez-vous d'accorder un répit indéfini à cette affaire, monsieur Camp ? »

Il laissa tomber les pièces dans la paume ouverte du détective. Comme celui-ci gardait patiemment la main tendue, il lui en lâcha deux de plus, faisant éclore un sourire pincé sur les lèvres du coquin.

« Et mon pistolet ? »

Fields le lui restitua.

« Je dirai, messieurs, qu'une affaire se résout parfois à l'avantage de tous. »

Sur ce, le détective s'inclina et quitta les lieux par l'escalier principal.

« Devoir payer un homme comme lui ! s'insurgea Lowell. Comment avez-vous deviné qu'il accepterait, Fields ?

— Bill Ticknor se plaisait à répéter que les gens aiment à sentir l'or dans le creux de leurs mains. »

Sans cesser de fulminer, Lowell alla coller son visage à la fenêtre et regarda Simon Camp se diriger d'un pas allègre vers le portail, souillant de ses empreintes neigeuses le chemin dallé d'Elmwood. Et il faisait sauter une pièce dans sa main, le bougre !

Ce soir-là, épuisé et sans forces, Lowell alla s'asseoir dans le salon de musique, hésitant un instant sur le seuil, comme s'il était surpris de ne pas y découvrir celle qui d'habitude y était installée auprès du feu.

Mabel passa la tête dans l'arche qui reliait cette pièce au cabinet de travail de son père.

« Père ? Il se passe quelque chose, je voudrais que vous m'en parliez. »

Bess, le chiot terre-neuve, fit irruption dans le salon et vint lécher la main de Lowell. Le poète sourit à cette manifestation de joie qui, pourtant, l'attrista démesurément, lui rappelant les effusions léthargiques de son vieil Argus, un terre-neuve lui aussi, mort d'avoir avalé du poison dans la ferme voisine.

Décidée à conserver une certaine gravité à la scène, Mabel écarta le chiot.

« Père, nous passons si peu de temps ensemble, ces derniers jours. Je sais... »

Elle s'interdit d'achever sa phrase.

« Quoi donc ? demanda Lowell. Que sais-tu, Mab ?

— Je sais que quelque chose vous préoccupe, ne vous laisse pas en paix. »

Il saisit sa main affectueusement.

« Je suis fatigué, mon cher Hopkins, avoua-t-il, employant le surnom qu'il lui donnait pour s'amuser. Je vais aller au lit et ça ira mieux. Vous êtes une très bonne fille, ma chère. Maintenant, saluez votre géniteur. »

Elle s'exécuta en posant un baiser mécanique sur sa joue. Jamais auparavant, elle ne s'était sentie aussi éloignée de son père.

Dans sa chambre à l'étage, Lowell enfouit son visage dans son oreiller rond sans même jeter un regard à Fanny. Mais, bientôt, il nicha la tête contre son ventre et pleura sans discontinuer pendant presque une demi-heure. Toutes les émotions par lesquelles il était passé dans sa vie se rappelaient à lui ensemble. Sur l'écran de ses paupières fermées, il voyait un Holmes dévasté, affalé par terre, devant la salle des Auteurs, et un Phineas Jennison découpé de haut en bas, le suppliant de le sauver, de le délivrer du châtiment dantesque.

Sachant que son mari ne lui dirait rien, Fanny se contenta de passer la main dans ses cheveux d'une chaude couleur auburn en attendant qu'il finît par s'endormir, épuisé par les sanglots.

« Lowell, réveillez-vous ! Je vous en prie, Lowell. »

Il entrouvrit les yeux. Une giclée de soleil l'étourdit.

« C'est vous, Fields ? Que se passe-t-il ? »

L'éditeur était assis sur le bord de son lit, un journal plié serré contre sa poitrine.

« Tout va bien, Fields ?

— Tout va mal. Il est midi, Jemmy. Fanny me dit que depuis hier soir vous dormez comme une souche en faisant des sauts de carpe. Vous êtes souffrant ?

— En pleine forme, au contraire, répondit Lowell. Il s'est passé quelque chose, c'est ça ? » reprit-il, les yeux fixés sur le journal que son ami s'efforçait manifestement de lui dissimuler.

Fields hocha la tête d'un air abattu.

« Moi qui me croyais capable d'affronter n'importe quoi, je suis aussi rouillé qu'un vieux clou. Lowell, hé, regardez-moi, voulez-vous ? Je suis devenu si gros que mes créanciers les plus anciens ne me reconnaîtraient plus.

— Fields, je vous en prie...

— Il faut que vous soyez plus fort que moi, Lowell. C'est notre devoir, pour Longfellow.

— Un autre meurtre ? »

Fields lui passa le journal.

« Pas encore. Lucifer a été arrêté. »

Large de trois pieds et demi et longue de sept, la cellule où l'on gardait les détenus à « cuisiner » était fermée par une grille en fer, doublée d'un battant en chêne massif. Une fois la porte close, elle devenait un cachot privé de lumière sans espoir d'en recevoir jamais. Les prisonniers pouvaient croupir dans ce lieu plusieurs jours d'affilée, jusqu'à ce qu'ils fussent incapables de supporter l'obscurité plus longtemps. Ils faisaient alors ce qu'on attendait d'eux.

Willard Burndy, le plus talentueux des monte-en-l'air de Boston après Langdon W. Peaslee, entendit une clef tourner dans le pêne de la porte en chêne. La clarté subite l'éblouit.

« Pouvez me garder ici dix ans et un jour, grognasse ! J'avouerai pas un meurtre que j'ai pas commis !

— La ferme, Burndy ! aboya le garde.

— Sur mon honneur...

— Ton quoi ? rigola l'autre.

— L'honneur d'un homme de bien ! »

Les chaînes aux pieds, Willard Burndy fut mené à travers le hall sous le regard attentif des occupants des cellules voisines qui le connaissaient tous de nom, à défaut de l'avoir rencontré. C'était un homme du Sud, monté à New York au premier son du canon, en vue de prélever sa dîme sur les richesses qui abondaient dans le Nord. Après un long moment passé dans les geôles de cette ville, il avait émigré à Boston et s'y était taillé une réputation honorable parmi les malfrats. Mais, le temps passant, une rumeur lui était revenue aux oreilles selon laquelle il avait une prédilection pour les cibles faciles, riches veuves de brahmane et autres vieux croûtons. Si tel était le cas, il ne s'en était pas rendu compte, et l'apprendre n'était pas à son goût, ne s'étant jamais considéré comme un poltron, au contraire. Avec les détectives affables, il savait se montrer coopératif, pour peu qu'il y eût une prime à la clef, et il restituait volontiers certains des bijoux de famille et objets dérobés en échange d'une partie de la somme promise en monnaie sonnante et trébuchante.

Pour l'heure, il était entre les mains d'un garde qui le tirait sans façon à l'intérieur d'une salle et l'asseyait sur une chaise. C'était un type rougeaud, avec des cheveux qui poussaient dans tous les sens et un visage sillonné d'un entrecroisement de rides qui le faisait ressembler à une caricature de Thomas Nast[1].

Un homme était assis de l'autre côté de la table.

« C'est quoi, vot'jeu, à vous ? demanda Burndy de son accent traînant. J'vous aurais bien tendu la main, mais vu comment que j'suis saucissonné... Attendez... J'ai lu des trucs sur vous... Le premier policier nègre, un héros d'la guerre. Ouais, z'étiez au rassemblement, le jour où l'mendiant s'est jeté par la fenêtre ! »

Et de s'esclaffer à ce souvenir.

« Le district attorney est décidé à vous pendre », déclara Nicholas Rey sur un ton tranquille. Sa phrase eut le don de gommer dans l'instant le sourire de Burndy. « Les dés sont jetés, continua l'agent. Si vous savez pourquoi vous avez été arrêté, c'est le moment de le dire.

— Comment j'le saurais ? Mon jeu à moi, c'est les coffres-forts. J'suis le meilleur à Boston, je dis. Meilleur que ce vaurien de Langdon Peaslee, toujours ! Mais j'ai pas tué un pékin et j'ai pas seriné non plus aucun frère de robe ! Le sieur Howe va venir de New York, vous verrez alors comment que je gagnerai mon procès !

— Pourquoi êtes-vous ici, Burndy ? demanda Rey.

---

1. Thomas Nast (1840-1903) : illustrateur et caricaturiste politique. (*N.d.l.T.*)

— Demandez plutôt à ces charlatans de détectives ! Toujours à planter des preuves dans les coins quand ça les arrange ! »

C'était une sérieuse probabilité, Rey le savait.

« Deux témoins vous ont vu regarder à l'intérieur de la maison de Talbot, le soir du cambriolage, la veille du jour où il a été assassiné. C'est la vérité, n'est-ce pas ? Et c'est pour ça que le détective Henshaw vous a choisi. Vous avez suffisamment de péchés sur la conscience pour porter le chapeau. »

Burndy allait répondre, il se retint.

« Pourquoi que j'ferais confiance à un flic ?

— Je vais vous montrer quelque chose, dit Rey en l'observant attentivement. Si vous arrivez à comprendre ce que cela signifie, cela pourra vous aider. »

Il lui tendit une enveloppe cachetée par-dessus la table. Ayant les mains enchaînées, Burndy l'ouvrit avec les dents. Il en extirpa une élégante feuille de papier à lettres pliée en trois. Il l'examina pendant plusieurs secondes, puis la déchira, pris d'une fureur sauvage, et se mit à donner des coups de pied dans tous les sens, se frappant la tête contre le mur et la table dans un mouvement de balancier.

Oliver Wendell Holmes regarda les lignes de texte se tordre, puis les bords du journal se racornir lentement et tomber dans les flammes.... *uge de la cour suprême du Massachusetts retrouvé dépouillé de ses vêtements et avec des insectes et larv...* Il jeta un autre article dans le feu. Les flammes montèrent haut en signe de gratitude.

Il pensait à la scène qui l'avait opposé à Lowell plus tôt dans la journée. Pourquoi lui reprocher son aveuglement à propos de Webster, une affaire qui remontait à quinze ans, il n'y avait pas de raison. Aujourd'hui encore, Holmes estimait qu'il avait bien fait de ne pas crier avec les loups quand peu à peu toute la bonne société de Boston avait retiré sa confiance au professeur de médecine déshonoré. Lui, il avait vu Webster, le lendemain du jour où George Parkman avait disparu, et il avait évoqué ce mystère avec lui. Le visage aimable de son collègue ne recelait pas la moindre duperie et, par la suite, ses dires avaient été corroborés par les faits. Webster lui avait indiqué que Parkman était venu le trouver pour le prier de lui rendre une somme empruntée à titre exceptionnel, ce qu'il avait fait sur-le-champ, puis qu'il était reparti après avoir détruit la reconnaissance de dette. Dans ses courriers à Mme Webster, Holmes avait glissé des lettres de change afin qu'elle pût payer les avocats de son époux. Au procès, il avait témoigné des bons et loyaux services du prévenu et déclaré fermement que sa participation au crime ne lui semblait en aucun cas plausible. Au jury, il avait expliqué qu'il n'existait aucun procédé d'analyse permettant d'affirmer que les restes humains trouvés dans les salles où travaillait Webster étaient ceux du Dr Parkman.

Si Holmes avait agi ainsi, ce n'était pas par manque de compassion envers les Parkman. D'ailleurs, n'était-ce pas à lui que la famille avait demandé de lire l'éloge funèbre du disparu ? George Parkman avait été incontestablement le plus grand bienfaiteur du Collège de médecine ; l'université lui devait les bâtiments de North Grove Street et la bourse portant son nom, instituée à l'intention des enseignants de la chaire d'anatomie et de physiologie – celle-là même que Holmes dirigeait aujourd'hui. Dans l'esprit du docteur, Parkman pouvait très bien avoir été frappé d'un accès de folie subite, s'être enfui dans un moment d'aberration. Qui sait ? être même encore vivant à l'heure où ses collègues s'interrogeaient sur la possibilité que l'un des leurs fût condamné. Pendu haut et court sur la base de présomptions circonstancielles ! Était-il si ridicule d'imaginer que les fragments d'os trouvés dans les salles utilisées par le professeur Webster aient pu être cachés là par le portier qui craignait d'être renvoyé depuis que le malheureux professeur avait découvert son penchant pour le jeu ? Des os, il y en avait à foison au Collège de médecine ; il n'était pas difficile d'en subtiliser quelques-uns.

Comme Holmes, Webster avait connu une enfance confortable, et fait ses études à Harvard avant d'y devenir professeur. De petite taille l'un et l'autre, les deux hommes se ressemblaient, avec leur visage glabre et leurs favoris imposants. Avant l'arrestation de Webster, ils n'avaient jamais été particulièrement proches mais, du jour où le pauvre homme avait tenté de s'empoisonner dans sa détresse d'avoir jeté l'opprobre sur sa famille, Holmes avait éprouvé pour lui une sympathie jusque-là inconnue : ce qui arrivait à son collègue aurait très bien pu lui arriver à lui. Et il avait décidé de tenir un rôle dans sa disculpation, mineur, certes, mais significatif, il en était convaincu.

Et voilà qu'ils s'étaient retrouvés devant le gibet. Durant tous ces mois d'auditions et de pourvois en appel, ce jour leur avait paru si lointain, si peu probable : une éventualité qui ne se produirait pas mais qui était finalement arrivée. Le Boston élégant dans sa grande majorité était resté calfeutré chez soi, confit dans la honte d'avoir eu un meurtrier pour voisin. En revanche, dockers et contremaîtres, ouvriers et blanchisseuses n'avaient pas boudé leur plaisir. Un brahmane humilié et rabaissé, quelle aubaine !

Forçant le cercle de spectateurs, un J. T. Fields en nage avait réussi à rejoindre le Dr Holmes.

« Un fiacre nous attend, Wendell. Rentrez chez vous auprès d'Amelia. Prenez du repos avec vos enfants.

— Vous ne voyez donc pas où nous en sommes arrivés ?

— À une conclusion inévitable, Wendell », avait répondu Fields en posant les mains sur les épaules de son ami.

La municipalité avait essayé de bloquer le secteur, mais le cordon de police n'avait pu contenir la foule. Tous les toits, toutes les fenêtres des maisons de Leverett Street qui donnaient sur la cour de la prison démontraient à l'envi le sentiment de la populace. En cet instant, Holmes avait éprouvé le besoin urgent de faire plus que regarder. Oui, il allait haranguer ses concitoyens, improviser un poème dans lequel il stigmatiserait la grande folie de la ville. Après tout, ne passait-il pas à Boston pour l'homme qui portait les toasts les plus remarquables ? Et tandis qu'il se dressait sur la pointe des pieds, un œil sur le gibet, l'autre sur la chaussée derrière Fields pour être le premier à repérer le porteur du décret de grâce, voire la victime supposée, George Parkman en personne, des vers magnifiant les vertus du Dr Webster avaient commencé à s'assembler dans sa tête.

« Si Webster doit mourir aujourd'hui, avait-il dit à l'éditeur, ce ne sera pas sans que ses mérites aient été célébrés. »

Et il s'était hâté vers la potence. À la vue du nœud coulant et du bourreau, il s'était immobilisé, le souffle court, suffoquant. Il ne s'était pas trouvé face à face avec cette corde depuis le jour où, petit garçon, il avait emmené son frère John assister à une exécution à Cambridge. Ils étaient arrivés au moment précis où le condamné chutait dans son ultime souffrance et c'était cette vision, pensait-il, qui avait décidé de sa double vocation de médecin et de poète.

Le silence s'était propagé à travers la foule. Le condamné escaladait la plate-forme d'un pas vacillant, les bras tenus par un garde. En cet instant, les regards de Holmes et de Webster s'étaient croisés et le docteur avait eu un mouvement de recul. Une des filles de Webster s'était alors matérialisée devant lui, serrant une enveloppe contre sa poitrine.

« Oh, Marianne ! s'était écrié Holmes en étreignant le petit ange contre son cœur. C'est le décret du gouverneur ? »

Marianne Webster lui avait tendu la lettre à bout de bras.

« Père voulait que vous la lisiez avant qu'il ne parte, docteur Holmes. »

Holmes avait reporté les yeux vers le gibet. On finissait d'enfiler le capuchon noir sur la tête du condamné. Il avait décacheté l'enveloppe.

Mon très cher Wendell,

Comment pourrais-je avec de simples phrases vous exprimer ma gratitude ? Vous avez cru en moi sans l'ombre d'un doute dans votre esprit, et ce sentiment me soutient dans l'épreuve. Vous seul m'êtes resté fidèle depuis que la police m'a arraché à ma maison, quand tant de gens se sont écartés de moi, les uns après les autres. Imaginez l'émotion qui vous saisit lorsque des hommes de votre monde, en compagnie desquels vous avez soupé à table et prié à la chapelle, vous fixent, les yeux emplis d'une crainte terrible ; lorsque les regards de vos filles chéries révèlent involontairement leurs doutes sur l'honneur de leur pauvre papa.

Pour toutes ces raisons, mon cher Holmes, je me sens obligé de vous avouer que je suis effectivement coupable. C'est moi qui ai tué Parkman. Je l'ai découpé en morceaux et incinéré dans mon four, au laboratoire. Comprenez, j'étais un enfant unique, trop gâté. Je n'ai jamais su ancrer en moi la maîtrise des passions qu'un enfant doit acquérir dès son plus jeune âge, et voilà où j'en suis ! Les actions entreprises contre moi ont été justes, comme est juste la sentence qui m'oblige à monter sur l'échafaud.

Le monde entier a raison, moi seul ai tort. Ce matin, j'ai envoyé le compte rendu entier et fidèle de mon meurtre à plusieurs journaux, ainsi qu'au courageux portier que j'ai accusé si honteusement. Si livrer ma vie à la Loi peut, ne serait-ce qu'en partie, expier mon crime, alors c'est une consolation.

Déchirez cette lettre sans un autre regard. Vous êtes venu voir mon temps sur terre s'achever et mon âme entrer dans la paix. Ne ressassez pas ce que je vous écris en tremblant, car j'ai vécu avec le mensonge dans la bouche.

Et tandis que voltigeaient au loin les petits bouts de papier lâchés par le Dr Holmes, la plate-forme métallique sur laquelle se tenait l'homme encapuchonné s'abaissa d'un coup, secouant violemment tout l'échafaudage.

Ce qui avait bouleversé Holmes en cet instant, ce n'était pas tant que sa foi en l'innocence de Webster eût volé en éclats que la soudaine conviction qu'ils auraient tous pu être coupables, confrontés aux mêmes circonstances. En sa qualité de médecin, il avait maintes fois constaté que l'humanité était un projet tristement raté.

Mais, d'ailleurs, y avait-il un seul crime qui ne fût pas aussi un péché ?

Amelia entra dans la pièce en lissant sa robe.

« Wendell Holmes ! Je te parle. Je ne comprends pas ce qui t'arrive, ces derniers temps.

— Si tu savais tout ce qu'on m'a fourré dans la tête quand j'étais enfant, Melia ! » dit-il en lançant dans la cheminée un paquet de feuilles rapportées des séances de travail chez Longfellow.

Il avait gardé dans une boîte tout ce qui concernait les activités du cercle des Amis de Dante : les traductions de Longfellow, ses notes à lui, les bristols du maître de Craigie House confirmant la tenue de la réunion, tel ou tel mercredi. Il avait songé un temps écrire un compte rendu de leur travail, il avait même évoqué le sujet avec Fields. L'éditeur avait aussitôt réfléchi à qui confier le soin d'écrire l'article de promotion. Quand on a été éditeur, on le reste sa vie entière. Holmes balança une nouvelle série de feuilles dans les flammes.

« Quand j'étais petit, le personnel de cuisine, tous gens de la campagne, disait que l'appentis regorgeait de démons et de diables tout noirs. Un jour, je me souviens, l'un de ces bucoliques m'a dit que si j'avais le malheur d'écrire mon nom avec mon sang, un agent rôdeur de Satan, voire le Malin en personne, le mettrait dans sa poche et que, de ce moment-là, je deviendrais son domestique pour l'éternité. »

Holmes rit d'un rire dénué d'humour.

« On a beau arracher ses superstitions à un homme, il pensera toujours, à l'instar de cette Française à propos des fantômes : *"Je n'y crois pas, mais je les crains*[1]*"*.

— Tu ne m'as pas dit, un jour, que les hommes avaient leurs croyances tatouées dans la chair, comme ces habitants des îles des mers du Sud ?

— J'ai dit ça, Melia ? » Il se répéta la phrase pour lui-même. « C'était une façon de parler. J'ai pu le dire, en effet. Ce n'est pas du tout le genre d'expression qu'une femme inventerait.

— Wendell ! »

Amelia tapa du pied sur le tapis et se dressa face à son mari. Elle était de la même taille que lui, ou peu s'en fallait quand il ne portait pas son gibus et ses talonnettes.

« Si tu m'expliquais ce qui te tracasse, je pourrais t'aider. Dis-le-moi, cher Wendell. »

Holmes se tortilla sans répondre.

« Écris-tu, au moins ? Le soir, je lirais volontiers de nouvelles poésies, tu sais. De ta plume.

— Alors que nous avons les œuvres complètes de Milton, Donne et Keats dans la bibliothèque ? À quoi bon attendre de moi quoi que ce soit ? »

Elle se tendit vers lui avec un sourire et lui prit la main.

« Je préfère mes poètes quand ils sont vivants. Allez, raconte-moi ce qui te tracasse. Je t'en prie.

— Excusez-moi de vous déranger, madame. »

La femme de chambre fit un pas dans la pièce pour dire que le visiteur attendait toujours d'être reçu par le docteur. En entendant le nom, Holmes hésita avant de hocher la tête. La bonne se retira et revint suivie d'une haute silhouette.

« Il a passé toute la journée dans son vieux cabinet de travail. Maintenant, il s'en remet à vous, monsieur ! »

---

1. En français dans le texte. (*N.d.l.T.*)

Sur ce, Amelia Holmes sortit de la pièce en levant les mains au ciel.

« Professeur Lowell.

— Docteur Holmes. » James Russell Lowell posa son chapeau sur un meuble. « Je ne peux rester très longtemps. Je voulais seulement vous remercier pour votre aide précieuse dans notre travail. Mes excuses, Holmes, pour m'être emporté contre vous. Et pour ne pas vous avoir secouru quand vous êtes tombé. Et pour tout ce que j'ai dit...

— Ce n'est pas la peine, pas la peine. »

Le docteur jeta une nouvelle liasse de feuillets dans la cheminée. Lowell regarda les vers de Dante lutter contre les flammes, danser avec elles dans des jets d'étincelles jusqu'à ce qu'elles ne fussent plus que cendres.

Holmes s'attendait à des cris, mais Lowell restait muet face au spectacle.

« Si j'ai une certitude, Wendell, dit-il enfin en désignant le brasier du menton, c'est bien de devoir à la *Comédie* le peu de connaissances que je possède sur moi-même. Dante a été le premier poète à se prendre entièrement pour point de départ de son œuvre ; le premier à considérer que l'histoire d'un héros n'était pas seule à être épique, que la vie de n'importe qui l'était tout autant. Et le premier à exprimer l'idée que le chemin qui mène au ciel ne se situe pas en dehors du monde, mais au contraire le traverse. Vous savez, Wendell, il y a une chose que j'ai toujours voulu vous dire depuis que nous avons commencé à aider Longfellow. »

Les sourcils broussailleux du docteur se levèrent en arc de cercle.

« Quand je vous ai rencontré, il y a de ça des années, ma toute première pensée a été que vous me rappeliez Dante.

— Moi ? Dante et moi ? demanda Holmes avec une humilité railleuse, mais Lowell était on ne peut plus sérieux.

— Oui, Wendell. Dante était versé dans tous les domaines de la science connus à son époque. C'était un maître en astronomie, en philosophie, en droit, en théologie, en poésie. Comme vous le savez sans doute, certains prétendent même qu'il serait passé par l'école de médecine, ce qui expliquerait qu'il se soit tant intéressé aux multiples façons dont un corps peut souffrir. Comme vous, il faisait tout bien. Trop bien, au goût des autres.

— J'ai toujours pensé que j'avais tiré un prix à la loterie de l'intelligence : cinq dollars au moins. »

Comprenant combien sa démarche avait dû coûter à Lowell, Holmes se détourna du foyer et déposa sur la bibliothèque les épreuves de traduction qu'il avait encore dans les mains.

« Je suis peut-être paresseux, Jemmy, indifférent ou timide, mais je ne suis nullement de ces gens qui... C'est juste que je ne crois pas que nous puissions empêcher quoi que ce soit, dans les circonstances actuelles.

— Comme il excite l'imagination, le bruit joyeux du bouchon qui saute… Du moins, au début. » Lowell eut un rire pensif. « Ces réunions, pendant quelques heures bénies, me faisaient oublier que j'étais professeur : je me sentais vrai. Le précepte qui dit : "Agis selon tes convictions, et tant pis si le ciel s'écroule sur ta tête" est admirable, je l'admets… tant le ciel ne te prend pas au mot. Je sais ce que douter signifie, mon très cher ami. Mais si vous abandonnez Dante de la sorte, cela signifie que nous devons tous en faire autant.

— Si seulement vous saviez à quel point l'image de Phineas Jennison s'est incrustée dans mon esprit. Ses restes déchiquetés et brisés… Pour ne rien dire des conséquences si nous n'arrivons pas à…

— Oui, Wendell. Ce serait certainement la plus grande calamité de toutes, s'il n'y en avait une plus grande encore : la peur. »

Il se dirigea vers la porte d'un pas solennel.

« Enfin, je voulais surtout vous présenter mes excuses. Et Fields, bien sûr, m'y a vivement engagé. Ma pensée la plus heureuse, c'est qu'en dépit de mon affreux caractère je n'ai pas encore réussi à perdre un ami véritable. »

Arrivé à la porte, il fit une pause et se retourna.

« Et aussi, vous dire que j'aime votre poésie. Mais cela, vous le saviez déjà, mon cher Holmes.

— Oui ? Eh bien, je vous remercie, mais peut-être y a-t-il en elle un côté trop sautillant. Je suppose que ma nature est de saisir tous les fruits de la connaissance qui se présentent à moi, d'en croquer une bouchée du côté bien mûr et de laisser les cochons se débrouiller du reste. Je suis un pendule qui n'oscille qu'à petite amplitude. »

Le regard tendu de Holmes rencontra les yeux écarquillés de son ami.

« Comment vous sentez-vous ces derniers jours, Lowell ? »

Celui-ci répondit par un léger haussement d'épaules.

Holmes ne s'en satisfit pas.

« Je ne vous dirai pas d'avoir du courage, car les difficultés d'un jour ni même d'une année ne peuvent abattre les hommes d'idées.

— Nous tournons tous autour de Dieu, mais sur une orbite plus ou moins grande, je suppose, émit Lowell. Tantôt une moitié de nous est dans la lumière, tantôt une autre. Certaines gens semblent demeurer dans l'ombre perpétuellement. Vous, vous êtes l'une des rares personnes devant qui je peux me déboutonner le cœur… » Il se racla la gorge d'un air bourru et baissa la voix. « Je suis attendu à Craigie House pour une conférence importante.

— Ah ? fit Holmes et, juste au moment où Lowell allait passer la porte, il ajouta timidement, avec une indifférence forcée : Et ce Willard Burndy qu'on a arrêté ?

— Rey étudie la question à l'heure où nous parlons. Vous croyez que c'est une farce ?

— De la poudre aux yeux, sans l'ombre d'un doute. Même si les journaux affirment que le procureur requerra la pendaison. »

— Dans ce cas, nous avons un pécheur de plus à sauver », fit Lowell en enfonçant ses mèches indisciplinées sous son chapeau en soie.

Holmes demeura assis, sa caisse sur les genoux, longtemps après que le bruit des pas de Lowell se fut évanoui. Puis il recommença à nourrir le feu de tous les papiers se rapportant à Dante, décidé à en finir avec cette tâche douloureuse une bonne fois pour toutes. Cependant, il ne pouvait s'empêcher de déchiffrer les vers en même temps qu'ils brûlaient. Il les lut tout d'abord avec le détachement qu'on réserve à la vérification purement technique des épreuves, le cœur fermé à l'émotion. Puis il se mit à les lire plus vite, avidement, dévorant des passages entiers, alors même qu'ils se désagrégeaient dans le néant. Il avait l'impression de les découvrir pour la première fois, de revivre le temps où le professeur Ticknor prédisait à ses élèves l'importance que le voyage de Dante aurait un jour pour l'Amérique.

Dante et Virgile étaient approchés par les démons de Males-Bauges, et Dante se rappelait : *Ainsi j'ai vu jadis les soldats craindre,/ quand, sur parole, ils sortaient de Caprone,/en se voyant entourés d'ennemis.*

Dans ce chant, Dante évoquait la bataille de Caprone livrée contre les gens de Pise, à laquelle il avait participé aux côtés des Florentins. Et Holmes se dit : Soldat, voilà une chose que Lowell a oubliée dans son énumération des qualités de Dante. « Comme vous, il faisait tout bien. » Mais contrairement à moi, aussi. À toute heure du jour, un soldat doit supporter le poids de la culpabilité, en silence et sans réfléchir... Il se demanda si le fait de voir à côté de lui ses amis mourir pour l'âme de Florence et pour une bannière qui avait perdu tout sens à ses yeux avait fait de Dante un meilleur poète. Cette pensée le ramena à son fils aîné qui, en première année à Harvard, avait été consacré poète de sa classe. Sa nomination en avait fait jaser plus d'un ; on murmurait qu'il la devait à son nom seul, étant le fils de qui il était. Wendell s'adonnait-il toujours à la poésie maintenant que la guerre était finie ? Non : il avait vu dans les combats quelque chose demeuré invisible à Dante, et qui avait chassé de lui la poésie. Chassé la poésie et tué le poète. Dorénavant, Holmes père était le seul de la famille à converser avec les Muses.

Pendant une heure encore, le docteur feuilleta les épreuves en quête d'un passage particulier. Il recherchait le chant II de *L'Enfer*, celui dans lequel Virgile convainc Dante d'entreprendre le voyage alors que la peur s'est emparée du pèlerin. Moment suprême du courage : accepter le supplice de voir ses compagnons mourir autour de soi et être témoin de leurs souffrances. Mais Holmes avait déjà brûlé les pages portant la traduction de Longfellow. Il alla prendre son édition italienne de la *Commedia* et lut : *Lo giorno se n'andava* – Le jour disparaissait... Dante met un terme à ses tergiversations et se prépare à pénétrer pour la première fois au royaume de l'Enfer... *e io sol uno* – et moi, seul, un parmi tous. Que la solitude lui pèse ! Elle lui pèse tant qu'il doit le dire trois fois ! *io, sol, uno... m'apparecchiava a sostener la guerra, sì del cammino e sì de la pietate.* Comment Longfellow avait-il traduit ce passage ? Incapable de s'en souvenir, Holmes le traduisit lui-même, appuyé contre le manteau de la cheminée. Et dans le ronflement du feu, il perçut à nouveau les commentaires de Lowell, Greene, Fields et Longfellow. Qui tous l'encourageaient.

« Mais moi, seul, un parmi tous... » Bizarrement, pour traduire, il devait parler à haute voix... « Je me préparais à soutenir la bataille... Non. *Guerra.* À soutenir la guerre... Celle du chemin à parcourir, mais aussi celle de la pitié. »

Il bondit sur ses pieds et se précipita dans l'escalier, se répétant comme une ritournelle : « Moi, seul, un parmi tous » jusqu'au second étage.

Dans ses appartements, le jeune Wendell débattait de l'utilité de la métaphysique dans la fumée des cigares et les vapeurs de gin en compagnie de William James, John Gray et Minny Temple. Il entendit les pas de son père à travers le discours méandreux de John – un vague boum boum tout d'abord. Il fit la grimace. Ces jours-ci, le docteur avait paru préoccupé par autre chose que lui-même, quelque chose de grave, qui sait ? De son côté, James Lowell avait cessé ses promenades près de l'école de droit. Peut-être était-ce en rapport avec ce qui tourmentait son père. Au début, Wendell avait pensé que son père avait interdit à son ami de le rencontrer, mais Lowell ne l'aurait pas écouté. Et le docteur d'ailleurs n'aurait jamais eu le cran de lui donner un ordre. Quelle bêtise, aussi, de lui avoir dit qu'il rencontrait son ami, de lui avoir caché les fréquents éloges du professeur à son propos, ses exclamations spontanées au milieu d'une phrase ! « Il n'a pas seulement trouvé le nom de l'*Atlantic Monthly*, il a fait un vrai succès avec son *Autocrate.* » Qu'y avait-il de surprenant à ce qu'un homme, passé maître dans l'art de rester à la surface des choses, eût du talent pour trouver des noms ? se demandait le jeune Wendell. Et de déplorer qu'il n'eût pas songé à le manifester, le jour où il s'était agi de le baptiser, lui !

Après un coup à la porte de simple formalité, le père fit irruption dans la chambre du fils.

« Père. Nous sommes occupés. »

Wendell garda un visage inexpressif. Ses amis saluèrent le maître de maison avec un respect trop marqué pour être sincère.

« Wendy, s'écria le Dr Holmes, je dois savoir quelque chose sur-le-champ ! Connais-tu quoi que ce soit aux larves de mouche ? »

Son débit était si rapide qu'il faisait penser à un bourdonnement d'abeille.

Le jeune homme tira sur son cigare. Il ne s'habituerait jamais aux manières de son père. Après un instant de réflexion, il partit d'un rire bruyant auquel se joignirent ses amis.

« Vous avez dit *larves*, Père ? »

« Et si l'homme qui a été arrêté était bien Lucifer et jouait les imbéciles ? demanda Fields sur un ton pressant.

— Il ne comprend pas l'italien, je l'ai vu dans ses yeux, assura Nicholas Rey. D'où sa fureur. »

Ils étaient tous réunis à Craigie House dans le cabinet de travail, sauf Greene, reconduit chez sa fille, à Boston, après avoir travaillé tout l'après-midi à la révision de la traduction.

Le texte que Rey avait donné à lire à Willard Burndy était le discours que Virgile tient à Dante quand le pèlerin est perdu dans le désert obscur et menacé par des fauves : *A te convien tenere altro viaggio se vuo campar d'este loco selvaggio. Il te faut prendre un parcours différent, si tu veux fuir loin de ce lieu sauvage.*

« Ce n'était qu'une ultime vérification, dit Lowell en tapotant son cigare par la fenêtre. Rien dans la biographie de ce Burndy ne correspond à nos déductions sur le tueur. Il n'a pas d'instruction et aucun lien avec les victimes, pour autant que nous le sachions.

— Les journaux laissent entendre qu'il y aurait des preuves », objecta Fields.

Rey hocha la tête.

« Des témoins l'ont vu rôder autour de la maison du révérend Talbot, la veille de sa mort, quand les mille dollars ont été dérobés dans son coffre-fort. Ils ont été interrogés par de bons policiers. Burndy n'a rien voulu me dire à ce sujet, mais c'est bien dans la manière des détectives que de monter un fait en épingle et de bâtir à partir de là toute une construction qui ne tient pas debout. Ils se laissent mener par le bout du nez par Langdon Peaslee, qui est le principal rival de Burndy en matière de coffres-forts. De la sorte il se débarrasse d'un concurrent et reçoit en plus une bonne partie de la prime échue aux détectives. Déjà, au tout début, quand des récompenses ont été annoncées, il a voulu passer un arrangement avec moi.

— Mais si, malgré tout, quelque chose nous avait échappé ? insista Fields.

— Vous croyez que ce M. Burndy pourrait être l'auteur de ces meurtres ? » s'enquit Longfellow.

L'éditeur secoua la tête en faisant la moue, ses belles lèvres poussées en avant.

« Je dis cela parce que je souhaiterais obtenir de vraies réponses, j'imagine. Pour que nous puissions tous retourner à nos affaires. »

Le domestique vint annoncer qu'un M. Edward Sheldon, de Cambridge, demandait à voir le professeur Lowell.

Lowell se précipita dans le vestibule et fit entrer dans la bibliothèque un Sheldon au chapeau enfoncé jusqu'aux sourcils.

« Pardonnez-moi de venir vous déranger ici, professeur, mais votre message semblait urgent et, à Elmwood, on m'a dit que je pourrais vous trouver ici. Dites-moi, sommes-nous prêts à reprendre les cours sur Dante ? demanda-t-il avec ardeur.

— Cela fait presque une semaine que je vous ai adressé ce billet ! s'écria Lowell.

— Eh bien, voyez-vous... Je ne l'ai reçu qu'aujourd'hui. »

Il gardait les yeux fixés sur le plancher.

« Très certainement ! Et on retire son couvre-chef en présence de gentlemen, Sheldon ! »

D'une tape, Lowell envoya le chapeau voler à terre. En découvrant la mâchoire gonflée de l'étudiant, son œil violacé et tuméfié, il regretta son geste.

« Que vous est-il arrivé, Sheldon ?

— Une chute épouvantable, monsieur, comme je m'apprêtais à vous l'expliquer. Mon père m'a envoyé à Salem renouer le contact avec des parents proches. Peut-être était-ce une punition, aussi, pour que je réfléchisse à mes actes, dit-il avec un sourire honteux. Voilà pourquoi je n'ai pas reçu votre mot. »

Comme il s'avançait dans la lumière pour ramasser son chapeau, il surprit le regard horrifié de Lowell.

— Oh, ça a bien diminué, professeur. Mon œil me fait encore un peu mal, mais à peine. »

Lowell se rassit.

« Comment une chose pareille a-t-elle pu arriver, Sheldon ? »

L'étudiant fixa de nouveau le plancher.

« Je n'ai rien pu faire ! Vous connaissez certainement l'existence de cet horrible Simon Camp qui rôde dans les parages. Il m'a arrêté dans la rue. Il faisait un rapport sur votre cours, m'a-t-il dit, à la demande du corps enseignant. Pour voir si Dante n'aurait pas des effets négatifs sur les étudiants. Je l'ai presque boxé au visage, vous savez, pour oser proférer de telles insinuations.

— Est-ce lui qui vous arrangé de cette façon ? » demanda Lowell d'une voix tremblante de fierté paternelle.

— Non, non, il a battu en retraite comme les gens de son acabit. Mais, le lendemain matin, je suis tombé sur Pliny Mead. Un traître comme je n'en ai jamais vu !

— Comment cela ?

— Avec un plaisir évident il m'a raconté qu'il avait passé un moment avec Camp et lui avait parlé des "horreurs" du spleen chez Dante. Je m'inquiète qu'un début de scandale ne mette votre cours en péril, professeur. Il est clair que la Corporation n'a pas baissé la garde. J'ai dit à Mead qu'il ferait bien d'aller trouver Camp et de revenir sur ses affreux commentaires, mais il a refusé et m'a hurlé un sale juron et… Enfin, il a maudit votre nom, professeur. Alors, là, je suis devenu fou ! Nous nous sommes battus sur place, là où nous étions, dans le vieux cimetière. »

Lowell sourit fièrement.

« Et c'est vous qui avez commencé, monsieur Sheldon ?

— Oui, répondit Sheldon d'un air gêné en se caressant la mâchoire. Mais c'est lui qui a terminé. »

Après avoir raccompagné Sheldon sur d'abondantes promesses que les cours reprendraient sous peu, Lowell s'en revint vers l'étude. De nouveaux coups à la porte frappés avec énervement l'immobilisèrent au milieu du vestibule.

« Suffit, Sheldon ! Je vous ai dit que les cours allaient recommencer bientôt ! » jeta Lowell en ouvrant à toute volée.

Le Dr Holmes se tenait devant lui, dressé sur la pointe des pieds, excité comme un boisseau de puces.

« Holmes ? »

Le rire jubilatoire de Lowell résonna si fort qu'il arracha Longfellow à son cabinet de travail.

« Dieu, que nous nous languissions ! » criait toujours Lowell. Et de hurler à l'adresse des autres : « Wendell est revenu au cercle ! Holmes est revenu !

— Mieux que cela, mes amis, dit Holmes en franchissant le seuil. Je crois savoir où trouver Lucifer. »

14.

La bibliothèque de Longfellow, de plan rectangulaire, avait servi de chambre des officiers au poste de commandement du général Washington, puis de salle de banquet à Mme Craigie. Ce fut là, assis à la table vernie, que Longfellow, Lowell, Fields et Nicholas Rey écoutèrent les explications de Holmes.

« Les pensées me viennent trop rapidement pour que je les gouverne. Alors, écoutez d'abord toutes mes raisons avant d'en convenir ou de les réfuter, dit-il en visant principalement Lowell, ce que chacun comprit sauf l'intéressé. À mon sens, Dante nous dit la vérité tout du long, et notamment son sentiment lorsqu'il est sur le point de pénétrer en Enfer, tremblant et mal assuré. *E io sol*, et cætera. Mon cher Longfellow, comment avez-vous traduit ce vers ?

— Et moi, le seul, je me préparais à soutenir la guerre/Du long parcours et des pitiés poignantes/Que ma mémoire infaillible retracera maintenant.

— Exactement ! » s'exclama Holmes fièrement en se rappelant sa propre version du passage. Mais l'heure n'était pas aux louanges, quand bien même connaître l'opinion de Longfellow lui tenait fort à cœur. « Pour Dante, reprit-il, il s'agit d'une guerre – *guerra* – à mener sur deux fronts : le corps et l'esprit. Tout d'abord, il doit descendre en Enfer, ce qui est une véritable épreuve physique ; ensuite, creuser sa mémoire afin de transmuer son expérience en poésie, ce qui est une gageure. À dire vrai, les images de Dante s'agitent dans tous les sens dans ma tête sans m'offrir de licol par lequel les attraper. »

Nicholas Rey écoutait attentivement. Le voyant ouvrir son carnet afin de prendre des notes, Lowell expliqua :

« Voyez-vous, monsieur l'agent, Dante n'était pas étranger à ce que représente la guerre sur le plan physique. À vingt-cinq ans, l'âge auquel nombre de nos jeunes gens ont endossé l'uniforme, il s'est battu au côté des guelfes [1] à Campaldino et, la même année, à Caprone. Tout au long de son voyage dans le monde souterrain, il s'appuie sur ses expériences pour décrire les abominables tourments de l'Enfer. En fin de compte, il n'a pas été exilé par ses ennemis, les gibelins, mais à cause d'une scission parmi les siens, les guelfes.

— Ce sont les effets de la guerre civile sur Florence qui lui ont inspiré sa vision de l'Enfer et sa quête de rédemption, poursuivit Holmes. Rappelez-vous comment Lucifer prit les armes contre Dieu et comment, pendant sa chute, cet ange jadis étincelant devint la fontaine d'où jaillit tout le mal depuis Adam. Expulsé du royaume d'en haut, il tombe sur la terre, au sens physique du terme, et, sous son poids, un abîme se creuse : l'Enfer. C'est cet abîme souterrain que Dante explorera. Donc, la guerre *a créé* Satan, la guerre *a créé* l'enfer. *Guerra*, nous dit Dante, et chez lui, le choix des mots n'est jamais innocent. Voilà pourquoi je propose une hypothèse toute simple : dans les circonstances qui nous occupent, le meurtrier est un homme qui a connu la guerre.

— Un soldat ! Bien sûr ! s'écria Lowell. La vengeance d'un confédéré vaincu ! Le plus haut magistrat de l'État, un célèbre prédicateur de l'Église unitarienne, un riche négociant : les trois leviers de notre système yankee. Ah ! les damnés imbéciles que nous sommes !

— Dante ne s'engage pas de façon mécanique au côté d'un parti ou d'un autre, objecta Longfellow. C'est sans doute contre les félons que son indignation est la plus violente : contre ceux qui partageaient ses vues et trahirent leurs engagements. Lucifer pourrait fort bien être un soldat de l'Union. N'oublions pas que Lucifer possède une parfaite connaissance de Boston, tous ses meurtres le démontrent.

— Oui ! jeta Holmes avec impatience. C'est pourquoi je ne pense pas simplement à un soldat, mais à un Billy Yankee bien de chez nous. Regardez le nombre d'hommes qui continuent de porter l'uniforme dans la rue et au marché. En voyant ces gaillards, je m'étonne souvent : n'ont-ils pas retrouvé la paix de leurs maisons, qu'ils portent toujours leur capote militaire ? Seraient-ils appelés à une autre guerre ? Mais commanditée par qui, celle-là ?

— Attendez, Wendell, est-ce que votre hypothèse répond bien à ce que nous savons sur ces meurtres ? demanda Fields sur un ton pressant.

— Parfaitement, je le crois. Commençons par Jennison, voulez-vous. À la lumière de ces nouvelles considérations, je vois clairement quelle arme a été utilisée.

---

1. Guelfes : dans l'Italie médiévale, partisans des papes, par opposition aux gibelins, partisans de l'empereur romain germanique. (*N.d.l.T.*)

— Un sabre de militaire, intervint Rey en hochant la tête.

— Exactement. Les blessures correspondent exactement à ce type de lame. Et qui a l'habitude de s'en servir ? Un soldat. Fort Warren, maintenant. Qui connaît suffisamment bien cet endroit pour décider d'y perpétrer un massacre ? Un soldat qui y a fait ses classes ou qui y a été stationné. Et les indices ne s'arrêtent pas là. Prenons le juge Healey. Ces larves qui l'ont dévoré, les *hominivorax*, n'existent pas chez nous, le professeur Agassiz a bien insisté sur ce point. Elles ont été apportées au Massachusetts depuis un lieu chaud et humide. Pourquoi pas du Sud, par un soldat, en souvenir des marais lointains où il combattit ? Mon jeune Wendell dit que les champs de bataille attiraient des nuées de mouches et qu'en l'espace de quelques heures les milliers de blessés abandonnés sur place étaient infestés de larves.

— Certaines n'avaient aucun effet sur eux, précisa Rey. Mais d'autres pouvaient vous détruire un homme sans que les chirurgiens puissent faire quoi que ce soit. »

— C'étaient des *hominivorax*. De toute façon, les chirurgiens militaires n'auraient pas fait la différence avec des coléoptères, reprit Holmes. Alors que le meurtrier, lui, connaît leur voracité. Il en a rapporté du Sud et les a utilisées sur Healey. Enfin, combien de fois nous sommes-nous émerveillés de la force physique de notre Lucifer, capable de transporter le juge qui était très corpulent depuis sa maison presque jusqu'à la berge. Bien des soldats doivent la vie à un camarade costaud qui les emporta loin du lieu des combats, sur un coup de tête, sans prendre le temps de réfléchir ! Cette force peu commune, le meurtrier l'a également démontrée quand il a maîtrisé le révérend Talbot et quand il a découpé le robuste Jennison, sans beaucoup de peine, manifestement.

— Holmes, on dirait bien que vous avez trouvé la clef ! » s'exclama Lowell.

Mais le docteur avait encore des choses à dire.

« Ces meurtres sont les actes d'un individu parfaitement au courant des choses de la guerre, embuscade et tuerie, blessures et souffrance.

— Pour quelle raison un gars du Nord s'attaquerait-il aux siens ? Pourquoi prendrait-il Boston pour cible ? intervint Fields, car il fallait bien que quelqu'un se fît l'avocat du diable. Nous étions les vainqueurs sur le terrain des opérations. Et les vainqueurs, aussi, sur le terrain du droit.

— Pour ce qui est de la confusion des sentiments, cette guerre n'a ressemblé à aucune autre depuis la révolution, dit Nicholas Rey.

— Elle n'avait rien en commun avec nos luttes contre les Indiens ou les Mexicains, lesquelles n'étaient pas très différentes des guerres de conquête, renchérit Longfellow. Dans cette guerre-ci, quand les soldats voulaient savoir pourquoi ils se battaient, on leur parlait de l'honneur de l'Union, de la libération d'une race, de la nécessité de restaurer l'ordre dans l'univers. Et toutes ces belles paroles pour découvrir quoi, une fois rentrés chez eux ? Des profiteurs de guerre roulant carrosse et menant grand train dans leurs demeures de Beacon Hill, au bout d'allées plantées de chênes. Ceux-là mêmes qui leur avaient fourni des fusils défectueux et des uniformes qui ne valaient pas tripette.

— Banni de Florence, Dante a peuplé l'Enfer de gens qui en étaient originaires, dit Lowell, il y a même placé des parents à lui. Chez nous, nombreux sont les anciens combattants à avoir été abandonnés sans rien à quoi se raccrocher, sinon leurs uniformes tachés de sang et nos grands discours sur la moralité. Ce sont des exilés de leur vie antérieure. Comme Dante, ils sont devenus des fragments d'eux-mêmes. Et vous noterez aussi que ces meurtres emboîtent le pas à la guerre, ils surviennent quelques mois à peine après la fin des hostilités. Oui, tout cela me paraît coller parfaitement, messieurs ! Nous avons fait la guerre pour une morale abstraite – la liberté –, mais les soldats, eux, ont combattu de façon bien concrète, sur les champs de bataille et sur les lignes de front. Pour eux, les mots de régiment, compagnie, bataillon ne sont pas restés une vue de l'esprit. Il y a d'ailleurs dans le style de Dante, dans son mouvement, quelque chose de rapide, de décisif, de quasi militaire. »

Il se leva pour aller serrer Holmes dans ses bras.

« Mon cher Wendell, cette vision vous est venue du ciel. »

Un sentiment d'accomplissement soulevait l'assistance, chacun n'attendait plus qu'un acquiescement de la part de Longfellow. Il vint sous la forme d'un sourire tranquille.

« Trois hourras pour Holmes ! s'époumona Lowell.

— Et pourquoi pas trois fois trois hourras ? rétorqua l'intéressé en prenant une pose revendicatrice. Je crois que je le supporterai ! »

Augustus Manning alla se pencher au-dessus de son adjoint et se mit à pianoter des doigts sur sa table.

« Simon Camp n'a toujours pas répondu à ma demande de rendez-vous ? »

Le secrétaire secoua la tête.

« Non, monsieur. Et l'hôtel Marlboro m'a fait savoir qu'il avait quitté les lieux sans laisser d'adresse. »

Manning blêmit. S'il était loin de placer une confiance aveugle dans le détective, il n'avait tout de même pas imaginé que l'homme pût être un escroc.

« Ne trouvez-vous pas étrange qu'un policier vienne nous poser des questions sur le cours de Lowell et qu'ensuite un détective privé que je paye pour découvrir des choses sur le même sujet cesse de répondre à mes appels ? »

Le secrétaire resta bouche cousue.

Puis, comprenant que Manning attendait une réponse, il se hâta d'approuver.

Le trésorier se retourna face à la fenêtre par laquelle on voyait se profiler Harvard Hall.

« Je maintiens que Lowell n'est pas étranger à tout cela. Dites-moi encore, monsieur Cripps. Qui suit son cours sur Dante ? Edward Sheldon et... Pliny Mead, n'est-ce pas ? »

Le secrétaire dénicha la réponse parmi une montagne de papiers.

« Edward Sheldon et Pliny Mead, c'est exact.

— Pliny Mead. Un bon élève..., dit Manning en lissant sa barbe raide.

— Il l'était, monsieur, mais il est maintenant dans les derniers. »

Manning se retourna vers son secrétaire avec le plus grand intérêt.

« Oui, il a baissé de près de vingt points au classement, expliqua le secrétaire en produisant fièrement la preuve de ses dires. Une baisse brutale, docteur Manning ! Due principalement à la note en français que le professeur Lowell lui a mise au dernier trimestre. »

Manning prit les papiers des mains de son secrétaire et les examina attentivement.

« Quelle honte pour notre M. Mead, dit Manning en souriant par-devers lui. C'est terrible, terrible. »

Tard dans la soirée, à Boston, J. T. Fields rendit visite à l'avocat John Codman Ropes, un bossu qui avait fait de la guerre de Sécession son domaine privilégié depuis que son frère y était tombé au champ d'honneur. On disait qu'il en savait plus sur les batailles que les généraux qui les avaient menées. Ce fut donc en expert passionné qu'il répondit aux questions de l'éditeur. Il lui apprit que différentes organisations charitables œuvraient en faveur des anciens combattants dans la détresse ou incapables de réintégrer la vie civile. Un grand nombre d'entre elles avaient ouvert des foyers dans des salles paroissiales, d'autres occupaient des bâtiments ou des entrepôts abandonnés. Pour qui recherchait un soldat dont il était sans nouvelle, ces centres étaient le lieu où s'adresser.

« Il n'existe pas d'annuaire recensant ces pauvres hères, naturellement, monsieur Fields. Et dénicher quelqu'un n'est pas une mince affaire si la personne ne désire pas être retrouvée », dit encore l'avocat.

L'entretien terminé, Fields remonta Tremont Street d'un pas vif en direction du Corner. Cela faisait des semaines qu'il ne consacrait plus qu'une partie de son temps à la conduite de ses affaires et il s'inquiétait que son bateau ne finît par s'échouer sur le sable s'il abandonnait la barre plus longtemps.

« Monsieur Fields.

— Qui est-ce ? »

Il s'arrêta et revint sur ses pas.

« Vous m'avez appelé, monsieur ? »

Dans le jour qui tombait, il ne distinguait pas son interlocuteur. Se tenant sur ses gardes, il s'avança dans un passage entre deux bâtiments où régnait une odeur d'ordures.

« C'est exact, monsieur Fields. »

Un homme de haute taille émergea de l'ombre. Il se découvrit, révélant un visage décharné : Simon Camp, le détective de l'agence Pinkerton, un sourire épanoui sur les lèvres.

« Ce coup-ci, vous n'avez pas votre ami le professeur pour braquer son fusil contre moi, n'est-ce pas ?

— Camp ! En voilà un toupet ! Je vous ai payé grassement pour que vous disparaissiez. Dégagez, maintenant !

— Vous m'avez payé, c'est exact. Pour ne rien vous cacher, je considérais l'affaire qui m'avait été confiée comme une nuisance, une mouche dans mon thé, de la foutaise. Mais votre ami et vous m'avez donné du grain à moudre. Je me suis demandé : qu'est-ce qui peut bien agacer des huiles comme vous au point de les inciter à me payer en or pour que je ne fourre pas mon nez dans les cours du professeur Lowell ? Et qu'est-ce qui peut bien le pousser, lui, à me cuisiner comme si j'avais tiré sur Lincoln ?

— Cela ne vous regarde pas, rétorqua vivement l'éditeur. Un homme de votre espèce ne comprendra pas ce que des hommes de lettres tiennent en estime.

— Oh, mais vous faites erreur. Je comprends parfaitement. En repensant à ma conversation avec cet ennuyeux Dr Manning, je me suis souvenu d'un détail : il avait reçu la visite d'un officier de police qui voulait des renseignements sur les cours du professeur Lowell. Le vieux était en pleine frénésie. Alors, je me suis demandé encore : de quoi s'occupe donc la police de Boston, ces temps-ci ? Ah oui, de ces petits meurtres qui défraient la chronique.

— J'ai des rendez-vous, monsieur Camp », le coupa Fields, en essayant de dissimuler sa panique.

Camp sourit avec bonheur et reprit :

« Puis, je me suis rappelé Pliny Mead, l'étudiant. Il m'avait craché des choses sur les supplices barbares décrits dans le poème de Dante. Vous savez, ces punitions abominables à l'encontre du genre humain. Et là, les choses ont commencé à prendre un sens. J'ai revu votre M. Mead et je lui ai posé des questions bien précises, monsieur Fields. » Se penchant en avant, il laissa tomber sur le ton de la jubilation : « Je connais votre secret.

— Bêtises et balivernes ! s'écria l'éditeur. Je n'ai pas la moindre idée de ce dont vous parlez !

— Je connais le secret de votre cercle des Amis de Dante, Fields. Je sais que vous connaissez la vérité sur ces meurtres. C'est pour ça que vous m'avez payé. Pour que je file.

— C'est de la pure malveillance, une diffamation éhontée ! »

Fields fit demi-tour pour regagner la rue.

« Dans ce cas, je n'ai plus qu'à m'adresser à la police et aux journaux, laissa tomber Camp froidement. Sur mon chemin, je passerai voir le Dr Manning à Harvard. Il me fait porter message sur message. Je verrai ce qu'il en est de toutes ces bêtises et balivernes. »

Fields revint sur ses pas et dévisagea Camp durement.

« Si vous savez ce que vous prétendez savoir, qu'est-ce qui vous garantit que nous ne commettons pas nous-mêmes ces tueries ? Vous pourriez être le prochain sur la liste. »

Le détective sourit.

« Vous bluffez bien, Fields. Mais vous êtes des hommes de lettres et le resterez toujours, aussi longtemps que l'ordre naturel perdurera. »

Fields s'arrêta et déglutit.

« Qu'est-ce qui vous convaincra de nous laisser en paix ?

— Trois mille dollars pour commencer. Dans quinze jours exactement.

— Jamais !

— Les primes offertes pour les renseignements sont bien plus élevées, monsieur Fields. Si ça se trouve, Burndy n'a rien à voir dans cette affaire. Je ne sais pas qui a tué ces gens, et je m'en moque. Mais serez-vous innocent aux yeux du jury quand il apprendra que vous m'avez payé pour abandonner mes recherches ? Que vous m'avez attiré dans une pièce et menacé avec une arme à feu ? »

Cette dernière phrase fit comprendre à Fields que le détective se vengeait de sa couardise de l'autre jour, face au fusil de Lowell. Il ne put se contenir :

« Vous êtes un insecte vil et malpropre.

— Mais digne de confiance tant que vous respecterez notre agrément, rétorqua Camp sans s'offusquer. Les insectes aussi ont des dettes qu'ils sont bien obligés de payer, monsieur Fields. »

L'éditeur accepta de retrouver le détective au même endroit, quinze jours plus tard.

En apprenant l'événement, les Amis de Dante, une fois le choc passé, conclurent qu'ils n'avaient aucun moyen d'agir sur Simon Camp.

« À quoi bon le payer, alors ? s'éleva Holmes. Vous lui avez déjà donné dix pièces d'or sans en retirer aucun bénéfice. Il continuera à venir vous trouver, la main tendue.

— L'or l'a mis en appétit », renchérit Lowell.

Tabler sur le silence de cet individu était impossible. D'ailleurs, Longfellow ne voulait pas entendre parler de soudoyer qui que ce fût, même dans le but de protéger Dante ou de garantir la sécurité des membres du cercle. Et de rappeler que, dans une lettre dont les siècles n'avaient pas émoussé la férocité, le Florentin s'était lui-même refusé à payer ses ennemis pour s'éviter l'exil. Il fut donc décidé d'oublier le détective et de poursuivre l'enquête sans se laisser distraire. Cet après-midi-là, ils se plongèrent dans les registres que Rey avait empruntés au département des pensions de l'armée et visitèrent plusieurs foyers pour anciens combattants.

Il était une heure du matin passée quand Fields s'en revint chez lui. Les fleurs qu'il avait fait envoyer à son épouse chaque jour s'entassaient ostensiblement sur la console de l'entrée sans même avoir été mises en vase. Armé du bouquet le plus récent, il partit à la recherche d'Annie. Il la découvrit dans le salon d'apparat. Assise sur le sofa tendu de velours bleu, elle était occupée à coucher par écrit un moment de sa vie dans son *Journal des événements littéraires et aperçus de gens intéressants*. Elle ne chercha pas à minimiser son exaspération.

« Serait-il possible de vous voir encore moins, mon cher ? » lâcha-t-elle sans lever les yeux de sa page.

Ses jolies lèvres esquissèrent une moue. Ses cheveux teints couleur jacinthe étaient coiffés en bandeaux sur les oreilles.

« Les choses iront mieux d'ici peu. Cet été, je n'aurai presque pas de travail, nous passerons toutes nos journées à Manchester. Osgood est prêt à être élevé au rang d'associé. Ah, on dansera, ce jour-là ! »

Elle se détourna, les yeux fixés sur le tapis gris.

« Je sais vos obligations. Cependant, je m'use à tenir la maison et ne suis même pas gratifiée d'un peu de votre temps. Je dispose à peine d'une heure par jour pour lire ou étudier quand je ne suis pas trop fatiguée. Catherine est de nouveau malade et, de ce fait, les blanchisseuses doivent partager un lit à trois, avec la bonne du haut.

— Me voilà rentré maintenant, mon amour, dit-il avec insistance.

— Pas encore. »

Elle alla prendre le manteau et le chapeau des mains de la femme de chambre et les tendit à son époux.

« Chérie ? » s'exclama Fields, et le désarroi se peignit sur ses traits.

Elle tira avec force sur sa robe de chambre et entreprit de monter à l'étage.

« Un message est arrivé du Corner, il y a des heures de cela. On vous cherche désespérément.

« — À cette heure de la nuit ?

— Vous devez y aller de ce pas ou il est à craindre que la police débarque avant vous. »

Fields se précipita Tremont Street. Dans la salle du fond, il découvrit son commis principal, J. R. Osgood, en compagnie d'une demoiselle de la réception et du garçon de magasin employé le soir. Écroulée dans un fauteuil confortable, Cecilia Emory pleurait à gros sanglots, le visage caché dans ses mains ; quant à Dan Teal, il tamponnait sa lèvre ensanglantée à l'aide d'un chiffon, assis dans un coin.

« Que se passe-t-il ? Qu'est-il arrivé à Mlle Emory ?

— C'est Samuel Ticknor », répondit Osgood en l'entraînant à l'écart. Il fit une pause, cherchant ses mots. « Il embrassait Mlle Emory derrière le comptoir après le travail. Elle résistait et lui criait de s'arrêter. M. Teal est intervenu. Je crains qu'il n'ait été obligé de soumettre M. Ticknor en usant de la force. »

Fields prit une chaise et l'approcha de Cecilia Emory.

« Vous pouvez parler en toute liberté, ma chère », l'assura-t-il gentiment.

La demoiselle s'efforça d'endiguer ses pleurs.

« Je suis tellement désolée, monsieur Fields. J'ai besoin de ce travail, et il disait que si je ne faisais pas comme il le voulait... C'est le fils de William Ticknor et on dit que vous devrez bientôt le nommer associé en second à cause du nom qu'il porte.

— Vous... vous avez repoussé ses avances ? » demanda Fields avec délicatesse.

Elle hocha la tête.

« Il est si fort. Et M. Teal... Ah, je bénis le ciel qu'il se soit trouvé là.

— Depuis combien de temps cela dure-t-il, avec M. Ticknor, mademoiselle Emory ?

— Trois mois », parvint-elle à articuler entre deux sanglots.

Autrement dit, très vite après qu'elle avait été engagée.

« Dieu m'est témoin que je ne l'ai pas voulu, monsieur Fields. Vous devez me croire !

— Ma chère mademoiselle Emory, écoutez-moi, dit l'éditeur sur un ton paternel tout en lui tapotant la main. Considérant que vous êtes orpheline, je passerai sur les faits. Je vous permets de conserver votre emploi. »

Elle hocha la tête avec gratitude et jeta les bras autour du cou de l'éditeur. Il se releva.

« Où est-il ? » demanda-t-il à Osgood.

Il fulminait. C'était une trahison de la pire espèce.

« Nous l'avons installé dans la salle d'à côté pour vous attendre, monsieur Fields. Je dois vous dire qu'il nie cette version des faits.

— Cette jeune fille était parfaitement pure, ou alors je ne connais rien à la nature humaine... Monsieur Teal, le récit de Mlle Emory correspond-il aux faits dont vous avez été le témoin ?

— Je me disposais à partir, monsieur, quand j'ai vu Mlle Emory en train de se débattre, répondit Teal à la vitesse de l'escargot, sans interrompre son éternelle mastication. Comme elle demandait à M. Ticknor de la laisser, j'ai cogné jusqu'à ce qu'il s'exécute.

— C'est bien, mon garçon. Je ne l'oublierai pas. »

Teal ne sut que répondre.

« Monsieur, je dois être à mon autre travail demain matin. Je suis gardien à l'université pendant la journée.

— Ah bon ?

— Mais ce travail ici est toute ma vie, ajouta-t-il vivement. Si vous voulez que je fasse plus de choses, monsieur, je vous en prie, faites-le-moi savoir.

— Je veux que vous écriviez en détail ce que vous avez vu, monsieur Teal. Nous avons besoin d'une trace écrite, au cas où la police serait appelée à s'en mêler. »

Il indiqua à Osgood de donner au commis du papier et une plume.

« Quand Mlle Emory se sera calmée, faites-lui écrire son histoire également. »

En voyant Teal tracer péniblement ses lettres, Fields comprit qu'il était quasi analphabète, pour ne pas dire totalement. Il s'étonna qu'un homme pût travailler quotidiennement parmi les livres sans posséder ne fût-ce que des rudiments de lecture.

« Monsieur Teal, dit-il. Dictez plutôt votre récit à M. Osgood, cela paraîtra plus officiel. »

Teal en convint avec reconnaissance et tendit sa feuille de papier au premier clerc. Cette partie de l'affaire réglée, Fields s'en fut trouver Samuel Ticknor.

À la vue des traces laissées par le commis sur le visage du coupable, il fut abasourdi : son nez était dévié, ses pommettes tuméfiées. Il lui fallut presque cinq heures pour arracher la vérité à un Ticknor qui alternait manœuvres dilatoires et réponses superficielles. Finalement, le jeune homme admit son adultère avec Cecilia Emory et avoua une autre liaison avec une secrétaire.

« Vous allez quitter les locaux de Ticknor et Fields sur-le-champ et n'y remettrez jamais les pieds, déclara l'éditeur.

— C'est mon père qui a fondé cette maison. Quand il vous a engagé, vous n'étiez guère plus qu'un mendiant ! Mon nom est inscrit au fronton de cet immeuble, et même avant le vôtre, monsieur Fields.

— Votre père serait plus déshonoré que je ne le suis moi-même, Samuel ! Vous avez causé la déchéance de deux demoiselles, vous faites le malheur de votre épouse et de votre pauvre mère. »

Samuel Ticknor était au bord des larmes.

« Vous entendrez parler de moi, monsieur Fields, hurla-t-il au moment de partir, je le jure devant Dieu ! Si seulement vous m'aviez introduit dans votre cercle... » Il marqua une pause. « Vous savez, je passe pour un homme intelligent dans la bonne société ! »

Une semaine s'écoula sans apporter de progrès dans l'enquête – une semaine entière sans que les Amis de Dante ne découvrissent un soldat qui connût l'œuvre de Dante.

De son imprimerie, Oscar Houghton envoya un message à Fields pour lui faire savoir qu'aucune épreuve ne manquait. Le cercle sentit tous ses espoirs s'envoler.

À l'hôtel de police, Nicholas Rey avait le sentiment de faire l'objet d'une surveillance accrue. Néanmoins, il s'obstinait à interroger Willard Burndy. L'annonce du procès avait porté un coup terrible au cambrioleur. Quand il ne parlait pas, il semblait privé de vie.

« Vous ne vous en sortirez pas tout seul, lui serinait Rey. Je sais que vous n'avez pas tué Talbot, mais je sais aussi que vous avez été vu près de sa maison, le jour où son coffre-fort a été forcé. Ou vous me dites ce que vous y faisiez ou vous êtes bon pour le gibet. »

Un jour, après avoir longuement étudié le policier, Burndy finit par hocher vaguement la tête.

« D'accord, j'ai repéré le coffre-fort à Talbot, mais c'est pas moi qui l'a forcé. Vous m'croirez pas, j'y crois pas moi-même. C'est un cinglé qui a fait le coup. Y m'avait promis deux cents dollars si j'y apprenais à forcer certain coffre-fort. Je m'suis dit que ça m'ferait un petit extra pas compliqué – et sans risque de m'faire pincer ! Sur mon honneur de gentleman, j'savais pas que la maison appartenait à un frère de robe. Je l'a pas refroidi ! Et même que je lui aurais piqué ses sous, j'les aurais pas rendus après !

— Pourquoi êtes-vous allé chez Talbot ?

— Pour repérer les lieux. Le cinglé, l'avait l'air d'être sûr que l'pasteur y était pas. Alors, j'ai jeté un œil pour m'faire une idée. J'ai juste entré pour voir la marque du coffre-fort. » Burndy eut un sourire stupide dans l'espoir de s'attirer un peu de compassion. « Y avait pas d'mal à ça, pas vrai ? C'était un modèle tout simple, ça m'a pas pris cinq minutes d'y expliquer comment s'y prendre. J'y ai fait un croquis sur une serviette dans une taverne. J'aura dû penser que le type, il était fêlé de la tête. M'a dit qu'y voulait seulement mille dollars – qu'y prendrait pas un rond de plus. Z'imaginez ça ? Écoutez, mon gars, vous allez pas dire que j'ai cambriolé le pasteur, sinon j'serai pendu, pour sûr ! Le cintré qui m'a payé pour faire le coffre-fort, c'est lui qu'a descendu Talbot, Healey et Jennison !

— Dites-moi le nom de ce type, dit Rey calmement, sinon c'est la potence, monsieur Burndy.

— Y faisait nuit et je m'étais un peu laissé aller sur la bouteille, savez, à la taverne Stackpole. Maintenant, j'ai l'impression que ça s'est passé très vite, comme si que j'avais rêvé et que c'est devenu la vérité seulement après. Je pouvais pas vraiment voir sa bobine, au type, en tout cas je m'rappelle rien.

— Vous n'avez rien vu ou vous n'arrivez pas à vous rappeler, monsieur Burndy ? »

Le prisonnier se mordilla la lèvre et finit par lâcher à contre-cœur :

« J'sais juste une chose : que c'était l'un de vous. »

Rey attendit la suite un moment.

« Un nègre ? » demanda-t-il.

Les yeux roses de Burndy s'enflammèrent, il parut au bord de l'apoplexie.

« Ben non ! Un Billy Yank, j'veux dire, un ancien combattant ! » Il se força au calme. « L'était assis devant moi en grand uniforme et tout, comme si qu'il était à Gettysburg[1] et faisait des moulinets avé l'drapeau ! »

Gérés de façon autonome, les foyers pour anciens combattants recevaient de maigres subsides de la part des organismes officiels de Boston, guère plus que des paniers de nourriture deux ou trois fois par semaine. Six mois s'étaient écoulés depuis la fin de la guerre, et la municipalité était de plus en plus réticente à allouer des subventions. Les meilleurs établissements étaient le plus souvent rattachés à une paroisse et avaient pour ambition d'édifier leurs protégés. Outre la nourriture et le vêtement, ils offraient un soutien religieux et des conférences éducatives aux anciens soldats, mais ceux-ci ne connaissaient leur existence que par le bouche-à-oreille.

Holmes et Lowell avaient déjà sillonné tout le quart sud de la ville dans l'attelage de Pike, réquisitionné pour l'occasion. Pendant qu'il attendait ces messieurs, le cocher faisait passer le temps en partageant des carottes avec ses vieilles juments. Il en croquait un morceau, la présentait à l'une de ses bêtes, la présentait à l'autre et recommençait la tournée, en comptant le nombre de bouchées nécessaires à un homme et deux bêtes pour venir à bout d'une carotte de taille moyenne. Le prix qu'on le payait pour ces courses ne compensait pas son ennui. Avec la perspicacité des gens qui vivent auprès des animaux, il se doutait que ses passagers lui racontaient des histoires quand il les interrogeait sur leurs

---

1. Ville de Pennsylvanie. Victoire des nordistes pendant la guerre de Sécession (1ᵉʳ-3 juillet 1863). (*N.d.l.T.*)

pérégrinations, et ça le mettait mal à l'aise. Holmes et Lowell finirent par louer une calèche à un seul cheval, dont le maître et la bête s'endormaient dès qu'ils étaient au repos.

Le dernier foyer à recevoir leur visite, l'un des mieux tenus, était installé dans une église unitarienne désaffectée, victime de la longue bataille avec les congrégationalistes. Ce foyer-là possédait des tables, et on y servait un repas chaud quatre fois par semaine. Le dîner touchait à sa fin et les soldats commençaient à entrer dans l'église pour assister au prêche.

« C'est bondé, commenta Lowell en passant la tête dans la chapelle où les bancs se remplissaient rapidement d'uniformes bleus. Allons nous asseoir. Au moins, ça nous reposera les jambes.

— Vraiment, Jemmy, je ne vois pas l'intérêt. Rendons-nous plutôt au foyer suivant.

— C'est le dernier pour aujourd'hui. Le prochain sur la liste n'est ouvert que le mercredi et le dimanche. »

Holmes regarda un soldat traverser la cour dans un fauteuil roulant, poussé par un jeune gars tout juste sorti de l'adolescence. L'invalide avait deux moignons à la place des jambes, son camarade les lèvres complètement rentrées : il devait avoir attrapé le scorbut et perdu toutes ses dents. Ce triste aspect de la guerre, les gens ne pouvaient le connaître s'ils se contentaient de lire les comptes rendus d'officiers ou les reportages de journalistes.

« À quoi bon fouetter une haridelle si elle ne peut plus avancer, mon cher Lowell ? Ne restons pas comme Gédéon [1] à regarder les soldats se désaltérer à l'eau du puits. Cela ne nous en apprendra pas plus qu'un test d'albumine ne révèle un Hamlet ou un Faust. Je ne puis m'empêcher de penser que nous devrions trouver un nouvel angle d'action.

— Ah, vous faites bien la paire avec Pike, monsieur le grincheux ! répondit Lowell en secouant la tête. Ne perdez pas espoir, nous nous en sortirons. Pour l'instant, contentons-nous de décider si nous restons ici ou si nous nous faisons reconduire au Corner.

— Hé, vous, là ! Z'êtes des bleus dans le secteur ? » les interrompit un soldat borgne, à la peau recousue et fortement grêlée.

Surpris et déconcertés, Holmes et Lowell gardèrent le silence, se cédant mutuellement la préséance pour répondre à cet homme. Le gaillard, engoncé dans un uniforme d'apparat qui ne devait pas avoir vu le teinturier depuis le début de la guerre, fit passer sa pipe d'un côté à l'autre de sa bouche et entreprit de se frayer un chemin à l'intérieur de l'église. Il ne se retourna que pour grommeler sur un ton vexé :

---

1. Gédéon (XIIe ou XIe siècle av. J.-C.). Juge d'Israël qui vainquit la tribu palestinienne des Madianites. (*N.d.l.T.*)

« Faites excuses. Je m'disais que vous étiez p't-être entrés ici pour écouter la causerie sur Dante. »

Pendant un moment, Holmes et Lowell se crurent tous deux la proie d'une hallucination. Lowell réagit le premier.

« Halte là, mon ami ! »

S'élançant de concert dans la chapelle, les deux poètes se retrouvèrent plongés dans la pénombre, face à une mer d'uniformes dans laquelle il était bien impossible de reconnaître l'amateur de Dante.

« Vos têtes ! » hurla méchamment un soldat, les mains en porte-voix.

Holmes et Lowell cherchèrent des yeux des sièges vides côte à côte. N'en trouvant pas, ils prirent place sur des bancs différents, de part et d'autre de la nef. Se retournant dans tous les sens, ils s'employèrent à scruter les visages, Holmes surveillant la porte au cas où le gaillard tenterait de s'échapper, Lowell détaillant les visages émaciés et les regards sombres. Il finit par repérer leur interlocuteur à son œil unique et à sa peau grêlée.

« Je l'ai, Wendell, souffla-t-il tout bas à son compagnon. J'ai retrouvé notre Lucifer ! »

Haletant de joie, Holmes se retourna pour regarder dans la direction indiquée par Lowell.

« Où ça, Jemmy, je ne le vois pas ! »

Des chuts énervés fusèrent.

« Là ! chuchota Lowell sur un ton agacé. Un, deux... au quatrième rang !

— Où ça ?

— Là ! »

Une voix tremblante voguait de l'ambon vers la salle.

« Je vous remercie, mes chers amis, de m'avoir de nouveau invité parmi vous. Et maintenant, que se poursuivent les châtiments décrits dans l'Enfer de Dante... »

À ces mots, Lowell et Holmes reportèrent leur attention sur l'avant de la chapelle sombre et étouffante. Leur ami, le vieux George Washington Greene, s'installait au lutrin. Toussant faiblement, il prenait la pose, les bras en appui sur les côtés du pupitre. L'assistance envoûtée débordait d'espoir, attendant avidement de franchir à nouveau les portes de son enfer à elle.

Chant III

15.

« Oh, pèlerins, entrez maintenant dans le cercle ultime de cette prison aveugle que Dante doit encore explorer pour accomplir son voyage sinueux dans les profondeurs, cette traversée fatidique grâce à laquelle l'humanité verra ses douleurs soulagées ! » George Washington Greene écarta largement les bras au-dessus de l'ambon massif d'où émergeait son torse étroit. « Car Dante ne cherche rien de moins que cela. Que lui importe son destin personnel, seul son poème compte à ses yeux : par le récit de son voyage, c'est l'humanité tout entière qu'il élèvera. Et nous, accrochés les uns aux autres, nous le suivons dans son cheminement. Des portes ardentes de l'Enfer, nous passons aux sphères merveilleuses du Paradis et, ce faisant, lavons du péché notre XIXe siècle !

« Oh, quelle tâche formidable s'étend devant lui dans cette tour funeste de Vérone où le sel amer de l'exil colle à son palais. Il pense : "Comment saurai-je dépeindre les abysses, quand ma langue est si frêle ?" Il pense : "Comment ferai-je entendre mon chant miraculeux ?" Car il sait que tel est son devoir : racheter sa ville, le devoir de racheter sa nation, le devoir de racheter l'avenir, autrement dit : nous racheter, nous autres, tous ici rassemblés, dans cette chapelle réveillée de l'assoupissement pour faire retentir dans un monde nouveau la voix majestueuse du poète. Car, nous aussi, nous pouvons être sauvés ! Il sait que chaque génération possède quelques élus assez fortunés pour comprendre et pour voir. Sa plume est de feu, son encre est le sang de son cœur. Ô Dante, porteur de lumière ! Heureuses les voix des montagnes et des pins qui répéteront tes chants dans l'éternité des siècles et des siècles ! »

Greene emplit largement ses poumons et se lança dans le récit de la descente de Dante au dernier cercle de l'Enfer.

« Là, s'étend un lac lisse comme du verre. Il a nom Cocyte. Il est pris par des glaces plus épaisses que celles qui couvrent le fleuve Charles au cœur de l'hiver. Et, de cette toundra glaciale, parvient à Dante une voix en colère : "Regarde où tu marches, crie cette voix. Veille à ne pas fouler aux pieds les têtes de tes frères rompus et misérables !"

« Oh ! D'où proviennent donc ces mots accusateurs qui transpercent les oreilles de notre Dante bienveillant ? Baissant les yeux, le poète voit, incrustées dans le lac figé, des têtes saillant de la glace : toute une congrégation d'ombres défuntes, un millier de têtes pourpres. Ce sont les pécheurs de la nature la plus vile que connaissent les fils d'Adam. À quelle forfaiture est donc destinée cette banquise de l'Enfer ? À la traîtrise, bien sûr ! Et quel châtiment, quel *contrapasso*, ces pécheurs subissent-ils pour le froid qui régna dans leurs cœurs ? Le châtiment d'être ensevelis dans la glace. Ils y sont plongés du cou jusqu'en bas, de telle sorte qu'ils ont éternellement sous les yeux les misères qu'ils causèrent par leurs méfaits. »

Holmes et Lowell suffoquaient, ils sentaient leurs cœurs se distordre dans leurs poitrines. Les fières moustaches de Lowell s'affalaient de plus en plus sur son plastron, tandis qu'il écoutait un Greene exalté et pétulant de vie décrire avec quelle vigueur Dante empoignait par les cheveux le pécheur qui l'avait admonesté en exigeant qu'il lui révèle son nom. « Tu peux me rendre chauve, braillait l'autre, je ne dis ni ne montre qui je suis ! » Mais un second pécheur, en sommant le premier de cesser sur-le-champ ses cris insupportables, l'interpellait par son nom, à la satisfaction de Dante qui pouvait ainsi livrer à la postérité l'identité du félon.

Greene conclut son homélie sur la promesse, la fois suivante, d'arriver au pire de tous les traîtres, au plus grand des pécheurs : le bestial Lucifer, cette Bête à trois têtes à la fois bourreau et supplicié. Sa prédication achevée, l'énergie qui avait soulevé le vieux pasteur retomba rapidement, laissant deux marques rouges sur ses joues.

Dans la chapelle obscure, Lowell luttait contre la foule qui remontait le long des bas-côtés, fendant les groupes de soldats qui grognaient en retour. Holmes peinait derrière lui.

« Vous ici, mes chers amis ! » les accueillit joyeusement Greene sitôt qu'il les aperçut.

Les poètes le suivirent dans une petite pièce au fond du sanctuaire, dont Holmes prit le soin de refermer la porte. Le vieil homme alla s'asseoir sur une planche près du poêle et tendit les mains à la chaleur.

« Je vous confesse, mes amis, qu'avec ce temps redoutable et ma nouvelle toux, je ne me plaindrai pas si...

— Greene ! Dites-nous tout sans détours ! l'interrompit Lowell en grondant.

— Vous dire quoi, monsieur Lowell ? À quoi pensez-vous, je n'en ai pas la moindre idée ? répondit Greene avec douceur, et il se tourna vers Holmes.

— Mon cher Greene, ce que Lowell veut dire… » Pas plus que le professeur, le docteur ne put se maîtriser. « Que *diable* fabriquez-vous ici, Greene ? »

Le pasteur en fut blessé.

« Je ne vous apprendrai pas, mon cher Holmes, que je suis invité à prêcher dans un certain nombre de paroisses, à Boston comme à East Greenwich. Je le fais chaque fois que ma santé me le permet. Au mieux, le malade cloué au lit a l'ennui pour compagne ; au pis, impatience et douleur se glissent sous ses draps. Ce fut mon cas l'an passé. On me trouve donc plus disposé que jamais à répondre présent lorsqu'on m'honore d'une proposition.

— Nous le savons bien, que vous prêchez, le coupa encore Lowell. Mais là, vous discouriez sur Dante !

— Ah, ça ? C'est un amusement tout à fait inoffensif, vraiment. Répandre la bonne parole parmi ces soldats abattus est une expérience difficile mais exaltante, très différente de ce à quoi j'étais accoutumé. En parlant avec eux dans les premières semaines qui ont suivi la guerre, notamment après la mort de Lincoln, j'ai découvert des hommes traqués par la peur du lendemain, tourmentés par l'angoisse de leur sort dans l'éternité. Un jour, vers la fin de l'été, inspiré par la passion de Longfellow pour Dante, j'ai introduit dans mon prêche des descriptions tirées de *La Divine Comédie*. L'effet étant plutôt réussi, à ce qu'il m'a semblé, j'en suis venu à leur donner un aperçu général du cheminement spirituel de Dante au cours de son voyage. Par moments, pardonnez-moi – d'ailleurs voyez comme je rougis –, je m'imaginais presque devenu professeur et enseignant Dante à des jeunes gens courageux devenus mes élèves.

— Et Longfellow n'en a jamais rien su ? demanda Holmes.

— Je comptais lui faire part de cette expérience, ô combien modeste, mais… »

Greene, livide, gardait les yeux fixés sur le hublot flamboyant du poêle.

« Je suppose, mes chers amis, que j'ai été embarrassé de me poser en spécialiste de Dante à côté d'un maître tel que lui. Ne le lui dites pas, je vous en prie, il en serait seulement déconfit.

— Ce sermon que vous venez de prononcer, Greene, l'interrompit Lowell, traitait exclusivement de la rencontre de Dante avec les félons.

— Oui, oui ! répondit Greene, un regain de jeunesse dans la voix. N'est-ce pas merveilleux, Lowell ? Assez vite, j'ai découvert que raconter en entier un chant ou deux de *L'Enfer* captait bien mieux l'attention des soldats qu'un prêche fondé sur mes frêles pensées. Et puis, cela me permettait d'arriver bien armé à la séance de traduction de la semaine suivante. »

Il partit d'un rire joyeux, tel un enfant fier de surprendre ses aînés par une prouesse inattendue.

« J'ai affiné ma méthode quand le cercle des Amis de Dante a entrepris la révision de *L'Enfer* : je construis mon prêche à partir d'un des chants à traduire pour la prochaine séance. Je vous dirai que je me sens aujourd'hui tout à fait préparé à aborder la révision de ce chant vociférant, car c'est bien celui-ci que Longfellow a prévu pour demain, n'est-ce pas ? D'habitude, je prêche le jeudi après-midi, juste avant de reprendre le train pour Rhode Island.

— Tous les jeudis ? demanda Holmes.

— Sauf les fois où j'ai dû garder le lit. Et puis il y a eu les semaines où Longfellow a décommandé nos réunions, hélas. Je n'avais pas le cœur à parler de Dante, expliqua Greene. Et la semaine dernière, ô merveille, Longfellow a traduit si vite, avec une telle impatience… Comme j'étais pour plusieurs jours à Boston, j'ai fait un sermon sur Dante presque tous les après-midi ! »

Lowell se jeta en avant.

« Monsieur Greene ! Revoyez en esprit chaque instant de cette période ! Avez-vous remarqué un soldat particulièrement avide de maîtriser le contenu de vos prêches ? »

Se soulevant de son banc, Greene se mit à regarder autour de lui d'un air perdu, comme s'il avait soudain complètement oublié de quoi il était question.

« Laissez-moi réfléchir. Vous savez, il y avait chaque fois dans les vingt ou trente soldats, et ce n'était pas forcément les mêmes. À mon grand regret, je n'ai jamais eu une bonne mémoire des visages. De temps en temps, oui, certains d'entre eux exprimaient de l'admiration pour mes sermons. Vous devez me croire ! Si je pouvais vous aider…

— Greene, si vous n'essayez pas immédiatement…, commença Lowell d'une voix que la fureur étranglait.

— Lowell, je vous en prie ! » intervint Holmes.

Le poète expulsa un long soupir et, du geste, indiqua au docteur de poursuivre à sa place.

« Mon cher monsieur Greene, commença celui-ci, vous allez nous aider, et même énormément, je le sais. Mais vous devez penser vite, cher ami, pour notre bien à tous et pour celui de Longfellow. Remémorez-vous les soldats avec lesquels vous vous êtes entretenu depuis le début.

— Oh, attendez ! » Les yeux en demi-lune de Greene s'écarquillèrent anormalement. « Ça me revient. Oui, une demande particulière… Un soldat qui souhaitait lire Dante par lui-même.

— Vous voyez ! s'écria Holmes, rayonnant. Et que lui avez-vous répondu ?

— Je lui ai demandé s'il connaissait une quelconque langue étrangère. Il m'a laissé entendre qu'il était depuis l'enfance un lecteur invétéré, mais ne lisait que l'anglais. Je l'ai encouragé à apprendre l'italien. Je lui ai dit que j'aidais Longfellow à mener à terme la première traduction de ce texte en américain et que nous avions fondé un petit club à son domicile. Comme il semblait passionné, je l'ai invité à se renseigner auprès de son libraire sur les livres à paraître chez Ticknor et Fields au début de l'année prochaine », dit Greene avec un zèle tout à fait dans le ton des billets que Fields publiait dans ses journaux.

Holmes prit le temps de lancer un regard plein d'espoir à Lowell qui des yeux l'enjoignit de poursuivre.

« Ce soldat, demanda-t-il lentement, vous aurait-il donné son nom, mon cher Greene ? Vous rappelez-vous à quoi il ressemblait ?

— Non, non, je suis terriblement désolé.

— C'est plus important que vous ne pouvez l'imaginer, implora Lowell.

— Je garde un souvenir très vague de cet entretien, dit Greene, et il baissa les paupières. Je crois me rappeler qu'il était plutôt grand, avec une moustache couleur de foin en forme de guidon. Peut-être aussi boitait-il. Mais ils sont tellement nombreux à n'être plus que des tronçons d'êtres humains. C'était il y a plusieurs mois, et je ne lui ai pas prêté une attention particulière. Comme je l'ai dit, je n'ai pas la mémoire des visages – c'est précisément pourquoi je n'ai jamais écrit de fiction, mes amis. La fiction n'est que visages. »

Greene rit de sa remarque, la trouvant tout à fait judicieuse. Mais il lut le désarroi sur les visages de ses compagnons et vit leurs regards fixes et pesants.

« Aurais-je été cause d'un *problème*, messieurs ? »

Sortis sur le parvis, les trois amis se frayèrent un chemin parmi les anciens combattants. Laissant Lowell aider Greene à grimper dans l'attelage, Holmes alla réveiller postillon et cheval. Le cocher força l'animal à tourner la tête et la bête endormie quitta son arrêt devant la vieille église.

Le départ du groupe s'effectua sous le regard attentif et scrutateur d'un homme posté derrière une vitre sale du foyer : celui que le cercle des Amis de Dante appelait Lucifer.

Au Corner, dans la salle des Auteurs, George Washington Greene se vit offrir un fauteuil inclinable. Lorsqu'il y fut installé, tous, y compris Nicholas Rey arrivé sur ces entrefaites, l'assaillirent de questions dans le but d'extirper de lui les plus petits détails sur les prêches comme sur les soldats qui venaient fidèlement les écouter. Après quoi, Lowell se lança dans la brutale chronique des meurtres perpétrés en s'inspirant de Dante.

Greene était bien incapable d'avancer une explication. Tout ce qui constituait son intimité avec Dante s'écroulait à mesure que les précisions tombaient de la bouche de Lowell : son exaltation face à un auditoire ensorcelé ; la place, ô combien spéciale, de son exemplaire de *La Divine Comédie* dans sa bibliothèque de Rhode Island ; son attente anxieuse des réunions du mercredi au coin du feu chez Longfellow – toutes choses qui exprimaient avec une perfection sans égale sa dévotion pour l'immense poète. Comme toujours dans sa vie, ce bonheur qu'il avait cru devoir durer éternellement le fuyait à son tour, se révélait inaccessible. Trop d'événements survenaient en même temps, indépendants de sa volonté et indifférents à l'opinion qu'il pouvait en avoir.

« Mon cher Greene, dit doucement Longfellow, tant que ces questions n'auront pas été élucidées, vous ne devez parler de Dante avec personne d'autre que les gens rassemblés dans cette pièce. »

Greene parvint à esquisser un signe d'assentiment. Son expression était celle d'un homme réduit à l'incapacité, inutile. Son visage évoquait un cadran d'horloge dont on aurait tordu les aiguilles.

« Et la réunion de demain ? » demanda-t-il d'une voix à peine audible.

Longfellow secoua la tête tristement.

Fields sonna pour qu'un garçon de courses raccompagnât Greene jusque chez sa fille. Longfellow voulut l'aider à enfiler son pardessus. Le vieil homme s'y opposa.

« Ne faites jamais cela, mon cher ami. Un homme jeune n'en a pas besoin et un vieux ne le souhaite pas. »

S'appuyant sur le bras de l'employé, il sortit dans le couloir. Du palier, il lança sans se retourner à l'intention des hommes restés dans la pièce :

« Vous auriez pu me prévenir, vous savez. N'importe qui d'entre vous. Je ne suis peut-être pas le plus solide de nous tous, mais j'aurais pu vous aider, je le sais. Vous, messieurs, vous avez toujours pensé au poème de Dante comme à la plus grande œuvre d'imagination jamais écrite. Moi, j'y ai toujours cru comme à un voyage authentique. »

Ils attendirent que le bruit de ses pas se fût évanoui.

« En effet, quelle bêtise de ne pas l'avoir prévenu ! dit Longfellow. Quel imbécile ai-je été d'imaginer un individu faisant la course avec la traduction !

— Vous faites erreur, Longfellow, répliqua Fields ! Voyez ce que nous savons désormais, grâce à cette méprise. Greene prêchait le jeudi après-midi, avant de repartir pour Rhode Island. Parmi les deux ou trois chants à l'ordre du jour de la prochaine séance, il choisissait celui qu'il souhaitait approfondir. Notre fichu Lucifer entendait décrire le châtiment six jours avant que nous n'en couchions sur le papier la traduction définitive. Cela lui laissait amplement le temps de fignoler sa mise en scène du meurtre – car c'est ainsi qu'il comprenait le terme *contrapasso* –, puis de le perpétrer un ou deux jours avant la réunion. Du point de vue limité qui était le nôtre, cela pouvait effectivement ressembler à une course contre nous ; nous porter à croire que quelqu'un se moquait de nous en prenant pour modèle un texte qui n'était pas encore finalisé.

— Et l'avertissement gravé sur la vitre de M. Longfellow ? demanda Rey.

— LA MIA TRADUZIONE ? demanda Fields avec un geste de la main. Nous avons été trop prompts à conclure que c'était l'œuvre du meurtrier. Ces damnés chacals de l'université, sous la houlette de Manning, se seront abaissés à tenter de nous effrayer. Dans l'espoir de nous voir abandonner l'entreprise. »

Holmes se tourna vers Rey :

« Monsieur l'agent, Willard Burndy vous a-t-il fait part d'une information susceptible de nous aider, au point où nous en sommes ?

— Il prétend qu'un soldat l'a payé pour lui apprendre à forcer le coffre-fort du pasteur. Espérant tirer de l'aventure un profit à moindre risque, il est allé rôder du côté de chez Talbot afin de repérer les lieux. Là, plusieurs « témoins » se sont trouvés à le voir – des témoins que Langdon Peaslee, son rival en cambriolage, s'est chargé de mettre sur la route de la police. Et c'est ainsi que les détectives se sont concentrés sur lui. Burndy est un ivrogne. Il ne se rappelle rien, sinon que l'homme était en uniforme militaire. Je n'aurais même pas fait confiance à sa mémoire à propos de ce détail, si vous n'aviez découvert d'où le meurtrier tirait ses connaissances.

— Qu'on pende Burndy, qu'on les pende tous ! s'écria Lowell. Ne voyez-vous pas, messieurs ? Tout est là, sous notre nez. Nous suivons Lucifer de si près qu'à chacun de nos pas nous heurtons son talon d'Achille. Jugez-en vous-mêmes. Sa façon de passer dans le désordre d'un châtiment à l'autre est parfaitement compréhensible, à présent : Lucifer n'est pas du tout un spécialiste de Dante, juste un paroissien qui a entendu parler de son poème. Il ne peut tuer qu'après avoir entendu Greene prêcher. La semaine où notre ami s'est inspiré du chant XI, où aucun supplice n'est décrit mais où Virgile et Dante, juchés sur un mur, insensibles à la puanteur alentour, débattent de la structure de l'Enfer avec le rationalisme de deux ingénieurs, eh bien il n'y a pas eu de meurtre. La fois suivante, Greene n'est pas venu, étant souffrant. Là encore, aucun meurtre n'a été commis.

— Et Greene a manqué une autre fois, précisa Longfellow qui feuilletait ses notes. Et une troisième encore. Dans ces périodes-là non plus, aucun meurtre n'a été commis.

— Idem après que Holmes nous a annoncé la mort de Talbot, ajouta Lowell. À ce moment-là, nous avons décidé de suspendre les réunions pour nous consacrer à l'enquête. Les massacres se sont arrêtés d'un coup ! Et le répit a duré tant qu'ont duré nos "vacances". Puis nous avons repris le collier. Et la séance consacrée aux Schismatiques a sonné du même coup le retour en chaire de Greene et la mort de Phinny Jennison !

— La raison pour laquelle le criminel a placé l'argent sous la tête du Simoniaque nous apparaît maintenant en toute clarté », dit encore Longfellow. Et sur un ton empreint de remords il ajouta : « Comment ai-je pu ne pas reconnaître la patte de M. Greene. Ce passage a toujours été son préféré. Et les détails reproduits étaient tellement spécifiques !

— Ne vous diminuez pas, Longfellow, le pressa Holmes. C'est justement parce qu'ils étaient aussi spécifiques que seul un expert pouvait les avoir choisis. Rien ne permettait de supposer que Greene pût se trouver, bien malgré lui, à l'origine des crimes.

— Cette idée d'augmenter la fréquence des réunions a été une grave erreur de ma part, même si ma proposition partait des meilleures intentions, répliqua Longfellow. Car, au cours de cette dernière semaine, l'assassin en a appris sur *L'Enfer* de Dante autant qu'en un mois de temps.

— Je propose qu'on demande à Greene de retourner prêcher dans cette chapelle, mais sur un autre thème que *La Divine Comédie*, déclara Lowell avec force. Nous surveillerons l'assistance et verrons bien si quelqu'un s'agite. Le cas échéant, nous tiendrons notre Lucifer ! »

Fields s'éleva sans ambiguïté contre cette suggestion.

« C'est un jeu beaucoup trop dangereux. Et Greene ne saurait pas le mener. De plus, ce foyer a quasiment fermé ses portes. Les soldats qui le fréquentaient sont maintenant éparpillés dans les autres refuges de la ville. Nous n'avons pas le temps de projeter quoi que ce soit. Lucifer peut frapper à tout moment, s'en prendre à quiconque lui paraît ligué contre lui, dans la vision du monde pervertie qui est la sienne !

— Pourtant, objecta Holmes, il faut bien qu'il ait une raison d'agir. La folie s'avère souvent la logique choisie par un esprit méticuleux quand il est confronté à des événements qui le dépassent.

— Nous savons qu'après avoir entendu le sermon il lui faut au moins deux jours pour mettre au point son meurtre, intervint Rey. Avons-nous un moyen de prévoir les cibles à venir, puisque nous savons quels extraits de l'œuvre M. Greene a cités ?

— Je crains que non, répondit Lowell, tout d'abord parce que nous n'avons aucune idée de la façon dont Lucifer a pu réagir face à un flot de châtiments complètement différents, lui qui jusque-là les découvrait un par un. Cela dit, le prêche que nous avons entendu, consacré à la traîtrise, a dû l'intéresser au premier chef, j'imagine. Mais allez savoir qui incarne le mieux le traître dans l'esprit de ce fou ?

— Si seulement Greene pouvait se souvenir du soldat qui voulait en savoir davantage sur Dante ! dit Holmes. Celui qui voulait lire le texte lui-même. Il était en uniforme, avait une moustache blonde en forme de guidon et boitait, semble-t-il. Ce qui ne correspond pas à notre homme. Notre Lucifer est d'une force physique peu commune, tous les meurtres le prouvent. Et il faut qu'il ait le pied bien léger, aussi, pour n'avoir jamais été aperçu par qui que ce soit, homme ou bête, ni avant, ni après ses crimes. Personnellement, qu'il soit invalide me paraît peu probable, et vous ? »

Lowell se leva et s'avança vers Holmes en boitant exagérément.

« Vous ne marcheriez pas comme ça, Wendell, si vous vouliez cacher votre force à tout le monde ?

— Non. À ce jour, rien ne dit que le tueur essaie de se cacher. Tout indique seulement que nous ne sommes pas capables de le voir. Quand je pense que Greene l'a peut-être regardé droit dans les yeux, ce démon !

— Démon ou simple mortel doué de réflexion et conscient de la puissance de Dante, corrigea Longfellow.

— Vous auriez vu l'excitation des soldats à la perspective d'entendre un nouveau récit sur Dante, c'était proprement ahurissant ! reprit Lowell. Oui, les gens qui lisent Dante se mettent à l'étudier, ceux qui l'étudient se transforment en zélotes, et le simple penchant devient religion. Finalement, le poète exilé s'est trouvé un abri dans des milliers de cœurs emplis de gratitude. »

De légers coups frappés à la porte, accompagnés d'une phrase indistincte, interrompirent la discussion. Fields secoua la tête, agacé.

« Osgood, tâchez de vous débrouiller seul, s'il vous plaît !

— Juste un message, monsieur Fields. Je vous en prie. »

Un papier cacheté fut glissé sous la porte. Fields alla le ramasser.

« Le sceau de Houghton, dit-il, hésitant à l'ouvrir. "En référence à votre demande antérieure, vous serez intéressé d'apprendre que des épreuves de la traduction de M. Longfellow ont effectivement disparu. Signé H. O. H." »

Le silence s'abattit sur l'assistance. Comme Rey ne comprenait pas de quoi il retournait, Fields expliqua :

« Quand nous avons cru par erreur que le meurtrier faisait la course avec nous, monsieur l'agent, j'ai demandé à mon imprimeur, M. Houghton, de s'assurer que personne n'avait tripatouillé les épreuves de M. Longfellow pendant qu'elles étaient à la composition, et pu ainsi connaître à l'avance la direction que nous suivions dans notre travail.

— Bon Dieu, Fields ! s'écria Lowell en arrachant le papier des mains de l'éditeur. Voilà qui retourne la situation comme une crêpe, au moment où nous pensions que les sermons de Greene expliquaient tout ! »

Henry Oscar Houghton était occupé à la rédaction d'une lettre menaçante destinée à un fabricant de plaques qui avait manqué à ses engagements, lorsqu'un commis lui annonça Lowell, Fields et Longfellow.

« Vous disiez qu'il ne manquait aucun feuillet, Houghton ! » attaqua Fields sans prendre seulement le temps de retirer son chapeau.

L'imprimeur renvoya le commis.

« Vous avez tout à fait raison, monsieur Fields. Ceux rangés dans la salle des Dossiers s'y trouvent toujours, expliqua-t-il, personne n'y a touché. Mais, voyez-vous, depuis qu'un incendie a ravagé mon imprimerie de Sudbury Street, je prends la précaution de déposer un double de toutes les planches et épreuves importantes dans une chambre forte, en bas. Je croyais que personne n'y entrait jamais. Mes *démons* n'en ont pas besoin dans leur travail. Quant à voler des épreuves, qu'en feraient-ils ? Il n'y a pas de marché pour cela et, de toute façon, ils préfèrent disputer une partie de billard que se plonger dans un livre. Je ne sais qui a dit : "Qu'un ange écrive, c'est quand même un *démon* qui imprime le texte", mais je compte bien faire graver un jour cette devise sur mon cachet. » Houghton dissimula derrière sa main un gloussement plein de dignité.

« Thomas Moore », ne put s'empêcher d'intervenir Lowell, qui savait toujours tout, tandis que Fields reprenait :

« Voulez-vous nous montrer la pièce où vous gardez ces doubles, je vous prie. »

L'imprimeur conduisit ses visiteurs au sous-sol par un escalier étroit. Tout au bout d'un long couloir, une porte fermée par une serrure à combinaison donnait accès à une spacieuse chambre forte, jadis propriété d'une banque défunte.

« Après avoir vérifié que les épreuves de M. Longfellow archivées dans le bureau étaient au complet, l'idée m'est venue de contrôler celles conservées dans la chambre forte. Et là, drame ! Plusieurs planches des extraits de *L'Enfer* composées antérieurement s'étaient envolées !

— Quand ont-elles disparu ? » demanda Fields.

Houghton leva les épaules.

« Je ne descends pas ici régulièrement, vous savez. Elles ont pu disparaître il y a quelques jours comme il y a plusieurs mois sans que je m'en rende compte. »

Longfellow repéra le casier portant son nom. Lowell l'aida à répertorier les épreuves de *La Divine Comédie.*

« On dirait que des pages ont été prises au petit bonheur la chance, chuchota Lowell. Il en manque plusieurs au chant III.

Apparemment, c'est le seul chant incomplet auquel corresponde un meurtre. »

L'imprimeur s'éclaircit la gorge et proposa, soucieux de manifester sa bonne volonté :

« Si vous le désirez, je peux réunir tous ceux de mes employés qui connaissent la combinaison permettant d'entrer dans cette salle. Croyez bien que j'irai au fond des choses. Quand je dis à un garçon de suspendre mon pardessus, j'attends de lui qu'il revienne me dire que c'est chose faite. »

Dans la salle des machines, les *démons* s'affairaient à côté des presses, replaçant les caractères en plomb dans leurs casses ou épongeant les mares d'encre noire, quand la cloche intérieure retentit. En troupeau, ils se rendirent à la salle de réunion.

« Mes garçons. S'il vous plaît, mes garçons. » Houghton frappa plusieurs fois dans ses mains pour faire taire les bavardages. « Un problème mineur a été signalé à mon attention. Vous reconnaissez sûrement l'un de nos visiteurs, monsieur Longfellow, de Cambridge. Ses travaux représentent une part importante de notre travail dans le domaine littéraire. Ils nous apportent le succès sur le plan commercial, et ils nous font participer à la propagation de la pensée. »

Un gars de la campagne au teint blafard et au visage taché d'encre commença à se tortiller en lançant des regards inquiets au poète. S'apercevant de sa gêne, Longfellow le désigna à ses compagnons. Lowell se rapprocha de lui.

« Des épreuves enfermées dans la chambre forte au sous-sol se sont... dirons-nous... égarées », continuait l'imprimeur.

Notant à son tour l'agitation de l'ouvrier, il s'interrompit. Lowell tendit la main vers l'épaule du garçon qui s'enfuit à toutes jambes, renversant un collègue. Immédiatement, Lowell le prit en chasse. Arrivé au coin du couloir, il entendit le *démon* dévaler l'escalier de service. Fonçant vers les bureaux, il s'élança dans l'escalier principal en pente raide et déboucha dans la rue. Là, il réussit à couper la voie au fuyard qui courait le long de la rivière et se jeta sur lui pour le plaquer au sol. Esquivant la manœuvre, le *démon* se laissa glisser à bas du remblai gelé. Hélas, incapable de freiner sa chute, il dégringola jusqu'au fleuve et traversa la mince couche de glace à quelques pas de gamins occupés à pêcher des anguilles au harpon.

Lowell se précipita. Sourd à leurs protestations, il arracha son crochet à l'un d'eux et parvint à rattraper le *démon* par son tablier rempli d'eau. Il le hissa sur la berge malgré les algues et autres fers à cheval qui entravaient la remontée. Transi après son bain dans l'eau glacée, l'ouvrier claquait des dents, hébété par le choc.

« Pourquoi avez-vous volé ces épreuves, canaille ? hurla Lowell.

« — Qu'esse z'avez à gueuler ? Bas les pattes ! réussit à brailler l'autre entre deux grelottements.

— Ah ça, vous me le direz ! vitupéra Lowell qui tremblait presque autant que son captif.

— Occupez-vous de vos affaires, cul merdeux ! »

Les joues de Lowell s'empourprèrent. Saisissant le gars par les cheveux, il le replongea dans le fleuve au milieu des blocs de glace. Le *démon* se mit à cracher et à tempêter.

Entre-temps, Houghton, Fields et une demi-douzaine de *démons* de douze à vingt ans s'étaient massés devant l'imprimerie et regardaient la scène. Longfellow faisait de son mieux pour tempérer la fureur de Lowell.

« Je les ai vendues, ces satanées épreuves, ouais ! » cria le *démon*.

Il suffoquait. Lowell le remonta sur la berge. L'empoignant sans lâcher son harpon, il le maintint plaqué contre lui. À côté, les gamins avaient récupéré le chapeau rond du manœuvre et s'amusaient à s'en coiffer. Haletant follement, le *démon* clignait les paupières pour chasser l'eau qui lui piquait les yeux.

« J'pensais pas que ça manquerait à quelqu'un, m'sieur Houghton ! C'étaient que des doubles. »

Le visage de l'imprimeur était rouge de fureur.

« Rentrez à l'imprimerie ! Tout le monde à l'intérieur ! » hurla-t-il.

Les employés qui s'étaient égaillés au-dehors obtempérèrent en rechignant. Fields s'approcha du coupable.

« Parlez, jeune homme, et tout se terminera au mieux. Dites-nous franchement ce que vous avez fait des épreuves.

— J'les ai refilées à un type. Z'êtes content ? Y m'a arrêté un soir quand je quittais le travail et raconté comme ça qu'il aimerait bien que j'y sorte une trentaine de pages du dernier texte de M. Longfellow. N'importe lesquelles, ce que j'pourrais, mais pas trop, pour qu'on s'en aperçoive pas. L'insistait, disait comme ça que ça m'f'rait des haricots en plus.

— Déballez ce que vous savez ! cria Lowell. Son nom ?

— Un gars de la haute. Avec un chapeau claque, un pardessus sombre et une cape. Et une barbe. Après que j'y ai dit oui, y m'a refilé mon dû et j'l'a plus revu, c'beau parleur.

— Dans ce cas, comment vous lui avez remis les épreuves ? voulut savoir Longfellow.

— C'était pas pour lui. M'a dit d'les porter à une adresse. J'crois pas que c'était chez lui, enfin c'est c'que j'ai compris à sa façon de parler. J'me rappelle pas le numéro de la rue, mais c'est pas loin d'ici. M'a dit aussi qu'il me rendrait les épreuves pour pas que j'aie un savon de M. Houghton. Mais y s'est jamais repointé, ce fripon !

— Il connaissait le nom de Houghton ? demanda Fields.

— Écoutez-moi bien, mon larron, le coupa Lowell. Nous devons savoir exactement où vous avez apporté ces épreuves.

— J'vous a dit, répondit le *démon* qui tremblait de tous ses membres. Je m'rappelle pas l'numéro !

— Vous n'avez pas l'air idiot, pourtant ! dit Lowell.

— Ben, non ! Je m'rappellerais plus facilement l'trajet si j'étais su'l'dos d'mon canasson.

— Parfait, répondit Lowell avec un sourire. Vous allez nous y conduire.

— J'suis pas un indic ! Sauf si j'garde mon boulot ! »

Houghton descendit le remblai.

« Jamais, monsieur Colby ! Qui récolte la moisson d'autrui, se retrouve à semer seul !

— Et invité à séjourner sous les verrous, ajouta Lowell, qui n'avait pas bien saisi le sens du dicton cité par Houghton. Vous allez nous mener à l'endroit où vous avez déposé votre larcin, monsieur Colby, ou la police vous y conduira à notre place. »

Le *démon* considéra l'alternative et abdiqua, non sans une dernière tentative pour conserver sa dignité.

« Revenez d'ici queq'z'heures, à la tombée de la nuit. »

Lowell le lâcha. Colby fila dans l'imprimerie se réchauffer auprès du poêle.

Pendant ce temps-là, Nicholas Rey et le Dr Holmes étaient retournés au foyer d'anciens combattants où Greene avait prêché. Ils n'y trouvèrent personne ressemblant à l'admirateur de Dante décrit par l'historien. Rien n'était préparé dans la chapelle pour l'habituel dîner des soldats. Un Irlandais engoncé dans un lourd manteau bleu clouait sans enthousiasme des plaques de bois sur les fenêtres.

« On a dépensé en chauffage presque tout notre argent et la municipalité veut pas voter de rallonge pour venir en aide aux soldats, c'est comme ça que je l'entends, moi. On dit que le foyer va fermer pour l'hiver. M'est avis qu'y rouvrira pas de sitôt, entre nous soit dit. Les foyers et les estropiés, ça rappelle trop le mal qu'on a tous commis. »

Rey et Holmes allèrent trouver l'ancien diacre de l'église. Il confirma les dires du concierge et déclara qu'il ne tenait pas le registre des personnes fréquentant le foyer. Tous les soldats dans le besoin y étaient accueillis, indépendamment de leur bataillon ou de leur ville d'origine. L'établissement ne se limitait pas à prêter assistance aux plus démunis, même si c'était clairement l'un des buts visés, son objectif premier était d'offrir aux esseulés un lieu où se retrouver entre gens capables de se comprendre. Le diacre connaissait plusieurs soldats par leur nom et même, pour certains d'entre eux, le numéro de leur régiment. Rey lui décrivit l'homme qu'ils recherchaient. Le directeur secoua la tête.

« Les soldats se connaissent les uns les autres bien mieux que nous ne les connaissons. Dans leurs agissements, ils donnent souvent l'impression de former un pays dont ils sont les seuls habitants. Mais je me ferai un plaisir de noter pour vous les noms de ceux dont je me souviens. »

Il s'exécuta avec lenteur en s'arrêtant de longs moments pour mordiller le bout de sa plume. Holmes le regardait faire, en proie à une exaspération grandissante.

Dans la soirée, Lowell, aux rênes de l'attelage de Fields, conduisit à Riverside Press l'éditeur et Longfellow. Le *démon* rouquin les y attendait, monté sur une vieille jument pie, maudissant ces gens qui allaient faire attraper la maladie de Carré à sa bête. En effet, une épidémie menaçait la ville, à en croire les affiches placardées par le bureau de la santé chargé de la surveillance des écuries. Il s'engagea à bonne vitesse dans de petites rues et déboucha sur des pâtures sans éclairage. Le chemin cahoteux et recouvert de givre faisait de tels méandres que même Lowell, qui connaissait Cambridge comme sa poche, était désorienté et ne gardait son cap qu'en se concentrant sur le bruit des sabots devant lui.

Arrivé sur l'arrière d'une modeste maison de style colonial, le *démon* ralentit l'allure. Quelques mètres plus loin, il fit faire demi-tour à son cheval et attendit la voiture.

« Voilà. C'est là que j'ai apporté les épreuves. J'les ai glissées sous la porte de derrière, comme on m'avait dit.

— À qui est cette maison ? demanda Lowell.

— Le reste, à votre guise, mes pigeons ! » ricana Colby.

Piquant des deux, il partit au galop sur la terre gelée.

Muni d'une lanterne, Fields précéda ses compagnons jusqu'à la porte de service.

« Pas une lampe ne brûle à l'intérieur, dit Lowell qui avait gratté le gel sur une vitre.

— Allons regarder l'adresse sur la façade, Lowell, chuchota l'éditeur. Nous reviendrons avec Rey. Cette canaille de Colby nous a peut-être joué un tour, c'est un voleur. Il a très bien pu poster des amis à lui dans les parages dans le but de nous détrousser.

— Non, répondit Lowell. Ne perdons pas une minute. Le monde semble se liguer contre nous. Qui sait si, demain matin, la maison ne sera pas envolée.

— Fields a raison, mon cher Lowell, chuchota Longfellow sur un ton pressant. Il faut agir sur la pointe des pieds. »

Mais Lowell s'était mis en tête d'entrer et claquait le heurtoir en laiton. Ne recevant pas de réponse, il se mit à marteler la porte de ses poings.

« Ohé, il y a quelqu'un ? »

Il donna un coup de pied à la porte qui s'ouvrit toute grande, à sa stupéfaction.

« Et voilà ! Vous voyez ? Le ciel nous est favorable.

— Enfin, Jemmy, nous ne pouvons pas entrer chez des gens par effraction ! dit Fields. Nous allons terminer la soirée au bloc. C'est peut-être la maison de notre Lucifer.

— Dans ce cas, nous le traînerons jusqu'à la police ! » répondit Lowell en prenant la lanterne des mains de l'éditeur.

Laissant à Longfellow le soin de surveiller le landau, Fields suivit Lowell à l'intérieur. Ils s'enfoncèrent dans le corridor sombre et froid, frissonnant au plus léger craquement. Le vent qui s'engouffrait par la porte d'entrée restée ouverte agitait les tentures de pirouettes fantomatiques. La maison avait l'obscurité épaisse et palpable que l'abandon imprime aux lieux. Certaines pièces étaient peu meublées, d'autres entièrement vides.

Lowell venait d'entrer dans une pièce ovale coiffée d'une voûte à la façon d'une chapelle, quand il entendit des crachotements dans son dos. Il fit décrire un arc de cercle à sa lanterne. Fields se frottait le visage et la barbe.

« Ce n'est rien, fit Lowell. De toutes petites toiles d'araignée. »

Il déposa la lampe sur la table qui occupait le centre de la pièce. C'était une bibliothèque pourvue de tout son mobilier.

« Ce lieu semble inhabité depuis un certain temps.

— Ou alors la personne qui vit ici n'a que faire des araignées.

— Regardez partout. Un indice nous expliquera peut-être pourquoi on a payé une canaille pour apporter les épreuves *ici*. »

L'éditeur s'apprêtait à répondre quand un appel indistinct résonna dans la maison, suivi de pas lourds.

« Au vol ! »

Lowell et Fields échangèrent des regards horrifiés. Ils s'apprêtaient à décamper comme si leurs vies en dépendaient quand une porte latérale s'ouvrit à toute volée et un homme massif en robe de chambre fit irruption dans la bibliothèque, une puissante lanterne tendue devant lui.

« Au voleur ! Expliquez-vous ou je crie ! »

Et voilà qu'il se figea.

« Monsieur Lowell, est-ce vous ? Et monsieur Fields ? »

Ahuri, il fixait le visage des intrus autant que leur tenue.

« Randridge ? s'écria l'éditeur. Randridge, le tailleur ?

— Mais... oui », répondit celui-ci d'une petite voix timide, en se dandinant sur ses pieds chaussés de pantoufles.

Accouru dans la maison, Longfellow remarqua l'embarras qui régnait dans la salle.

« Et monsieur Longfellow ? » s'exclama Randridge.

Il en arracha son bonnet de nuit.

« C'est *vous* qui vivez ici, Randridge ? demanda Lowell sur un ton exigeant. Quel besoin avez-vous de ces épreuves ? »

Le tailleur resta déconcerté.

« Si je vis ici ? Non, j'habite deux maisons plus bas, monsieur Lowell. Mais j'ai entendu du bruit et j'ai craint que des voleurs ne se fussent introduits dans la maison. Comme vous pouvez le voir, ils n'ont pas fini de trier et de tout emballer. Ils n'ont même pas commencé la bibliothèque.

— Qui ça ? demanda Lowell. Qui n'a pas tout emballé ?

— Mais... sa famille, naturellement. Qui d'autre ? »

Fields recula et promena sa lumière sur les étagères. À la vue des livres, ses yeux s'écarquillèrent. Il y avait là une trentaine de bibles différentes. Il prit la plus grande.

« Ses neveux sont venus du Maryland pour récupérer ses affaires, disait Randridge. Les pauvres, ils n'étaient vraiment pas préparés à un tel événement, je peux vous le dire. Qui le serait ? Étant donné les troubles que nous connaissons actuellement, comme je vous le disais, j'ai pensé que des gens voulaient glaner des souvenirs, vous savez, pour la sensation. Depuis que les Irlandais ont emménagé dans le quartier..., des choses disparaissent. »

Lowell cherchait à deviner où et chez qui il se trouvait. Connaissant l'adresse du tailleur, il se représentait le voisinage, le parcourait, lancé à fond de train, se représentant les maisons par groupes de deux, dévalant les rues adjacentes à une allure aussi rapide que celle de Paul Revere lorsqu'il prévint de l'arrivée des Anglais. La lampe du tailleur n'éclairait guère les lieux. Néanmoins, il entreprit d'examiner les sombres portraits alignés sur le mur, dans l'espoir de reconnaître quelqu'un parmi eux.

« De nos jours, la quiétude a cédé la place à l'insanité, mes amis, je puis vous le dire, continuait le tailleur sur un ton éploré. Même les morts ne connaissent plus la paix.

— Les morts ? répéta Lowell.

— *Le* mort », chuchota Fields en lui passant une bible dont il avait soulevé le fermoir.

La page de garde s'ornait d'un texte manuscrit répertoriant l'ascendance complète du dernier occupant des lieux : le révérend Elisha Talbot.

16.

University Hall, le 8 octobre 1865

Mon cher révérend Talbot,
Je tiens à souligner une fois de plus que toute liberté est laissée à vos mains expertes en ce qui concerne le style et la forme à donner à cette série.

M... nous a assurés qu'il attendait impatiemment le grand honneur de publier cet ensemble de quatre textes dans sa revue littéraire, laquelle demeure à ce jour, pour les esprits éclairés, la seule à concurrencer encore l'*Atlantic Monthly* de M. Fields. Gardez seulement à l'esprit les principes qui permettront d'atteindre aux humbles buts que promeut notre Corporation dans la présente instance.

Grâce à vos vibrantes compétences en la matière, le premier article dévoilera au grand jour les points de religion et de morale litigieux, contenus dans le poème de Dante Alighieri. Le suivant exposera de manière indiscutable les raisons pour lesquelles le charlatanisme littéraire de Dante et de ses comparses (à l'instar des âneries de même acabit en provenance de l'étranger qui nous envahissent chaque jour davantage) n'a pas sa place dans les bibliothèques des Américains bien-pensants. Seront également développées les raisons pour lesquelles les maisons d'édition jouissant d'une « influence internationale » (comme aime si souvent à s'en vanter M. F. à propos de la sienne) doivent être tenues responsables de cet état de choses, et leurs dirigeants soumis aux plus sévères exigence en matière de responsabilité sociale. Les deux derniers articles de la série, mon cher révérend, analyseront la traduction de Henry Wadsworth Longfellow et désavoueront la tentative d'un poète, considéré jusqu'à ce jour comme « national », d'introduire une littérature immorale et irréligieuse dans les bibliothèques de ses concitoyens.

Dans le souci de donner à cette série le plus vaste écho, un calendrier établi avec soin veillera à ce que les deux premiers articles paraissent quelques mois avant la traduction de Longfellow et ce afin de nous obtenir très tôt la faveur du public. En revanche, le troisième et le quatrième seront publiés simultanément, cela dans le but de dissuader les lecteurs dotés de conscience sociale d'en acquérir un exemplaire.

Il est inutile, à l'évidence, que j'insiste sur le zèle moral que nous attendons de vous, nous sommes certains de le trouver dans vos pages. Je ne pense pas qu'il faille, non plus, vous rappeler les années passées dans notre établissement en qualité d'élève. Je ne doute pas que vous éprouviez chaque jour, comme nous tous, l'influence de cette période de votre vie sur votre âme. Toutefois, il me paraît judicieux que vous fassiez ressortir le contraste flagrant qui existe entre l'influence barbare de la poésie étrangère, incarnée par Dante, et le programme d'études classiques dont l'université de Harvard se fait le héraut depuis près de deux siècles et dont le bénéfice n'est plus à démontrer. Le souffle vertueux qui jaillira de votre plume, cher révérend Talbot, suffira à renvoyer vers l'Italie et le pape ce navire malvenu qui a nom Dante Alighieri, et à assurer ainsi notre victoire au nom de *Christo et ecclesiae*.

Je reste à jamais en Dieu votre Augustus Manning.

Les trois érudits reprirent le chemin de Craigie House lestés de quatre lettres de cette nature, toutes adressées à Elisha Talbot et portant le sceau de Harvard, ainsi que des épreuves dérobées dans la chambre forte de Riverside Press.

« Talbot était le plumitif idéal, commenta Fields. Ministre du culte respecté de tous les bons chrétiens, adversaire invétéré des catholiques, n'appartenant pas au corps enseignant, il pouvait à la fois faire une fleur à Harvard et aiguiser sa verve contre nous sous l'apparence de l'objectivité.

— Inutile d'être diseuse de bonne aventure à Ann Street pour deviner la somme qui lui a été allouée pour son dérangement, dit Holmes.

— Mille dollars », laissa tomber Rey.

Longfellow fit circuler la lettre de Manning à Talbot dans laquelle était stipulé le montant.

« Mille dollars que nous avons tenus dans nos mains et qui étaient destinés à couvrir les "frais divers" engagés pour la documentation nécessaire et l'écriture de ces quatre articles. Nous pouvons affirmer aujourd'hui en toute certitude que cette somme aura coûté sa vie à Elisha Talbot.

— Dans ce cas, le tueur connaissait exactement le montant à prendre dans le coffre-fort, dit Rey. Il était au courant de l'arrangement passé avec l'université, et aussi de cette lettre.

— *Et garde bien les deniers mal acquis*, récita Lowell. Mille dollars, le montant auquel la tête de Dante a été mise à prix. »

Dans la première de ses quatre lettres, Manning invitait Talbot à se rendre à University Hall pour discuter de la proposition de la Corporation. Dans la deuxième, il précisait le contenu de chacun des articles et annonçait l'envoi du paiement négocié de vive voix. Dans la troisième lettre, un courrier de quelques lignes seulement, Manning s'engageait à procurer à Talbot un échantillon de la traduction de Longfellow. Selon toute vraisemblance, le pasteur devait s'être plaint de ne pas trouver à Boston de *Divine Comédie* en anglais pour étayer sa critique (apparemment, il recherchait la traduction de feu le révérend H. E Cary, publiée en Angleterre). D'après la date de ce mot, le trésorier de la Corporation lui faisait cette promesse en sachant pertinemment que le cercle des Amis de Dante ne lui remettrait jamais la moindre page du texte. Et c'est ainsi que lui-même, ou un émissaire, avait trouvé en Colby la personne susceptible de lui en fournir plusieurs feuillets, moyennant rétribution.

La participation active de Manning dans le complot contre Dante donnait tout lieu de croire que les réponses aux nouvelles questions qui se posaient maintenant se trouvaient dans les registres de la Corporation de Harvard. Autrement dit, dans la salles des Archives de University Hall. Mais comment les consulter pendant la journée lorsqu'à tout moment un *fellow* pouvait surgir ? Quant à le faire de nuit, ce n'était pas moins ardu car un système de serrures et de combinaisons compliquées avait été installé récemment, suite à une vague de déprédations malveillantes. L'entreprise paraissait impossible quand soudain Fields s'écria :

« Teal !

— Qui ça ? demanda Holmes.

— Mon commis de magasin, celui qui s'est porté au secours de la pauvre Mlle Emory dans cette sale histoire avec Sam Ticknor. Il ne travaille au Corner que le soir. Dans la journée, il est concierge à l'université », expliqua l'éditeur. Et d'ajouter fièrement, comme Lowell s'inquiétait de savoir si ce garçon serait disposé à les aider : « C'est un fidèle employé de Ticknor et Fields ! »

Ce même jour, en quittant le Corner vers les onze heures du soir, quel ne fut pas l'étonnement du fidèle employé de Ticknor et Fields de découvrir son patron l'attendant dehors sur le perron ! Dans les secondes qui suivirent, il se retrouva assis dans sa calèche et présenté au passager qui s'y trouvait : le professeur James Russell Lowell. Que de fois avait-il rêvé de fréquenter ces gloires nationales ! Ahuri de se voir offrir un traitement aussi rare, il ne savait que penser. Il écouta attentivement ce que ces messieurs avaient à lui dire.

Arrivé à Cambridge, il les précéda dans un *Yard* éclairé par des becs de gaz chuintant leur désapprobation. De temps à autre, il ralentissait pour vérifier d'un coup d'œil que son peloton littéraire suivait bien, comme s'il craignait de le voir s'évanouir aussi subitement qu'il lui était apparu.

« Avancez, mon vieux. Nous sommes là ! » lui soufflait Lowell, qui marchait sur ses talons en tournicotant les pointes de sa moustache.

Ce qu'il allait découvrir dans les dossiers de la Corporation l'inquiétait davantage que la perspective d'être lui-même découvert, de nuit, dans le *Yard*, par l'un de ces surveillants qui se mêlaient toujours de tout. « En tant que professeur, raisonnait-il, je pourrai toujours prétendre avoir oublié mes notes. Mais comment justifier la présence de Fields ? Or elle est indispensable si l'on veut s'assurer le concours de son employé. Un garçon bien nerveux, ce Dan Teal, perpétuellement en train de mâchonner. Sa bouche, menue, a quelque chose de féminin. Il a de grands yeux et les joues imberbes. Il ne doit pas avoir plus de vingt ans. »

« Ne vous inquiétez pas, mon cher monsieur Teal », dit Fields, et il prit le bras de son employé pour grimper l'imposant escalier en pierre d'University Hall. Nous voulons seulement jeter un coup d'œil à quelques papiers et nous nous en retournerons sans rien avoir abîmé. Et vous-même aurez accompli une bonne action.

— C'est tout ce que je souhaite, répondit Teal avec chaleur.

— Bon garçon ! » approuva Fields avec un sourire.

Teal dut employer tout son trousseau de clefs pour venir à bout des verrous et serrures. Une fois dans la salle des Archives, Lowell et Fields allumèrent les lumignons dont ils s'étaient munis et transportèrent les registres de la Corporation de l'armoire jusque sur la longue table. Puis l'éditeur voulut renvoyer Teal.

« N'en faites rien, Fields ! intervint Lowell. Compte tenu du nombre de volumes, nous irons plus vite à trois.

— Je peux sûrement vous aider, monsieur Fields, renchérit Teal sur un ton à la fois excité et inquiet. Pour faire n'importe quoi. » Il eut un regard perplexe en direction des livres empilés devant eux. « Je veux dire, si vous m'expliquez ce que vous cherchez. »

Se rappelant la difficulté du garçon de courses à rédiger son témoignage, Fields répondit :

« Vous en avez déjà fait plus que votre part, vous devez être fatigué. Mais je ne manquerai pas de faire appel à vous la prochaine fois que nous aurons besoin de votre aide. Grands mercis de notre part, monsieur Teal. Vous ne regretterez pas de nous avoir fait confiance. »

À la lumière incertaine de leurs bougies dissimulées dans de petites boîtes, Fields et Lowell lurent les comptes rendus des réunions bihebdomadaires de la Corporation sans sauter une page. Le cours de Lowell sur Dante était cité au détour de diverses questions de peu d'intérêt, et chaque fois critiqué. Certains points à l'ordre du jour paraissaient bien obscurs, même en considérant qu'ils se rapportaient à un organisme comme la Corporation de Harvard.

« Je ne vois nulle part le nom de ce macabre Simon Camp, dit Lowell. Manning a dû l'engager sur ses fonds personnels. »

Ils parcouraient des pages et des pages depuis un temps infini quand Fields tomba enfin sur la preuve qu'ils cherchaient : la commande passée au révérend Elisha Talbot de rédiger des articles condamnant la traduction de Dante. Elle était à l'ordre du jour d'une séance du mois d'octobre et avait remporté l'adhésion de quatre des six membres du conseil de la Corporation. Le compte rendu de séance stipulait que la « compensation pour le temps passé et le travail accompli » était laissée à la discrétion du comité de trésorerie. Comprendre : Augustus Manning.

Fields sortit les registres du Conseil de supervision. Ce corps de vingt membres, élu tous les ans par le parlement de l'État, ne relevait pas directement de la Corporation. Les comptes rendus de séance citaient maintes interventions du juge suprême Healey, qui avait été jusqu'à sa mort un membre assidu de ce Conseil.

De temps à autre, pour des problèmes d'une importance particulière ou des sujets prêtant à polémique, le Conseil de supervision élisait deux « avocats » chargés d'étudier à fond le dossier, puis de le présenter en séance plénière. L'un devait mettre ses talents de persuasion au service de « l'accusation » ; l'autre, au service de « la défense », devait faire ressortir tout ce que les arguments avancés précédemment avaient de contestable. Il n'était pas nécessaire que les avocats fussent convaincus du bien-fondé de la partie qu'ils représentaient : le Conseil attendait d'eux qu'ils lui donnent une image claire, une estimation juste et impartiale de la controverse.

Comme l'affaire Dante opposait la Corporation à des personnalités affiliées à l'université – à savoir James Russell Lowell qui enseignait la poétique de Dante, et Henry Wadsworth Longfellow qui traduisait *La Divine Comédie* avec l'aide d'un certain cercle des Amis de Dante –, le Conseil de supervision avait jugé bon de recourir à ce système. Connu pour la méticulosité et la finesse d'analyse dont il faisait preuve dans l'exercice de sa profession, le juge suprême Artemus Prescott Healey avait été désigné pour défendre Dante. Ne se piquant pas de littérature, il serait en mesure d'évaluer la situation hors de toute passion.

Mais Healey avait décliné cet honneur. Cela faisait plusieurs années que la Corporation ne l'avait pas nommé avocat dans une affaire et l'idée de devoir prendre parti à l'extérieur du prétoire le mettait mal à l'aise. Déconcerté, le Conseil avait reporté à plus tard l'étude du cas et, à ce jour, n'avait toujours pas statué sur le sort de Dante Alighieri. Le refus de Healey occupait à peine deux lignes dans le compte rendu de la séance. Lowell en comprit le premier la portée.

« Longfellow avait raison, chuchota-t-il. Healey n'était pas Ponce Pilate. »

Comme Fields le regardait d'un air perplexe par-dessus ses verres cerclés d'or, il expliqua :

« Je parle de l'Indifférent qui a pour nom le Grand Refuseur. C'est la seule ombre que Dante choisit de mettre en exergue dans l'antichambre de l'Enfer. Je pensais que c'était Ponce Pilate, qui se lava les mains du sort du Christ, tout comme Healey s'est lavé les mains de Thomas Sims et des autres esclaves fugitifs déférés devant sa cour. Mais Longfellow n'était pas d'accord. Longfellow – et *Greene* aussi ! – ont toujours cru que le Grand Refuseur était Célestin qui abdiqua le trône papal au moment où l'Église catholique avait le plus besoin de lui, permettant ainsi que Boniface fût élu et Dante exilé, par voie de conséquence. En refusant de se charger de la défense de Dante, Healey a abdiqué une position d'une grande importance, lui aussi : Dante se trouve une nouvelle fois exilé.

— Vous m'excuserez, Lowell, mais je ne comparerai pas le refus de gouverner l'Église avec celui de défendre Dante devant une petite assemblée, objecta l'éditeur en secouant la tête énergiquement.

— Comprenez donc, Fields ! Ce que nous pensons, vous ou moi, n'a aucune importance. Ce qui compte, c'est ce que pense le meurtrier. »

Des craquements se firent entendre. Dehors, l'épaisse croûte de la glace devant University Hall se fendait sous des pas de plus en plus rapprochés. Lowell courut à la fenêtre.

« Un surveillant !
— Êtes-vous sûr ?
— Pas vraiment. Je ne vois pas bien… Ils sont deux.
— Ont-ils repéré notre lumière, Jemmy ?
— Je ne sais pas, impossible à dire. Sauvons-nous ! »

La voix haute et mélodieuse d'Horatio Jennison s'élevait au-dessus du piano.

> *Ne craignez plus le courroux du grand homme*
> *Le tyran ne peut plus vous atteindre*
> *Que manger, se vêtir ne soient plus une peine*
> *Pour vous, le roseau vaut le chêne !*

Rarement le jeune homme avait aussi bien chanté ce sonnet de Shakespeare. La cloche de l'entrée l'interrompit brutalement.

Interruption d'autant plus intempestive qu'il n'attendait personne d'autre que les quatre invités assis dans le salon et qui goûtaient à ce point la beauté de l'instant qu'on les eût dits saisis de transe. Deux jours auparavant, le jeune Jennison avait envoyé un mot à James Russell Lowell pour lui proposer de publier le journal intime et la correspondance de son oncle Phineas dont il se trouvait être l'exécuteur testamentaire pour les questions littéraires. Soucieux d'honorer la mémoire du disparu, affirmait-il avec force, il ne souscrirait à rien qui ne fût pas ce qu'il y avait de mieux. Or Lowell n'était pas seulement le fondateur de l'*Atlantic Monthly*, il était également le rédacteur en chef de la *North American Review.* Par-dessus tout, il était un ami personnel de son oncle Phineas.

Toutefois, Horatio ne s'attendait pas à voir Lowell débarquer à sa porte sans s'être fait annoncer et à une heure aussi tardive. Le voyant accompagné de James T. Fields, il conclut que son idée avait impressionné le poète et intéressé l'éditeur. D'ailleurs, les deux hommes ne lui réclamaient-ils pas avec une grande insistance les carnets les plus récents de son oncle ?

« Monsieur Lowell ! Monsieur Fields ! »

Horatio Jennison se précipita à la suite de ses visiteurs, mais ceux-ci, lestés de leur butin, remontaient déjà en voiture sans ajouter un mot.

« Nous discuterons des royalties plus tard, je suppose ? »

En ces heures, le temps devint immatériel. De retour à Craigie House, les Amis de Dante s'attelèrent à déchiffrer les pattes de mouche qui remplissaient les carnets de l'homme d'affaires. Après ce qu'ils avaient appris sur Healey et Talbot, la découverte que Phineas Jennison avait été châtié par Lucifer pour un « péché » dénoncé par Dante n'était pas pour les surprendre. Néanmoins, James Russell Lowell ne pouvait se faire à l'idée qu'un ami de si longue date l'eût trahi de la sorte. Cela dépassait son entendement. Pourtant, il en avait la preuve sous les yeux, et elle ne laissait aucune place au doute.

Au fil des pages, Phineas Jennison exposait son ardent désir d'obtenir un siège au conseil de la Corporation de Harvard. Là, pensait-il, le commerçant qu'il était atteindrait enfin à l'honorabilité qui lui manquait, faute d'être passé par Harvard, faute d'être né dans une des Familles de Boston. Être accepté comme *fellow* signifiait être accepté par un monde qui lui avait verrouillé ses portes jusque-là. Pour un homme qui régnait sur le commerce de Boston, quel autre bonheur espérer, sinon celui de régner aussi sur les esprits les plus fins de la cité !

Bien sûr, des amitiés en souffriraient, certaines se verraient sacrifiées.

Souvent appelé à Harvard pour régler des affaires ayant trait à ses œuvres de mécène, Jennison avait discrètement engagé les *fellows* à empêcher l'enseignement de matières dénuées d'intérêt, comme la poésie de ce Dante qui passionnait le professeur James Russell Lowell et serait bientôt livrée aux masses grâce aux bons soins de Henry Wadsworth Longfellow. De même, il avait assuré les membres les plus influents du Conseil de supervision de son soutien plein et entier dans le financement d'un département des langues modernes réorganisé. Et Lowell, en lisant cela, de se rappeler qu'au même moment Jennison l'incitait à résister de toutes ses forces aux manœuvres de la Corporation.

« Quand je pense qu'il n'y a jamais eu la moindre friction entre nous », dit-il tristement.

D'après son journal intime, l'homme d'affaires caressait depuis plus d'une année l'idée d'orchestrer une polémique parmi les administrateurs. Bien menée, la querelle aboutirait à des mises à l'écart, voire à des démissions. Autrement dit : il y aurait des sièges à pourvoir. Mais à la mort du juge Healey, c'est un certain Choate qui avait été élu au Conseil de supervision. Phineas avait cru devenir fou. L'homme était falot ; il ne possédait pas la moitié de sa fortune ni le quart de ses talents en affaires ; il n'était même pas diplômé de Harvard ! Mais voilà, il était brahmane de naissance ! Cette loi tacite qui le grugeait était le fait d'un homme surtout : le Dr Augustus Manning. Jennison ne l'ignorait pas.

À quel moment, exactement, avait-il eu vent de la dévorante détermination du trésorier à chasser Dante de l'université ? cela restait obscur. Toujours est-il qu'il avait vu là l'occasion d'obtenir un siège au conseil de la Corporation.

« Jennison avait tout intérêt à attiser la lutte entre la Corporation et vous, dit Longfellow. Quelle que soit l'issue de la bataille, Manning en serait sorti usé ; divers postes se seraient trouvés vacants et Jennison se serait taillé la réputation d'un héros pour avoir soutenu la cause de l'université.

— Je n'arrive pas à me faire entrer ça dans le crâne, répéta Lowell.

— Il a œuvré à l'élargissement de la déchirure survenue entre l'université et vous, expliqua Holmes en relevant les yeux des petits papiers étalés devant lui. En retour, il a été déchiré. Voilà son *contrapasso*. »

Le docteur reprit son étude des lettres retrouvées près des cadavres de Talbot et de Jennison. Il avait fait sien l'entêtement de Nicholas Rey à découvrir leur signification et passait des heures en compagnie de l'agent à essayer toutes sortes de combinaisons. Il était convaincu que le meurtrier avait cherché à exprimer un message et qu'il avait aussi laissé des lettres auprès du juge suprême, mais que le vent soufflant de la rivière les avait emportées. Sans elles, la phrase déchiffrée par Rey demeurait une mélodie brisée : *Je ne peux mourir comme...*

Longfellow ouvrit à une page blanche le cahier consacré à l'enquête. Ayant trempé sa plume, il se mit à fixer le vide. Il resta si longtemps immobile dans cette position que l'encre sécha. En effet, comment coucher par écrit la conclusion logique qui s'imposait à lui : à savoir que les châtiments infligés par Lucifer servaient avant tout leur intérêt à eux – l'intérêt du cercle des Amis de Dante ?

La Chambre d'État se dressait haut sur Beacon Hill, et plus haut encore le dôme de cuivre qui la coiffait. Quant à la tour courtaude et pointue qui flanquait le bâtiment, elle semblait veiller sur le *Common* de Boston, tel un phare. Des ormes élancés à la ramure blanchie par le gel de décembre montaient la garde devant l'édifice.

Sur le perron, souriant de ce sourire absent qui était l'apanage de ses pairs, le gouverneur John Andrew accueillait politiciens, notables et militaires en uniforme avec toute la dignité que lui permettait sa silhouette en forme de poire. Ses cheveux bruns descendaient en boucles sous son chapeau de soie noire. Ses lunettes, petites et cerclées d'or, étaient la seule fantaisie qu'il s'autorisât.

« Monsieur le gouverneur..., le salua Lincoln en s'inclinant légèrement. Cette réunion de soldats se présente déjà comme une grande réussite.

— Merci, monsieur le maire. Madame Lincoln, je vous souhaite la bienvenue... La compagnie est plus prestigieuse que jamais, se vanta encore le gouverneur, en invitant du geste ses hôtes à entrer dans la demeure.

— On chuchote que Longfellow est sur la liste des personnalités attendues, s'émerveilla le maire, et il accompagna ses mots de petites tapes élogieuses sur l'épaule gouverneur. C'est une bien belle chose que vous faites pour ces hommes. Et nous – la municipalité, je veux dire –, nous vous applaudissons à deux mains. »

Dans un doux bruissement de satin, Mme Lincoln releva légèrement sa robe et posa un pied de reine dans le vestibule. Un miroir accroché bas fournissait à ces dames une vue sur l'ourlet de leurs robes tandis qu'elles se dirigeaient vers la salle d'honneur, et leur permettait de rétablir au besoin la superposition des tissus que la montée des marches pouvait avoir dérangée – les époux, on le sait, ne sont d'aucune utilité en la circonstance.

Dans le vaste salon, quelque vingt ou trente invités se mêlaient à une petite centaine de soldats de cinq régiments différents, magnifiquement sanglés dans leurs uniformes d'apparat. De toutes les compagnies célébrées en ce jour, les plus glorieuses n'avaient pour les représenter qu'un petit nombre de survivants. Outrepassant l'avis de ses conseillers, qui lui faisaient valoir que certains hommes de la troupe étaient revenus de la guerre avec l'esprit *dérangé*, le gouverneur Andrew avait tenu à ce que tous les soldats fussent fêtés ce soir-là pour les services rendus au pays, et non pas seulement les plus recommandables aux yeux de la bonne société.

Sentant monter en lui un agréable sentiment d'importance, Andrew gagna le centre de la longue salle d'honneur d'un pas cadencé et promena les yeux sur les visages assemblés. Les noms auxquels il avait eu la bonne fortune de lier le sien pendant les années de guerre résonnèrent dans sa tête. En cette période difficile, le club du Samedi avait plus d'une fois envoyé une voiture à la Chambre d'État pour l'arracher à son bureau et lui offrir une soirée de gaieté dans les élégants salons de chez Parker. À présent, le temps lui paraissait divisé en deux époques bien distinctes : avant la guerre et après. Et tandis qu'il se glissait sans heurt entre les foulards blancs et les chapeaux de soie, entre les brandebourgs et les fourragères dorées, retenu au passage par quelque vieil ami, il ne pouvait s'empêcher de penser : nous avons survécu.

George Washington Greene se planta devant un marbre représentant les Trois Grâces délicatement appuyées l'une sur l'autre. Leurs visages froids et angéliques avaient une calme indifférence qu'il était loin d'éprouver. Comment un soldat l'ayant entendu prêcher dans un foyer pour anciens combattants pouvait-il connaître *aussi* précisément les tensions existant entre le cercle des Amis de Dante et Harvard ? La question, posée à Craigie House, dans l'étude de Longfellow, avait suscité bien des hypothèses. Et tout le monde était convenu qu'y répondre c'était répondre à celle-ci : « Qui est ce tueur ? » L'un de ses auditeurs fascinés aurait-il eu un père ou un oncle qui siégeait à la Corporation ou au Conseil de supervision de Harvard ? Et celui-ci aurait-il innocemment raconté des histoires pendant le dîner sans imaginer leur effet sur l'esprit troublé de son voisin de table ?

Les Amis de Dante avaient conclu à l'unanimité qu'il était impératif de connaître le nom des personnes présentes aux réunions du conseil au cours desquelles la lutte contre Dante avait été évoquée et le rôle que devaient y tenir Healey, Talbot et Jennison. Une fois la liste en main, ils la compareraient à celle établie par le diacre du foyer pour anciens combattants et l'on verrait si elles se recoupaient. En conséquence, une seconde excursion à la salle des Archives de la Corporation s'imposait. Ce soir même, sitôt que M. Teal arriverait au Corner pour prendre son service, Fields lui demanderait à nouveau son aide sous un prétexte quelconque. Par ailleurs, il ferait discrètement préparer par Osgood la liste de ses employés qui avaient fait la guerre, en se fondant sur l'*Annuaire des régiments du Massachusetts dans la guerre de rébellion*. Enfin, dans la soirée, les Amis de Dante au grand complet se rendraient à la réception du gouverneur en l'honneur des soldats de Boston, y compris Nicholas Rey qui s'était battu pendant la guerre. Peut-être y glaneraient-ils des renseignements sur les soldats fréquentant le foyer.

Surveillant M. Greene du coin de l'œil, MM. Longfellow, Lowell et Holmes se dispersèrent dans les salons bondés et, sous divers motifs, s'employèrent à interroger d'anciens combattants sur le soldat décrit par leur ami.

« On se croirait dans l'arrière-salle d'une taverne ! se plaignit Lowell en chassant de la main une volute de fumée.

— Est-ce bien vous qui parlez comme ça ? se moqua Holmes. L'homme qui se vante de griller dix cigares par jour et donne le nom de muse au plaisir ressenti ?

— Qui se plaît à humer chez autrui l'odeur de ses propres vices ? rétorqua Lowell du tac au tac. Tenez, dirigeons-nous là-bas pour nous désaltérer. »

Le Dr Holmes enfonça les mains dans les poches de son gilet de soie moirée.

« Pas un seul des soldats à qui j'ai parlé ne connaît quelqu'un correspondant à la description de Greene. Au mieux, ils ont vu un type *exactement* comme ça pas plus tard que l'autre jour, mais ils ignorent son nom et les lieux qu'il fréquente. Espérons que Rey aura eu plus de chance.

— Mon cher Wendell, Dante était un homme de grande dignité. L'un des secrets de cette dignité est qu'il ne faisait jamais rien dans la précipitation. Vous ne le trouvez jamais en train de se hâter. Il me semble que c'est une excellente règle, en ce qui nous concerne.

— Et vous êtes le premier à la suivre ? » s'enquit Holmes avec un petit rire ironique.

Lowell s'offrit une gorgée de bordeaux méditative avant de reprendre :

« Dites-moi, Holmes, avez-vous jamais eu une Béatrice ?

— Je vous demande pardon, Lowell ?

— Je veux dire... une femme qui aurait incendié les impressionnantes profondeurs de votre imagination.

— Eh bien... mon Amelia ! »

Lowell éclata d'un rire bruyant.

« Voyons, Holmes, une épouse ne saurait être une *Béatrice* ! N'avez-vous jamais fait de folies ? Fiez-vous à mon jugement, car j'ai ceci en commun avec Pétrarque, Dante et Byron, d'avoir été désespérément amoureux avant l'âge de dix ans. Seul mon cœur connaît les douleurs que j'ai endurées.

— Que dirait Fanny si elle vous entendait, Lowell !

— Pfuitt ! Dante avait Gemma, la mère de ses enfants, mais elle n'était pas la source de son inspiration ! Savez-vous comment ils se sont rencontrés ? Longfellow en doute, mais je soutiens que Gemma Donati est la dame dont il parle dans *La Vita Nuova*, qui le console de la perte de Béatrice. Vous voyez cette jeune dame, là-bas, dans le coin ? »

Holmes suivit le regard de Lowell et découvrit une mince jeune femme dont les cheveux aile de corbeau brillaient de mille éclats sous les lustres étincelants.

« 1839, Allston Gallery... je m'en souviens encore. Jamais mes yeux ne s'étaient posés sur une créature aussi belle... un peu comme cette beauté qui enchante les amis de son mari. Ses traits dénotaient la plus pure race juive. Son teint était mat, son visage transparent. On y voyait passer le moindre sentiment comme, sur la prairie, l'ombre du nuage. De là où je me trouvais, ses yeux disparaissaient dans le creux sombre de l'arcade sourcilière et la pénombre de son teint, de sorte que vous n'en saisissiez qu'une splendeur estompée et mystérieuse. Mais quels yeux ! J'en tremblais presque. Cette unique vision séraphique a plus enflammé mon inspiration de poète que...

— Était-elle seulement intelligente ?

— Ciel, comment le saurais-je ? Quand elle a battu des paupières dans ma direction, je n'ai pas trouvé en moi la force de lui dire un mot. Il n'y a qu'une chose à faire avec les femmes coquettes, Wendell : prendre ses jambes à son cou. Plus de vingt-cinq ans ont beau s'être écoulés, je ne l'ai toujours pas bannie de ma mémoire. Chacun de nous a sa Béatrice, je vous assure, qu'elle existe bel et bien ou ne vive que dans l'esprit de son admirateur. »

Comme Rey s'approchait d'eux, Lowell s'interrompit.

« Les vents nous sont favorables, monsieur le policier, voilà tout ce que je puis dire. Nous avons bien de la chance de vous avoir à nos côtés.

— Il faut en remercier votre fille, répondit Rey.

— Mabel ? »

Lowell tourna vers lui un visage ébahi.

« Elle est venue me trouver pour me convaincre de vous prêter assistance, messieurs.

— Mabel est venue vous trouver en secret ? Vous étiez au courant, Holmes ? »

Le docteur secoua la tête.

« Nullement. Mais nous lui devons bien un toast !

— Professeur Lowell, déclara l'agent de police, le menton relevé, si vous vous fâchez contre elle, je vous mets aux arrêts. »

Lowell rit de bon cœur.

« Assez convaincant, monsieur l'agent ! Ne laissons pas retomber la vapeur ! »

Rey hocha la tête d'un air de conspirateur et reprit ses déambulations dans la salle.

« Vous imaginez-vous cela, Wendell ? Mabel discutant dans mon dos comme si elle était en mesure de changer le cours des choses !

— C'est une Lowell, mon cher.

— Je suppose que cela peut servir d'excuse en partie », répondit Lowell après un moment de réflexion.

Longfellow les rejoignit.

« M. Greene ne faiblit pas, dit-il, mais je m'inquiète que... Oh, Mme Lincoln et le gouverneur Andrew... ! »

Lowell leva les yeux au ciel. Cette incursion dans la bonne société se révélait d'un fastidieux achevé ! Ces innombrables poignées de main et bavardages échangés avec des professeurs, des ministres du culte, des politicards et autres personnages officiels de l'université ne faisaient que les distraire de leur but.

« Monsieur Longfellow. »

S'étant retourné, le poète se retrouva nez à nez avec un trio de dames de Beacon Hill.

« Oh, bonsoir, mesdames, dit-il.

— Vous avez fait récemment l'objet de mes conversations, monsieur, déclara la beauté de cette trinité, celle qui avait les cheveux aile de corbeau. À Buffalo où je me trouvais en vacances.

— Vraiment ? s'étonna Longfellow.

— Oui. Mlle Mary Frere parle de vous avec une grande tendresse. Elle affirme que vous êtes un être d'exception. À ce que j'ai compris, elle a passé des moments merveilleux avec vos enfants et vous-même à Nahant, l'été dernier. Et voilà que je tombe sur vous ce soir ! N'est-ce pas extraordinaire ?

— Oh ? Comme c'est aimable à elle, répondit Longfellow avec un sourire. Connaissez-vous le professeur Lowell ?... Mais où a-t-il disparu ? »

À quelques pas de là, Lowell racontait bruyamment une anecdote à une petite assistance.

« Alors Tennyson a grogné de son coin de table : "Sacredieu. Si j'avais un couteau, je leur tailladerais les boyaux !" En véritable poète, le roi Alfred s'est refusé à désigner cette partie du corps à l'aide de circonlocutions du genre : viscères abdominaux ! »

Les auditeurs s'esclaffèrent et firent assaut de plaisanteries. Le rose de la confusion se propagea jusqu'aux oreilles des trois dames bouche bée, qui se tenaient à côté. Longfellow reporta son attention sur elles.

— Si deux hommes cherchent à se ressembler, ils n'y parviendront jamais mieux que lord Tennyson et le professeur Lovering, de notre université. »

Sa digression annihila l'indécence de Lowell. La beauté sombre en rayonna de gratitude.

« Oh, dit-elle, cela nous donne matière à réfléchir. »

Lorsqu'il avait appris par un mot de son père que celui-ci assisterait également au banquet en l'honneur des soldats à la Chambre d'État, le jeune Oliver Wendell Holmes avait poussé un soupir, relu le papier et maudit l'auteur de ses jours. Ce n'était pas tant la présence de son père qui le dérangeait que les questions « bienveillantes » que les autres invités ne manqueraient pas de lui poser pour leur divertissement personnel. *Comment se porte notre cher vieux papa ? Toujours à émailler ses leçons de poèmes, et ses poèmes de leçons ? Est-il vrai que le docteur peut proférer cent cinquante mots à la minute, capitaine Holmes ?* Pourquoi devait-on l'ennuyer, lui, le fils, avec le sujet préféré de monsieur son père, à savoir : lui-même ?

Pour l'heure, le capitaine Wendell Holmes venait d'être présenté à une délégation d'Écossais avec d'autres hommes de son régiment. À l'énoncé de son nom, les questions sur son ascendance avaient fusé. Arrivé après les explications, un jeune homme de son âge qui se disait « mythologue » s'enquit à son tour :

« Êtes-vous le fils d'Oliver Wendell Holmes ?

— Oui.

— Eh bien, je n'aime pas du tout ce qu'il écrit. »

Sur un sourire, le mythologue tourna les talons.

Dans le silence qui l'entoura soudain au milieu du brouhaha, abandonné de tous, le jeune Wendell fut fâché de l'omniprésence de son père de par le monde, et le maudit une nouvelle fois. Comment pouvait-on désirer étendre sa réputation au point de se retrouver jugé par des vermisseaux tels que ce M. Lang ? Il se retourna et aperçut son père parmi un cercle de gens, dont le gouverneur, massés autour d'un James Lowell gesticulant. Dressé sur la pointe des pieds, le Dr Holmes, avait déjà la bouche ouverte pour lancer une phrase. Wendell entreprit de contourner le groupe pour aller se réfugier à l'autre bout de la salle.

« Wendy, c'est toi ? »

Il feignit de ne pas entendre, mais l'appel retentit à nouveau. Son père se faufilait entre des soldats pour le rejoindre.

« Bonsoir, Père.

— Tu ne veux pas venir saluer Lowell et le gouverneur ? Permets que je te présente dans ton uniforme pimpant ! Oh, attends... »

Les yeux de son père s'étaient arrêtés sur un groupe.

« Ah, ce doit être la coterie écossaise dont Andrew nous a touché un mot. J'aimerais bien rencontrer le jeune mythologue et débattre avec lui de certaines idées que j'ai sur cet épisode d'Orphée jouant du violon pour arracher Eurydice aux régions infernales. Tu as lu des choses de lui, Wendy ? »

S'emparant de son bras, le Dr Holmes voulut entraîner son fils de ce côté-là de la salle.
« Non ! »
Soucieux d'éviter à son père un esclandre, Wendell avait violemment arraché son bras. Holmes lui lança un regard blessé.
« Je suis seulement venu faire acte de présence pour mon régiment, Père. Je dois rejoindre Minny chez James. Veuillez m'excuser auprès de vos amis.
— Tu as raison, Wendy. Nous aussi, nous sommes de joyeux compères, et chaque année qui roule sur nos têtes nous trouve seulement plus unis. Profite de ton passage sur le bateau de la jeunesse, mon garçon. Il a si vite fait de se perdre en mer ! »
Voyant le mythologue ricaner au loin, le jeune homme ajouta :
« Je voulais vous dire, Père... J'ai entendu ce falot de Lang mal parler de Boston. »
Un air solennel se répandit sur les traits du docteur.
« Vraiment ? Dans ce cas, il ne mérite pas notre attention, mon garçon.
— Si vous le dites, Père. Vous travaillez toujours à ce nouveau roman ? »
La question de son fils engendra sur le visage du docteur un sourire auquel il ne put se soustraire.
« Bien sûr, même si d'autres affaires ont rogné sur mon temps, ces derniers mois. Fields m'assure qu'il rapportera quelques sous. S'il ne le fait pas, je n'aurai plus qu'à sauter dans l'Atlantique. Je ne parle pas de la revue, mais de la grande étendue d'eau mouillée.
— Vous allez de nouveau prêter le flanc aux critiques », dit le fils. Il hésitait à développer sa pensée. Soudain, il regrettait d'avoir manqué d'à-propos tout à l'heure. Ce ver de terre de mythologue méritait d'être passé au fil de l'épée. Il se promit de lire son ouvrage en sachant déjà qu'il se réjouirait de le trouver mauvais. « Peut-être aurai-je la chance de lire ce roman-là si j'ai un peu de temps.
— J'en serais ravi, mon garçon », dit Holmes avec douceur tandis que son fils s'éloignait.

Rey avait retrouvé un soldat manchot dont le diacre lui avait parlé au foyer d'anciens combattants. S'en revenant d'une danse, son épouse au bras, l'homme déclara fièrement :
« Quand ils vous ont équipés, vous autres, pour partir au combat, il y en a qui disaient qu'ils feraient pas une guerre de nègres. Moi, je voyais rouge en entendant ça !
— Je vous en prie, mon lieutenant, dit Rey. Ce monsieur que je vous ai décrit, pensez-vous l'avoir déjà aperçu au foyer ?
— Certainement, certainement. Un gars toujours en uniforme et avec une moustache blond filasse en forme de guidon. Blight,

c'est son nom. J'en suis absolument certain, enfin presque. Capitaine Dexter Blight. Une tête. Toujours en train de lire. Un officier bon comme le pain, à mon avis.

— Et il s'intéressait aux sermons de M. Greene ?

— Sûr qu'il les aimait, ce vieux trublion ! Ces sermons, c'était comme une goulée d'air pur. Bien plus audacieux que tout ce que j'ai entendu. Oh, pour sûr, qu'il les aimait le capitaine, plus que nous tous, même, j'ai l'impression ! »

Rey pouvait à peine se contenir.

« Savez-vous où on peut le trouver ? »

Le soldat se frappa la paume de son moignon et garda le silence. Puis, entourant son épouse de son bras valide, il lança :

« Vous voulez savoir, monsieur le policier, ma jolie pouliche, ici, elle doit vous porter chance.

— Ciel, lieutenant ! protesta celle-ci.

— Je vous crois bien, que je sais où on peut le trouver ! dit le soldat. Là, juste devant. »

Le capitaine Dexter Blight, du 19ᵉ régiment du Massachusetts, arborait en effet une moustache blonde en forme de U renversé. Exactement comme Greene l'avait décrite.

Le regard de Rey, discret mais affûté, s'éternisa trois longues secondes sur le personnage indiqué avec une soif de savoir qui l'étonna lui-même.

« Agent Nicholas Rey ? Est-ce bien vous ? »

Le gouverneur Andrew levait les yeux vers lui et lui tendait la main avec cérémonie.

« On ne m'avait pas dit que vous étiez attendu.

— Je ne comptais pas venir, gouverneur. Mais je crains que vous ne deviez me pardonner... »

Rey fendit la foule des soldats, plantant là l'homme à qui il devait sa nomination à la police de Boston. Lequel en resta ébahi.

L'apparition soudaine de l'homme qu'ils recherchaient si ardemment éclipsa toute autre pensée de l'esprit des Amis de Dante lorsque, l'un après l'autre, ils se virent désigner le soldat. Tous, de là où ils étaient, se mirent à fixer cet individu dont la présence, visiblement, laissait de marbre le reste des invités. Comment cet individu, simple mortel en apparence, avait-il pu s'emparer de Phineas Jennison et le découper en morceaux ? Rien d'étrange n'émanait de ses traits puissants et farouches à demi cachés par son couvre-chef en feutre noir. Était-il possible que ce soldat en vareuse à simple boutonnage fût le *savant*[1] interprète

---

1. En français dans le texte.

qui avait traduit en *actes*[1] les vers de Dante en les agrémentant de mille et une façons ?

S'étant excusé auprès de quelques admirateurs, Holmes se précipita vers Lowell.

« Cet homme…, chuchota Holmes.

— Je sais, répondit le poète à mi-voix. Rey me l'a montré aussi.

— Si nous demandions à Greene de s'entretenir avec lui ? suggéra Holmes.

— Regardez ! » fit Lowell sur un ton pressant.

Le capitaine Blight venait d'apercevoir George Washington Greene, et ses narines proéminentes en palpitaient d'intérêt. Perdu dans l'admiration des œuvres d'art exposées, le pasteur flânait de l'une à l'autre, comme s'il visitait un musée. Blight resta à le contempler un moment avant d'esquisser un pas dans sa direction.

Dans son mouvement pour rejoindre le soldat, Rey le quitta des yeux un court instant. Le temps qu'il contournât un groupe, il ne vit plus que Greene devant la statue, en conversation avec un collectionneur. Blight, lui, se dirigeait vers la sortie.

« Retenez-le, lui souffla Lowell. Il est en train de filer ! »

Le temps, calme, n'était pas à la neige. Dans le ciel immense se détachait une demi-lune si nette qu'on l'eût dite découpée à l'aide d'une lame spécialement aiguisée.

Sur le *Common*, Rey repéra un soldat en uniforme qui s'éloignait d'un pas cahotant en s'appuyant sur une canne en ivoire.

« Capitaine ! » cria-t-il à sa suite.

L'officier se retourna et, plissant les paupières, dévisagea son interlocuteur durement.

« Capitaine Blight.

— Qui êtes-vous ? »

Il avait une voix profonde, audacieuse.

« Nicholas Rey. Je voudrais vous parler. Ce ne sera pas long. »

Il exhiba son insigne. Blight recula d'un pas.

« Je n'ai rien à dire à la police ! »

Plantant sa canne dans la glace, il repartit à une allure étonnamment vive. Désorienté, Rey le rattrapa et le saisit par le bras.

« Essayez seulement de m'arrêter, je vous arrache les tripes et je les jette dans l'étang aux grenouilles ! » hurla le soldat.

Rey comprit qu'il avait fait une erreur. Cet accès de colère irréfléchi, cette émotion incontrôlée étaient ceux d'un craintif, et non d'un homme inébranlable comme devait l'être le meurtrier. Il lança un coup d'œil par-dessus son épaule. Les Amis de Dante dévalaient

---

1. En français dans le texte.

les marches de la Chambre d'État, portés par les ailes de l'espoir. Derrière eux, Rey entrevit toutes les personnes de Boston qui l'avaient conduit à se lancer dans cette aventure inouïe : Kurtz, responsable (mais pour combien de temps encore ?) de la sécurité d'une ville trop vorace et trop étendue pour satisfaire les exigences des gens obligés d'y vivre ; Ednah Healey dans la lumière mourante de sa chambre à coucher, s'arrachant des lambeaux de chair en pleurant le passé ; Gregg, le sacristain, et Grifone Lonza – tous deux victimes de l'effroi insurmontable engendré par ces meurtres. Pendant qu'il resserrait sa prise sur un Blight de plus en plus hargneux, Rey croisa le regard du Dr Holmes. Il y lut à la fois ébahissement et retenue, et il comprit que le docteur partageait ses doutes. Il pria le ciel pour qu'il ne fût pas trop tard.

« Enfin ! » grommela Augustus Manning pour lui-même, et il alla répondre à la sonnette d'entrée. « Passons dans la bibliothèque, voulez-vous ? » proposa-t-il à son visiteur.

Ayant repéré le siège le plus confortable, un sofa tendu d'un tissu taupé, Pliny Mead s'y installa bien au milieu d'un air suffisant.

« Je vous remercie d'avoir accepté cet entretien en cette heure du soir, monsieur Mead, et en dehors de l'université, dit Manning.

— Eh bien, je vous prie d'excuser mon retard. Le message transmis par votre secrétaire indiquait que c'était au sujet du professeur Lowell. S'agit-il de notre cours sur Dante ? »

Manning passa la main sur la raie séparant les touffes de cheveux blancs qui se dressaient sur sa tête à la façon de crêtes de coq.

« Très exactement, monsieur Mead. En avez-vous parlé avec M. Camp, je vous prie ?

— Je pense bien, et pendant plusieurs heures ! Il voulait tout savoir de mes opinions sur Dante. Il m'a précisé qu'il m'interrogeait à votre instigation.

— En effet. Pourtant, depuis qu'il vous a vu, il ne semble plus vouloir me rencontrer. Je me demande pourquoi. »

Mead fronça le nez.

« Comment pourrais-je connaître les affaires qui vous lient à lui, monsieur ?

— Vous ne le pouvez pas, bien évidemment, mon garçon. Néanmoins, je pense que vous pourriez m'aider. Nous pourrions marier nos informations et comprendre ce qui a pu l'inciter à changer à ce point de comportement à mon endroit. »

Mead garda les yeux fixés sur le manteau de la cheminée, déçu que la réunion ne présentât ni bénéfice ni plaisir pour lui. Il aperçut un casier à pipes. L'idée de fumer au coin du feu en compagnie d'un *fellow* de Harvard l'amusa.

« Vos pipes sont magnifiques, docteur Manning. »

Le trésorier hocha la tête aimablement et en bourra une à l'intention de son hôte.

« Ici, à la différence du campus, nous pouvons fumer librement. Nous pouvons aussi parler en toute liberté. Les paroles s'échapperont de nos lèvres en même temps que la fumée. Voyez-vous, monsieur Mead, de nouveaux événements, fort étranges, se sont produits récemment et je souhaiterais faire la lumière sur eux. Un policier est venu me voir. Il a commencé à poser des questions à propos du cours sur Dante, puis il s'est arrêté brusquement comme s'il avait voulu m'informer d'une chose mais se ravisait au dernier moment. »

Mead ferma les yeux et exhala la fumée voluptueusement. Augustus Manning considéra qu'il en avait assez supporté.

« Je me demande, monsieur Mead, si vous vous rendez compte que vos notes entament actuellement une glissade fatale. »

Mead se raidit sur-le-champ, comme s'il se préparait à recevoir des coups de badine sur les doigts.

« Monsieur... Docteur Manning... Croyez bien que ce n'est... »
Il s'interrompit.

« Je sais, mon cher garçon. Je suis au courant des détails. La faute en est à ce cours du Pr Lowell, au dernier trimestre. Vos frères ont toujours été les meilleurs élèves de leurs classes dès les premiers jours de leur scolarité, n'est-ce pas ? »

Mead détourna les yeux, bouillant de rage et d'humiliation.

« Peut-être pourrions-nous envisager un réajustement, faire en sorte de ramener vos notes à un niveau plus conforme à l'honneur de votre famille. »

Les yeux vert émeraude de Mead revinrent à la vie.

« Vraiment, monsieur ?

— Peut-être devrais-je avoir une pipe, moi aussi », déclara Manning avec un large sourire.

Il se leva de son siège pour aller faire son choix.

L'esprit de Pliny Mead s'emballa. Pour lui faire une telle proposition, Manning avait forcément quelque chose derrière la tête, mais quoi ? Il se remémora son entretien avec le détective, minute par minute. Camp recherchait des informations négatives sur Dante susceptibles d'étayer les positions de Manning et de la Corporation sur le remaniement des programmes et les nouvelles matières à introduire dans le cursus. Oui, en y réfléchissant maintenant, le détective s'était montré bien plus curieux et attentif lors de la seconde entrevue. Pour quelle raison ? Mystère. Pourquoi la police s'intéressait-elle à Dante ? Il réfléchit. De tous les exemples qu'il avait cités à Camp, c'était le châtiment des Simoniaques qui avait le plus retenu son attention. Il se rappela la folie de violence et de terreur qui s'était emparée de la ville ces derniers temps. De nombreuses rumeurs circulaient sur la mort d'Elisha Talbot.

Selon certaines, le pasteur aurait été retrouvé les pieds carbonisés. Un *pasteur*, les pieds brûlés ?... Et puis, il y avait ce malheureux juge Healey, retrouvé nu et couvert de...

Qu'ils aillent tous au diable, et le marchand Jennison avec ! Mais quand même... Se pourrait-il que... ? Et Lowell serait au courant... ? Cela expliquerait qu'il eût annulé son cours de but en blanc, sans vraiment donner d'explication. Et Camp ? Se pourrait-il que lui, Mead, l'eût mis sur la voie sans le savoir ? Lowell aurait caché ses déductions à l'université, à la ville et... Mais cela pourrait signifier sa perte ! Qu'ils aillent tous au diable !

Mead bondit sur ses pieds.

« Docteur Manning ! »

Le trésorier craquait une allumette. Mais très vite, il la souffla et demanda dans un murmure :

« Vous n'avez pas entendu un bruit dans l'entrée ? »

Mead tendit l'oreille, puis secoua la tête.

« Mme Manning, monsieur ? »

Son hôte avait levé son doigt et l'approchait de ses lèvres. Sur la pointe des pieds, il se glissa dans le vestibule. Il en revint au bout d'un moment.

« Un effet de mon imagination. »

Plongeant les yeux dans ceux de l'étudiant, il reprit :

« Je tiens à ce que vous soyez assuré que notre intimité est complète. Je sais au fond de mon cœur que vous allez me dire ce soir des choses importantes, monsieur Mead.

— Ce n'est pas impossible, docteur Manning », répondit l'étudiant sur un ton provocant.

Mettant à profit l'absence de Manning, il s'était concocté une stratégie. *Dante est un satané meurtrier, docteur Manning. Oh oui, il se pourrait que j'aie des choses à vous confier.* Voilà ce qu'il allait dire, mais auparavant...

« Parlons d'abord de mes notes de classe, docteur Manning, ensuite nous passerons à Dante. Ce que j'ai à vous dire vous intéressera considérablement, je le crois. »

Le visage du trésorier s'illumina.

« Et si je nous préparais un verre pour accompagner nos pipes ?

— Pour moi, ce sera un xérès, s'il vous plaît. »

Manning apporta le stimulant réclamé. Mead le descendit cul sec et lança :

« En prendrez-vous un autre, cher Auggie ? Je sens que nous allons passer une soirée arrosée. »

Augustus Manning s'en fut vers le buffet pour remplir les verres. L'élève avait intérêt à lui livrer des informations intéressantes, sinon... Un bruit reconnaissable en tous lui parvint : le garçon avait cassé quelque chose. Irrité, il jeta un coup d'œil par-dessus son épaule. Pliny Mead gisait sur le sofa, immobile, les bras écartés.

Manning fit un demi-tour complet. À la vue d'un soldat en uniforme, la carafe lui échappa des mains. Cet homme, qu'il croisait presque quotidiennement dans les couloirs de University Hall, le regardait fixement en mâchonnant de façon saccadée. Ses lèvres se séparèrent et de petits points blancs apparurent sur sa langue. Il cracha. Un minuscule carré de papier mouillé atterrit sur le tapis. Manning le contempla fasciné, incapable de détacher les yeux des deux lettres qu'il portait.

Il s'élança vers le fusil de chasse pendu au mur.

« Non, non ! » bégaya-t-il tout en essayant d'escalader une chaise.

Dan Teal arracha l'arme des mains tremblantes du trésorier et, d'un mouvement qui ne lui coûta aucun effort, lui balança le canon dans la figure. Puis il reprit son observation, immobile : le traître vacillait et s'affaissait sur le plancher, glacé jusqu'au fond du cœur. Il resta à contempler son œuvre.

17.

Le Dr Holmes grimpa lourdement le long escalier qui menait à la salle des Auteurs.

« Rey n'est pas encore de retour ? » demanda-t-il en haletant.

Il nota les sourcils tire-bouchonnés de Lowell, signe de son irritation.

« Eh bien…, reprit-il. Si Blight sait des choses, Rey s'en reviendra avec de bonnes nouvelles. Comment s'est passée votre seconde visite à la salle des Archives ?

— J'ai bien peur qu'elle ne se produise jamais, laissa tomber Fields en soupirant dans sa barbe.

— Comment ça ? »

L'éditeur garda le silence.

« M. Teal n'a pas pris son service ce soir, expliqua Longfellow. Peut-être est-il souffrant, s'empressa-t-il d'ajouter.

— Cela ne lui ressemble pas, répliqua Fields. D'après les registres, il n'a pas manqué une seule fois en quatre mois. Ce pauvre garçon ne cesse de m'exprimer sa loyauté et, moi, je l'ai mis dans l'embarras.

— Quelle folie…, fit Holmes.

— N'est-ce pas ? le coupa Fields. Je n'aurais jamais dû le mêler à tout ça ! Manning aura découvert qu'il nous a fait entrer subrepticement à University Hall et il l'aura livré à la police. Ou encore ce tordu de Samuel Ticknor se sera vengé de lui pour avoir interféré dans son manège honteux avec Mlle Emory. Nous avons tué le temps en interrogeant certains de mes employés qui ont combattu pendant la guerre. Aucun d'eux n'a admis fréquenter un foyer d'anciens combattants, ni ne nous a appris quoi que ce soit d'intéressant. »

Lowell se mit à arpenter la pièce d'un pas lourd. Une dernière enjambée, plus longue que les autres, le conduisit à la fenêtre où il demeura immobile à fixer les congères dans la rue.

« Selon Rey, dit-il enfin, le capitaine Blight serait juste un amateur des sermons de Greene. Je crains qu'il ne lui apprenne rien sur ses compagnons et cela, pour la simple raison qu'il n'a rien à en dire. Une fois de plus, nous tombons sur un puits à sec, et pas moyen de pénétrer dans les archives de la Corporation sans l'aide de M. Teal ! »

Un coup frappé à la porte précéda l'entrée d'Osgood. Le premier clerc annonça à l'éditeur que deux commis ayant fait la guerre l'attendaient dans la salle du personnel. La liste qu'il avait établie recensait douze anciens combattants parmi les employés : Heath, Miller, Wilson, Collins, Holden, Sylvester, Rapp, Van Doren, Drayton, Flagg, King et Kellar. Un treizième, Samuel Ticknor, avait bien été appelé sous les drapeaux mais, après deux semaines en uniforme, il avait payé les trois cents dollars requis pour se faire remplacer.

Comme de juste ! pensa Lowell.

« Je reste à votre disposition dans la salle des Clercs, monsieur Fields », déclara encore Osgood.

Lorsqu'il se fut retiré, Lowell proposa :

« Si vous me donniez l'adresse de Teal, Fields ? J'irai le chercher moi-même. De toute façon, tant que Rey n'est pas de retour, il n'y a rien que nous puissions faire. Holmes, voulez-vous m'accompagner ? »

Dans la salle des Clercs, J. R. Osgood s'était laissé choir dans un fauteuil avec un soupir fatigué. Distraitement, il attrapa sur l'étagère un roman de Harriet Beecher Stowe, histoire de passer le temps. Ô scandale, la page de garde portant une dédicace de l'auteur à M. Fields était déchiquetée, percée de trous pas plus gros que des flocons de neige ! Il feuilleta le livre. Le sacrilège était perpétré en plusieurs autres endroits.

Pendant ce temps-là, à l'écurie, Lowell et Holmes faisaient une découverte tout aussi dramatique : la jument de Fields était affalée sur sa litière, sans force, et son compagnon bottait quiconque osait l'approcher. Les transports publics étant, eux aussi, totalement désorganisés par l'épidémie de maladie de Carré, les deux poètes se virent dans l'obligation de se rendre à pied à leur destination, dans le sud de la ville.

L'adresse inscrite sur le formulaire d'engagement de Dan Teal était celle d'une maison modeste. Une femme épuisée par les ménages leur ouvrit.

« Madame Teal ? demanda Lowell en retirant son chapeau. Je suis M. Lowell, permettez-moi de vous présenter le Dr Holmes.

— Je m'appelle Mme Galvin », répondit-elle en portant une main à sa poitrine.

Lowell vérifia les informations écrites sur son papier.

« Quelqu'un du nom de Teal habite-t-il ici ? »

Elle leva sur eux un regard abattu.

« Mon nom est Harriet Galvin, répéta-t-elle en articulant lentement, comme si elle s'adressait à des enfants ou à des simples d'esprit. J'habite ici avec mon mari et nous ne prenons pas de locataire. Je n'ai jamais entendu parler d'un M. Teal, monsieur.

— Vous avez emménagé ici récemment, peut-être ? demanda le Dr Holmes.

— Cela fait cinq ans.

— Encore un puits à sec ! » marmonna Lowell.

Mais Holmes ne se laissa pas décourager.

« Madame, nous laisseriez-vous entrer quelques instants, le temps de nous y retrouver dans tout cela ? »

Elle les précéda dans la maison. Immédiatement, l'attention de Lowell fut attirée par un chromo représentant un soldat dans une tenue flambant neuve nettement trop grande pour lui.

« Ah, puis-je vous ennuyer encore, chère madame, en vous réclamant un verre d'eau ? » dit-il.

Sitôt la maîtresse de maison sortie, il bondit vers le portrait.

« Par la fille de Phœbus ! C'est lui, Wendell, Dan Teal ! Aussi vrai que je me tiens ici !

— Il a fait la guerre ? s'étonna Holmes.

— Il n'était pas sur la liste d'Osgood. »

Une plaque était apposée sous le portrait, Holmes la lut à haute voix :

« Sous-lieutenant Benjamin Galvin... Teal n'est pas son vrai nom. Vite, profitons que la dame est occupée ! »

Joignant le geste à la parole, le docteur se glissa dans la pièce voisine. S'y entassaient une quantité de souvenirs militaires, soigneusement rangés et présentés. Un sabre pendu au mur capta son regard. Un frisson le glaça jusqu'à la moelle des os. Il appela Lowell. À la vue du spectacle, celui-ci fut frappé de saisissement.

Voyant Holmes s'évertuer à chasser un moucheron qui l'attaquait sans relâche, Lowell jeta :

« Oubliez donc cet insecte ! »

Il l'écrasa sur le mur pendant que Holmes s'employait à décrocher l'arme délicatement.

« Cette lame... Pour nos officiers, c'était un ornement, le souvenir d'un temps où les combats étaient plus civilisés. Mon Wendell en avait un, il le brandissait comme un gamin... Oui... ce sabre pourrait fort bien être celui qui a découpé Phineas Jennison.

— Il n'a pas une tache », fit remarquer Lowell en s'approchant avec précaution de la lame étincelante.

Holmes passa le doigt sur le fil.

« Difficile de le dire à l'œil nu. Les traces d'un tel carnage ne disparaissent pas si facilement, même lavées dans les eaux de Neptune. »

Ses yeux se posèrent sur la tache de sang au mur, vestige du moucheron.

Mme Galvin s'en revenait avec deux verres d'eau quand elle aperçut Holmes manipulant le sabre. Elle poussa des hauts cris. Comment ? Des inconnus s'introduisaient chez elle pour la voler ! Ah, mais c'est qu'elle allait appeler les gendarmes ! L'arme à la main, Holmes s'enfuit vers le perron sans s'inquiéter de ses invectives. La maîtresse de maison se lança à ses trousses. Non sans mal, Lowell parvint à se glisser entre elle et son ami.

Les protestations de la dame arrivaient à Holmes indistinctement, quelque part dans les profondeurs de son esprit, tandis qu'il examinait le sabre, debout sur le seuil. Un minuscule moucheron se mit à tourner sur la lame, attiré par elle comme le fer par l'aimant. En un clin d'œil, d'autres apparurent, puis deux et trois encore, en bloc serré. En l'espace de quelques secondes, un bataillon entier galopa le long de l'acier.

Remarquant l'immobilité de son ami, Lowell s'interrompit au milieu d'une phrase.

« Envoyez chercher les autres immédiatement ! » lui cria le docteur.

Les gesticulations d'Holmes et de Lowell, leur insistance à rencontrer son mari n'eurent d'autre effet que de plonger Harriet Galvin dans un silence ahuri. Tels deux seaux dans un puits, les poètes se relayaient pour lui répéter leurs explications. Seuls, des coups frappés à la porte mirent un terme à leur frénésie.

J. T. Fields se présenta. Harriet ne lui prêta aucune attention. Derrière sa silhouette replète et prévenante, elle en avait repéré une autre, mince et léonine, et elle ne pouvait en détacher les yeux. Y avait-il plus beau spectacle que cette apparition d'une sérénité parfaite se profilant sur la blancheur argentée du ciel ? Elle tendit une main tremblante vers cette vision. Ses doigts effleurèrent la barbe du poète au moment où il pénétrait dans la maison à la suite de l'éditeur. Il eut un mouvement de recul. Elle le supplia d'entrer, d'honorer sa demeure.

« Elle ne semble pas nous reconnaître », chuchota Lowell à Holmes qui acquiesça.

C'était tout le contraire. Harriet Galvin s'efforçait de trouver les mots capables de traduire à Longfellow son émerveillement. Le soir, lui disait-elle, elle n'éteignait jamais la lumière sans avoir relu un de ses poèmes. Quand elle avait dû veiller son mari, à son retour de la guerre, elle lui avait récité « Evangeline ». La douce palpitation du souffle exhalé par ces vers, cette légende de l'amour fidèle mais demeuré inachevé, l'apaisaient dans son sommeil. Et le calmaient encore aujourd'hui, ajouta-t-elle tristement. Elle connaissait par cœur le « Psaume à la vie » et c'est avec ce texte qu'elle avait appris à lire à son mari. Elle dit encore que la poésie était sa seule issue pour échapper à la peur lorsqu'elle se retrouvait seule chez elle, une fois son mari parti à son travail. Derrière ses explications, les poètes devinaient une unique question, ressassée inlassablement : « Pourquoi ? » Elle parla avec ferveur, longtemps, longtemps, et finalement éclata en sanglots.

« Madame Galvin, nous avons grand besoin d'aide, et vous seule pouvez nous l'offrir, lui dit doucement Longfellow. Nous devons absolument retrouver votre mari.

— Ces messieurs lui veulent du mal, répondit-elle en désignant Lowell et Holmes. Je ne comprends pas. Pourquoi voulez-vous voir Benjamin, monsieur Longfellow… Je veux dire, d'où le connaissez-vous ?

— Ce serait trop long de vous exposer tous les détails, je le crains », répondit-il.

Pour la première fois, elle détourna les yeux.

« Eh bien, j'ai honte de le dire, mais je ne sais pas où il est. Il revient à peine à la maison et, quand il est là, il ne dit pas trois mots. Il lui arrive de disparaître des jours entiers.

— Quand l'avez-vous vu pour la dernière fois ? demanda Fields.

— Il est passé brièvement aujourd'hui, peu de temps avant vous. »

Fields tira sa montre de son gousset.

« Où est-il allé, en partant d'ici ?

— Je ne sais pas. Je ne suis plus qu'un fantôme pour lui. Autrefois, il prenait si bien soin de moi.

— Madame Galvin, c'est une question de v…, commença Fields quand un coup frappé à la porte lui intima le silence.

— Encore un créancier, sans doute ! » gémit Harriet Galvin. Elle tapota ses yeux avec son mouchoir et lissa sa robe. « À croire qu'ils n'ont qu'un but dans la vie : me causer du tracas. »

Elle gagna le vestibule. Restés seuls, les amis se penchèrent les uns vers les autres pour échanger leurs impressions à mi-voix.

« S'il est parti depuis plusieurs heures et n'est pas au Corner, on devine aisément à quoi il est occupé ! s'exclama Lowell. Nous devons mettre la main sur lui au plus vite !

— Il peut être n'importe où en ville, Jemmy, objecta Holmes. Nous devons retourner au Corner. Rey nous y attend. Sans lui, que pouvons-nous faire ?

— N'importe quoi, mais quelque chose ! répliqua Lowell. Longfellow, qu'en pensez-vous ?

— Nous n'avons même pas de voiture », se lamenta Fields.

Lowell, subitement, cessa de s'intéresser à la conversation pour tendre l'oreille au flot de paroles qui arrivait de l'entrée. Longfellow le regarda avec insistance.

« Lowell ?

— Lowell, vous écoutez ? s'impatienta Fields à son tour.

— Cette voix… lâcha enfin Lowell, éberlué. Cette voix ! *Écoutez* !

— C'est Teal..., s'écria Fields. Elle doit être en train de lui dire de s'enfuir. Nous ne le retrouverons jamais ! »

Lowell réagit dans l'instant. Il s'élança vers la porte, traversa le vestibule au pas de charge, déboucha sur le perron et, avec un cri, se jeta sur l'homme qui parlait avec Harriet Galvin : un homme aux yeux fatigués et injectés de sang.

18.

« Je l'ai ! hurla Lowell. Je l'ai ! »

Il tenait l'homme emprisonné dans ses bras et le traînait à l'intérieur de la maison malgré ses cris.

« Bachi ! Mais que faites-vous ici ? demanda Longfellow.

— Dites à votre sale cabot de retirer ses pattes de moi, *signore* Longfellow, ou nous allons voir s'il sait se défendre ! grondait Bachi en donnant des coups de coude à son vigoureux ravisseur.

— Lowell, allons discuter en privé avec *signore* Bachi », dit Longfellow.

Ils firent entrer le captif dans une pièce voisine et Lowell exigea qu'il s'expliquât sur sa présence.

« Je ne vous dirai pas un mot. C'est à cette dame que je dois parler.

— Je vous en prie, *signore* Bachi, intervint Longfellow. Le Dr Holmes et M. Fields sont présentement en train de lui poser quelques questions.

— Qu'avez-vous manigancé avec Teal ? reprit Lowell. Où est-il, d'ailleurs ? Et ne jouez pas au plus fin avec moi. Dès qu'il y a un ennui, vous réapparaissez systématiquement, comme de la fausse monnaie. »

Bachi fit la grimace.

« Ce serait à moi de poser les questions après le traitement que vous m'avez infligé. Qui est ce Teal, d'abord ?

— Si je n'obtiens pas satisfaction dans l'instant, je le conduis tout droit à la police et je déballe tout ! menaça Lowell. Ah, Longfellow, je le savais bien qu'il vous roulait dans la farine depuis le début !

— Allez-y ! Faites venir la police ! s'écria l'Italien. Ils m'aideront à récupérer mon dû ! Vous vouliez connaître mes affaires ? Eh bien, je suis venu me faire payer ce que me doit un fainéant. » Il déglutit péniblement, tant il avait honte du motif de sa visite. Sa pomme d'Adam saillante remonta le long de sa gorge. « Vous devez vous douter que je suis *un petit peu* fatigué de faire le répétiteur.

— Le répétiteur ? Vous donnez à cette dame des cours d'italien ? s'exclama Lowell.

— À son mari, répondit Bachi. Et trois cours seulement, il y a de cela plusieurs semaines... Mais dans sa tête, apparemment, mon travail était gratis.

— Vous étiez reparti pour votre pays ! » jeta Lowell.

Bachi eut un ricanement déçu.

« Si seulement, *signore !* Disons que des vents contraires rendent mon retour impossible. Avant des lunes et des lunes en tout cas. Mon frère Giuseppe reverra l'Italie avant moi.

— Votre frère ? Quelle insolence ! s'écria Lowell. Vous filiez comme un fou à bord d'un canot pour rejoindre le paquebot, et vous aviez avec vous une sacoche emplie de fausse monnaie !

— Emplie de quoi ? répéta Bachi, indigné. Comment savez-vous ce que j'ai fait, ce jour-là ?

— Répondez ! »

Bachi brandit un index vengeur sur Lowell. Mais, soudain, il remarqua le tremblement de son doigt et prit conscience qu'il était ivre et assez mal en point. La nausée remonta dans sa gorge. Il parvint à la réprimer en déglutissant et rota, se couvrant la bouche de la main. Quand il fut à nouveau en mesure de parler, une haleine fétide s'échappa de ses lèvres. Mais, au moins, s'était-il calmé.

« Je suis bien allé sur le paquebot, oui, mais pas avec de l'argent ou quelque autre marchandise illicite. Par Jupiter, j'aurais bien voulu qu'on m'eût lâché un sac d'or sur la tête, *professore*. En fait, j'y suis allé pour remettre mon manuscrit à mon frère qui avait accepté de l'emporter en Italie.

— Votre manuscrit ? demanda Longfellow.

— Une traduction en anglais... *L'Enfer* de Dante, si vous voulez savoir. Oh, j'ai entendu parler de votre travail, *signore* Longfellow, et de votre précieux cercle des Amis de Dante. Vous prétendez faire entendre une voix nationale dans cet Athènes yankee, laissez-moi rire ! Vous qui suppliez vos compatriotes de se révolter contre la domination britannique sur les librairies, ne vous a-t-il jamais traversé l'esprit que, moi, Pietro Bachi, je pouvais un tant soit peu contribuer à votre œuvre ? N'avez-vous jamais imaginé qu'en tant que fils de l'Italie, né de son histoire, de ses dissensions, de ses luttes contre l'oppression de l'Église, je recelais peut-être un fond de connaissance irremplaçable, un amour de la liberté qui était celui-là même de Dante ? Non, fit-il après une pause. Non, vous ne m'avez jamais convié à Craigie House. Serait-ce à cause des rumeurs malveillantes qui font de moi un ivrogne ? À cause de mon renvoi de l'université ? Et l'on parle de liberté en Amérique ! Oh, vous êtes trop heureux de nous expédier trimer dans vos usines et combattre dans vos guerres pour mieux nous plonger dans l'oubli. Vous regardez notre culture être piétinée, nos langues estropiées, vos vêtements remplacer les nôtres sur nos épaules et, avec un sourire, vous nous volez notre littérature. Vous vous servez sur nos étagères. Pirates ! Pirates de la littérature, tous autant que vous êtes !

— C'est votre peuple, votre pays qui ont fait de Dante un orphelin, faut-il vous le rappeler ? rétorqua Lowell. Quant à nous, nous avons entrevu de son cœur une part plus grande que vous ne l'imaginez. »

Longfellow fit signe à Lowell de se calmer.

« *Signore* Bachi, dit-il. Nous vous avons vu sur le port. Je vous en prie, expliquez-nous. Quelle raison aviez-vous d'envoyer votre traduction en Italie ?

— Il m'était revenu aux oreilles que la ville de Florence projetait d'honorer votre version de *L'Enfer* lors de la cérémonie de clôture du Festival de Dante, mais que vous ne l'aviez pas achevée et risquiez de ne pas être prêt pour la fin de l'année. Depuis des lustres, je traduisais Dante à mes moments perdus, dans mon coin, parfois avec le concours de vieux amis, comme le *signore* Lonza, quand sa santé le lui permettait. Nous nous disions que si nous arrivions à rendre Dante aussi vivant en anglais qu'il l'est en italien, nous pourrions nous aussi jouir d'une existence prospère en Amérique. Je n'avais jamais songé à publier ce travail. Mais lorsque ce pauvre Lonza est mort entre des mains étrangères censées veiller sur lui, je n'ai plus eu qu'une idée : que notre travail vive ! Si je trouvais le moyen de faire imprimer ma traduction, mon frère se chargeait de la confier à un relieur de ses amis, à Rome, puis de plaider en personne ma cause auprès du Comité de Florence. Bien. J'ai trouvé un imprimeur ici, à Boston, un homme spécialisé dans les tracts pour maisons de jeux et entreprises de ce genre. Une semaine avant le départ de Giuseppe, il a bien voulu mettre mon texte sous presse pour une somme pas trop élevée. Mais imaginez-vous que cette canaille n'a terminé le travail qu'au tout dernier moment, et encore parce qu'il avait un besoin urgent de mes malheureux sous. Il était dans le pétrin pour avoir fabriqué de la fausse monnaie. De ce que je comprends, il a été obligé de mettre la clef sous la porte et de prendre la poudre d'escampette.

« Le temps d'arriver au port, l'embarquement était terminé. Je n'ai eu d'autre solution que de supplier un ombrageux Charon de me transporter à la rame jusqu'à l'*Anonimo*. Sitôt mon manuscrit remis, je suis revenu à terre. Vous serez heureux d'apprendre que rien de bon n'est sorti de tout cela : "Pour l'heure, le Comité n'est pas intéressé par de nouveaux manuscrits !", conclut Bachi, raillant sa propre défaite.

— Voilà pourquoi le président du Comité vous a fait parvenir les cendres de Dante ! dit Lowell en se tournant vers Longfellow. Pour vous assurer que votre traduction serait l'unique participation américaine à ces festivités. »

Longfellow réfléchit un moment et dit :

« Le texte de Dante présente de telles difficultés que deux ou trois versions différentes seront parfaitement acceptables aux yeux des lecteurs intéressés, mon cher *signore*. »

Le visage fermé de Bachi s'éclaira un peu.

« Comprenez bien, je n'oublie pas la confiance que vous m'avez témoignée en me faisant engager à l'université, et je ne doute pas un instant de la valeur de votre traduction. Si, dans ma situation, j'ai fait quoi que ce soit dont je puisse avoir honte... » Il s'interrompit brusquement. « L'exil ne laisse aucune place à l'espoir, même au plus ténu, reprit-il après une pause. Avec ma traduction, j'espérais peut-être, seulement peut-être, rendre la vie à Dante dans un monde nouveau et retrouver en Italie une nouvelle dignité.

— Je comprends maintenant ! lança soudain Lowell sur un ton accusateur. C'est vous qui avez gravé LA MIA TRADUZIONE sur la vitre, chez Longfellow ! Pour nous effrayer et nous forcer à arrêter la traduction ! »

Bachi cligna les yeux, feignant de ne pas comprendre. Ayant extirpé une flasque noire de dessous son manteau, il la porta à ses lèvres et la vida dans sa gorge comme il l'eût fait dans un entonnoir. Quand il eut fini, il tremblait.

« Ne me prenez pas pour un sot, messieurs les *professori*. Je ne bois jamais plus que ce qui est bon pour moi. En tout cas, jamais quand je suis en bonne compagnie. À quoi peut donc s'occuper un homme seul, durant les heures maussades d'un hiver de Nouvelle-Angleterre ? La voilà, la malice ! » Son front s'assombrit. « Bon. En avons-nous fini ou vous plaît-il de m'ennuyer plus longtemps avec mes tristes désillusions ?

— *Signore*, dit Longfellow, nous devons savoir ce que vous enseigniez à M. Galvin. Il parle et lit l'italien ? »

Bachi éclata de rire, la tête rejetée en arrière.

« Aussi peu qu'il vous plaira de l'imaginer ! Ce monsieur serait incapable de lire de l'anglais, même si Noah Webster[1] en personne se tenait à ses côtés. C'est un homme qui passe son temps à parader dans ces frusques bleues à boutons dorés de vos soldats de l'Union. Mais ça ne fait rien, il veut Dante, Dante et Dante ! Il ne lui traverse

---

1. Noah Webster (1758-1843) : lexicographe américain. Son *American Dictionary of the English Language* paru en 1828 a été depuis constamment mis à jour et réédité. (*N.d.l.T.*)

pas l'esprit que, pour cela, il lui faudrait commencer par apprendre la langue. *Che stranezza*[1] *!*

— Vous lui avez prêté votre traduction ? » demanda Longfellow.

Bachi secoua la tête.

« J'espérais garder le secret le plus total sur cette entreprise. Vous n'ignorez pas, j'en suis persuadé, le sort que votre M. Fields réserve aux gens qui tenteraient de rivaliser avec ses auteurs. Quoi qu'il en soit, je me suis efforcé de satisfaire au mieux les souhaits étranges du *signore* Galvin. Je lui ai proposé de commencer les leçons en déchiffrant ensemble la *Commedia*, un vers après l'autre. Mais autant lire un livre à un âne. Il voulait que je lui fasse un *prêche* sur *L'Enfer*. J'ai refusé. Par principe. S'il m'engageait comme précepteur, il devait apprendre l'italien.

— Et vous lui avez signifié que vous ne continueriez pas les leçons ? demanda Lowell.

— Je l'aurais fait avec le plus grand plaisir, *professore*, s'il n'avait cessé de venir du jour au lendemain. Depuis, impossible de remettre la main sur lui et je n'ai toujours pas été dédommagé pour mes services.

— *Signore*, dit Longfellow, ceci est très important. M. Galvin a-t-il jamais fait allusion à des personnages de notre époque et de notre ville qu'il aurait reconnus chez Dante, d'après ce qu'il comprenait de l'œuvre ? Pensez à n'importe qui. Peut-être à des gens plus ou moins liés à l'université et désireux de jeter le discrédit sur Dante. »

Bachi secoua la tête.

« Il ne me disait pas trois mots, *signore* Longfellow. Mais vous évoquez, n'est-ce pas, la campagne de dénigrement que mène actuellement l'université à l'encontre de votre travail ? »

L'attention de Lowell se raviva.

« Que savez-vous de cette campagne ?

— Rappelez-vous, *signore*, je vous ai mis en garde quand vous êtes venu chez moi. Ne vous ai-je pas engagé à surveiller votre cours ? Vous m'aviez vu dans le *Yard* quelque temps auparavant, vous souvenez-vous ? Un message m'avait été adressé me priant d'y rencontrer un monsieur pour un entretien confidentiel. Et moi qui croyais que les *fellows* souhaitaient me réintégrer dans mes fonctions ! Quel âne j'étais ! En vérité, cette fripouille avait pour tâche de démontrer les effets pernicieux de Dante sur les élèves. Et je devais lui prêter la main !

— Simon Camp, siffla Lowell entre ses dents.

— J'ai bien failli lui poinçonner le visage, je peux vous le dire, déclara Bachi.

---

1. En italien dans le texte : Quelle bizarrerie !

« — Dommage que vous ne l'ayez pas fait, *signore* Bachi, dit Lowell en souriant. Cet individu peut causer la ruine de Dante. Que lui avez-vous répondu ?

— D'aller au diable, je n'ai pas trouvé mieux. Quand je pense que j'en suis presque à mourir de faim après des années de travail à l'université, et qu'il se trouve des gens dans l'administration pour embaucher des crétins pareils !

— Qui donc, sinon Manning... ! » ricana Lowell.

D'un vif mouvement de tout le corps, il se tourna vers Longfellow et répéta « Manning... » avec un regard lourd de sous-entendus.

Caroline Manning ramassa le verre brisé dans la bibliothèque et désigna d'un air pincé la tache de xérès à moitié séchée sur le tapis.

« Jane, nettoyez ça ! » ordonna-t-elle à la bonne pour la seconde fois.

Elle s'apprêtait à quitter la pièce quand la clochette de l'entrée retentit. Elle entrebâilla le rideau et passa un œil. Henry Wadsworth Longfellow ! Mais d'où venait-il à une heure aussi tardive ? Ces dernières années, c'est à peine si elle avait osé lever les yeux sur lui, les rares fois où elle l'avait croisé en ville. Comment pouvait-on survivre à un drame pareil ? Elle-même n'en eût pas eu la force. Mais le poète semblait invincible malgré son malheur. Et elle qui était là, avec sa balayette... Comme une femme de charge !

Mme Manning se confondit en excuses. Non, le Dr Manning n'était pas là. Plus tôt dans la soirée, il avait attendu quelqu'un et souhaité rester seul avec lui. Ils devaient être sortis faire une promenade bien que ce fût un peu étrange, n'est-ce pas, par un temps aussi affreux. Ils avaient laissé un verre brisé dans la bibliothèque.

« Enfin... Vous savez comment sont certains hommes quand ils *boivent*, ajouta-t-elle.

— Auraient-ils pris le landau ? » s'enquit Longfellow.

Mme Manning répondit qu'en raison de l'épidémie qui frappait les chevaux, le Dr Manning avait strictement interdit toute sortie en voiture, même pour les plus courts déplacements. Toutefois, elle accepta d'accompagner Longfellow à l'écurie.

« Dieu du ciel ! s'exclama-t-elle quand ils découvrirent la voiture et les chevaux envolés. Il se passe quelque chose, n'est-ce pas, monsieur Longfellow ? »

Le poète garda le silence.

« Est-il arrivé quelque chose à mon mari ? Vous devez me le dire immédiatement ! »

La réponse de Longfellow tarda à venir.

« Vous devez rester chez vous et attendre, madame Manning. Il reviendra sain et sauf, je vous le promets. »

Les vents de Cambridge qui soufflaient en bourrasques avaient redoublé. L'air glacé brûlait douloureusement la peau.

« Le Dr Manning… », répéta Fields, sans relever les yeux du tapis.

Cela faisait près de vingt minutes qu'ils étaient partis de chez Galvin pour retrouver Nicholas Rey au Corner. Celui-ci s'était débrouillé pour trouver une voiture de police et un cheval valide et les avait reconduits lui-même à Craigie House.

« Depuis le tout début, Manning a été notre pire adversaire, reprit Fields. Mais pourquoi Teal a-t-il attendu si longtemps pour s'en prendre à lui ?

— Parce qu'il était notre pire adversaire justement, mon cher Fields, lança le Dr Holmes de là où il était, debout à côté du bureau. Plus l'Enfer se rétrécit et plonge dans les profondeurs, plus les péchés sont évidents et les pécheurs sourds à la contrition. Tout au bout, on arrive à Lucifer, l'origine de tout le mal du monde. Healey, le premier à être châtié, se prélassait dans la tiédeur, à peine conscient de son péché, qui était le refus d'agir.

— Messieurs, dit l'agent de police, dressé de toute sa taille au milieu du cabinet. Vous devez passer en revue les sermons que M. Greene a faits, la semaine dernière. Nous saurons ainsi où Teal a pu emmener Manning.

— Greene a commencé sa série par les Hypocrites, expliqua Lowell. Ensuite, il est passé aux Falsificateurs, qui regroupent aussi les Faussaires. Et, pour finir, il a évoqué les Traîtres, comme nous avons pu en juger, Holmes et moi.

— Manning n'est nullement un Hypocrite, déclara le docteur. Il n'a jamais dissimulé son opposition à Dante. Quant à la catégorie Traître à sa famille, elle est hors sujet ici.

— Dans ce cas, restent le Falsificateur et le Traître à sa nation, conclut Longfellow.

— On ne peut pas vraiment accuser Manning de falsification, objecta Lowell. Il est vrai qu'il nous a dissimulé ses agissements, mais la falsification n'est pas une façon d'agir typique de lui. Chez Dante, les ombres sont coupables d'un plein tombereau de péchés, mais il en est toujours un qui définit mieux que les autres leur conduite sur terre. C'est celui-là qui scelle leur destin en Enfer. Les Falsificateurs, tel Simon le Grec qui convainquit les Troyens de faire entrer le cheval de bois dans la ville, ont pour destin de passer d'une forme à l'autre. Ainsi s'accomplit leur *contrapasso*.

— Dante place les Traîtres à la nation dans le neuvième cercle, le plus bas de tous, fit Longfellow. Leur péché fut de saper une œuvre bénéfique pour leurs concitoyens.

— En l'occurrence, ouvrir l'Amérique à la connaissance de Dante, précisa Fields.

— Donc, n'est-ce pas..., intervint Holmes en réfléchissant tout haut, Teal revêt son uniforme sitôt qu'il entre dans son mode dantesque, qu'il s'agisse d'étudier le texte ou de fignoler un meurtre. Cela nous éclaire sur le paysage de son esprit. Dans son aberration, il confond sauver Dante et sauver l'Union. De par ses fonctions de concierge à University Hall, il a pu être témoin des machinations de Manning, et celui-ci lui est alors apparu comme le plus grand traître à la cause. Cause pour laquelle il est prêt à livrer une guerre sans merci. Voilà pourquoi il l'a gardée pour la fin.

— Quel supplice châtie ce péché ? » voulut savoir Nicholas Rey.

Tout le monde attendit de Longfellow qu'il prît la parole.

« Les Traîtres sont ensevelis jusqu'au cou dans un lac ayant l'aspect du verre, c'est-à-dire gelé.

— Pas une mare de Nouvelle-Angleterre qui ne soit prise par les glaces depuis quinze jours, gémit Holmes. Manning peut être n'importe où. Et pour le retrouver nous ne disposons que d'un cheval fourbu. »

Rey secoua la tête.

« Vous, messieurs, vous resterez à Cambridge et chercherez Teal et Manning pendant que je rentrerai à Boston réunir des secours.

— Que faisons-nous si nous le trouvons ? demanda Holmes.

— Utilisez ceci. »

Il leur remit son sifflet de policier.

Les quatre savants commencèrent leur patrouille par les rives désertes de la Charles et poussèrent jusqu'à la crique du Castor près d'Elmwood pour revenir par l'étang Frais. Scrutant les lieux à la faible lueur de leurs lampes à gaz, ils étaient dans un état d'alerte intense et remarquaient à peine que les heures s'écoulaient, indifférentes, sans leur apporter le moindre résultat. Emmitouflés dans des épaisseurs de manteaux et d'écharpes, ils ne prêtaient pas attention au givre qui s'incrustait dans leurs barbes et, dans le cas du Dr Holmes, dans ses sourcils broussailleux. Que le monde était étrange et muet, ainsi privé du claquement des sabots d'un cheval passant au trot ! Le silence semblait s'étirer jusqu'au nord, brisé seulement par les rudes halètements des locomotives bourrées à craquer qui transportaient sans relâche des marchandises d'une gare à l'autre.

Les Amis de Dante se représentaient avec force détails Rey lancé à la poursuite de Dan Teal à travers la ville de Boston, l'appréhendant peut-être en ce moment même et lui passant les fers au nom du Commonwealth. Et Teal cherchant à s'expliquer, rageant et se justifiant, pour finalement s'abandonner à la justice et, tel Iago, se murer dans le silence. Ils se croisèrent à plusieurs reprises tandis qu'ils faisaient le tour des étangs gelés, Longfellow avec Holmes, Lowell avec Fields, et, chaque fois, s'offraient mutuellement des encouragements.

Peu à peu, ils se mirent à bavarder. Bien sûr, ce fut Holmes qui commença. Puis les autres intervinrent, parlant d'une voix feutrée, pour se donner du courage. Ils envisagèrent de mettre cette épopée en vers, d'écrire un nouveau roman, et ils débattirent aussi des événements politiques auxquels ils ne s'étaient guère intéressés ces derniers temps. Holmes évoqua ses premières années de médecin et le panneau qu'il avait accroché à sa fenêtre : LES MAUX LES PLUS BÉNINS SONT ACCUEILLIS AVEC GRATITUDE, mais que des ivrognes avaient fini par briser.

« Je parle trop, n'est-ce pas ? se morigéna-t-il. Longfellow, j'aimerais tant vous inciter à vous livrer davantage.

— Je ne crois pas que je le ferai jamais, répondit celui-ci pensivement.

— Oh, je sais. Pourtant, jadis, vous m'avez fait une confidence. » Il réfléchit avant de poursuivre. « Vous veniez de rencontrer Fanny.

— Non. Je ne crois pas avoir jamais rien dit de personnel. »

Ils changèrent de partenaires plusieurs fois, comme on le fait au bal, et entamèrent d'autres conversations. Parfois, ils marchaient tous les quatre ensemble et il leur semblait alors que le sol gelé allait se fendre sous leur poids. Qu'importe, ils poursuivaient leur route, bras dessus, bras dessous. La nuit était claire, c'était déjà ça. Dans le ciel, les étoiles étaient suspendues en un ordre parfait.

Ils entendirent des sabots et Nicholas Rey apparut au loin, auréolé de la vapeur montant des flancs de l'animal. À sa fière allure, chacun imagina tout bas le succès total, mais le policier avait le visage fermé : ni Teal ni Augustus Manning n'avaient été vus nulle part. Il avait recruté une demi-douzaine de sergents de ville qui allaient passer la rivière au peigne fin, mais il n'avait pu réquisitionner que quatre chevaux à cause de la quarantaine décrétée dans la ville. Rey repartit, non sans avoir recommandé aux Poètes au coin du feu de prendre grand soin d'eux-mêmes et promis, pour sa part, de recommencer les recherches au petit matin.

Lequel des Amis de Dante suggéra-t-il, sur le coup de trois heures et demie, d'aller prendre un moment de repos chez Lowell ? Toujours est-il qu'arrivés à Elmwood, ils s'étendirent dans le salon de musique et dans l'étude, deux dans chaque pièce. Attirée par les aboiements impatients du jeune chien, Fanny Lowell était descendue. Elle leur fit du thé. Lowell se contenta de grommeler contre l'épidémie qui frappait les chevaux sans lui accorder la grâce d'une explication. Quand elle répondit qu'elle avait été malade d'inquiétude en ne le voyant pas revenir, ils prirent conscience de l'heure qu'il était. Lowell envoya son valet William porter des messages chez ses amis. Ils convinrent de s'accorder un petit répit d'une demi-heure, pas plus, et s'endormirent immédiatement dans les pièces contiguës, de plan identique mais inversé, au coin des deux cheminées situées dos à dos.

À cette heure où le monde était immobile, la chaleur du feu rôtissait un côté du visage de Holmes. Il était si las que c'est à peine s'il se rendit compte qu'on le remettait sur pied et l'entraînait dehors. Il se découvrit longeant une palissade. Suite à un réchauffement inattendu, le sol commençait à dégeler et des paquets de neige fondue obstruaient les cours d'eau. Le terrain qu'il gravissait était en pente si raide qu'il lui fallut bientôt s'accroupir, le corps penché en avant, comme lorsqu'on escalade un versant à pic. De là où il était, il surplombait le *Common* de Cambridge où les canons de la guerre révolutionnaire toussaient des nuages de fumée, et il pouvait voir le gros orme de Washington et ses milliers de doigts branchus. Il se retourna. Derrière lui, Longfellow avançait lentement. Il lui fit signe de se hâter. L'idée que son ami se retrouvât seul lui plaisait d'autant moins qu'un grondement se faisait entendre dans son dos.

Deux chevaux aubères aux sabots albinos fonçaient droit sur lui, chacun attelé à une carriole bringuebalante. D'effroi, Holmes tomba sur les genoux. Lorsqu'il osa relever la tête, il reconnut Fanny Longfellow aux rênes de la première, dressée au centre d'une gerbe ardente, des fleurs de feu jaillissant de sa poitrine et de sa chevelure dénouée ; dans l'autre, son fils Wendell menant sa bête d'une main aussi sûre que s'il était né cocher. Lancées à un train d'enfer, les deux guimbardes le frôlèrent de chaque côté. Incapable de garder plus longtemps son équilibre le docteur sombra dans le noir.

Holmes s'extirpa de son fauteuil et se redressa, les genoux tout contre la grille de la cheminée. Un bruit attira son regard. Au-dessus de sa tête, les pendeloques du chandelier cliquetaient.

« Quelle heure est-il ? lança-t-il tout haut, prenant conscience qu'il avait rêvé.

Six heures moins le quart, lui répondit la pendule. Lowell, les yeux écarquillés comme un enfant épuisé, remuait à son tour sur sa chauffeuse.

« Que se passe-t-il ? marmonna-t-il entre ses lèvres pincées, car il avait un goût amer dans la bouche.

— Lowell, je viens d'entendre passer deux chevaux ! répondit Holmes en allant tirer les rideaux.

— Quoi ?

— Deux chevaux viennent de passer, je crois. Non, j'en suis sûr. Il y a juste un instant. Ils sont passés au galop juste devant la fenêtre, au ras de la maison et à fond de train. Je suis certain qu'il y en avait deux ! Or Rey n'en a qu'un et Longfellow a dit que Teal en avait volé deux chez Manning.

« — Crénom, nous nous sommes endormis ! » s'exclama Lowell sur un ton alarmé, en papillotant des paupières.

Dehors, le jour commençait à poindre. Il alla réveiller Fields et Longfellow, saisit sa longue-vue et passa son fusil sur son épaule.

Comme il allait sortir avec ses compagnons, Mabel déboucha dans le vestibule en robe de chambre. Il marqua un arrêt, prêt à subir une remontrance, mais sa fille resta immobile, le regard au loin. Lowell alla la serrer dans ses bras et se surprit à lui murmurer : « merci ». Le même mot passa les lèvres de la jeune fille simultanément.

« Prenez soin de vous, Père. Pour Mère et pour moi. »

Déjà Lowell s'élançait sur les traces de sabots, laissant ses amis se faufiler avec circonspection entre les ormes dont les branches nues se tendaient vers le ciel. La plongée dans l'air glacial déclencha instantanément une crise d'asthme chez Holmes.

« Longfellow, mon cher Longfellow..., commença le docteur.

— Oui ? » répondit le poète avec bonté.

Les images terribles qu'il venait de voir en rêve repassaient devant ses yeux et il tremblait à l'idée de laisser échapper : *Je viens de voir Fanny qui venait nous chercher, je vous jure !*

« Je crois que nous avons oublié le sifflet de police chez vous. »

Fields posa une main rassurante sur son épaule.

« En ce moment, une once de cran s'achète au prix de la rançon d'un roi, mon cher Wendell. »

Devant, Lowell s'était laissé tomber sur un genou et scrutait l'étang avec sa lunette. Ses lèvres tremblèrent d'effroi. D'abord, il crut à des gamins en train de pêcher dans la glace. Puis, ayant réglé son instrument, il aperçut un visage cireux émergeant d'une étroite ouverture, le visage uniquement. Il reconnut Pliny Mead. Le reste de son corps était invisible, enfoui sous la glace, et il claquait violemment des dents, la langue recourbée en arrière dans sa bouche. Ses bras nus, tendus devant lui sur la glace, étaient ligotés et reliés par une corde à la calèche du Dr Manning stationnée sur la berge. N'était ce lien, le malheureux eût glissé au fond du trou et serait mort, dans l'état de demi-conscience qui était le sien. Au fond de la voiture, un Dan Teal en grand uniforme glissait ses bras sous un autre corps nu et le soulevait, puis posait un pied sur la glace traîtresse. Un corps flasque et livide, un coffre étroit sur lequel reposait une barbe : Augustus Manning !

Les jambes ligotées des chevilles jusqu'aux hanches, le trésorier de Harvard tremblait comme une feuille dans les bras du soldat. Il avait le nez sombre comme un rubis et le bas du visage couvert d'une épaisse croûte de sang brun. À présent, Teal avait traversé l'étendue de glace lisse et introduisait Manning dans un second trou pratiqué à une trentaine de centimètres du premier. Sous le choc brutal de l'eau glacée, le prisonnier revint à la vie. Il gesticula et se mit à battre des bras follement. Teal en était maintenant à délier Pliny Mead. Désormais, ces deux hommes nus n'avaient qu'un seul moyen de ne pas sombrer au fond de leur trou : s'accrocher l'un à l'autre. Tous deux l'avaient compris d'instinct et, aussitôt, s'étaient tendu les mains.

Remonté sur la berge, Teal contemplait leurs tentatives désespérées de se saisir les mains quand un coup de feu retentit. Une balle alla se ficher dans un tronc derrière lui.

Brandissant son fusil, Lowell se propulsait sur la glace au moyen de glissades effrénées.

« Teal ! » hurla-t-il.

Il braqua son arme et tira une seconde fois, Holmes, Fields et Longfellow massés derrière lui.

« Monsieur Teal, vous devez arrêter ! » cria l'éditeur.

Au bout de son fusil, Lowell avait la plus incroyable des cibles : un Teal parfaitement immobile.

« Tirez, Lowell, tirez donc ! » lui enjoignit Fields.

Mais tirer n'intéressait pas Lowell. Viser, voilà ce qu'il aimait depuis toujours dans la chasse. Et il visait.

Ce fut le moment que choisit le soleil pour surgir de l'horizon et se déployer dans toute sa majesté sur la vaste étendue de cristal. Son reflet éclatant éblouit les poètes. Le temps que leurs yeux s'habituent, Teal avait disparu. On n'entendait plus que l'écho étouffé de ses pas dans le sous-bois. Enfin Lowell tira.

Le corps de Pliny Mead était flasque et secoué de frissons incontrôlés. Il avait la tête affaissée sur la glace et commençait à glisser lentement dans l'eau mortelle. Manning luttait pour retenir ses bras trop lisses, ses poignets, ses doigts, impuissant à faire contrepoids. Mead disparut. Le Dr Holmes s'élança, en dérapant sur la glace et plongea ses deux bras dans le trou. Ayant rattrapé l'étudiant par les cheveux, il tira. Cramponné à ses oreilles, il tira jusqu'à passer les mains sous ses bras. Il tira encore, tira tant et si bien qu'il parvint à l'étendre sur la glace. De leur côté, Fields et Longfellow avaient réussi à remonter Manning en le hissant par les bras juste avant qu'il ne sombre et maintenant ils s'activaient à défaire les liens autour de ses jambes.

Holmes perçut le claquement d'un fouet : Lowell, juché sur le siège du cocher de la voiture abandonnée, s'apprêtait à lancer les chevaux dans les bois. Il bondit sur ses pieds et courut vers lui en hurlant :

« Jemmy, non ! Ils vont mourir si nous ne les ramenons pas au chaud !

— Teal va s'échapper ! » hurla Lowell en tirant malgré tout sur les rênes.

Augustus Manning, à demi moribond, tressautait sur la glace comme un poisson hors de l'eau. En voyant ses soubresauts pathétiques, Lowell se surprit à éprouver de la compassion. Cependant, la glace pliait sous le poids des Amis de Dante qui s'en revenaient vers la berge en soutenant les victimes. L'eau dégorgeait en bouillonnant de nouveaux trous et fissures. Lowell sauta à bas de son siège juste au moment où la glace se brisait sous l'une des galoches de Longfellow. Il fut là pour le rattraper.

Le Dr Holmes avait retiré gants et chapeau et se débarrassait vivement de son surtout, de sa cape et de son manteau qu'il entassait sur le corps de Pliny Mead.

« Enveloppez-les dans tout ce que vous pourrez ! Couvrez-leur bien la tête et la gorge ! »

Arrachant son foulard, il en entoura le cou de l'étudiant, puis se défit de ses bottes et de ses chaussettes pour les lui passer aux pieds. Ses mains s'agitaient avec une délicate dextérité. Les autres l'imitèrent.

Manning voulait parler. Las, il ne sortait de lui qu'un bafouillage, un chant à peine audible. Dans sa confusion, il tenta de soulever la tête. Lowell en profita pour lui enfoncer de force son chapeau sur le crâne.

« Surtout, gardez-les bien éveillés ! cria le Dr Holmes. S'ils s'endorment, nous les perdrons ! »

Avec bien de la peine, ils portèrent les corps frigorifiés jusque dans la calèche. Lowell, en manches de chemise, grimpa de nouveau sur le siège du cocher, laissant Longfellow et Fields frotter le cou et les épaules des malheureux et remuer leurs pieds pour faire circuler le sang, selon les instructions du Dr Holmes.

« Vite, Lowell, pressons-nous ! cria celui-ci en passant la tête au-dehors.

— Nous allons aussi vite que possible, Wendell ! »

Le docteur avait immédiatement compris que Mead était le plus mal en point. Il avait une terrible entaille à l'arrière de la tête, vraisemblablement infligée par Teal, et cette blessure, conjuguée à l'exposition au froid, n'était pas de bon augure. Pris de frénésie, il employa tout le temps du trajet de retour à frictionner énergiquement le corps de l'étudiant au rythme de la ritournelle qui résonnait dans sa tête bien malgré lui :

> *D'une pauvre victim', s'il faut frotter le derme,*
> *Sur son buste, surtout, ne pas battre tambour.*
> *Il y a des docteurs à des miles alentour*
> *Qui fendent une poitrin' comm'le bois à la ferme.*
> *Dans votr' compassion, surtout ne faites pas*
> *Passer le patient de la vie au trépas.*

> *Ce n'est pas un mollusque affalé sur un plat,*
> *Vous n'êtes pas Agassiz, il n'est pas un anchois.*

Hélas, le corps de Mead était si froid que le docteur en avait mal aux doigts.

« Le garçon était perdu avant même que nous n'arrivions à l'étang Frais, mon cher Holmes. Il n'y avait rien à faire, vous devez le croire ! »

Sourd aux consolations de Fields, Holmes caressait l'encrier de Longfellow, cadeau de Tennyson, sans prêter attention à l'encre qui noircissait ses doigts.

« Augustus Manning vous doit la vie, renchérit Lowell. Et moi, mon chapeau », ajouta-t-il avec un petit rire. Et il remplit implacablement les lieux avec la fumée d'un nouveau cigare. « Sérieusement, Wendell. Sans vous, il redevenait poussière. Ne voyez-vous pas que nous avons contrecarré les plans de Lucifer ? Nous avons arraché un homme aux mâchoires du Diable. Nous avons gagné, cette fois, et c'est grâce à vous, mon cher Wendell. »

Les trois petites filles de Longfellow, minutieusement emmitouflées pour sortir, frappèrent à la porte de l'étude. Alice fut la première à entrer.

« Papa, Trudy et les autres font de la luge sur la colline. Pouvons-nous y aller ? »

Longfellow jeta un coup d'œil à ses amis installés dans des fauteuils tout autour de la pièce. Fields haussa les épaules.

« Y aura-t-il des enfants là-bas ? demanda le poète et père.
— Tout Cambridge ! lança Edith.
— Très bien. »

Il resta un moment à détailler ses filles et ajouta, comme si cette pensée lui venait à retardement :

« Annie Allegra, tu pourrais peut-être rester ici avec Mlle Davie ?
— Oh, je vous en prie, Papa ! Il faut bien que je porte mes bottines neuves ! » Et de tendre le pied en preuve de ses dires.

Longfellow sourit.

« Je te le permets, ma chère Panzie, mais pour cette fois seulement. »

Les deux aînées sortirent dans le jardin, laissant la petite partir à la recherche de la gouvernante.

Sur ces entrefaites, Nicholas Rey débarqua, en capote et vareuse bleu militaire. Benjamin Galvin restait introuvable, mais plusieurs pelotons réunis par le sergent Stoneweather étaient sur le point de se lancer à sa recherche.

« Selon le département de la santé, le pic de l'épidémie est passé. La quarantaine a pu être levée pour quelques douzaines de chevaux.

— Parfait ! Nous allons rassembler une équipe et mener une battue, déclara Lowell.

— Professeur, messieurs, dit Rey en prenant un siège. Vous avez découvert l'identité du meurtrier, vous avez sauvé une vie et peut-être d'autres encore, nous ne le saurons jamais.

— Des vies que nous avions mises en danger par notre traduction, l'interrompit Longfellow.

— Non, monsieur. Vous n'avez jamais appelé ces horreurs sur la tête de quiconque. Ce que Benjamin Galvin a découvert chez Dante, il l'aurait trouvé ailleurs dans la vie. Vous avez au contraire remporté un succès indéniable, et vous êtes bien fortunés de vous en sortir sains et saufs. Pour la sécurité de tous, vous devez laisser à la police le soin d'achever le travail. »

Holmes voulut savoir pourquoi Rey était en tenue militaire.

« Le gouverneur donne une autre de ses soirées en l'honneur des anciens combattants. Il n'est pas impossible que Galvin s'y montre s'il continue – comme je le crois – à se considérer marié avec son temps passé sous les drapeaux.

— Monsieur l'agent, objecta Fields. Nous ignorons comment il a réagi au fait d'avoir été interrompu dans l'exécution du dernier meurtre. Vous ne pensez pas qu'il pourrait tenter une nouvelle fois de mettre en scène le châtiment réservé aux traîtres ? S'il s'en prenait encore à Manning ?

— Toutes les maisons des membres de la Corporation et du Conseil de supervision de Harvard sont gardées par la police, y compris celle du Dr Manning. Des hommes patrouillent du côté de chez Galvin et sa maison est également surveillée. Nous fouillons aussi les hôtels de la ville pour retrouver Simon Camp, au cas où votre Lucifer estimerait que ses turpitudes au service de Manning sont une trahison à l'égard de Dante. »

Lowell s'approcha de la fenêtre. Un homme en lourd pardessus bleu arpentait le trottoir de part et d'autre du portail donnant accès à la propriété de Longfellow.

« Vous avez un policier ici ? »

Rey hocha la tête.

« Devant chacune de vos habitations, messieurs. Étant donné la façon dont Galvin choisit ses victimes, il se considère visiblement comme votre protecteur. Il est possible qu'il veuille vous consulter pour savoir que faire maintenant. Dans ce cas-là, nous le coincerons. »

D'une pichenette, Lowell expédia son cigare dans le feu.

« Monsieur l'agent, nous ne pouvons rester enfermés ici en spectateurs toute la journée alors que la sale partie de l'affaire est en train de se jouer !

— Je ne vous le propose pas, professeur Lowell. Rentrez chez vous, messieurs, restez aux côtés de vos proches. C'est à moi qu'incombe le devoir de protéger la ville. Votre présence est réclamée ailleurs à cor et à cri. À partir de maintenant, votre vie doit reprendre son cours habituel, professeur.

— Mais... », voulut objecter Lowell.

Longfellow lui sourit.

« Dans la vie, mon cher Lowell, une grande part du bonheur consiste non pas à préparer le combat, mais à l'éviter. Une retraite menée de main de maître est en soi une victoire. »

Et Rey ajouta :

« Retrouvons-nous ici, ce soir. Avec un peu de chance, j'aurai de bonnes nouvelles à vous trasmettre. Cela vous convient-il ? »

Les érudits acceptèrent, non sans un regret teinté de soulagement.

Rey passa l'après-midi à rassembler des forces de police. Nombreux étaient les hommes qui, auparavant, s'étaient arrangés pour ne pas croiser son chemin, mais il connaissait les sentiments de chacun. Il savait d'emblée si un collègue le considérait comme un égal, un mulâtre ou un nègre. Ce jour-là, il lui suffit de planter son regard dans leurs yeux pour les convaincre de le suivre.

Dans la soirée, alors qu'il parlait avec le garde posté devant chez Manning, le trésorier jaillit en trombe de sa maison par une porte latérale en brandissant un fusil.

« Rendez-vous ! »

Rey se retourna.

« Nous sommes de la police, docteur Manning. De la police.

— En voyant par la fenêtre un uniforme militaire, j'ai cru que ce fou... »

Le trésorier de la Corporation de Harvard avait beau être armé, il tremblait aussi fort que lorsqu'il était dans la glace de l'étang. Rey le rassura.

« Vous... Vous me protégerez ?

— Aussi longtemps que ce sera nécessaire. Cet agent va surveiller votre maison. Il est armé de pied en cap. »

L'intéressé déboutonna son manteau pour montrer son revolver. Manning eut un signe entendu puis, après une hésitation, tendit son bras au mulâtre, lui permettant de le raccompagner à l'intérieur.

Rey remonta en voiture. Près du pont de Cambridge, une berline bloquait la voie et deux hommes en examinaient l'essieu. Rey arrêta son cheval sur le bas-côté pour aller leur prêter main-forte. À peine les eut-il rejoints que les deux hommes se redressèrent de toute leur hauteur. En entendant des bruits dans son dos, Rey se retourna. Une seconde berline s'arrêtait derrière son fourgon et deux individus en sautaient, le manteau flottant au vent. Ayant rejoint leurs complices, ils formèrent un carré autour de l'agent et s'immobilisèrent. Le silence dura deux bonnes minutes.

361

« Que puis-je faire pour vous, messieurs les détectives ? finit par demander le policier.

— On se disait qu'on aurait bien deux mots avec vous à l'hôtel de police, répondit l'un d'eux.

— Je crains de ne pas en avoir le temps en ce moment.

— Il a été porté à notre connaissance que vous enquêtiez sur une affaire sans autorisation, reprit un autre en faisant un pas en avant.

— Je ne crois pas que cela relève de votre compétence, monsieur Henshaw », laissa tomber Rey après une pause.

Le détective frotta deux doigts l'un contre l'autre. Au signal, un comparse marcha sur Rey d'un air menaçant.

« Je suis un représentant de la loi. En me frappant, vous frappez le Commonwealth. »

Le détective lui lança un poing dans l'abdomen et le second dans la mâchoire. Rey se plia en deux, la tête rentrée dans le col. Ils le traînèrent à l'arrière de leur berline. Du sang coulait de sa bouche.

Assis dans son grand fauteuil à bascule en cuir, le Dr Holmes attendait l'heure de partir chez Longfellow. La faible lumière de sanctuaire qui entrait par le volet mi-clos tombait juste sur sa table. Il entendit son fils aîné grimper l'escalier à toute vitesse.

« Wendy, mon garçon ! appela-t-il. Où vas-tu ? »

Le jeune homme redescendit les marches lentement.

« Comment allez-vous, Père ? Je ne vous avais pas vu.

— Tu as une minute ? »

Le jeune Wendell se posa au bord d'un fauteuil vert. Holmes l'interrogea sur ses cours. Le garçon répondit du bout des lèvres, sûr de s'attirer les piques habituelles de son père. Le docteur, en effet, avait tâté du droit avant de faire médecine et il se vantait souvent de n'avoir pas réussi à « se glisser dans la peau d'un homme de loi ». La « seconde édition » y parvenait mieux que la première, constatait le père non sans surprise. Ce jour-là, il s'abstint de tout commentaire.

L'horloge égrena ses coups dans le silence pendant de longues secondes. Enfin, le Dr Holmes demanda :

« Tu n'as jamais eu peur, Wendy ? Pendant la guerre, je veux dire. »

Son fils lui jeta un coup d'œil en coin de dessous ses sourcils froncés, puis son visage s'éclaira.

« Voyons, Papouche ! Ce serait de la folie de tirer une gueule de trois pieds de long chaque fois qu'on risque d'être tué ! »

Le docteur laissa Wendell prendre d'assaut l'escalier. Il était l'heure pour lui d'aller retrouver ses amis. Il décida d'emporter la seule arme autorisée chez lui, le mousqueton à pierre de son grand-père conservé au sous-sol comme une pièce de musée et qui n'avait pas servi depuis la guerre révolutionnaire.

Les omnibus n'avaient pas encore repris le service. Le Chemin de fer métropolitain avait bien essayé de faire tirer les voitures par les cochers et les receveurs ou d'y atteler des bœufs, mais les premiers n'avaient pas la force nécessaire et les seconds des sabots trop tendres pour le dur pavé. Holmes partit donc à pied le long des rues tortueuses de Beacon Hill, ratant de peu Fields passé chez lui pour lui proposer une place dans son landau. Le docteur franchit la rivière Charles en partie gelée par le pont de l'Ouest, et traversa la colline au gibet. Il faisait si froid que les gens couraient, la tête rentrée dans les épaules, se couvrant les oreilles de leurs mains. Lui-même peinait et son asthme lui faisait paraître le trajet deux fois plus long. En chemin, il se trouva à passer devant l'église du Premier-Temple. Cette vieille paroisse de Cambridge avait été celle de son père, le révérend Abiel Holmes. Il entra et s'assit sur l'un des longs bancs pourvus d'une tablette où poser les livres de cantiques. Les lieux étaient déserts. Il y avait maintenant un orgue somptueux, chose que le révérend Holmes n'eût pas tolérée de son temps.

Le père de Holmes s'était vu retirer sa paroisse lors de la scission survenue au sein de la congrégation, quand une partie des fidèles avaient souhaité inviter à prêcher des pasteurs unitariens. S'étant refusé à leur ouvrir son église, le révérend Holmes avait été contraint de quitter les lieux avec le petit nombre d'ouailles qui lui étaient restées fidèles. L'unitarisme était florissant en ce temps-là. Cette « nouvelle religion » offrait un abri contre les dogmes du péché originel et de l'impuissance humaine que le révérend Holmes et ses frères évoquaient avec une foi incendiaire. Ce serait d'ailleurs dans une de ces églises unitariennes que le Dr Holmes abandonnerait à son tour la croyance de son père, mais pour un autre refuge : la religion de la raison.

À propos de refuge, se souvenait-il à présent, il y en avait un ici même, sous le plancher – du moins, le prétendait-on –, aménagé à l'époque où les abolitionnistes avaient dû rendre les armes. Des tunnels avaient été creusés sous de nombreuses chapelles unitariennes à l'intention des esclaves obligés de se cacher après que le juge suprême Healey avait laissé passer le Fugitive Slave Act au lieu de l'invalider. Qu'aurait donc pensé de tout cela le révérend Abiel Holmes… ?

Tous les étés, Holmes revenait dans l'ancien temple de son père, car c'était là qu'avait lieu la cérémonie de reprise des cours à Harvard. Il y était venu également pour la remise des diplômes, l'année où son aîné avait été élu poète de sa promotion. Ce jour-là, Amelia l'avait prié de ne pas ajouter au trac de leur fils par des conseils ou des critiques. Lorsque son aîné avait fait son entrée dans ce temple que son père à lui avait été forcé d'abandonner, il avait soutenu vaillamment les regards de l'assistance, un sourire vacillant plaqué sur les lèvres. Face à ces gens qui guettaient sa réaction aux poèmes composés par son fils avant de partir à la guerre, lui même avait pensé : *Cedat armis toga.* que la robe de l'étudiant cède la place à la tunique du guerrier. Ce jour-là, Oliver Wendell Holmes père, les yeux rivés sur Oliver Wendell Holmes fils, le souffle coupé par l'émotion, eût volontiers plongé tout au fond de ces légendaires tunnels. Des terriers de lapin devenus inutiles, puisqu'on allait montrer à ces traîtres de sudistes quoi faire de leurs lois sur l'esclavage. Et le leur montrer à l'aide de fusils Enfield prolongés d'une baïonnette !

Soudain, dans l'église aux bancs déserts, une idée lui vint à l'esprit. Les tunnels... Voilà l'explication. Voilà comment Lucifer avait pu tromper la vigilance des patrouilles de police qui sillonnaient la ville ! Voilà comment l'homme aperçu près d'une église par la prostituée avait pu s'évanouir dans le brouillard ! Voilà comment le diacre pouvait jurer en tout bien tout honneur que personne n'était entré ou sorti de l'église de Talbot ! Un chœur d'alléluias embrasa l'âme du Dr Holmes. « Lucifer n'a pas besoin de se déplacer sur terre pour entraîner Boston en Enfer, s'écria-t-il tout bas. Il lui suffit de plonger dans son terrier ! »

Lowell quitta Elmwood pour le rendez-vous à Craigie House dans un état d'excitation tel qu'il ne remarqua pas la désertion des gardes censés surveiller sa maison et celle de Longfellow. Arrivé le premier, il découvrit son ami en train de lire une histoire à Annie Allegra. Le poète renvoya la petite fille dans sa chambre.

Fields arriva sous peu.

Vingt minutes s'écoulèrent sans apporter aucune nouvelle du Dr Holmes ni de Nicholas Rey.

« Nous n'aurions pas dû lâcher le policier d'une semelle, grommela Lowell dans sa moustache.

— Je ne comprends pas que Wendell ne soit pas déjà là, renchérit Fields avec inquiétude. Quand je me suis arrêté chez lui, il était déjà parti, à ce que m'a dit Mme Holmes.

— Cela ne fait pas si longtemps », fit remarquer Longfellow, mais il gardait les yeux fixés sur la pendule.

Lowell enfouit son visage dans ses mains. Lorsqu'il glissa un œil entre ses doigts, dix minutes s'étaient écoulées. Il s'apprêtait à reprendre sa pose quand une pensée le glaça.

« Nous devons retrouver Wendell sur-le-champ !

— Qu'y a-t-il ? demanda Fields, alarmé par l'expression d'horreur de Lowell.

— C'est Wendell ! Au Corner, je l'ai traité de félon ! »

Fields sourit avec bienveillance.

« Il l'a oublié depuis longtemps, mon cher Lowell. »

Mais celui-ci était si bouleversé qu'il dut se raccrocher à la manche de l'éditeur pour ne pas tomber.

« Comprenez donc ! C'est lui la prochaine victime ! Le soir où nous nous sommes disputés au Corner, quand il voulait abandonner la traduction... Le jour où il avait découvert Jennison déchiqueté... Eh bien Teal, ou plutôt Galvin, était dans le couloir. Il nous avait certainement écoutés comme il a pu écouter les délibérations du Conseil de Harvard. Et moi, j'ai coursé Holmes dans le couloir en hurlant. Vous ne vous rappelez pas ce que je lui ai dit ? N'avez-vous plus ma voix dans vos oreilles ? J'ai crié à Holmes qu'il était un *traître*. J'ai dit qu'il *trahissait le cercle des Amis de Dante*.

— Ressaisissez-vous, par pitié ! dit Fields.

— Teal a assisté aux sermons de Greene et leur a donné vie sous forme de meurtres. En disant à Wendell qu'il était un traître, j'ai signé sa condamnation. Teal a été témoin de mon éclat, un témoin attentif ! s'écria Lowell. Oh, mon cher ami, je vous ai tué. J'ai assassiné Wendell ! »

Pleurant presque, il se précipita dans le vestibule pour récupérer son manteau.

« Il sera là d'un instant à l'autre, je n'en doute pas, déclara Longfellow. Je vous en prie, Lowell, attendons au moins l'agent de police.

— Non, je pars de ce pas à la recherche de Wendell !

— Où comptez-vous le trouver ? dit Longfellow. Vous n'allez pas partir seul, nous venons avec vous !

— Je l'accompagne ! » déclara Fields. Il s'empara du sifflet laissé par l'agent de police et le secoua pour vérifier que le grelot fonctionnait. « Je suis sûr que tout ira très bien. Restez ici pour attendre Wendell, voulez-vous Longfellow ? Nous allons envoyer le policier de garde chercher Rey immédiatement. »

Longfellow acquiesça d'un signe de la tête.

« Venez donc, Fields ! hurlait Lowell au bord des larmes. Ne perdons pas de temps ! »

L'éditeur s'élança à sa suite. Lowell dévalait déjà le chemin en direction de Brattle Street.

« Mais où est donc passé ce fichu policier ? demanda Fields. La rue est déserte. »

Un froissement se fit entendre parmi les arbres, derrière la haute barrière entourant la propriété de Longfellow. Un doigt sur les lèvres, Lowell intima le silence à son compagnon. S'étant approché doucement de la source du bruit, il se figea dans l'attente.

Un chat atterrit à ses pieds et s'enfuit au loin, se dissolvant dans l'obscurité. Lowell laissa échapper un soupir soulagé. Juste à ce moment-là, un homme franchit la palissade et s'abattit sur sa tête.

Le poète s'effondra d'un coup, comme une voile dont le mât s'est fendu. Écroulé par terre, il avait le visage tellement immobile qu'il en était presque méconnaissable.

L'éditeur recula. Relevant les yeux, il croisa le regard de Dan Teal. Une sorte de ballet étrange commença alors entre le patron et l'employé, Fields reculant toujours, Teal se rapprochant inéluctablement.

« Monsieur Teal, je vous en prie. »

Face au masque impassible de son commis, Fields se sentit flancher. Il se prit les pieds dans une branche tombée. Opérant un demi-tour, il s'élança dans une course éperdue jusqu'en bas de Brattle Street, trébuchant, essayant d'appeler, de crier, mais incapable de produire autre chose qu'un vague croassement emporté par le vent qui hurlait à ses oreilles. Il se retourna, sortit le sifflet de sa poche. Pas trace de son poursuivant. Comme il jetait un second regard en arrière, de l'autre côté, il se sentit happé par le bras et violemment projeté au sol. Il s'effondra. Dans un léger gazouillis, le sifflet alla rouler dans les buissons.

Fields tourna la tête vers Craigie House. Une douleur fulgurante se propagea dans son cou raide. Une chaude lumière baignait le cabinet de travail. Fields comprit alors le dessein de Lucifer.

« Ne faites pas de mal à Longfellow, Teal. Il a quitté le Massachusetts aujourd'hui. Je vous le jure sur mon honneur. » L'éditeur fondit en larmes comme un enfant.

« N'ai-je pas toujours accompli mon devoir ? » répondit le soldat.

Sur ce, il leva haut son gourdin et l'abattit d'un coup.

Le successeur du révérend Elisha Talbot avait achevé sa réunion avec les diacres de la Seconde Église unitarienne de Cambridge depuis plusieurs heures déjà, lorsque le Dr Oliver Wendell Holmes, armé d'un antique mousqueton et d'une lanterne à kérosène achetée en chemin chez un brocanteur, pénétra dans le lieu saint et s'introduisit furtivement dans la crypte.

Si cette crypte était effectivement reliée à un tunnel, cela expliquerait que Lucifer eût pu y pénétrer à l'avance, assassiner Talbot et se sauver sans qu'on le vît. Telle était la théorie du docteur. Après en avoir débattu avec lui-même, il avait décidé de la vérifier avant de la soumettre à ses amis. Puisque c'était sur son intuition que le cercle des Amis de Dante s'était lancé dans l'enquête, autant qu'il fût celui qui la menât à son terme, n'est-ce pas ? Après, que la police remonte jusqu'au tueur !

Descendu dans la crypte, il entreprit de sonder les murs à la recherche d'une ouverture donnant sur un autre tunnel ou une salle souterraine. Ses mains ne lui livrèrent aucune information. En revanche, le bout de sa botte rencontra un vide. S'étant penché pour l'examiner, il découvrit une cavité dans laquelle on pouvait se faufiler à plat ventre. Il s'y engagea. Il progressait à quatre pattes depuis un certain temps déjà, tirant sa lanterne derrière lui, quand le tunnel s'élargit au point de lui permettre de se tenir debout. Bien. Il était temps de revenir sur ses pas pour prévenir les autres de sa découverte. Ah, comme ils se réjouiraient de savoir leur adversaire bientôt vaincu ! Mais voilà, les virages en épingle à cheveux du labyrinthe, les innombrables montées et descentes le laissaient désorienté. Pour se rassurer, il posa une main sur la crosse du mousqueton caché dans la poche de son manteau. Il commençait à recouvrer un certain équilibre intérieur quand un appel eut raison de ses sens.

« Docteur Holmes ? »

La voix de Teal.

19.

Benjamin Galvin s'était engagé dans le régiment du Massachusetts dès le premier appel à conscription. À vingt-quatre ans, il se considérait comme un soldat depuis un bon moment déjà, ayant été de ceux qui guidaient les esclaves fugitifs dans ce réseau de foyers, de sanctuaires et de tunnels creusés sous la ville, bien avant la déclaration officielle de la guerre. Il avait servi de bouclier humain aux tribuns abolitionnistes quand la foule leur jetait des pierres, il avait protégé leur arrivée ou leur départ de Faneuil Hall et des autres salles publiques où ils tenaient réunion.

Galvin n'était pas politisé à la façon de certains jeunes gens. Ne sachant pas lire, les pamphlets et les débats journalistiques restaient pour lui lettre morte et il aurait été bien en peine de dire s'il convenait ou non de réélire tel sudiste en faveur de l'émancipation des Noirs ou, encore, quel parti appelait à la sécession et quel parlement d'État recherchait la conciliation. En revanche, il comprenait parfaitement ce que voulaient dire les candidats en tournée électorale quand ils déclaraient que des hommes asservis devaient être libérés et les coupables soumis à un châtiment légitime. Et il comprenait aussi, assez simplement, qu'il pourrait fort bien ne jamais revoir sa nouvelle épouse. Mais de toute façon, comme le disaient les agents recruteurs, il reviendrait de la guerre avec la bannière étoilée : soit en la portant haut, soit en étant enveloppé dedans. Le jour de l'enrôlement, on lui avait « tiré le portrait » pour la première fois de sa vie. Cette unique photo de lui le déçut. Son chapeau et son pantalon d'uniforme ne l'avantageaient pas et son regard avait une expression de terreur indicible.

Formée à Springfield, au Massachusetts, sa compagnie C du 10e régiment découvrit les terres chaudes et arides du Sud au camp de Brightwood. La poussière avait à ce point imbibé les tenues neuves des soldats que leur belle couleur bleue avait pris la teinte grise et terne des uniformes ennemis. Le colonel demanda à Benjamin Galvin s'il voulait être adjudant de la compagnie et tenir le compte des pertes. Celui-ci expliqua qu'il connaissait l'alphabet mais ne savait pas vraiment lire ni écrire. Oh, il avait bien essayé d'apprendre, et plus d'une fois, mais les lettres et la ponctuation prenaient le mauvais chemin dans sa tête et se mélangeaient sur la page. Le colonel en fut étonné, non que l'illettrisme fût rare parmi les recrues, mais parce que le deuxième classe Galvin semblait toujours plongé dans des pensées profondes. Ses grands yeux paisibles absorbaient tout ce qu'ils voyaient avec une telle sérénité que les hommes de la troupe l'avaient surnommé l'opossum.

Le premier émoi dans le bataillon survint en Virginie, le jour où l'un des leurs fut retrouvé dans les bois, une balle dans le crâne et le corps lardé de coups de baïonnette. Sa tête grouillait de vers et sa bouche n'était plus qu'un essaim d'abeilles construisant sa ruche. On raconta que les rebelles avaient envoyé un nègre tuer un Yankee, juste pour la rigolade. Le capitaine Kingsley, qui était un ami du mort, fit jurer à la troupe d'être sans pitié quand l'heure viendrait de combattre les Secesh [1]. Mais on eût dit que ce jour auquel tous aspiraient ne viendrait jamais.

Galvin avait beau avoir travaillé au grand air la plus grande partie de sa vie, il n'avait jamais vu aucune des bestioles qui foisonnaient dans ces contrées. L'adjudant-chef de la compagnie, qui se réveillait tous les matins une heure avant le clairon pour démêler son épaisse tignasse et tenir la liste des malades et des morts, ne laissait personne les tuer. Il les choyait comme ses enfants, bien que quatre soldats d'une autre compagnie fussent morts de ces vers blancs qui avaient infesté leurs blessures. Galvin l'avait vu de ses propres yeux après une escarmouche, alors que la compagnie C marchait jusqu'au campement suivant, tout proche du champ de bataille, à en croire la rumeur.

Que la mort pût frapper aussi facilement autour de lui était une chose qu'il n'avait jamais imaginée. À Fair Oaks, en une seule explosion, six hommes s'étaient retrouvés étendus à ses pieds dans un nuage de fumée – morts –, et leurs yeux continuaient de regarder, comme s'ils s'intéressaient toujours à l'issue des événements. Ce qui l'avait abasourdi ce jour-là, ce n'était pas le nombre de tués mais plutôt le nombre de survivants, tant il ne semblait pas possible, ni même juste, que quiconque réchappât de la tuerie. Après les combats, l'inconcevable quantité d'hommes et de chevaux massacrés avait été empilée ensemble comme un stère de bois et incendiée. Par la suite, Galvin ne pourrait plus fermer les yeux pour s'endormir sans que les cris et les explosions ne se missent à

---

1. Argot de l'époque signifiant : « partisan de la sécession ». (*N.d.l.T.*)

faire la sarabande dans sa tête et que l'odeur de chair en décomposition n'envahît ses narines.

Un soir, en rentrant de patrouille, tenaillé par la faim, il découvrit qu'une partie de ses rations s'était envolée. Un camarade qui partageait sa tente lui dit qu'il avait vu l'aumônier de la compagnie fouiller dans son paquetage. Galvin fut stupéfié par une telle fourberie en un temps où tout le monde souffrait mille maux d'estomac à cause de la faim. D'un autre côté, le vol était compréhensible car les rations, déjà insuffisantes, se réduisaient vite à des biscuits infestés de charançons quand la troupe était en marche sous une pluie battante ou un soleil de plomb. Le pire, c'était la nuit. Impossible de se coucher sans faire d'abord « la traque », c'est-à-dire sans se déshabiller complètement pour débarrasser ses vêtements des insectes, tiques et autres parasites. L'adjudant, le gars qui avait l'air de s'y connaître dans ce domaine, disait que le seul moment où les insectes pouvaient vous grimper dessus, c'était quand vous ne bougiez pas. C'est pourquoi il fallait toujours aller de l'avant, ne jamais s'arrêter.

De petites bêtes frétillantes infestaient également l'eau à boire, à cause des chevaux morts et de la viande putréfiée que les soldats entassaient parfois dans les ruisseaux. Malaria ou dysenterie, toutes les maladies étaient recensées sous le nom de « fièvre du camp », et le chirurgien, incapable de distinguer les vrais malades des faux, trouvait généralement plus simple de ranger tout le monde dans la catégorie des tire-au-flanc. Un jour, Galvin avait vomi huit fois en vingt-quatre heures et, la dernière fois, uniquement du sang. À l'infirmerie, pendant qu'il attendait la visite du chirurgien qui lui prescrirait de la quinine et de l'opium, il avait vu les assistants balancer par la fenêtre tantôt un bras, tantôt une jambe, et cela toutes les deux ou trois minutes.

À l'infirmerie, il n'y avait pas que des malades, il y avait aussi des livres, ceux que leurs familles envoyaient aux gars de la troupe et que le chirurgien auxiliaire gardait dans sa tente. Galvin, nommé bibliothécaire, aimait bien regarder les images. Parfois, l'adjudant-chef ou quelqu'un d'autre faisait la lecture pour tout le monde. Dans la bibliothèque, Galvin découvrit un bel exemplaire bleu et or des poèmes de Longfellow. Bien qu'il ne sût pas lire le nom de l'auteur sur la couverture, il le reconnut à la gravure imprimée en frontispice, car c'était un livre qu'aimait son épouse. Harriet Galvin disait souvent que, chez Longfellow, les personnages découvraient toujours une voie vers la lumière, même au plus profond de leur désespoir. Ainsi, au terme de longues années d'errance en pays étranger, Evangeline retrouvait-elle son amoureux, hélas pour le voir périr des fièvres entre ses bras. Galvin s'imaginait sous les traits du héros, Harriet auprès de lui, et cela le réconfortait de tous ces morts alentour.

Il avait quitté la ferme de sa tante pour la première fois de sa vie le jour où un orateur itinérant, partisan de l'abolitionnisme, était venu haranguer la foule. Il l'avait suivi jusqu'à Boston. Là-bas, il avait été assommé par deux Irlandais braillards qui voulaient empêcher la réunion. Recueilli par l'un des organisateurs, le temps de se remettre, il avait fait la connaissance de sa fille, Harriet, laquelle s'était éprise de lui. La demoiselle n'avait jamais rencontré avant lui, même parmi les amis de son père, quelqu'un qui professât une certitude aussi simple du bien et du mal, des convictions dénuées de tout opportunisme politique ou social. « Parfois, lui disait-elle tandis qu'il lui faisait sa cour, je pense que vous aimez votre mission plus que n'importe qui au monde. » Mais il était trop simple pour considérer qu'il accomplissait une mission.

La jeune fille avait pleuré lorsqu'il lui avait appris qu'il avait perdu ses parents tout enfant, de la fièvre noire. Elle lui enseigna l'alphabet en lui faisant recopier les lettres sur une ardoise ; il savait déjà écrire son nom. Ils se marièrent le jour même où il décida de partir à la guerre. Harriet lui promit qu'au retour elle lui apprendrait tout ce qu'il fallait savoir pour lire un livre entier sans l'aide de personne – c'est pourquoi il devait revenir *vivant*. Allongé sur sa couchette de planches, Galvin restait des heures à penser à la voix douce et musicale de son épouse.

Quand l'ordre était donné de bombarder, il y avait des hommes qui étaient pris de fous rires incontrôlables pendant qu'ils servaient le canon, d'autres qui poussaient des cris perçants, mais tous avaient le visage noir de poudre à force de déchirer les cartouches avec leurs dents. Certains chargeaient et tiraient sans même viser. Ceux-là, Galvin les trouvaient vraiment fous. Les canons tonnaient au-dessus de la scène dans un vacarme assourdissant. Les explosions étaient si terrifiantes que les lapins fuyaient leurs terriers et, dans la fumée qui montait du sang des morts éparpillés sur le champ de bataille, on voyait leurs petits corps tremblant d'effroi sauter au milieu des cadavres.

Les survivants avaient rarement la force de creuser des tombes assez profondes pour tous leurs camarades. Résultat, les paysages se hérissaient de bouts de corps dépassant ici ou là : des genoux, des bras, des têtes, que la première pluie mettrait à nu. Galvin regardait ses compagnons raconter tant bien que mal les batailles dans des lettres à leur famille, et il se demandait comment ils arrivaient à mettre en mots ce qu'ils avaient vu, entendu ou ressenti parce que ces choses se situaient bien au-delà de tous les discours. D'après un camarade, presque un tiers de la compagnie avait été massacré dans la dernière bataille, simplement parce que l'envoi de renforts avait été annulé sur ordre d'un général qui voulait mettre Burnside, leur général à eux, dans l'embarras et obtenir ainsi son éloignement. Plus tard, cet autre général avait reçu de l'avancement. Et

Galvin, qui venait d'être promu sous-officier, avait demandé à un sous-officier d'une compagnie voisine comment une chose pareille était possible.

« Eh bien, ça fait deux ânes de plus, et des soldats de tués ! » avait ricané méchamment le sergent LeRoy.

Pourtant, affirmait l'adjudant-chef qui aimait lire, cette guerre-là n'était rien, comparée à la campagne de Napoléon en Russie. Une vraie boucherie, disait-il.

Galvin était gêné de demander à d'autres d'écrire à sa femme, comme le faisaient ses camarades peu ou prou illettrés. Moyennant quoi, il lui envoyait les lettres qu'il trouvait sur des rebelles tués, pour qu'à Boston elle sache de première main comment ça se passait à la guerre. Il écrivait son nom en bas, comme ça elle savait de qui venait la lettre, et il y ajoutait un pétale de fleur ou une feuille spécialement cueillie à son intention. Il ne voulait déranger personne, pas même ceux de ses compagnons qui aimaient écrire. Ils étaient tous tellement fatigués – épuisés, vraiment.

Souvent, avant la bataille, Galvin pouvait dire sans se tromper lequel d'entre eux ne verrait pas le soleil se lever le lendemain – et ça, rien qu'à son expression : un air ralenti, comme s'il dormait debout.

« L'Union peut bien aller en Enfer pourvu que je rentre chez moi ! » entendit-il un jour un officier s'écrier.

Contrairement à bon nombre de ses camarades, Galvin ne s'irritait pas de voir les rations diminuer, il n'y faisait même pas attention. La plus grande partie du temps, il n'avait ni goût ni odorat et il entendait à peine sa propre voix. Ne trouvant plus de satisfaction dans la nourriture, il prit l'habitude de s'occuper la bouche en suçant des cailloux ou en mâchonnant des petits bouts de papier qu'il arrachait aux livres de la bibliothèque ou aux lettres trouvées sur les rebelles.

Un gars de la troupe, laissé seul au campement parce qu'il était incapable de marcher plus longtemps, avait été retrouvé deux jours plus tard assassiné, et son portefeuille envolé. Galvin disait à qui voulait l'entendre que cette guerre était pire que la campagne de Russie de Napoléon. On lui donnait de la morphine et aussi de l'huile de ricin contre la diarrhée. Le docteur lui avait prescrit des poudres qui le laissaient étourdi et angoissé. Il ne lui restait plus qu'une seule culotte, et les fournisseurs ambulants, qui suivaient l'armée dans leurs diligences, réclamaient deux dollars cinquante pour une paire qui valait tout juste trente *cents*. Lorsque l'un d'eux le prévint qu'il ne baisserait pas son prix, mais au contraire l'augmenterait s'il attendait trop, Galvin faillit lui faire rentrer ses paroles dans la bouche à coups de gourdin. Ce jour-là, il demanda à l'adjudant-chef d'écrire pour lui une lettre à Harriet, afin qu'elle lui envoie deux paires de caleçons en laine. De toute la guerre, ce fut la seule lettre personnelle qu'il envoya à sa femme.

L'hiver, il fallut dégager les corps gelés à la pioche. Puis la chaleur revint. Un jour, la compagnie C découvrit dans les chaumes un champ entier de nègres morts qui n'avaient pas été enterrés. D'abord, Galvin s'émerveilla du nombre de ces nègres portant l'uniforme bleu, puis il comprit : ce qu'il avait sous les yeux, c'étaient des cadavres de Blancs carbonisés par la chaleur et couverts de vermine après toute une journée passée sous le soleil du mois d'août. Ils s'étaient affalés dans les positions les plus incroyables au milieu d'innombrables chevaux morts, dont certains semblaient s'être gentiment agenouillés pour permettre à un enfant de les seller.

Peu après, Galvin entendit rapporter que des généraux de l'Union renvoyaient des esclaves fugitifs à leurs maîtres et bavardaient avec les esclavagistes comme s'ils disputaient une partie de cartes. Mais comment cela était-il possible ? La guerre n'avait aucun sens si elle n'était pas faite pour améliorer le sort des esclaves. Au cours d'une marche, Galvin tomba sur un nègre puni pour avoir tenté de s'enfuir. Son maître l'avait cloué par les oreilles à un arbre et abandonné nu à la voracité des moustiques et des mouches.

Quand le Massachusetts leva un régiment de nègres, il se trouva des soldats de l'Union pour protester. Galvin rencontra même un régiment de l'Illinois qui menaçait de déserter tout entier si Lincoln libérait un seul esclave de plus. À partir de ce moment, les choses lui devinrent définitivement incompréhensibles.

Dans les premiers mois de la guerre, il avait assisté à une réunion de nègres pour le renouveau de la foi. Il les avait entendus chanter une prière à l'intention des soldats qui passaient par la ville : « Le Bon Dieu prend les pécheurs et les secoue au-dessus de l'Enfer, mais il ne les y laisse pas tomber. » Et tout le monde avait repris :
Le Diable est fou furieux mais, moi, je suis heureux. Gloire ! Alléluia !
Il a perdu une âme qu'il croyait posséder. Gloire ! Alléluia !

« Les nègres nous ont aidés, ils ont fait les espions pour nous. On va pas les lâcher maintenant qu'ils ont besoin de nous ! » Voilà ce qu'avait dit Galvin à un lieutenant de sa compagnie.

« Je préfère voir l'Union terrassée que victorieuse grâce à des nègres ! » lui avait crié l'autre au visage.

Plus d'une fois, Galvin avait vu un soldat s'emparer d'une mignonne négrillonne et l'emporter dans les bois sous les acclamations de ses camarades.

Dans un camp comme dans l'autre, les vivres manquaient. Un matin, trois soldats rebelles en quête de nourriture avaient été attrapés dans les bois, non loin du campement de Galvin. À voir leurs joues creuses, ils étaient à demi morts de faim. Un déserteur de sa compagnie se trouvait avec eux. Le capitaine Kingsley lui donna l'ordre de l'abattre. En entendant ça, Galvin crut que le sang allait jaillir de sa bouche s'il écartait seulement les lèvres pour dire un mot.

« Sans les cérémonies d'usage, mon capitaine ? parvint-il à articuler quand même.

— Pas le temps de le passer en jugement ni de le pendre, soldat, nous partons au combat. Armez... En joue... Feu !... En joue, soldat ! répéta le capitaine. Tu veux être puni, toi aussi ? »

Galvin avait eu l'occasion d'assister au châtiment d'un camarade qui avait refusé d'obéir au même ordre. On appelait ça : « Tu bouges, tu crèves. » Ça consistait à avoir les mains liées au-dessus des genoux, une baïonnette entre les bras et les jambes, et une autre dans la bouche.

Finalement, le déserteur, vidé, à bout de forces, se mit à crier : « Alors, tu me descends ? » Pas plus perturbé que ça, le bonhomme ! Et Galvin tira sur son compagnon d'armes à bout portant. Après, une douzaine de gars de la troupe lardèrent son corps flasque de coups de baïonnette.

Le capitaine Kingsley, un éclat glacial dans les yeux, recula et ordonna à Galvin d'abattre aussi les trois prisonniers rebelles. Le voyant hésiter, le capitaine le prit par le bras et le tira violemment sur le côté.

« Toujours en train d'observer, Opossum, pas vrai ? Toujours en train d'observer tout le monde comme si, dans ton cœur, tu savais mieux que les autres ce qu'il faut faire. À partir de maintenant, tu feras exactement ce que je dirai. Et tout de suite, tonnerre de Dieu ! » Il avait dit cela en montrant les dents.

Les trois rebelles étaient alignés.

« Armez, en joue, feu ! » dit le capitaine.

Et Galvin les abattit l'un après l'autre d'une balle dans la tête avec son fusil Enfield. En tirant, il ne ressentit rien du tout : les émotions l'avaient quitté, tout comme le goût, l'ouïe et l'odorat.

La même semaine, il vit quatre soldats de l'Union, dont deux de sa compagnie, molester des jeunes filles de la ville voisine. Il rapporta le fait à ses supérieurs. Les quatre soldats furent fouettés pour l'exemple, attachés à une roue de canon. Et comme c'était lui, Galvin, qui les avait dénoncés, il fut désigné pour appliquer la sanction.

À la bataille suivante, il n'eut pas le sentiment de se battre pour un camp ou pour l'autre, ni même contre un camp ou contre l'autre. Il se battait, c'est tout. Le monde entier se battait, pris de rage contre lui-même, et le boucan ne cessait jamais. De toute façon, Galvin pouvait à peine distinguer les rebelles des Yankees. Deux jours plus tôt, il s'était frotté par mégarde contre une plante vénéneuse et, la veille au soir, ses yeux ne s'ouvraient presque plus. Les hommes s'étaient moqués de lui : ce Benjamin Galvin qui s'était battu jusque-là comme un tigre sans recevoir une égratignure, quand tout autour les autres avaient les yeux arrachés et le crâne fendu, voilà qu'un petit bobo le mettait sur le flanc ! Ce même jour, un soldat, qui plus tard serait enfermé à l'asile, avait pointé son fusil sur lui et menacé de l'abattre sur place s'il n'arrêtait pas dans la seconde de mastiquer ses bouts de papier.

À sa première blessure, une balle dans la poitrine, Galvin fut renvoyé à Boston et affecté à la garde du fort Warren où étaient enfermés les prisonniers. Ceux qui avaient de l'argent avaient le droit d'occuper des cellules plus confortables et de recevoir de la nourriture acceptable, indépendamment de leur culpabilité ou du nombre de gens qu'ils avaient tués injustement. Il y resta en poste jusqu'à son complet rétablissement.

Harriet le supplia de ne pas retourner à la guerre. Il répondit que ses camarades avaient besoin de lui. Quand il rejoignit enfin sa compagnie C en Virginie, le régiment avait subi tant de pertes par mort ou par désertion qu'il fut nommé d'office sous-lieutenant.

De nouvelles recrues lui apprirent que des jeunes gens fortunés payaient trois cents dollars pour être exemptés du service. La colère le souleva. Il était désespéré, il ne dormait plus que quelques minutes par nuit. À la bataille suivante, il se laissa tomber parmi les morts et s'endormit en pensant à tous ces richards. La nuit, il fut ramassé par des rebelles venus récupérer leurs morts et conduit à Richmond, à la prison Libby. Les simples soldats, ils les laissaient partir, mais Galvin était sous-lieutenant. De ses quatre mois passés en prison, il ne garda qu'un vague souvenir d'images et de bruits – comme s'il n'avait fait que dormir et rêver.

Réexpédié à Boston après sa libération, Benjamin Galvin fut honoré avec ce qui restait de son régiment au cours d'une grande cérémonie devant la Chambre d'État. Le drapeau en lambeaux de sa compagnie fut plié et offert au gouverneur. Des mille soldats qu'elle comptait au départ, il ne restait que deux cents hommes. Mais Galvin s'interrogeait : en vertu de quoi considérait-on la guerre achevée ? La cause pour laquelle ils s'étaient battus était loin d'être reconnue. Si des esclaves avaient été libérés, l'ennemi n'avait pas pour autant modifié son comportement. Surtout, il n'avait pas été puni. Galvin avait beau ne pas être versé en politique, il pressentait que les nègres ne connaîtraient jamais la paix dans le Sud, esclavage ou pas. Il savait aussi des choses qu'ignoraient ceux qui n'avaient pas fait la guerre : notamment que l'ennemi ne s'était pas le moins du monde rendu ; il rôdait toujours. Et cet ennemi, ce n'étaient pas les seuls gens du Sud. Ça ne l'avait jamais été. À aucun moment !

Désormais, il avait l'impression de parler une langue que les civils ne comprenaient pas, qu'ils n'entendaient même pas. Seuls, ses camarades assourdis par le bruit des canons et des explosions, avaient l'ouïe assez fine pour ça. Il commença donc à les fréquenter. Ils étaient blafards, épuisés, comme les traînards qu'il avait vus dans les bois pendant la guerre. Beaucoup avaient perdu travail et famille et répétaient à l'envi qu'ils auraient mieux fait de mourir au combat. Au moins, leur femme aurait touché la pension. Ils vagabondaient en bandes, toujours en quête d'argent ou d'une jolie fille. Ils se saoulaient et se bagarraient à mort. Oublié le devoir de surveiller l'ennemi ! Ils étaient devenus aveugles, comme les autres.

Quand il déambulait dans les rues, Galvin avait souvent l'impression d'être suivi. Il s'arrêtait alors et se retournait d'un coup, les yeux écarquillés, le regard empli d'épouvante, mais l'ennemi s'était fondu dans la foule ou avait disparu à un coin de rue. *Le Diable est fou furieux mais, moi, je suis heureux.*

La plupart du temps, il dormait avec une hache sous l'oreiller. Une fois, pendant un orage, il réveilla Harriet et la menaça de son fusil, l'accusant d'être un espion rebelle. La même nuit, il sortit dans la cour sous la pluie en grand uniforme et monta la garde jusqu'au petit matin. À d'autres moments, il enfermait sa femme à clef dans une chambre et restait devant la porte, prétendant qu'on voulait l'enlever. Pour payer leurs dettes, elle dut prendre un emploi de blanchisseuse. Elle le pressa d'aller consulter un médecin. Celui-ci expliqua qu'il avait le *cœur du soldat* : des palpitations trop rapides, séquelles de la guerre. En bavardant avec d'autres épouses, elle comprit qu'il existait des foyers où l'on s'occupait des soldats à l'esprit dérangé. Elle parvint à convaincre Benjamin de s'y rendre. Là-bas, Galvin entendit prêcher George Washington Greene. Il sentit alors pénétrer en lui le premier rayon de lumière depuis des années.

Greene parlait d'un homme, loin, très loin, qui comprenait. Il s'appelait Dante Alighieri. Il avait été soldat, lui aussi, victime d'une longue guerre qui avait déchiré sa ville. Plus tard, il lui avait été ordonné de voyager dans l'au-delà afin de remettre l'humanité sur la bonne voie. Ah, que de choses étonnantes avait-il vues là-bas ! Un incroyable ordonnancement de la vie et de la mort. En Enfer, le carnage n'était jamais fortuit. Le moindre pécheur méritait divinement le supplice que Dieu, dans son amour, avait créé en châtiment de son péché. Ah, quelle perfection que ces *contrapasso*, comme disait le révérend Greene ! Tous, ils correspondaient exactement au péché que l'homme ou la femme avaient commis sur terre ; et ils perduraient jusqu'au jour du Jugement dernier !

Galvin comprenait que Dante eût été pris de colère contre les hommes de sa ville, amis ou ennemis, qui ne reconnaissaient que le matériel et le tangible, le plaisir et l'argent, sans penser qu'un tribunal les attendait. Benjamin Galvin s'intéressait de plus en plus aux sermons hebdomadaires du révérend Greene, il ne pouvait s'en rassasier, il ne pouvait les chasser de sa tête. Chaque fois qu'il quittait la chapelle, il se sentait grandi de deux pieds.

Ses compagnons aussi semblaient apprécier les prêches, mais Galvin voyait bien qu'ils ne les comprenaient pas comme lui. Un après-midi, alors qu'il était resté dans la chapelle après le sermon à dévorer des yeux le révérend Greene, il surprit une conversation entre le pasteur et un officier à la moustache blonde en forme de guidon.

« Monsieur Greene, puis-je vous dire que j'ai grandement apprécié le discours d'aujourd'hui, disait le capitaine Dexter Blight. Où pourrais-je lire, je vous prie, des choses sur le voyage de Dante ? »

L'homme de Dieu avait demandé au soldat s'il savait l'italien puis, la réponse étant non, il avait ajouté :

« Eh bien, vous trouverez très bientôt ce poème dans notre langue, mon cher jeune homme, et avec tous les détails que vous pouvez souhaiter ! Voyez-vous, M. Longfellow, de Cambridge, est en train d'en effectuer la traduction en anglais – non, la transformation, devrais-je dire. Chaque semaine, le cercle des Amis de Dante qu'il a fondé, et dont je me considère très humblement comme l'un des membres, tient chez lui une sorte de réunion du conseil. Dès l'an prochain, vous pourrez commander le livre à votre libraire, mon bon. C'est l'incomparable maison Ticknor et Fields qui le publiera ! »

Longfellow... ce Longfellow, dont Harriet lui avait lu l'œuvre en entier, était en rapport avec Dante ! Cela lui parut tout naturel.

« Ticknor et Fields ? » demanda-t-il à un sergent de ville, et celui-ci le dirigea vers une énorme bâtisse, au coin de Tremont Street et de Hamilton Place.

La salle d'exposition, qui mesurait bien quatre-vingts pieds de long sur trente de large, avait des lambris, des colonnes et des comptoirs sculptés en pin d'Orégon. Et tout ce bois verni étincelait sous des lustres géants. Au fond de la salle, sous une arche élégante, étaient présentés les ouvrages les plus précieux de Ticknor et Fields, ceux qui avaient des dos bleu et or, ou encore chocolat. À côté, une vitrine regroupait les derniers numéros des journaux que publiait la maison.

Ces nouveaux bureaux avaient ouvert leurs portes depuis quelques jours seulement. Il y était entré avec le vague espoir de tomber sur Dante en chair et en os, l'attendant lui, Benjamin Galvin. Il avançait donc d'un pas empli de révérence, le chapeau bas et les yeux fermés.

« Vous êtes venu en réponse à l'annonce ? »

Galvin n'avait pas réagi.

« Parfait, parfait. Veuillez remplir le formulaire. Vous ne trouverez nulle part meilleur patron que J. T. Fields. C'est un homme de génie, un ange gardien, en vérité, pour tous les auteurs. »

L'homme qui parlait ainsi se présenta sous le nom de Spencer Clark, chef comptable de la maison.

Galvin accepta le papier et la plume qu'il lui tendait. Les yeux écarquillés, le regard au loin, il fit passer d'une joue à l'autre le morceau du papier qu'il mâchonnait, à son habitude.

« Vous devez nous donner un nom, jeune homme, afin que nous puissions vous contacter, dit le clerc. Allez, dites-le-moi ou je devrai vous faire raccompagner. »

Clark désigna une ligne sur le formulaire. Galvin approcha la plume du papier et traça : « D-A-N-T-E-A-L » et s'arrêta. Comment s'écrivait donc Alighieri ? Ala ? Ali ? Piqué sur son siège, il restait à retourner la question dans sa tête pendant que l'encre séchait sur sa plume. Appelé par quelqu'un à l'autre bout de la salle, Clark se racla bruyamment la gorge et s'empara du papier.

« Allez, ne soyez pas intimidé. Bon, qu'avons-nous ici ? » Il jeta un œil sur le formulaire. « Dan Teal. Très bien. »

Il poussa un soupir déçu. Avec une écriture pareille, cet employé ne passerait jamais clerc. Enfin…, en cette période de transition, la maison avait besoin de tous les bras qui se présentaient.

« Maintenant, jeune homme, Daniel, dites-moi encore où vous habitez et nous pourrons vous engager dès aujourd'hui comme garçon de magasin, quatre soirées par semaine. M. Osgood, le clerc principal, vous montrera les ficelles du métier aujourd'hui même, avant de rentrer chez lui. Mes félicitations, Teal. Vous venez de commencer votre nouvelle vie chez Ticknor et Fields !

— Dan Teal », répéta le nouvel employé, et il prononça son nouveau nom à plusieurs reprises.

Par la suite, chaque fois qu'il passait avec son chariot devant la salle des Auteurs au premier étage, pour livrer d'une pièce à l'autre les papiers dont les clercs auraient besoin le lendemain matin, Teal frémissait à l'idée d'entendre parler de Dante. Hélas, les bribes de conversation qui parvenaient jusqu'à lui n'avaient rien à voir avec les sermons du révérend Greene. Si l'homme de Dieu prenait plaisir à décrire les merveilles que Dante rencontrait au cours de son voyage, les messieurs qui se retrouvaient au Corner discutaient de choses sans intérêt. D'ailleurs, la plupart du temps, M. Longfellow et sa troupe ne venaient même pas chez Ticknor et Fields. Quoi qu'il en fût, ces messieurs-là étaient d'une façon ou d'une autre les alliés de Dante. La preuve, ils se demandaient que faire pour le protéger.

Dante avait besoin de protection ? Quand il apprit cela, Teal sentit la tête lui tourner. Il dut sortir dehors en courant pour aller vomir dans une allée du *Common*. Puis, à force de prêter l'oreille aux conversations entre MM. Fields, Longfellow, Lowell et Holmes, il comprit que Dante était l'objet d'attaques de la part du Conseil de Harvard. En ville, il avait entendu dire que l'université recrutait des employés pour combler les vides dus à la guerre. Engagé comme jardinier, Teal parvint en une semaine à se faire nommer concierge de jour à University Hall. C'était là, avait-il appris en questionnant des collègues, que les différents conseils de l'université prenaient toutes les décisions importantes.

Au foyer pour anciens combattants, le révérend Greene était passé d'un exposé général sur Dante au récit détaillé de ses pérégrinations. Son cheminement entraînait le pèlerin dans différents cercles de l'Enfer et chacun de ses pas le rapprochait du châtiment réservé au grand Lucifer, source de tout le mal. Guidé par Greene, Teal avait parcouru la terre des Indifférents, antichambre de l'Enfer, et rencontré le Grand Refuseur, le pire de tous les pécheurs regroupés en ce lieu. Ce Refuseur, un pape, ne signifiait rien pour lui, mais le fait qu'il eût refusé d'assumer une charge grande et digne, qui pouvait apporter la justice à des millions de gens, le plongea dans une colère inouïe.

À University Hall, il avait entendu à travers la cloison le juge suprême Healey renoncer à défendre Dante. Par ailleurs, il savait que son adjudant-chef à la compagnie C, celui qui aimait lire, avait conservé dans des boîtes fabriquées tout exprès les milliers d'insectes qu'il collectait pendant les marches à travers les marécages gluants des États du Sud. Teal lui acheta un échantillon de mouches mortelles et de larves, ainsi qu'une ruche entière de guêpes. Puis il suivit le juge jusque chez lui à Wide Oaks et l'observa faire ses adieux à sa famille.

Le lendemain matin, il entra par l'arrière dans la maison et assomma le juge d'un violent coup de crosse de son pistolet. L'ayant dévêtu, il empila soigneusement ses vêtements puis le transporta dehors. Là, il déposa des larves et des insectes sur sa blessure et planta un drapeau dans le terrain sablonneux, car c'était ainsi que Dante avait découvert les Indifférents : massés derrière un signal semblable. Ces choses étant faites, il eut le sentiment d'avoir désormais rejoint le poète et de marcher avec lui, parmi les égarés, sur le long et périlleux chemin du salut.

La semaine où Greene, malade, ne prêcha pas au foyer des soldats, Teal se sentit déchiré. Puis le pasteur revint avec un sermon consacré aux Simoniaques. Or, depuis un certain temps déjà, Teal connaissait l'arrangement passé entre la Corporation de Harvard et le révérend Talbot. Cet accord, qui avait fait l'objet de plusieurs débats à University Hall, l'alarmait au plus haut point. Ainsi, un prédicateur acceptait de l'argent pour enterrer Dante, pour dissimuler au public son œuvre inouïe ? Comment pouvait-on brader la grandeur de son ministère pour mille malheureux dollars ? Et lui, que pouvait-il faire, ignorant qu'il était du châtiment réservé à ce crime ?

Au cours de ses nuits d'errance dans les tavernes louches, au retour de la guerre, Teal avait fait la connaissance d'un cambrioleur du nom de Willard Burndy. Il le retrouva sans peine. L'homme était un ivrogne, ce qui l'exaspérait. Néanmoins, il accepta de le payer pour qu'il lui apprît comment forcer le coffre-fort du révérend Talbot. Burndy discourut, se plaignit de Langdon Peaslee qui marchait sur ses brisées et finit par conclure qu'il ne risquait rien à enseigner à un autre larron comment ouvrir un coffre à la serrure toute simple.

Teal se rendit à la Seconde Église unitarienne par les tunnels creusés pour les esclaves en fuite. Là, il espionna le pasteur. Tous les après-midi, Talbot descendait dans la crypte dans un état de grande excitation. Teal compta ses pas – un, deux, trois – afin de se faire une idée du temps qu'il fallait au pasteur pour atteindre l'escalier. De même, il l'observa de loin, estima sa taille et, sitôt son départ, traça sur le mur une marque à la craie. Ensuite, il creusa un trou assez profond pour que la victime eût les pieds à l'air, une fois plantée la tête en bas. Mais, auparavant, il prit soin d'enterrer au fond l'argent dérobé. Le dimanche après-midi, il maîtrisa le révérend Talbot, lui arracha sa lanterne et en versa le kérosène sur ses pieds.

Ayant châtié le Simoniaque, Dan Teal fut convaincu que le cercle des Amis de Dante serait fier de lui. Il se demanda quand avaient lieu ces rencontres hebdomadaires chez M. Longfellow, dont avait parlé le révérend Greene. Le dimanche, pensa-t-il, le jour du Sabbat.

En se renseignant de-ci, de-là, du côté de Cambridge, il eut tôt fait d'apprendre que Longfellow vivait dans une grande demeure coloniale jaune. Par une fenêtre latérale, il observa l'intérieur de la maison. Rien ne laissait présager une réunion. Et s'il y eut branle-bas entre ces murs, ce fut parce que les boutons dorés de son uniforme avaient brillé sous la lune et que Longfellow s'était épouvanté en apercevant son visage collé au carreau. Pourtant, il n'était vraiment pas dans son intention d'importuner le cercle des Amis de Dante. Non, pas question pour lui d'interrompre la tâche des messieurs qui étaient les gardiens de Dante.

Une nouvelle fois Greene ne vint pas au foyer des anciens combattants, et sans même l'excuse d'être souffrant ! La déception de Teal fut immense. Il se rappela le conseil donné au capitaine Blight : apprendre l'italien. À la bibliothèque municipale, il s'enquit d'un endroit où étudier cette langue. Le bibliothécaire lui montra dans le journal la publicité d'un certain M. Pietro Bachi, et Teal pria le répétiteur de lui donner des leçons. Celui-ci débarqua chez lui, les bras chargés de grammaires et de manuels d'exercices dont il était l'auteur pour la plupart. Mais ces livres n'avaient rien à voir avec Dante !

À un certain moment, Bachi proposa de lui céder une édition commémorative de *La Divine Comédie* publiée à Venise. Teal retourna le volume entre ses mains sans éprouver la moindre émotion, malgré les dithyrambes de Bachi sur sa beauté et sa reliure en cuir. Encore une fois, ce n'était pas Dante.

Heureusement, Greene réapparut peu après, au foyer, et Dante effectua son entrée fracassante dans la région de l'Enfer réservée aux Schismatiques.

Alors, le destin s'adressa à Dan Teal avec la force du canon qui tonne. Comme Dante, il avait été témoin du péché impardonnable qui consiste à diviser les hommes en suscitant des schismes. Et le coupable n'était autre que Phineas Jennison : un homme qui, chez Ticknor et Fields, parlait de *protéger* Dante et incitait ses chantres à se rebeller contre Harvard, mais qui, à Harvard, *condamnait* Dante et pressait la Corporation d'empêcher par tous les moyens Longfellow, Lowell et Fields de mener à bien leur belle entreprise. Et c'est ainsi que Teal en vint à conduire Jennison jusqu'au port de Boston par les tunnels des esclaves et, de là, au fort Warren, où il le passa au fil de son sabre. Jennison supplia, pleura, lui promit des sommes faramineuses. En retour, Teal lui promit la justice. Il le découpa avec soin et enveloppa ses blessures. Il ne pensait jamais à ses actes comme à des meurtres, parce que les souffrances infinies qu'il faisait subir à ses victimes, ces atroces sensations qu'il enfermait pour l'éternité dans leurs corps de pécheur, ce n'était pas lui qui les décidait, c'était le *contrapasso* qui l'exigeait. Voilà pourquoi il trouvait Dante si réconfortant.

Aucun de ces supplices n'était nouveau pour lui : il les avait tous déjà vus, perpétrés à petite ou à grande échelle dans la vie de tous les jours, à Boston comme sur les champs de bataille.

Lorsque, par la suite, le révérend Greene fustigea la traîtrise dans une série de sermons extatiques, Teal en conclut que le cercle des Amis de Dante se réjouissait de voir ses ennemis défaits. Les Traîtres étaient les pires de tous les pécheurs rencontrés par Dante au cours de son voyage. Comme c'était au bord d'un lac gelé que le poète révélait leur forfaiture, Teal avait donc choisi de sceller Augustus Manning et Pliny Mead dans la glace. Dans la lumière du petit matin, il les contempla, vêtu de son uniforme de sous-lieutenant – tenue dans laquelle il avait regardé l'Indifférent Artemus Healey être dévoré vif par des insectes ; le Simoniaque Elisha Talbot battre des jambes, les pieds en feu, la tête enfoncée dans son coussin d'argent maudit ; et le Schismatique Phineas Jennison, déchiqueté et tailladé, tressauter au bout de son crochet.

Mais Lowell, Fields, Holmes et Longfellow étaient arrivés à l'improviste, et pas pour le féliciter ! M. Lowell avait tiré sur lui avec son fusil et M. Fields lui avait crié de tirer encore. Teal en avait eu le cœur déchiré. Jusque-là, il avait cru que les protecteurs de Dante qui se réunissaient au Corner, surtout ce Longfellow qu'adorait Harriet, *embrassaient* totalement les objectifs de Dante. À présent, il se rendait compte qu'ils ne comprenaient pas la tâche attendue d'un cercle des Amis de Dante. Il restait tant de choses à achever, tant de cercles à ouvrir pour qui voulait rendre Boston meilleur. Une scène, surprise au Corner, lui revint à l'esprit : Lowell jaillissant telle une furie de la salle des Auteurs en hurlant au Dr Holmes qui l'avait embouti : « Vous avez trahi le cercle des Amis de Dante, vous avez trahi le cercle des Amis de Dante. »

« Maintenant, retournez-vous, docteur Holmes ! » ordonna Teal. Ils étaient tombés nez à nez dans les tunnels des esclaves. « J'étais justement à votre recherche. »

Holmes obtempéra et se retrouva dos au soldat en uniforme. La lumière diffuse et tremblante de sa lanterne éclaira devant lui un long chenal creusé dans l'abysse rocheux.

« C'est la volonté du destin que vous m'ayez trouvé, dit encore Teal, et il lui intima l'ordre d'avancer.

— Grands dieux, mon ami, articula Holmes de sa voix sifflante. Mais où donc allons-nous ?

— Chez Longfellow. »

20.

Holmes s'exécuta. Il avait beau n'avoir aperçu que brièvement cet employé du Corner, l'une de ces « créatures du soir », comme les appelait Fields, il avait immédiatement en lui Lucifer. Maintenant, un coup d'œil par-dessus son épaule lui apprenait que Teal avait un cou de lutteur, des yeux vert clair et une bouche presque féminine qui lui donnait un air bizarrement enfantin. Ses jambes vaillantes, résultat probable de longues marches, soutenaient son corps avec cette exaltation tendue, verticale, que l'on trouve chez les adolescents. Ainsi, leur ennemi et adversaire était ce simple garçon de courses qui avait nom Dan Teal ? *Dan Te-al !* DANTE AL... ! Bien sûr ! Comment un maître du langage comme lui avait-il pu laisser passer ce trait de génie ? se dit Oliver Wendell Holmes... Il se rappela la scène de l'autre jour, quand il avait quitté en trombe la salle des Auteurs et percuté le commis dans le couloir. Quel écho sinistre avaient aujourd'hui les cris de Lowell : « Holmes, vous avez trahi le cercle des Amis de Dante ! » La phrase avait dû s'imprimer dans l'esprit de Teal comme s'y étaient imprimées les conversations entendues à Harvard. Mais, si l'heure du Jugement dernier avait sonné pour lui, elle ne devait pas sonner pour Longfellow et les autres. Non, il ne permettrait pas !

Comme le tunnel entamait une descente, il s'arrêta.

« Je ne ferai pas un pas de plus ! annonça-t-il sur un ton qui se voulait intrépide. Je ferai ce que vous me demanderez, mais je ne mêlerai pas Longfellow à tout ça ! »

Teal répondit par un silence empreint de sympathie.

« Deux d'entre vous doivent être châtiés, docteur Holmes. Et c'est vous qui devrez le faire entendre à Longfellow. »

Brusquement Holmes prit conscience qu'il n'entrait pas dans le projet de Teal de le punir, lui, le Dr Holmes, en tant que Traître. Il suivait un raisonnement tout autre : dans son esprit, si les Amis de Dante avaient tenté de l'abattre, c'était parce qu'ils avaient purement et simplement trahi la cause du poète italien. En conséquence, quiconque trahissait le cercle de M. Longfellow devenait d'office l'allié de *l'authentique* cercle des Amis de Dante qu'il s'était forgé dans sa logique : une association silencieuse, destinée à incarner dans la ville de Boston les châtiments décrits dans *La Divine Comédie*. Oui, c'était cela : Teal avait pris pour argent comptant les invectives de Lowell.

Holmes sortit son mouchoir et le porta à son front.

Au même moment, Teal posa une main puissante sur son coude.

Contre toute attente, sans qu'il l'eût prémédité ni seulement imaginé, Holmes repoussa cette main avec une violence telle que le commis en fut projeté contre le mur de pierre. Lui arrachant sa lanterne, le petit docteur s'élança dans une fuite éperdue.

Il filait le long des tunnels sombres et tortueux, se retournant de temps à autre pour jeter un coup d'œil. Mais de même que la chaîne entrave la jambe d'un fantôme, de même son asthme l'empêchait de soutenir l'allure. Toutes sortes de bruits bourdonnaient à ses oreilles, et il était bien incapable de distinguer les vrais des faux qu'il entendait dans son effroi. Arrivé à l'orée d'une cavité, il s'y précipita. Un sac de couchage militaire en mouton retourné traînait par terre, ainsi que des quignons rassis évoquant les rations distribuées aux soldats pendant la guerre. L'abri de Teal ! Il y avait là un âtre fait de morceaux de bois, des assiettes, une poêle, un quart en métal et une cafetière. Holmes était sur le point d'en repartir en courant quand un gémissement le fit sursauter. Élevant sa lanterne, il aperçut deux formes avachies sur le sol tout au fond de la salle, les pieds et les mains ligotés, la bouche muselée par un bâillon. Fields et Lowell ! Ce dernier, parfaitement immobile, avait la tête penchée si bas que sa courte barbe frôlait sa poitrine.

Holmes courut à eux. Ayant arraché leur bâillon, il entreprit de leur délier les mains.

« Lowell ? Êtes-vous blessé ? »

Il lui secoua l'épaule. Ce fut l'éditeur qui répondit :

« Teal nous a assommés et transportés ici. Lowell criait et jurait avec tant de véhémence qu'il l'a assommé de nouveau. Je lui avais bien dit de la fermer. Il n'est qu'évanoui... N'est-ce pas ? ajouta-t-il avec une ferveur inquiète.

— Que voulait-il ? demanda Holmes.

— Rien ! Je ne sais pas pourquoi nous sommes toujours en vie, ni ce qu'il est parti fabriquer !

— Ce monstre manigance quelque chose contre Longfellow !

— Je l'entends, il arrive ! Vite, Holmes ! »

Les mains tremblantes et moites du docteur ne parvenaient pas à défaire les nœuds très serrés, et l'on n'y voyait goutte.

« Fuyez. Partez vite ! dit Fields.
— Une seconde. »

Ses doigts dérapèrent à nouveau le long du poignet de l'éditeur.

« Trop tard, Wendell, le voilà ! Vous n'avez pas le temps de nous libérer. De toute façon, nous ne pourrions pas transporter Lowell. Laissez-nous. Filez à Craigie House, il faut sauver Longfellow !

— Je n'y arriverai pas tout seul ! Où est Rey ? »

Fields secoua la tête.

« Il n'est jamais revenu, et il n'y a plus une sentinelle à son poste. Pfuit, envolées ! Longfellow est seul, filez ! »

Holmes plongea hors de la salle et dévala les couloirs en direction d'un rai de lumière qu'il distinguait au loin. De sa vie, il n'avait couru si vite. Et pendant tout ce temps, la voix de Fields résonna dans sa tête comme un tambour : « Filez ! Filez ! »

Un détective descendit nonchalamment les marches humides menant au sous-sol de l'hôtel de police. D'un couloir à l'autre les murs de brique se renvoyaient l'écho de gémissements et de grossièretés. Assis par terre à même le sol de sa cellule, Nicholas Rey bondit sur ses pieds dès qu'il l'aperçut.

« Vous ne pouvez pas supprimer les sentinelles, pour l'amour de Dieu ! Des innocents sont en danger ! »

Le détective réagit par un haussement des épaules.

« Tu crois vraiment à ce que tu dégoises, crétin ?

— Gardez-moi enfermé si ça vous chante, mais qu'on reprenne la surveillance. S'il vous plaît, je vous en prie. L'assassin va frapper encore. Vous le savez très bien, que ce n'est pas Burndy qui a tué Healey et les autres ! Le meurtrier court les rues, il va recommencer ! Vous pouvez l'arrêter ! »

Le détective hochait la tête pensivement, l'air intéressé.

« Je le sais bien, pour sûr, que Willard Burndy, c'est juste un voleur et un menteur.

— Alors, écoutez-moi, je vous en prie. »

Le détective s'accrocha aux barreaux de la cellule et dévisagea le prisonnier.

« Peaslee nous a prévenus de te garder à l'œil. C'est pas ton genre, hein, de rester gentiment dans ton coin. T'es plutôt le gars qui s'mêle de tout. T'enrages d'être enfermé sans rien pouvoir faire, sans personne pour t'aider, pas vrai ? »

Il brandit son trousseau de clefs et l'agita avec un sourire.

« Eh ben, que ça te serve de leçon ! »

Debout devant son écritoire, Henry Wadsworth Longfellow laissa échapper un chapelet de soupirs à peine audibles. Annie Allegra lui avait proposé de jouer à toutes sortes de jeux, mais il était incapable de rien faire sinon travailler à sa traduction. Traduire et traduire encore dans l'espoir de franchir la porte de la sublime cathédrale, une fois son fardeau déposé. Dans son étude, les bruits du monde lui parvenaient amenuisés au point de n'être plus qu'un grondement indistinct à partir duquel ses vers pouvaient prendre leur envol et s'imprégner d'une vitalité éternelle. Le traducteur devinait la présence du Poète quelque part, dans les longues nefs latérales, tout près, à portée de regard. Voilà pourquoi il ne devait surtout pas perdre le rythme.

Le Poète avance d'un pas silencieux et solennel. Il est chaussé de sandales et porte un vêtement long et ample. Sa tête est coiffée d'un chaperon. Parmi les cohortes de défunts, perdue au milieu des lamentations qui montent des profondeurs, du cœur des échos que les tombeaux se renvoient l'un à l'autre, s'élève la voix de Celle qui implore le Poète d'aller de l'avant. Dissimulée sous un voile blanc comme neige, vêtue d'une robe écarlate plus brillante que le feu, elle se tient au loin, à une distance enchanteresse – image inaccessible, évocation. Et la glace de fondre dans le cœur du Poète comme la neige fond aux flancs des montagnes, Poète à la recherche du pardon absolu qu'apporte la paix absolue.

Annie Allegra fouillait dans le cabinet à la recherche d'une boîte à papiers égarée dont elle avait grand besoin pour fêter en bonne et due forme l'anniversaire de sa poupée. Elle tomba sur une lettre décachetée, expédiée d'Auburn, dans l'État de New York, et voulut savoir de qui elle était.

« Oh, de Mlle Frere ? répéta-t-elle. Comme c'est gentil à elle ! Est-ce qu'elle passera l'été à Nahant, cette année aussi ? Il est tellement agréable de l'avoir auprès de nous, Père.

— Je ne crois pas. »

Longfellow fit un sourire à sa fille, mais la petite, déçue, déclara brusquement :

« Peut-être que ma boîte est dans le secrétaire du salon. »

Sur ce, elle sortit pour aller demander de l'aide à sa gouvernante.

Des coups frappés à la porte d'entrée parvinrent à Longfellow, des coups martelés avec exigence et qui redoublèrent avec une force plus terrifiante encore, accompagnés d'une question.

« Holmes... ? » s'entendit murmurer le poète.

Annie Allegra, la petite Annie qui s'ennuyait, abandonna son idée de chercher la gouvernante et cria qu'elle se chargeait de répondre. Elle ouvrit la porte tout grand. Dehors, le froid était colossal, dévorant.

Elle s'interrompit au milieu de son bonjour. De son cabinet de travail, Longfellow comprit qu'elle était effrayée. Dans le marmonnement qui lui parvenait, il ne reconnaissait pas la voix d'un ami. Sorti dans le vestibule, il tomba nez à nez avec un militaire en grand uniforme.

« Faites-la partir, monsieur Longfellow », enjoignit Teal calmement.

Le poète attira sa fille à lui et s'agenouilla.

« Panzie, si tu allais finir ton article pour *Le Secret*, comme nous en avons parlé.

— L'entretien, Papa ?

— Oui. Tu veux bien le finir tout de suite pendant que je suis occupé avec monsieur ? »

Il s'efforçait de faire entendre raison à l'enfant, lui ordonnant d'obéir par toute son attitude. Son regard plongeait dans les yeux de la petite fille avec la même intensité que, jadis, celui de sa mère. Annie hocha la tête gravement et s'enfuit dans le fond de la maison.

« On a besoin de vous, monsieur Longfellow. On a besoin de vous sur-le-champ. »

Teal mastiquait furieusement. Il cracha deux boulettes de papier sur le tapis et se remit à mâcher de plus belle. Les réserves de papier qu'il avait dans la bouche semblaient inépuisables.

Longfellow fixait le soldat gauchement, conscient de la violence contenue qui émanait de lui.

Teal dit encore :

« M. Lowell et M. Fields, ils vous ont trahi. Ils ont trahi Dante. Vous étiez là, vous aussi. Vous étiez là quand Manning devait mourir, et vous n'avez rien fait pour m'aider. C'est pourquoi il vous revient de les châtier. »

Il plaqua son revolver de l'armée dans les mains de Longfellow. L'acier froid mordit les paumes fragiles du poète où se voyaient encore les brûlures d'autrefois. Longfellow n'avait pas tenu de pistolet depuis son enfance, depuis le jour où il était rentré à la maison, les yeux brouillés de larmes, après que son frère lui eut appris à tirer sur un merle. Fanny avait toujours méprisé les armes et la guerre. « C'est son uniforme éclatant qui fait le soldat aux yeux des hommes, disait-elle souvent. Il en oublie les instruments de meurtre cachés sous sa tenue. » Elle avait interdit à ses garçons de jouer aux soldats de plomb. Longfellow bénissait le ciel qu'elle n'eût pas vu leur fils Charley s'enfuir de la maison pour aller se battre et revenir, l'épaule traversée par une balle. Sans même s'en rendre compte, le poète serra les doigts autour du revolver.

« Eh oui, môssieur, tu vas enfin apprendre à te t'nir tranquille et à faire c'qu'on te dit. Contrebande ! »

Le rire dansait dans les yeux du détective.

« Pourquoi restez-vous ici, alors ? » demanda Rey qui s'était rassis par terre, le dos appuyé contre les barreaux.

La question parut embarrasser le détective.

« Pour être sûr que t'apprends bien la leçon, sinon j'te fais cracher tes dents, t'entends ? »

Rey se retourna lentement.

« Quelle leçon, déjà ? »

Le visage du détective s'empourpra. Il se pencha vers la grille d'un air menaçant.

« D'rester tranquille une fois dans ta vie, saligaud, et d'laisser vivre ceux qui savent mieux que toi ! »

Rey gardait ses pupilles irisées d'or tristement baissées. Soudain, sans qu'aucun muscle de son corps ne l'eût trahi, son bras partit. Ses doigts se serrèrent autour du cou du détective, l'obligeant à introduire son front entre les barreaux. De l'autre main, il le força à lâcher le trousseau de clefs. Profitant de ce que le détective se tenait la gorge en essayant de récupérer son souffle, Rey ouvrit la grille sous les vivats des prisonniers voisins et s'empara du pistolet caché sous le manteau de sa victime. Grimpant l'escalier à toute allure, il déboucha dans le vestibule de l'hôtel de police.

« Vous étiez là, Rey ? s'exclama le sergent Stoneweather. Je comprends plus rien. J'étais à mon poste, comme vous aviez dit, et v'là que les détectives se ramènent pour m'dire que vous demandez à tout le monde d'abandonner la surveillance ! Où étiez-vous donc passé ?

— Ils m'avaient enfermé dans les tombes. Je dois aller à Cambridge immédiatement ! »

Tout en disant ces mots, il aperçut une petite fille et sa gouvernante à l'autre bout de la salle. Il se précipita pour ouvrir la grille séparant l'entrée des bureaux.

« Je vous en prie, s'il vous plaît, répétait Annie Allegra, pendant que sa gouvernante tentait d'expliquer des choses à un policier qui n'y comprenait rien.

— Mademoiselle Longfellow ! Qu'avez-vous ? s'écria Rey en s'accroupissant devant la petite fille pour être à sa hauteur.

— Père a besoin de votre aide, monsieur l'agent ! » pleura-t-elle.

Au même moment, une horde de détectives fit son entrée dans le hall.

« Holà ! » cria l'un d'eux.

Attrapant Rey par le bras, il le projeta contre le mur.

« Arrête, fils de chienne ! » hurla Stoneweather, et il abattit sa matraque sur le dos de l'attaquant.

À son cri, d'autres policiers accoururent. Mais trois détectives s'étaient déjà emparés de Nicholas Rey, lui bloquant les bras, l'entraînaient au loin.

« Monsieur Rey, suppliait la petite fille. Père a besoin de vous !

— Rey ! » braillait aussi Stoneweather, mais une chaise s'abattit sur sa tête en même temps qu'un poing lui martelait les côtes.

Sur ces entrefaites, le commandant Kurtz en personne apparut sur le seuil, suivi d'un porteur chargé de trois valises. Son teint habituellement moutarde était rouge violacé.

« Saloperie de train ! Le pire voyage de… Nom de Dieu ! Que se passe-t-il ? se mit-il à hurler en découvrant la situation. Stoneweather !

— Ils avaient enfermé Rey dans les tombes, chef ! expliqua le sergent dont le gros nez pissait le sang.

— Chef, je dois aller à Cambridge immédiatement ! le coupa Rey.

— Silence, l'agent ! tonna Kurtz.

— Tout de suite, chef. C'est urgent !

— Lâchez-le, canailles ! ordonna le chef de la police à l'adresse des détectives. Je veux vous voir tous dans mon bureau ! »

Oliver Wendell Holmes continuait de se retourner bien que Teal ne fût plus à ses trousses. Apparemment, le soldat ne l'avait pas suivi hors du souterrain. Devant, la voie était libre et il se hâtait dans les rues de Cambridge, sans cesser de se répéter : « Longfellow ! Longfellow ! »

Soudain, il l'aperçut de l'autre côté de la rue, marchant à petits pas dans la neige fondante, à côté de Teal. À cette vue, sa terreur fut telle qu'il se fût écroulé sans connaissance si une pensée ne l'avait retenu : sauver son ami. Pour cela, il devait agir dans la seconde. Voilà pourquoi il se mit à hurler de toute la force de ses poumons. Jaillit de lui un cri perçant, capable d'arracher à leur foyer tous les gens du quartier.

Teal se retourna, sur le qui-vive.

Holmes dégagea son mousqueton et le leva d'une main mal assurée.

Teal ne prêta pas la moindre attention à l'arme braquée sur lui. Ses lèvres balbutiantes articulèrent une lettre orpheline, p…, et il cracha dans le tapis de neige immaculée à ses pieds.

« Monsieur Longfellow, le Dr Holmes sera votre première cible. Le premier homme que vous châtierez pour le péché que vous avez commis. L'exemple offert au monde. »

Il saisit la main de Longfellow, dont les doigts étaient toujours crispés autour du revolver, et l'obligea à mettre en joue le docteur.

Holmes avança, son mousqueton pointé sur le commis.

« Plus un geste ou je tire ! Je tire ! Laissez aller Longfellow et prenez-moi.

— C'est le châtiment, docteur Holmes. Tous ceux qui se sont détournés de la justice de Dieu doivent s'incliner devant son jugement. À mon ordre, monsieur Longfellow… En joue ! »

Holmes avança d'un pas ferme et leva son arme à hauteur du cou épais de Teal. Les traits du meurtrier n'exprimaient aucune crainte. Il était soldat, envers et contre tout. Tout autre sentiment l'avait quitté. Il n'avait plus de choix. Seule demeurait sa volonté indestructible de faire le bien, cet élan irrépressible qui traverse parfois l'humanité et s'évanouit le plus souvent dans un bref embrasement. Holmes frissonna. Possédait-il en lui ce même élan, assez puissant pour enrayer la course folle dans laquelle Teal était emporté malgré lui ?

« Feu, monsieur Longfellow ! ordonnait le soldat. Allez, tirez maintenant ! »

Il posa sa main sur celle de Longfellow et entoura de ses doigts les doigts du poète.

Holmes déglutit et changea de cible, dirigeant son arme sur son ami.

Celui-ci secoua la tête. Désorienté, Teal fit un pas en arrière, entraînant son captif avec lui.

« Je vais l'abattre, Teal ! dit Holmes en accompagnant ses mots d'insistants hochements de tête.

— Non ! »

Teal, lui, remuait la tête dans les deux sens d'un mouvement saccadé.

« Si, Teal ! Comme ça, il ne sera pas châtié. » Holmes hurlait, le mousqueton braqué sur le front de Longfellow. « Il sera mort. Devenu cendres !

— Non, vous ne pouvez pas faire ça ! Il doit prendre les autres avec lui ! Ce n'est pas comme ça qu'il faut faire ! »

Holmes immobilisa son arme. Longfellow serrait les paupières. Quant à Teal, il agitait toujours la tête, incapable de s'arrêter. L'espace d'un instant, il parut sur le point de crier et, soudain, fit volte-face, comme si quelqu'un lui avait donné une tape dans le dos. Il se jeta à droite, il se jeta à gauche, et il s'élança furieusement, fuyant la scène le plus loin possible. Hélas, ses jambes n'eurent pas le temps de le porter très loin. Un coup de feu retentit, explosion dans le ciel, suivie d'un cri de mort.

Involontairement, Longfellow et Holmes baissèrent tous deux les yeux sur leurs armes. Une dernière balle claqua. Là-bas, sur un lit de neige d'une blancheur virginale, une rigole de sang chaud coula d'un homme effondré. Deux taches rouges bouillonnaient sur la vareuse de Teal. Holmes accourut vers lui et s'agenouilla. Ses mains expertes se mirent à l'œuvre, cherchant le battement de la vie.

Longfellow s'approcha à son tour.

« Holmes ? »

Les mains du docteur s'immobilisèrent.

Augustus Manning était là, penché sur le cadavre, claquant des dents, le regard fou, le corps secoué de tremblements. Il laissa tomber son fusil à ses pieds dans la neige. De sa barbe raide, il désigna une maison, puis la montra du doigt, essayant péniblement d'accoler des mots.

« Le policier qui gardait ma maison est parti depuis des heures… Et là, il y a un instant, j'ai entendu des cris. Je l'ai vu par la fenêtre. Lui… Dans son uniforme… Et tout m'est revenu. Il m'a dépouillé de mes vêtements, il m'a laissé nu, monsieur Longfellow, et… et… il m'a ligoté… Après, il m'a porté… »

Longfellow lui tendit une main secourable. Le trésorier de Harvard éclata en sanglots contre l'épaule du poète. Son épouse sortit de sa maison en courant.

Un fourgon de police pila derrière le petit cercle qu'ils formaient autour du corps. Nicholas Rey en bondit, l'arme à la main. Une seconde voiture déversa le sergent Stoneweather et deux autres policiers.

Longfellow tourna vers Rey des yeux clairs où se lisait une interrogation.

« Elle va bien, répondit l'agent devançant la question. Un policier s'occupe d'elle et de la gouvernante. »

Longfellow hocha la tête avec gratitude. Holmes, agrippé à la barrière de la maison de Manning, s'efforçait de reprendre son souffle.

« Holmes, quel miracle ! dit Longfellow avec un vertige mêlé de crainte. Mais… vous devriez peut-être entrer vous allonger. C'est formidable, vous avez réussi ! Mais comment… ?

— Mon cher Longfellow… La lumière du jour éclaircira tout ce que celle du gaz a laissé d'inexpliqué », déclara le docteur. Et il partit à la suite des policiers par les rues de la ville jusqu'à l'église et ses souterrains. Lowell et Fields restaient encore à libérer.

21.

« Hep là, une minute, Langdon ! éructa le juif espagnol à son habile mentor. Tu veux dire qu'en dehors de toi y reste maintenant plus personne des Cinq de Boston ?

— Burndy a jamais fait partie des Cinq du début, mon p'tit blanchot, lâcha Langdon Peaslee sur un ton omniscient. Les Cinq – que leur âme à tous et la mienne avec soient bénies quand elles chuteront au fin fond de l'Enfer –, j'va t'dire qui c'était : Randall, qu'a encore la moitié de sa peine à tirer dans les tombes ; Dogde, qu'a pris sa retraite dans l'Ouest après qu'il s'est effondré, rapport à ses nerfs ; Turner, qui s'est fait collé deux ans et quart par sa dulcinée, si c'est pas une leçon à pas se mettre en ménage, je veux bien être pendu ; et ce cher Simonds, qui se terre du côté des docks et pourrait pas ouvrir la caisse à joujoux d'un gamin, tellement qu'il a la tremblote !

— Si c'est pas une honte. Une honte, gémit l'un des quatre hommes qui composaient le public de Peaslee.

— Répète un peu, voir ? »

Peaslee avait levé un sourcil fâché à l'adresse du bigleux.

« Une honte d'voir qu'il est bon pour monter à l'échelle ! continua l'autre. Je l'a jamais rencontré, non, mais à ce qu'on dit, c'est l'plus meilleur des cambrioleurs d'par ici ! Capable de vous ouvrir un coffre rien qu'avec une plume, qu'y disent ! »

Les trois autres larrons qui composaient la tablée se réfugièrent dans le silence. S'ils avaient été debout, on aurait entendu leurs bottes racler nerveusement les coquillages qui tenaient lieu de plancher ; ou, alors, ils se seraient écartés de celui qui osait parler de la sorte à Langdon W. Peaslee. Mais, comme ils étaient assis devant des boissons, ils se concentrèrent sur leurs verres et burent de longues gorgées dans le plus grand silence ou bien se mirent à tirer d'un air absent sur les cigares que Peaslee avait fait passer à la ronde déjà déballés.

La porte de la taverne s'ouvrit toute grande. Une mouche fondit sur les stalles noires et enfumées qui se succédaient en épi le long du bar et vint bourdonner autour de la table de Peaslee. Un petit nombre de ses congénères avait survécu à l'hiver ; un plus petit nombre encore avait même prospéré dans certaines parties des bois et des forêts du Massachusetts, fait authentique que le professeur Louis Agassiz eût taxé de fadaise s'il en avait eu vent. Peaslee darda son regard sur les étranges yeux rouge flamboyant de l'insecte et sur son grand corps bleuté, avant de le chasser vers l'autre bout de la salle où des hommes se firent un plaisir de le courser.

Langdon Peaslee allongea la main gauche vers son punch, spécialité de la taverne Stackpole. Pour cela, il ne lui fut pas le moins du monde nécessaire de se pencher en avant : son bras d'araignée lui permettait d'atteindre bien des choses dans la vie sans bouger nécessairement le reste de son corps. Et, pourtant, il avait légèrement reculé sa chaise de la table, de façon à pouvoir s'adresser plus commodément à son demi-cercle d'apôtres.

« Prenez ma parole pour ce qu'elle vaut, mes bons camarades, quand j'vous dis qu'vot' M. Burndy – le nom sortit avec un sifflement par les trouées entre ses dents –, c'est rien qu'le roi du boucan parmi les monte-en-l'air, dans c'te bonne ville de haricots[1]. »

Destinée à désamorcer la tension, la plaisanterie fut accueillie par l'assistance avec des toasts et une abondance d'éclats de rire qui fertilisèrent encore le sourire déjà excessif de Peaslee. Soudain, le juif se figea, les yeux levés au-dessus de son verre.

« Qu'est-ce t'as, le Yiddish ? »

Se dévissant le cou, Peaslee découvrit un homme debout derrière lui. Sans un mot, sa tablée d'aigrefins et de pickpockets de bas étage s'éparpilla aux quatre coins du bar, laissant la fumée froide qui planait sans but ajouter ses nuages à l'atmosphère en ébullition de ce lieu sans fenêtre. Seul, l'escroc bigleux demeura à sa place.

« Allez vous faire voir ! » siffla Peaslee entre ses dents.

Les tablées voisines s'égaillèrent à leur tour parmi la foule.

« Mazette ! » s'exclama Peaslee en toisant le nouveau venu de haut en bas. Puis il s'enquit avec un sourire étincelant : « Pour vous, ça s'ra une "baffe" ou une "tête" ? » Et de claquer des doigts à l'intention d'une serveuse au décolleté vertigineux.

Nicholas Rey la renvoya gentiment d'un geste de la main et prit un siège en face de Peaslee.

« Allez, l'agent, offrez-vous un nuage, alors. »

Il tendit à Rey un cigare longue feuille que le policier refusa.

---

1. Surnom donné à la ville de Boston (Bean City) au même titre que New York est la Grosse Pomme (The Big Apple). (*N.d.l.T.*)

« Qu'est-ce que c'est que c'te mine de vendredi ? L'heure est à la joie ! » Peaslee rajeunit son sourire et reprit : « Vous z'inquiétez pas pour les copains. De toute façon, ils allaient dans le fond chatouiller l'tigre[1]. On se retrouve un soir sur deux, vous savez. Sûr qu'y vous en voudraient pas de vous joindre à nous. C'est-à-dire, si vous avez assez d'haricots pour monter la mise.

— Je vous remercie, monsieur Peaslee, mais c'est sans façon.

— À votre guise. » Peaslee se pencha en avant, un doigt sur ses lèvres, comme pour échanger une confidence. « L'agent, vous croyez pas… qu'vous auriez été filé ? On sait que vous étiez après le toquard qui voulait effacer Manning, le type d'Harvard qu'a une gueule d'élan. Il aurait à voir avec les aut'meurtres à Burndy, que vous croyez.

— C'est exact.

— Ben, c't une chance pour vous que ça a rien donné. Ces primes, c'est les récompenses les plus rondelettes depuis que Lincoln a été descendu, vous savez. Et moi, j'sera pas mis au trou pour ma p'tite participation. Quand le Burndy, il aura monté l'échelle, ma part s'ra grosse à étouffer un porc, comme je vous l'dis, mon vieux Rey. On continue à se méfier.

— Vous l'avez fait arrêter injustement, monsieur Peaslee, mais vous n'avez pas à vous inquiéter de moi. Si j'avais disposé de preuves permettant sa libération, je les aurais déjà produites sans m'occuper des conséquences. Et vous, vous ne toucheriez pas le reste de la prime. »

À la mention de Burndy, Peaslee avait levé son punch d'un air pensif.

« Quand même, ça a été gentil d'la part des avocats d'raconter que Burndy, y détestait le juge Healey qu'avait libéré trop d'esclaves avant le Fugitive Slave Act, et qu'il a supprimé Talbot et Jennison pa'ce qu'y z'avaient pas été réglos avec lui. L'a rencontré son Waterloo, ça oui. Y lui reste plus qu'à agiter les guiboles quand son heure sonnera. »

Peaslee descendit une longue rasade et reprit sur un ton sévère :

« Paraît que l'gouverneur, il a demandé le démantèlement du bureau des détectives après vot'bagarre à l'hôtel de police. Et on dit qu'les conseillers municipaux, y veulent faire remplacer le vieux Kurtz et vous rétrograder à vie. À vot'place, je mettrais un capuchon à ma chance pour qu'elle s'envole pas, très cher Lis des neiges, et je m'tirerais vite fait d'ici tant que c'est possible. Vous vous êtes gagné pas mal d'ennemis, ces derniers temps.

— Je me suis fait aussi quelques amis, monsieur Peaslee, dit Rey après une pause. Comme je vous le dis, ne vous inquiétez pas pour

---

1. Jeu de cartes en vogue à l'époque. (*N.d.l.T.*)

moi. Méfiez-vous plutôt de quelqu'un d'autre. C'est pour ça que je suis ici. »

Les sourcils drus de Peaslee se levèrent si haut que son derby fauve bascula en arrière.

Se retournant sur son siège, Rey désigna du regard un client dégingandé, assis sur un tabouret au comptoir.

« Ce monsieur pose des questions dans tout Boston. Apparemment, il ne croit pas à votre explication des meurtres. D'après lui, Willard Burndy ne serait pour rien dans cette histoire. Son insistance risque de faire s'envoler ce qu'il vous reste à toucher de la prime, monsieur Peaslee. Jusqu'au dernier *cent*.

— C'te histoire, c'est du passé, rétorqua Peaslee. Vous proposeriez quoi, à son sujet ? »

Rey réfléchit un moment.

« Si j'étais à votre place ? Je le convaincrais de prendre de longues vacances loin de Boston. »

Assis au comptoir de la taverne Stackpole, le détective privé Simon Camp, responsable de la région de Boston à l'agence de détectives Pinkerton, relut la lettre anonyme – adressée par Nicholas Rey – qui lui enjoignait de se rendre dans ce bar, à cette heure de la nuit, pour un rendez-vous important. Juché sur son tabouret, il scrutait avec une colère croissante les escrocs et prostituées qui peuplaient la salle. Au bout de dix minutes, il laissa des pièces sur le comptoir et se leva pour aller prendre son manteau.

Le juif espagnol l'intercepta.

« Hep ! Où c'est-y qu'vous partez d'un si bon pas ? » lui lança-t-il s'emparant de sa main pour la secouer chaleureusement.

Camp arracha son bras.

« Nom de Dieu ! Qui êtes-vous, d'abord ? Arrière, avant que je m'énerve !

— Cher inconnu... »

Le sourire de Langdon Peaslee devait faire un bon kilomètre de large quand ses compagnons s'écartèrent pour lui livrer passage, telle la mer Rouge devant Moïse. Arrivé au détective, il susurra :

« Je pense que ça s'rait mieux pour vous d'aller dans l'arrière-salle et de vous joindre à nous pour une p'tite chasse au tigre. On n'aime pas entendre dire que des étrangers ont connu la solitude dans notre bonne ville de Boston. »

Quelques jours plus tard, J. T. Fields se rendit à l'heure dite, à l'endroit indiqué par Simon Camp pour leur rencontre. Il avait dans son sac en peau de chamois le compte de pièces d'or destinées à s'assurer le silence du détective. Il faisait les cent pas et, pour la énième fois, consultait sa montre de gousset quand il entendit des pas. Involontairement il retint son souffle. S'exhortant au calme, il se retourna pour faire face à l'entrée de la ruelle, le sac serré contre sa poitrine.

« Lowell... ? »

Le poète avait la tête enveloppée dans un bandage noir.

« Fields... ? Mais... Que faites-vous ici ?

— Voyez-vous... heu... Je venais juste...

— Nous étions convenus de ne pas payer Camp ! s'enflamma Lowell en remarquant le sac. De le laisser agir à sa guise !

— Alors, pourquoi êtes-vous ici vous-même ? répliqua l'éditeur sur un ton inquisiteur.

— Sûrement pas pour m'abaisser à le payer sous couvert de l'obscurité ! D'ailleurs, je ne dispose pas d'une telle somme en liquide, vous vous en doutez bien... À vrai dire, je ne sais pas. Probablement voulais-je lui exprimer ma façon de penser. Nous n'allons pas laisser cette racaille s'en prendre à Dante sans nous battre. Je veux dire...

— En effet. Mais peut-être n'est-il pas nécessaire d'en informer Longfellow...

— Non, en convint Lowell. Que cela reste entre nous ! »

Ils attendirent ensemble une vingtaine de minutes, regardant les préposés des services de la voirie allumer les becs de gaz à l'aide de longues perches.

« Comment va votre tête, mon cher Lowell ?

— Comme un crâne cassé en deux et mal recollé, répondit celui-ci en riant. D'après Holmes, la douleur aura disparu d'ici une semaine. Deux tout au plus. Et vous ?

— Ça va mieux, bien mieux. Vous savez la nouvelle à propos de Sam Ticknor ?

— Cet âne bâté ?

— Il ouvre une maison d'édition avec l'un de ses misérables frères. À New York, voyez-vous ça ! Il compte nous mettre en faillite depuis Broadway, voilà ce qu'il m'écrit. Je me demande ce que penserait ce pauvre Bill Ticknor en apprenant que ses propres fils veulent la ruine de la maison qui porte son nom.

— Qu'ils s'y emploient, ces esprits malins ! Rien que pour ça, je vous écrirai mon plus beau poème de l'année, mon cher Fields. »

Ils restèrent un moment à attendre en silence, et Lowell reprit :

« Je vous parie une paire de gants que Camp a recouvré ses esprits et choisi d'abandonner. Par une lune aussi merveilleuse et des étoiles aussi paisibles, le péché se terre en Enfer. »

Fields souleva son sac en s'esclaffant.

« Nom d'un chien, c'est d'un lourd ! Que diriez-vous d'employer une petite partie de ce pécule à souper chez Parker ?

— Souper à vos frais ? Je ne vois pas ce qui me retiendrait ! »

Et il fila droit devant, sourd aux appels de Fields lui demandant de ralentir.

« Malheureux obèse que je suis ! Mes auteurs devraient avoir un minimum de respect pour ma graisse ! Mais non, ils ne m'attendent jamais.

— Votre circonférence vous gêne, Fields ? lui lança Lowell de loin. Dix pour cent de plus à vos auteurs et vous n'aurez plus rien à déplorer, je vous le garantis ! »

Dans les mois qui suivirent, une moisson de ces feuilles de chou spécialisées dans les crimes, que méprisait Fields pour leur influence néfaste sur un public avide, s'attachèrent à révéler l'histoire d'un certain Simon Camp. Arrêté peu après avoir fui Boston au terme d'un long entretien avec Langdon W. Peaslee, ce détective de l'agence Pinkerton était accusé par le procureur général d'avoir extorqué des fonds à plusieurs hauts dignitaires du gouvernement sous la menace de révéler des secrets de guerre. Dans les trois années précédant son arrestation, il avait empoché des dizaines de milliers de dollars en faisant chanter nombre de personnes pour le compte desquelles il enquêtait. Allan Pinkerton remboursa les honoraires perçus à tous les clients concernés, à l'exception d'un seul – un certain Dr Augustus Manning, de Harvard –, que sa célèbre agence de recherches, la première du pays, fut incapable de retrouver.

De fait, Augustus Manning avait démissionné de la Corporation. Après être resté des mois sans prononcer trois mots, à en croire son épouse, il avait emmené sa famille loin de Boston. D'aucuns prétendaient qu'il s'était installé en Angleterre, d'autres sur une île perdue au beau milieu de mers inexplorées, qu'importe. Le remaniement qui suivit son départ précipita l'élection de Ralph Waldo Emerson au Conseil de supervision de Harvard. Ce choix inattendu, ourdi par son éditeur J. T. Fields et soutenu par le révérend Hill, président de l'université, mit un terme à l'exil qui avait tenu pendant vingt ans le philosophe éloigné de Harvard et offrit aux poètes de Cambridge et de Boston le bonheur de voir l'un des leurs siéger au Conseil de l'université.

Un tirage privé de la traduction de *L'Enfer* de Henry Wadsworth Longfellow vit le jour avant la fin de l'année 1865 et fut reçu avec gratitude par le Comité florentin – en temps et en heure pour la dernière cérémonie de commémoration du six centième anniversaire de Dante. L'événement exacerba d'autant plus l'attente du public que le travail de Longfellow avait été jugé remarquable par les salons littéraires de Berlin, Londres et Paris, qui en avaient eu la primeur. Chacun des membres du cercle des Amis de Dante s'en vit offrir un exemplaire. Longfellow répartit les autres entre plusieurs amis, dont une certaine Mary Frere, bien qu'il n'ébruitât pas le fait. Ce serait le cadeau qu'il offrirait à cette demoiselle d'Auburn pour ses fiançailles et il le lui ferait parvenir à Londres où elle s'était installée pour se rapprocher de son futur époux. Le poète, en effet, était trop occupé par l'éducation de ses filles et l'écriture d'une nouvelle œuvre pour lui chercher un autre présent.

Votre absence de Nahant créera un vide semblable à celui que laisse dans la rue une maison détruite, écrivit-il en dédicace. Et tandis qu'il traçait ces mots, il se fit la remarque que ses figures de style avaient acquis un caractère dantesque.

De retour d'Europe, Charles Eliot Norton et William Dean Howells purent aider Longfellow à annoter la traduction complète de *La Divine Comédie*. Entourés du halo de leurs tribulations par-delà les mers, ils voulurent raconter à leurs amis des anecdotes sur Ruskin[1], Carlyle[2], Tennyson et Browning[3], qu'ils avaient jugées trop intéressantes pour être confiées dans des lettres.

Le jour où ils firent cette déclaration, Lowell éclata d'un rire inextinguible.

« Cela ne vous intéresse pas, James ? s'étonna Charles Eliot Norton.

— Norton et Howells, vous nous êtes très chers, intervint Holmes. Mais, voyez-vous, nous avons nous-mêmes, sans franchir aucun océan, bouclé un périple qu'aucune lettre rédigée de la main d'un mortel ne saurait relater. »

Sur ce, Lowell fit jurer à Howells et à Norton le secret éternel.

La révision de *L'Enfer* achevée, les séances de travail n'avaient plus lieu d'être. Holmes estima que Longfellow supporterait mal la dissolution du cercle des Amis de Dante. Il proposa donc de tenir réunion le samedi chez Norton, à Shady Hill. On y discuterait des progrès accomplis par le maître de maison dans sa traduction de *La Vita Nuova*, l'histoire de l'amour de Dante pour Béatrice.

Certains soirs, Edward Sheldon se joignait au groupe. Il avait commencé la compilation des concordances entre les poèmes de

---

1. John Ruskin (1819-1900) : critique d'art et sociologue britannique. Alliant la prédication morale et les initiatives pratiques à la réflexion sur l'art, il exalta l'architecture gothique et soutint le mouvement préraphaélite ainsi que la renaissance des métiers d'art. Il est l'auteur des *Sept Lampes de l'architecture*, 1849. (*N.d.l.T.*)

2. Thomas Carlyle (1795-1881) : historien et écrivain britannique. Influencé par l'idéalisme allemand, il est l'auteur du puissant roman autobiographique *Sartor Resartus* et d'une importante *Histoire de la Révolution française*. (*N.d.l.T.*)

3. Robert Browning (1812-1889) : poète britannique à l'inspiration romantique, il se fit le prophète de la désillusion au cœur de l'époque victorienne (*Sordello*, *L'Anneau et le Livre*). (*N.d.l.T.*)

Dante et ses écrits mineurs et s'apprêtait à poursuivre ses études en Italie – pendant un an ou deux, espérait-il.

Entre-temps, Fields n'avait pas oublié sa promesse d'un souper. Il organisa un banquet au célèbre Union Club de Boston avant même que Houghton n'eût démarré l'impression de *La Divine Comédie de Dante Alighieri* dans la traduction de Longfellow – trois volumes déjà considérés comme l'événement littéraire de la saison.

Le jour dit, Oliver Wendell Holmes passa l'après-midi à Craigie House. S'entretenant avec George Washington Greene, venu tout exprès de Rhode Island pour être de la fête, il lui fit part du succès commercial de son deuxième roman.

« Les lecteurs, voilà ce qui compte le plus, dit le docteur. C'est dans leurs yeux que réside la valeur de l'écrit. Écrire n'est pas le moyen de survivre des plus forts, mais la façon de continuer à vivre de gens qui sont déjà des survivants. Voyez les critiques. Ils font de leur mieux pour me rabaisser, pour faire de moi un écrivaillon sans valeur. Si je ne puis encaisser leurs remarques, alors je les mérite.

— Ces derniers temps, vous parlez comme M. Lowell ! s'exclama Greene en riant.

— Peut-être, probablement. »

D'un doigt mal assuré, l'historien écarta son foulard blanc pour dégager ses fanons.

« J'ai besoin d'un peu d'air, sans doute. »

Une quinte de toux l'interrompit.

« Si je savais comment vous soulager, monsieur Greene, je crois que je redeviendrais médecin », déclara Holmes.

Il voulut aller voir si Longfellow était prêt. Greene le retint.

« Non, non, il ne vaut mieux pas, chuchota-t-il. Attendons-le dehors plutôt. »

Tandis qu'ils sortaient sur le perron, Holmes remarqua :

« Je devrais en avoir assez de *La Divine Comédie*, n'est-ce pas ? Eh bien, figurez-vous que j'ai recommencé à la lire. J'imagine, monsieur Greene, que vous n'avez jamais douté de la valeur de cette œuvre malgré ce que nous avons traversé. N'avez-vous jamais pensé, ne serait-ce qu'une fois, que nous avions laissé passer quelque chose en chemin ? »

Green ferma ses yeux en demi-lune.

« Vous, messieurs, répondit-il, vous avez toujours considéré que le récit de Dante était l'œuvre d'imagination la plus formidable de tous les temps. Moi, j'ai toujours cru que Dante avait réellement accompli son voyage. Je crois que Dieu lui en a donné la possibilité, qu'Il l'a donnée à la poésie.

— Et aujourd'hui, demanda Holmes, vous le croyez toujours ?

— Oh, plus que jamais, docteur Holmes. Plus que jamais ! »

En souriant, il se tourna vers la fenêtre du cabinet de travail de Longfellow.

Le poète avait baissé les lumières dans toutes les pièces de la maison et montait à présent l'escalier. En chemin, il passa devant le portrait de Dante par Giotto. Le poète italien était imperturbable en dépit de son œil esquinté. Peut-être cet œil est-il l'avenir, se dit l'Américain, et que l'autre recèle le beau mystère de cette Béatrice qui donna l'élan à sa vie.

Longfellow écouta ses filles réciter leurs prières, puis il regarda Alice Mary border ses sœurs cadettes, Edith et Annie Allegra, ainsi que leurs poupées qui avaient attrapé un rhume.

« Quand est-ce que vous rentrerez à la maison, Papa ?

— Bien tard, Edith. Vous serez déjà toutes les trois endormies.

— Vous demandera-t-on de prendre la parole ? Qui d'autre sera là ? demanda Annie Allegra. Dites-nous, qui d'autre ? »

Longfellow se passa la main dans la barbe.

« Qui t'ai-je dit, déjà, ma chérie ?

— Pas du tout assez de gens, Papa ! »

Elle sortit son carnet de dessous son drap et lut :

« M. Lowell, M. Fields, le Dr Holmes, M. Norton, M. Howells... »

Annie Allegra préparait un livre qu'elle publierait chez Ticknor et Fields. L'ouvrage aurait pour titre : *Les Souvenirs d'une petite personne sur des personnages illustres* et s'ouvrirait sur le récit du banquet en l'honneur de Dante, ainsi en avait-elle décidé.

« Ah, oui, répondit Longfellow. Tu peux ajouter M. Greene, ton bon ami M. Sheldon, et certainement M. Edwin Whipple, un bon critique littéraire de chez Fields. »

Annie Allegra orthographia les noms du mieux qu'elle le put.

« Je vous aime, mes chères petites filles, dit encore Longfellow en embrassant tour à tour les trois fronts délicats. Je vous aime parce que vous êtes mes filles et les filles de Maman. Et parce qu'elle vous aimait et vous aime toujours. »

Les couettes en patchwork gonflèrent et diminuèrent de volume à la façon d'une symphonie. Le père laissa ses filles, les confiant au calme infini de la nuit. Il regarda par la fenêtre. Une voiture attendait devant les écuries – le nouvel attelage de Fields. L'éditeur semblait toujours se transporter dans une calèche neuve, mais tirée par le même vieux cheval bai. Pour l'heure, ce rescapé de l'Union Calvary s'abreuvait à l'eau du caniveau.

Il pleuvait maintenant – une pluie du soir, une pluie douce et chrétienne. Cela avait dû causer bien du dérangement à J. T. Fields que de venir spécialement de Boston à Cambridge pour retourner ensuite à Boston, mais il avait insisté pour venir le chercher.

Holmes et Greene lui avaient laissé une place entre eux, en face de Fields et de Lowell. Longfellow grimpa dans la voiture en espérant de tout son cœur qu'on ne lui demanderait pas de prendre la parole au banquet. Si jamais il y était obligé, il remercierait ses amis de l'avoir emmené avec eux.

Note historique

En 1865, Henry Wadsworth Longfellow, premier poète américain à atteindre véritablement à la gloire internationale, fonda un « club » consacré à la traduction de Dante dans sa maison de Cambridge, dans le Massachusetts. Le poète James Russell Lowell, le Dr Oliver Wendell Holmes, poète et professeur de médecine, l'historien George Washington Greene et l'éditeur James T. Fields lui prêtèrent leur concours pour mener à terme ce qui serait la première traduction intégrale de *La Divine Comédie* de Dante par un Américain. Dans leur tâche, les érudits durent affronter deux types d'opposition : d'un côté, le conservatisme littéraire du milieu universitaire qui tenait à la suprématie du grec et du latin ; de l'autre, le « nativisme culturel » qui prônait de limiter la littérature américaine aux seules œuvres nationales, mouvement soutenu par Ralph Waldo Emerson, proche du cercle de Longfellow, sans qu'il en fût le chef de file. En 1881, le Dante Club, fondé par Longfellow, prit officiellement le nom de Dante Society of America. Ses trois premiers présidents furent Longfellow, Lowell et Charles Eliot Norton.

Avant la naissance du Dante Club, *La Divine Comédie* était connue en Amérique de quelques intellectuels seulement, principalement par le truchement de traductions anglaises. Elle était loin d'avoir pénétré le grand public. La première publication en italien aux États-Unis, semble-t-il, vit le jour en 1867, année où parut la traduction de Longfellow. Cette concordance de date donne une idée de la rapidité avec laquelle se développa l'intérêt pour cette œuvre.

Dans les idées sur Dante qu'il prête à ses personnages, l'auteur du présent ouvrage s'est attaché à respecter la vérité historique et le sentiment des contemporains plutôt qu'à dépeindre les conceptions admises aujourd'hui.

Dans le tissu narratif comme dans les dialogues, le texte incorpore en les adaptant divers extraits d'œuvres écrites par des membres du Dante Club ou par leurs proches (poèmes, essais, romans, journaux intimes et correspondance). Pour se faire une idée du Boston, du Cambridge et du Harvard de 1865, l'auteur a personnellement visité les demeures des célébrités de l'époque et les environs. Il a consulté toutes sortes de documents, récits, cartes, Mémoires, etc. Ces comptes rendus de contemporains, notamment les Mémoires littéraires d'Annie Fields et de William Dean Howells, lui ont ouvert une fenêtre indispensable sur la façon dont les membres du groupe vivaient au quotidien. Il a puisé abondamment à ces sources tout au long du roman. Les héros, comme les personnages de second plan, lui ont été inspirés autant que possible par des personnes ayant réellement existé et qui pouvaient, de manière plausible, avoir participé aux événements décrits. Ainsi Pietro Bachi, le répétiteur d'italien renvoyé de Harvard, est imaginé à partir d'Antonio Gallenga qui fut maître d'italien à Boston dans ces mêmes années. Deux proches de Longfellow, Howells et Norton, brièvement cités dans *Le Cercle des Amis de Dante*, se sont révélés une mine d'informations. Leurs récits sur les activités du groupe et bien d'autres informations ont considérablement façonné le point de vue de l'auteur.

Les assassinats perpétrés en s'inspirant de l'œuvre de Dante n'ont aucune authenticité historique. Toutefois, les archives de la police et de la municipalité font état d'une nette augmentation de la criminalité en Nouvelle-Angleterre dans la période qui suivit immédiatement la fin de la guerre de Sécession. Elles font apparaître également une forte corruption et révèlent de nombreux cas d'accords secrets passés entre les détectives et les criminels. Personnage créé de toutes pièces, Nicholas Rey est confronté aux problèmes bien réels des premiers Noirs, le plus souvent métis, incorporés dans la police, au XIXe siècle. Comme lui, un grand nombre d'entre eux avaient combattu pendant la guerre de Sécession. On trouvera un aperçu de leur vie quotidienne dans l'ouvrage de W. Marvin Dulaney *Black Police in America*. Les faits de guerre de Benjamin Galvin s'inspirent de l'histoire des 10e et 13e régiments du Massachusetts, de Mémoires de soldats et de reportages publiés dans les journaux de l'époque. Pour dépeindre l'état psychologique de Galvin, l'auteur s'est appuyé sur la récente étude d'Eric Doyen, *Hook over Hell*, qui démontre à l'envi la présence de désordres posttraumatiques chez les vétérans de la guerre de Sécession.

Si l'intrigue est entièrement fictive, il convient de noter la véracité de l'anecdote suivante, rapportée dans l'une des toutes premières biographies consacrées au poète James Russell Lowell : un certain mercredi soir, y est-il dit, Fanny Lowell, invoquant la vague de crimes qui frappait Cambridge, interdit à son mari de se rendre à la réunion du Dante Club chez Longfellow, au bout de la rue, s'il n'emportait pas son fusil de chasse.

Remerciements

Ce projet tire son origine des recherches universitaires que j'ai effectuées sous l'égide providentielle de Lino Penile, Entaille Lolordo et du département de la littérature anglaise et américaine de Harvard. Le premier, Tom Teicholz, m'a mis au défi de pousser plus avant mon exploration de ce moment unique dans l'histoire littéraire par le biais d'un récit de fiction.

L'évolution du *Cercle des Amis de Dante*, de l'étape de manuscrit à celle de roman, a dépendu surtout de deux personnes talentueuses et inspirées : mon agent, Suzanne Gluck, dont l'engagement, la clairvoyance et l'amitié extraordinaires sont rapidement devenus aussi indispensables au livre que les personnages eux-mêmes ; et mon rédacteur, Jon Karp, qui s'est totalement immergé dans le roman, le formant et le guidant avec patience, générosité et respect.

Entre le point de départ et l'accomplissement, bien des gens m'ont apporté leur concours et méritent tous mes remerciements. Pour leur confiance dans le projet et leur ingéniosité de lecteurs et conseillers, je tiens à remercier : Julia Green, dont je souligne la présence indéfectible auprès de moi chaque fois que surgissait une idée nouvelle ou un obstacle inattendu ; Scott Weinger ; mes parents, Susan et Warren Pearl, ainsi que mon frère Ian, qui surent trouver le temps et l'énergie de me soutenir dans tous les domaines. Que soient remerciés également pour leurs avis de lecteurs : Toby Ast, Peter Hawkins, Richard Hurowitz, Gene Koo, Julie Park, Cynthia Posillico, Lino et Tom ; de même que Lincoln Caplan, Leslie Falk, Micah Green, David Korzenik et Keith Poliakoff, pour leurs conseils avisés sur toutes sortes de questions. Merci aussi à Ann Godoff pour son soutien fidèle. Chez Random House, j'exprime toute ma gratitude à Janet Cooke, Todd Doughty, Janelle Duryea, Jake Greenberg, Ivan Held, Carole Lowenstein, Maria Massey, Libby McGuire, Tom Perry, Allison Saltzman, Carol Schneider, Evan Stone et Veronica Windholz. Toute ma reconnaissance à David Ebershoff de la Modern Library ; à Richard Abate, Ron Bernstein, Margaret Halton, Karen Kenyon, Betsy Robbins et Caroline Sparrow, de l'agence ICM ; à Karen Gerwin et Emily Nurkin, de chez William Morris, ainsi qu'à Courtney Hodell, qui sut enrichir le projet avec zèle et inventivité.

Les bibliothèques de Harvard et de Yale m'ont fourni un soutien assidu, tout comme Joan Nordell, J. Chesley Mathews, Jim Shea, Neil et Angelica Rudenstine, qui m'autorisèrent à étudier leur demeure (jadis Elmwood), guidé par Kim Tseko. Pour l'aide exceptionnelle qu'ils m'ont procurée dans le domaine de l'entomologie légale, je tiens à remercier Rob Hall, Neal Haskell, Boris Kondratieff, Daniel Maiello, Morten Starkeby, Jeffrey Wells, Ralph Williams et, tout spécialement, Mark Benecke pour ses explications patientes et sa créativité.

J'exprime également mes remerciements chaleureux aux gardiens de l'histoire de la Maison de Longfellow, grâce à qui j'ai connu le bonheur de poser le pied dans les salles mêmes qui accueillirent jadis le Dante Club. Ma gratitude va aussi à la Dante Society of America, héritière directe du Dante Club, autant par décision légale que par respect de l'esprit.

À propos de l'auteur

Diplômé de littérature anglaise et américaine à l'université de Harvard avec la mention *summa cum laude* en 1997, diplômé de droit à Yale en 2000, Matthew Pearl s'est vu décerner pour ses travaux scientifiques le prestigieux prix Dante par la Dante Society of America en 1998. Né à Fort Lauderdale, il réside actuellement à Cambridge, dans le Massachusetts, et peut être joint sur son site Internet : www.thedanteclub.com.

*Composé par Nord Compo
à Villeneuve-d'Ascq*

Cet ouvrage a été imprimé par

FIRMIN DIDOT
GROUPE CPI

Mesnil-sur-l'Estrée

*pour le compte des Éditions Robert Laffont
24, avenue Marceau, 75008 Paris
en septembre 2004*

Imprimé en France
Dépôt légal : septembre 2004
N° d'édition : 45266/01 – N° d'impression : 69720